학교 교수, 고전시가 전공)
학교 교수, 국어학 전공)
학교 교수, 고전시가 전공)
학교 교수, 국어학 전공)
학교 교수, 국어학 전공)
학교 교수, 고전산문 전공)

내방가사 1 – 계녀가류 · 탄식가류

년 8월 25일 초판 인쇄
년 8월 30일 초판 발행

전재강 · 이상규 · 이정옥 · 김덕호 · 안귀남 · 권영호 | **펴낸이** 이찬규
북코리아 | **등록번호** 제03-01240호 | **전화** 02-704-7840 | **팩스** 02-704-7848
sunhaksa@korea.com | **홈페이지** www.북코리아.kr
13209 경기도 성남시 중원구 사기막골로 45번길 14 우림 2차 A동 1007호
978-89-6324-505-8 (94810)
978-89-6324-503-4 (세트)

27,000원

이 저서는 2011년 정부(교육과학기술부)의 재원으로 한국학중앙연구원의 지원을 받아 수행된 연구임.(AKS-2011-EBZ-178)

경북 내

– 계녀가류 ·

편저자
전재강(안동대
이상규(경북대
이정옥(위덕대
김덕호(경북
안귀남(상지
권영호(경북

경북
2016
2016
편저
펴낸
이메
주소
ISB
값

경북 내방가사 1

– 계녀가류 · 탄식가류

전재강 · 이상규 · 이정옥 · 김덕호 · 안귀남 · 권영호 편저

북코리아

〈일러두기〉

1. 작품명과 함께 소장자를 나타내었다.
2. 작품의 원문 앞에 간략한 해제를 붙였다.
3. 자료의 훼손으로 판독이 불가능한 글자는 □로 표시하였다.
4. 음보 단위로 띄어쓰기를 하고 면수 표기는 생략하였다.
5. 같은 글자의 반복은 〃로 표시하였다.
6. 개화기 이후에 창작된 작품은 구분하지 않고 실었다.
7. 원문에 제목이 없는 경우 '무제(첫 구절)'로 하고, 첫 구절의 판독이 어려운 경우 '제목없음'으로 처리했다.
8. 각주의 문장부호 사용은 다음과 같다.
   1) 큰 따옴표(" ") : 직접 인용, 대화, 장명(章名)
   2) 작은 따옴표(' ') : 간접 인용, 인물의 생각, 독백
   3) 『 』: 책명(册名)
   4) 「 」: 편명(篇名)
   5) 〈 〉: 작품명
   6) [ ] : 표제어와 그 한자어 음이 다른 경우

서문

가사는 고전문학 중 향유층이 넓은 갈래이다. 고려말 불교계 유력한 선사(禪師)들에게서 시작되어 조선시대로 넘어오면서 작자층이 확대되어 사대부가의 남성은 물론 여성, 나아가 서민층에게까지 향유되었다. 또한 가사가 지닌 양식적 개방성은 인접 갈래의 작품들을 수용하거나 갈래적 특성에 영향을 받기도 했다. 가사의 면모는 이러한 독특함에 그치지 않고 강한 생명력을 지니는 데까지 이른다. 가사는 시조와 함께 현재까지 생활 속에서 창작이 지속되고 있으니, 이 자료집에 실린 작품이 그 구체적 증언이 될 수 있다.

가사는 독특한 성격으로 인해 아직도 연구가 활발히 이뤄지고 있는 갈래이다. 갈래적 특성도 그러하거니와 작품분석도 그러하다. 특히 가사의 갈래에 대해서는 전통적 삼분법으로 해결되지 않아, 아직 논쟁이 계속되고 있는 형편이다. 문제는 이론적 체계성도 갖춰야 하지만 작품의 실상에도 부합하는 이론이 요구된다는 점이다. 이러한 사정에서 보다 많은 작품들에 대한 포괄적 접근과 개별작품에 적용될 수 있는 귀납적 추론이 필요하다. 경북지역 내방가사 자료집이 그러한 작업에 활용될 수 있으리라 본다.

이 자료집은 지난 2011년 12월부터 2014년 11월까지 3년간 진행된 한국학진흥토대연구사업 결과물 중의 하나이다. 우리 연구팀이 수행한 과제명은 〈경북지역 내방가사 조사 · 정리 및 DB 구축〉이다. 자료집에는 경북지역에 편재(遍在)하고 있는 현장의 내방가사를 총괄적으로 수집한 자료중에서 일정한 기준을 충족하는 작품이 수록되어 있다. 완형이 유지되거나, 향수층이 여성이거나, 이본 간의 차이가 나타나거나, 폭넓게 전승되었거나 하는 등의 사항을 중시했다. 특히 현장론적 시각에서 실제 내방가사로 수용된 사실을 고려해 작품을 골랐다.

자료집은 전체 3권으로 발행된다. 각권의 내용은, 제1권은 계녀가류 · 탄식가류,

제2권은 도덕가류 · 풍류가류 · 술회가류, 제3권은 영사가류 · 송축가류 · 기타 등으로 구성된다. 각권에 담긴 분류는 유동적일 수 있으니, 유형분류 자체가 연구자에 따라 다르고 작품 내용이 하나의 유형에 묶여지기 어렵기 때문이다. 한편 기타 분류에는 앞의 유형에 속하기 어려운 작품이 포함된다. 또한 다른 갈래이지만 내방가사로 향유되었거나 연구자의 관심을 받을 만한 작품도 여기에 넣었다. 예산상의 한계로 조사 · 정리한 작품들을 다 싣지 못했음을 밝힌다.

자료집을 내기까지 전임연구원의 신분으로 안귀남 교수와 권영호 교수의 수고가 많았다. 그리고 이상규 교수를 비롯한 여러 공동연구원, 현장에서 사진을 찍고 판독하는 일을 해 주신 김인규 선생님 등 연구보조원 선생님들께 깊은 감사의 마음을 전하고자 한다. 또한 한국학 중앙연구원에서 지원하고 도와주신 한국학진흥사업단의 여러 선생님들, 그리고 중간평가와 컨설팅을 담당하면서 연구진에 격려하고 북돋아 주신 한성대학교 신경숙 교수께도 이 자리를 빌려 감사의 말씀을 드린다. 끝으로 안동대학교 산학협력단의 주무관 선생님들, 열악한 출판 여건에도 자료집을 예쁘게 만들어 주신 이찬규 사장님께도 감사를 표하고자 한다.

2016. 8. 31

경북지역 내방가사 조사 · 정리 및 DB 구축 사업팀

연구책임자 전재강

차례
Contents

탄식가류 · 85

계녀가류
誡女歌類

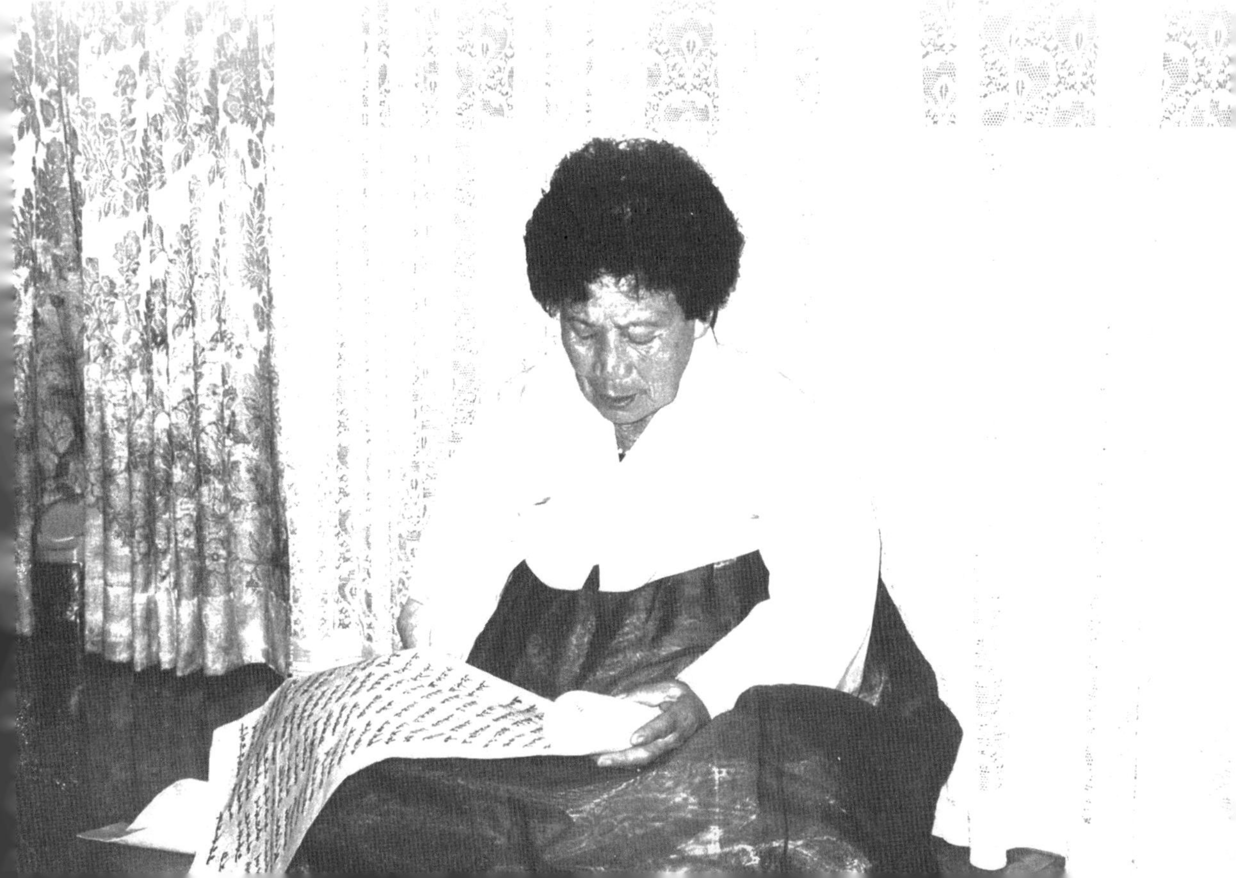

1. 계녀가

조춘호 소장

[해제] '계녀가'는 'ᄃᆡ긔난 상승ᄒᆞ고–'로 시작하는 가사와 함께 한 권의 전적에 수록된 국문 가사이다. 자료 형태는 30×20.5cm 규격의 전적이며, 단 · 행 · 음보 구분 없는 줄글 형태의 필사본이다. 전소장처의 기록은 없으나 표지에 '歌辭'라는 글과 '朴柱淑 用'이라고 필사되어 있다. 내용은 내일 신행을 가는 딸에게 시댁에서의 지켜야 할 행실을 가르치고 있다. 뒷부분이 낙장으로 완결된 형태는 아니다.

녀아야[1] 들어바라 ᄂᆡ일은 신ᄒᆡᆼ이라
네마음 엇더ᄒᆞ며 ᄂᆡ마암 갈발업다
문밧쌔 보닐젹의 경계할닐 ᄒᆞ고만타
문밧씌 절ᄒᆞ온후 갓가이 나안ᄌᆞ서
살들이[2] 문안호의 저ᄌᆞ근닥 안ᄌᆞ다가
식성을 무러가며 구미예 맛기ᄒᆞ고[3]
할일을 엿ᄌᆞ와셔 달는일 업다그든[5]
흥등흥등 ᄒᆞ지말고 잼기제쥬 ᄒᆞ여스라
미엄을 당ᄒᆞ그든 세비와 갓치ᄒᆞ고
요무ᄋᆡ ᄌᆞ역보고 부모말솜 바다
네방의 물너나가 등촉을 도도오고[8]

친정을 ᄒᆞ즉ᄒᆞ고 시가로 도라가ᄂᆡ
ᄇᆡᆨ마ᄋᆡ 짐을실고 금반을 구지ᄆᆡ고
부모의게 ᄉᆞ관할제 소셰할일 젹ᄒᆞ고
방이나 덥ᄉᆞ온가 쟘이나 잘자신가
단졍이 도라나와 진지랄 차릴적에
극진히 진지ᄒᆞ고 진지샹을 물인후의[4]
네방ᄋᆡ 도라나와 일소을 밧비드려
젼역은[6] 당ᄒᆞ거든 앗춤과[7] ᄀᆞᆺ치ᄒᆞ고
입□을 졍키페고 자리을 바로쌀고
ᄌᆞ년히 말이시면 가만코 안ᄌᆞ다가
할일얼 ᄉᆡᆼ각ᄒᆞ야 ᄎᆡᆨ을보나 일을ᄒᆞ나

---

1 녀아야: 여아야
2 살들이: 살뜰히
3 맛기ᄒᆞ고: 맞게 하고
4 물인후의: 물린 후에
5 업다그든: 없다고 하면
6 젼역은: 저녁은
7 앗춤과: 아침과
8 도도고: 돋우고

이역도록 안ᄌᆞ다가 청념을 더옥ᄒᆞ야
핑님을 친히ᄒᆞ고 탕액을 근도ᄊᆞ려
눕고 안져실제 울들이 붓드흔
다런일 다등지고 화순ᄒᆞ기 뎨일이라
시종할 페업긔ᄒᆞ고 치울제 잇긔마라
어머니 씨긴일을 실어ᄒᆞ고[9] 사양말고
도분니 될거시니 기ᄉᆡᆨ을 보아가며
ᄎᆞ〃로 발명ᄒᆞ면[11] 부모님 우서시고
ᄯᅩ한말 이러리라 지난 하나리라[12]
언으을 조심ᄒᆞ고 ᄉᆡ로〃공경ᄒᆞ고
ᄂᆡ외랄 구별호야 헌단키 마라서라
날이난 남기로ᄃᆡ 나지며 풀나나이
학엽을 전면ᄒᆞ야 나ᄐᆡ케 마라서라
투기을 과히ᄒᆞ면 난ᄀᆡ가 나난이라
안어로 맛흔일은 밧거로 간의말고
가ᄌᆞᆼ이 ᄉᆞ종커든 우서며 ᄃᆡ답ᄒᆞ고
권속이 만흐나마 종맛긔 두지말고
병세을 보와가며 쥬음을 ᄌᆞ로권ᄃᆞᆺ
ᄃᆡ소변 반날젹의 젼체롬 두지말고
부모님 효양할ᄌᆡ 구혜을 젼쥬ᄒᆞ야
ᄒᆞᆫ말로 불순ᄒᆞ면 불효라 일으리라
아무리 올흐나마 발명곳 밧비ᄒᆞ면[10]
노기가 풀니거든 조용히 안ᄌᆞ
용서를 하시리라 아ᄒᆡ야 드러바라
하날갓치 듕흔거시 ᄯᅩ어듸 잇스랴
친ᄒᆞ다고 아단말고 미덥다고 방심말고
저군는 쥬소로ᄃᆡ 갓가니 아니ᄒᆞ고
하물며 사람이야 분별이 업실손가
침식을 고루ᄒᆞ고 의란얼 마타서라
밧그로 맛흔일을 안으로 가이말고
어버이 구종무든 황급히 감슈ᄒᆞ고
ᄯᅩ아ᄒᆡ

---

9 실어ᄒᆞ고: 싫어하고
10 밧비ᄒᆞ면: 바삐하면
11 발명ᄒᆞ면: 발명하면, 죄나 잘못이 없음을 말하여 밝히면
12 하나리라: 하늘이라

2. 계여가

조춘호 소장

[해제] 나이 찬 딸의 출가를 앞두고 여자의 규범이 될 만한 고사(故事)를 어머니가 직접 교훈하는 내용의 가사. 그것은 추상적인 훈계가 아니라 구체적이고도 주도면밀한 것으로서 양가의 부녀다운 예절을 갖추도록 일깨워주고 있다. 대체로 서언(序言) · 사구고(事舅姑) · 사군자(事君子) · 화동생지친(和同生至親) · 봉제사(奉祭祀) · 접빈객(接賓客) · 태교(胎教) · 육아(育兒) · 어비복(御婢僕) · 치산(治産) · 행신(行身) · 항심(恒心) · 결언(結言) 등의 순으로 되어 있다.

여아야 들어바라 ᄂᆡ일은 신힝이라
네마음 엇더ᄒᆞ며 ᄂᆡ마음 갈발업다
문밧게 보닐젹ᄋᆡ 경계할일 듯고만타
문밧게 졀하온후 갓가이 나안ᄌᆞ서
살들이 문안후의 저근닥 안ᄌᆞ다가
식성을 무러가며 구미에 맛기하고
할일을 엿ᄌᆞ와서 다른일 업다그든
흥등흥등 돌지말고 자즉〃 하여스라
미음을 당하거든 세비와 갓치
부모의 근역[14]보고 부모말삼 바다
ᄂᆡ방의 물러나가 등촉을 도도오고
이억도로[15] 안ᄌᆞ다가 쳥념을 더욱하야
핀님을 친히하고 탐약을 소소짜려

친졍을 ᄒᆞ즉ᄒᆞ고 시가로 도라가ᄂᆡ
ᄇᆡᆨ마ᄋᆡ 짐을실고 금반을 구지ᄆᆡ고
부모의계 ᄉᆞ관할제 소시랄일 젹다고
방이나 덥ᄉᆞ온가 잠이나 잘자신가
단졍이 돌아나와 진지랄 찰일젹의
극진히 진지하고 진지상을 물인후에
네방의 돌아나와 일소을 밧비들어
젼역[13]을 당하거든 앗춤과 갓치하고
춘이불을 졍키되고 자리를 바로쌀고
구년히 말이시면 가만코 안ᄌᆞ다가
할일을 생각하야 칙을보나 일을하나
권속이 만흐나 마종맛겨 두지말고
병세을 보와가며 즉음을 ᄌᆞ조건고

---

13 젼역: 저녁
14 근역: 근력, 여기서는 시부모의 건강 상태를 살피라는 뜻
15 이억도로: 이슥토록

눕고 안져실제 살들이 붓드압고
다른일 다른지고 하슌[16]하기 제일이라
치ᄌᆞᆼ할폐 업ᄀᆡ추고 치울제 잇지마라
어머니 씨긴일을 실어말고 사양말아
도분이 될거시니 기색을 보아가며
ᄎᆞᄎᆞ로 발명ᄒᆞ면 부모님 우서시고
또한말 이러리라 지아비난 하날이라
언으을 조심하고 ᄉᆡ로〃 공경하고
ᄂᆡ외랄 구별하야 헌단키 마라서라
날이난 남기로ᄃᆡ 나지며 풀나나이
학업을 젼면하야 나ᄃᆡ게 마라서라
투기을 과히하면 난리가 나난이라
안어로 맛흔일을 밧그로 간의말고
가ᄌᆞᆼ이 꾸즁거든 우서며 ᄃᆡ답하고
부모와 지아비난 인졍이 지극하야
지친이라 ᄌᆡ물을 ᄉᆡᄉᆡ하야
지쳔불목 되니 그아니 두려온가
동생과 갈라입이 분일두속 갈나ᄂᆡ야
지친은 우익이라 우익업서 어이사노
급할ᄊᆡ 당하오면 지친밧게 쏘인난가
의복을 빌일젹의 말업시 ᄂᆡ여주고
아ᄒᆡ야 드러바라 또한말 이러리라
의복을 갈라입고 방쳥을 쇄소하고

ᄃᆡ소변 반날젹의 전체롬 두지말고
부모님 효안할 제구ᄎᆡ을 젼쥬하야
한말도 불슌ᄒᆞ면 불효라 이러리라
아무리 오르나마 발명곳 밧비ᄒᆞ면
노기가 풀니거던 조용히 안ᄌᆞ
용서를 하시리라 아ᄒᆡ야 들어바라
한라갓치 즁한거시 또어ᄃᆡ 잇스랴
친하다고 아당말고 미덥다고 방심말고
저군은 쥬소로ᄃᆡ 갓가니 아니하고
하물며 사람이야 분별이 업실손가
침식을 고루하고 외관을 마라거라
밧그로 맛흔일을 안으로 가이말고
어버이 구중그든 황송히 감슈하고
아ᄒᆡ야 들어바라 또한말 이러리라
허물할일 잇다해도 다리시려 보거니와
동생과 불화하고 언너난 잘못하면
언너랄 조심하고 일쳑포 갈나ᄂᆡ야
동생과 먹을세라
무사히 쓸ᄊᆡ난 남본다시 이써니와
부귀을 혀지말고 염양[17]을 보지말고
음식을 논흘적의 구무ᄂᆡ여[18] 주지말라
봉지ᄉᆞ 젹빈ᄀᆡᆨ을 부녀의 큰일이라
제미[19]을 실을젹의 희도록 다시씰고

16 하슌: 하순(下詢), 물어서 하다
17 염양: 염량세태(炎凉世態), 뜨거웠다가 차가워지는 세태라는 뜻으로, 권세가 있을 때에는 아첨하여 좇고 권세가 떨어지면 푸대접하는 세속의 형편
18 구무ᄂᆡ여: 꾸물거리며
19 제미(祭米): 제사 때 올릴 밥을 지으려고 마련한 쌀

제문을 달일젹의 ᄃᆡ업시 졍히싯고
아ᄒᆡ를 봇ᄎᆡ나마 먼져 씨주지마라
금북나무 ᄊᆡ지마라 불티가 나난이라
제주를 말기드고 편을 졍케괴고
옷ᄭᅳᆫ을 푸지말고 이젹 안ᄌᆞ다가
헌망업시 하여스라 봉지사 곤하려니와
척념[22]을 더욱하야 이우제[23] 가저오다가
사랑의 듯게마라 반길손님 오거덜낭
기명을 싯고싯고 밥그럿 골키말고
층나게 놋치말고 음식이 츄졉하면
안흉이 다나니라 아ᄒᆡ야 들어바라
ᄌᆞᆼᄂᆡ의 할 말이나 미리야 갈아치기
슈ᄐᆡ랄 하거들낭 각별이 조심하여
기울게 서지말고 몟달을 거러하면
얼골이 졀묘하고 총명이 더하리라
장난을 음금[24]하고 음식을 돈졀하야
귀타고 야유하여 버릇업시 하지말라
밍자 어마님도 밍ᄌᆞ랄 기르실제
이웃제 돗[25]잡거랄 너먹일라 쑥이시고
너ᄋᆡ도 이리보와 속이심을 보지마라
노비난 슈족이라 슈족업시 어이사노
치위에 물을드러 상젼을 보양하니
우ᄉᆞᆷ을 크게마라 뉴츔이 쒸나니라[20]
비저랑 과치마라 문지[21]가 나난이라
종드리 그리나마 치마바람 ᄂᆡ지마라
졍신을 ᄎᆞ려한ᄌᆞ 식슈을 깃지마라
힝ᄉᆞ랄 일즉하고 음복을 노흘젹의
젹빈ᄀᆡᆨ을 ᄌᆞᆯ하여라 손님이 오시거던
덥다고 증기말고 소리랄 놉히하야
종맛기 두지말고 반ᄉᆞᆼ을 닷고닷가
국거럭 식게마라 반ᄎᆞᆫ을 노흘젹의
손님이 안ᄌᆞ시면 쥬인니 무룝하고
쏘한말 이러리라 ᄌᆞ식을 양육ᄒᆞ면
장ᄎᆞ하고 조란한 듯하다마난
침석의 바로안고 구진일 보지말고
틀리게 눗지말고 자식을 탄생하면
두ᄉᆡ살 먹은후ᄋᆡ 지각이 들그들낭
시근음식 쥬지말고 ᄉᆡ소음 쥬지말고
밉다고 과히쳐긔 졍신을 일케마라
각기랄 세번옴겨 학궁겻ᄒᆡ 살앗스니
도로혀 후ᄋᆡ하야 ᄉᆞ다가 먹엇스니
아ᄒᆡ야 들어바라 또한말 이러리라
더위에 농ᄉᆞ하야 상젼으로 보양하고
그안이 불ᄉᆞᆼ하며 그아니 귀할손가

---

20 뉴츔이 쒸나니라: 네 침이 튀나니라
21 문지: 먼지
22 척념: 惕念, 경계하여 두려워하는 마음
23 이우제: 이웃에
24 음금: 엄금
25 돗: 돼지

귀천은 다러오나 혀륙은 한가지라 ᄭᅮ지서도 악인말고 치나마 즁ᄌᆞᆼ말고
운위랄 병힝ᄒᆞ야 지슐랄 일치말고 제ᄊᆡ에 못입피고 ᄇᆡ고푸게 마라스라
나마는[26] 종이거던 언어랄 삼ᄀᆡᄒᆞ고 나어린 종이거든 조석갓치 길러스라
아ᄒᆡ야 드러바라 또한말 이러리라 세간을 ᄎᆞ리그든 치산을 하여라
곡식이 마느나마 입치장 하지말고 포ᄇᆡᆨ이 마츠나마 몸치장 하지말고
헌의복 기워입고 집음식 먹어스라 집안을 ᄌᆞ조스러 문지[27]가 안게마라
긔명[28]을 아라노아 ᄌᆡ겐이 ᄊᆡ지마라 이웃제 가저오나 무름업시 왕ᄂᆡ마라
겁한[29]일이 잇뜨라도 어두운밤의 왕ᄂᆡ마라 남의집의 가드라도 각별이 조심하고
우슴을 과히하면 인몸이 나난이라 치마를 벌리마라 속옷이 나난이라
남의말 전치마라 남의졍ᄂᆡ ᄃᆡ나이라 인물공논 하지마라 양반을 고하말고
부자랄 험선말고 음식을 수식[30]말고 아ᄒᆡ야 들어바라 또한말 이러리라
시가ᄋᆡ 들어가셔 조심도 만크니와 세월이 오ᄅᆡ가면 흘만키가 시우리라
당초의 가진마음 늘도록 변치마라 옛걸[31]의 이런말슴 세상의 당한이럴
ᄃᆡ강으로 긔록하엿네 ᄎᆡᆨ의 경계하니 이ᄎᆡᆨ을 일치말고 서로 ᄂᆡ여보면
네힝실이 유익할라 그밧게 경기할일 무수히 잇다마는 졍신이 어득하야
이만 그치노라

---

26 나마는: 나이 많은
27 문지: 먼지
28 긔명: 기명, 그릇
29 겁한: 급한
30 수식: 뒤져서 찾음
31 옛걸: 옛글

3. 겨여가

조춘호 소장

[해제] 겨여가는 두루마기에 실린 세 편의 국문 가사 중 첫 번째 작품으로, 2단 4음보의 형태로 작성되어 있다. 신행을 가는 누이에게 당부하는 내용을 담고 있다.

천지현황 생긴후에 일월영책 도엿서라
우리남매 두사람이 부모혈육 타고나서
조석으로 훈계참제 사서삼경 일은말삼
너에남매 사람되여 남의눈에 귀희배여
지행심을 올케하면 뉘라서 흉을보리
여자유행 우위한이
뒤문밖을 보낼적에 그무어설 주단말가
진하고도 지만하신 부모훈게 바든말씀
외로안자 생날각제 부모본듯 피여솟고
화한얼골 순한기운 씨긴대로 뜻을받아
조석지절 때을마쳐 진지함도 너일이라
날이세면 문얼열고 마루봉당 쓰러놓고
간이라도 맡에넣고 그릇인들 추할소냐
의식지절 철을맞어 님게함도 너일이라
더러지면 기워내고 때무드면 씨워내고
두눈동자 초롱갓고 열손가락 재비로다
계명성에 놀아게여 일어안자 정신차려
내일날 하올일을 세벽영에 시작하야
우환지절 시병할제 구료함도 너일이리라

오륜삼강 복을받□ 칠성님게 명을비□
십여년에 그럭저□ 허송세월 자라나서
부자유친 군신유의 부부유별 가라칠제
좋은일홍 있게해서 부모욕을 면케하라
너에남매 사람되여 너에부모 지원일□
좋은날에 심례하야 신행길이 내일이라
금은보배 무용이요 능라금수 의식이라
차레〃 생각한이 가사지어 너을준□
부모앞에 다못한일 구고전에 다하여라
앏은일도 무러바라 늬아는체 마르셔라
내일아적 하올일을 오날저녁 생각해서
졍주아 태 바로들어 손을씻고 일을들어
몸이날어 이것저것 밧비해서 더이말아
춥기전에 동복짓고 염기전에 하복짓고
어느날이 조용하라 어느사이 잠이오라
등잔불에 잠이깊어 잠간취침 하엿다가
어제저녁 못다한일 세기전에 맞어놓고
장광칙수 요랑하야 몸에맞게 하여서라
방을덤게 불을여서 외품없게 하여서라

미음그릇 자조나와 맛잇도록 따러놓고
아무조록 자주권해 실섬나게 말으서라
더하신가 덜하신가 정신차려 살펴본이
감세조금 계시나마 더욱조심 하엿서라
정케해서 제수범절 채소라도 미리구해
씰은쌀을 또씰어서 편을일고 밥을지으며
밤기다려 대한한니 차례〃 진설할제
강신참신 하온후에 갱반서품 차레로다
가지〃〃 다놓을때 너무발사 하지말아
정한그릇 가라내여 소담하게 담아놓아
주점둘고 만들기와 반머리에 완월하다
마른반찬 저축하고 좋은양념 구해두며
노비권속 거날일제 정대하게 보이셔라
영두보살 할미들을 염하다고 문수말고
우리매씨 정대하여 그럴여부 업건마는
세상사람 그릇할가 대강말해 듯기로라
졔규쥬에 가라낼제 범도없이 키워내여
저마음을 안이쓰고 연둘손에 맛겨두여
어제저녁 마른솟일 오날아침 대강씨어
건물들고 쉿내나고 장이라고 가시로다
션느려케 씨근것을 그력저력 막퇴해서
문박나가 무슨구경 어정겨러 단이다가
춤흘여황 그리고 퇴연우심 낮잠드러
젹세놓은 바른무리 배를무에 매을타고
처마밋태 그늘날이 정심밤이 엇재던고
쌀단지을 열고본이 안이씰은 쌀이인내
쌀이라고 들어간이 물한방울 안떠완내
무엇이나 물어바라 병구식미 좋은대로
더운손에 머리짐고 일어날제 받들기와
염헤안저 밤을세워 잠들어서 혼침달고
제사지낼 날을당해 차림함도 너일이라
정한의복 가라입고 뱅마루을 씰쳐놓고
삼척적에 오모단다 포와잔 가초와서
잔밧상을 올인후에 소과상이 다음해서
철상하여 드런후에 금복도 례절이라
빈객지절 손님지절 졉대함도 너일이리라
그릇소래 나게말고 얼언하여 상을들어
대기하신 사랑으로 남사시럼 마르서라
창졸간에 손이들며 군속하기 면하리라
너위치을 일케말고 원망엄시 거두어라
황회도부 상사들을 멀이해서 점애말아
동기지간 사는마음 무신정계 안아할이
정신들여 들어두며 후일경계 할지어라
남에집에 들어갈제 구고전에 공양할데
때당한후 방아찌어 돌반켜 일힐적에
국미랏고 치치말고 무든밥풀 다시디여
마른밤을 뒤저놓고 져은그릇 드텨다가
일직이 갓다노와 잘자시나 못자시나
뜨럭아래 웃으면서 담배들고 제발바사
백옥그릇 손을진고 파리똥이 수을놓내
골잠으로 하는필독 울타리에 말아잇내
말이을아 해가저서 져역때 느저가내
생곡식을 떠내다가 대강실적 씰어내여
화로불을 도두오니 벌써씩어 재가되고

사발그릇 찾아보니 건내짐에 가고업내
이웃사람 석반후에 동무라고 찾아와서
일념삼백 륙십일에 등잔밋에 조으다가
살곡이나 꺽곡이나 이웃사람 갓다조서
한말두말 떠내다가 언느사이 다업썼내
음동속에 아기나서 정지앞에 홀노안자
윈일인가 내신세야 가소럼고 시장실이
두신인정 두터워서 몸미릅기 하잔말가
제소견이 저러한이 남의말이 귀히드려
그릇한일 숨겨두어 어릇말을 감추우고
씨기지않고 그저두면 해볼마음 전혀업내
알고저 할작시면 모른배 업스이라
오른행실 안니코도 남의앞에 낯얼들어
이리저리 단이다가 침침칠야 되단말가
옷도실은 염헤끼고 이문저문 들어와서
실한파람 못장만코 옷한가지 못기왔내
한자두자 부탁하아 짜나다고 꾸며다고
수다하다 저머인내 아직마다 무몽하내
두손길 마조쥐고 눈물흘어 자탄할제
이내몸을 다려다가 잘먹엿나 잘입혓나
씬긴다고 내할소냐 안드르면 내언제할고
제행식이 저러한이 남에눈에 드릇소냐
나모른다 충찬하야 남에게 만이면서
배우고저 할작시면 못배운일 전혀업내
져마음 이지성이면 하날인들 모른소셔
우리매씨 명민해서 이른염여 할가마는

4. 경계가

조춘호 소장

[해제] 이 작품은 하나의 두루마리에 전편이 수록된 가사로 정확한 연대와 필사자는 알 수 없으나 작품의 첫 장에 작품에 대한 정보가 표로 정리되어 기재되어 있다. 이 작품은 어머니가 출가하는 딸에게 시댁에서 지켜야 할 도리에 대해서 당부하고 있는 것으로 계녀가류의 작품에 속한다. 작품의 말미에 '경게ᄒᆞᆯ 말 만타마는 정신이 아득ᄒᆞ야 그만ᄒᆞ고 긋치ᄂᆞ니 부ᄃᆡ부ᄃᆡ 명심ᄒᆞ야 여ᄌᆞᄋᆡ 할 일을 헛말로듯 보지 마라'라고 하여 딸을 걱정하는 어머니의 마음을 엿볼 수 있다. 수집한 사람의 정보는 이름은 정만진(경북 봉화군 명호면 도천리 봉화군 명호면 도천1동 252번지)으로서 소유자는 경상북도 봉화군 명호면 도천1동 상온댁으로 되어 있다.

아ᄒᆡ야 들어바라 ᄂᆡ일은 신힝이라
너ᄋᆡ마음 엇더ᄒᆞ오 ᄂᆡ심ᄉᆞ갈 말업다
문박ᄋᆡ 보ᄂᆡᆯ적ᄋᆡ 경ᄀᆡᄒᆞᆯ말 만다만은
문박ᄋᆡ서 절을ᄒᆞ고 각가이나 안ᄌᆞ서
ᄀᆞ산들이 살들이 문안후ᄋᆡ 저근듯
차릴적ᄋᆡ 식성을 무러가며 구미를
물인후ᄋᆡ 할일을 무러보ᄋᆞ 할일이
밧비들어 흥똥〃〃 ᄒᆞ지말고 자직〃〃
갓치ᄒᆞ고 어심은 당ᄒᆞ거든 ᄉᆡ멱과
살펴보아 이불을 정히되고 자리을
돌아ᄂᆞ오 ᄎᆡᆨ을보ᄂᆞ 일을ᄒᆞᄂᆞ 이윽히
명들거든 극히도 조심ᄒᆞ야 권솔이
소〃딸혀 병ᄉᆡ를 보아가며 음식을
바다ᄂᆡᆯ지 ᄃᆞ른일 다던지고 살손들어
친정을 ᄒᆞ직ᄒᆞ고 시가으로 도라갈ᄌᆡ
ᄇᆡᆨ마ᄋᆡ 짐을실고 금방으로 구지ᄆᆡ여
부모님게 사관ᄒᆞᆯᄌᆡ 쇠수를 알즉ᄒᆞ고
방이ᄂᆞ 덥사오며 잠이ᄂᆞ 잘자신
안저다가 너방ᄋᆡ 돌아ᄂᆞ와 진지를
맛게ᄒᆞ야 극진히 진지ᄒᆞ고 식상을
업ᄃᆞᄒᆞ면 너방ᄋᆡ 도라ᄂᆞ와 일손을
ᄒᆞ여서라 저역을 당ᄒᆞ거든 조만과
갓치ᄒᆞ야 어ᄃᆡ로 누으실고 자서히
편케ᄒᆞ되 구편이 말이시며 너□ᄋᆡ
안젓다가 잠들거든 ᄌᆞ거서라 부모님
만ᄒᆞ나마 명님을 친히ᄒᆞ야 당약을
ᄌᆞ로권코 누으면 안질적ᄋᆡ ᄃᆡ소변
부지잠고 전처를 두지ᄆᆞ라 화순ᄒᆞᄀᆡ

ᄌᆡ일이라 부모님 보양ᄒᆞᆯᄌᆡ 곰즌ᄃᆡ
부효니라 어머이 씨긴일을 실타고
발명을 밤ᄇᆡᄒᆞ며 도분일 ᄂᆞᄂᆞ니라
조용히 ᄂᆞ안ᄌᆞ서 ᄎᆞ〃로 발명ᄒᆞ면
아ᄒᆡ야 둘러바라 도한말 이르니라
친ᄒᆞ다고 아단말고 한회ᄋᆡ 걸지말고
저구은 금조로다 지이유별 ᄒᆞ엿스니
ᄒᆞ물며 ᄉᆞ람이라 분별이 업실손가
침석을 고유ᄒᆞ되 음난케 마라서라
안에서 맡튼일을 밧그로 일지말고
어버이 꾸지거든 황송히 감축ᄒᆞ라
공경은 부족ᄒᆞᄂᆞ 부부간 두ᄉᆞ이는
인정이 지극ᄒᆞ야 허물이 잇다ᄒᆡ도
동기와 지친이라 제물을 시ᄉᆡᄒᆞ면
것친이 불못되여 그안이 조심ᄒᆞ여
동기와 함게입고 한말곡석 갈ᄂᆞ내여
우익업시 어이살이 무ᄉᆞ이 잇슬때난
지친밧게 또잇단가 부지를 음의말고
말섬시 ᄂᆡ여주고 음식을 노을적에
아ᄒᆡ야 들러바라 도한말 이르니라
ᄌᆡ일은 답ᄒᆞ거든 각별이 조심ᄒᆞ여
히도록 다시□고 ᄌᆡ물을 씨을적에
문지가 드ᄂᆞ니라 아ᄒᆡ가 봊치거
ᄌᆡ편을 정히키고 ᄌᆡ수를 갓초서라
힝사를 때맛초와 ᄌᆡᄉᆞ를 올인후에
접빈겍을 잘ᄒᆞ여라 손님이 오시거든
소리를 나직ᄒᆞ야 초단에 듯게마라

엇지말며 치운ᄊᆡ 잇지ᄆᆞ라 불순ᄒᆞ며
ᄒᆞ지말고 아문일을 씨기ᄂᆞ마 발명을마라
사ᄉᆡ를 보아가며 노기가 풀어거든
부모님 우스시고 용서를 ᄒᆞᄂᆞᆫ이라
가장은 ᄒᆞ날이라 ᄒᆞ날갓치 공경ᄒᆞ야
미덥다고 응신말라 ᄂᆡ와를 분멸ᄒᆞ야
열이ᄂᆞ 초목이라 ᄂᆞ가며 풀이ᄂᆞ니
ᄒᆞ겁을 권ᄒᆞ여도 ᄂᆞ태케 말아서라
투기를 과이ᄒᆞ면 안가만 되난이라
밧게서 맛튼일을 안에서 간습마라
가장이 꾸지거든 우스며 ᄃᆡ답ᄒᆞ여
화기맛게 또인ᄂᆞᆫ가 부모와 지아비난
날내씨서 보것마는 그중ᄋᆡ 어렵기난
동ᄉᆡᆼ이 불화ᄒᆞ고 은설을 잘못ᄒᆞ면
그안이 두려우리 한ᄌᆞ무명 자서ᄂᆡ여
동기와 같치먹고 지친은 우익이라
낭보드시 ᄒᆞ것만은 곰한ᄣᆡ 당ᄒᆡ서는
암양을 두지말아 이복을 발일적에
구부ᄂᆡ여 주지마라
봉제ᄉᆞ 접빈겍은 부녀에 큰일이라
이복을 가라입고 ᄌᆡ미를 씨를적에
티업시 접히하야 검불ᄂᆞ무 때지라라
나마먼저 써주지마라 ᄌᆡ수를 말게담고
예ᄃᆡ를 줄지말고 등촉을 ᄊᆞ지마라
음복을 고로노와 봉ᄌᆡᄉᆞ도 ᄒᆞ려니와
이우ᄌᆡ 꿔로ᄂᆞ마 업다고 징게마라
반찬을 손조하고 밥상을 딱고딱가

기명을 씻고씨여 밥그륵 굳게말며　　국그륵 썩게마라 반찬을 노을적에
차래 아라노아 수절을 노을적에　　침등알게 말아서라 음식이 부정ᄒᆞ야
손님이 안ᄌᆞ시며 주인이 무후ᄒᆞ고　　안흉이 나나니라 도라가실 손님이거든
요기상을 드라거든 선득〃〃 차리여서　　길더듬 되게마라 아희야 들어바라
또ᄒᆞᆫ말 이를니가 수틱를 당ᄒᆞ거든　　각별이 조심하야 음식을 듯지말고
악식을 보지마라 침석을 바로하야　　기울게 서지말고 틀리게 눕지마라
열달을 응규ᄒᆞ야 자식을 ᄂᆞ으며은　　열골이 암전ᄒᆞ고 총명이 더ᄒᆞᄂᆞ니라
어삼ᄉᆡ 적은후에 재간이 들거들랑　　ᄌᆞ랑을 엄금ᄒᆞ샤 식은밥 주지말고
음식을 종작ᄒᆞ야 상한고기 먹지말고　　명주옷 압피여서 욕심만 구차게말며
귀ᄒᆞᄃᆞ고 안유바ᄃᆞ 버릇업게 지도말며　　밥다고 과증ᄒᆞ야 정신일케 마라서라
밍자에 어머니도 밍ᄌᆞ를 가릇칠제　　가기를 ᄌᆡ번은ᄌᆡ 학ᄉᆞ방에 사리시고
이웃ᄋᆡ 듯잡거날 너먹ᄌᆡ 쏘기시고　　ᄉᆞᄃᆞ가 먹겨스니 너에도 이쎈니라
쏘기지 말아서라　　아희야 들어바라 또ᄒᆞᆫ말 이르니라
가장은 수족이라 수족업시 어이ᄉᆞ리　　더우ᄋᆡ 농ᄉᆞᄒᆞ야 상전을 보양ᄒᆞ고
그안이 불상ᄒᆞ며 그안이 귀할손가　　귀천은 다르지만 혈육은 일반이라
꾸지저도 악히말며 때리ᄂᆞ마 광증마라　　위령이 업게ᄒᆞ야 게수를 일케마라
제때에 입피고서 ᄇᆡ골케 마라서라　　나늘근 종이거든 은설을 괙케마라
나어린 종이거든 자식갓치 길너서라　　아희야 들어바라 또한말 이르니라
시가로 첨갈때는 조심이 만컨마는　　새월이 오래가면 흘망케 쉬우니
림새간을 차린후에 치산을 전ᄉᆞ하야　　곡식이 만으나마 압치장 ᄒᆞ지말고
헌의복도 가라입고 잡엄식도 먹어서라　　집안을 ᄌᆞ조씰고 문지를 안게말며
기명을 아라두어 게구에 게지마라　　이웃재단 갈적의 무음씨고 단겨서라
급한일 아니거든 밤으로 왕내마라　　ᄂᆞ무집 가거들랑 더욱조심 정ᄌᆞᄒᆞ야
나무말 전치말고 나무임내 ᄂᆡ지마라　　내허물이 더남니라 부위를 해치마라
신심을 일나니라 이웃제단 기ᄂᆞ마　　옷귀를 벌게마라 속옷이 나나니라
우슴을 크게마라 잇뿌리 ᄂᆞᄂᆞ니라　　옛글에 잇난말과 세상에 당ᄒᆞᆫ일을
책을써서 경게하니 이칙을 일치말고　　시시로 ᄂᆡ여보면 힝신처ᄉᆞ 유익ᄒᆞ다

경계ᄒᆞᆯ말 만타마는 정신이 아득ᄒᆞ야 그만ᄒᆞ고 긋치ᄂᆞ니 부ᄃᆡ〃〃 명심ᄒᆞ야
여ᄌᆞᄋᆡ 할일을 힛말로듯 보지마라

5. 경계사

조춘호 소장

[해제] 이 가사는 효행, 가정교육, 태교, 살림살이, 손님접대 등 아녀자가 지켜할 도리와 책임에 대하여 경계하는 내용의 국문 가사이다. 자료 형태는 26.2×701㎝ 규격의 두루마리이며, 1행 4음보 형태의 필사본이다. 글말에 '병인지월 슌팔일'이라는 기록이 있어 창작연대를 추정할 수 있다.

가사는 신구겸 볼 만하나 언제 썻는고 글시도 괴〃 항필이고 틀인 자획도 만읏니 만드러 바야 될 듯
갑술 삼월 초순일

건곤니 초판하야 음양을 갈엿도다 만물이 화생하야 사람이 읏뜸[32]이라
오힝졍기 바든인생 남강여슌 하니 성졍[33]붓터 판연ᄒᆞ다 단군긔자 나신후ᄋᆡ
예졀을 지졍하고 가취를 마련후ᄋᆡ 여필종부 하엿스니 힝할사 즁한예법
그뉘라서 어길손야 인의예지 삼강오륜 예의지국 우리조선 외국ᄋᆡ 모범될
만성인ᄋᆡ 교훈ᄃᆡ로 너도힝코 나도힝코 남자난 유실이요 여자난 종인니라
여자유힝 원부모난 이로좃차 행하엿내 육예[34]를 갓추어서 ᄑᆡ빙비판 조흔기약
응〃명안 육일시로 빅양장지 마지하여 젼기하여 납폐[35]하니 작〃도화 호시졀ᄋᆡ
지자우귀 하는구나 고향산쳔 떠날젹ᄋᆡ 여심상비 여사로새 쳔지갓튼 우리부모

---

32 읏뜸: 으뜸
33 성졍: 타고난 본성
34 육예: 육례, 전통 혼인 풍속에서의 여섯 가지 절차. 납채(納采)·문명(問名)·납길(納吉)·납폐(納幣)·청기(請期)·친영(親迎) 등
35 납폐: 納幣, 혼인할 때 사주단자의 교환이 끝난 후 정혼이 이루어진 증거로 신랑 집에서 신부 집으로 예물을 보냄. 또는 그 예물

하ᄒᆡ갓튼 깁흔자ᄋᆡ[36] 농화농장 무휼과ᄋᆡ 북두은턱 나리시니 ᄋᆡ지육지 남여등급
엇지하여 딸자식은 면치못할 외인인고 이런고로 셩인말슴 헛분거시 딸이되고
딸이란개 ᄋᆡ물[37]이라 못가릇쳐 ᄋᆡ물이요 가졍선턱 ᄋᆡ물이라 남의집 가졍선턱
엇지하여 세밀하리 ᄂᆡ자식 교육부족 남의가졍 수원수구[38] 이모도[39] ᄋᆡ물자식
아므려나 경계하새 경계도 하려니와 견문[40]업시 될수없내 견문니 잇다해도
소견업시 될수업내 견문소견 알고보면 경계사 쉬운니라 남존여비 하엿스니
ᄋᆡ잔한개[41] 여자로새 책임도 만커니와 원망이 더욱만타 ᄂᆡ죽장 현불현ᄋᆡ
흥망성쇠 매엿스니 놀날일 아니온가 팔백연 쥿나라 임사의 덕이잇고
한당인 요료키는 규문니 무졍하다 국가ᄋᆡ도 그럿커든 사가[42]는 더하도다
가빈의 사현쳐난 고인의 말슴이요 이런고로 부모님 딸보날대 문의나와
하신말슴 대강〃〃 기록하니 차래〃〃 드러보라
재가종부 슬하ᄋᆡ서 가지각색 교양하여 고례를 실시말고 젹인종부 실어보ᄂᆡ
타인입신 되는법이 사〃이 젹당하다 즁할사 너의책임 셩인식혀 보넌거슨
부모의 부담이니 일평생을 조심〃〃 일시도 방심마라 현미현철 득명하야
문학도덕 너의친가 억만잔고 ㅆ빠진어미 욕셜먹고 안먹는게 너의행동 달엿스니
그아니 어려우며 이아니 조심되랴 그런고로 딸자식은 더욱〃〃 절제쥬어
오양깐 소제까지 다씩히고 원슈[43]자식 기르드시 엄하게 길너야제 깟닥잘못하면
남의가문 더럽히고 인망가패 못면한다 착한일도 선생이요 낫분일도[44] 경험이라
부대[45]〃〃 조심하여 너의식집 가거덜낭 선사구고 쳣일이요 경봉군자 다음이라

---

36 깁흔자ᄋᆡ: 깊은 자애
37 ᄋᆡ물: 애를 태우거나 성가시게 구는 사람이나 물건
38 수원수구: 誰怨誰咎, 누구를 원망하고 누구를 탓하겠냐는 뜻으로, 남을 원망하거나 탓할 것이 없음을 이르는 말
39 이모도: 이 모두
40 견문: 보거나 들어 깨달아 얻은 지식
41 ᄋᆡ잔한개: 애처롭고 애틋한 것이
42 사가: 여염집, 민가
43 원슈: 원수
44 낫분일도: 나쁜 일도
45 부대: 부디

사구고를 알거들낭 혼졍신셩 잇지말고
쇠소응대 잇지마라 의복음식 친집하고
관기찰색 자로하여 뜻을맛쳐 봉양하라
뜻을어겨 봉양하면 금의옥식[46] 맛이업고
뜻을맛쳐 봉양하면 단사초갱 상관업다
부모님 하신말슴 돈슈하고 자시듯고
일〃이 순종하라 꾸즁[47]을 하실 찌도
안색을 변치말고 발명[48]을 심히마라
발명끗틔 딕쳑[49]이라 촉분하기 쉬우리라
촉분끗틔 반항심이 항거하기 쉬우니라
졀지심이 이간되여 고부간의 빙판되고
일가친쳑 초월하야 바로잡기 어려우니
부모님내 사후라도 사랑하심 잇지마라
백행지 근원즁의 효우가 읏뜸이라
우의가 업셔지면 효성이라 할슈업다
쥬관육행 일넛스되 효행이 읏뜸이요
쥬관팔행 일넛스되 불효형벌 큰죄로다
남편은 소쳔[50]니라 소쳔을 위하거든
부모님을 잘셤기면 자연히 감북된다
옛젹의 쳔효부는 남편니 정배후의
외로운 존고씌를 가셰[51]도 쳑빈한딕
식종을 봉양하니 만고효열 포창하여
여쳔지 무궁토록[52] 쥭백의 삭인일흠
만세유젼 안일는가 부〃는 유별이라
지극히 존즁하니 부창부슈 할지어다
동긔간 각별현우 소고와 동서간의
남지북촌 모은형제 뜻맛기[53]가 쉬울손야
그사이예 이견츙돌 쉬울세라
물건으로 비할진딕 모난그륵[54] 둥근뚜겅
이리져리 덥허바도 마질슈[55] 잇겟느냐
한번참고 두번참아 어졔잘못 오늘잇고
아침의 잘못된일 져역의 개유말고
이리져리 참고보면 참는것이 졔일이라
묵은말을 들추우면 감졍만 놉하간다
한말의 계교하고 두말의 가졍불화
남편계수 욕되고 그아니 조심체랴
더욱〃〃 조심하라 늘그니를 조심하고
친구간의 신의잇서 붕우유신 법을알고
오륜의 범나잔캐 닉측편[56]의 일넛스되
여자의 최고직분 임신니 되거들낭

46 금의옥식: 錦衣玉食, 비단옷과 흰쌀밥
47 규즁: 꾸중
48 발명: 죄나 잘못이 없음을 말함
49 딕쳑: 마주 응하거나 맞섬
50 소쳔: 소천(所天), 아내가 남편을 이르는 말
51 가셰: 가세(家勢), 집안의 운수나 살림살이 따위의 형세
52 여쳔지 무궁토록: 영원히 변하지 않고 영원하도록
53 뜻맛기: 뜻이 맞기
54 그륵: 그릇
55 미질슈: 맞을 수
56 닉측편: 『예기(禮記)』 내측편(內則篇)

석부정 부좌하고 활부졍 부직이요 의불청 음졍하고 묵불치 사색하고
색악불식 취악불식 입불필 부좌하고 급한일 보드라도 갑작스리 놀나지말고
십삭태교 고이하면 대인을 나올터니 각별이 명염하여 자여를 길을젹ᄋᆡ
생자생여 용봉거동 교양이 졔일이니 한두살ᄋᆡ 말배울ᄡᅢ 상된언어 하지말고
쐬들고 지각들씨 거짓말 하지마라 쏜밧기 아조쉽다 남을쏙여 사욕채워
즐기다가 도젹심사 들기쉬워 후환니
잇나니라 셰살버른[57] 여든까지 고려ᄋᆡ말 헛되잔타
십세젼 교양이야 자모의계 달엿스니 쇠유사다 먹인말은 맹자모친 삼쳔지교
거짓말 아닌증거 그어미 심행품질 자식이품 슈하니 양쳐현모 덕ᄐᆡ니라
한석봉ᄋᆡ 명질도 현모 공덕이라 봉졔사[58]와 졉빈객[59]ᄋᆡ 여도를 존즁하고
문호를 빗ᄂᆡ여라 졔수지물은 가셰ᄃᆡ로 하려니와
졍성이야 잇고업고 ᄂᆡ맘ᄃᆡ로 못할손야 성인ᄋᆡ 경계즁ᄋᆡ 사〃 여성 하라하니
사후조상 부모를 생존시와 갓치하라 졉빈을 할젹ᄋᆡ도 손님왓다 말슴커던[60]
고셩말고 ᄃᆡ졉하라 되지못한 부여들은 손님이 왓다하면 발연변색 반찬업다
징계하고 외쥬인 모욕주기 물업는 쇠수씨겨 물풍 일으키고 그손님 들여셰워
무안지심 추호업시 경재햇다 깃버하고 졔잘낫다 자랑하니 부ᄃᆡ〃〃 창염하여
졉빈등졀 관대하라 큰소리 나계되면 손ᄋᆡ귀ᄋᆡ[61] 가기쉽다 그집ᄋᆡ 주부가
밥상ᄋᆡ 언진다고 속담ᄋᆡ 잇나니라 주부의 소임즁ᄋᆡ 치산[62]니 웃뜸이라
ᄃᆡ복은 재쳔니요 소복은 재근니라 부인니 나ᄐᆡ하면 되난집 업나니라
검소하고 근검하여 졀용졀식 규모졀차 규문안ᄋᆡ 들온곡식 슈입지츌 여상하야
말노쓸젹 되로쓰고 한되할일 반되하여 슉불환상 하난개라 젹은음식 만은드시
생곡식ᄋᆡ 술못꼽고 손끗트로 분식하여 졔손으로 치산하라 남편의계 탓신용돈

57 셰살버른: 세 살 버릇
58 봉제사: 봉제사(奉祭祀), 조상의 제사를 받들어 모심
59 졉빈객: 접빈객(接賓客), 손님을 접대함
60 말슴커던: 말씀하시거든
61 손ᄋᆡ귀ᄋᆡ: 손님의 귀에
62 치산: 治産, 집안 살림살이를 잘 돌보고 다스림

한양쓸ᄃᆡ 닷돈쓰고 열양쓸ᄃᆡ 닷양쓰고 한푼두푼 졀용[63]하여 부당쳐ᄋᆡ 쓰지말고
외쥬인 츌타한후 션문업시 손님오고 식구간ᄋᆡ 우환질고 요긴하계 쓰계되면
그아니 요긴한가 요료찬은[64] 부인내는 남용남식 하여녹코 당용쳐ᄋᆡ[65] 쓸때는
이집져집 꾸로단여 졔집가풍 추락하고 부〃간ᄋᆡ 불화되고 시간맛튼 주부책임
즁책을 맛탓스니 부인ᄂᆡ 직분이니 유여하고 부족한것 규모졀차 달엿스니
입버릇을 못참으면 명심하기 어렵도다 손버릇을 낫비하면 만사가 불힝이니
광대한 쳔지간ᄋᆡ 쳔층만층 구만층ᄋᆡ 다갓기가 쉬울손가 부여로 삼긴몸은
쳬양을 단정하고 언어행동 은용계졀 음셩을 곱계하야 가도를 슌캐하라
여자ᄋᆡ 목소리가 월장[66]하면 망가[67]ᄋᆡ 자본이라
그아니 행악이야 부여ᄋᆡ 만복근원 유슌부덕 졔일이라 슌한여자 복을밧고
악한여자 화를부담 성경ᄋᆡ 잇난말을 명심하고 들어보라 인자하고 다정한개
슌함으로 조차나고 잔인하고 포악한것 후기ᄋᆡ 특징이라 잔인불슌 칠거지악
범죄하기 무셔워라 셩졍[68]이 나그덜낭 참고〃〃 또참아라
생아복아 육아모아 부야모야 깁흔은덕 속졀업시 못갑흐니 이셕금슈 이아니야
삼강이 업셔지고 오륜니 끈쳣스니 호국인종 못면하고 풍난기흔 난상태
여성들이 물니해방 더욱〃〃 난잡하다 신학이니 즁학이니 문학문명 부르는개
일부갓튼 져여성들 집안붓터 망쳐녹코 소학교의 버든가지 즁학교ᄋᆡ 반풍슈란
가졍교육 못바드니 ᄂᆡ수단 굿어지고 져만졔일 셰상되니 졍지아히 소견으로
사회〃〃 떠들면서 자유자유 하는사람 어리석은 부모들은 나만찻다[69] 생각하고
출가식혀 보ᄂᆡ노니 그형편니 오작할가[70] 졔의복도 못해입어 오비가 수삼쳑ᄋᆡ
남편의복 밧들손야 새며나리 다려올때 싀부모의 소망이야 인〃가〃 일체건만

---

63 졀용: 절용(節用), 아껴 씀
64 요료 찬은: 이렇지 않은
65 당용쳐ᄋᆡ: 당연히 써야 할 곳에
66 월장: 담을 넘음
67 망가: 망하는 집
68 셩졍: 성질
69 나만찻다: 나이가 찼다
70 오작할가: 오죽할까

일부츌함 져며나리 명쥬쳔ᄃᆡ 개똥일새 금장셩식 꾸며ᄂᆡ야 외면니야 훌융하다
신부사랑 싀아버지 것만보고[71] 쏙는구나 ᄂᆡ며나리[72] 일등일새 모교ᄋᆡ 졸업하고
모젼문의 츌신니라 자랑끗틔 뉘가씨터 고요하던 져집안ᄋᆡ 큰소리가 나계된다
의복을 비유하면 교즉의복 이아니냐 교즉이 좃타해도 눈가림 쑨니로다
싀덕문젼 드러가니 보는쪽〃 원수갓고 듯는쪽〃 셩화로다 당상[73]ᄋᆡ 계신구고
사무랍기[74] 갈범갓고 독사갓치보이구나 싀집이 무엇조화 선여갓튼[75] 고은ᄂᆡ몸
지옥ᄋᆡ ᄂᆡ가왓소 우리학교 모선생은 독신생활 호화롭대 동창생 우리동유
이혼하고 왓다더라 츈삼월 긴〃날ᄋᆡ 벼계와 씨름하니
허〃탄식 졀노난다 쥬야로 긴〃밤ᄋᆡ 잠한경 아니오내 벽오동 추우즁ᄋᆡ
씨름하는 병학이라 침션방직[76] 서쳔니라 정구지역 부당하다 졔사날 공일이며
헛된일이 무슈하다 손님은 무순손님 식모업는 이가졍ᄋᆡ ᄂᆡ손으로 졉빈하랴
요리청ᄋᆡ 안ᄂᆡ하소 부〃는 이성지합 친〃하다 마음녹코 싀모가 무심하다니
싀누이가 여차하니 우리양인 츌산하여 단난생활 해봅시다 남자는 춘풍이라
이설내의 십상팔십 우리부모 완고하여 이휘성이 부족하니 아모려나 참고참아
우리양인 단결심ᄋᆡ 힝복을 바랍시다 금침속ᄋᆡ 꾸난힝복 삼각지목 업서진다
각집어린 오시는ᄃᆡ 기거영졉 고사하고 양미간니 찡글치내 쥬일이면 산보가기
동부인 극장츌입 화장품 고급품과 여힝기구 부족한것 오ᄆᆡ[77]일염 남편원망
문명문화 이시대예 남편으로 듯고안휘 의부족관 계허〃히 붓그럽소
멧칠만 기다려요 월급날이 머지안소 늘고병든 저부모는 연고기쇠 탕진기력
고금이 다르오나 자식마다 이지경 어ᄃᆡ서 의지하리 와석종신 바랄손야
불상하다 져부모는 그자식 길을젹ᄋᆡ[78] 온갖영위 가진욕망 일츄월장 자라나서

---

71 것만보고: 겉만 보고
72 ᄂᆡ며나리: 내 며느리
73 당상: 堂上, 대청 위
74 사무랍기: 사납기
75 선여갓튼: 선녀 같은
76 침션방직: 침선방직(針線紡織), 바느질과 천짜기
77 오ᄆᆡ: 오매, 언제나
78 길을젹ᄋᆡ: 기를 적에

왕후장여 성예되며 나의영광 엇더하랴
효성이며 노래자ᄋᆡ 특효이라 셰〃손〃
만세명망 너의집ᄋᆡ 모든영위 너를미더
긴한한슘 장탄욕경 불성인생 참혹하다
남의입을 쌔게하니 교육가란 말만듯고
우이독경 가관이며 병마수영 우습도다
임사[79]ᄋᆡ 덕힝이며 모사당ᄋᆡ ᄇᆡ옥하여
현대의 여성들도 다낫분것 아니오라
학식이 츙분하면 마음붓터 곤치어라
여존남비 광장비라 아무리 문화라도
쳔상ᄋᆡ 우래벽화 지구ᄋᆡ 만물창생
하물며 여자로서 남자변신 할슈잇나
ᄂᆡ외사가 될지라도 여자ᄋᆡ 일음알ᄋᆡ
월광이 명낭히도 여도ᄋᆡ 벗나잔캐
쳔문이니 슈학철학 문학즁ᄋᆡ 가사낙재
즁임이라 경재력이 부족하면 계을하니
파탄이라 이로다 발생한다
남이졔흉 할쥴알고 문ᄋᆡ붓터 규탐[81]하니
싀부모의 험담하기 무상츌입 횡〃하고
남편의계 돈달나기 업난병도 자아ᄂᆡ고[82]
군것질 우심하다 쳔치갓튼 져남자들
더러워라 져풍속을 안보는계 상책일새
문명문화 이시대예 너희들 못가르쳐

문왕후비 문무주공 요순우탕 왕상갓튼
창성형산 빅대문달고 여수황금 단쳥하야
욕망이야 갓건마난 영위소망 헛일되여
구가졍 무식여자 흠선하여 신건방
갈미머리 반통치마 문화여방 귀가이서
가졍주부 현불현을 고금ᄋᆡ 알지로다
선악이 구별잇서 이날까지 포창하니
회계하면 지젹하고 헌미하면 추존니라
마음만 잘딱그면 여화미인 쓸ᄃᆡ업다
건곤지구 못밧구니 여남음양 바꿀소냐
자연으로 성〃하니라
문화가 발달하여 여자 신분으로
남자ᄋᆡ 부속인은 고금ᄋᆡ 일반니라
가정예문 지키여라 여자ᄋᆡ 대학이니
하지마라 경재과 가사과가 여자ᄋᆡ
여자가 계을하면 남의가졍 불행이라
침션방직[80] 손방이요 치산등졀 나ᄐᆡ하니
가차우니 외대하고 외인교졔 슈다하고
침선을낭 싹을쥬고 치산을낭 놉ᄃᆡ녹코
다〃리 구토증은 임신햇다 유셰하고
등치고 간내는ᄃᆡ 아조셩신 혼모하내
비위성이 뒤눕는듯 어와 자손들아
일구일심 병이된다

---

79 임사: 臨事, 어떤 일에 임함
80 침션방직: 바느질과 반찬을 만드는 일, 실을 뽑아 천을 짜는 일
81 규탐: 따지고 나무람
82 자아ᄂᆡ고: 지어내고

우연히 칠순쥴ᄋᆡ 일낙서산[83] 되엿스니
너ᄒᆡ들을 가릇칠고 신식풍조 달아나고
두소로 근심이라 남녀칠세 부동석은
학과ᄋᆡ 낙재마라 잘난부여 못난부여
여성들게 혹시나 유조[84]할가 붓을노아
일염ᄋᆡ 근심이라 정현사재 어ᄃᆡ이서
너ᄒᆡ들 규문터가 신학을 가릇치니
교양ᄋᆡ 웃듬이라 여공을 벗나잔캐
물난풍기 더러워서 ᄃᆡ강 〃〃 기젹이니
맛치노라

병인지월 슌팔일 글시괴 〃

83 일낙서산: 해가 서산으로 떨어짐, 보잘것없는 존재
84 유조: 有助, 도움이 있음

6. 경ᄀᆡ가

화수댁 소장

[해제] 경ᄀᆡ가는 사진 컷 수가 11장으로 단 · 행 · 음보의 구분이 없는 줄글 형태의 필사본이다. 엇더(으뜸), 거럼(걸음), 엄식(음식), 죽길일도(야단칠 일도), 정지(부엌), 낙싹기고(낯이 깎이고), 한거력식(한 그릇에) 등의 방언 표기가 드러난다. 1행 2음보로 이어지다가 사진 10부터 4음보로 내용이 길어지고 있다.
내용은 여자로 태어나서 칠세부터 규중에서 부녀의 견문을 배워서 시집가서 실수 없이 조심하여 관혼상제의 예를 다할 것과 어려운 시집살이의 도리를 일러주는 것으로 되어 있다.

어화우리 턱죵의야 이ᄂᆡ말삼 드러바라
천지간 만물중의 천한거산 사람이라
인이예지 법을ᄒᆞ고 삼강오륜 ᄲᅳᆫ을ᄒᆞ고
남ᄌᆞ라 ᄒᆞ난것을 견강함이 엇덤이요[85]
여자라 ᄒᆞ난것은 유순함이 제이리라
이름으로 셩인말ᄉᆞᆷ 남반ᄒᆡ 여반세리
여ᄌᆞ가 칠세되면 거늬이 불출이라
규중의 곱기길여 남모르기 장성하여
밧그로 나오면은 사랑□훈 잘비우고
안으로 더러가면 어무거동 밧드러서
언어마다 ᄉᆡᆼ각이요 거럼마다[86] 조심이라
방적으로 일을ᄉᆞᆷ고 견문으로 ᄲᅳᆫ뵈와서
침ᄌᆞ를 ᄇᆡ우거던[87] 곱기ᄒᆞ기 주장이요
엄식을 장만커든[88] 정결함이 엇듬이라
동ᄉᆡᆼ들 죽길일도[89] 유순ᄒᆞ기 말을ᄒᆞ고
동기간의 듸ᄒᆞ그던[90] 우의익기[91] 말을씨고
남이라 듸하그든 험물 듸접ᄒᆞ고
일가친척 듸ᄒᆞ그든 정시럽기[92] 듸접ᄒᆞ고

---

85 엇덤이요: 으뜸이요
86 거럼마다: 걸음마다
87 침ᄌᆞ를 ᄇᆡ우거던: 바느질을 배우거든
88 엄식을 장만커든: 음식을 장만커든
89 죽길일도: 야단칠(꾸중할) 일도
90 듸ᄒᆞ그던: 대하거든
91 우의익기: 우애 있게
92 정시럽기: 인정스럽게

그려〃나이차서 남우집의 드려가서
여ᄌᆞ유힝 고약ᄒᆞ다 ᄉᆞᆷ죵디법 ᄯᅳᆫ을바다
신헹길 ᄯᅥ날적의 상ᄀᆡᆨ이 ᄇᆡ힝셔고
북그럼도[93] 그지업고 조심성도 층양업고
일촌의 노소들과 좌우의 친척들과
그러남아 조심ᄒᆞ여 붓그렴을[96] 잇지말고
사람이 더로그든[98] 일으서 귀ᄌᆞᄒᆞ고
말잇다고 말ᄒᆞ면은 남더리 흉하나니
정지 드르가서[99] 음식을 지을저의
시누얼 마슬비고 반상기을 정키ᄯᅡᆨ가
음식을 노흘적의 층문잇게 하지말고
한쪽[102]의서 ᄌᆞᆷ관먹고 ᄂᆡ방의 드려가서
부모ᄭᅦ 영을바다 ᄂᆡ방의 불켜놋코
남먼저불 ᄯᅳ지마라 어륜이 ᄌᆞ시그던[104]
구고게 문안ᄒᆞ고 낫밤으로 조심ᄒᆞ고
졉빈ᄀᆡᆨ 봉지ᄉᆞ나[106] 손이라 오그들낭
말수업시 듸접ᄒᆞ고 안든난듸 걱정마라

시부모을 섬길적의 효힝잇기 졸섬겨라
여필종부 ᄯᅡ라간이 부모동싱 비서진다
한님이 듸을ᄯᅡ라 욱키당일 당도ᄒᆞ이
그러남아[94] 진정ᄒᆞ여 좌우을 쟝관보니[95]
만방이 모여안ᄌᆞ 이말저말 낭ᄌᆞᄒᆞ다
고ᄀᆡ을 숙이고서 암만보고[97] 안ᄌᆞᆺ다가
둔드러 ᄉᆞᆯ피면은 남이보고 우숨웃고
북그름과 조심으로 이삼일 지닌후의
아난것도 ᄇᆡ와ᄒᆞ고 음식마설 모러거든
진지을 올인후의[100] 노속이 잇그들랑
고로로 논허주고[101] 어룬이 명ᄒᆞ그든
하든일을 다시들고 밤이라 당ᄒᆞ그던
맛튼일을[103] 다시들고 ᄌᆞᆷ온다고 눕지말고
너도잠관 ᄌᆞᆷ을ᄌᆞ고 일직이 일어나서
일종일평 심가여라[105] 부녀의 제일견문
업다고 군말마고 친가유문 인난듸로
손의기가 기난이라 사랑의서 듯ᄌᆞ오면

---

93 북그럼도: 부끄럼도
94 그러남아: 그러나마
95 쟝관보니: 잠깐 보니
96 붓그렴을: 부끄럼을
97 암만보고: 앞만 보고
98 더로그든: 들어오거든
99 정지 드르가서: 부엌에 들어가서
100 진지을 올인후의: 진지를 올린 후에
101 고로로 논허주고: 골고루 나누어 주고
102 한쪽의서: 한쪽에서
103 맛튼일을: 맡은 일을
104 어륜이 ᄌᆞ시그던: 어른이 주무시거든
105 심가여라: 삼가여라
106 봉지ᄉᆞ나: 봉제사(奉祭祀)나

그실체가 엇둘소냐 사랑소실 낙싹기고[107]
이역흉이[108] 오작하랴 하나듯고 두리더려[109]
ᄎᆞ〃로 솜문나면 오든손도 안이오고
무글손도 가난이라[110] 그러〃비풍듸면
문호에도 방ᄒᆡ듸고 추립에도 ᄌᆞᆼ실늬고
체수라도 갓초와서 문엽잇게 정빈ᄒᆞ면
여중군ᄌᆞ 씨가인나 그려하면 견문이라
법과솜문 절노나고 여중군ᄌᆞ 듸난이라
어와우리 텩종ᄆᆡ 드라ᄉᆞ 듸무라 ᄒᆞ오리오
사람의 ᄉᆡᆼᄉᆡᆨ은 관효ᄉᆞᆼᄌᆡ[111] 웃듬이요
제ᄉᆞ나을[112] 당ᄒᆞ거든 졍한오슬 가라입고
전조단발 정히ᄒᆞ고 삼일제게 정성드려
ᄌᆡ수 ᄌᆞᆼ만할ᄌᆡ 정결하기 만저여라[113]
깃침이 나드들낭 문박의 나가하고
말할일 잇그들낭 고게더러[114] 마을ᄒᆞ고
깃침ᄒᆞ고 말하면은 춤이ᄯᅵ고[115] 부정ᄒᆞ다
밥풀ᄯᆡ면 ᄌᆞ시보고 가지〃정키익혀
유지와 정한보로[116] 갓〃지로 덥허두엇다가
방미라 당하그던 안박ᄒᆡ[117] 불발키고
노소들이 잇서나마 ᄆᆡᆨ겨서[118] 두지말고
시수을 정히하고 이역히 손수들어
가지〃정키익혀 제기의[119] 각〃담아
ᄎᆞᄅᆡ로 갓초노코 단정히 안ᄌᆞᆺ다가
진설ᄒᆞ라 영나그던[120] 정신을 ᄉᆡ로ᄎᆞ려
제수을 올일적의 실과상을 먼저들고
지수을[121] 올인후의 강진ᄒᆞ고 밋밥을
올여ᄒᆡᆼᄉᆞ을 하올적의 공순ᄒᆞ기 참ᄉᆞ하고
철셍을[122] 하온후의 음복을 논훌적의[123]
빈ᄀᆡ과 어룬게난[124] 각ᄉᆞᆼ어로[125] ᄎᆞ려주고
그남운 제ᄀᆞᆫ게난 가지수로 갓초와서

---

107 낙싹기고: 낯이 깎이고, 체면이 깎이고
108 이역흉이: 이녁(상대의) 흉이
109 하나듯고 두리더려: 하나 듣고 둘이 들어
110 무글손도 가난이라: 묵을 손님도 가느니라
111 관효ᄉᆞᆼᄌᆡ: 관혼상제(冠婚喪祭)
112 제ᄉᆞ나을: 제삿날을
113 정결하기 만저여라: 정결하게 만져라
114 고게더러: 고개 들어
115 춤이 ᄯᅵ고: 침이 튀고
116 유지와 정한보로: 유지(油紙)와 깨끗한 보자기로
117 안박ᄒᆡ: 안팎에
118 ᄆᆡᆨ겨서: 맡겨서
119 제기의: 제기(祭器)에
120 영나그던: 말씀이 있거든
121 지수을: 제수를
122 철셍을: 철상(撤床)을
123 논훌적의: 나눌 적에
124 빈ᄀᆡ과 어룬게난: 빈객과 어른께는

골로려 논혀주고 ᄌᆞ근음식 마는듯기[126]
둉ᄆᆡ드라 드러바라[127] 또한말이 드러라
시부모가 자랑커든 그랄ᄉᆞ로 공경ᄒᆞ여
잠시라도 방심말고 ᄆᆡ〃ᄉᆞ을[129] 실수마라
어륜이 ᄭᅮ중커든 올타고 발명마라[130]
저어륜이 더욱분의[133] 나기 시운이라[134]
하순ᄒᆞ기 말을ᄒᆞ고 조용히 말을ᄒᆞ여
하는이라 가장은 하날이라 하날우의
경히마라 이젹에 귀고리난 밧흘가라
즁한인졍 이른이을 ᄯᅳᆺ을바다 가ᄌᆞᆼ은
씨기그든 죽을일도 시ᄒᆡᆼ하고 가ᄌᆞᆼ이
ᄌᆞᆯ못ᄒᆡ도 그실너서 악담말고 하순ᄒᆞ기
가장이라 복일절 천한들 할소야
밥이라도 먹으나마 한거력ᄉᆡ[137] 먹지말고
동서들이 익그들낭 일ᄉᆡᆼ으로 말을써서
동서가 잘못ᄒᆡ도 서로무더 덥허주고
엄난정 인난드시 정시럽기 ᄉᆞᆯ드리
다시쥬고 하고저운 말이라도 다리고

오난ᄉᆞ람 남녀업시 후룬업기 펼이ᄒᆞ고
부녀의 시집ᄉᆞ리 어륜일이 만흔이라[128]
두로ᄒᆡ서 ᄉᆞᆯ피시고 조심으로 ᄌᆞᆯ섬겨라
방심ᄒᆞ고 실수하면 ᄌᆞᆯ못할ᄂᆡ 만흔이라
발명이 ᄃᆡ거리라[131] 듸그리을[132] 하기ᄃᆡ면
우슴웃고 ᄎᆞ맛다가 저어륜이 분풀거든
ᄒᆞ며저 우룬이 우슈면서[135] 잘못ᄒᆡᆺ다
드놉푸ᄃᆡ 두로하고 공경하여 얼이리라도
졍심둘ᄌᆡ 송ᄃᆡ여발 민눌엿느니 부〃간에
비츌이라 일신이 ᄆᆡ엿슨이 ᄆᆡᄉᆞ을
어리나마 능멸이 아지말고 가장이
말을ᄒᆞ여 북창부수[136] 싸라여라 소즁ᄒᆞ기
옷을펴서 거나마 한ᄒᆡ의 거지말고
부〃유별 이런말이 일노붓터 나난이라
혼ᄌᆞᄋᆡ 맛튼일도 밧드러서 두러ᄒᆞ고
시누가 잇그들낭 일ᄉᆡᆼ으로 맘을써서
ᄉᆡᆼ각ᄒᆞ여 먹고저운[138] 음식도 두엇싸가
하지말고 우의와 화합ᄒᆞ기 가ᄂᆡ을

---

125 각ᄉᆞᆼ어로: 각 상으로, 독상으로
126 자근음식 마는듯기: 작은 음식 많은 듯이
127 둉ᄆᆡ드라 더러바라: 동무들아 들어봐라
128 어륜일이 만흔이라: 어려운 일이 많으니라
129 ᄆᆡ〃ᄉᆞ을: 매사(每事)를
130 올타고 발명마라: 옳다고 말하지 마라
131 발명이 ᄃᆡ거리라: 말하는 것이 대꾸니라
132 디그리을: 대거리를
133 더욱분의: 더욱 분함이
134 시운이라: 쉬우니라
135 우륜이 우슈면서: 어른이 웃으면서
136 북창부수: 부창부수(夫唱婦隨)
137 한거력ᄉᆡ: 한 그릇에
138 먹고저운: 먹고 싶은

편키ᄒᆞ고 이웃사람이 오그들낭 정시리 인ᄉᆞᄒᆞ고 집안어룬 오지그든 볼데마다
인ᄉᆞᄒᆞ고 상ᄉᆞ람 이라도 만크든 말ᄉᆡ을 낫비마고 징성을 쫓처도
가만고 성ᄒᆡ서 쫓치말고 어린아ᄒᆡ ᄃᆡ트레도 조심ᄒᆞ여 말을ᄒᆞ고 물길ᄋᆡ
가더릐도 먼눈더서 보지말고 길가ᄋᆡ ᄲᅡᆯᄂᆡ할ᄌᆡ 압만보고 도라안ᄌᆞ 길우의
가난ᄉᆞ람 눈더려 보지마라 눈길이 마조치면 그부그름이[139] 엇들소냐 길가의
가더라도 남정이 섯다가 지나오거덜낭 넘디말고 으서 거름나마 치마그던 것치고
거릐가 안저나마 저고리 여마입고 어듸가 안저나마 오시라도 물어나마 옷긴물고[140]
ᄌᆞᆸ듸말고 흉도만흔 시집ᄉᆞ리 어륜나 마흔이라 둉듸들아 드러바라 또한말이
듸가남운게 무름막금 칫더럽고 ᄀᆡ우러나 이우절 가더릐도 볼일업시 가지말고
남우말을 더러나마 그ᄌᆞ리ᄋᆡ 서이젓 보리고 남우게 이길일도 ᄎᆞᆷ고서
지고익고 일뭄다 ᄉᆡᆼ덕으로 일평ᄉᆡᆼ은 지늬오면 석ᄇᆡᆨ의도 견듸나고 만ᄇᆡᆨ의도
ᄉᆞ라나이다 어와우리 종ᄆᆡ더라 듸강경긔 ᄒᆞ여준이 알들이 익히일듯 국의다가
여허거든 ᄒᆡᆼ실의도 유익ᄒᆞ고 문호의도 빈나난이[141] 이의로만 ᄒᆞ엿다가 별가의
더러가서 늘그서 오릐그던 이늬말 ᄉᆡ로ᄒᆞ여 그인정 잇다말고 여이로이
필그ᄒᆞ여 너덜을 ᄉᆞ랑ᄒᆞ여 이와갓치 공을드서 한ᄉᆞ람도 더갈처서 남우집ᄋᆡ
보늬오오면 너도좃코 조하ᄌᆞᆼᄂᆞ은ᄉᆞᆼ ᄉᆡᆼ각ᄒᆞ야 열심히 가라치이 일시라도 노지말고
아는일도 짐서ᄒᆞ고 여긔〃 알들하여 늬보우 밧더러라

임진년 이월이십일

---

139 그부그름이: 그 부끄러움이
140 온긴물고: 옷깃 물고
141 빈나난니: 빛나나니

7. 경ᄀᆡ사라

경북대학교 도서관 소장

[해제] 하나의 전적에 '은쇼학서', '지전맹푼', '전후집', '소상팔경가라', '거ᄎᆞᆼ가라', '가ᄉᆞ라', '우미인가', '민지부인조합화젼가라'와 함께 전편이 수록된 국문 가사이다. 자료 형태는 27.8×19.7cm 규격의 전적이며, 단과 음보 구분 없는 줄글 형태의 필사본이다. 필사자 및 필사시기는 미상이다.
시집가는 딸에게 아녀자가 지켜야 할 도리를 훈계하는 내용의 가사이다. 시부모 공양을 잘할 것, 부모님께 효도할 것, 지아비를 공경할 것, 시동생과 지친(至親)들과 잘 지낼 것, 봉제사 접빈객을 잘할 것, 태교 및 자식 교육을 잘할 것, 노비를 잘 대할 것, 검소한 생활을 할 것, 이웃 간에 조심할 것 등 아녀자가 지켜야 할 시집살이의 규범을 조목조목 열거하였다.

쓸ᄃᆡ읍난 이ᄂᆞ몸이 불초ᄌᆞ손 도야나서
이련 훈기 ᄒᆞ기 붓그렵다
후의막급 뇌잇칠을 둘ᄃᆡ업서 휸기ᄒᆞ노라
아ᄒᆡ야 이ᄂᆡ 말을 덜어보소
시ᄃᆡᆨ의 들어갈제 네마음 엇드ᄒᆞ며
경ᄀᆡᄒᆞᆯ일 ᄒᆞ고 만타만
문박ᄀᆡ서 절ᄒᆞ고 갓가이 나안ᄌᆞ
ᄌᆞ리나 정ᄒᆞ시닛가 ᄉᆞᆯ들이 물은후의
진지을 ᄎᆞᆯ릴적의 식성을 무르가며
식ᄉᆞᆼ을 물인후의 할일을 살파보고
지방의 물너나와 일손을 밧비들어
제역을 당ᄒᆞ그던 아ᄎᆞᆷ가 갓치ᄒᆞ고
어ᄃᆡ 누엇실가 자서이 살와보며
평ᄉᆡᆼ의 실은일은 한가지도 못ᄒᆞ다가
늘근후의 ᄉᆡᆼ각ᄒᆞ니 각금시 이ᄌᆞᆨ비라
원ᄒᆞ난이 우리후ᄉᆡᆼ들아 ᄂᆡ뜻바다 신ᄒᆡᆼ하소
ᄂᆡ일이 신ᄒᆡᆼ이라 친정을 ᄒᆞ직ᄒᆞ고
ᄂᆡ심ᄉᆞ 갈발업다 문박ᄀᆡ 써ᄂᆡ보ᄂᆡᆯ적의
부모ᄭᅦ 사관ᄒᆞᆯ제 세수을 일적ᄒᆞ고
공순이 엿ᄌᆞ오되 방이나 듭ᄉᆞ오며
저근닷 안ᄌᆞᆺ다가 그만확 도라나와
간ᄌᆞᆼ을 맛기ᄒᆞ여 ᄊᆞ려안ᄌᆞ 진거ᄒᆞ고
달□일 업다ᄒᆞ면
흥당□ 노지말고 ᄌᆞ직〃〃 ᄒᆞ얏스라
언어을 당ᄒᆞ그던 시비와 갓치ᄒᆞ고
이불을 정키피고 ᄌᆞ리을 정키ᄒᆞ되

부모님 결역보고 부모님 말숨바다
굿틔야 말이시면 그만ᄒᆞ고 나올지
절ᄒᆞ고 물너나와 등촉을 도두키고
할일을 ᄉᆡᆼ각ᄒᆞ여 ᄎᆡᆨ을보나 일을ᄒᆞ나
이식이 안잣다가 밤이집그든 ᄌᆞ기서라
부모님 병들거든 청염을 드옥ᄒᆞ여
권속이 만어나마 종만맛겨 두지말고
횡님을 최ᄒᆞ야 탕약을 손〃이ᄶᅡ려
병시을 보아가며 식음을 ᄌᆞ로권ᄒᆞ고
누이며 안지실가 살손되여 붓치잡고
소ᄆᆡ을 반널적의 전처렴 주지마라
속나라 진호부난 시모가 낙치ᄒᆞ여
제ᄌᆞᆨ을 못ᄒᆞ기로 젖먹여 효양ᄒᆞ고
당나라 노효부난 도적이 방ᄋᆡ들ᄆᆡ
시모을 쎠려안고 도망을 아니ᄒᆞ니
이갓치 착한일을 너희도 쎤을바다라
아ᄒᆡ야 들어바라 ᄯᅩ한말 일얼리라
들언다 바리고 공슌ᄒᆞ기 지일이라
부모님게 효양할 지구치만 전쥬말고
공순ᄒᆞ기와 마음을 편키ᄒᆞ며
시중할ᄃᆡ 업기ᄒᆞ고 치울ᄃᆡ 업기ᄒᆞ되
ᄒᆞᆫ말곳 불순ᄒᆞ면 불효 되난이라
어버이 씩이난일 실타고 ᄒᆞ지말고
어버이 말인일을 굿틔야 ᄒᆞ지말고
부모님 ᄊᆞ증크던 업드려 감수ᄒᆞ고
아무리 크나 히식을 ᄯᅮ여가며
노기가 풀인후의 종용이 나안ᄌᆞ
ᄎᆞ례로 발명ᄒᆞ면 부모님 우서시고 용서ᄒᆞ실이라
아ᄒᆡ야 들어바라 ᄯᅩ한말 일어리라
제아비난 하날이라 ᄒᆞ날갓치 즁할손야
언어을 조심ᄒᆞ고 ᄉᆞ〃공경ᄒᆞ고
친ᄒᆞ다고 아등말고 미듭다고 망심마라
한반의 엇지말고 ᄒᆞᆫ홰의 오설 거지말고
ᄂᆡ외을 구별ᄒᆞ야 절ᄒᆞ고 압지 마라서라
저구난 검수로ᄃᆡ 갓가이 안이안고
열이난 초목이로ᄃᆡ 구별이 잇그던
ᄒᆞ물며 사람이야 분별이 업실손야
옛ᄉᆞ람 각셜이 밧철갈ᄆᆡ 그안이 조심히고
밧가의 마조안ᄌᆞ 손갓치 ᄃᆡ접ᄒᆞ고
인천역은 할지라도 공경을 피ᄒᆞᆯ손야
학업을 권별ᄒᆞ여 노비 마라시라
침석의 요혹ᄒᆞ여 음난키 마랏스라
밧그로 간으말고 어버이 ᄊᆞ종크든
황공ᄒᆞ여 감수ᄒᆞ고 가중이 ᄊᆞ종크던
우시며 ᄃᆡ답ᄒᆞ라 우시며 ᄃᆡ답ᄒᆞ면
공경은 부족ᄒᆞ나 부〃간 ᄉᆞ의난
화순키가 제일이라
아ᄒᆡ야 들어바라 ᄯᅩ한말 일어리라
부모와 지아비난 인정이 지극ᄒᆞ야
허물이 잇다ᄒᆡ도 서로눌너 보거든
그즁의 어렵기난 시동ᄉᆡᆼ가 지친이라
ᄌᆡ물을 시사ᄒᆞ면 동기의 불목되고

언어을 잘못ᄒᆞ면 지친이 불목되난이　　그아니 두려오며 그안이 조심될가
일척목을 ᄶᆞ서ᄂᆡ여 시동싱가 ᄎᆞ등업시 입어서라
일두석 갈나ᄂᆡ여 시동싱가 먹엿서라　　지친은 우익이라 우익업시 어이ᄉᆞ랴
무사이 잇실제난 남마다 못ᄒᆞᆯ이와　　급한일 당ᄒᆞ오면 지친박ᄭᅵ 쏘잇난가
빈부을 히아리지 말고　　의복을 빌일적의 말업시 ᄂᆡ여주고
음식을 논을적의 구무ᄂᆡ여 주지마라　　아ᄒᆡ야 들어바라 쏘한말 일어리라
봉제ᄉᆞ 접빈ᄀᆡᆨ은 부여의 큰일이라　　제ᄉᆞ을 당ᄒᆞ그던 각별이 조심ᄒᆞ여
의복을 가라입고 제쥬을 정이쓰고　　방졍을 쇄소ᄒᆞ고 현화을 읍기ᄒᆞ고
제기을 씨흘적의 히도록 싹가씻코　　제물을 지을적의 정결이 ᄌᆞᆼ만ᄒᆞ고
우숨을 커기마라 츔쒸난이라　　비질을 밧비마라 문지가 나난이라
아ᄒᆡ 봇ᄎᆡ나마 먼저써 주지마라　　종덜이 죄가잇서도 ᄆᆡ바람 ᄂᆡ지마라
제쥬을 말씨쓰고 제편을 정키 괴욱고　　정신을 ᄎᆞ려가며 ᄎᆞ례를 일치마라
의복을 볏지말고 등촉을 써지말고　　ᄭᅩ직히 안ᄌᆞᆺ닷가 달울기을 기다려서
힝ᄉᆞ을 일적ᄒᆞ고 음복을 ᄒᆞ신후의　　음식을 고로논아 원망업시 ᄒᆞ엿서라
붕제ᄉᆞ도 ᄒᆞ련이와 접빈ᄀᆡᆨ이 지일이리라　　손님이 오시그던 청염을 더옥ᄒᆞ여
이웃ᄋᆡ가 쉮다나마 읍다고 핑기마라　　소리를 크기ᄒᆞ야 외당의 듯기마라
반감을 손수ᄒᆞ야 종만맛겨 두지마마라　　소반과 기명을 히도록 다시씻코
밥그력 씩기말말고 국그력 씩기마라　　반ᄎᆞᆫ을 노혈적의 ᄎᆞ례로 알아놋코
수절을 노흘적의 청나게 놋치말고　　음식이 부정ᄒᆞ여 손님이 못ᄌᆞ시면
쥬인이 무륵ᄒᆞ고 안흉이 나난이라　　아ᄒᆡ야 들어바라 쏘한말이 일얼리라
ᄌᆞ식을 고양ᄒᆞ나 ᄌᆞᆼᄂᆡ예 할일이나　　미리 가라치기 상쾌ᄒᆞᆫ듯 ᄒᆞ다만은
수ᄐᆡ을 ᄒᆞ그던 각별이 조심ᄒᆞ여　　음성 듯지말고 악성을 보지말고
음식을 가려먹고 침석을 바로ᄒᆞ야여　　음식을 정이먹고 지울기 안지말고
돌게 눗지말고 열달 찬후의 ᄌᆞ식을 나의시면　　얼골이 단정ᄒᆞ고 총명이 초일ᄒᆞ나니라
문왕의 어만님이 문왕을 배왓실제　　이갓치 착ᄒᆞ엿신이 너희도 뼌을바다라
두세ᄉᆞᆯ 먹은후의 지각이 들거든　　장난 절검ᄒᆞ고 의복얼 존저리고
명쥬옷 입피지말고 힛솜 놋치말고　　변ᄒᆞᆫ엄식 주지말고 ᄉᆞᆼ한고기 먹이지마라

귀ᄒᆞ다고 악을바드면 버릿시 엄난이라 밉다고 다정ᄒᆞ여 정신을 일키마라
ᄆᆡᆼᄌᆞ의 어만님이 ᄆᆡᆼ자을 고양ᄒᆞᆯ지 이ᄉᆞ을 세변ᄒᆞ여 학방겻틔 ᄉᆞ라시고
이우ᄌᆡ ᄃᆞᆺ철ᄌᆞᆸ그던 너듀려 ᄌᆞᆸ난다 쏙겻드니

도로혀 후ᄋᆡᄒᆞ시고 ᄉᆞ다가 먹엿시니 너히도 쌘을바서 쏙이지마라
아ᄒᆡ야 들어바라 또한말 일어리라 노비난 수족이라 수족없이 으이ᄉᆞ랴
더위의 농ᄉᆞ ᄒᆞ야 상전을 봉양ᄒᆞ고 치위의 추금ᄒᆞ야 ᄉᆞᆼ전을 봉양ᄒᆞ니
그아니 귀ᄒᆞᆯ손야 귀천을 달을지은정 몸은 ᄒᆞᆫ가지라
ᄭᅮ지저도 악히말고 치나마 ᄉᆞᆼ키마라 명분을 읍기ᄒᆞ여 기수을 일키마라
나어린 종이그던 ᄌᆞ식갓치 길어서라 묘제ᄃᆡ의 ᄒᆡ입히고 뵈골키 말아
종ᄌᆞ님 모친친게셔도 종ᄌᆞ님을 가라칠제 과ᄌᆞᆼ말아 ᄒᆞ엿시니 쌘바들즉 ᄒᆞ니라
아ᄒᆡ야 들어바라 또한말 일어리라 언일도 ᄒᆞ련이와 치ᄉᆞᆫ을 ᄒᆞ엿스랴
곡식이 만으나마 입치ᄌᆞᆼ ᄒᆞ지말고 포빅이 만으나마 몸치ᄌᆞᆼ ᄒᆞ지말고
헌이복 지여입고 ᄌᆞᆸ억식 썩겨먹고 집안을 ᄌᆞ조씨려 문지안찌 ᄒᆞ지말고
이우제 왕ᄂᆡᄒᆞ지 말어라 불름을 씨코가고 급한일 안이그든 바야흐로 왕ᄂᆡ마라
남어집의 가그덜낭 조심을 드옥ᄒᆞ고 우심을 크기ᄒᆞ여 입모솜을 나기마라
남미말 전혀말말고 남어잉ᄂᆡ지 말어라 인물을 평은말고 음식을 구식말ᄋᆞ
부기을 험식말고 양반을 고양마라 아ᄒᆡ야 들어바라 또한말 일어리라
시ᄃᆡᆨ의 츠엄갈제 조심이 만큰이와 세월이 오ᄅᆡ지면 흘망키가 시운이라
옛결글예 □은말과 세정의 당할일을 걸로써 경ᄀᆡᄒᆞ니 ᄎᆡᆨ을 □□□말고
시〃로 ᄂᆡ여보와라 오ᄌᆞ낙서가 만ᄉᆞ오니 철부인 □□이다
눌너보시압

8. 계여가

조춘호 소장

[해제] 친정어머니가 시집가는 딸에게 훈계하는 내용의 가사이다. 시어른께 문안하는 법, 화순하게 응대하는 법, 남편을 대하는 법, 지친을 대하는 법, 제사장만, 이웃과의 사귐, 자식 교육 등 애정 어린 어조로 구체적인 것을 상세하게 풀어 놓았다.

아ᄒᆡ야 드러바라 ᄂᆡ일이 신ᄒᆡᆼ이라
네마암 엇더ᄒᆞᆯ고 너심ᄉᆞ 갈발업다
문밧게 써날적에 경계ᄒᆞᆯ말 ᄒᆞ고만타
문밧게서 절을ᄒᆞ고 갓가이 나와안자
살들이 무른후에 저근듯 안잣다가
식성을 무러가며 반찬을 맛게ᄒᆞ고
할일을 살아보와 다른일 업다ᄒᆞ면
흥동〃 ᄒᆞ지말고 자중〃 ᄒᆞ여서라
어을 멀다ᄒᆞᆫ듯 ᄉᆡ비와 갓치ᄒᆞ고
이불얼 정케피고 갈이를 편케하여
ᄀᆞᆺᄒᆡ야 말어시면 그만코 안잣다가
할일을 ᄉᆡᆼ각ᄒᆞ고 ᄎᆡᆨ을보나 일얼ᄒᆞ나
부모임 병들거든 쳥염을 더욱ᄒᆞ여
ᄑᆡᆼ임을 친이ᄒᆞ고 탕약을 손쇼ᄒᆞ여
누으며 안질적에 살손드려 부지잡고
숑나라 진효부ᄂᆞᆫ 쇠모가 낙치ᄒᆞᆫ이[143]

친정을 ᄒᆞ직ᄒᆞ고 시가로 드러간이
우마에 짐을실고 금반을 구지ᄆᆡ야
부모께 ᄉᆞ권ᄒᆞᆯ제 세수를 일즉ᄒᆞ고
방이나 덥쇼온가 잠이나 편ᄒᆞ신가
그만ᄒᆡ도 되나와 진지를 찰일적에
ᄭᅮ려안자 진지ᄒᆞ고 식상을 물인후에
너방에 도라나□ 일촌□□□□
전역을 당ᄒᆞ거든 아침과 갓치ᄒᆞ고
어ᄃᆡ로 누으실고 ᄌᆞ서히 ᄉᆞᆯ피보고
부모임 글역보고 부모임 말삼바다
절ᄒᆞ고 도라나와 등촉을 도〃으고
이삭히 안ᄌᆞᆺ다가 밤들거든 자거스라
권쇽이 만흐나마 종막겨[142] 두지말고
병세를 보와가며 미음을 자로권코
쇼ᄆᆡᆨ을 반닐적에 젼쳐믐 쥬지말고
졔각을 못ᄒᆞ신지라 젓머겨 효양ᄒᆞ고

---

142 막겨: 맏겨
143 낙치ᄒᆞᆫ이: 낙치(落齒)하니, 이가 빠지니

당나라 노효부언 도적이 밤에든이
잇갓치 쟝혼일을 너히도 ᄒᆞ여서라
부모를 효양홀제 구체만 전쥬ᄒᆞ여
혼말곳 불슌하면 불효라 이르리라
어버이 말인[144]일을 써우지[145] 말지어다
아모리 으르나마 발명을 밥비말아
ᄉᆞ식을 보와가며 노기가 풀인후에
부모임 우스시고 용셔를 ᄒᆞ시리라
지아비난 ᄒᆞ날인이 ᄒᆞ날갓치 즁혼이라
친ᄒᆞ다 아당[146]말고 미덥다 방침말고
ᄂᆡ외를 구별ᄒᆞ여 셜압기 말아서라
열이넌 초목이되 나지면 풀이거든
각결이 밧츨민이 그안히 점심이고
청염을 홀지라도 공경을 페홀손가
침석에 고혹ᄒᆞ여 음난케 말아서라
밧그로 맛흔일을 안흐로 간여말고
어버이 ᄭᅮ중커든 황공하여 감수하고
우스며 ᄃᆡ답홈이 공경 부죡혼이
아히야 드러바라 쏘한말 일으리라
허물이 잇다히도 날이쓰려 보련이와
ᄌᆡ물을 시세ᄒᆞ면 동싱이 불화되고
그안이 두려오며 그안이 조심홀가
일두쇽 갈나ᄂᆡ여 동싱과 먹어서라
식모를 ᄯᅳ여안고 도피를 안이하ᄂᆡ
다른일 다던지고 화슌키 제일이라
비곱흘ᄯᅵ 업게ᄒᆞ고 치울ᄯᅵ 업게ᄒᆞ되
어버이 씨긴일을 슬타고 ᄒᆞ지말고
부모임 ᄭᅮ즁커든 업드려 감수ᄒᆞ고
발명을 밥비ᄒᆞ면 도분만 필거시고
죵용이 나와안자 츨여로 발명ᄒᆞ면
아히야 드러바라 쏘한말 일으리라
연〃이 조심ᄒᆞ고 ᄉᆞ〃이 공경ᄒᆞ여
혼반에 먹지말고 혼홰예 거지[147]말고
제구는 금조로ᄃᆡ 갓가이 안이안고
하물며 사람이야 분별이 업슬손가
밧가의 마조안자 손갓치 ᄃᆡ접혼이
확업[148]을 권면ᄒᆞ여 나틔케 말아서라
투기를 과이ᄒᆞ면 난기가 되오리라
안흐로 맛흔일얼 밧그로 밋지말고
가장이 ᄭᅮ중커든 우스면 ᄃᆡ답ᄒᆞ라
부〃간을 볼작시면 화슌ᄒᆞ기 산난이라
부모와 지아비는 인정이 지극ᄒᆞ여
그즁에 어렵기는 동싱과 지친이라
언어를 잘못ᄒᆞ여 지친이 불목되면
일쳑포 ᄭᅳ어ᄂᆡ야 동싱과 입어서라
지친은 우익이라 우익업시 어이사리

144 말인: 말린
145 써우지: 씌우다, 고집하거나 억지 부리다
146 아당: 아첨, 아부
147 혼홰예 거지: (옷을) 한 홰에 걸지 말고
148 확업: 학업

무사이 잇슬ᄊᆡ는 남보덧 ᄒᆞ건이와
빈부를 헤지말고 염양을 보지말고
음식을 논흘적에 구무나여[149] 주지말아
봉제사 접빈ᄀᆡᆨ은 부여에 큰일이라
의복을 갈아입고 제수럴 정케ᄒᆞ고
제미를 씰을적에 히도록 다시쓸코
우숨을 크게마라 뉘츕이 쮜난이라[150]
건불나무 ᄊᆡ지마라 불틔가 드난이라
ᄶᅭᆼ드리 죄잇서도 밋바람[151] ᄂᆡ지말아
정신을 ᄎᆞ려가며 석수를 일치마라
ᄭᅩᆺ고지 안ᄌᆞᆺ다가 달[152]우름 고ᄃᆡᄒᆞ여
음식을 고로논와 원망업시 ᄒᆞ여서라
손임이 오시거든 청염[153]을 더욱ᄒᆞ여
쇼ᄅᆡ를 크게ᄒᆞ여 초당에 듯계말아
반상을 싹고 〃 긔병을 씻코 〃
반찬을 노흘적에 제줄노 아라놋코
손임을 ᄃᆡ접ᄒᆞᆫ이 이갓치 ᄒᆞ엿서라
주인이 무안ᄒᆞ고 안흉이 나난이라
ᄌᆞ식을 교양함은 젼ᄃᆡ예 ᄒᆞᆯ일이라
슈ᄐᆡᆨ을 ᄒᆞ거들랑 각별이 조심ᄒᆞ여
침석을 바로ᄒᆞ고 음식을 정케먹고
열달을 이리ᄒᆞ여 ᄌᆞ식을 나흐면은

급한ᄊᆡ 당ᄒᆞ오면 지친밧게 쏘인난가
이복얼 빌일적에 말업시 ᄒᆞ여서라
아ᄒᆡ야 드러바라 쏘한말 이르리라
제사를 당ᄒᆞ거든 각별이 조심ᄒᆞ여
방당을 쇠쇼ᄒᆞ고 헌화를 엄금ᄒᆞ고
제물얼 씨흘적에 틔업시 다시씻고
비질을 밧비마라 문지가 나ᄂᆞᆫ이라
아ᄒᆡ들 보ᄎᆡ나마 먼저ᄊᆡ여 주지말고
제주를 말게쓰고 제편을 정게괴고
의복을 푸지말고 등촉을 ᄭᅳ지말고
힝ᄉᆞ를 일즉ᄒᆞ고 음복을 ᄒᆞ온후에
봉제사도 하련이와 접빈ᄀᆡᆨ을 잘하여라
이우제 ᄊᆡ오나마[154] 엄다고 핑계말고
반감을 친이ᄒᆞ여 종맛겨 두지말고
밥그릇 골계말고 국그릇 씩게말고
이전에 도간어미 머리럴 버혀ᄂᆡ여
음식이 불결ᄒᆞ여 손임이 안자스며
아ᄒᆡ야 드러바라 쏘한말 이르리라
일이야 가라치면 죠란ᄒᆞᆫ듯 ᄒᆞ다만은
음성을 듯지말고 악식을 보지말고
기울게 셔지말고 틀이게 눕지말고
얼골이 단졍ᄒᆞ고 총명이 더ᄒᆞᆫ이라

---

149 구무나여: 꾸물거리며
150 뉘츕이 쮜난이라: 네 침이 튀느니라
151 밋바람: 맷바람, 매질
152 달: 닭
153 청염: 청렴
154 이우제 ᄊᆡ오나마: 이웃에서 꿔달라고 오거든

문왕의 어마임이 문왕을 ᄇᆡ아쓸제
두세살 먹은후에 지각이 들거덜ᄂᆞᆫ
명주옷 입게말고 쇠소음 놋치 말고
귀타고 안을바다 버릇업게 ᄒᆞ지말고
ᄆᆡᆼ자의 어마임도 ᄆᆡᆼ자를 ᄀᆡ르실제
이웃제 돗잡거를 너먹인다 쏘기시고
너희도 이것보와 쏘기지 말아서라
노비는 슈족이라 슈족업시 어이살며
치위예 물을ᄊᆡ려[155] 상전을 공양ᄒᆞᆫ이
미쳔은 다르나마 혈육은 ᄒᆞᆫ가지라
명분을 발게ᄒᆞ여 ᄀᆡ슈를 일치마라
나어린 종이어든 ᄌᆞ식갓치 길러서라
아ᄒᆡ야 드러바라 ᄯᅩᄒᆞᆫ말 이르리라
곡식이 만ᄒᆞ나마 입치려 ᄒᆞ지말고
혼의복 기워입고 댭음식 먹어서라
ᄀᆡ명을 아라노와 달과ᄀᆡ가 ᄊᆡ게말아
급ᄒᆞᆫ일 안이거든 밤으로 왕ᄂᆡ말고
우슴을 과이ᄒᆞ여 이뿌리 나게말고[159]
남의말 ᄒᆞ지말고 남의입ᄂᆡ〃지마라
부귀를 흠선말고 음식을 욕심말아
나무집 첨갈ᄊᆡ는 조심이 만컨마는

이갓치 ᄒᆞ엿ᄉᆞᆫ니 법바듬직 ᄒᆞ난이라
장난을 점금ᄒᆞ고 음식얼 존절ᄒᆞ고
썩은음식 주지말고 상ᄒᆞᆫ고기 먹지말고
밉다고 과장쥬어 뎡신업게 ᄒᆞ지말아
이사를 세번ᄒᆞ여 확궁겻ᄒᆡ 사르시고
도로여 후회ᄒᆞ여 ᄉᆞ다가 먹이시다
아ᄒᆡ야 드러바라 ᄯᅩᄒᆞᆫ말 이르리라
더위에 농사지여 상전을 봉양ᄒᆞ며
그안이 불ᄉᆞᆼᄒᆞ며 그안이 귀ᄒᆞᆯ손가
ᄊᆞ지저도 악언말고 치나마 과장말고
나만ᄒᆞᆫ 종이어든 언어를 삼가ᄒᆞ고
제ᄊᆡ예 ᄒᆡ입히고 ᄇᆡ골케 마라서라
졔기를 ᄒᆞ온후에 치산을 ᄒᆞ여서라
포빅이 만하나마 몸치장 ᄒᆞ지말고
집안을 자조씨러[156] 문지안게 마라서라
이웃절[157] 왕ᄂᆡᄒᆞᆯ 제무름을 쓰고가고
나무집[158] 가거들낭 더욱조심 ᄒᆞ여서라
옷귀를 벌게ᄒᆞ여[160] 쏙옷설[161] 나게말고
인물을 폄논말고 양반을 고ᄒᆡ말고
아ᄒᆡ야 드러바라 ᄯᅩᄒᆞᆫ말 일으리라
세월이 만ᄒᆡ가면 홀만키 시우련이[162]

---

155 ᄊᆡ려: 끓여
156 자조씨러: 자주 쓸어
157 이웃절: 이웃을
158 나무집: 남의 집
159 나게말고: 잇몸이 보이게 하지 말고
160 벌게ᄒᆞ여: 벌리게 하여
161 쏙옷설: 속옷을
162 홀만키 시우련이: 소홀하기 쉬우리니

쳐음에 가진마암 늘도록 변치말아
ᄃᆡ강으로 긔록하여 ᄎᆡᆨ을ᄆᆡ서 경계ᄒᆞᆫ이
힝신과 쳐사ᄒᆞᆯ제 유익ᄒᆞᆯ씨 잇쓰리라
정신이 아득ᄒᆞ여 이만ᄒᆞ여 긋치노라

옛글에 잇난말이 세정에 담ᄒᆞᆫ일노
이ᄎᆡᆨ을 일치말고 사〃로 ᄂᆡ여보며
그밧게 경계ᄒᆞᆯ말 무수이 잇다만은

9. 계여가라

조춘호 소장

[해제] 일반적으로 계녀가는 시집가는 딸에게 시집살이 규범을 가르칠 목적으로 지어진 가사이나, 이 작품은 '15, 16세 아이들아 이내 말씀 들어보소' 라고 시작하여 부모 공양, 형제 우애, 부부 화락, 접빈객 등 결혼 전 여자들을 대상으로 한 일반적인 교훈이 이어진다. 특히 농부의 귀함을 알라고 하는 부분이라든지, '시속 여자들은 금전만 중히 알아', '있는 사람 상포하고 없는 사람 비웃나니' 같은 구절이 인상적이다.

삼오니팔 아히들아 이ᄂᆡ말삼 들어보소
세상에 인난닐신 부모의 은덕이라
어일ᄃᆡ[163] 지넌일을 ᄃᆡ강만 긔록ᄒᆞᆫ다
취우면 덥게ᄒᆞ고 더우면 시원ᄒᆞ게
험ᄒᆞᆫ음식 부모먹고 이른닐 ᄉᆡᆼ각ᄒᆞ면
산보다도 놉흔은덕 물보다도 깁흔은덕
셍장양육 자ᄋᆡ졍을 만분니나 갑흘손야
ᄒᆞ물며 사람이야 김ᄉᆡᆼ[165]만 못할손야
여름이면 시원ᄒᆞ게 겨울이면 덥게ᄒᆞ고
부모님 부르신ᄃᆡ 잠시도 지ᄎᆡ마라
봉양을 할지라도 뜻을마촤[166]ᄒᆞ여셔라
마음곳 불평ᄒᆞ면 안먹기만 못ᄒᆞ노라
범사을 할지라도 ᄆᆡ닐품힝 ᄒᆞ여셔라
텬지간에 듕ᄒᆞᆫ거슨 부모밧게 업난니라
부모업시 인난사람 그뉘가 잇단말가
오즘자리 진자리에 마른자리 가라눕혀
험ᄒᆞᆫ의복 부모닙고 고은의복 가라닙혀
졍ᄒᆞᆫ음식 가라먹여 즁할시고 부모은덕
손과바리 쌀틀아도[164] 다갑기야 ᄒᆞ련마는
가마귀는 미물이나 도로먹여 은덕이라
의복음식 졉ᄃᆡ할ᄃᆡ 졀후을 짜라가며
출닙을 할지라도 부모님계 고ᄒᆞ여라
ᄃᆡ답을 할지라도 고셩을 마라셔라
육미팔미 복약이며 칠쳡팔쳡 저공히도
부모가 계시오면 마음ᄃᆡ로 못ᄒᆞ난이
부모가 말이시면 님의로 못ᄒᆞ난이

---

163 어일ᄃᆡ: 어릴 때
164 쌀틀아도: 닮더라도
165 김ᄉᆡᆼ: 짐승
166 마촤: 맞춰

부모의 불평ᄉᆞᆫ 일니삼ᄎᆞ 간ᄒᆞ여라
쏘ᄒᆞᆫ말 들어바라 동기간에 우애ᄒᆞ라
골육형제 인졍이야 그안니 즁할손야
음식을 먹을ᄃᆡ도 한상에 ᄃᆡᄒᆞ여라
침소에 들어잘ᄃᆡ 한이울 덥고자라
닐월이 만할사록 ᄒᆞᆫ시갓치 화순ᄒᆞ라
각셩닌가 자릐나셔 부〃닐신 도야셔라
주야로 전님ᄒᆞ고 됴모로 쳥염ᄒᆞ라
의복을 션명ᄒᆞ게 남우계[169] ᄡᅡ짐업시
일〃삼시 죠셕건지 마음먹어 ᄒᆞ여셔라
시〃로 시장할ᄉᆡ 주잔으면 못먹난니[170]
니ᄂᆡ일신 고락니야 그ᄒᆞᆫ손에 젼혀닛다
부부의 온졍니야 누구라셔 범연ᄒᆞ리
부〃셔로 불순ᄒᆞ면 부모걱졍 되난니라
각셩닌간 ᄉᆡᆼ겨날ᄃᆡ 쏘ᄒᆞᆫ말 들어바라
ᄒᆞᆫ달두달 지닌후에 칠팔ᄉᆡ 잠관가고
죠흔날 턱취ᄒᆞ야 ᄉᆡᆼ기복덕 날을갈여[172]
져실낭 풍ᄎᆡ보소 사모관ᄃᆡ 놉히ᄒᆞ여
용문셕 화문셕에 삼듀셕을 도〃ᄒᆞ여
삼동거리 놋쵸ᄃᆡ에 은잔놋잔 바좌놋코[173]
셔지부가 흘기쓰리 주닌추령 예을갓차

간ᄒᆞ여도 안들으면 울고ᄠᅡ라 가난이라
ᄒᆞᆫ기운을 타고나셔 ᄒᆞᆫ텃먹고 자릐난이
의복을 할지라도 ᄒᆞᆫ모양 갓치ᄒᆞ라
출닙을 할지라도 동힝을 자로[167]ᄒᆞ라
젼곡을 추ᄃᆡ할ᄃᆡ 셔로교계[168] ᄒᆞ지마라
쏘ᄒᆞᆫ말 닌난이라 부〃닌졍 최듕ᄒᆞ다
쳔금갓치 놉흔가장 만금갓치 듕ᄒᆞᆫ가장
미듭다 방심말고 각별이 공경ᄒᆞ라
가장의복 허술ᄒᆞ면 누구흉이 나단말가
쵸당에 안진가장 손님과 갓튼이라
미덥고 친근타고 마음노와 ᄃᆡ답말아
자식을 곱게길너 부모후사 니워놋코[171]
부〃셔로 화순ᄒᆞ면 부모마음 편ᄒᆞᆫ니라
부모봉양 ᄒᆞ자ᄒᆞ면 화순니 제니리라
유졍무졍 ᄉᆡᆼ겨난이 쳔지미목 졀묘ᄒᆞ다
십오세 다〃른이 피ᄎᆞ부모 구혼ᄒᆞ여
바든나리 십사와셔 실낭신부 쵸출닙에
구름갓흔 차닐밋ᄒᆡ 닌물병풍 둘이쳐다
사시쪽〃쳥ᄃᆡ닙흘 화쵸병에 ᄭᅩ바놋코
쵸셩[174]죠흔 션비골나 ᄃᆡ흘기을 피여들고
북향ᄌᆡ비 ᄒᆞ온후에 젼안사자 들어갓다

---

167 자로: 자주
168 교계: 較計, 맞나 안 맞나 서로 견주어 봄
169 남우계: 남에게
170 주잔으면 못먹난니: 주지 않으면 못 먹나니
171 니워놋코: 이어 놓고
172 갈여: 가려
173 바좌놋코: 받쳐 놓고
174 쵸셩: 글 읽는 목소리

교ᄇᆡ셕을 ᄎᆞ려놋코 셔동부셔 ᄒᆞ여셔라
녹의홍상 ᄎᆞ려닙고 칠보단장 곱게ᄒᆡ다
걸산ᄒᆞᆫ님 마죠셔〃 두손읍을 공경ᄒᆞᆫ다
거찬철찬 맛친후에 신ᄒᆡᆼ길 제촉ᄒᆞᆫ다
산도셜고 물도션에 법을짜라 예와신이[175]
자손을 니워ᄂᆡ여 후사을 젼ᄒᆞ난이
셰상에 두려운닐 사람쳔ᄃᆡ ᄒᆞ지마라
동기간에 불화ᄒᆞ고 빈부을 별노아라
쇼당에 손니와도 빈부을 보지마라
헌옷닙은 농부들을 쳔ᄒᆞ게 보지마라
잡곡죠죵 셔쇽니며 박쇽갓흔 순무명과
니러ᄒᆞᆫ일 볼작시면 그공니 젹을숀야
음식을 할지라도 셥〃니 ᄃᆡ졉마라
무론남여 노소ᄒᆞ고 글노보면 고만니고
ᄒᆡᆼᄒᆞ지 못할사람 도져니 보지마소
셰〃이 살펴보소 부탁ᄒᆞᆫ말 다ᄒᆞ노라
ᄒᆡᆼᄒᆞ지 못ᄒᆞ오면 그은ᄇᆡ와 무엇ᄒᆞ노[177]
부모의 교훈이니 그ᄃᆡ로 ᄒᆡᆼᄒᆡ볼가
사람ᄃᆡ는 장ᄒᆞᆫ말숨 ᄒᆡᆼ실을 주장닐이슨이
지금은 며나리나 장ᄂᆡ에 부모된다
일〃리 못할만젼 ᄃᆡ강니나 ᄒᆞ여셔라
그다지 어려올가 ᄒᆞ란ᄃᆡ로 ᄒᆞ여셔라
부ᄃᆡ〃 명염ᄒᆞ야 잠들기젼 닛지마라

연지셩젹 분셩젹에 져신부 ᄐᆡ도바라
예모을 숙여씨고 교ᄇᆡ셕에 나올젹에
부션ᄌᆡᄇᆡ 합굴예에 ᄇᆡᆨ연언약 구지ᄆᆡ자
부모동기 니별ᄒᆞ고 시가로 도라간이
남우자식 다려다가 쳔ᄃᆡ박ᄃᆡ ᄒᆞ지마라
그른닐 ᄉᆡᆼ각ᄒᆞ면 쇼듕타 안이ᄒᆞ랴
엇지타 시쇽여자 금젼만 듕키아라
닌는사람 상포ᄒᆞ고 업는사람 비운난니
ᄯᅩᄒᆞᆫ말 들어바라 농부ᄒᆞᆫ말 닌난니라
문젼옥답 ᄌᆞᆺ타ᄒᆞᆫ들 그뉘라셔 지을손야
기워ᄃᆡ셔[176] 나단말가 농부을 쳔ᄃᆡ마라
봉ᄌᆡ사 졉빈객과 부모봉양 엇지할가
무심니 보지말고 명심ᄒᆞ여 살펴셔라
말노아라 잘보아셔 니ᄃᆡ로 ᄒᆡᆼᄒᆞ여라
자식도리 ᄒᆞ자ᄒᆞ면 도줘니 ᄲᅳᆫ을보라
방젹도 ᄒᆞ련니와 부모의 마음편키
ᄎᆡᆨ으로 보랴ᄒᆞ면 안보기만 못ᄒᆞ난이
에젼에 공ᄆᆡᆼᄌᆞ도 남여를 물논ᄒᆞ고
효도을 못할만졍 명영ᄃᆡ로 할거시라
아ᄒᆡ야 들어바라 무심이 보지말아
가장을 공경ᄒᆞ고 시부모 마음편키
엇지ᄒᆞ야 여ᄌᆞ로셔 그ᄃᆡ로 못ᄒᆞ난고
군속[178]을 원망마라 니ᄃᆡ로 ᄒᆡᆼᄒᆞ오면

175 예와신이: 예 왔으니
176 워ᄃᆡ셔: 어디서
177 그은ᄇᆡ와 무엇ᄒᆞ노: 글은 배워 무엇하나
178 군속: 세상의 많은 사람

쳔되가 무심ᄒᆞ며 리수[179]가 업슬손야
남니사[180] 엇지ᄒᆞ든 ᄂᆡ할도리 니ᄲᅮᆫ닐다
시〃로 미진ᄒᆞᆫ닐 ᄎᆡᆨ을다시 펴여보라
가장공경 화순부모 어려온닐 젼혀업다
니웃을 갈지라도 부모의게 알게ᄒᆞ라
미진ᄒᆞᆫ닐 닛거들낭 순으로 공논ᄒᆞ며
ᄇᆡ도안니 곱ᄒᆞ지고[183] 가난도 머러간다
니와갓치 힝ᄒᆞ오면 자식을 잘두난이
원통코 ᄋᆡ달할사 니와갓치 못ᄒᆞ난고
말노듯고 잘보아셔 여ᄌᆞ교훈 웃듬니라
아ᄒᆡ야 들어보고 단〃니 들어바라
여ᄌᆞ몸니 도야나셔 할니리 니에잇다
자식을 나야보면 부모일을 께치리라
부탁ᄒᆞᆫ말 닛지말며 부모은덕 닛지마라
시부모가 몹시다도 ᄂᆡ할도리 ᄒᆞ고보면
순할순짜 화할화자 ᄇᆡᆨ가지에 제니리라
부ᄃᆡ〃 탄치말고 잘ᄒᆞᆫ일도 못ᄒᆞᆫᄎᆡ로
시모셩졍 편키ᄒᆞ며 미와도 곱게ᄒᆞ라
엇지ᄒᆞ야 불순ᄒᆞ여 니와갓치 못ᄒᆞ난고
빈부는 고사ᄒᆞ고 불평이 고싱닐다
엇든부모 다르오며 어니시집 다을손야

세워리 가고보면 자연니 ᄃᆡ난니라
말노난너 이즐가ᄇᆡ[181] ᄎᆡᆨ에다 올여난이
부모사랑 ᄃᆡ고보면 남우계도[182] 층찬듯ᄌᆡ
혼젼신셩 못으거든 식셩을 무러가면
동셔간 우애ᄒᆞ기 안으로 가난니라
우심과 화순ᄒᆞ면 그안니 깃특할가
니워리 발가신이 엇지안니 몰을손야
여사로 보기ᄃᆡ면[184] 자식을 잘못두고
소닐노 날을삼아 글노보고 놀고본니
교휸니 별다른아 화기융〃 하여셔라
범사을 못할만졍 교훈ᄃᆡ로 명심ᄒᆞ라
그무어시 얼여울가 일평싱에 그닐이라
부모은덕 모을진뎐 자식인들 오작ᄒᆞ랴
닐싱에 못다할일 니에셔 더할손야
일〃리니 화순ᄒᆞ면 자연이 순ᄒᆞ난이
시누의 쳘몰나셔 오건쵸근 ᄒᆞ들야도
시집에 어룬이야 시누의가 젹실ᄒᆞ다
그안이 사랑ᄒᆞ며 이안니 기특ᄒᆞ랴
젼ᄒᆞᆫ말 닛고보면 닐평싱니 고상닐다[185]
아히야 자셔보고 부ᄃᆡ〃 잇지마라
시집닌이 친졍닌이 분간니 다ᄌᆡᄒᆞ다

---

179 리수: 이익이 많은 곳
180 남니사: 남이야
181 이즐가ᄇᆡ: 잊을까 봐
182 남우계도: 남에게도
183 곱ᄒᆞ지고: 고파지고
184 여사로 보기ᄃᆡ면: 여사로 보게 되면
185 고상닐다: 고생이다

친졍에 어린마음 ᄂᆡ〃이 밋지마라
장셩할ᄃᆡ 친졍니졔[186] 출가ᄒᆞ면 평ᄉᆡᆼ니라
자식나아 장셩ᄒᆞ면 나도부모 되난니라
할마리 만흐나마 화순공경 뿐니로다
이와갓치 못ᄒᆞ거든 다시보들 마라셔라
시집사리 잘ᄒᆞ자면 친졍니리 젼혀업다
친졍은 남이ᄃᆡ고 우리집이 시가로다
졀물ᄃᆡ[187] 시부공경 씰ᄃᆡ가 젼혀업다
글ᄇᆡ와 ᄎᆡᆨ을볼ᄃᆡ ᄃᆡ간니나 못ᄒᆞ오면

186 장셩할ᄃᆡ 친졍니졔: 장성할 때 친정이지
187 졀물ᄃᆡ: 젊을 때

10. 교여가

한국국학진흥원 소장

[해제] 한 권의 전적에 '무제(금일곡왕ᄂᆡ여셔)', 'ᄃᆡ명복수가', '답히조ᄉᆞ가', '군ᄉᆞᆫ월니ᄋᆡ원가', '칠셕가', '궁여가'와 함께 전편이 수록된 국문 가사이다. 자료 형태는 24×28㎝ 규격의 전적이며, 단 · 행 · 음보 구분 없는 줄글 형태의 필사본이다. 원작의 창작연대는 미상이다. 전소장자는 양주송씨 한성주부파이다.
여아들에게 어려서부터 아녀자로서 행실을 바르게 배워야 함을 훈계한 가사이다. 오성[仁義禮智信]과 칠정에 따라 바르고 좋은 마음을 가지고 좋은 행실을 하며, 부모에게 효도하고, 베짜기 등 아녀자의 도리를 다 하고, 독서 등 공부에도 힘 쓸 것을 당부하고 있다.

실푸다 녀아드아 이ᄂᆡ훈계 드러바라　　님ᄌᆞ연 ᄒᆞᄉᆞ월의 너의모친 친영ᄒᆞ여
게츅연 니월초의 너의모친 신힝으로 다여다가
부귀쟝슈 다님ᄌᆞ의 빙연히로 ᄒᆞᄌᆞ쓰니　　층층시ᄒᆞ 호번지가 한의기식 ᄡᅵ를몰나
쥬모고역 ᄶᆞᆨ엽던니 시물네히 즁소님의　　노고만 씨게구나
ᄂᆡ신명 고이키로 과환녕광 못보니고　　씰ᄌᆞ식 두디못ᄒᆡ 노심초사 ᄒᆞ여다가
디원을 못풀고셔 즁도의 사절ᄒᆞ니　　앗갑고 불상ᄒᆞ다 너의모친 불상ᄒᆞ다
창젼의 달니발고 원근촌 게명셩의　　좀업시 혼ᄌᆞ누여 고ᄉᆞ을 싱각훈니
코이시고 즁치막혀 진졍키 어렵구나　　다리가고 ᄒᆡ카너머 혀용연 머러가고
손끗트로 ᄒᆞ든의복 다써러져 바리가니　　앗가운 옛잣취를 어ᄃᆡ가셔 ᄎᆞᆺ긴나야
황양ᄒᆞᆫ 비소압ᄒᆡ 네다셧 너의ᄯᆞᆯ의　　ᄋᆡ모지고 ᄒᆞ난거시 그거시 ᄌᆞᆺ치런가
십여년 좌우간의 각곳조로 ᄒᆞᆺ튼후난　　빅연기약 깁흔졍니 여향도 업ᄭᅵ구나
오홉다 여아드라 너의모친 불샹ᄒᆞ다　　너의외가 조흔씨를 아모러나 바다다가
우리 조흔가셩 조케조케 ᄂᆡᄌᆞ던이　　씰ᄃᆡ업난 너의다셧 누짐씨을 펴쥬나야
ᄡᅵ딘시루 허릴업고 업친물얼 어니하라　　부고ᄒᆡᄒᆞᆫ 너의몸 ᄯᆞᆯᄌᆞ식 되여ᄂᆞ셔
남알기 불긴ᄒᆞ고 ᄂᆡ무어시 뉴익하야　　그러나 싱각한이 너의모친 혈ᄆᆡᆨ이라

닐직니 실모ᄒᆞ고 가런니 코난모양
너힐ᄉᆞ 업셔시면 그ᄌᆞᆺ취 엇디보랴
옛ᄉᆞ람 ᄒᆞ여시ᄃᆡ ᄌᆞ식이 ᄉᆞ량커던
ᄌᆞ모가 업셔시이 뉘돠셔 ᄉᆞᆯ들ᄒᆞᆯ고
아모녀ᄂᆞ 노지말고 남얼조ᄎᆞ 잘ᄇᆡ와라
언힝시범 못ᄇᆡ우면 칩션여공 씰ᄃᆡ닌다
ᄂᆡᄋᆡ불명 어린마음 ᄌᆞ졍만 압헐세와
닐리로 키워ᄂᆡ여 반아질 무명파람
언힝심법 치ᄎᆞᆯᄒᆞᆯ가 치찰을 안니할뿐
그른쥴을 몰ᄂᆞ듯고 그른힝실 ᄒᆞ드라도
역셩드러 탄ᄒᆡ셔고 다른사람 공근ᄒᆞ면
그른느른 기러가ᄂᆡ 그럭져럭 킈워ᄂᆡ여
들의가면 안니실가 굴둑속에 쎄ᄀᆡ소리
ᄂᆡ눈은 어두워도 나무ᄌᆞ식 다른집에
일일 살펴보ᄂᆡ 말말이 비위상코
가ᄌᆞᆼ이 졍니써셔 쇠누의 헌체딜과
ᄉᆞ람갓치 안ᄂᆡᆨ이면 누기을 탁졍ᄒᆞ고
판탕치 안니ᄒᆞ여 쇠부모 ᄌᆞ비롭고
은근이 씻치그던 마암을 다시자ᄋᆞ
ᄉᆡ사람이 되게되면 그안이 다힝ᄒᆞ며
ᄀᆡ과가 읏듬니라 허물을 잘곤치면
덕옥빗치 ᄂᆞ렷마온 못된셩졍 못된버릇은
뉴익ᄒᆞ게 가라처도 뉴익ᄒᆞ쥴 젼혀몰ᄂᆞ
가ᄌᆞᆼ이 머라그든 ᄂᆡ죽ᄂᆞᆫ다 ᄉᆞ악ᄒᆞ고
ᄂᆡ친졍 이실젹에 날그로다 아이터이
이되도록 미워그며 이리도록 박ᄃᆡᄒᆞ니
아모리 ᄒᆞ여보소 쥭니던 못ᄒᆞ오리

시시로 ᄉᆡᆼ각ᄒᆞ니 골졀니 압푸구나
이리로 ᄉᆡᆼ각ᄒᆞ면 오히러 귀컨마난
졔풀노 두지말고 가라치라 ᄒᆞ엿구나
침션여공 허다ᄒᆞᆫ일 아비 감당할야
무론남여 ᄒᆞ여놋코 언힝심법 읏듬니라
셰샹ᄉᆞ람 헤여보니 교ᄌᆞ교여 드무도라
ᄂᆡᄌᆞ식 ᄌᆞᆯ낫스이 혈마ᄋᆞᆷ만 못할소야
언문ᄌᆞ 게우ᄒᆞ면 이거시 졔일과
장기약을 ᄒᆞᄂᆞᆫ구나 그른말을 ᄒᆞ드라도
덥퍼보고 늪느보아 다른사람 말ᄒᆞ그든
악담독담 입을막아 오흔노론 몰ᄂᆞ스니
ᄉᆡ집이라 보ᄂᆡ오면 집의셔 ᄉᆡ든박이
ᄉᆞᆷ연인들 써물손야 ᄂᆡᄌᆞ식 ᄂᆡᄌᆞ졍
소망이 젹을손야 쇼망이 과할소록
일일이 눈것치면 쇠부도 마암변코
비복의 흥ᄉᆡ쓰더 ᄉᆞᆷ이웃 원근친쳑
누기을 의지ᄒᆞᆯ고 그러ᄂᆞ마 ᄂᆡ쇠집이
가장이 살들ᄒᆞ여 살들이 거두면셔
고맙기 너기면셔 에허물 버리고
그안이 ᄉᆡᆼ식할가 셩인니 ᄒᆞ신말ᄉᆞᆷ
쳔ᄇᆡᆨ훙이 다뭇치고 씩씩ᄒᆞ고 빗친나기
손ᄒᆞᆫ말노 가라치도 오헌쥴얼 몰ᄂᆞ두고
말말이 써을ᄂᆡ고 일일이 악심머거
그압ᄒᆡ 아ᄒᆡ치기 악담독담 욕셜ᄒᆞ고
우리부모 야속ᄒᆞ여 몹실쇠집 날보ᄂᆡ셔
기들고 북얼쳣늬 ᄂᆡ인제 ᄉᆞ람될가
님ᄌᆞᄂᆡ 박ᄃᆡᄒᆞ니 넌들그리 고마울가

ᄒᆞᆫ말얼 ᄒᆞ그덜낭 열말이나 ᄃᆡ답ᄒᆞ고
박ᄃᆡᄒᆞᄂᆞᆫ 시부모를 엇지ᄒᆞ야 쏙겨볼고
발긋만 돌어거던 군동ᄌᆡᄂᆞ ᄒᆞ여먹고
솟ᄎᆞ옷 보션커라 십여닐식 씻쳐가늬
잡쉬여 못견ᄃᆡ면 의빙으로 ᄒᆞᄂᆞᆫ테로
ᄉᆞᆷᄉᆞᆷ기 베틀닐얼 일일니 남을씨겨
그러ᄂᆞ ᄆᆞ 슈니ᄒᆞ면 도난거졀 다헬손가
ᄉᆞᆷᄉᆞ연 구진후의 쉬도치고 ᄊᆞ임을여
청염할맘 젼허업셔 잘디ᄂᆡ면 목을쥬며
십쁘고 가소로다 메그럿세 뉘와돌과
손님이 왓다거딘 악부텀 먼져ᄂᆡ여
못보와셔 눈이머나 무어터진 인졍닌나
용식으로 머닌후의 손가락의 츔을뭇쳐
다보고 도라셜제 손마암 엇더튼고
엇딘손언 보고나셔 그손이 못낫구나
그역시 악힝니라 가장얼 졸나여셔
싀부모 동셔 허물ᄒᆞ고 가장ᄒᆞ고
노친파라 어더다가 가마 입고먹고
업난병도 잇다하고 엄난괴름 잇다ᄒᆞ여
소록속에 소록여거 싀집흉건 드러ᄂᆡ이
져부모 지각잇셔 쑤지져 가르치면
그말을 올혀듯고 사돈도 원슈로다
아무라도 다라안ᄌᆞ ᄂᆡ짜의 싀집ᄉᆞ리
젼젼이 도ᄋᆞ드러 그시딥 귀의가면
우즁지 잘난테로 손보가나 일쥬ᄒᆞ고
험의업다 핑기ᄒᆞ고 남졍들만 조ᄎᆞ노라
밤낫졀 아니헬젹 첨영도 고니ᄒᆞᆯ뿐

동편으로 가라거던 셔편으로 말을노와
눈결만 돌이거던 세만니ᄂᆞᆫ 훔쳐ᄃᆡ고
반아질 ᄒᆞ라ᄒᆞ면 예예틈틈 잠만기러
길ᄉᆞᆷ을 ᄒᆞ라ᄒᆞ면 못ᄒᆞ난걸 어니ᄒᆞ리
ᄭᆞᆺ치풀고 명쥬감고 씨의기딜 활타기와
손슈세 ᄊᆡᄂᆡ줄제 훗말바더 음쥬ᄂᆡ
명쥬ᄊᆡ ᄉᆞᆷ광딜리 여ᄀᆡ져ᄀᆡ 던져두고
흔젹도 업시ᄒᆞ고 졔ᄉᆞ렬 지ᄂᆡ사면
못지ᄂᆡ면 화을쥴가 쥬은호니 며졀알고
편가루의 문지틔 겁지금금 지ᄂᆡ놋코
반찬업고 걍식드늬 무어트로 왓단말고
총총거러 님졍놀여 손의귀의 가기ᄒᆞ고
문구무 드더놋코 요리긔웃 치보고 나리보고
그손니 잘낫구나 에부고도 헌거ᄒᆞᄋᆡ
상시럽고 빗괄젹다 그마암 싱각ᄒᆞ이
그른ᄉᆞ람 되게ᄒᆞ고 이웃것들 만ᄂᆞ거던
장ᄂᆞᆫ 시비말이 ᄌᆞ랑ᄒᆞ고 엄난걸 못견ᄃᆡ셔
친졍의 인편잇셔 불간셜화 만지장셔
엇디ᄒᆞ여 즁이볼가 엇디ᄒᆞ여 ᄉᆞ라볼과
면ᄃᆡ인난 친졍부모 드른들 어니리
오히려 덜ᄒᆞᆯ거졀 그브모 그ᄌᆞ식이
ᄉᆞ회도 몹시도다 일그일심 막힌마암
흉악ᄒᆞ고 망측ᄒᆞ의 발업난 그말ᄭᆞᆺ치
조금도 뉴익업고 마곳친쥴 몰나구나
싀집으로 근친남ᄌᆞ 친졍으로 일가소견
알모키 우스며셔 눈짓셜 ᄒᆡ여가며
금슈지힝 아니온가 셰간ᄉᆞ리 ᄒᆞ기실허

밧삭ᄒᆞ면 구경가고 ᄇᆡᆨᄉᆞᆺᄒᆞ면 노름츄럼
남노여비 부린ᄃᆡ도 쳐슈법도 젼혀업셔
도라셔 흉을희도 음식의복 앗기잔코
무름마금 일슈ᄒᆞ고 눈기림만 ᄒᆞ다가셔
앗가ᄒᆞᆫ일 고ᄃᆡ씌여 악담ᄆᆡᆼ셔 쎠거가며
가지각ᄉᆡᆨ 갓츄잇셔 일업ᄂᆞᆫ 뭇구ᄃᆡ와
ᄉᆡᆼ도젹도 잘도맛ᄂᆡ 보살할미 무당연과
몸얼씨고 ᄃᆞ려ᄃᆞ가 쌀쎠놋코 복ᄎᆡ노와
ᄉᆞ면팔방 단기느게 어르셕은 규즁부여
구셜슈에 ᄌᆞ궁술에 마금곳 안이ᄒᆞ면
엇디ᄒᆞ야 좃탄말고 법당압ᄒᆡ 불공할가
셩쥬압ᄒᆡ 기도할가 드ᄂᆞᆫ거션 압갑ᄌᆞᄋᆡ
소닙도 과ᄒᆞ잔소 ᄇᆡᆨ미쌀 셔되셰홉
되단치 안이오ᄂᆞ ᄂᆡ외분 ᄆᆡᆸ잔의복
앗가운게 뭇엇신고 동기슉당 ᄊᆡ을굴머
되되말말 퍼ᄂᆡ놋코 친졍의 부모동ᄉᆡᆼ
앗갑기 가지업셔 들고보고 놋코보고
ᄌᆞ쥬장ᄉᆞ 황마장ᄉᆞ 틈틈니 불너듸려
달ᄂᆞᆫ되로 퍼ᄂᆡ쥬ᄂᆡ 투기ᄂᆞᆫ 시테련가
발악으로 일를숨아 산발ᄒᆞ고 가숨치며
숨이웃지 불안ᄒᆞᄋᆡ 쇠어미 불ᄊᆡ닛셔
인심이ᄂᆞ 어더보셰 장쓰고 곡셕퍼셔
허리 업ᄉᆞ오리 남의게 ᄌᆞ랑ᄒᆞ여
고맙ᄃᆞ 치ᄉᆞᄒᆞᄂᆞ 도라셔 비우셔며
인간도 못되구ᄂᆞ ᄌᆞ식니라 ᄂᆞ아ᄏᆡ워
ᄂᆞ면져 당ᄒᆞ엿ᄃᆞ 이압ᄒᆡ ᄊᆞ인분얼
공연니 둘부쳐셔 가ᄌᆞᆼ보면 흉ᄉᆞᄒᆞ고

남의흉ᄉᆡ 조화ᄒᆞ여 원근인니 불화ᄒᆞ고
여히갓치 간ᄉᆞᄒᆞᆫ연 ᄂᆡ비우만 마ᄎᆞ씨면
극진이 ᄉᆞ랑ᄒᆞ고 되고말고 쉮기다가
즉시할노 되드라도 어제ᄒᆞᆫ일 오날ᄊᆡ고
발악을 일얼숨아 못된힝실 여러가지
뉴관ᄎᆞ는 도부흥졍 사랑눈을 기이가며
공즁명도 소경놈이 집근쳐 왓다ᄒᆞ면
지셩으로 뭇ᄌᆞᄒᆞ니 오금밋희 바람쏘여
쏘기갸아 조쉼아다 겁술운의 망신술에
말슴이 못되ᄀᆡ소 졍신업시 놀ᄂᆡ면셔
칠셩단에 졍셩할가 공산에 불얼썰가
아모려ᄂᆞ 술을풀긔 그거시 ᄒᆞᆫᄂᆞᆫ말니
졍케씨러 썩얼ᄒᆞ고 힌무명 셕ᄌᆞ셰처
앗갑기 아지마소 그릐셔 도ᄋᆡᆨ되면
한두ᄊᆡ 쒸니라도 업다고 씌든슬을
옷업다 기별ᄒᆞ면 무신마암 ᄎᆞ ᄂᆞᆽ□여
도로깁히 엿든거셜 헙헙히도 ᄂᆡ여놋ᄂᆡ
부슈엽서 홍졍할제 ᄉᆞ랑ᄋᆡ셔 알가ᄒᆞ여
압뒤얼 안니보고 할의심 못할의심
허리쓰ᄋᆡ 못ᄆᆡ랴고 쥬아장쳔 부르지져
메칠만 ᄆᆡᆨ기두면 ᄌᆞ이의 손을쎠셔
울플으로 손을치며 어만님 게시오면
말ᄂᆡ지 부ᄃᆡ마소 그ᄉᆞ람 바드며셔
소솔근 ᄒᆞᄂᆞᆫ말이 어드니 조컨이와
며ᄂᆞ리얼 보아오면 고부불화 녀ᄉᆡ로나
네게ᄂᆞ 물러보ᄌᆞ 공연이 악널ᄂᆡ고
ᄌᆞ식보면 죄를음겨 못견ᄃᆡ게 복가ᄂᆡ여

고운셩졍 ᄇᆞ려놋코 그즁의 쐬를쇠워　　안그른데 압펼가려 ᄌᆞ랑으로 흉얼ᄂᆡ고
남의말노 험얼쓰더 가ᄌᆞᆼ ᄌᆞ식 것보기에　　조흔테로 ᄒᆞ드라도 살급ᄒᆞᆫ 그말ᄭᅳᆺ치
비슈검의 더랄싸와 든ᄂᆞᆫ ᄉᆞ람 손얼싸고　　졀노밈기 ᄒᆞᄂᆞᆫ구나 여ᄌᆞ의 ᄇᆡᆨ힝시에
졍열이 웃듬인ᄃᆡ 졍열은 고ᄉᆞ ᄒᆞ고　　음힝을 못니게셔 불힝니 혼ᄌᆞ되면
가만이 ᄒᆞᄂᆞᆫ이 얼아ᄂᆞᆫ 업다ᄒᆞᄂᆞ　　지각엄고 얌치엄ᄂᆡ 그일ᄀᆞᆺ치 남니알가
ᄒᆞ라이 나러보고 귀신이 염ᄒᆡ셔셔　　괘심코 밈기모라 활노를 졀노ᄂᆡ에
눈치로 가르치고 증젹으로 의심씨게　　듯ᄂᆞᆫ ᄉᆞ람 귀씻고져 님들ᄉᆞ람 쥐길젹의
쌘쌘ᄒᆞᆫ그 낫ᄉᆞ도리 쳔지간의 셧단말가　　부모조ᄉᆞᆼ 씨기씰가 친졍싸지 망ᄒᆡ노코
쥭쳥갓치 야숀헤에 셩ᄒᆞ ᄉᆞ람 젼혀엄고　　츄슈갓치 호조인눈 결졍람도 범키ᄒᆞᄂᆡ
어와세상 여ᄌᆞ드라 ᄂᆡ말리 헌발인가　　ᄂᆡ말리 과활손가 부ᄃᆡ부ᄃᆡ 도심ᄒᆞ고
부ᄃᆡ부ᄃᆡ 졸ᄇᆡ우소 엣ᄉᆞ람 ᄒᆞ온말ᄉᆞᆷ　　션악이 ᄀᆡ아ᄉᆞ차 조흔일를 쌘를맛고
몸쓰일를 증게ᄒᆞ소 증게를 할야ᄒᆡ도　　할쥴얼 모를가ᄇᆞ 그른일 먼져드려
역역히 역거ᄒᆞᄂᆡ ᄉᆞ람무 다그르며　　집집ᄆᆞᄃᆞ 그를가 조흔ᄌᆞ질 조흔ᄆᆞ음
조흔힝실 ᄒᆞᄌᆞᄒᆡ도 ᄉᆡᆼᄌᆞᆼ할젹 ᄇᆡ음엄고　　소견역시 못밋치면 ᄇᆞ른길노 가ᄌᆞᄒᆡ도
그릇들 미쳐경쉼 ᄂᆡ아ᄉᆞ라 다던지고　　올흔도라 일너보ᄌᆞ ᄉᆞ람되ᄂᆞᆫ 저도리가
타날적의 가츈거슬 ᄌᆞ셰이 얼를거이　　무심니 보지말고 무심니 ᄉᆡᆼ각마소
졔일신젹 다바라 천디와 갓튼이라　　졔일신 처라마라 만물즁ᄋᆡ 귀ᄒᆞ이라
만물니 ᄉᆡᆼᄌᆞᆼ ᄒᆞᆯ제 엇디ᄒᆞ야 ᄉᆡᆼᄌᆞᆼᄒᆞᆫ고　　쳔기난 ᄒᆞ강ᄒᆞᆼ고 디기난 ᄉᆞᆼ승ᄒᆞ야
비오고 이슬밋쳐 그속에 ᄉᆡᆼᄌᆞᆼᄒᆞᆫ내　　ᄉᆞ람도 ᄉᆞᆷ게날제 이쓴니 안이온가
아무게 졍슈맛고 어미게 피를바다　　구실갓치 밋친이슬 포궁안의 써러지ᄂᆡ
건곤이 ᄀᆡ벽져의 다만지물 쓴니션이　　리기가 모힝ᄒᆞ여 ᄌᆞᆷ시불쳘 쉬지안ᄒᆡ
ᄐᆡ극이 ᄉᆞᆷ견휴예 음양니 판단ᄒᆞ여　　양기난 상승ᄒᆞ여 ᄒᆞᄅᆞ리 되여잇고
음기난 ᄒᆞ강ᄒᆞ여 싸일홈 되야셔라　　ᄉᆞ람도 이와갓ᄒᆡ 포궁안ᄋᆡ 써러진물
ᄌᆞᆷ시불쳘 쉬지안ᄒᆡ 아흐ᄅᆡ 밤낫즈로　　ᄊᆡᆨ도라 긋친휴에 방울속에 구영쓰리
구영속에 구영속에 기운어려 달달이 변ᄒᆡ갈져
쳣달의ᄂᆞᆫ 기럼이려 둘ᄌᆡ달에 피가어려　　셋ᄌᆡ달에 음양어려 넷ᄌᆡ달에 피가어리
오삭만의 힘쥴어려 뉵삭만의 ᄲᅨ가어려　　칠삭만의 형용어려 팔삭만의 움제기고

구삭만의 쯰노라져 심속만의 ᄂᆞ앗구나　　조물 이상ᄒᆞ여 싱금도 고모ᄒᆞ다
머리가 둥구기난 ᄒᆞ남얼 뱃를맛고　　발니 모나기난 싸를 쏜얼밧다
압흔 양이되고 뒤난 음이되야　　이목언 일월갓고 곳딕난 ᄉᆞ낙갓고
입언 지당갓고 혈믹언 강ᄒᆞ갓고　　보발언 초목갓고 ᄉᆞ지숨기를 ᄉᆞ시갓고
오중 숨기기를 오□얼 쏜늘밧고　　츈ᄒᆞ츄동 미졀후의 졀후마다 셤달어라
말다리 마듸슈가 셰마듸가 안니온니　　모도통쳐 열두마듸 열두달 형숭이요
젼신골졀 혜여보면 숨빅늒심 안니온가　　ᄒᆞ라흔 셔잇셔 ᄉᆞ람의 히로잇닋
영영히 싱각ᄒᆞ고 ᄌᆞ셰니 살펴보면　　혼가지 무심ᄎᆞᄂᆞ 기니ᄒᆞ고 이숭ᄒᆞ에
늒신언 최딕ᄒᆞ고 셩졍지각 이르니라　　금슈도 숣얼타고 ᄉᆞ람도 숣얼타서
나지삼이 파연키로 ᄉᆞ람이 낫다ᄒᆞ네　　착ᄒᆞ기 ᄒᆞᄅᆞ리라 상제가 숨람널제
착흔셩품 ᄅᆞ시와셔 ᄉᆞ람마다 타이쥬닋　　타이시기 엇더틋고 디극히 이숭ᄒᆞ에
슈ᄒᆞ와 금옥토 오힝이 니스무로　　인ᄋᆡ 의예디 신요셩를 타니시니
어질인ᄍᆞ 올을의ᄍᆞ에 에돈예ᄍᆞ 지헤지ᄍᆞ　　미를신ᄍᆞ ᄉᆞᆺ히다라 다셧가지 셩품이라
셩품에 좃ᄎᆞᄂᆞ셔 칠졍이랴 씨이히로　　ᄋᆡ구ᄋᆡ 요욕이 거안이 철졍인가
질길히ᄍᆞ 셩닐로ᄍᆞ 슬퓰ᄋᆡᄍᆞ 두린구ᄍᆞ　　사랑ᄋᆡᄍᆞ 미올오ᄍᆞ 욕심요ᄍᆞ 일곱ᄍᆞ에
흔가지ᄂᆞ 업셔될가 오셩칠졍 타ᄂᆞᆫᄉᆞ람　　사름마다 다롬업셔 요슌틱도 거글타고
걸쥬도 그걸타시ᄂᆞ 요슌걸쥬 다라기ᄂᆞᆫ　　안지하여 다란ᄂᆞᆫ고 인ᄋᆡ에지 조흔셩품
슌젼무악 ᄒᆞ건이와 칠셩니라 ᄒᆞᄂᆞᆫ거션　　션도잇고 악도잇닋 발른ᄆᆞ암 죱아닋면
칠졍이 모도착고 ᄉᆞᄉᆞ욕심 ᄌᆞ바닋면　　칠졍만 몹시ᄌᆞᄂᆞ 딕강이러 모린후외ᄂᆞᆫ
몹씨고 고히ᄉᆞ람 ᄌᆞ연이 되ᄂᆞᆫ이라　　무궁무진 그묘리을 엇지다 말할손야
모씽이 숨겨ᄂᆞ고 셩졍지각 타ᄂᆞᆫ거셜　　딕강일러 듯기ᄂᆞ니 ᄌᆞ셰니 싱각ᄒᆞ라
여ᄌᆞ훈게 ᄒᆞᄌᆞᄒᆞ니 여ᄌᆞ힝실 이른니라　　졔어미 비속에셔 열달ᄋᆡ장 씨기올졔
님맛굿쳐 졀곡ᄒᆞ여 쎄만낭게 ᄒᆞ여놋코　　가지각식 벙드려셔 씨러지기 ᄒᆞ여놋코
ᄌᆞ현증에 망조ᄒᆞ고 동틱ᄒᆞ여 놀ᄂᆞ보아　　아들쌀얼 ᄌᆞ셰몰ᄂᆞ 밤낫즈로 망암씨워
숨신아기 ᄇᆞ든후에 쌀ᄂᆞ앗드 낙삼ᄒᆞ여　　메역국 조흔밥의 눈물쎡겨 몬먹은 흔ᄋᆡ이라
슈풍아리 딕ᄒᆞ증 탈황증의 졋아리 반반마다
평싱고질 되에힌디 씰딕엄고 헛분거시　　부어싀 뉴간ᄒᆞ랴 고리도 부모ᄌᆞ졍

아들쌀 ᄃᆞ름업셔 미쥴노 자졍노고
근근ᄒᆞ고 간구ᄒᆞ여 ᄂᆡ괴롬 젼혀몰ᄂᆞ
ᄇᆞ람마지 ᄂᆡ가눕고 안듀ᄒᆞᆫᄃᆡ 너를눕혀
척척ᄒᆞ기 여ᄉᆞ올세 어려운쥴 모르긴ᄂᆡ
ᄉᆞ랑알고 우슘웃고 뒤치고 기말할제
눕펴보고 안치보고 업펴보고 짓쳐보와
엇더키도 어러볼고 요거시 웨거신ᄂᆡ
싸의셔 수산ᄂᆞᆫ가 바다속에 구실인가
광능즁츄 명월닌가 남의집 고기밥니
남의아들 부러ᄒᆞᆯ가 외굴덧 가ᄂᆡ굴덧
ᄌᆡ쥬난 슉향갓고 종에종의 에졀이요
ᄒᆞ후여의 졍졀인가 효도난 ᄌᆞᆼ씨갓고
소군의 겸덕인가 오복이 구젼ᄒᆞ야
쳔츄의 벗치나소다 어르고 눕펴놋코
가지고 굴근쎄 쑤어진다
어ᄒᆡ야 아라쥬소 에어룬 ᄒᆞ신말ᄉᆞᆷ
졋쥴얼 ᄉᆞᆺ친후의 살금살금 제굴거나
닐의만 맛지말고 엄츅으로 가르치ᄂᆡ
아ᄒᆡ노름 여ᄉᆡ노ᄉᆡ 금치 마련마은
곡셕니ᄉᆞᆨ 쎄지말고 부모홀ᄃᆡ ᄒᆞ지말고
음식보면 ᄉᆞ양ᄒᆞ고 니웃짐의 가도라도
영니ᄒᆞᆫ태 젼치말고 올으은 닐얼
안니된닐 보그들낭 ᄂᆞ넌마ᄌᆞ 마암먹고
일려뎔ᄉᆞᆯ 되그덜낭 남ᄌᆞ들과 혐의ᄎᆞ려
침션방젹 음식지졀 ᄇᆡ우ᄌᆞ 마암먹어
침션방젹 음식지졀 여ᄌᆞ할일 이뿐니ᄅᆞ
아모일를 ᄒᆞ드ᄅᆞ도 괴로움얼 잇ᄌᆞᄒᆞ야

얼굴보고 ᄉᆞ랑ᄉᆞᆷ게 쥐기되면 써질게라
진ᄌᆞ리ᄂᆞᆫ ᄂᆡ가눕고 마른ᄌᆞ리 너눕피고
이불안의 똥쳘감괴 소곳이의 오짐ᄌᆞ리
ᄉᆞᆯ김니 누은ᄌᆞ롬 턱턱ᄋᆡ장 ᄃᆞ노기ᄂᆡ
ᄌᆡ롱ᄒᆞᆫ짓 ᄒᆞ며가니 요른ᄉᆞ량 쏘인난가
둥기둥이 츄이면셔 아ᄂᆞ젹□얼너보세
소세셔 ᄂᆞ왓ᄂᆞᆫ가 ᄒᆞᄂᆞ에셔 떨러진가
돌속의 ᄇᆡ옥닌가 금능젼당 부용닌가
우리집 죡갓트며 우리아기 졀모졀모
어셔어셔 굴겨나셔 셩덕은님 임ᄉᆞ갓고
조ᄃᆡ가의 문ᄌᆞᆼ이며 소ᄌᆞ연의 ᄌᆞᆺ틔런가
우의ᄂᆞᆫ 졍ᄌᆞ갓 ᄆᆡᆼ광의 허리련가
곽분양의 부인갓치 ᄉᆞ에 닐홈올여
다시드러 쏘어를제 아라쥬소
ᄉᆞ랑ᄒᆞ시 니덧ᄒᆞ고 의스시가 처덧ᄒᆞ의
아ᄒᆡ난지 ᄉᆞ연만의 부모품을 써나ᄃᆞ이
푸안을 도심ᄒᆞ고 엄식얼 ᄉᆞᆷ긔먹겨
쏫ᄊᆞ음 슯박구질 슈금노리 졀ᄇᆡ우기
오른도ᄋᆡ 마른노롯 나부웃슌 걱지말고
남의아ᄒᆡ 치지말고 어룬보면 공셩ᄒᆞ고
훔침질 ᄒᆞ지말고 남의말얼 듯ᄃᆡ라도
보그들낭 쁜얼 밧ᄌᆞ아 맘먹고
저일덜ᄉᆞᆯ 되그덜낭 닐ᄇᆡ우ᄌᆞ 마암먹고
동싱ᄉᆞ촌 되ᄃᆡᄅᆞ도 몸ᄃᆡ로 죳ᄎᆞ ᄒᆞ고
마암씨기 ᄒᆡᆼ신ᄒᆞ기 교훈ᄃᆡ로 죳ᄎᆞ ᄒᆞ고
쳘업ᄃᆞ 핑기말고 어릴젹의 갈익혀ᄅᆞ
노릐ᄒᆞ여 망노ᄒᆞᆫ니 일 ᄒᆞ기말고

어릴젹ᄋᆡ 여셔 안지말고 어룬의말　시러말고 잘ᄇᆡ우자 마암먹어 마암씨기
힝신ᄒᆞ기 교훈ᄃᆡ호 좇차ᄒᆞ고 침션방젹　음식디졀 여ᄌᆞ할일 쁜이라
쳘업다그 핑기말고 어닐젹의 잘닉혀라　아모닐얼 ᄒᆞ드라도 괴로옴을 엇ᄒᆞ야
노ᄅᆡ방 노ᄒᆞᆫ이 닐ᄒᆞ기에 뉴익에　여공ᄃᆡᄉᆞ 여러가지 노ᄅᆡ지어 쥬오리라
무슨노ᄅᆡ 먼져ᄒᆞᆯ고 바늘노ᄅᆡ ᄒᆞ여볼가　금싱여슈 네가날졔 ᄒᆞ도낙셔 ᄉᆞ구슈로
셔방졍키 ᄇᆡᄐᆡᄒᆞ여 ᄒᆞᆯ가오ᄅᆡ 네가나셔　ᄉᆞᆷ견ᄃᆡ로 두엇드면 무용지물 되올거셜
조물옹니 씨기신갓 셩닌임니 가르친가　이러ᄂᆡ고 씨러ᄂᆡ여 굴근마치 잔마치에
빙연졍금 쌘ᄇᆞᄂᆡ여 ᄃᆡ졍놈의 묘ᄒᆞᆫ솜씨　이상케도 ᄆᆡᆫ드런ᄂᆡ 입솟치 날가우이
바른말 ᄒᆞ긴난가 몸덩이가 쏫쏫ᄒᆞᆫ니　마암조ᄎᆞ 곳깃구나 귀구영니 쑬펴신니
올흔말도 듯지□나 빅빅ᄒᆞᆫ걸 잘쓰드니　실□즈ᄎᆞ 이실세요 부리지가 닐슈하이
결단셩도 잇실게요 바른길노 ᄎᆞᄌᆞ가이　그른노렷 안할쌔요 ᄊᆞ빡ᄊᆞ빡 졀얼한이
에졀ᄇᆡ 왓난가 반들반들 빗치나이　힝실얼 짝가난가 더싱진거를 잘붓친이
닌졍편도 이실세요 실과손 함대간이　니논셩도 잇씻구나 오장뉵보 엄다ᄒᆡ도
소션ᄌᆡ죠 이상ᄒᆞᄋᆡ 의복문장 뉘가ᄂᆡ여　ᄉᆞ람풍ᄎᆡ 도왓씨니 황졔요슌 슈의상예
건곤형장 범얼바다 쳔하ᄐᆡ평 되야씨이　그의상도 비가ᄒᆞ고 졔슌뉴우 오ᄉᆡᆨ복도예
산용화츙 그리ᄂᆡ야 남후지치 되야씨이　그ᄉᆡᆨ복도 네가ᄒᆞ고 위무공의 구현할졔
써러지면 곤쳐하여 치의옷셜 ᄒᆞ엿씨이　그치의도 비가ᄒᆞ고 공부ᄌᆞ님 강도할졔
삼쳔졔ᄌᆞ 다리시고 봉ᄋᆡᆨ의를 님어씨어　그봉ᄋᆡᆨ도 네가ᄒᆞ고 문왕후비 길ᄊᆞᆷ할졔
치셕의도 네가하고 염슉도 치민할졔　노ᄅᆡ자의 효도할졔 말난의도 네가하고
강굉형제 우의할졔 큰이불도 네가하고　친ᄌᆞ왕공 임오시난 골용포도 네가하고
공경빅관 임으시난 관ᄃᆡ옷도 네가하고　도포큰옷 안ᄒᆡ면 션비모양 되올손가
쳘뉵직영 안ᄒᆡ시면 무여모양 되올손가　감옷쾌ᄌᆞ 안ᄒᆡ시면 군ᄌᆞ모양 되올손가
쳘뉵징영 안ᄒᆡ시면 무관속모양 되올손가　나도엇지 너와갓ᄒᆡ 졸ᄇᆡ우고 ᄌᆡ쥬잇셔
ᄉᆞ람으게 뉴공하기 이ᄃᆡ하여 보올손고　사바늘노 ᄅᆡ다하씨 이활노ᄅᆡ를 하여볼가
활이로다 활로다 이활이 왼활닌고　유궁후예 활이런가 망ᄌᆞ의 활이런가
얌긔의 활□런가 뉸공지타 활□리　ᄐᆡ산남작 오호나무 연나라 황소쁠에
호나라 사심힘쥴 ᄒᆞ여에 부레풀노　네가지 엄쳐다가 좃키ᄆᆡᆫ든 활리온사

안니로셰 안니로셰 이활이 쌴활이게
에영굼기 ᄃᆡ클휘고 눈고로시 짯열쫘셔
ᄃᆡ도조헤 조헤 나도너와 ᄌᆞ고지고
네셩품니 곳아시이 ᄂᆡ마암도 곳고지고
네임ᄊᆞ귀 빗치난이 ᄂᆡ힝실도 빗나고져
풍셩셜즁의 변ᄎᆞ는니 나도절ᄀᆡ 니리할ᄉᆡ
질긴거셜 취시힛시니 나도갓고 지고
물의씻쳐 ᄂᆡ엿시니 더러운맘 씨치고져
길기길기 이아서니 조흔힝실 기리가고
화럴노코 그져보니 초ᄉᆡ달 와연ᄒᆞ고
타고보셰 보셰 무명바슴 타고보셰
살금살금 단가고와 활쥴의 붓튼후난
조맘등이 이지안케 활드러 고로타셔
용문산의 안ᄀᆡ런가 초한러장 문지런가
ᄂᆡ솜씨가 조핫든가 건목조코 솜씨조화
활노희럴 다힛시이 물네노ᄅᆡ ᄒᆞ여볼가
아동국의 무명엄셔 회복동니 되엿던니
물네씨가 물네럴 ᄆᆡᆫ드럿ᄂᆡ
괴머리럴 볼ᄌᆞᆨ시면 뒤놉푸고 암나즈어
두기동얼 셰워시니 양의럴 쏀얼본가
가운쥴리 도라시니 황도젹도 쏀니온가
가락톳셜 찌워시니 북두칠셩 도라지고
구을뎅니 도리시니 쳔지운슈 돌나안듯
통쳐노코 ᄌᆞ시보니 션기옥형 쏀니로셰
가락옷셜 님히후에 물네쏘리 기럼씨어
셰상이리 니와갓희 음지편도 양지되고
엄다가도 다시치워 ᄒᆞᆫ셔기후 도라가고

기원녹쥭 조흔ᄃᆡ를 드나니 칼노 쎠디가셔
노민드리 ᄃᆡ럴ᄆᆡ여 펑펑셰겨 노와씨이
비ᄲᅮ리가 구더시니 ᄂᆡ마암도 쏫고지고
네속이 소통한이 ᄂᆡ속도 소통코져
화초ᄉᆡ음 안니ᄒᆞ이 나도ᄉᆡ음 안할게오
노도조헤 조헤 나도너와 갓고지고
부드러워 좃타하니 ᄂᆡ셩품도 부럼고
것검지럴 벗겨시니 지은허물 벗기고져
단단이도 ᄆᆡᄌᆞ시니 모친졍열 ᄆᆡ치고져
활럴들고 쎡겨보니 즁츄망월 와연하어
고든허리 굽슈리고 활장손얼 낫게붓쳐
허리페고 손을드러 엄츅으로 놋코드려
뭉게뭉게 피워디이 오호상의 연기런가
적벽젼의 불피더시 네건모니 조하드어
ᄌᆞ미큿ᄐᆡ 노ᄅᆡ로다
물네로다 다 이물네가 외풀네고
문강셩 즁원길의 무명씨어 ᄂᆡ셩손자
신통ᄒᆞ고 공고하다 무심ᄎᆞᆫ이 ᄆᆡ드런ᄂᆡ
남북극니 고져닛셔 그쏀으로 ᄒᆞ여난가
여덜ᄉᆞ리 골나시니 팔괘럴 쏀얼본가
이리져리 얼거시니 셩신겨위 쏀온가
쏠두마리 찌워시니 조화자루 거게로다
물네쏘렬 노왓시니 ᄐᆡ간만셕 아니온가
셤셤옥슈 고은손의 곳치쥐여 따라닐제
둘너보ᄉᆡ 보ᄉᆡ 부릉부릉 도난구나
양진펴도 음지되야 음양이슈 도라가고
가득ᄒᆞ며 넘져가셔 영허지슈 도라가고

구푸리니 면펠ᄃᆡ이셔 굴신지리 도라가ᄂᆡ 부귀힛다 교만마소 ᄌᆞ소빈쳔 도라오리
민쳔네갓 칭심마오 후닐부귀 도라오리 ᄂᆞ무져 악부마소 그앙이리 도라오리
물네갓치 도난셰상 셰상갓치 도난물네
돌여볼젹 ᄉᆡ각ᄒᆞ여 마암힝실 싱각고 조심ᄒᆞ소
병곤치자 자 물네명얼 고쳐보자 니명니 어ᄃᆡ난고 괴머리에 병니ᄂᆞᆫᄂᆡ
우리여ᄌᆞ 허다병통 괴머리가 멧치온가 ᄉᆡ모의 박ᄃᆡ병통 불우불목 괴머리요
ᄌᆞ식 지식노복 원강병통 겨두ᄌᆞ는 괴머리요
남의게 시비병통 말잘못ᄒᆞᆫ 괴며리요 불민ᄒᆞᆫ일 의심병통 힝신못ᄒᆞ 괴머리라
여려가지 나난병통 마암줍기 괴머릴셰 마암얼 다시곤쳐 언히의 병통업고
괴머리 다시곤쳐 물네에 병통업ᄂᆡ 두무룸헐 쓰러놋코 비슈안자 외오안ᄌᆞ
쏠드갈리 반만쥐고 가락몸의 가마놋네 오리션ᄊᆞ 실ᄉᆞᄌᆞ렬 영역히 싱각ᄒᆞᆫ이
칠일ᄂᆡ목 도피졀의 닐션양기 실오리냐 칠월셕 오식셔의 결교ᄒᆞ든 실오리냐
죵즁의 ᄉᆞ며쓰니 이실노 ᄒᆞ엿난가 구현할졔 소사오타 니실노 하엿난가
ᄌᆞ모이멸 망극지졍 슈즁션얼 탄식ᄒᆞ고 관시졍부 보닌게짐 심곡이멸 여사ᄒᆞ고
츈풍ᄆᆡᆨ상 뉴ᄉᆞᄒᆞᆫ니 소연노릐 당ᄒᆞ온가 규즁 소부발셩 ᄉᆞᄒᆞ니 뉴슈과음 가지마소
착한마암 조흔힝실 괴괴갓치 기러가소 부창부슈 조흔져니 실괴갓치 ᄀᆡ기잇고
난사 조리닛기 졸나온니 일언닐동 ᄂᆡ힝신니 실끗갓치 허물엄고 셰간ᄉᆞ리 조심ᄒᆞ여
이실갓치 질기고져 물네노릐 다힛쓰이 벳틀노릐 하여볼가
벳틀일셰 벳틀일셰 이벳틀니 왼벳틀닌고 이ᄂᆡ젼싱 싱ᄒᆞ이 쳔승죽여 안니온가
은ᄒᆞ슈 흐른물가 ᄇᆡᆨ옥슈 노품짐의 영농팔창 여러놋코 운금상 ᄊᆞ올젹이
월즁오 강도비려 계슈나무 씩어ᄂᆡ여 이벳틀럴 민드러셔 음양오힝 나렬ᄒᆞ고
셩신경위 씨럴숨아 날괴달노 북얼ᄒᆞ고 솜ᄇᆡᆨ뉵슌 바ᄃᆡ살노 인간만사 한필기리
마조쏵쏵 짜노더니 옥황님게 죄어덧나 너와나와 젹강하여 깁고깁푼 극즁안ᄂᆡ
쥬야장쳔 버지되여 연지분 던져두고 관포상 곤쳐님고 졔비갓치 날ᄂᆡ모의
비틔끗 질너비고 안줄ᄀᆡ에 올나안ᄌᆞ 걸터안진 져모양이 공옹쥬 ᄒᆞ가할
모위솨럴 하엿난가 외씨갓치 묘한발에 헌신짝언 이윈얼고 진즁ᄌᆞ 졍증할졔
그안히 경게ᄒᆞ되 누무알리 되신ᄃᆞ무 뉘럴위히 굼펴난고 가걸니아 ᄒᆞ난사람

산의 밧ᄆᆡ여 그안ᄒᆡ 농향할제
자장위ᄒᆡ 굽혀구나 두기동에 용두머리
찍걱 ᄌᆞᆯ도도네 시집사리 너와갓치
구고암ᄒᆡ 잘도돌고 유ᄒᆞᆫ하고 졍졍하여
ᄇᆡᆨ쳔만사 조심ᄒᆞ면 잘돌기가 어러울가
셤미ᄶᆞ ᄉᆡᆼ각ᄒᆞᆫ니 양흥의덕 ᄆᆡᆼ광닌가
범ᄇᆡᆨ쳐ᄉᆞ ᄒᆞ올젹ᄋᆡ 오립라님 아라가며
공부공ᄶᆞ 와연ᄒᆞ의 남ᄌᆞ 왈르기로
울을의ᄶᆞ 공부ᄒᆞ고 그만ᄒᆞᆫ 맘ᄋᆞᆷ ᄂᆞ그들낭
쳥염염ᄶᆞ 공부ᄒᆞ고 ᄉᆞ치마ᄋᆞᆷ 나그들낭
부지런니 공부ᄒᆞ면 업치든지 짓치든지
베ᄀᆡ닐홈 갓ᄌᆞ오니 동방화촉 조흔밤에
우리가ᄌᆞᆼ 권ᄒᆡ볼가
안빈낙도 ᄒᆞ오기을 님ᄌᆞ역시 그리ᄒᆞ소
독셔공부 축ᄒᆞ시기 님ᄌᆞ엿시 그러ᄒᆞ소
안불맘위 ᄒᆞᄋᆞᆷ기을 님ᄌᆞ역시 그려ᄒᆞ소
ᄒᆞᆫ갈갓튼 마ᄋᆞᆷ더니 님ᄌᆞ역시 그러ᄒᆞ소
인ᄉᆡᆼ일 셰얼긔리 황양침ᄒᆞᆫ ᄊᆞᆼ라
우으로 ᄒᆞᆫ가르ᄉᆡ 아ᄅᆡ로 두가르ᄉᆡ
조리잇게 ᄉᆡ을갈ᄂᆞ ᄒᆞᆫ가운털 빗차시니
북니라 ᄒᆞᄂᆞᆫ거션 이북이 왼북인고
영문에 득죄ᄒᆞ여 명고ᄒᆞ튼 부이온가
젼단ᄋᆡ 족묵ᄊᆞ믐 황소좃든 북이온가
한신의 졍형구ᄋᆡ ᄃᆡᄌᆞᆼ지고 북니온가
감ᄉᆞ슈령 ᄀᆡ폐문에 뇌고친든 북이온가
가온ᄇᆡ 부른속에 ᄊᆞ리ᄒᆞᄂᆞᆫ 들러시니
두ᄊᆞᆺ치 납ᄌᆞᆨᄒᆞ여 졔비갓치 오고가니

샹경녀빈 하엿시니 ᄂᆡ가쥬고 허리굽펴
양여둥용 격이린가 잘도도네네
엇지하여 잘도돌고 효셩잇고 공경ᄒᆞ여
가장압ᄒᆡ 잘도도라
두ᄃᆡ쌧친 눈셥ᄃᆡ난 노고
거안져미 ᄒᆞ엿ᄂᆞᆫ가 솜시잇고 지각잇셔
너와가치 ᄌᆞᆯᄒᆞ고져 도트말니 ᄉᆡᆼ각ᄒᆞ니
부여공부 업실손가 그런마ᄋᆞᆷ 나거들낭
공슌공ᄶᆞ 공부ᄒᆞ고 욕심마ᄋᆞᆷ 나거들낭
검소검ᄶᆞ 공부ᄒᆞ고 닐닐촉쳐 조심ᄒᆞ여
너와갓치 탈업고져 베ᄀᆡ미라 ᄒᆞᄂᆞᆫ거션
원왕침 베ᄀᆡ우의 베ᄀᆡ침ᄶᆞ ᄉᆡᆼ각ᄒᆞ니
공부ᄌᆞ님 곡굉침에 낙ᄌᆡ긔즁 ᄒᆞ여시니
ᄉᆞᄆᆞ온공 둥근비ᄀᆡ 좀ᄊᆡ움얼 ᄒᆞ엿시이
ᄎᆡ옹외 경게침에 기안여경 ᄒᆞ엿서니
최인ᄋᆡ 늪안침의 종시부특 ᄒᆞ엿서니
부귀영욕 ᄒᆞᄂᆞᆫ되로 마ᄋᆞᆷ너무 씨겨마소
베ᄀᆡ이라 ᄒᆞᄂᆞᆫ거선 이베ᄀᆡ와 ᄃᆞ르구ᄂᆞ
건곤획슈 이러ᄒᆞ니 부부형상 쁜이로ᄃᆞ
부부의함 셰간ᄉᆞ리 우리간문 빗투고져
당요젹 조흔시졀 감관ᄒᆞ든 북이온가
월ᄂᆞ라 뇌문우외 든소ᄅᆡ 북이온가
진씨황 아방궁의 영타고 북니온가
광화문 돈화문에 오고친ᄂᆞᆫ 북니온가
북들고 ᄃᆞ시본니 이북이 니상ᄒᆞ에
십삭히ᄐᆡ ᄋᆡ기빌제 쳔ᄉᆞᆼ옥닌 품엇ᄂᆞᆫ가
엇지ᄒᆞ여 ᄂᆡ솜시로 너와갓히 랄ᄂᆡ볼고

엽궁에 실ᄂᆞ올제 조리잇기 ᄌᆞᆯᄂᆞ온니
잉ᄋᆡᄊᆡ 잉ᄋᆡ거러 ᄉᆡᄉᆡ니 거러시니
ᄂᆞ부ᄋᆡ 비ᄀᆡ우에 살살펴진 벳살닌가
ᄇᆡᆨᄉᆞ을 들고노와 네징윤과 갓고지고
실고나 올니갈ᄂᆞ 쎠박과 거러노고
부창부슈 우리두리 우밧고 알밧러쳐
눌님ᄊᆡ라 ᄒᆞᄂᆞ거션 빗틍ᄀᆡ을 질노노와
남ᄒᆞ고금 ᄌᆞᆨᄒᆞᆯ제제 말췌ᄂᆞᆫ 다지마소
물씩어 츄져가며 조셥은 맛기ᄒᆞᄂᆞ
바ᄃᆡ라고 ᄒᆞᄂᆞᆫ거션 영암소 친빗갓치
ᄂᆡ마암 ᄂᆡ힝신럴 ᄊᆡ인ᄃᆡ로 쎄기고져
몸에가미 셩장ᄒᆞ니 쇠코갓치 미련말고
버름ᄃᆡ로 굽슈ᄃᆡ고 살ᄃᆡ갓흔 이ᄂᆡ다리
번ᄀᆡ갓치 놀니면셔 북절르고 밧듸친니
오음늑뉼 조컨만ᄂᆞᆫ 칙상압ᄒᆡ 우리가ᄉᆡᆼ
에와듸와 ᄒᆞᄂᆞᆫ소ᄅᆡ 베틀우ᄋᆡ 아거어미
니쇼ᄅᆡ에 더ᄒᆞᆯᄉᆞᆫ가 가ᄌᆞᆼᄌᆞ식 권학할제
족금도로 오게ᄒᆞ고 신세깃친 은헤갑하
공ᄌᆞ상도 ᄶᆞ올게요 잠촉국 마두령에
화완토도 ᄶᆞ올게요 영쵸ᄃᆞᆫ 광월ᄉᆞ와
능궁쵸 멸쵸공 능공ᄃᆞᆫ 당원쥬 가게쥬며
총셩경셩 발니포며 한ᄉᆞᆫ이쳔 가는무슈
안동에 안동포와 영원덕쳔 져항ᄂᆞ며
강진ᄒᆡ남 ᄉᆞᆸ싱초셔 가지각ᄉᆡᆨ 비ᄃᆞᆫ표ᄇᆡᆨ
구심월 긴긴밤의 쳔상의 이젼솜시
그세간이 ᄌᆞᆼ구ᄒᆞ에 길ᄉᆞᆷᄌᆞᆼ기 여러노ᄅᆡ
무심ᄒᆞ게 보지말고 잘ᄇᆡ우고 잘이키여

ᄂᆡ입씃ᄒᆡ 말올제ᄂᆞᆫ ᄌᆞᆸ잔키 져러코져
소산강 큰물가에 지ᄂᆡᄀᆞᄂᆞᆫ 비빨인가
우알노 버름지워 경늎잇게 ᄒᆞ엿시니
사침니라 ᄒᆞᄂᆞᆫ거션 압뒤의 ᄉᆞᆷ을ᄃᆡ□
압홀고 뒤홀터셔 ᄉᆡ오지을 고라시니
가도을 평졍졍ᄒᆞ거 ᄉᆞ침이와 갓고지고
양머리가 쎤즁ᄒᆞ니 베ᄌᆞᆨ기에 뉴익ᄒᆞᄂᆞ
져질ᄀᆡ로 ᄒᆞᄂᆞᆫ젼션 ᄂᆞ무씃ᄒᆡ 헌겁ᄆᆡ여
남ᄋᆡ얼심 슓노ᄅᆞ져 질ᄀᆡ질 부ᄃᆡ마소
우알노 오르라여 쎄김질 잘도ᄒᆞ니
말콜 ᄒᆞᄂᆞᆫ거션 ᄒᆞ틀에 베필기리
말코갓치 뉴공코져 슈양갓튼 이ᄂᆡ허리
신쥴싸라 페고굽혀 셤셤옥슈 두손길을
쳘컥덜컥 소ᄅᆡᄂᆞ니 금셕ᄉᆞ쥭 ᄂᆞᄂᆞᆫ소ᄅᆡ
공ᄌᆞ밍ᄌᆞ ᄒᆞᄂᆞᆫ소ᄅᆡ 압남ᄉᆡᆼ 우리농부
찍걱쳘컥 ᄒᆞᄂᆞᆫ소ᄅᆡ 인간의 조흐소ᄅᆡ
단될ᄒᆞ여 경계ᄒᆞ고 슈ᄌᆞ리의 간온남편
보온포도 싸올게오 무외무갈 줄세저칙
촉빅도 ᄶᆞ올게요 남방화ᄉᆞᆫ 췌허레기
상ᄉᆞᄃᆞᆫ 불슈ᄃᆞᆫ과 모ᄃᆞᆫ리ᄃᆞᆫ 과광농할
왜종양목 ᄉᆞᆷ송포와 안쥬평양 팔양쥬며
실영영쳔 황져포며 통영진쥬 극세목과
경흥졍셩 세북포셔 초ᄉᆞᆫ귀쳔 히쳔쥬와
베를업시 ᄶᆞ올손가 ᄉᆞᆷᄉᆞ월 긴긴ᄒᆡ와
종닐총야 사ᄉᆞ고ᄶᆞ겨 그ᄅᆡ져츅 노린세간
쳐신힝ᄉᆞ 뉴외ᄒᆞ여 뉴심ᄒᆞ기 지어신니
셔아드려 ᄂᆞ뉴억고 져열ᄒᆞᆫ 두술 되거덜낭

음식절졀 묘리아라 닷새맛다 겻님셰
오향에 속힛시니 신맛과 신님ᄉᆡᄂᆞᆫ
목의속히 봄졀후요 리운맛다 타ᄂᆞᆫ님은
화에속히 여텀니요 씬맛과 비린님ᄉᆡ
금에속희 가오리요 짠맛과 썩근님ᄉᆡ
슈의독 겨로리요 ᄃᆞᆫ맛과 향기님ᄉᆡ
통에속회 ᄉᆞ게월에 상싱상극 아라가며
오미을 맛츄와라 슈국화에 화싱토요로
녹슈에 속싱금니요 목국로에 토싱금니요
화국금에 금싱슈라 이묘리을 몰ᄂᆞ될가
슈넌씨 불을ᄂᆡ고 실농씨 뇌ᄉᆡᄂᆡ고
헌원씨 음식ᄂᆡ여 밥과쥭을 만들라고
펑조가 국을ᄂᆡ고 한션제 썩을ᄂᆡ고
후ᄉᆞ졍니 만도ᄂᆡ고 의젹이 슐은ᄂᆡ고
ᄒᆞ후씨 공반들졔 청쥬셔 소금ᄂᆡ고
부열니 믜실가져 신국얼 믜를은ᄂᆡ
간경은 목에속히 시맛시절 올게요
염통은 심경니라 화에독히 믜운네요
부ᄋᆡᄂᆞᆫ 페경니라 금에속히 씨밧ᄃᆡ고
코팟쳔 신경니라 슈에속히 ᄶᆞ맛시요
비위ᄂᆞᆫ 토에속히 닷맛시 되올지라
오향에 토한가지 쥬ᄌᆞᆼ 되여시니
곡셕니 쥬ᄌᆞᆼ니라 외쪽에 밤을노와
좌양이 되야잇고 오른쪽의 구얼노와
우음이 되야잇고 슐톙 ᄒᆞᆫᄂᆞᆫ치라
닐양을 쎈을밧고 졀가락온 니주리라
이음을 쎈을밧고 쩨고기 양니리야
운거리로 도라가오 살고기 올니되야
다음거리 되ᄌᆡ구ᄂᆞ 마른밧촌 양니되고
진반촌 음니되니 반촌졉시 놋트라도
좌우음양 알고노코 지형층지 촌증ᄌᆞ와
고초기음 쑬죵ᄌᆞᄂᆞᆫ 맛ᄆᆞ츄기 조흐라고
가운트로 놋ᄂᆞ니라
오미로 반촌돕고 반ᄎᆞ으로 곡기돕고
고기로 ᄌᆞᆼ부도아 닌명 달여시니
그안니 즁할손가 즁ᄒᆞᄃᆞ ᄒᆞ드라도
욕심을 부리오면 즁ᄒᆞᆫ거시 쳔히질쁜
망국망가 ᄒᆞᄂᆞᆫ니ᄅᆞ ᄂᆡ측편에 인ᄂᆞᆫ음식
팔진미가 무어신고 산두비방 쏠우에
뉴ᄌᆞᆼ얼 싸리고셔 기럼부어 맛셜도아
슈오라 닐홈ᄒᆞ니 진미로 쳣지가고
도야지 속을쌋셔 비속에 ᄃᆡ을엿코
그겻틔 갈ᄃᆡ쏘고 갈ᄃᆡ겻틔 흘럴발ᄂᆞ
불에여허 구워ᄂᆡ야 것잡지 벗기후에
쌀가루 반쥭ᄒᆞ여 그거셜 ᄃᆞ시ᄊᆞ셔
지몸에 줌길마침 물부어 즁탕ᄒᆞ리
쓰겁기 ᄒᆞ지말고 숨닐숨야 불을여어
ᄃᆞ뫼도러 먹을젹에 촌승하고 뉴ᄌᆞᆼ타셔
ᄌᆞ미을 도야시니 그날홈 표든니라
진미에 셰ᄌᆡ되고 양의고기 쏘그러케 포작니라
넷지가 고우양과 사심고기 힘쥴을 ᄯᅵ여ᄂᆡ여

ᄂᆞᆫ도케 두ᄃᆞ러셔 피막힘즁 발ᄂᆞᄂᆡ여 부드업게 구온후에 약염가 갓촤 먹ᄂᆞᆫ거시
그일홈도 진미로다 셧ᄌᆡ 진미되고 ᄉᆡ로좁은 쇠고기을 가늘기 쎠러ᄂᆡ여
조흔슐예 담아ᄃᆞ가 돌시만에 먹을젹에 신국치고 간ᄒᆞ여 진미에 엿셧ᄌᆡ
고기힘즁 발ᄂᆞ졈여 발폐고 계되ᄒᆞ야 건강가루 약간쎠거 쑬닌후에 구어 도흘게요
말ᄂᆞ도 조흘게라 워오라 일홈ᄒᆞ니 일곱지 진미되고 소와양과 대지고기
셰가지를 ᄒᆞᆫᄐᆡ쎡거 쌀가루 ᄉᆞᆷ분일얼 쎡거셔 먹ᄂᆞᆫ거시 그일홈 ᄉᆞᆷᄉᆡᆨ이닌
여덜ᄌᆡ 진미로다 셕기ᄌᆞ릐 ᄒᆞᆫ부로 먹지말고
달게 킁팟치며 호랑의 ᄎᆞᆼᄌᆞ며 도야지 두골이며 물고기 잔쎄며
밤으로 우난소와 털쑷치 밋친양과 다라에 털인난 ᄀᆡ와 눈가룻 최든돗과
ᄉᆞ심의 비위통 먹지말고 병연이 아지마라 음식을 조심ᄒᆞ라 나라짐 ᄉᆞᄉᆞ짐의
흥망이 게인난이 니젼의 조흔음식 ᄃᆡ강일너 듯기ᄂᆞᆫ이 ᄉᆞᆷ팔졍의 일왈식언
ᄇᆡᆨ셩얼 가르치고 문왕무왕 반ᄎᆞᆫ보아 효도럴 ᄒᆞ여잇고 쥬공의 토모반언
착ᄒᆞᆫ션비 마즈시고 공ᄌᆞ의 졉셕반언 힝도못ᄒᆞᆫ 걱졍이요 안ᄌᆞ의 단ᄉᆞ반언
누항낙도 하여잇고 ᄆᆡᆼᄌᆞ의 기장밤언 ᄒᆞ조장인 가르치고 ᄇᆡᆨ이ᄒᆡ의 셔미반언
진나라럴 도와잇고 한ᄐᆡ조의 ᄎᆞ젼반언 창엄얼 ᄇᆞ여잇고 한신의 표모반언
영웅이 쓰졀잇교 한광무의 ᄆᆡᆨ반두죽 즁흥얼 ᄒᆞ여잇고 이젹의 ᄌᆞ젼죽언
우의까 지국ᄒᆞ고 졍ᄌᆞ의 궁마리밥 모친모훈 드르시고 쥬ᄌᆞ의 ᄆᆡᆨ반총탕
싼임일 경게ᄒᆞ고 ᄐᆡ게션싱 담ᄎᆞᆫ바거 희동부ᄌᆞ 되신구나 음식으로 엣ᄌᆞᆫ는것
쏘안니 일너볼가 걸쥬의 슉ᄉᆞᆫ포님 ᄂᆞ라헐 망ᄒᆡ잇고
졔인의 번가죽지 쥐가 비루ᄒᆞ고 즁ᄌᆞ의 게우고 쳥염ᄒᆞ기 너무과ᄒᆡ
슬푸다 여아드라 이ᄂᆡ말ᄉᆞᆷ ᄌᆞ셰듯고 부ᄃᆡ부ᄃᆡ 일일 잘익혀라 무궁무진
ᄐᆡᄉᆞᆫ갓흔 말과회포 이만 긋치노라

11. 규중교훈가閨中教訓歌

조춘호 소장

[해제] 하나의 전적에 두 편의 편지글과 함께 수록된 국문 가사이다. 자료 형태는 16.4×14.2cm 규격의 전적이며, 2단 2행 4음보 형태의 필사본이다. 필사자는 알 수 없으며 필사시기는 앞표지의 '甲戌正月'이라는 기록과 본문의 한글 표기 형태로 보아 1934년으로 추정된다.
시부모 공양, 봉제사, 접빈객 등 시집살이에서 아녀자가 지켜야 할 도리를 조목조목 훈계한 내용의 가사이다. 한 가문의 흥망성쇠가 부녀에게 달렸음을 강조하며 역대 중국의 현모양처의 행적을 효칙할 것을 당부하고 있다.

甲戌正月日記

알과라 분녀힝실 견문잇기 어렵워라
엇던뷴녀 열힝잇고 엇던분녀 호힝잇소
그즁ᄋᆡ 사름되이 인ᄋᆡ레졀 쳔셩으로
남ᄌᆞ은 밧ᄀᆡ잇고 녀ᄌᆞᄂᆞᆫ 안ᄋᆡ잇셔
음셩을 순키ᄒᆞ고 한거렴됴 죠심ᄒᆞ고
어심ᄉᆡ비 문안하고 음식등졀 말씨ᄒᆞ쇼
□□집 흥맘셩쇠 뷴여으기 잇난이라
잇젹사룸 ᄒᆞ난말리 시집살리 어렵쏘다
온갓일을 한다ᄒᆡ도 구즁날가 듀려ᄒᆞ쇼
씨얼ᄒᆞ고 불순흠은 쪽금도 ᄂᆡ지마소
동지섯달 진〃밤과 사월오월 쪌린밤ᄋᆡ
정셩으로 졔사하면 복들 바다 자숀영창
소리업시 졉ᄃᆡᄒᆞ쇼 손ᄋᆡ귀가 지마ᄒᆞ니
뉘집뷴녀 화수하고 뉘깁뷴녀 현철하
쳔싱만물 하실젹ᄋᆡ 금슈가 안니되고
뉘가안니 히한하리 남녀례졀 발기하니
녀공ᄋᆡ ᄆᆡ인일을 낫〃치 ᄇᆡ와ᄂᆡ라
낫빗들 확□□ 할말도 죠심ᄒᆞ고
집〃마닥 견문□□ 어륜심기 어렵쏘다
봉제사와 졉변ᄀᆡᆨ은 사부가ᄋᆡ 큰이라
귀멱어 삼년이요 버워리 삼년이라
구즁휴ᄋᆡ 발명ᄒᆞ면 어륜듯기 슈달쏘다
친졍부모 무삼쳬로 쌀본ᄋᆡ고 욕멱그리
몸괴렵다 ᄒᆞ지말고 ᄒᆞᆫ잠들가 죠심ᄒᆞ쇼
이문압ᄑᆡ 오난숀님 원근친쇽 싱각말고
양식격졍 반찬걱졍 지발덕뷴 하지마쇼

ᄋᆡ달코도 졀통하다 편셩ᄒᆞᆫ 뷴녀들은
그가삿을 악졍ᄒᆞ니 일싱골물 귀찬탓고
부지씽이 든지고 낫〃 그력 다쁘순다
그력코양 남졉을 망ᄒᆞ고도 뷰쪽ᄒᆞ지
쥬인업시 차자와도 그가장 낫흘보와
뷰덕이 음젼하야 쳔츄이렴 자〃 ᄒᆞ니
뷸상ᄒᆞ니 밥을쥬ᄃᆡ 보드실키 쥬지마쇼
이웃 불합지말고 남ᄋᆡ흔ᄋᆡ ᄒᆞᆯ겨신가
악담ᄃᆡ로 안이되고 인심일키 숨난이라
입ᄋᆡ밥을 셔료논아 ᄂᆡᄋᆡ마음 쎠려쥰다
셋긋틔 독기로셔 살인되기 아주십다
친쳑간ᄋᆡ 의엽시면 타셩사ᄅᆞᆷ 낫빗일고
텬상월도 ᄆᆡ진연분 결발부〃 되이신니
요죠슉녀 군자호구 금시상ᄋᆡ 밋〃 치고
칠겨지악 모리고셔 투기하미 고이하다
슈신ᄌᆡ가 오련말노 죠셕상ᄃᆡ 말유ᄒᆞ면
일쳐일쳡 졍ᄒᆞᆫ볍은 사ᄃᆡ닌도 그려크뎐
열발싹 난〃 나니 벼션졉기 미리ᄒᆞ고
임시ᄒᆞ야 긋차하면 층탈리야 잇견만난
하ᄒᆡ가치 너뷴마음 남ᄋᆡ이복 뷰쓰렵다
아히픔고 낫잠자긔 씨을ᄒᆞ다 져녀편ᄂᆡ
삼시사시 잔병쳘리 어진가장 심화넌다
착ᄒᆞᆫ일 할지라도 악ᄒᆞᆫ일을 ᄒᆞ지마쇼
만셕군ᄂᆡ 며나리도 당ᄃᆡ결식 무삼릴고
쳘리가장 한양길ᄋᆡ 모욕ᄌᆡ긔 졍셩으로
창방ᄒᆞ고 됴문할ᄌᆡ 실ᄂᆡ익시 더욱죠타
휴뷴죠타 하지말고 쵸년궁겨 싱각ᄒᆞ쇼
숀님올ᄃᆡ 분난ᄂᆡ여 쫑글〃〃 주기다가
졍지문ᄋᆡ 들낭날낭 아히치기 웬일인고
안쇼리 밧ᄀᆡ나면 도라가셔 층찬ᄒᆞ리
며리파라 술밧기난 겨록할사 뉘졉뷴녀
아혜불너 외당실고 흔연영졉 ᄒᆞ여시니
졍ᄀᆡᆨ니 과ᄀᆡᆨ이나 한자리ᄋᆡ 칭ᄒᆞ마쇼
만늘한나 시비로셔 삽입웃지 구경한ᄂᆡ
남을ᄃᆡ시 남으흔고 인ᄂᆡ쌀들 치다본다
두리안자 하난말리 아리업다 밋지마쇼
경박한 져녀편ᄂᆡ 타인ᄃᆡ히 차물숀야
일가친쳑 화목ᄒᆞ고 노복노비 션ᄃᆡ하쇼
ᄒᆞ닌ᄋᆡ 졍업시면 ᄇᆡ반ᄒᆞᆯ가 념여되ᄂᆡ
ᄇᆡᆨ년기약 하련이와 부〃유별 드려보쇼
금실화락 ᄒᆞ난례졀 공경하기 웃뜸이라
픙유남자 죠현시졀 쥬식장ᄋᆡ 과하겨든
안이드려 감하〃리 쳔지간ᄋᆡ 뉘잇시리
ᄒᆞ물며 ᄃᆡ장뷰의 입신양명 하을젹ᄋᆡ
도표창옷 더렵겨던 셔답쌀ᄂᆡ 용랑ᄒᆞ쇼
오른말로 ᄎᆡᆨ망ᄒᆞ면 사울써시 ᄃᆡᄎᆡᆨ하기
아모말도 안이하니 참난쥴을 어이아라
삼동삼츈 다진ᄂᆡ도 한자비도 유렴엽셔
인물이사 음젼한들 뷰덕업셔 뮤엿하리
물ᄂᆡ갓탄 져ᄒᆞᆫᄂᆞ리 션악ᄃᆡ로 도라온다
삭반을질 방ᄋᆡ픔ᄋᆡ 우리가장 공뷰시기
쳥용황용 쑴을쑤여 츈당ᄃᆡᄋᆡ 장원급지
열두ᄃᆡ문 놉피열고 유자유손 남노여비
부자라고 자랑마쇼 싸뜻ᄒᆞ면 넘치나니

남ᄋᆡ형세 뷸벼파쇼 안빈ᄒᆞ기 지일이라
신발볏고 이웃가면 뉘가안니 지목할라
이집가며 져졉가면 안이할말 수엽날말
옷싸듬이 졍키하여 죠흔솜시 쁜을바다
존인광좌 인히즁ᄋᆡ 그련뷴여 층찬하니
ᄋᆡ지랑을 혼ᄌᆞ쌀며 잘난치로 자쳐ᄒᆞ니
남애연차 하거든 맛지못ᄒᆡ 갈지라도
고이하다 져녀편ᄂᆡ ᄒᆡᆼ동거지 눈걸인다
한녀편ᄂᆡ 입놀리면 ᄉᆞ람마즁 나도〃〃
한녀편ᄂᆡ 입놀이면 남ᄋᆡ말을 못드은치
마음을 요랑ᄒᆞ면 뷴녀즁 군ᄌᆞ로다
시녑월기 다코단난 ᄋᆡ들고도 졀통ᄒᆞ다
친졍일가 오그뎡낭 원근업시 반가ᄒᆞ쇼
친쳑간연 과사간ᄋᆡ 길흉상문 자시ᄒᆞ고
언문ᄇᆡ와 친졍통문 그도못ᄒᆡ 졀박ᄒᆞ다
시셰명졀 논일젹ᄋᆡ 동우모와 ᄎᆡᆨ보기도
동산회쵸 질거마쇼 노루ᄌᆞᆼ화 욕하나니
뎡〃가ᄅᆡ 곳보기난 호부인ᄋᆡ ᄒᆡᆼ실이라
온갓곡슈 바다드래 멱고시고 녁〃할제
손가느다 소문나면 ᄂᆡ겨쥬고 인사ᄒᆞ리
혀다ᄉᆞ람 잊지만난 낫〃치 기록ᄒᆞ리
분녀〃고 구비ᄒᆞ니 교훈명심 집피ᄒᆞ쇼
ᄌᆞ〃구〃 통달ᄒᆞ야 시집살리 잘ᄒᆞ기로
너가비록 녀ᄌᆞ라도 너의부친 ᄉᆡᆼ각ᄒᆞ리
부쳔이 물ᄋᆡ빠져 신체을 못차자셔
만경창파 ᄃᆡ강상ᄋᆡ 물ᄋᆡ띄여 달여드려
호ᄒᆡᆼ도 장ᄒᆞ시니 쌘밥기 여렵워라

힛뜩〃〃 져픔신ᄋᆡ 무신소회 이실쑨야
입사기난 측양업다 가장쎌삿 여봄며셔
가장당신 안니ᄉᆡᆼ각 쳥쳔ᄇᆡᆨ일 무심하라
의복쌋지〃 어ᄂᆡ되 비기죠쿄 졔됴잇기
치ᄆᆡ뒤로 쌍을시려 혀리밉시 슈셩〃〃
쥭난거시 맛당하지 인간츙슈 압갑쏘다
록의홍ᄉᆞᆼ 고분당장 압과듸을 도라봇쇼
바람기ᄅᆡ 옷거치면 ᄉᆡ금찬타 우사하니
사졉시가 되지고 죠왕님니 도망ᄒᆞᆫ다
쥬난음식 밧쓰라도 쳬면잇기 슈ᄐᆡ잇기
위닌ᄃᆡ히 인사할듸 쥬져말고 쳔연ᄒᆞ쇼
의로ᄆᆡ진 형졔라도 졍지안ᄋᆡ 앗톨솔야
셰상인심 후박이셔 인졍박ᄀᆡ 다시업다
무졍세월 이시상ᄋᆡ 빌발양친 어이ᄒᆞ리
하닌보ᄂᆡ 문안ᄒᆞ고 가시ᄃᆡ로 졍표ᄒᆞ기
남으ᄃᆡ젼 안지말고 소리죠키 일녀보쇼
진담밧ᄃᆡ 잠엽기난 노부녀ᄋᆡ 할일리라
죠셕방ᄋᆡ 삼시지공 일근지기 힘셔하여
썩도ᄒᆞ고 슐도쎄져 ᄂᆡ집음식 남을쥬쇼
자고급금 히라러니 호부열녀 현부인과
너가비록 녀ᄌᆞ라도 ᄃᆡ강마 말하노라
이글젼편 이ᄇᆡᆨ귀을 잠시라도 방심마소
현쳘ᄒᆞ다 층찬ᄒᆞ문 쌋사람도 말할리라
외나라 죠하싯은 방년니십 칠셰라
물가ᄋᆡ 칠일칠야 통곡ᄒᆞ고 단이더니
신치을 건져안고 삼일만ᄋᆡ 물ᄋᆡ나니
진나라 묵난이난 방년이십 쳘셰라

그부친 쵸균되여 말리젼장 가려ᄒᆞ니
남복을 한착하고 삼년변슈 ᄒᆞ여시되
건문도 잇건이와 긔질도 장히시다
도젹ᄋᆡ기 쥭여뎌니 그부닌 열긔잇셔
ᄋᆡ연ᄒᆞᆫ 피눈물노 칠일칠야 통골ᄒᆞ니
왕홍으 밍광이난 뎍힝이 자록ᄒᆞ야
힝쥬채마 ᄃᆡ비ᄂᆡ로 젼심밥을 며리이고
빈ᄀᆡᆨ을 ᄃᆡ졉하덧 ᄂᆡ외분건 아람답다
음식멱기 자리ᄒᆞᄆᆡ 부졍ᄒᆞ지 안이ᄒᆞ고
십삭을 지난후ᄋᆡ 문왕님을 탄ᄉᆡᆼᄒᆞ니
거록하신 범를덕힝 만세ᄋᆡ 장할셔라
독자밍자 다리시고 혈〃리 키울젹ᄋᆡ
일〃은 밍자씨셔 모쳔긔 엿자오되
모친이 깃벼하야 자연이 ᄃᆡ답ᄒᆞ되
심〃키 ᄉᆡᆼ각ᄒᆞᄆᆡ 자식을 쇠긔리요
자식을 교훈ᄒᆞᄆᆡ 젼실노 볍시렵다
셩졍쬬분 져녀편ᄂᆡ 방졍맛기 쇼동치기
교훈가 죵이라

노부ᄃᆡ신 자졍ᄒᆞ여 군졍군기 등ᄋᆡ지고
동쳐ᄒᆞ든 군ᄌᆞ드리 녀ᄌᆞ쥬을 몰나시니
외ᄂᆞ라 기랑이난 젼장ᄋᆡ 나가다가
젼진ᄒᆞ뎐 ᄇᆡᆨ사장ᄋᆡ 신체을 차자안고
졀통ᄒᆞ고 무궁ᄒᆞ니 셩츅이 문어진다
시즙온졔 삼일만ᄋᆡ 록의홍상 벼셔노쿄
밧ᄆᆡ난대 나가신니 ᄂᆡ외셔로 공경ᄒᆞ여
주나라 태임시난 덕힝이 지일리라
음셩은 안니듯고 악ᄉᆡᆨ은 아이보고
문왕으 장한셩덕 모부인의 ᄐᆡ교바다
밍자으 모부인은 쳥년ᄋᆡ 과거하와
이사을 시변ᄒᆞ야 힝실을 교훈뎌니
동쪽이웃 ᄉᆞ람드리 돗즐 잡더이다
그돗츨 잡난거난 너을쥬려 하난이라
독고기을 가만사셔 밍자을 미기시다
급한일을 당ᄒᆡ여도 셩졍급피 하지마쇼
가ᄆᆡ박ᄀᆡ 쳔만금도 사람하나 졔일이라

12. 여자경개가

조춘호 소장

[해제] 이 가사는 화전가와 한 두루마리에 실린 국문가사이다. 자료형태는 25×363㎝이며 2행 2단 형태의 필사본이다. 원작자와 필사자는 미상이다.

천지가 배판후에 만물이 자새이라 천문□호 상통하□
유인이 최귀하니 오륜이 웟덤이라[188] 인의례지 사채되니 혀영져작 모를소야
부〃유별 조흔정의 부여[189]행실 들어보소 규중에 생장하야 적임방적 배운후애
양외사생 군자호구 백연가약 되엿도다 회촉동방 조흔자미 월로가연 이안일가
부모형재 멀리하고 출가위인 되어자야 여필종부 가은길예 훈행가재 전송한다
여아야 드러보아라 사친구고 무안하고 어섬새벽 조심하야 효성으로 봉양하라
의복얼 정키하고 낫빗철 회키하라 한거럼도 조심하고 한말삼도 조심하라
귀먹어 삼년이요 벙어리로 삼년이라 무선일이 잇드라도 꾸중날기 두려하라
집〃마다 전문달아 어런의개 범얼밧고 천백사얼 조심하야 허물이 업기하라
꾸중후에 발명하며 어런듯기 수다하다 친정부모 무삼쥐로[190] 딸보내고 욕먹으랴
봉지사[191]와 접빈객은 사부가에 예절이라 동서달 참분방에 오륙월 더운날얼
몸기렵다 하지말고 한잠들가 조심하라 정성오로 봉사하면 복얼바다 영화로다
내문압에 오신손님 원근친소 생각말고 손의귀가 가다하내 소리업시 대접하라
절원톻하고 예달하다 용열한 부인들언 손님오면 불난내여 쫑을〃〃[192] 거리면서
그간장을 양성하면 일생골몰 기을하고 정지문에 들낙날낙 아해치기 왼일인고

---

188 웟덤이라: 으뜸이라
189 부여: 부녀(婦女)
190 무삼쥐로: 무슨 죄로
191 봉지사: 봉제사
192 쫑을〃〃: 쫑알쫑알

부지광이 개도치고 왈각달각 그럭소래
안소래가 밧개나면 도라가서 층찬한다
머리팔라 술밧기난 거록하다 뉘집분여
아해불너 외당쓸고 흔연대집 하엿스니
정객이니 귀객이나 하지리에 층하마라
이웃불화 하지말고 남의험애 하지말자
남얼대해 남의험고 이내낫철 채다본다
낫말은 새가듯고 밤말은 쥐가듯내
조식상이 허술하면 안인심이 팔이더라
자수얼 장만할재 부정키 하지마라
아여자의 거동바라 이심전에 나흔자식
모수름얼 허수하면 교양훈기 무식하다
담배대 무례할뿐 언어가 불공하다
부회모희 어이할고 불효자가 원수로다
제부모게 불공하고 남의부모 고경하내
재일을 분석하면 구수와 다믈손야
무관이 쓰은돈은 공척한 변통이라
친소가 잇슬손야 유무간에 상통하라
빈부가 장원할가 음지도 양지된다
원근간친 한사람 한번실수 업슬소야
사돈간니 조타해도 자조가면 불공하다
오년이장 측견수지요 십년이장 즉형사지라
청춘남자 거동바라 탐화봉접 그안인가
꼬리진개 발피나니 위방불입 하야새라
부모혈륙 타고난몸 부시임화 무삼일고
화류장에 노은호걸 허도강유 여한된다
절멈사업 왜못하고 자신지책 모를손가
손의귀에 드르간다 그지령마다 상거지령
사람예지 그러하면 결단코 망하느니
주인업시 오신손님 그가장의 낫철보와
부덕이 현철하야 원근애 자〃하다
음식층하 차리면은 비패한 행실이라
악담대로 안되나니 인심일키 쉬운이라
두리안자 하는말얼 아리업다 밋지마라
발업말 철리가니 언니철리 이안니가
기일얼 당하거던 재개하고 치성하라
부정한 제수육식 신도들 흠향할가
무관이 업고나니 남보기 거북하다
부모압난 저남자야 남배대가 무리하다
인간만사 배운행실 패인한태 잇난이라
불효의 거동보라 늙은부모 구박하고
부모얼 구박하면 하날인들 무심할가
대소가의 귀난동기 급한대로 변통하라
사오촌 칠팔촌은 유부지친 당내로다
태공청정 이오한들 흥만성쇠 업슬소야
업난사람 박대마라 전화위보 되난이라
친한자리 여수마라 조흔안면 일키쉽다
치고 정타해도 재법하고 허교할가
옛말한말 그를소야 붕우유신 자별하라
탐화보접 하옵다가 일신함지 어이할고
주색잡기 효참하면 욕급선조 되나이라
남의이목 무섭도다 개가천신 할지어다
부운갓튼 이셰상에 초로갓튼 이인생이
촌지여금 아가우니 한푼돈얼 허수할가

황조가 셰조되고 대분이 가문이라
입에 밥을 서로논안 내의마음 떨어준들
혀밋해 도기잇서 살인밋천 아조쉽다
일가친척 화목하고 노복노비 선대하라
노복의게 정업스면 배반할가 염여된다
하날갓탄 그가장얼 한말인드 어긴손야
백년가약 하련이와 부〃유별 들어보소
금실이 화락키난 공경하기 웟듬이라
부자쉬댁 못만나도 천정분복 슬허마라
위하사 반〃하나 쏙까지 안된부여
범백사가 군색해도 직분대로 하자서라
근금절요 절식하야 여자직분 딱글세라
남의연장 비러쓰고 진작주소 말있으랴
출입하는 저가자이 의복남누 뉘책망고
도복큰옷 누추우니 서답빨내 요량하라
오른말노 책망하면 싸올다시 대책하며
아무말도 안이하니 참은줄얼 엇지아러
일허이첩 하는법은 사서인도 그릇크던
쌍교되에 도교서〃광채도 찰난하다
일장가난 층양업다 가장말삿 엿보면서
이웃불화 싸음하고 무름막기 일수로다
풍유란가 조하아고 주색의 방탕커던
십벌지목 안이하리 열 번찍어 안너물가
나물갱죽 싸락밤에 치산알들 자랑마라
삼동삼춘 다지내고 한자비도 유림업내
범문정공 기자유서 서상에 싸인시서
곡식송마 실시마라 추수동랑 기한든다

이일노 볼작시면 말마다 은침되고
잘발업는 전부여가 타인대해 침을손야
부모의개 효도하고 가장의개 순종하며
지정간의 불목하면 타성사람 납비알고
상하면분 다르오나 그도또한 사람이라
월노성에 매친언약 결발부부 되었으니
요조숙여 군자호구 금셰상에 몃〃치야
어진가장 못만나도 자기의 팔자이요
슬프다 여자평생 명주전대 개똥드러
팔자분복 생각잔코 가장쉬댁 멸시하내
빈부간 살임사리 여자한태 달여스니
들마루얼 자조쓰러 집안도 말기하라
내위의복 치면차려 한줄때에 걸지마라
열발가락 들어나니 보서깁기 미리하라
임신하여 구차하면 칭탈이사 엇지못해
하해갓튼 가장마음 남의이목 부그러라
칠거지악 모르고서 투기한긋 고이하다
하물며 대장부야 부귀공명 하올적에
칠〃하는 행자치마 한모간수 못하면서
이집가고 저집가면 안이할말 수업는말
가장생각 안이하니 청천배일 무심하다
유신한 오른말노 조석상의 말유하지
안이드러 감화하리 천지간에 뉘있으랴
아해품고 낫잠자긔 기울한 저부여야
살시사시 잔병치리 숙맥가장 심화낸다
절물때 못한학엽 늙어지니 여한된다
조상선영 불치하니 자손득쥐 분명하다

원장을 히수하면 도적맛기 아조쉽고 삼연불문 못하오면 후일안면 어이할고
불조심을 안이하면 화재수을 면할손야 이세상 사람들은 남녀얼 물논하고
무식하면 모쓰나니 만인좌석 모인중에 어언만 들어바도 유식무식 표가난다
부모가 무식하면 자손교양 엇지할고 착한아비 효자낫코 착한어미 숙여낫내
소학대학 배운기난 남자의 학문이요 기억니언 배우기난 여자의 학문이라
침선방적 여기〃〃 글배우기 힘얼쓰고 치산골몰 여기〃〃 문자학업 힘얼쓰라
글모르고 무식하면 몸성한 병신이라 부모갓튼 자정간에 문안일자 못붓이니
손발성한 반편이요 형재일신 동기간에 심중소회 만지장서 내눈으로 몰나보니
눈띤소경 당달이라 못배운기 한이된다 여중군자 되난법이 그다지도 어렵잔타
학문이 능통하야 부득얼 싹글새라 고인을 뽄얼바다 고밍업죽 효도하고
증자왕손 효행으로 사친구고 보양하고 부창부수 화합하고 곽결에 추신이요
붕우유신 화락하고 향당민리 동락하자 착한사람 뽄얼바다 악한사람 선대하고
치산치가 알들하야 절용철식 하자세라 경개가을 다일근후 허수하기 알지말고
일심하고 명심하야 이대로 직히가면 요조숙여 군자호구 여중군자 되난이라
어처안사 백만사에 참을인자 재일이니 일장춘몽 여자평생 마음착히 딱을세라
일평생 직힐행실 고법으로 이르리라 인의례지 사채되니 인의례지 무엇인가
인의례지 네글잘얼 일〃해석 하엿슨니 자서이 들어보소 악한마음 다버리고
착한마음 송상하야 환란상구 구재하면 성인의 하신도가 인자가 이겄이요
남의재물 탐얼내여 흉한마음 두지말고 거짓말 하지말고 바른대로 직히가며
투기지심 엾시하면[193] 의자가 이겄이요 봉재사 접빈객과 길흉대사 큰일주에
번문발기 치송하고 남의이목 실수업시 례법대로 거행하면 례자가 이겄이요
새상만산 백만사에 날이바서 못할일얼 남보다 능철하기 지해대로 해나가면
지자가 이겄이라 인의예지 안언후에 삼강얼 모을손가 삼강은 무엇인고
임군은 신민지강 부모은 자식지강 남편은 처첩지강 이겄이 삼강이라
오륜을 들어보소 오륜아 무었인고 나라에 충성하고 부모의쌔 효도하고

193 엾시하면: '없시하면'의 오기

부〃간에 화락하며 어룬의게 존경하고
어린이을 사랑하며 친우간에 유신하고
이겄이 오륜이라 삼강오륜 모르며은
금수나 다을손가 여자의 직힌직분
삼종지도 칠거지악 오륜밧개 쏘잇구나
삼종지도라 하는겄선 어린째난 부모쌀코
장성하면 가장쌀고 늙으지면 자식쌀코
삼종지도 이겄이요 칠거지악 무엇인고
여자의 일평생이 장부의게 매였으니
칠거지악 죄을지면 소절업시 쪼겨나니
출부가 이안인가 불순부모 출부이요
무자식이 출부이요 음탕여자 추부이요
투기여자 출부이오 악질걸여 출부이오
남의재물 욕심내야 소것칠나 출부이요
성풍이 포악하야 집안란가 출부이라
인의례지 삼강오륜 삼종지도 칠거지악
유류업시 집혀가면 여중군자 이안이가
부정모혈 타고나서 일신도덕 가졋서라
빈부귀천 물근하고 허물업난 사람이니
허물이 잇거덜낭 곤치기로 힘얼써라
자기잘못 후회하면 개과천신 아조쉽다
유신한 오른말노 강상례의 대강〃〃
행신범벅 대조하여 가사일편 지엿노라
이가사 보신이들 각골명심 할지어다

13. 여자 교훈가

조춘호 소장

[해제] 규수(閨秀)들의 유교적 교화(敎化)를 목적으로 한 규방가사. 이 작품들의 내용은 <내훈(內訓)>, <여사서(女四書)> 등이 원류를 이루고 있으며, 이에 해당하는 작품으로 <계녀가(戒女歌)>, <규중행실가(閨中行實歌)>, <규중여자가>, <교녀가(敎女歌)>, <현부신손양경가(賢婦身孫養警歌)> 등이 있다.

쳔지가 ᄇᆡᄒᆞᆸᄒᆞ여 음양으로 삼긴인ᄉᆡᆼ
효순[194]을 모를진된 금수에 불원니라
여자로 니을지라 쳔ᄒᆞ가 광ᄃᆡᄒᆞᆫᄃᆡ
부모의 혈육으로 졈〃니 장셩ᄒᆞ여
몃ᄒᆡ안니 지ᄂᆡ가면 출가외인 될거시라
ᄂᆡ친졍에 ᄇᆡ운ᄒᆡᆼ실 출가ᄒᆞ여 곤치기난[195]
혼졍신셩 문의욱ᄒᆞᆫ 사친경장 ᄒᆞ난것설
친졍에 못ᄇᆡ운알 출가ᄒᆞ야 고ᄉᆡᆼ니라
타인타셩 말을ᄒᆞ되 견문업다 흉을ᄒᆞ며
가장보기 부그릅고 남보기도 ᄒᆡ참ᄒᆞ다[196]
ᄒᆡᆼ예셕에 당도ᄒᆞ여 그부모가 질거ᄒᆞ며
눈물노 니른마리 아ᄒᆡ야 불너가며
가장의게 화순ᄒᆞ라 ᄇᆡᆨ번쳔번 당부ᄒᆞ며
눈물밧게 안니난다 시집니라 들어가셔
엇지안니 소즁ᄒᆞᆫ고 ᄆᆡᆼᄌᆞ님니 이르시되
엇지ᄒᆞ야 져러ᄒᆞᆫ고 남ᄌᆞ는 고사ᄒᆞ고
용납업난 여자로다 자셔듯고 ᄂᆡᆺ게마라
남발셔 열사리라 세워리 훌〃ᄒᆞ야
친부모을 모실젹에 진심갈역 하여보라
길삼방젹 여공ᄌᆡ질 언어ᄒᆡᆼ동 출닙범졀
ᄂᆡ부모게 교훈바다 출가ᄒᆞ여 ᄒᆡᆼ할거요
시부모가 말을ᄒᆞ되 친부모를 원망ᄒᆞ며
노비권속 비운는다 그을ᄃᆡ을 당도ᄒᆞ면
부모의 교훈바다 출가니라 ᄒᆞ난구나
거가[197]로셔 나갈제 친부모가 손을잡고
타문에 들어가셔 시부모게 효도ᄒᆞ고
손을노아 니별할ᄌᆡ 자에ᄒᆞ신 부모심사
시부모가 명영크든 거역말고 시ᄒᆡᆼᄒᆞ며

---

194 효순: 孝順, 효성 있고 유순하다
195 곤치기난: 고치기는
196 ᄒᆡ참ᄒᆞ다: 해참(駭慚)하다, 남부끄럽다
197 거가: 거가대족, 문벌이 좋은 집안

가장이 말ᄒᆞ거든 오공단졍 쥬장니라
ᄂᆡ외간에 유졍탓고 부모압ᄒᆡ 농담말고
그모도 흉언일세 시부모가 쎵을ᄂᆡ여
ᄂᆡ비록 재업시나 닌는다시[199] ᄭᅮ즁듯고
수다니[201] ᄭᅮ죵ᄒᆡ도 ᄃᆡ쳑업시 들어셔라
구연ᄒᆞᆫ[202] 마음들어 타니르고 후회한다
부모젼에 ᄭᅮ러안자 젼후사을 엿주오면
회과자칙 졀노되여 발명을 쌀이 마라
불효가 읏듬니라 부모혈육 타고나셔
어려온날 ᄒᆞ도만타 은공ᄒᆞ며 단졍ᄒᆞ며
번거니 ᄒᆞ지말고 황홀한ᄎᆡ ᄒᆞ지말며
들른날도 모른다시 ᄂᆡ죠심만 할거시라
남여분별 ᄉᆡᆼ각ᄒᆞ고 시부모계 악담말고
남의흉을 보지말고 죠형분명 할것시라
칠거지악 되난이라 어와 여자들아
즁코도 듕할ᄉᆡ라 경듕니 알고보면
안고셔고 할젹에도 공경으로 듀장ᄒᆞ라
옷긴단〃 잡아ᄆᆡ고 초마ᄭᅩ리 여마쥐고[205]
국궁여야 거름것고 시어룬니 문답할ᄃᆡ
더욱〃 죠심ᄒᆞ며 화순으로 듀장삼고
ᄂᆡ마음에 잘한닐도 못ᄒᆞᆫ다시 들어셔라

속상ᄒᆞ고 분난다고 기운ᄂᆡ여 말을말고
남보난ᄃᆡ 히롱말라 셰월닌심 고니ᄒᆞ다[198]
악셩으로 ᄭᅮ지거든 황공ᄒᆞ게 고달ᄒᆞ여
분을ᄂᆡ여 말할젹에 장타십히[200] 말을말고
시부모가 ᄭᅮ짓다가 며나리도 자식니라
그부모가 고수[203]라도 자기감심 졀노ᄃᆡ여
긋ᄃᆡ을 당ᄒᆞ거든 ᄒᆞ기리셩 가만〃
발명니 불공니라 삼쳔가지 ᄌᆡ목듕에
불효을 멀이ᄒᆞ소 여자의 ᄒᆞᆫ평ᄉᆡᆼ이
묵듕ᄒᆞ며 말업시며 황낙히 ᄒᆞ지말며
아는것도 모르난ᄎᆡ 보난것도 못본다시
여ᄌᆞ의 흉니만타 ᄂᆡ잘난ᄎᆡ ᄒᆞ지말고
가장압ᄒᆡ 나셕[204]말고 ᄂᆡ외간에 닷틈마라
음탕ᄒᆞ며 투기ᄒᆞ며 불화ᄒᆞ며 불효ᄒᆞ면
여ᄌᆞ의 날건이여 다시곰〃 ᄉᆡᆼ각ᄒᆞ쇼
져힝실 의연코나 시부모가 계시거든
거름거리 나갈젹에 시부모가 보시난니
공순니 들어가며 부모압ᄒᆡ 단닐젹에
낫흘들고 말할젹에 눈바루 ᄃᆡ답말라
자로ᄭᅮ죵 계시거든 가장니 불순ᄒᆞ여
가장니 화난일을 여자가 말유말아

---

198 고니ᄒᆞ다: 고이하다
199 재업시나 닌는다시: 죄 없으나 있는 듯이
200 장타십히: 장하다 싶게
201 수다니: 수다스럽게
202 구연ᄒᆞᆫ: 공연한
203 고수: 중국 고대 순 임금의 아버지로서, 순임금이 어릴 때 매우 구박했다고 함
204 나셕: 나서지
205 초마ᄭᅩ리 여마쥐고: 치마꼬리 여며 쥐고

쳔셩니 완연커든 말닌닷고 되겐난야
말여도 안니ᄃᆡ고 집안요란 ᄒᆞ지말아
집안이 요란ᄒᆞ면 지어간에 ᄒᆡ가만타
가장니 ᄒᆞ신일을 당연니 그르나마
골ᄂᆡ여 말을말고 종요니[206] 틈을타셔
자기회심 졀노ᄃᆡ여 듄져리 말을ᄒᆞ면
강약ᄒᆞᆫ 강포말고 억지로 말유ᄒᆞ면
억우리 덜거시요 그집니 망ᄒᆞ리라
가장이 유약다고 능멸이 아지말고
공순이 할거시라 여ᄌᆞ라 ᄒᆞ난거시
친부모을 ᄒᆞ직ᄒᆞ고 시집니라 갈젹에난
가장ᄒᆞ나 ᄉᆡᆼ각ᄒᆞ면 엇지안니 듕할손야
가장니 명영커든 안자셔 ᄃᆡ답말라
주야장창 눕지말고 ᄂᆡ몸니 고단탓고
가장의게 악담마소 그모다 불공니라
ᄂᆡ외던 팔자로셔 수심을 세고보면
가장니 눈치보고 더욱수심 세난니라
고상ᄒᆞ고 영화ᄒᆞᆷ이 무비모다 지팔자라
누기을 원망말고 집안니 화순ᄒᆞ면
윤기가 도라오고 집안니 불화ᄒᆞ면
ᄉᆡ운이 들어온다 어와 여자들아
가장니 출타커든 더고아[207] 조심ᄒᆞ여
이웃출닙 ᄒᆞ지말고 세리〃 모니여셔
번화ᄒᆞ게 노지마라 남보기에 ᄒᆡ참ᄒᆞ다
밤으로 출닙말고 물니로[208] 단닐젹에
눈바루 쓰지말며 심회나게 소리말고
물속으로 들다보고 머리모숨 만ᄌᆡ가며
물발나 단장말고 물동우에 물버놋코[209]
압뒤사람 보지말고 친ᄒᆞᆫ동유 간다고셔
손짓ᄒᆞ여 웃지말고 보난사람 욕을ᄒᆞᆫ다
손님니 오시거든 ᄃᆡ졉을 잘ᄒᆞ여라
ᄂᆡ가장의 친구니라 ᄂᆡ살님니 구간타고[210]
오난손님 시려말고 양식니 부죡타고
손님실타 걱졍ᄒᆞ면 그ᄉᆞᆫ님이 안자듯고
잘것도 써나가고 유할것도 〃라간다
목소리 크게ᄒᆞ면 손님듯기 미편ᄒᆞ고
수심을 씌고보면 손니혹시 엿보다가
의심ᄒᆞ고 가난니라 어우 여자들아
열심코 도심ᄒᆞ라 여자의 흉니만타
왕촉니 망ᄒᆞ기로 츙신불사 니군이요
열여는 불경니부라 ᄒᆡᆼ실을 조심ᄒᆞ요
여자의 몸이도야 허코도 듕할시고
시속인심도 보소 엇지안니 조심덜고
흉니라면 달니듯고 기리라면 물너간다
남으흉 보기죠와 히담으로 양식삼고
어와 황단ᄒᆞ다 이와갓ᄒᆞᆫ 세월닌심

---

206 종요니: 조용히
207 더고아: 더욱
208 물니로: 무리로
209 물버놋코: 물 부어 놓고
210 구간타고: 구간하다고, 구차하고 가난하다고

언무죡니 힝쳘니요[211] 풍무쳐니 요목니라 여자의 몸이도야 자고로 믹낭ᄒᆞ다[212]
길가에 나셔나마 남자와 동힝말고 게쳔에 쌀닉타가 남졍니 지닉거든
낫철들고 보지말고 놉흔산에 올나셔〃 닉집져집 젼갈말고 기침부딕 크게마라
운난사람 혹시닛다 닉외간에 의상ᄒᆞ고 동유씨리 셜화말고 부〃간에 닷틈마라
밤에나셔 것지말고 가장니 쑤짓다고 도라안자 한숨말고 시부모가 칙ᄒᆞᆫ다고
가장의게 알요말고 닉가장의 부모니라 시부모가 업슬진던 닉가장니 싱길손야
어와 여자들아 변〃치못ᄒᆞᆫ 구변으로 두어마듸 휸계말을 명심ᄒᆞ야 닛지마라
니밧게 나문가지 긍양딕로 지어보소 휸게할말 허다ᄒᆞ나 부딕〃 명염ᄒᆞ라
여ᄌᆞ의 할닐니야 니밧게 업난이라 니글보고 심상ᄒᆞ면[213] 금수에 비할니라

---

211 언무죡니 힝쳘니요: 발 없는 말이 천 리 가고(無足之言 行千里)
212 믹낭ᄒᆞ다: 맹랑하다
213 심상ᄒᆞ면: 대수롭지 않고 예사롭다

14. 훈민시

조춘호 소장

[해제] 한 권의 전적에 '추풍감별곡'과 함께 전편이 수록된 국문 가사이다. 자료 형태는 27×19.5㎝ 규격의 전적이며, 2단 1행 4음보 형태의 필사본이다. 원작자 및 필사자는 알 수 없다.
'훈민시' 시작 부분에 '二部作': 一部 對男子, 二部 對女子'라고 朱書되어 있어 남자 및 아녀자들을 훈계하는 내용으로 이루어져 있음을 알 수 있다. 其一에는 남자들이 일상생활에서 지켜야 할 도리가 조목조목 제시되어 있다. 부자유친, 부부유별, 장유유서, 붕우유신의 삼강오륜과 형제간의 우애, 학행(學行), 권농(勸農)을 강조하는 내용, 그리고 남녀 관계, 금주 및 재욕에 대한 경계가 들어 있다. 其二에서는 주로 아녀자들이 지켜야 할 도리를 말하고 있는데 사구고(事舅姑), 사군자(事君子), 목친척(睦親戚), 봉제사(奉祭祀), 접빈객(接賓客), 육아(育兒) 등에 있어서 지켜야할 점을 서술하고, 못된 사람의 행실을 열거하여 그것을 본받지 말 것을 당부하고 있다.
'추풍감별곡' 시작 부분과 '훈민시 其二' 앞 부분에 '義城春山'이라는 朱書 附記가 있는 것으로 보아 '추풍감별곡'과 함께 의성군 춘산 지방에서 불리던 가사로 추정된다.

其二

건곤[214]이 초판후[215]에 인물이 생겨나니　　천지간 만물중에 인생이 최귀[216]로다
아부는 나아시고 어모는 길러내며　　인명을 타났으니[217] 인륜인들 몰을소냐
인륜몰은 부녀들은 이내말씀 들어보소　　부혜모혜 생육할제 부모밖에 또있는가
봉제사 접빈객을 어릴때에 못배우면　　장성하여 어찌할고 뜻없는 이세월에

214 건곤: 乾坤, 천지(天地), 하늘과 땅을 아울러 이르는 말
215 초판후에: 초(初)판 후에, 처음 생겨난 후에
216 최귀로다: 최귀(最貴)하다, 가장 귀하다
217 타났으니: 타고났으니

세데로 장성하여 부모형제 멀리하고 적인종부 하느니라 북쪽으로 달린머리
수색으로 단장해도 일신에 사생고락 가군[218]에 달여있고[219] 일생감고 불래사요
사절우귀 하는시에 부모임 사랑하사 경기하여 하는말씀 필경필기 명심하여
자〃이 외와두라 무위부자 하였으니 고금여자 법을받아 일시반각 잊을소냐
지〃우귀[220] 삼일후에 시수[221]작주[222] 개탕할제
구고식성 몰으거던 소고[223]에게 물어하소 가장문필 부족커던 화선[224]으로 권학하며
인물박색 불선해도 무가인물 흠선[225]말고 각〃배인 소부하라 월중로로 인연맺어
백년가약 해로하고 삼생연분 깊은언약 흔빈으로 대접하라 열없는 남자들은
여자에게 요혹하여 호우에 벗어나고 양없는 여자들은 남정에게 간사하여
누명입기 쉬우니라 남녀작배 하는것은 인간의 대륜이며 백배지 원이로다
부〃간 유별함은 오륜에 버려있고 부애처강 하는것은 삼강에 경계로다
문왕에 어진덕과 요조숙여 잔자배필 제순유우[226] 민천시[227]에 요천지 형제귀여
아황여형[228] 짝이로다 왕희[229]에 귀한여자 서인에 하강하나 구고임게 공경하며
평도로 삼강하고 사부[230]에 착한여자 한사에게 결혼하되 군자존전 조심하라
태산이 높다해도 군자에게 더높으며 하해가 깊다한들 부〃인정 더할소냐
가군을 생각거던 구고[231]를 높이알고 정성으로 봉양하라 생각지 안을진데

---

218 가군: 家君, 가부(家夫), 남에게 자기 남편을 이르는 말
219 달여있고: 달려 있고
220 우귀: 于歸, 전통 혼례에서, 대례(大禮)를 마치고 신부가 처음으로 시집에 들어감
221 시수: 신수(薪水), 봉양(奉養), 부모나 조부모와 같은 웃어른을 받들어 모심
222 작주: 酌酒, 잔에 술을 따름
223 소고: 小姑, 시누이
224 화선: 火扇, 촛대에 딸린 제구. 둥글고 얇은 쇳조각으로 초꽂이 옆에 꽂아서 이리저리 돌리며, 촛불의 밝은 정도를 조절하거나 바람에 꺼지거나 펄렁거리는 것을 막는다.
225 흠선: 欽羨, 우러러 공경하고 부러워함
226 제순유우: 帝舜有虞, 중국 고대의 순임금을 말한다.
227 민천시: 민천(旻天) 시(時), 백성을 사랑으로 돌보아 줄 때
228 아황여형: 아황여영(娥皇女英), 중국 고대의 임금 요(堯)의 두 딸. 자매가 모두 순(舜)에게 시집갔는데, 순이 천자(天子)가 되자 아황은 후(后)가 되고 여영은 비(妃)가 되었다. 그 후 순이 죽자 강에 빠져 죽어 상군(湘君)이 되었다.
229 왕희: 王姬, 왕녀, 왕의 딸
230 사부: 師父, 스승과 아버지를 아울러 이르는 말
231 구고: 舅姑, 시부모(媤父母)

일신의지 할곳없고 주먹한장 맛나니라 여자로 생긴몸이 여필종부 구고가에
성형제일 있느니라 부자형제 우애있고 상하일꾼 부릴적에 위령[232]으로 하련니와[233]
교만말고 천대마라 남의안목 살피어라 이넉[234]일신 조심하고 남의집 화복지정
부녀에게 매여있고 부여에 제반범절 화순함이 제일이라 가정찾아 오는손님
걱정없이 대접하고 부모사랑 하는사람 미화하고 관대하라 가장의복 남누하면
아내에게 침책이요 있던가산 탕패하면 치산못한 탓이로다 되지못한 부여들은
지정간에 의간하고 음식추비 하느니는[235] 윗처손님 윗는니라[236] 제사가 당하거던
삼일제기 하온후에 주변등절 전혀하라 춘하추동 사시절에 음식지절 장지하라
친척에게 불복하고 일꾼에게 설기하면 부모에게 욕먹이고 구고에게 거만하면
행복을 못누리고 가군에게 불순하면 인간환대 어떨손가 천도를 살펴보면
어진이는 복을주고 몹신이는 죄를준다 가도를 생각하면 화하느니 경사있고
불화하면 앙화있다 자식없는 늙은이는 사궁[237]중에 불상하다 가장에게 불만하면
팔자중에 험악하다 제가인사 민첩하면 어느누가 미워하리 내집부모 섬기거던
지성으로 효도하면 부귀영화 고사하고 천지가 감동하여 복을자연 얻으리라
창생만민 부여들아 내외화순 제일이라 부녀되고 꼬대기면[238] 새배[239]우는 암닭이라
남자되고 희미하면 기수없는 인사로다 한수가에 그조조는 단〃히 지별하며
녹수청〃 저원앙은 옹〃이도 화명하다[240] 육예[241]가춘[242] 이내부인 일시인들 변할소냐
지사인사 불민하면 가장에게 소반맡고 일시명기 장구하리 세상풍조 생각하니

---

232 위령: 威令, 위엄이 있는 명령
233 하련니와: 하려니와
234 이넉: 이녁, 듣는 이를 조금 낮추어 이르는 이인칭 대명사
235 하느니는: 하는 이는
236 윗는니라: 웃[笑]느니라, 웃는다
237 사궁: 四窮, 네 가지의 궁한 처지라는 뜻으로, 늙은 홀아비와 늙은 홀어미, 부모 없는 어린이, 자식 없는 늙은이를 통틀어 이르는 말
238 꼬대기면: 까불면, 가볍고 조심성 없이 함부로 행동하면
239 새배: 새벽[晨]에
240 화명하다: 화명(和鳴)하다, 새들이 지저귀다.
241 육예: 六藝, 고대 중국 교육의 여섯 가지 과목. 예(禮), 악(樂), 사(射), 어(御), 서(書), 수(數)를 이른다.
242 가춘: 갖춘[備]

원통하기 그지없고 애닯하기 한량없네 인생천지 혼자살면 그안니 서를소냐[243]
시산의지 전혀없고 부끄럽기 층량없다 그몰으는 부녀들은 저의허물 몰으고서
남의관계 좋아하여 부질없이 사담마라 시비곡절 몰으거던 죽기지나[244] 말지어라
가장이 불평하여 지성으로 꾸지거던 댓구나 하지말아 어린자식 뽄을보고
외인첨시[245] 불사하다 촌인향인 다알며는 자녀혼취 어이할고 잉태교훈 하는임씨[246]
문왕같은 아들두고 삼천지교 맹모임[247]은 맹자같은 아들둔다 정성이 지극하면
온갖복녹 절로오고 없는자식 절로나니 어화세상 부인들아 조심하고 순하여라
동지섣달 설한풍에 발벗고 있는이는 금수행사 다를손가 오육월 복더위에
속옷만 입는이는 예절염치 바이없네 동창에 해돋거던 코기르고[248] 자지마소
초당에 손오거던 호령소리 내지마소 눈물씻는 언어수작 사색을 내지말고
발굴리는 행도거지 쪼차가지 말지어라 멀리행차 차릴적에 음식착염 하여주오
인사출입 하올적에 의복단장 하여주오 세월이 신속하여 밤들거던 잠을자나
닭우거던 일어앉아 일꾼불러 일시키고 집안일을 둘러보고 이웃출입 하지말고
시간사리 명렴하라[249] 양식허비 하지말고 염장[250]애껴 쓸지어라 좋은음식 생기거던
고루분여[251] 할지어라 농사철이 당하거던 가사를 돌보아라 슬푸다 부여백□
해로백년 배필되어 여필종부 잊이마□ 이글보고 웃는부여 오륜밖에 인생이라
유자유손 세상사람 만실화기[252] 어서보자 할말은 다수하나 현시인심 생각하니
심중이 답〃하여 이로써 그치노라

---

243 서를소냐: 서러울쏘냐, 서러울까
244 죽기지나: 지껄이지나, 떠들지나. 경상도 방언형이다.
245 첨시: 瞻視, 이리저리 둘러봄
246 임씨: 임(任)씨, 중국 주(周) 나라 왕계(王季)의 비(妃)이며 문왕(文王)의 어머니. 흔히 태임(太妊)으로 불린다. 태임의 성품은 바르고 곧으며 참되고 엄격하여 오로지 덕을 행하였다고 한다. 문왕을 임신했을 때는 눈으로는 나쁜 것을 보지 않았으며 귀로는 음란한 소리를 듣지 않았으며 입으로는 거만한 소리를 내지 않았다고 하여, 태교의 귀감으로 불린다.
247 맹모임: 맹모(孟母)님, 맹자의 어머니. 아들의 교육을 위하여 세 번이나 이사를 하고 베틀의 베를 끊어 보여 현모(賢母)의 귀감으로 불린다.
248 코기르고: 코 골고
249 명렴하라: 명심(銘心)하라
250 염장: 鹽醬, 음식의 간을 맞추는 양념을 통틀어 이르는 말
251 분여: 分與, 나누어 줌
252 만실화기: 滿室和氣, 화기애애한 기운이 집에 가득 참

탄식가류
歎息歌類

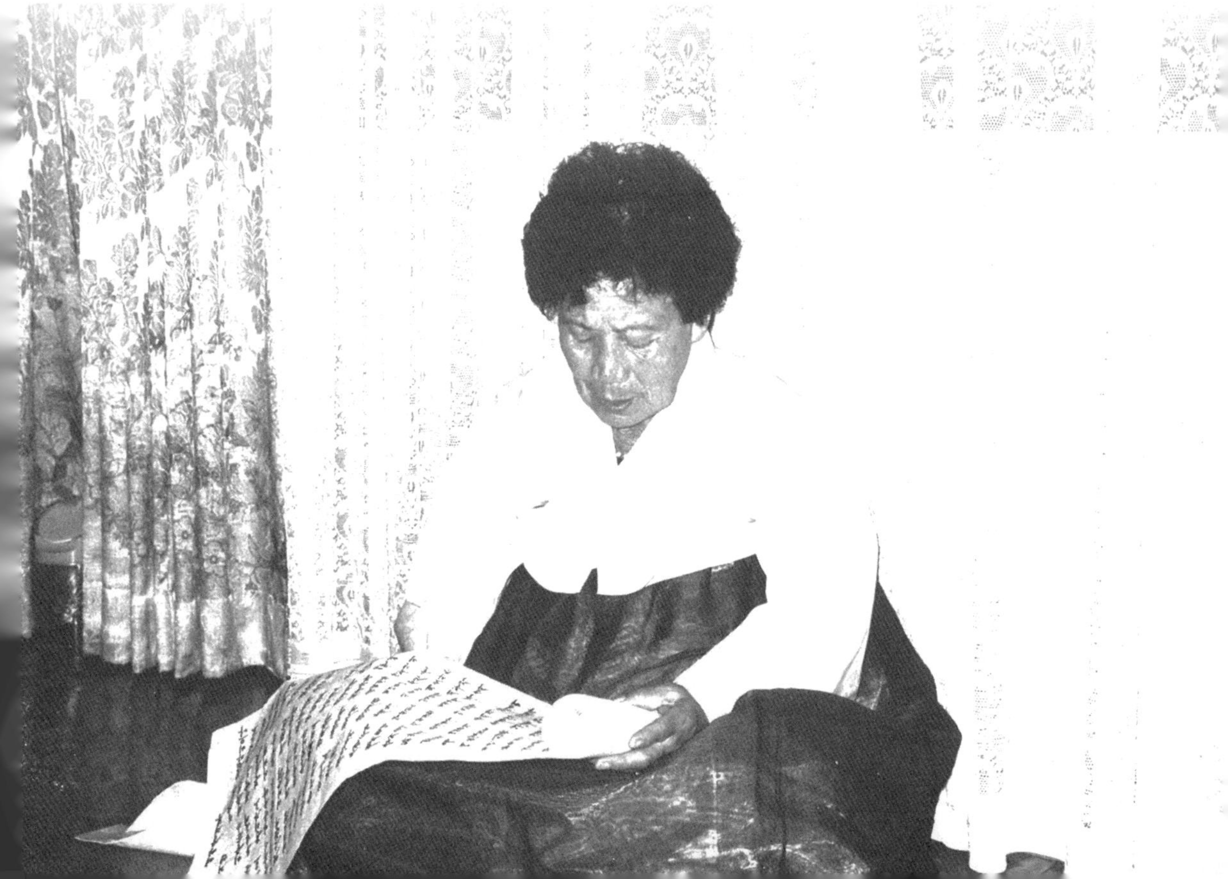

1. 광사탄狂士歎니

조춘호 소장

[해제] 여자 일생의 한스러움을 이야기하고 죽어 다시 환생하면 남자로 태어나고 싶다는 내용의 가사. 구구절절 시집 식구, 남편에 대한 설움의 말이 많은 것이 특징이다.

어와 남자들아 여ᄌᆞ을 웃지 마소　여자는 무식ᄒᆞ야 보ᄇᆡ운ᄃᆡ 업근니와
남자난 유식ᄒᆞ야 근른니리 업근니와　칠팔ᄉᆡ에 글을ᄇᆡ와 손연등과 ᄒᆞ온후에
수령방ᄇᆡᆨ 닐직ᄒᆞ야 부모영화 바ᄅᆡ든이　게으리기 싹이업고 능증키도 그지업다
압집초당 뒤집초당 투젼동유 니리오소　장구번님 바둑번님 닐심공부 반ᄒᆡ나셔
남우ᄂᆡᆼ방 졔미ᄂᆡ여 오료평싱 ᄒᆞ단말가　나가셔난 허랑ᄒᆞ고 들어오면 낫잠닐ᄂᆡ
그렁져렁 지ᄂᆡ다가 공졍을 ᄒᆞᆫ단말가　졉ᄇᆡᆨ닐장 못ᄒᆞ거든 진사급졔 바일손가
감시동당 ᄇᆡᆫ다ᄒᆞ면 남먼져 우길기고　도포ᄒᆡ라 창옷ᄒᆡ라 보션깁소 힝젼깁소
양식싸고 힝장갓촤 문장거벽 화장싹기　동졉을 짜라간이 어느버지 왓다할고
음식젹과 황의젼에 기웃〃 단기다가　장듕에 들어안자 글자을 차자보니
네글을 모르거든 ᄒᆡ제을 어니알고　써치만 말아들고 빈독을 쓸거ᄂᆡ여
즁모드기 남우글노 바닥장에 셩편ᄒᆞ니　글도사 흉컨이와 글시본이 기괴ᄒᆞ다
우지러운 어린싱각 ᄂᆡ ᄒᆞᆫ과거 어ᄃᆡ가랴　ᄃᆡ방쥬 밧비ᄒᆞ소 수복니 져게오ᄂᆡ
져근닷 호방소리 니웃집에 들어간이　쇽졀업시 물너안자 후방〃 ᄒᆞ난고나
부질업신 ᄒᆡ제물을 어ᄃᆡ갓다〃 ᄒᆞᆺ튼고　반느리나 사셔오졔 남지시나 사러오졔
닌역흉 져러커든 남기흉심 무삼닐고　올마리 곱잔커든 갈마리 고흘손야
잘닙히나 못닙히나 ᄂᆡ손으로 ᄒᆡ닙히고　잘먹니나 못먹니나 ᄂᆡ손으로 ᄒᆡ먹은ᄂᆡ
아기션다 유ᄉᆡᄒᆞᆫ이 토막고기 사먹은ᄂᆡ　아ᄒᆡ운다 핑계ᄒᆞ니 기름업셔 누어잔ᄂᆡ
졔치나락 갈나ᄂᆡ니 어느졔사 감품ᄒᆞ며　종졔버리 후ᄇᆡᄂᆡ니 어느밧을 묵여든고
치마ᄒᆞᆫ깃 두어다가 시모님계 드려촘ᄂᆡ　호닌잔ᄎᆡ 싱닐잔치 의장을낭 고사ᄒᆞ고

감토업시 가단말가 신으어니 볏거든고
ᄂᆡ방업셔 대듬니요 뒨밥업셔 물마리라
빈고리에 무어실고 동솟쓸거 ᄀᆡ주언ᄂᆡ
사당취회 졔글취회 초포사리 쳥어사리
코리그나 거티그나 팔비잡고 잘자시ᄂᆡ
음식공사 고만ᄒᆞ소 술짠니리 바니업ᄃᆡ
ᄇᆡ곳갓치 히든얼골 위곳갓치 누려젼ᄂᆡ
얼골좃흔 예날비치 궁곤즁에 니실손가
안나가면 증을ᄂᆡ고 자고나면 흉을보ᄂᆡ
장닌장모 업는흉을 야쥭〃 다보다가
친졍기별 기리다가 오련만에 종을만나
니긋져긋 달난말은 소〃 ᄒᆞᆫ긋 숫ᄒᆞ건마는
바리〃 시러와도 만타말은 안니ᄒᆞᄃᆡ
소주갑ᄉᆡ 탁주갑ᄉᆡ 타작곡셕 펴ᄂᆡ거든
돌친셔답 썩은ᄇᆡ난 뉘말듯고 그러ᄒᆞᆫ고
셰불삼기 녹여닛고 두불ᄇᆡ기 돌쳐연ᄂᆡ
ᄇᆡ틀다리 곤치라면 연장업다 탈을ᄒᆞᄃᆡ
벌넝〃 자진출닙 보션기워 달난발은
반분타작 집에타작 문지좃차 곡셕죠차
히피썻다 니소ᄅᆡ는 업든회도 졀노난다
ᄒᆞᆫ나절만 누어시면 불상타말 안이ᄒᆞᄃᆡ
ᄇᆡᆨ문거 소장거에 초당도벽 황홀할사
ᄇᆡᆨ문셕 화문셕에 초당자리 능난할사
가는길삼 ᄯᅡ로나아 춘ᄒᆞ의복 위상ᄒᆞ고
져른거동 볼작니면 위튼공덕 바이업ᄂᆡ
마을연 마주셔면 우심썩거 말을ᄒᆞ고
도얄바신 안동긔상 산들아신 의셩긔상
ᄒᆞᆫ자들어 군동졔난 어느ᄯᆡ에 보와든고
만〃 보고 ᄇᆡ불을가 ᄃᆡ공밥니 실기업ᄃᆡ
나〃 든나 잘먹기난 남자밧게 쏘닌난가
놉흔그륵 ᄐᆡ을고〃 밥술본이 흉악ᄒᆞ다
밥이근이 쥭니근이 눈골보소 ᄃᆡ공날나
아ᄒᆡᄯᆡ에 고은얼골 시집와셔 글너젼ᄂᆡ
여들팔자 너른눈셥 셕삼자로 써러젼ᄂᆡ
초당에 ᄒᆞᆫ자잘ᄃᆡ 계말업시 나가든가
니웃분여 마조안자 시모공사 뉘ᄒᆞ든고
남좃차 글니아라 흉악히도 지어ᄂᆡ〃
부모동싱〃 각ᄒᆞ여 눈물ᄇᆡ기 고니ᄒᆞᆫ가
시가형ᄉᆡ 오작ᄒᆞ야 친졍졔물 달나ᄒᆞᆫ가
셩은가장 별들ᄉᆡ라 헌옷ᄒᆞᆫ불 살푸은ᄂᆡ
어린아ᄒᆡ 불상ᄒᆞ여 털목ᄒᆞᆫ즘 동양존ᄂᆡ
도포가음 죠키〃〃 항옷가음 곱게〃〃
물ᄂᆡ동쥴 쏫아ᄒᆞ면 가음업다 핑계ᄒᆞ고
그맛거슬 실타ᄒᆞ고 닐궤쵹은 션간닐ᄂᆡ
ᄒᆞᆫ달육장 소금에셔 열부리나 디ᄒᆞ면셔
긋축닌들 업슬손가 현셤현발 숀솝아셔
마른도ᄆᆡ 진도ᄆᆡ에 밥낫업시 굼니다가
문닷치고 돌아셜졔 코도소리 더욱셜ᄃᆡ
마른ᄉᆡ동 진ᄉᆡ동에 안방도벽 수참할사
멍셕ᄯᆡ기 거젹ᄯᆡ기 안방자리 기괴할사
굴근ᄊᆞᆯ을 골나ᄂᆡ여 죠셕건지 쳥염타가
닌역압히 졍초ᄒᆞ면 ᄂᆡ라어니 투기할고
니웃집에 놀노가면 밤즁에사 들어오ᄂᆡ
과거도회 핑계ᄒᆞ고 실주건을 골나들니

은가락지 옥가락지 모단당기 공단당기
눌만여겨 쏘기든고 안자셔도 다아라ᄂᆡ
우슴치고 넉달널제 혼ᄌᆞ보기 앗갑도다
셔른건졍 할ᄃᆡ업셔 그릇잔타 발명ᄒᆞ면
ᄒᆞᆫ마리나 ᄃᆡ답ᄒᆞ면 분곡리 할ᄃᆡ업셔
밋ᄒᆡ공을 못ᄒᆡ든고 기겁던 ᄂᆡ팔자야
무슨졍이 그리만ᄒᆡ 앗가운듈 모로난고
져양반의 거동보소 쎵ᄂᆡ난치 말안ᄒᆞ면
빅연동거 ᄒᆞ자ᄒᆞ면 ᄆᆡ닐조키 쉬울손가
부지럽신 뒨고힝과 씰ᄃᆡ업는 쌍호령에
아ᄒᆡ도 싸드난듯 그릇도 셜건난듯
아마도 쥭어 환싱ᄒᆞ야 남자ᄒᆞᆫ번 되어보ᄉᆡ

2. 귀령가

이상규 소장

[해제] 이 가사는 국문가사로 경계가라, 허졍난긔라, 몽유가, 상ᄉᆞ곡, 샹ᄉᆞ답가, 몽진ᄉᆞ가, 인순별곡, 우미인가, 칠석가 등과 한 전적에 실려 있다. 자료 형태는 25×29.5(세로×가로/ 단위cm) 규격의 전적이며, 행수는 11행으로 동일하며, 한 행 글자수는 일정하지 않은 형태의 필사본이다. 신미년 초파일에 쓴 가사이다.

츈화강변 조흔강산 반포[253]하난 져비□야
생ᄒᆞ사방 너른세계 것침업시 함ᄊᆡ나라
져국음식 입ᄋᆡ물고 제부모 차ᄌᆞ가셔
제욱 〃〃 먹난모양 죠종증모 아니련가
천지간 ᄉᆞᆷ긴사람 이묵ᄉᆞ체 갓것마난
하ᄒᆡ갓탄 부모은덕 늘도록 그슬하의
임긔거편 ᄒᆡ ᄒᆞ여 기ᄒᆞᆫ성셔 시림종닐
셋그를 널이보아 가언선ᄒᆡᆼ[256] 쓴을바다
헛무다 우리인ᄉᆡᆼ 여ᄌᆞ자식 무엇하리
셰ᄉᆞᆼ ᄉᆞ람 자식ᄌᆞ졍 ᄉᆞ람마다 잇썬마난
우리남ᄆᆡ 아홉ᄉᆞ람 계 〃 국오 길너ᄂᆡ여
이념의 박힌마ᄋᆞᆷ 병날ᄉᆡ나 센할ᄉᆡ료라
각ᄉᆡᆨ으로 그ᄌᆞ롬을 곱게 〃 킈워ᄂᆡ셔[257]
너ᄒᆡ비록 미물이나 ᄇᆡᆨᄒᆡᆼ지원 아랏고나
동얼가면 동얼고 셔얼가면 셔을가셔
검동묵얼 느리치고 두나ᄅᆡ랄 투 〃 터러
우리도 남ᄌᆞ런들 너를혈마[254] 부려하랴
엇써니 안팔ᄌᆞ로 하남ᄌᆞ몸니 ᄉᆞᆷ겨나셔
님국각지 죠흔유식 양체옝직 극진할줄
오ᄉᆡᆨ빈난 지은오셜[255] ᄇᆡᆨ수로 ᄒᆡ롱하고
입신양명 조흔일홈 열친영호 아니런가
무단니 부모근심 크던일 역 〃 ᄒᆡ라
남다라신 우리부모 ᄉᆡᆼ아양아 지극하사
슬ᄃᆡ업난 이여식도 남ᄋᆡ집 귀동갓치
풍 〃 우 〃 사시절의 치울넌가 더울넌가
봉션[258]적빈 그여가ᄋᆡ 열다셧쥴 군듸묵관

---

253 반포: 새끼 까마귀가 자란 다음 먹이를 물어다가 어미 까마귀에게 먹이는것
254 혈마: 설마
255 오셜: 옷을
256 가언선ᄒᆡᆼ: 가언선행(嘉言善行), 좋은 말과 착한 행실
257 킈워ᄂᆡ셔: 키워 내서
258 봉션: 봉선(奉先), 선조(先祖)의 덕업(悳業)을 이어받아 지킴

조셕즁디 툭을타셔 의복제도 갈치시고
의가의셜 젱ᄂᆡ기방 남ᄋᆡ계 밋질넌가
나팔세계 겨우되야 녀ᄌᆞ유힝 볍을좇ᄎᆞ
팔면무지 엇젼ᄉᆞ람 그수하니 되단말가
녀ᄌᆞ힝지 한정입셔 왕ᄂᆡ지졀 어렵도다
슈건밋던 흔걔말ᄉᆞᆷ[260] 질가ᄋᆡ 넉〃하고
가련한 우리인싱 ᄌᆞ식명ᄉᆡᆨ 무닛ᄒᆞ리
싱면부지 져과ᄀᆡᆨ도 무시로 오것마난
거연극년 열유세월 ᄎᆞᆼ〃학발 엇쩌시면
울고가난 져기력이 경쥬쌍 지나던가
타향의 젹ᄀᆡᆨ인가 두견소ᄅᆡ 듯기슬코
동ᄂᆡ강화 힝망소셜 여ᄌᆞ심회 요량업ᄂᆡ
졔고졔ᄆᆡ 의논ᄒᆞ고 군ᄌᆞᆨᄀᆡ최 품ᄒᆞ여
수선함도 수선ᄒᆞ다 노친이 부탁ᄌᆞ니
봉션지졀 어이아리 갈ᄉᆞ록 ᄃᆡ범셩품
슈이오마 달삭하나 ᄌᆞ식두난 그닌졍이
ᄉᆞᆺ마셔청 코ᄌᆞ국겨 탈허워〃달여가니
지ᄅᆡ졔 너머셔면 안강쳑 휘여들어
어조ᄎᆞ반 기납ᄌᆞᆫ〃유슈 흐른물은
역〃히 와연하다 조션명승 양차촌ᄋᆡ
우리쌍친 나와갓ᄂᆡ 육칠년 그린조안
만당담소 즐거워라
용여븐 족하[263]손들 좌우로 벼러시니

쳑신힝ᄉᆡ 그등졀ᄋᆡ 남ᄋᆡ계 못할넌가
불초한 이인싱 듈그은덕 어이아리
하ᄒᆡ갓한 ᄊᆞᆼ친슬ᄒᆞ 일검엥단 써바리고
쳔ᄋᆡ갓치 막힌소식 생즁슈회 몃빅인고
존당학발 뵈온안면 칠팔년 얼푼[259]가ᄂᆡ
닌편마다 붓친편지 ᄌᆞ〃이 심회로다
소원한니 웃집도 질명ᄉᆞᆼ구 셔로하고
ᄉᆞᆷ심연 커난슬하 초월이 되단말가
유동복셔 부조시절 쇠ᄉᆞᆷ근역 두리워라
압ᄎᆞᆼ하ᄋᆡ 즈젼[261]싸치 고향신식 전하던가
날이 봇졋던가 ᄉᆞ가모원 ᄉᆞᆼ심이라
쳔원기수 역〃회포 한번귀령 하ᄌᆞ고셔
수원수유 마다씨나 각ᄉᆡᆨ으로 ᄒᆞᆫ번가ᄉᆞ
자식도리 미안할 총년불너 신직한들
한양반 미편ᄒᆞ다[262] 어린ᄌᆞ식 우난것들
그역시 단연하다 만는날손
셔ᄉᆞᆫ쌍 지나던가 경쥬지경 어ᄃᆡᄆᆡ요
고향산쳬 반가와라 창〃한 션쥬산아
안낙수에 모양한가 모수고ᄀᆡ 노던고지
우리집제 잇고나 가마문쪽 열터리니
언오날 다시뵈왓고나 손잡고 드러가
육치방연 우리남형 닐셕단반 모화날여
ᄒᆞ동뉴시 가별인가 만석군ᄋᆡ 규문닌가

---

259 얼푼: 얼른
260 흔계말ᄉᆞᆷ: 훈계 말씀
261 즈젼: 짖은
262 미편ᄒᆞ다: 미편(未便)하다, 편안하지 않다
263 족하: 조카

옹〃수〃져화긔가 일실ᄋᆡ 다모혓ᄂᆡ   자종ᄋᆡ 안즌부여 신변묵니 ᄐᆡ반이라
니젼일 ᄉᆡᆼ각하니 거ᄉᆞᆷᄋᆡ 철못되나   히한히 모힌거름 무익비가 무엇ᄒᆞ리
ᄉᆡ로드른 맛집형님 모여ᄐᆡ도 아람답고   관중헛 큰집질부 ᄃᆡ가종부 유년ᄒᆞ다
아람단 박동덕은 크기를 기만이라   귀령길규 어마야 소일지탄 시롭도다
슌후한 하계집은 이번거름 못볼넌가   여롭다 토동집아 너발셔 어런된가
우리부모 음덕으로 들은자석 긔의하다   나도〃이럴망졍 녀ᄌᆞ〃식 아니런가
몃ᄒᆡ만니 흥황을 오날다시 보마씨라   일열의 박힌마음 본어미 ᄉᆡᆼ각이라
ᄂᆡ왓다 긔별하여 졍일하여 다려오니   반가온닷 ᄉᆡ로온닷[264] 면목도 우희ᄒᆞ다
낙념갓ᄒᆞᆫ 우종젹 형제ᄉᆞᆼ언 얼마련고   오날〃다시보니 부모덕힝 아니켠가
울적ᄒᆞᆫ 이심회랄 한번소ᄎᆞᆼ ᄒᆞ여볼가   제ᄉᆞᆫ ᄉᆡᆼ각ᄒᆞ니 일변으로 가소로다
쳔고달관 예문ᄌᆞᆼ도 ᄎᆞᆼᄒᆡ일숙 슐희하고   만승천ᄌᆞ 위의로다 소ᄌᆞᆼ긔시 탄식이라
ᄒᆞ물며 우리여ᄌᆞ 조로[265]모ᄉᆡᆼ 아니련가   진구ᄋᆡ ᄌᆞᆷ긴몸이 일월긔제 한탄말고
우리형ᄌᆡ 만날젹의 흠업시 반겨소ᄉᆡ   치심낙ᄉᆞ 오날흥황 ᄶᅵ밧ᄎᆞ 삼월이라
곳고지도 화이화 가지〃〃휘드릿고   시ᄂᆡ가 슈양속ᄋᆡ ᄭᅬᄭᅩ리 노ᄅᆡ로다
방화슈류 져흥미랄 엇지들 알가마난   ᄋᆞ모리 녀ᄌᆞ라도 츈경이야 모랄소냐
ᄊᆞᆼ친을 뫼시고 셔녀러 돈ᄉᆡᆼ[266] 압셔우고   뒤동ᄉᆞᆫ 치〃달나 옥미화 걱〃치고
ᄇᆡᆨ이문젼 너른안게 ᄌᆞ방풍경 구경하니   일쳔년 실나국[267]은 남은거시 강ᄉᆞᆫ이라
ᄉᆞᆷ십이문 쳔수난 경변갓치 흘너가고   무릉ᄉᆞᆫ이 깁허쓰니 어주지ᄌᆞ ᄎᆞ자간다
급고놉흔 도덕상은 웅ᄌᆞᆼᄒᆞ고 가련할ᄉᆞ   무변풍월 조흔누각 옥ᄉᆞᆫ셔원 거기로다
만쳠군봉 져구람은 거ᄌᆞᆨ인간 ᄇᆡ를져어   옥야철어 너른들에 금연풍 조흘셔라
셔양ᄉᆞᆫ졍 져나ᄒᆡ 들쇠든을 국겨타고   불고가난 모젹소ᄅᆡ 요순세계 안니련가
문명한 산수간의 일구양동 ᄇᆡ셜ᄒᆞ니   인걸지왕 졍기모아 ᄃᆡ현ᄐᆡ지 녀기로다
우리선죠 회제션ᄉᆡᆼ 이마는ᄃᆡ 탄강ᄒᆞᄉᆞ   만ᄉᆡ철 앙장한 도덕아동 부ᄌᆞ되엿ᄂᆡ

---

264 ᄉᆡ로온닷: 새로운 듯
265 조로: 早老, 나이에 비하여 빨리 늙음
266 돈ᄉᆡᆼ: 동생
267 실나국: 신라국

젹덕ᄇᆡᆨ연 ᄌᆞᆼ한음덕 ᄇᆡᆨᄌᆞ쳔손 유젼ᄒᆞ고 슈풀당젼 ᄂᆡᄉᆡ덕 우리ᄉᆞ별 좀조흘가
오륙ᄇᆡᆨ 지손닌가 일촌ᄋᆡ 단치하여 ᄃᆡ〃로 흐유셩덕 일국각촉 그아닌가
어와 ᄋᆡ들타다 ᄂᆡ일이 ᄋᆡ들하다 우리도 남ᄌᆞ현들 ᄃᆡ닌군ᄌᆞ 못된들
ᄉᆞ뭇쳠조 션ᄒᆞ을거설 가운ᄋᆡ 관게ᄒᆞ야 안여ᄌᆞ니 되단말가
이식젹함겨[268] 노던지기 ᄉᆞᆼ탑져 동유야 어나곳 흣터져셔 졍수ᄉᆞᆼ봉 못할넌고
ᄂᆡ나져나 여ᄌᆞ회포 동병ᄉᆞᆼ연 하야니런가 덧덥ᄉᆞᆫ 져관음이 칠팔ᄉᆞᆨ 얼푼간ᄋᆡ
츄ᄉᆞᆼ갓ᄒᆞᆫ 오날기별 졍일하여 ᄌᆡ축하니 남ᄋᆡ게 ᄆᆡ닌몸이 모면할길 젼ᄒᆡ업다
할수업시 물너안ᄌᆞ 가기를 돈졍하니 슬푸다 녀ᄌᆞ힝지[269] 이후기에 언제런고
촉쳐ᄋᆡ 굿분심ᄉᆞ 역〃히 다할손가 팔십노친 써나가긔 그시뫼 오작ᄒᆞ리
무젼한니 셰절라 우리부모 늘게마오 ᄃᆡ덕필주 몃말ᄉᆞᆷ니 그즌험 업슬손가
서왕모ᄋᆡ 목셩억고 남극셩졍 긔ᄆᆡ려 슈영궁츄 불이열고 만수무강 하시거라
우리시덕 셩품조하[270] 남의ᄉᆞ졍 ᄌᆞ시[271]아라
츈풍타닐 호시졀ᄋᆡ 저귀령치문 다시바다 우리형제 통긔ᄒᆞ여 니엿문양 아모양
초립씨겨 압서우고 ᄂᆡ한번 다시와셔 ᄊᆞ친동긔 흠업시 질기리라
신미년 시월 초팔일 맛ᄎᆞᆫ 것
글시 괴〃남스럽ᄉᆞᆷ 모도 보시고 웃지 마시ᄋᆞᆸ

---

268 함겨: 함께
269 힝지: 행지(行止), 행동거지
270 조하: 좋아
271 ᄌᆞ시: 자세히

3. 귀령가

조춘호 소장

[해제] 출가한 딸이 모처럼 친정으로 가게 되어 반갑고도 기쁜 심사를 술회한 가사. 오랜만에 보는 형제, 친척들과 봄을 맞아 뒷동산에 놀러 간 일도 쓰고 있다. 칠팔 월이 금세 지나 이별의 순간이 되자 좋은 날에 다시 찾아 올 것을 약속하며 울면서 헤어진다.

츈화경명 조흔강ᄉᆞᆫ 반포ᄒᆞᄂᆞᆫ 져비오야[272] 너ᄒᆡ비록 미물니나 ᄇᆡᆨ힝지원 아라ᄭᅩ나[273]
상ᄒᆞ사방 너른시기 거츰업시[274] 함쎄나라 동을가면 동을가고 셔을가면 셔을가셔
젹국음식 입에물고 제부모 차ᄌᆞ가셔 것둔목을 느리치고 두나ᄅᆡ을 축〃터려
ᄊᆡ육〃 먹닌모양 조츙증숨 안니련가 우리도 남제련들 너을혈마 부려ᄒᆞ리[275]
쳔지간 삼긴 ᄉᆞ람이 목ᄉᆞᆺ치 갓근마난 엇쎤니ᄂᆞᆫ 팔제조ᄒᆞ 남ᄌᆞ몸니 삼겨ᄂᆞ셔
ᄒᆞ히갓탄 은덕 늘노록 그슬ᄒᆞ의 입쥬감지 조흔음식 양치양지 극진ᄒᆞ고
츄립긔겨[276] 편히ᄒᆞ며 기ᄒᆞᆫ셔우[277] 시립존일
오직반난 지은오슬 ᄇᆡᆨ슈로 히롱ᄒᆞ고 〃ᄅᆡ[278]을 널니보아 가연션힝 ᄲᅳᆫ을바다
입신공명 조흔일홈 열친영화 아니련가 혓ᄲᅳ다 우리인ᄉᆡᆼ 녀ᄌᆞ〃식 무엇ᄒᆞ리
무단니 부모근심 크던일 영식ᄒᆡ라 ᄉᆡ상ᄉᆞ람 ᄌᆞ식자정 ᄉᆞ람마다 잇건마ᄂᆞᆫ
남다라신 우리부모 ᄉᆡᆼ아종아 지극할ᄉᆞ 우리남ᄆᆡ 아홉ᄉᆞ람 면〃쥬옥 길너닐 제
실찌업산 니여식도 남의집 ᄌᆡ동갓치 일념에 박힌마음 병널ᄉᆡ라 ᄉᆡᆼ할ᄉᆡ라
치울넌가 더울넌가 각식으로 그ᄌᆞ릅을 곱의〃 키워ᄂᆡ셔 봉션접빈 그여가의

---

272 져비오야: 제비 오느냐
273 아라ᄭᅩ나: 알았구나
274 거츰업시: 거침없이
275 혈마 부려ᄒᆞ리: 설마 부러워하리
276 츄립긔겨: 출입기거(出入起居), 일상에서 하는 모든 생활
277 기ᄒᆞᆫ셔우: 서우기한(暑雨祁寒), 더운 여름날에 내리는 비와 겨울의 혹독한 추위
278 고ᄅᆡ: 고래(古來), 옛날부터

열닷셧쥴 군두복과 됴셕즁의 틈을타셔 니복지로 갈치시고 쳐신힝ᄉᆞ 그등졀니
남으게 못할넌가 의가의실 ᄌᆞᆼᄂᆡ기망 남의계 밋즐넌가 불효ᄒᆞᆫ 이인싱을
그은덕 엇지아리 니팔세 겨우뒤여[279] 녀근유힝 법을쫏흔 ᄒᆞᄒᆡ갓탄 ᄉᆞᆼ친슬ᄒᆞ
일겸양단게 바리고 팔면부지 엇썬ᄉᆞ람 그슈ᄒᆞ의 뒤여ᄉᆞᆺ나[280] 쳔ᄋᆡ갓치 막힌소식
ᄉᆞᆫ즁슈회 몃ᄇᆡᆨ닌고 녀ᄌᆞ힝지 ᄒᆞᆫ졍니셔 왕ᄂᆡ지졀 어렵도다 쥰당학발 ᄇᆡ온안면
칠팔년얼 훗가ᄂᆡ 슈건ᄆᆡ른 훈게말ᄉᆞᆷ 귓가에 영녁ᄒᆞ고 인편마다 부친편지
ᄌᆞ〃니도 심회로다 가련ᄒᆞᆫ 우리인싱 ᄌᆞ식명식 무엇ᄒᆞ리 소원ᄒᆞᆫ 니웃집도
질병ᄉᆞᆼ구 셔로ᄒᆞ고 싱면부지 져과ᄀᆡᆨ도 무시예 오건마ᄂᆞᆫ ᄉᆞᆷ십연 커ᄂᆞᆫ슬ᄒᆞ
초월니 되단말가 거연금연 여류세월 ᄎᆞᆼ안학발 엇써시며 융드복셩 부조시졀
시식근역 두려워라 울고가ᄂᆞᆫ 져기력이 경쥬짱 지ᄂᆡ썬가 ᄋᆞᆸ쳠ᄒᆞ의 조션짱
치고행신식 이예 쫏게던가 ᄉᆞ가보월 ᄉᆞᆼ심이라
동ᄂᆡ강화 ᄒᆡ상소셜 녀ᄌᆞ심회 요량업ᄂᆡ ᄒᆞᆫ변귀령 ᄒᆞᄌᆞᄉᆞᆺ셔 제고제ᄆᆡ 이논ᄒᆞ고
군ᄌᆞᄊᆡᆨ 취품ᄒᆞᄂᆡ 슈월슈뉴 바다스나 각ᄉᆡᆨ으로 호변가ᄉᆞ 슈션함도 슈션ᄒᆞ다
노친게 부탁존니 ᄌᆞ식도리 미안ᄒᆞ고 종인불너 신칙ᄒᆞᆫ들 봉션지졀 어니ᄒᆞ리
갈ᄉᆞ록 ᄃᆡ범성품ᄒᆞᆫ 양반 미편ᄒᆞ다 어린ᄌᆞ식 우는것들 슈니오마 달젹ᄒᆞ나
ᄌᆞ식두ᄂᆞᆫ 그인졍니 그역시 아연ᄒᆞ다 바든날 손곱아셔 청교ᄌᆞ 두게타고
허위〃달여가가니 션순짱 디닛던가[281] 경쥬귀령 어ᄃᆡ련고 긔ᄐᆡᄌᆡ 너머셔며
안강ᄌᆡ 휘여들어 고향ᄉᆞᆫ쳔 반가와라 ᄎᆞᆼ〃ᄒᆞᆫ 셩쥬ᄉᆞᆫ아 너조ᄎᆞ 반기ᄂᆞᆫ야
ᄌᆞᆫ〃유슈 흐른은아 압슈애 무양ᄒᆞᆫ가 모슈목구 노던고지 영녁히 와연ᄒᆞ다
조션명승 양좌촌ᄋᆡ 우리집게 ᄂᆡᆺᄉᆞᆺ나가 마운셕 헛친니 우리ᄉᆞᆼ친 나와겐ᄂᆡ
뉵칠연 그린존안 오날다시 ᄇᆡ왓ᄉᆞᆺ나 손ᄌᆞᆸ고 나가셔 만단담소 질거워라
뉵칠연 방연우리 남형일셕에 모ᄒᆞ안ᄉᆞᆺ 여롱여봉 족ᄒᆞ손들 좌우의 버려신니
유공ᄌᆞᆨ의 가법인가 만셕군의 규문인가 옹〃슉〃 져화긔가 일실의 다모혓ᄂᆡ
라즁에 안즌분여 신면복니 ᄐᆡ반니라 니젼일을 ᄉᆡᆼ각ᄒᆞᆫ이 가ᄉᆞᆷ의 쳘못ᄃᆡ나

---

279 겨우뒤여: 겨우 되어
280 뒤여ᄉᆞᆺ나: 되었구나
281 디닛던가: 지냈던가

히ᄒᆞᆫ니 모힌거럼 무익버ᄉᆞᆯ 무엇ᄒᆞ리
단즁ᄒᆞᆫ 큰집딜부 ᄃᆡ가종부 은연ᄒᆞ다
어그로온 ᄒᆞ회덕은 큰그력 긔망일ᄂᆡ
슌후ᄒᆞᆫ ᄒᆞ위집은 니번거럼[284] 못볼넌가
우리부모 음덕으로 드른ᄌᆞ손 그히ᄒᆡ라
몃ᄒᆡ만의 흥힝으로 오날다시 보아ᄉᆞᆺ나
ᄂᆡ왓다 기별ᄒᆞ여 젼일ᄒᆞ여 다려오니
낙엽갓탄 우리종젹 형제ᄉᆞᆼ니 언마련고
울젹ᄒᆞᆫ 니심회을 ᄒᆞᆫ번소ᄎᆞᆼ ᄒᆞ여볼가
쳔고달관 옛문ᄌᆞᆼ도 ᄎᆞᆼᄒᆡ일속 실허ᄒᆞᄂᆞ
ᄒᆞ물며 우리여ᄌᆞ 조모부싱 안니련가
우리형ᄌᆡ 만난젹의 흠업시 반겨보ᄉᆡ
곳〃지 이화도화 가지〃 휘드렷고
방화슈류 져흥미을 엇지드려 말가마난
상친을 ᄆᆡ시고셔 여려동싱 ᄋᆞᆸ셔우고
ᄇᆡᆨ니무변 너른영긔 ᄉᆞ방풍경 귀경ᄒᆞ니
ᄉᆞ십이 문쳔슈ᄂᆞᆫ 경명갓치 흘너가고
놉고놉흔 도덕ᄉᆞᆫ은 웅장ᄒᆞ고 가련할ᄉᆞ
만쳡기봉 져구름은 거족인간 비을지여
셔강ᄉᆞᆫ 져아ᄒᆡ난 쉿등을 뒷게하고
문명ᄒᆞᆫ ᄉᆞᆫ슈간의 일구양동 ᄇᆡ셜ᄒᆞ니
우리명조 회ᄌᆡ션싱 니마흐릐 탄강ᄒᆞᄉᆞ
젹덕ᄇᆡᆨ연 깁흔음덕 ᄇᆡᆨᄌᆞ쳔손 유젼ᄒᆞ고
ᄉᆡ로드론[282] 맛집[283]형님 분여ᄐᆡ도 아람ᄒᆞ다
아람된 박동덕은 여공범졀 그히ᄒᆞ다
은귀려 길규어마님 소일지탄 흠ᄉᆡ로다
ᄉᆡ롭다 초동집아 네벌셔 어런된가
나도〃 니졀망졍 녀ᄌᆞ〃식 아니련가
일여의 박힌마ᄋᆞᆷ 봉어미 ᄉᆡᆼ각니라
반가온닷 ᄉᆡ로온닷 면목도 으히ᄒᆞ다
오날다시 셔로보기 부모덕턱 아니련가
ᄉᆡᄉᆞᆼᄉᆞ ᄉᆡᆼ각ᄒᆞᆫ니 일변은 가소롭다
만승쳔ᄌᆞ 위니로도 소ᄌᆞᆼ기시 탄식니라
진구의 ᄌᆞᆷ긴몸 일월거져 ᄒᆞᆫ탄말고
쾨심낙ᄉᆞ 오날흥황 ᄯᆡ마촤 ᄉᆞᆷ월니라
시ᄂᆡ가의 수양속의 쐿고리 노ᄅᆡ로다
아모리 여ᄌᆞ라도 츈졍이 양모날소야
뒷동ᄉᆞᆫ 치〃달ᄂᆞ 옥ᄆᆡ화 ᄉᆡᆨ써쥐고
일쳔연 신ᄂᆞ고국은 남문거시 강ᄉᆞᆫ이라
무학ᄉᆞᆫ이 깁퍼신니 어쥬ᄌᆞ ᄎᆞ자간다
무변풍월 조흔누각 옥ᄉᆞᆫ셔워 거기로다
옥에쳔리 너른들에 금연풍족 조흘시고
불고가ᄂᆞᆫ 목젹소릐 오신시게 아니련가
인결지령 졍긔난화 ᄃᆡ련릐지 여기로다
만시쳔ᄒᆞ ᄌᆞᆼ흔도덕 아동부ᄌᆞ 되어겐ᄂᆡ[285]
슈졸당젼 ᄂᆡ식턱 우리가별 좀조흘ᄉᆞ

---

282 ᄉᆡ로드론: 새로 들어온
283 맛집: 큰집
284 니번거럼: 이번 걸음
285 되어겐ᄂᆡ: 되었겠네

오륙빅 지친일가 일촌에 단취ᄒᆞ여
너화 ᄋᆡ들ᄒᆞ다 ᄂᆡ일 에들ᄒᆞ다
무쳠조션 ᄒᆞ온거ᄉᆞᆯ 가운니 단기ᄒᆞ여
지기ᄉᆞᆼ부 져동뉴에 어나곳 흣터져셔
등별ᄉᆞ연 안니련가 칠팔ᄉᆞᆨ 얼풋가ᄂᆡ
나무쎄 마인몸이 변할길 젼혀업셔
슬푸다 여ᄌᆞ힝지 니후기약 언ᄌᆡ련고
팔십노친 써나기ᄂᆞᆫ 여ᄌᆞ졍지 못견딜ᄉᆡ
우리부모 늘게마오 ᄃᆡ덕필슈 빈말ᄉᆞᆷ니
납극셩졍 긔비라 슈역ᄌᆞᆼ츈 널니녈고
남의ᄉᆞ졍 ᄌᆞ시아라 츈풍타일 호시절
어엿쁜 양아봉아 츠렵시워 뒤셔우고
빅슈ᄉᆞᆼ친 조흔슬ᄒᆞ 다시와셔 노
(이후 낙장)

ᄃᆡ〃로 홍뉴셩덕 일국갑족 그안인가
우리도 남ᄌᆞ련들 ᄃᆡ인군ᄌᆞ 못되어도
안여ᄌᆞ의 되단말가 아시젹ᄋᆡ 함쎄크던
평슈ᄉᆞᆼ봉 못ᄒᆞ던고 ᄂᆡ나졔나 여ᄌᆞ회조
츄ᄉᆞᆼ갓치 오ᄂᆞᆫ기별 젼일ᄒᆞ여 ᄌᆡ촉ᄒᆞ니
할길업시 물너안ᄌᆞ 가기을 돈졍ᄒᆞᆫ니
촉쳑니 ᄀᆞᆺ분[286]심ᄉᆞ 영역히[287] 다할손가
ᄌᆞ식니회 오ᄌᆞᆨᄒᆞ리 무정ᄒᆞᆫ 져세월아
그증혐협 업실손야 셔왕모의 복셩보고
만슈무강 ᄒᆞ시다가 우리ᄃᆡᆨ 품셩조ᄒᆞ
지령되각 다시바다 우리형ᄌᆡ 통기ᄒᆞ여
긔쥬오복 츅슈ᄒᆞ고 갈담ᄌᆞᆼ 노ᄅᆡᄒᆞ여

---

286 ᄀᆞᆺ분: 기쁜
287 영역히: 역력히

4. 남강철교

안동대학교 도서관 소장

[해제] 남강철교는 을미년정월초서 가사집에 실린 네 번째 가사이다. 사진 컷 수 5장이며, 2단 4음보의 규칙적인 운율이 이어진다. 정월 보름을 맞아 동네 형님들과 새 옷 입고 단장하고 놀러가서 여러 다리를 구경하며 공덕을 치하하는 내용이다.

정월이라 보름날은 일년에도 명절일네
압집에야 김실형님 뒤집에야 이실형님
광한전이 놉핫드니 월궁선아 마지하네
머리우에 단장하고 신선선녀 싹을지여
선동옥녀 다리고서 세배드리러 올나가세
철년만년 살고지고 달이업서 어이할고
성선사에 광도교는 단명황에 올는다리
우리다리 어에잇나 대붕철교 바라보니
놋다리는 무쇠다리 튼튼하고 튼〃하다
이다리는 누가놋나 부처닝 도술인가
동남풍 빌어다가 남이화에 불을살너
이다리는 뉘다린가 경상도 놋다리라
우리ᄃᆡ졍 놋대졍 천지수단 손에잇네
활〃가서 자세보니 남에남산 무진갠가
구년홍수 막아낼제 차돌싸서 방천하고
고생슷헤 영화되고 작지불이 군지로다
너와나와 손길잡고 갓치가세 어서가세
이다리는 뉘다린고 경상도에 놋다리로세

형님형님 사촌형님 놀너가세 구경가세
새옷입고 단장하고 망월차로 어서가세
달가운ᄃᆡ 게수나무 상상지을 썩거다가
호전금궐 놉흔곳에 우리상제 옥경상졔
만코만는 월궁세계 양친부모 모셔다가
말비중원 승평교는 문장호결 건는다리
청운녹수 덕수교는 파나선배 건는다리
이다리가 뉘다린가 경상도에 놋다리다
형님〃사촌형님 손결잡고 올나가세
천지풍기 ᄃᆡ풍기로 춘왕정월 진묵ᄃᆡ에
금광철을 쏍아낼제 천지도사 묘엿든가
십오야 발근달은 다도발고 명라한ᄃᆡ
정첨지 헛첨지 바람대로 도라가고
천지공사 시작할제 우물가에 터을닥고
진심할역 지ᄂᆡ가니 우수풍〃고생이라
우리동포 건지랴고 남모를고생 지질했다
어서〃밧비가자 느저간다 느저가네
의심말고 어서가세 일심으로 건너가라

ᄂᆡ손잡고 놋치말라 떨어지면 안이된다
우리셔울 새서울 이라가면 올케가나
가련강포 바라보이 타향타도 가지마라
지남지북 가지말고 압만보고 건너가지
하날이 무너저도 소살궁이[288] 잇석고나
세상동요 들어보소 철〃지도 포원일세
부하고 귀한사람 ᄒᆡ원할세 무엇인고
유식하고 쏙〃한면 그만해도 해원이지
말도마오〃〃〃〃 부귀자는 말도마오
하나님의 정한운수 알고보니 그러하지
빈하고 천한사람 오난세상 부귀로다
고단하고 약한사람 길을차자 들러오고
ᄒᆡ원시ᄃᆡ 만낫스니 ᄒᆡ원이나 하여보지
정한날이 억임업시[291] 별안간에 닥처오니
육부팔원 상중할제 기국ᄃᆡ로 될것이요
장할시구〃〃〃〃 육부팔원 장할시구
비천상천 하올적에 축전축지 하는구나
동ᄒᆡ인산 완내할씨 태평양이 평지로다
용천금 드는칼노 좌수에 놉피들고
만국운명 열어놀제 이의위무 점전일세
좌수에 용천금은 물의자을 □□바더
인의에지 벗푼곳에 만좌춘풍 화기로다
부귀도 장하지만 도통인들 오작하리

우리옵바 매몰하네 어이갓치 못오는가
서출양관 무고인는 한번가면 못오나니
만국성진 일어날제 다시오기 어렵도다
저벼리에 불이나서 쥐쑬갓튼 말이로다
알친차기 창〃하고 몰르다하니 답〃하다
하우마련 된다느니 하오로서 ᄒᆡ월ᄒᆞ네
궐이잇고[289] 잘난사람 그만해도 만족하고
시호〃 이ᄂᆡ시호 해원시ᄃᆡ 만낫더라
제에ᄒᆡ월 다햇스니 들을이가 어이잇소
부하고 귀한사람 장ᄂᆡ는 빈천이오
괄세마라 웃지말라 빈츤하다[290] 괄세말라
눈어둡고 귀먹은사람 해원하러 차저드니
제가무어 안다하고 오리조리 핑계하다가
닥고닥근 저사람은 ᄒᆡ원문을 열어노코
비장용장 상즁할제 기국ᄃᆡ로 되는구나
기장하다〃〃〃〃 이ᄂᆡ사람 기장하다
풍운조화 품에품고 해인조화 손에잇네
무자장삼 떨처입고 무주중에 빗커서서
고선성 놋줄일네 우수에 갈나잡고
우수에 놋줄던저 죽는백성 살여주고
천동갓체 호렬할제 강산이 문어지고
장할시구〃〃〃〃 부귀도 장할실구
좁고좁은 도화돌에 만국병마 진ᄐᆡ로다

---

288 소살궁이: 솟아날 구멍이
289 궐이잇고: 권리 있고
290 빈츤하다: 빈천(貧賤)하다
291 억임업시: 어김없이

청천갓흔 딕동세게 화류구경 덕욱조타　　도임힝차 하실적에 도임힝차 구경낫네
엇던[292]사람 저러하고 엇던사람 이러한고　　오만년을 증힛스니 다시한번 찌가올가
우서봐도 소용업고 우러봐도 소용업다　　피토하고 통곡하니 애통터저 못살것네
철천지도 포원일세 다시한번 풀어볼가　　그만일세 그만일세 한탄한들 어이할가
형님형님 사촌형님 갓치가자 권고할제　　계우르다 칭탈하고 밧부다고 칭탈하고
부모말유한다 칭탈하고 남웃는다고 칭탈하고
이탈저탈 비탈인가 오날보니 딕탈일세　　내에이미 내가가넘어 사자하니 포원일세
형님〃〃 사초형님 이닉팔자 어이할고　　형님〃〃 사초형님 이닉운수 조을시구
우리양반 밧갈던니 오날보니 서울양반　　우리양반 병든양반 오날보니 선관일세
우리양반 초동목수 오날보니 어ᄉᆞ양반　　우리양반 먼데양반 신선되여 다시밧네
극낙세게 되고보니 신명인사 일반일세　　지성감천 안일너면 만나보기 어렵거든
이닉성시 지극터니 죽근나무[293] 쏫치피네　　부처님에 도술인가 하나님에 도술인가
꿈도갓고 생시도갓다 이런일이 어딕인나　　천상□□ 선환도는 이닉노래 지여내여
네의창생 건즈려고 원문가사 전히주이　　이닉말을 웃지말고 자세〃〃 살펴닉여
일심공부 하여가서 히원이나 하여보소　　한번가면 고만이지 어느찌나 다시올가
조흔길을 보게되면 너의지세 갈가부야　　손을잡고 놋치말고 조흔찌을 기달리라

---

292 엇던: 어떤
293 죽근나무: 죽은 나무

5. 녀탄가

금요고서방 소장

[해제] 여자 인생을 한탄하는 내용의 가사. 주거니 받거니 대화체로 되어 있는 점이 특이하다. 먼저 한 여인이 고된 시집살이에 대해 탄식을 하면, 한 여인이 듣고 일어나 여자도리를 다 하고 참으며 살다 보면 좋은 날이 오니 탄식만 하지 말고 사는대로 살아 보자고 한다.

천지부판 하온후에 엄양이 시분하야　만물를 생장하고 인생을 마련할때
우리난 무삼쥐로 여자를 마련튼고　낙석지초 매친한이 지우금 뭉첫도다
남자된 사람드른 조흔의복 뜰처입고　편답강산 구경하고 군심소락 다하근만
여자된 우리몸은 나이기우 칠팔세에　남녀간에 불동석과 위인대면 못하도록
별당안에 그처식혀 시상사를 불지하고　질삼방적 침자질과 음식지공 가라치며
십뉵칠시 나이되면 배필남자 택정하야　혼인길사 지낸후에 시집이나 가서보니
시아비난 완악하고 시엄이난 포악하며　군은 흐탄하고 시매드른 간특하야
안할말도 지여내고 음난흉도 자바내야　말도만코 흉도만□ 고역조차 못견딜내
이웃집 사람들도 공연이 흉을하되　아모집 새댁이는 을골도 웃드하고
말시도 고약단동 별〃소리 다들여내　답〃하고 분한마음 위인대해 말못하고
친정이라 가드라도 부모한태 말할소냐　우지못한 달이되고 짖지못한 개와갓다
좌중에 려르여자 손벽치며 올타올타　여출일구 하난말이 시집사리 한가지내
그중에 여자한분 반튼웃고 하는말이　여보여보 여려분요 내말잠간 드르보오
천〃만〃 시상사가 지사람끼 잇지안소　잇날에 주문왕후 태사라 하는량반
남자안인 녀자라 도성득이 장함으로　삼백편 모시중에 관저장을 지여시며
화랑이라 하는나라 녀자가 왕질하고　웃든소설 보드라도 녀자가 장군되야
백만군병 호령하며 의기늠늠 한다하니　녀자라도 이갓흐면 웃든남자 양득할가

여자된 한탄말고 옛날붓틈 성인말삼 시집가정 비방마소 올치안는 부모읍소
나도또한 여자로서 불민키는 불민하나 부모임의 명녕으로 타인문에 출가하야
일동일정 방심말고 전〃경〃조심하면 내칙편 배운대로 시부모를 봉양하니
구고임도 자애하고 삼고육픗 화락할뿐 남노여비 하정배도 일호백락 그행하니
만상가여 의하고 일가정이 화합하니 시가과도 유만부동 녀자라도 유만부동
여보〃여보시오 다시한말 드르보소서 한려므분은 천지의 수모로시요
여자가 읍□하면 남자가 으대나며 남자가 업다하면 녀자가 으대나리
남자라 하난그는 근건도를 타서 나고 녀자라 하난그는 곤순도를 타고나서
근곤이 배합하니 생민의 근본이라 전생에 남자라도 후생에 여자될지
천지리수 누가아리 과이한탄 마르시고 녀자직분 직히시오 인도를 딱가보자
인도를 딱그뜨면 후생에 남자환생 인도를 딱자하면 엇지엇지 할그이요
부모임에 효도하고 부부간에 화순하며 으룬아해 차래잇고 형지간에 우애하며
일가친측 화목하고 남사람도 잘 지내며 저사람이 착하그든 나도따라 뽄을밧고
즈사람이 불량크든 아모쪼록 가라처서 흉사에는 위로하고 길사에는 친경하며
웃드한 일이라도 참고〃생각하고 급난일이 생기그든 담을키와 처리하고
흉사를 당하여도 과이설해 마르시요 비창을 과이하면 신상에 병이될가
히락한 일이라도 느무긱그 하지마오 과이조흔 연후에난 형진비래 염려로다
천사만사 일용행사 이와갓치 조심하면 인도상에 당연하고 천사상에 요견하니
아모쪼록 여려분은 븜〃이 듯지마소 사람이라 생겨나서 인도를 못행하면
토목과 한가지고 금수와 다를소냐 이다음에 한말삼은 장내사를 말합시다
시월이 으은간에 생남생녀 하그들낭 이놈읍으 달내두고 즈놈안고 을느줄때
금일는가 옥일는가 어허둥둥 내사랑가 선동선여 다름읍시 고이고이 길느내야
자식이 장성코든 법가에 성취식혀 헌부를 친영하야 남의시모 되그들낭
지내간 경역사와 당해오는 전두사를 깁히깁히 생각하야 읍난자정 소사내고
썽난일를 참고참고 분한일를 웃고〃 순한말노 가라치고 조흔말노 달내며는
불턱한 며나리도 효부도 될수잇고 막대한 불초자도 개과천선 할지어다
그릉즈릉 지내시면 그중에도 낫이잇소 시월이 여류하야 자손이 만당크든

남자이나 여자이나 자손낙은 일반일새
삼춘에 매화이나 구추에 국화이나
호탕하든 남자이나 긱고하든 여자이나
존비귀천 기급이며 고즈청탁 분간하면
일용행사 재〃하니 그다지 탄식말고
허허웃고 하는말이 그대말삼 드르보니
호글남자 부릅잔타 자내비록 여자라도
리시도 통달하내 후일에 다시만나

사람마다 한평생을 삳를보고 비할진대
각〃으로 즐후따라 한변식번 화하고
구별은 다를망정 종평생은 일반이라
서책에도 소소하고
사난대로 사라보새 좌중에 듯든여자
만사가 태평이라 여자한탄 전혀읍고
여중군자 불명하다 지식도 남다르고
우리한말 드르보자

6. 노인탄

조춘호 소장

[해제] 노인탄은 편지지와 같은 종이를 연결하여 전적 형태로 만든 것에 실린 국문가사이다. 1단 2음보의 형태로 작성되었고 연필 혹은 펜으로 쓰여 글씨가 흐릿한 것이 특징이다.
내용은 늙음을 한탄하고 젊은 시절을 후회하면서 젊을 때 바르게 살라는 충고를 하고 있다. ㅅ합용병서를 사용하고 있고 '기고(길고)', '모으고서(모르고서)', '안드으면(안들으면)'과 같이 'ㄹ'이 탈락한 형태가 몇몇 보인다.

어와세상 절무신내 노인탄식 들어보소
ᄭᅩᆺ피고 입힐ᄶᅵ애 남애구슬 ᄒᆞ잣든니
오동입 가을바람 쓸압ᄒᆡ ᄯᅥᆯ치노라
시ᄉᆡ업난 아침거울 ᄃᆡ고보니 누구신고
우굴쭈굴 두귀ᄶᅵ이 ᄭᅩᆯ이빠진 쥐도갓고
글ᄇᆡ운 흔적인가 완연이 드러난다
하나도 빠짐업다 두귀애 바람소리
날싸기도 짝이업다 한두개식 이가빠저
낭ᄑᆡ할ᄶᅵ 종〃이나 그러자니 육식이야
ᄇᆡ부르기 파이로다[295] 식사가 이러ᄒᆞ니
ᄒᆡᆼ보도 어렵구나 호정츌이[296] 잠시여도
안잣다가 누엇다가 팔다리 ᄲᅧ마디가
ᄂᆡ모영 이러ᄒᆞ나 그래도 청츈잇서
기고긴 조흔세월 어ᄃᆡ서 다보나고
고개든 청츈ᄭᅮᆷ이 하염업시 ᄭᆡ엿구나
난ᄃᆡ업난 여름서리 이마전애 ᄲᅮ렷구나
눈섭사이 내천자와 구우의 석삼자는
일로부터 시작ᄒᆞ니 가지각ᄉᆡᆨ 안된거든
쥬야로 ᄭᅳᆺ이업고 눈압ᄒᆡ ᄭᅡᆷ동나ᄇᆡ[294]
두볼이 우거둘고 (語音)어음조차 헛나와서
ᄡᅵᆸ을수가 잇깃난가 우물쭈물 싱키노라
힘쓸수 더욱업다 역사는 고사하고
후유소리[297] 절로난다 빈방을 차지ᄒᆞ고
엇지그리 ᄇᆡ기나고 그ᄅᆡ도 마음살아

---

294 ᄭᅡᆷ동나ᄇᆡ: 검은 나비
295 파이로다: '파이다'는 '나쁘다'의 경북 방언
296 호정출이: 호정출입(戶庭出入), 병자나 노인이 겨우 마당 안에서만 드나듦
297 후유소리: 일이 고되어서 힘에 부치거나 시름이 있을 때 크고 길게 내쉬는 소리

심〃키도 하려니와 쓸ᄃᆡ업난 집걱정도
누의개 이논할고 ᄂᆡ본ᄃᆡ 못낫으니
진〃무안[298] 그박으난 원두정이[299] 쓴외로다
앙콤한 두얼굴이 서로ᄃᆡ키 남시럽다
무ᄌᆡ한 담뱃ᄃᆡ와 셰월가기 기다리니
셔산ᄋᆡ 지난해난 넘어가기 어렵구나
고ᄉᆡᆼ도 만키니와 원ᄒᆞᆫ도 적지안다
ᄌᆡ일원ᄒᆞᆫ 그거시오 살임에 수단업서
죽장망ᄒᆡ 단표핫초 구경못ᄒᆞᆫ 원한이요
쥬사청수 조흔곳의 얼사덜사 못논것도
명수ᄋᆡ 잇난개라 엇지할수 업거니와
평생애 지은죄가 머리터럭 낫〃ᄲᅢ야
팔십이나 구십이나 죽난거슨 이려니와
ᄒᆞᆫ천실월 무엇ᄒᆞ며 만금ᄌᆡ산 무엇ᄒᆞᆯ고
밉을거시 무엇이며 욕심ᄋᆡ ᄭᅳᆺ이업서
욕심만타 숭배ᄒᆞᆯ가 살아ᄉᆡᆼ전 이세상ᄋᆡ
그것을 모으고서 한두븐 이ᄒᆡ간ᄋᆡ
눈쏙이고 마음심화 오늘ᄂᆡ일 지ᄂᆡ가니
부모님 가정으론 큰남사난 업겟스나
비밀ᄒᆞᆫ 나ᄋᆡ심사 삭〃히도 드러난다
속평가 엇써ᄒᆞᆯ가 앙〃ᄌᆞ득 ᄒᆞ엿구나
부모형ᄌᆡ 다가시고 힌머리예 병든몸이
양심이 죽지안어 평일의 잘못된일
혜노은일 무어시며 형ᄌᆡ자ᄆᆡ 동기간의
이것저것 못이업다 마음ᄋᆡ 잇난일을
친구는 그만두고 자손은 잇다ᄒᆡ도
하물며 귀막아리 무ᄉᆞᆷ정담 잇갯는가
청츈ᄋᆡ 지난ᄉᆡ월 그다지 ᄲᅡ르더이
침석애 고이누어 평생을 도라보니
공부ᄋᆡ 힘안써서 남ᄋᆡ축애 못간그시
ᄉᆡ업탕진 원한이요 삼철리 금수강산
천성이 옹졸ᄒᆞ야 일ᄉᆡᆼᄋᆡ 빈곤으로
그역시 원ᄒᆞᆫ이라 그러나 이원ᄒᆞᆫ은
힘쓰면 ᄃᆡ난일을 ᄉᆡᆼ각지 못ᄒᆞ여서
갑자ᄒᆡ도 부족일ᄉᆡ 사람이 ᄒᆞᆫ번나면
운수가 불ᄒᆡᆼᄒᆞ면 중년요절 왕〃이라
빈손으로 도라가기 뉘라도 마창인ᄃᆡ
ᄃᆡ고말고 지내난고 청산ᄋᆡ 어느무덤
아마도 할노릇은 올은일 ᄲᅮᆫ이로다
동기지정 낫ᄲᅮᆯ기고 심지어 부모ᄭᅡ지
효성까ᄋᆡ 그ᄉᆞ이난 칠이갓이 멀어진다
이웃사람 중간이셔 ᄒᆡᆼ도ᄂᆡ의 도난소문
그사람 낫ᄃᆡ할ᄯᆡ 외면이ᄉᆞ 조화스나
인간세월 덧업서디 이삼십년 그동안의
제ᄒᆞᆫ자 남앗스니 영광이 무어신고
낫〃치 기록된다 부모ᄯᅳᆺ 거역ᄒᆞ고
왕ᄂᆡ인졍 젼현ᄭᅳᆫᄭᅩ ᄒᆡ노은일 무어신고

298 진〃무안: 진지문안(問安)
299 원두정: 원두막(園頭幕)

잠시에 좁은가슴 이어이 못돌렷나 도라가신 부모형제 품고가신 그마음을
푸러드릴 그도리난 이ᄉᆡ상의 전혀업다 어와쳥츈 번님ᄂᆡ야 한말솜 들어보소
ᄌᆡ마은 이늘그니 용납할 것 업거니와 만리전졍 여러분은 이것을 경개삼아
좁은가슴 널이ᄒᆡ처 착한일 하여보소 부모의 하신말슴 썽낼거시 무어신고
사리의 당연ᄒᆞ면 순종ᄒᆡ야 맛당ᄒᆞ고 세정ᄋᆡ 맛잔으면 조흔말로 풀려들어
노하심이 업개하고 동기간애 철뉸졍이
어이하면 유익ᄒᆞ면덜거시오 잇으면 논아먹고
업시며 갓치ᄀᆞᆷ기[300] 그과연 어려우나 힘쓰면 덜거시오 못ᄂᆡᄒᆞ난 말소리며
관즁하는 졍염이야 서로엇지 이율손가 이것이 효성이요 이거시 우의로다
우의효성 ᄒᆞ난거시 부모와 형제애게 유익도 ᄃᆡ려니와 자신애 이익대미
팔구분이 넘나니라 만일그리 못하고서 요말ᄋᆡ 불평하고 조말ᄋᆡ 눈술곳차
불순한ᄃᆡ ᄃᆡ답이며 불순한 대책으로 부모동기 배척ᄒᆞ면 세ᄉᆞᆼ ᄒᆞᆯ일 무어신가
상씨푸린 그손해난 진슈성찬 ᄃᆡ지안코 화기만면 그봉영은 패의파탄 행기난다
이긔을 모라고서 무슨사업 작전인지 어〃사〃불평ᄒᆞ야 나날이 지나가면
담넘어도 이웃눈과 문틈으로 동내귀가 번개갓이 전해진다 무슨안면 츄쳐들고
셰ᄉᆞᆼ사람 ᄃᆡᄒᆞ갯나 나역시 절물적애 이런이치 몰랏슬가 일시의 좁은소견
돌여ᄉᆡᆼ각 못ᄒᆞ고서 후ᄒᆡ막급 오날이라 불마한 경험맘을 여러분새 ᄑᆞᆨ트리니
이늘그니 지은죄난 산천쥬필 나리서도 감심ᄒᆞ고 박갯스나 마음쓴 하난말을
미첫다 마르시고 유심ᄒᆞ고 듯자옵기 바라고 바람니다 천츈이 기다해도
지나보면 숨결이라 오날ᄂᆡ일 밋지말고 그릇한일 싸기곳처 허물업시 살아보소
만번을 잘못ᄒᆞᄃᆡ 곳치면 그만이라 착한사람 ᄃᆡ연이와 만가지가 능통ᄒᆡ도
효우애 부족하며 사람될슈 업난거슬 이늘그니 오날〃의 고칠길 전혀업다
천지간의 이죄인이 어나곳의 용서댈고 갑업난 어느청산 이몸을 바다쥴가
노인의 무룡지담 긴거이 죄송하나 늘으신 여러분내 동정말솜 잇사오니
들어쥬기 바람니다 칠십팔십 오늘날애 무어시 욕심일가 쥬난ᄃᆡ로 바다먹고

---

300 ᄀᆞᆷ기: 굶기

고이〃 지나다가 이세ᄉᆞᆼ 하직일애　　허물업시 도라가면 그안이 부역일가
평ᄉᆡᆼ애 원ᄒᆞᆫ이며 평ᄉᆡᆼ애 부족ᄒᆞᆫ일　　ᄉᆡᆼ각ᄒᆞ면 무엇할고 눈압의 몃기자손[301]
츙건ᄒᆞ면 그만이요 공부와 인사성도　　슌〃히 타일러서 들으면 다힝이고
안드으면 그만이ᄌᆡ 단쥬상균 불효함이　　요순ᄋᆡ 탓이될가 하물며 ᄉᆞᆯ림살아
마음ᄃᆡ로 댈슈잇나 맛겻으며 그만이ᄌᆡ　　잔소리 너무마소 이런소리 듯자오며
소활ᄒᆞ다 ᄒᆞ올지나 젹어보면 아실ᄐᆡ니　　이만긋처 마나이다

---

301 몃기자손: 몇 개 자손

7. 노탄가

조춘호 소장

[해제] 이 가사는 늙음을 한탄하는 내용의 국문 가사이다. 자료 형태는 30×770.5cm 규격의 두루마리이며, 2행 4음보 형태의 필사본이다. 원작자 및 창작연대는 미상이다.

가시〃놀노가시 꼿츤썩거 머리꼿고
연화□샹〃봉예 동무ᄎᆞᄌᆞ 놀노가셔
어와시샹 ᄉᆞ람들라 늘난소회 갓그들낭
쳔우신닉 비우숨은 이구불원 하실이요
일반소회 드러보소 쳔지가 빅판후익
품부정역 갓흘손가
만승쳔ᄌᆞ 즉샹님도 장싱불ᄉᆞ 못하시고
부리타고 장슈하며 빈쳔타고 요슉하랴
그즁의도 셜은일은 늘도졈도 아니하며
슈커부매 서것마난 귀한거시 바히업닉
절물씨네[302] 공든사리 쥬름ᄉᆞ리 고이하다
자시면 흣도룽이 기동모의 박힌듯고
도화양협[305] 곱든얼골 참외꼿치 피녓난듯
총명조흔 이닉졍신 반등신이 도녓고나
빅병업시 잘먹든니 얼는ᄒᆞ면 줄테ᄒᆞ고
입흔썩거 손의들고 일엽편쥬 잡아타고
어제날 청츈시졀 이직본리 환형일시
내노릐 웃지마소 초록은 동식이라
즁노인들 닉소조를 엿지하여 면하실ᄉᆡ
ᄉᆞ람〃숨겨날젹 오힝졍긔 타고날직
션악형심 현슈하고 장슈요슈 달르고나
진시황 한무제도 여산고혼 되엿선니
그거슬 싱각하면 탄식할것 업건이나
몸압흔계 제일셜다 신톄발부 타고난계
소문업시 오는백발 소문업시 늘거지고
늘난양은 셜ᄌᆞ누나 압푼양니 더욱셜다
면경갓치 발든눈이[303] 썩가로를 시인듯다[304]
오미구편 조흔입맛 시운쥭이 왼일인고
팔다리를 쌥난다시 졀니기는 무숨일고
박시갓튼 이닉이를 어난뉘가 다씨갓나

302 절물씨: 젊을 때
303 발든눈이: 밝던 눈이
304 시인듯다: 쓰인 듯하다
305 양협: 兩頰, 두 뺨

먹을슈가 젼혀업다 션〃 한ᄇᆡ 찾든놈이
ᄉᆡᆼ기ᄂᆞᆫ 업셔지고 오난그시 좀뿐이나
늘쓰들낭 아조늘거 ᄉᆡᆼ노인이 되엿쓰나
늘도졈도 안이ᄒᆞ여 압품ᄃᆡ도 만흔지고
젼의업든 현기증이 먹을다이 할슈업다
몸아품ᄃᆡ 더셜를가 효ᄌᆞ현부 잇다한들
살그들낭 강녕ᄒᆞ고 아푸그든 아조쥭어
어와 셜른지고 인간칠십 고ᄅᆡ희라
할 일도 만큰마난 ᄉᆞ업업시 늘근몸이
엇지돠가[307] 늘거졋나 연약심쟝 어릴ᄯᅵ네
셩덕구고 ᄂᆡ덕사리 조심ᄊᆞᆺᄒᆡ 늘그지고
ᄉᆡᆼ샨못한 ᄌᆞ궁으로 촌〃간쟝 늘그지고
가샨단착 호변ᄒᆞ너 태다걱졍 늘그지고
일가화목 조큰마난 일젼ᄆᆞᆺ겨 의둘하다
이리늘고 졀리[309]늘거 아푼ᄃᆡ도 만흔지고
초목도 좀먹어면 ᄌᆞ년이 불러지고
허다근심 다바리고 아푼그실 억ᄌᆡᄒᆞ고
금동옥녀 환즁ᄒᆞ다 안젼화초 외로ᄒᆞ고
만치안인 ᄂᆡ세월니 쑴결갓치 어셔가셔
부모님젼 ᄆᆡ시다가 인간황ᄉᆡᆼ 하올젹의
ᄌᆞ근만당 셜치ᄒᆞᄉᆡ

드신ᄇᆡ만 차ᄌᆞ안고 흉통복통 겸ᄒᆡ고다
능증키도 그지업고 계으릅이 붓그럽다
졈그들낭 아조졀머 ᄀᆡ문이 녀샹크나
등짐을 지고왓나 어기증도 ᄌᆞ조난다
어와〃 셜은지고 부모샹ᄋᆡ 셜다한들
소〃지증 다알손야 공괴골물 아쳐롭다
북망샹쳔 편키[306]누어 초목동부 ᄒᆞ고져라
나문ᄒᆡ가 얼마른고 인간의 허다사업
뉘를ᄃᆡᄒᆡ 원평ᄒᆞ랴 오십쥴광 ᄂᆡ귓ᄃᆡ기
몬녀샹이 그리올젹 누슈계워 늘그지고
봉제ᄉᆞ 졉빈ᄀᆡᆨ의 동〃촉〃늘그지고
청츈셰월 홍안박명 붓그러워 늘그지고
인간의 ᄉᆞ람도녀 호우돈묵 졔일리요
문젼옥답 ᄌᆞ진[308]흉년 실농될가 근심이다
가소롭다 ᄂᆡ셰월리 근심할 것 무어시냐
인싱도 병니들면 도라갈길 뉘우이라
오ᄂᆞᆫ셰월 슌슈ᄒᆞ여 슬하의 져ᄒᆡᄂᆞ외
셰화연풍 국ᄐᆡ민안 부귀녕화 녕호닷고
념왕의 명년나ᄂᆡ 황쳔훗토 도라가셔
우리보모 귀동ᄌᆞ로 우국졈젼 부귀공명

---

306 편키: 편하게
307 엇지돠가: 어쩌다가
308 ᄌᆞ진: 잦은
309 졀리: 저리

8. 노탄사회가

조춘호 소장

[해제] 두루마리로 된 국문 가사. 십오 청춘이 어느새 육십에 이르렀나, 늙음을 탄식하고, 가정사를 회고하는 내용이다.

잇ᄃᆡ난 어나된고 ᄎᆡᄌᆡ울ᄒᆡ 츈초슌비라
ᄊᆡ를ᄎᆞᄌᆞ 방창하니 훤초향의 도불도록
살갓치 가난광음 ᄒᆡᆼ연뉵십 이르엇내
계ᄉᆞ강검 마다ᄒᆞ고 노회하여 안즌ᄒᆡᆼᄉᆡ
츈일ᄌᆡ양곡 도셩의 심신니 슈란하다
사창압헤 피난도화 늘근안ᄉᆡᆨ 반겨하나
츈풍도리 엿차시에 죠ᄆᆡ츈ᄉᆡᆨ 난만한ᄃᆡ
만화난 연연니 ᄀᆡᆼᄉᆡᆼᄒᆞ나 인ᄉᆡᆼ은 엇지ᄒᆞ여
늑겁도다 우리자모 갑슐지월 염이일레
구ᄉᆡᆼ욱치 ᄌᆞ나든일 어ᄌᆡ갓고 오날인덧
션친의 ᄇᆡᆨ슈존안 속절업시 영절이나
뉵십의 ᄉᆞ친지회 눌가 다를넌가
션친의 ᄌᆡ덕명망
남ᄌᆞ가 되엿시며 이상회 가당ᄒᆞ며
내소쳐 연벽ᄒᆞ다 ᄇᆡᆨ셜잇쌍 ᄎᆞ신이여
만복지원 미촉속젹의 고루누각 굉길졔택
오ᄇᆡᆨ여년 고가세족 후조신조 여음으로
도화작〃만발ᄒᆞ고 창쳔의 옥ᄆᆡ화라
헛분노삼 상회로다 가연할ᄉᆞ 인ᄉᆡᆼ이여
십오쳥츈 이제어이 반ᄇᆡᆨ쇠기 무ᄉᆞ일고
ᄀᆡᆼ소연을 다시불너 마음은 아무이나
방초녹음이 쳐〃의 ᄆᆡᆼ동하며
사구라[310]난 낙화되고
노안을 놉피드러 좌우을 ᄉᆞᆯ펴본이
일사부ᄉᆡᆼ 못ᄒᆞ오며 아염ᄀᆡᆼ복 어려운고
자모지ᄋᆡ 영결한이 비례심회 갈발업고
낙〃하쳐 ᄂᆡ의고가 안슌이 격절ᄒᆞ고
혼모의도 늣거워나 ᄊᆡ를싸나 엿취지심
창ᄋᆡ에 소〃우셩 내심회 도으난잇
앙육훈계 ᄒᆞ오시말 명심효츄 ᄒᆞ엿시며
여ᄌᆞ마다 ᄉᆞ친이회 다각〃미 도쳐오나
십칠세 년소악장 갑오삼월 십일에
옹〃명안 빗치나고 온젼김씨 구택이나
쳥ᄃᆡ갓치 반〃ᄒᆞ고 구고임의 조ᄉᆞᆼ뵈지턱

310 사구라: 사쿠라, '벚꽃'의 일본어.

여ᄉᆞᆫ약ᄒᆡ 아니시며 금고무생 그손구ᄌᆞᄋᆡ　　ᄉᆡᆼ아지젼 다를손가 여쳔ᄒᆞ신 만단일릐
ᄉᆞ동져기로 일반이로쇠 인ᄉᆡ가 ᄇᆡᆨ구갓치　　존구구십 당년 엄〃하신 쇠진존안
늦거븐 탄식일셰 인셰변쳔 션고페난　　삼ᄉᆞ이 쑴길이나 영원한 허다세월
의양한ᄃᆡ 젼혀업고 불용누질 오신이나　　깁고놉흔 하ᄒᆡ지택 일신이 무겁도록
홍은혜택 황공타가 ᄎᆞ셰영절 ᄒᆞ쳐로다　　엇지하며 관익ᄒᆞ랴 여쳔ᄒᆞ신 만단이로ᄃᆡ
뎡일강역 푼기시로 ᄇᆡᆨ셰향연 츅원허니　　황연하다 인ᄉᆞ변쳔 좌와침당이 비여시니
음한ᄒᆞ신 안ᄉᆡᆨ과 졍〃ᄒᆞ신 비로ᄌᆞ은
이변의 박혀잇고 츈풍화기난 부운의 비기시니
하일ᄒᆞ기 ᄒᆞ상견고 명문옥제도 은안젼의 구하ᄃᆡ
용우한 주ᄌᆡ로 이을도리 아득ᄒᆞ고　　친가을 사망ᄒᆞ니 쏘한 뎐모의 문쟝유제로다
ᄉᆞ악명ᄒᆡᆼ이 금셰 특이하고　　친구 양당션고세 부화쳐술 화ᄒᆞᆫ비치
셔인내 모범일ᄂᆡ 일호부당 무용일신　　쏘한 탄식이오 헛부다 분ᄎᆞᆫ셰계
그니난 ᄌᆞ ᄋᆞ드니 낫〃치 동지분고ᄉᆞᆫ　　ᄎᆞ시 형뎐관계인가 알슈업난 장내여운
어이가ᄉᆞᆨ 병이되고 동방의 회파ᄒᆞ여　　고요젹〃ᄉᆡᆼ각ᄒᆞ니 벗바나난 ᄒᆡᆼᄀᆡᆨ인가
사창을 반ᄀᆡᄒᆞ니 문젼의 기암괴셕　　셩역도 장관이요 일조일국 난만ᄒᆞ니
가지마다 춘식일내 느어진 슈양가지　　화ᄋᆡᆼ 왕내ᄒᆞ고 일음조흔 불두화난
쥭조리도 무셩ᄒᆞ니 셩역쥭난 쥭인잣나　　엄숙한 가군ᄒᆡᆼᄉᆡ 포〃청풍 어ᄃᆡ가고
반ᄇᆡᆨ쇠긔 슈〃한ᄃᆡ 부속고가 ᄉᆞ다어지고　　져승인가 ㅈ승인가[311] 션영졍ᄉᆞ 지거ᄒᆞ여
망ᄒᆡ쥭ᄌᆞᆼ 내다르니 가ᄉᆞ만모 허탄ᄒᆞ다　　청낙한ᄉᆞ 낭기쳐 나른맛겨 부탁ᄒᆞ니
무비므도 관속이요 야〃명원 곳〃한ᄃᆡ　　늘손마음 ᄀᆡᆼᄉᆡᆼᄒᆞ여 예〃상〃ᄉᆡᆼ각ᄒᆞ며
젼소가 역〃ᄒᆞ다 ᄎᆞ회나우니 ᄌᆞ모　　송쥭갓탄 우니남ᄆᆡ 조상텩화 ᄌᆞ나내여
비옥의 하졈인가 ᄉᆡᆼᄉᆞ로 반장되고　　혀속고단 내일신이 육남ᄆᆡ ᄉᆡ덕동긔
녯집의 분ᄉᆞᆼ ᄒᆞ여 화우셰계 이아니 너루가　　알숙엄난 인셔변복 변쳔인ᄉᆞ 쌍반일긔
쳔의운ᄉᆞᆫ의 영혼이 음〃하며 망〃한 회포난　　젼할기손 아득ᄒᆞ고 입문지초 두쇠ᄆᆡ난
옥창잉도 기상으로 화우동낙 들겨ᄉᆞᆫ니　　역동이젼이오 구니우도 ᄉᆞ쳔젼ᄆᆡ뎌

311　ㅈ승인가: '이승인가'의 오기(誤記)인 듯함

훈〃한 화초바남 광풍제원 기숭이오　　덧업난 영낭은 힝년 오숩의
주여혼취 ᄒᆞ문ᄒᆞ여 ᄉᆞ오십이 머ᄌᆞ누나　　구십엄친은 그니난고 헛탄한 녀ᄌᆞ탄속
부모압헤 ᄌᆞ나든일[312] 일장춘몽 의연하다　　이다음 함ᄋᆞ드니 여룡여호 기숭으로
진〃한 여경이나 몽이예도 뜻아운 질ᄋᆞ중반　　계유년 하우원의 말이회외 이친이가
경〃불미 사양이라 포일한 인격죄화　　장내히망 바렷드니 우연한 구상한둑지도
네못의 밋쳣든가 이역고혼 존잉ᄒᆞ고　　너의집 쳔장지회 엇지하여 억져하냐
너부모 빅셔도님상 쳑〃한 슬푼소회　　쳑셔단찬 그득ᄒᆞ여 안즉의 붓쳐줄가
오족우겨 붓쳐줄가 뭉〃한 안계와　　가난구난을 밋축이 네소식 무로이볼가
ᄎᆞ회가격 너의안히 이십육 하낫분이연　　총쳔지회 쳡〃사혀 구곡간장 슷쳐질덧
ᄉᆞ풍세우 쑤닌밤의 젼〃불미 상모이나　　영혼이 씨다른가 원통하다 너의자질
문장젤법은 ᄉᆞ벽의 조요하고　　쳥명한 일원 졍기난
벽공에 걸엿난가 안〃한 쳐촉기상　　대강잇가나 다ᄉᆞ한잇 여어가지 허다심난
이닌듯 취한덧 두어즌 셩ᄌᆞᄒᆞᄂᆞ　　만분도 기조구못 머도이잇난 두여ᄋᆞ야
인즉부모 회포되니 싱ᄉᆞ양난 일반이로다　　너히 두여아동반 여즉여옥 잘잇다가
부모싱젼 다기기막 이것보고 촌탁히나　　알든면〃멀이노하 ᄌᆞ연한숨 난심ᄉᆞ
등ᄌᆞ셩 젤보나이 웃지마오 오롱좃롱 초오종반
광졸은 들먹이니 면〃셩취 관식이오　　셰록미화 맛슨여난 십오육셰 어언연치
가연취부 ᄎᆞ짓구나 명문화벌 복덕가의　　응기ᄒᆞᄂᆞ 바래난가 여죽여옥 학오종손
장내희망 유의ᄒᆞ여 입격지왕 신긔ᄒᆞ나　　면〃부모 심역이로다 셍쥬집과 밀량집ᄋᆞ
고가셰족 갈여내야 너의싀덕 반격일다　　사운이 시조찡어미난 육치조연 만지영
부모을 국속이 숨결갓고　　붓득 ᄉᆞ계가 난모양 ᄌᆞ유할동 어엽구나
셕포이실 하회집ᄋᆞ 태영반긱 너의 싀턱　　왕ᄌᆞ농손 느져구나 경〃불미 유시로형예
ᄉᆞᆫ고히심 어미ᄌᆞ이 초슥오ᄉᆞᆫ격 절힛나　　ᄌᆞ욱ᄌᆞ여 오남미난 둘죄놈은 여화걸룩
보난죄막 불희열허니 이로구명 ᄉᆞᆫ하회존의 강ᄉᆞᆫ졍기 네가탄나 불견면목 암〃하다
신기하다 오가경쇠 시계삼츈 오날날은　　누디승ᄉᆞ 만디유젼 종손싱손 신기하다

---

312 ᄌᆞ나든 일: 자라던 일

척연슈회 쎨치불고 타ᄉᆞ가 하죄리요　　우니ᄌᆞ모 온후덕힝 혼영이 도우신가
여어가지 허다소회 대강만 조친나니　　보시나니 눌너보고 곳〃마다 아ᄒᆡ들ᄋᆞ
어미 소회 촌탁ᄒᆡ라

9. 능주구서 겨자록

이상규 소장

[해제] 여인의 우여곡절 많은 인생사를 그린 가사. 시어른 병과 초상으로 기울어진 가세, 시외가에 의탁해 곤궁하지만 묵묵히 열심히 살았더니 다시 전답도 마련하고 자식 교육도 할 수 있었다는 이야기이다.

천지만물 생긴후에 유인최귀 하여시라 유인최귀 하온일을 삼강오륜 밝아시라
삼강오륜 밝은중에 부창부수 으뜸이네 불츙하온 이 가까운대 처해있어
십세전에 천봉당고 십세후에 지락하여 진양하온 신세로서 곤고히 성장하여
이십 당한후에 최씨댁에 츌가하니 가권이 화순 문호로 거룩하다
한조모 시부모곳 자애로 베푸시고 남시숙여 시매은 우애로 화화락한다
없든 봉양하고 있는효성 갈진하니 친척이 칭찬하고 의리가 옹용하다
황천이 미워하고 우연한 병세가 시부모계 침노하여 칠팔삭 병세가
황송 우중에 백약이 무효로서 남흔여치 못다하고 하릴없이 별세한니
년세로 이른진댄 사십이 남아시고 덕행을 이를진댄 백년이 부족하다
초정범절 극진하고 삼년초도 지난후에 악착할사 귀신이여 이름없는 병세가
사람에게 침노하여 주장없난 이자안에 그뉘가 혈성으로 의약을 다수릿가
골수에 깁이로니 좌이대사 하여서라 적적무인 빈방안에 수습할길 막연하다
근근히 수습하여 순장례로 치려섰내 원수로다 원수로다 게츅년이로다
어화세상 사람들아 이런신세 또잇는가 십세전에 부모일코 삼십전에 과거로다
시모님은 나를잡고 이내손은 땅을집고 앙천통곡 길이한들 그뉘와서 위로하리
오든울음 거드치고 가시을 돌볼지라 여여간 남은가사 전장저저 허다팔아
거의채약체 다갈이니 남은건 전혀없다 가중을 둘러본니 삼대일문 삼인일네
싱시모는 삼십노요 히솔자는 삼세이라 광대한 천지간에 의탁할곳 전혀없네

시가각댁 돌아본니 장시 의탁어렵고 친당을 향할라니 시모의탁 막연하다
사세 난처하온신세 시외가를 형해오니 시외삼촌 여러형제분 남다르신 우애로서
두간초옥 겨우사서 신세근근 부처있네
의로울사 의로울사 우리삼대 신세도 가긍하다
농사안인이 잡인에 시가 한가지라 그중에 사대향화 지성으로 밧드럿네
추운들 그늬알며 배곱픈 늬알손가 추위도 더운덧이 고파도 부른덧이
웃끈만 잘나메고 그렁저렁 세월이 내어지도다 어지도다 후덕하신 시모님은
구구상포 낙을삼아 저물레 목을메여 한필두필 내여파니 한양두양 이문이네
울흘지간 칠팔년에 이려저련 논도사고 밭도사고 칠팔년에 점점 장성하여
연광 칠팔세라 기질은 연연하다 일시키기 아처로분 놀이기도 어렵도다
문호곰곰 생각하니 누대봉사 하는집에 혈혈한 저일신이 무식키는 어렵도다
아자삼촌 있카마는 가사는 불가하다 그사입학 하온후에 사람되기 축원일내
기질은 연약하고 재주도 노둔하다 정처업시 배와내니 서년금년 일반이내
무정세월 약유파라 년광 십칠세라 성문에 구혼하여 관례혼려 차례로서
힘되도 다치루고 우기택일 술래한니 요조할사 어진덕은 진지저의 차례로서
힘대로 다치루고 시위전에 현알한니 행동거지 차이없내 남근여근 희롱한니
세상자미 혼자로세 없던문호 다시열고 목끗에 영화로다 아무리 그러한들
감구지회 없을손가 소중해라 소중해라 남자일신 소중해라 혈혈한 저안이며
누년고생 허사현들 옛글에도 하여스대 함지사지 하온후에 필유생도 한다더니
이를두고 이름이라 철업는 아해들아 이내말 자시들어보라 없는사람 천대말고
있는사람 후새마라 없다고 맹없스며 있다맹 잘살가 부듸부듸 명심하여
봉심경계 하여시라 어여뿔사 자여들은 부창부수 덕을딱아 일가친척 돈목하고
인리을 경대하라 세대로 교도하여 명심불망 하여서라 남보기는 이우는준
내하기는 어려워라 신두에 서린말씀 일필로 난기로다 단문졸필 거듭잡아
두어 줄 기록하노라

경진 칠월 염육일 권증조 서

10. 니시회심곡

조춘호 소장

[해제] 이 가사는 국문 가사로 노탄가와 함께 필사되어 있다. 자료 형태는 30×770.5cm 규격의 두루마리이며, 2행 4음보 형태의 필사본이다. 원작자는 미상이나 창작연대는 미상이다.

동샨의 소신달은 눌을[313]위ᄒᆡ 발갓스며[314]
셔샨의 지ᄂᆞᆫᄒᆡ은 무샨길리 밧부든고
쇠지안코 도ᄂᆞᆫ지구 유슈로다 쥬마광음
가ᄂᆞᆫ셰월 뉘ᄌᆞᆸ을랴 어젯날 ᄒᆡᆼ화아참
오날리야 녹음방초 경ᄀᆡ도 화챵하고
일기도 온화ᄒᆞ다 당젼의 온갖화초
화녑이 무셩ᄒᆞ다 화려할ᄉᆞ 목단화난
화즁군ᄌᆞ 안이른가 아리다온 옥ᄆᆡ화ᄂᆞᆫ
여즁미인 네로구나 ᄌᆞ영화 ᄉᆞ구나ᄂᆞᆫ
향기롭고 아랍답다 우리존구 계실젹의
져ᄭᅩᆺ흘 사랑ᄒᆞᄉᆞ 화계슝샹 하여노코
불항열 무릅사고 포기마다 풀을ᄲᅩᆸ고
가지마다 손을쥬어 고용시겨[315] 물을쥬고
시름렵 소견하ᄉᆞ 소일차로 보시든니
만화방창 하근마는 이득막ᄆᆡ 하오신고
가지마다 샹〃봉졉[316] 경치도 그이ᄒᆞ다
슬푸다 인ᄉᆡᆼ이야 노소간 무션길리
한변앗ᄎᆞ 쥭어지면 다시올쥴 모라신고
쳐〃마다 회포로다 다사하든 ᄂᆡ일신이
한가함도 그지업다 년쥭을 버슬숨고
고ᄃᆡ광술 너른방의 구무쥭힌 ᄇᆡ암갓치
ᄉᆡ위좀을 ᄲᅳᆫ을바다 누어시락 안ᄌᆞ시락
고금녁ᄉᆞ 샹〃ᄒᆞ니 젼ᄉᆡᆼ인가 ᄎᆞᄉᆡᆼ인가
ᄭᅮᆷ이라도 흉몽일ᄉᆡ 나난본ᄃᆡ 션아로셔
샹제으게 득죄ᄒᆞ고 젹강인간 하올젹의
예안ᄶᅡ게 남촌의 동방부자 휘계션조
계〃승〃뒤를이어 참판〃셔 증조부님
명문화별 의를ᄒᆞᄉᆞ 우리형뎨
시렴업시 ᄌᆞ라든이 슈ᄇᆡᆨ이밧 낙〃원지
기발무러 더진다시 이몸이 여기왓나

---

313 눌을: 누구를
314 발갓스며: 밝았으며
315 고용시겨: 고용(雇用)시켜
316 봉접: 봉접(蜂蝶), 벌과 나비를 아우르는 말

ᄉᆡ집ᄉᆞ리 왓다ᄒᆞ니 가장업ᄂᆞᆫ ᄉᆡ집이요 귀향ᄉᆞ리 왓다ᄒᆞᆫ들 죄명업ᄂᆞᆫ귀향이라
ᄉᆞ무친 고독단신 이ᄂᆡ길리 어인길고 부츙산 엄ᄌᆞ릉이 간의ᄃᆡ부 마다ᄒᆞ고
칠이탄의 도라든가 ᄇᆡᆨ이슉제 절ᄀᆡ로셔 슈양산을 차ᄌᆞ왓나 굴삼녀의 츙절노셔
명나슈을 차자왓나 이ᄐᆡᄇᆡᆨ의 문장으로 강남풍월 ᄎᆞᄌᆞ왓나 왕상의 효심으로
빙상구어 ᄒᆞ로[317]왓나 ᄌᆞ롱의 효심으로 ᄇᆡᆨ이부미 하로왓나 아이로ᄉᆡ〃
그런그이 안니로ᄉᆡ 무쳐무당 ᄂᆡ일신이 ᄌᆡ악이 심즁ᄒᆞ여 삼세예 엄훈일코
ᄌᆞ모에 약한마음 우리형뎨 기루실젹[318] 타이십자 부려할가 파려한가 만져보고
다칠셰라 조심ᄒᆞ여 파려한가 만져보고 다칠셰라 조심ᄒᆞ여 ᄋᆡ즁ᄒᆞ고 ᄉᆞ랑ᄒᆞᄉᆞ
ᄆᆡᆼ모지교 안이른가 효측은 다 못ᄒᆞ고 교휸도 만흘시고 효우지심 확즁ᄒᆞ고
일가친쳑 화목ᄒᆞ며 존비귀쳔[319] 물논ᄒᆞ고 션심쥬장 하라든이 곽박한 이셰상니
ᄂᆡ마음을 뉘가알고 ᄋᆡ지즁 길너ᄂᆡᄉᆞ 이츨당년 우리ᄇᆡᆨ시 군ᄌᆞ호구 짝이도여
봉화군 츈양면ᄋᆡ 부귀겸젼[320] 슈복가ᄋᆡ 오복겸젼 누리시고 경ᄌᆞ년 샹원가졀
이ᄂᆡ몸이 십육ᄉᆡ라 명문화별 가려ᄂᆡ이 션샨ᄒᆡ평 화려강샨 삼한갑족 젼쥬ᄎᆡ시
인ᄌᆡ션싱 후예로셔 셩덕녀쳔 우리구고 ᄐᆡ샨갓치 놉흔은턱 가리고 쏘가리여
쏙ᄌᆞ부가 ᄃᆡ녀셔라 쌋듯하신 ᄌᆞ모압흘 슬흔다시 물너셔〃 ᄉᆡ덕ᄉᆞᆯ리 ᄒᆞ여보니
션덕구고 ᄉᆡ덕이ᄂᆞ 조심이야 업슬손가 동〃촉〃공경이요 혼졍신셩 ᄊᆡ를마ᄌᆞ
오ᄂᆞᆫ잠을 어니ᄌᆞ며 활발우삼 다우셜가 봉제ᄉᆞ 젹빈ᄀᆡᆨ의 손님이 다사ᄒᆞ니
사량은 깁흐시ᄂᆞ 일신이 야박ᄒᆞ고 셔이ᄒᆞ기 그지업ᄂᆡ 인물도 낫치셜고
방은도[321] 귀가션이[322] 산쳔도 ᄂᆡ가아ᄂᆞ 아ᄂᆞᆫ사람 뉘이술랴 십삼셰 어린양반
부모안젼 응셕ᄒᆞ고 어리셕기 그지업셔 동셔분간 엇지아리 돌시가 못ᄃᆡ녀셔
화젼츈화 피엿고ᄂᆞ 가운도 비ᄉᆡᆨᄒᆞ고 ᄃᆡ신면 ᄭᅳ분이라 원통키도 화업고
분하기도 층양업다 슌님군의 어진과 ᄌᆡ화겸젼 군자기틀 인〃마다 증도ᄒᆞ니

---

317 ᄒᆞ로: 하러
318 기루실젹: 기르실 때
319 존비귀쳔: 존비귀천(尊卑貴賤), 사회적 지위나 신분의 높음과 낮음 또는 귀함과 천함
320 겸젼: 겸전(兼全), 여러 가지를 완전하게 갖춤
321 방은도: 방언도
322 귀가션이: 귀가 서니

부모님ᄂᆡ 기ᄃᆡ함은 사십의 어든독ᄌᆞ
불효막ᄃᆡ 어인일고 복이과ᄒᆡ ᄌᆡ알던가
녁이지통 ᄉᆡ롭드라 오월비샹 이ᄂᆡ신세
모질기가 명호갓ᄒᆡ 굴머바도[323] 안이죽고
곱고도 사랑튼이 일장츈몽 ᄭᅮᆷ을ᄭᆡᆺ다
외로하고 보호ᄒᆞ여 오며가며 셰월라
임슐년 츈삼월ᄋᆡ 여앙이 미진ᄒᆞ고
삼한쳔지 ᄉᆞ흘손가 아모리 호곡한들
어ᄂᆞᆫ곳의 어들손고 ᄋᆡ잔한 나의몸을
날바리고 가신ᄌᆞ모 날를두고 가신존부
손잡고 눈못감고 종쳔지통[324] 슬푼눈물
임종ᄉᆡ탕 못한녀한 골슈의도 한이라
엇지이리 막ᄆᆡᄒᆞ고 츈초ᄂᆞᆫ년〃 녹이ᄃᆡ
소식좃ᄎᆞᆫ 막연ᄒᆞ다 슬푸고도 그리워라
우리부모 찻고져라[325] 낙〃장송 바람도야
부려가셔 만나볼가 츈하츄동 ᄉᆞ시절의
셔신좃차 ᄭᅳᆫ헛고나
우리모녀 만낫든이 만단소희 다못ᄒᆞ고
그리워라 나의모야 셩덕도 남다러고
조비풍편 아득ᄒᆞ고 ᄉᆞ싱고락 안이뭇다
몽즁인들 어이아리 죄송함도 그지업ᄂᆡ
남산하슈 헌축든이 경오년 하육월의
어ᄂᆞᆫ곳ᄌᆡ ᄆᆡ셔볼고 팔슌당년 력ᄉᆞ샹의
오복겸젼 바라시ᄂᆞ 쳔명이 그ᄲᅮᆫ인가
풍전낙화 원통ᄒᆞ다 ᄇᆡᆨ슈존안 구고님ᄂᆡ
긋ᄊᆡ네 쥭어시며 동사동혈 하올거ᄉᆞᆯ
굿차투싱 비분ᄒᆞ다 녹의홍상 년지분이
친가로 편모어지 구가로 양친은턱
지각업ᄂᆞᆫ 어린마음 을묘년 동지월과
죄악의 십즁ᄒᆞ여 호쳔망극 연모지통
ᄯᅡ라갈슈 젼혀업다 삼신산불 사약을
못이져도 하시든이 어ᄂᆞᆫ곳의 부탁ᄒᆞ고
눈을어이 ᄡᅡᆷ으시리 존고ᄉᆡ종 종쳔영결
미ᄉᆞ젼의 잇칠손가 타별솟쳐 우리모녀
평일의 ᄒᆞ신말ᄉᆞᆷ 다려가마 하시든이
오아손은 리불귀라 유명길리 달나신이
구원야ᄃᆡ 년화봉ᄋᆡ
황쳔길을 차ᄌᆞ갈가 벽사창친 셰우도야
편지로나 반겻던이 십년이다 가도록 셰
날을어이 이지신고[326] 한단침상 ᄭᅮᆷ을비려
막〃한계 명셩의 ᄊᆡ엿고나 허ᄉᆡ로다
자ᄋᆡ도 유명튼니 구쳔야ᄃᆡ 어ᄃᆡ기로
션친의 존안셩음 기력을 ᄎᆡ못ᄒᆞ니
존구ᄉᆡ하 ᄒᆡ은턱 ᄇᆡᆨ년을 의망ᄒᆞ고
호쳔망극 ᄯᅩ당힛ᄂᆡ 셩덕녀쳔 ᄌᆞᄋᆡ효심
한심하고 가이업ᄂᆡ 분벽사창[327] 녀기두고

---

323 굴머바도: 굶어 봐도
324 종천지통: 종천지통(終天之痛), 이 세상에서 더할 수 없이 큰 슬픔
325 찻고져라: 찾고 싶어라
326 이지신고: 잊으신고
327 분벽사창: 粉壁紗窓, 하얗게 꾸민 벽과 비단으로 바른 창이라는 뜻으로, 여자가 거처하며 아름답

청산송쥬 집이신가 심〃ᄒᆞ며 친구손님　　시쥬풍월 어ᄌᆡ른이 젹막공산 왼일인고
좌와침슬 이구ᄒᆞ나 항탁소장 가이업ᄂᆡ　　ᄇᆡ로년젹 쳥여장과 의관문물 버린그시
슈텩이 반〃ᄒᆞ다 존안을 ᄇᆡᄋᆞᆸ난듯　　하교를 듯잡ᄂᆞᆫ ᄃᆞᆺ 심신이 슉년ᄒᆞ다
삼도로 헛친싀ᄆᆡ 구고님ᄂᆡ 잣취신가　　ᄋᆡ들할ᄉᆞ 녀ᄌᆞ유ᄒᆡᆼ[328] 우리더욱 원통ᄒᆞ오
일낫샹쥬 어ᄃᆡ가고 삼년집샹 안이ᄒᆞ고　　승중샹니 얼〃ᄒᆞ다 효우범졀 기ᄃᆡᄒᆞᄉᆞ
귀즁키도 아시든이 불효막ᄃᆡ 이럿한고　　북망산이 어ᄃᆡ민고 ᄂᆡ외분부 ᄌᆞ분이
년화ᄃᆡ 샹〃봉의 경궁욱누 느린곳의　　반가이 환녕ᄒᆞᄉᆞ 나도함기[329] 다려가소
원슈로다 경오년야 분하도다 천야귀야　　ᄂᆡ심경 이러마ᄉᆞ 슈즁보화 ᄂᆡ구ᄉᆞᆯ이
슈명장슈 ᄒᆞ엿든들 만분ᄃᆡ로 될터인ᄃᆡ　　조물리 시기ᄒᆞ여 등화봉졉 앗가올ᄉᆞ
다셕고 나문간장 셜샹의 가샹이라　　용호기상 옥부방신 안하[330]의 삼〃ᄒᆞ고
작〃도화 반화발은 너에소안 방불ᄒᆞ다　　동지셧달 셜한풍은 ᄂᆡ심회을 독ᄂᆞᆫ짝가
청샨의 복골ᄉᆡ은 ᄂᆡ회도을 돕ᄂᆞᆫ 쪽가　　우심치고 ᄂᆡ달르며 어졍〃쮸젹거람
눈에ᄉᆞᆨ〃보고져라 화조월셕[331] 경명세애　　광풍세우 방울〃ᄂᆡ심회가 ᄭᅳᆫ쳐진다
가고져라〃구원션경 갈쳐나　　덧쥴갓한 구든명과 쇠줄갓치 모진목ᄉᆞᆷ
ᄭᅳᆺ칠나리 언졔른고 가소롭다 인ᄉᆡᆼ백연　　풀ᄭᅳᆺ해 이슬리요 바람ᄭᅳᆺᄒᆡ 구름이라
완독한 이ᄂᆡ명도 반구십이 너머ᄉᆞᆺ나　　오십쥬리 ᄃᆡ엿시니 여연니 부다하며
복역욱쳔 곽분양도　　ᄉᆞ후뜻글 일반이오 진시황 한무졔도
반고긔부 셕숭[332]이도 진토여합 ᄃᆡ엿스시니
하물며 빈ᄉᆡᆼ이야 장ᄉᆡᆼ불ᄉᆞ 하올손가　　아무려나 마음붓쳐 효ᄌᆞ현부 지극봉양
여금여효 손나낙긔 금지옥엽 안니련가　　ᄌᆞ고ᄉᆡ면 나난사량 금ᄉᆡᆼ여슈 네가난나
옥츌곤강 네로구나 슈복부귀 오복겸젼　　어허둥〃ᄂᆡ사량아 혹운의 ᄌᆞᆷ긴심신

게 꾸민 방을 이르는 말
328 유ᄒᆡᆼ: 유행(有行), 행실
329 함기: 함께
330 안하: 眼下, 눈 아래
331 화조월셕: 화조월석(花朝月夕), 꽃 피는 아침과 달 밝은 밤이라는 뜻으로, 경치가 좋은 시절을 이르는 말
332 셕숭: 석숭(石崇, 249~300). 중국 서진(西晉)의 부호. 형주(荊州) 자사(刺史)를 지냈고, 항해와 무역으로 거부가 되었다.

너우삼의 다풀인다 나도〃이럴망정 어ᄌᆞ의 졍쥬군ᄌᆞ 현부ᄂᆞᆫ 영오민쳡
효심은 완샹이오 풍신은 두목지라 동〃촉〃 너의ᄂᆡ외 슈복부귀 졈지ᄒᆞ어
문호창ᄃᆡ 훤혁ᄒᆞ며 억울한 여모지심 슈류운공[333] ᄒᆞ여셔라 군ᄌᆞ호구 너ᄒᆡᄂᆡ외
여릉녀호 포ᄌᆞ손을 이십팔슈 버린다시 ᄀᆡ〃쥬옥 거나리고 ᄇᆡᆨᄉᆞ쳔손 만ᄃᆡ유젼
열친영호 극진할젹 가이업산 양존부모 봉제ᄉᆞ나 ᄎᆞ슬ᄒᆡ나 난난후세 원졍하여
인간환싱 하올젹ᄋᆡ 차싱의 미진인연 ᄇᆡᆨ연동쥬 기약할ᄃᆡ ᄂᆡ몸이[334] 남아ᄃᆡ여
우리부모 귀동ᄌᆞ로 슈복부귀 졈지하여 차싱셩원 하오리나 쳥산귀로 하올젹ᄋᆡ
일낫샹쥬 효심으로 명산ᄃᆡ지 만흐나마 다란곳ᄃᆡ[335] 뭇지말고 동혈합장 졍케〃
소원을 잇지마라 일연일ᄎᆞ[336] 기일니며 춘츄셩묘 잇지말고 계〃승〃 ᄌᆞ손들이
파조경일 산ᄃᆡ로 분향ᄌᆡ비 하올젹ᄋᆡ 혼ᄇᆡᆨ이 명〃하면 반가이 즐기리라
심신이 둘곳업셔 힝셜슈셜 한두조ᄋᆡ 보시나이 웃지말고 능지소화 하여쥬소
이가사 지은이ᄌᆞ은 예안싸게 남촌ᄋᆡ 반셰도흔 즌셩니시 가문싼임을
ᄒᆡ평최시[337] 츌가하여 이십젼 일신맛고 쳔슈만한 푸려ᄂᆡ려 탄슈가로 지어시나
말〃이 유리격당모한지셜 인〃마다 한번식은 보암즉 하옵기로
인동덕 지악불문 흉필노셔 비우파급 무렵시고 일쟝등격
하여신가 보시ᄂᆞᆫ이 셜화로 보옵시고 기리등필 웃지말고 쳔만눌러 보옵시소
슬푸다 우신이야 무엇트로 ᄎᆞ싱녀금도여 나셔강보 유아ᄌᆞ아시로 혈〃리 ᄌᆞ라나셔
고법좃ᄎᆞ 셩인후로 여ᄌᆞ의 졍한쥬칙 일ᄉᆞ업도 젼혀업시 각식푸리 다못ᄒᆞ고
ᄊᆞᆺ〃ᄂᆡ로 외로온 이일신이 셰고디연 ᄒᆞ올ᄉᆞ축 흉즁의 미진[338]원한
쳡〃이셔리 담인놓고 타ᄂᆞᆫ촌〃간쟝 사ᄉᆡ경물 ᄌᆡᄃᆡᄂᆞᆫ쥴 어ᄂᆞᆫ부모 동의일편
심두걸여 ᄒᆞ리 헛부고 가소로다
ᄋᆡ잔한 이몸이야 뉘를ᄌᆞᆸ고 원망할것 무엇잇고

---

333 슈류운공: 수류운공(水流雲空), 흐르는 물과 하늘에 뜬 구름이라는 뜻으로, 지나간 일이 흔적 없이 사라져 허무함을 이르는 말
334 ᄂᆡ몸이: 이 몸이
335 다란곳ᄃᆡ: 다른 곳에
336 일연일차: 일 년에 한 번
337 히평최시: 해평 최씨
338 미진: 未盡, 다하지 못함

젼싱다죄 지은딗로 ᄎᆞ세녜 일〃셴〃 다싹고셔 지리완명 어셔 슷쳐 푸셰여금
다시바다 우리부모 귀독녀로 명문딗가 쳔연미ᄌᆞ 부귀겸젼 다ᄌᆞ녀의 빅년동낙
우름낙ᄉᆞ 화악ᄌᆞ미 셩덕녀쳔 존구고의 극진령효 ᄌᆞ츄하며 이몸응당 ᄌᆞ유권셰
빈부귀쳔 인졍간의 빅만쳐리 잘닥ᄊᆞ며 ᄌᆞ연이 최츌인명힝이 원근의 ᄌᆞ〃할지라
가련한 이몸이야 어셔밧비 인세녕별 ᄎᆞ싱의
미진포한 젼〃이셜 원셜치 다하기을 쥬야일념 소원이 그뿐이옵
경진 삼월 초십일 기록 맛쳐셔나 울〃복잡 심혼필죄 더욱 시기무막
심남시렵ᄉᆞ오이다

11. 답사친가

학봉종가 소장

[해제] 이 가사는 국문가사로 자료 형태는 397×24cm 규격의 두루마리이며, 단 · 행 · 음보 구분이 없는 형태의 필사본이다. 원작자와 필사자는 미상이나 '기유', '신히', '갑인' 등 필사시기를 추정할 만한 어휘가 나온다. 이 가사의 '삼쳘리 져강순이 타국압제 되엇고나'에서 '기유년'은 1909년으로 추정할 수 있으며 이에 따르면 '신히년'은 1911년이며 이 가사를 쓴 해이자 할머니의 환갑년인 '갑인년'은 1914년이 된다.
할머니의 편지를 받고 기뻐하며 부모에 대한 그리움을 표현한 가사이다.

어와 반가울사 셔간음신[339] 반가울ᄉᆞ　　신기하고 황홀하다 우리왕모 하출[340]이야
쳔강이냐 지출이냐 진몽이냐 취몽이냐　　장즁호졉 와년하니 어나꿈이 정꿈인고
한당[341]침생 빈굼인가 남양초녀 졍꿈인가　　남ᄒᆡ생에 청조셩야 북ᄒᆡ생녀 안ᄎᆞᆫ인들
이에셔 더할소냐 쌍수에 놉히들고　　여읍부터 하여져라 차신이 싱출시로
부모존당 사랑ᄌᆞᄋᆡ 장즁에 보옥으로　　ᄋᆡ지듕지 양휵조은 원별[342]한지 언마년고
어언간 육년츈광 말니이역 에천ᄋᆡ를 참망ᄒᆞ미
요ᄉᆞᆫ에 넉슬술고 초슈에 눈물보터　　빅회가 교접하고 만각의 시름ᄌᆞ아
약하고 어린간장 부지하기 어렵도다　　오홉다 ᄎᆞ셰월은 천운이 진함이냐
국운이 단함이냐 흥망이 무슈하니　　인력으로 엇지하랴 국파군망 이원일고
신민에 알미지통 일월이 무광ᄒᆞ다　　추로동방 군ᄌᆞ국이 호듕천지[343] 되단말가
오쳔만년 우리나라 억만셰지 장츈으로　　요슌갓흔 어진임군 계〃승〃 나실적에

---

339 음신: 音信, 먼 곳에서 전하는 소식이나 편지
340 하출: 하찰(下札), 하서. 주로 편지 글에서, 웃어른이 주신 글월을 높여 이르는 말
341 한당: 한단(漢緞), 중국에서 나는 비단의 하나
342 원별: 遠別, 서로 멀리 헤어짐
343 호듕천지: 호중천지(壺中天地), 항아리 속에 있는 신기한 세상이라는 뜻으로, 별천지·별세계·선경(僊境) 따위를 이르는 말

여일지승 여월지항 여튝포위 하시기을　취악갓치 미덧더니 이관문물 예이지풍
슈샹부평 되어잇고 삼철리 져강ᄉᆞᆫ이　타국압졔 되엇고나 차희라 경향갑족[344]
우리명문 고젹쳥심 우리왕부 학힝도덕　ᄋᆡ국셩심 업슬손가 기유년 동십월의
낙미지ᄋᆡᆨ[345] 당ᄒᆞ시고 누옥고초 지나시니　ᄃᆡ장부에 츙분으로 강려지심 츔을런가
듯기슬코 보기실타 월극결심 돈졍ᄒᆞ니　이친쳑 기분포에 감구지회[346] 슬푸도다
졍금미옥 굿은마음 파에하기 쇠울소냐　촌〃에 힝쟝차려 수백년 전ᄐᆡ졔턱
임자업시 다던지고 고국산쳔 하즉ᄒᆞ니　속졀업ᄂᆞᆫ 이별이야 이길이 무ᄉᆞᆫ길고
여취여광 이ᄂᆡ심회 눈물이 하즉이라　쳥쳔ᄇᆡᆨ일 발은날이 뇌셩벽력 나리ᄂᆞᆫ ᄃᆞᆺ
만슈산 원함졍은 이별시가 아니련가　화ᄉᆞᆫ남ᄉᆞᆫ 셔리안ᄀᆡ 송별한을 먹음인ᄃᆞᆺ
쳥범에 ᄆᆡ친이슬 ᄂᆡ눈물 쁘리난ᄃᆞᆺ　하ᄒᆡ갓한 부모은혜 날은떳쳐 엇지가리
이니별 왼이니고 동남동녀 아니시니　져ᄒᆡᆼᄎᆞ 무ᄉᆞᆫ일고 동졍호 발은달이
방ᄉᆞ신에 따라가오 소샹강 굿은비에　악양누 ᄎᆞᄌᆞ시고 아니로다 이ᄒᆡᆼᄎᆞᄂᆞᆫ
상군조샹 아시ᄂᆞᆫ가 슈양ᄉᆞᆫ ᄎᆡ마가를　기산영슈 귀씨슴과 삼각ᄉᆞᆫ아 다시보ᄌᆞ
우리조부 효측하여 일월도 무광ᄒᆞ고　망궐사ᄇᆡ 통곡ᄒᆞ니 슬푸다 차신[347]이야
산쳔도 감동하여 고원을 창망ᄒᆞ여　속졀업시 물어안ᄌᆞ 기약업ᄂᆞᆫ 원별이라
셕ᄉᆞ을 츄렴하니 ᄃᆡ절을 졍슈ᄒᆞ니　우리왕부 고졀쳥힝 이졍이 참샹ᄒᆞ니
사정을 유련ᄒᆞ랴 ᄋᆡ지즁지 부모ᄌᆞᄋᆡ　회포가 만단이라 고아복아 길으오셔
삼오이팔 계요[348]되니 명문귀가 턱졍하니　군ᄌᆞ호귀 작을지워 만복지원 보ᄂᆡᆺ스니
셩현의 유훈이라 여필종부 삼종지에　ᄂᆡ엇지 면하리요 친구가 왕ᄅᆡ하여
ᄇᆡᆨ년갓치 아랏더니 훤초향기 밧즙기를　신ᄒᆡ년 츈졍월에 난ᄃᆡ업ᄉᆞᆫ 이작별이
여류광음 이셰식이 ᄉᆡᆼ이사별 될ᄃᆞᆺ하여　슈진하여 춘거츄ᄅᆡ 경물이 교환ᄒᆞ니
층가ᄇᆡ승 ᄒᆞᄂᆞᆫ구나 말리에 이향회포　보고져라〃〃〃〃 조상부모 보고져라
부모좌측 가고져라 말리장쳔 명월되여　낙〃쟝송 바람되여 붓쳐가셔 보고져라

---

344 갑족: 甲族, 가문이나 문벌이 가장 훌륭한 집안
345 낙미지익: 낙미지액(落眉之阨), 눈앞에 닥친 재앙
346 감구지회: 감구지회(感舊之懷), 지난 일을 떠올리며 느끼는 회포
347 차신: 此身, 이 몸
348 계요: 겨우

벽사창젼 셰우에 한강슈 압록강에
츄풍츄우 몃〃절의 슈유불리[349] 부모좌측
소식조ᄎᆞ 돈절ᄒᆞ니 청산은 몃겹이며
그리움을 견딜소냐 풍운이 흣쳐져도[350]
아심을 곤치겻나 눈물노 더난훤당[351]
이형이 슈고하다 모질고 단〃하기
단〃하기 날갓흐랴 마음을 다시ᄌᆞ바
츄로져향 셩덕가에 위자손셰 널리고져
영화길챵 복을빌고 사문에 쳥ᄆᆡᆨ으로
깁흔경계 귀에익고 놉흔칙명 와련ᄒᆞ니
사친경쟝 힘쓰리라 안심하여 지낫더니
만츈이 도라와셔 녹음방초 승화시에
가지〃〃츔을츄고 송이〃〃나북기여[353]
츄셩이 은〃하고 낙엽이 분ᄎᆞᆫ[354]할졔
어안이 돈졀[355]하다 그리워라 부모조샹
음용이 으히ᄒᆞ다 하일하시 호시ᄃᆡ에
쌍〃이 모여안ᄌᆞ 훤초[356]향기 밧ᄌᆞ올고
쳔슈만한 이ᄂᆡ회포 몽혼에나 가고져라
지졍친쳑 다가면셔 나ᄂᆞᆫ엇지 못가ᄂᆞᆫ고
ᄂᆡ모양을 오식단쳥 짓겨그려

망〃즁유 창ᄎᆞ되여 흘러가셔 보고져라
언제한번 쏘즐기랴 만슈쳥산 멀고먼ᄃᆡ
녹슈난 몃구비냐 철셕간장 아니어든
모일ᄃᆡ가 잇나이라 쳥ᄉᆞ만ᄉᆞ 억졔ᄒᆞ나
우슴으로 반기고져 종일종야[352] 슈회ᄒᆞ고
우쥬간에 쏘잇난가 심〃ᄉᆞᆫ촌 방위들도
여힝을 착염코져 우리부모 문명하ᄉᆞ
혼미자약 불초여을 위람하게 탁신하여
욕급조션 부ᄃᆡ말라 지원혈축 호ᄋᆞᆸ시니
사친회포 멀리하고 효봉구고 승슌군ᄌᆞ
이ᄃᆡ가 어나ᄃᆡ냐 삼츈이 다진하고
화계상에 목단화왕 츈풍을 못이셔
우리슉ᄃᆡᆯ 부모안젼 응석하여 즐겻더니
아심을 둘ᄃᆡ업셔 쳔ᄋᆡ을 상망ᄒᆞ니
보고져라 우리고모 인봉명쥬 넷남ᄆᆡ가
기력이 쥬을이어 쳥냥에 노름으로
ᄌᆞ손지명 다가며셔 나ᄂᆞᆫ엇지 못가ᄂᆞᆫ고
인아쳑당 다가면셔 나ᄂᆞᆫ엇지 못가ᄂᆞᆫ고
일폭화도 만드러셔 부모좌젼[357] 보ᄂᆡ고져
바람에의 붓치고져 인ᄉᆡᆼ쳔지 만물즁에

---

349 수유불리: 잠시도 떨어지지 않는 것
350 흣쳐져도: 흩어져도
351 훤당: 萱堂, 자당
352 종야: 終夜, 하룻밤 동안 또는 밤이 새도록
353 나북기여: 나부끼어
354 분촌: 분찬(奔竄). '바삐 달아나 숨음'이란 뜻으로 여기서는 낙엽이 빨리 떨어진다는 것을 표현한 것으로 보인다.
355 돈졀: 돈절(頓絶), 편지나 소식 따위가 딱 끊어짐
356 훤초: 萱艸, 원추리
357 좌젼: 좌전(座前), 좌하, 주로 편지글에서 받는 사람을 높여 그의 이름이나 호칭 아래 붙여 쓰는 말

친하고 가작ᄒᆞ니 모녀밧겨 쏘인나냐
다ᄉᆞ무가 하온듕에 불초여을 기렴하ᄉᆞ
삼종사덕 겸젼[359]하여 쳔셩자ᄋᆡ 유명하ᄉᆞ
소손을 ᄉᆡᆼ각하여 비회병츌 몃번인고
즐겁고 반가와라 ᄌᆡ작동 우리엄친
하날인가 땅인가 그ᄉᆞ이 이친[360]지졍
하ᄒᆡ렷흔 은ᄋᆡ바다 사오식 ᄒᆡ황듕에
아심이 취절일셰 하육월 념육일은
ᄀᆡᄉᆞᆫᄃᆡ졀 놉흐시나 시졀형편 무칙ᄒᆞ고
막ᄃᆡ한 부ᄌᆞ지졍 참아잇기 어려워서
속절업시 물러안ᄌᆞ 하염업시 통곡ᄒᆞ니
우리존구 ᄐᆡ산셩덕 허물을 용셔하ᄉᆞ
오냐〃〃 나도간다 네아모리 연미ᄒᆞ나
일월졍츙 우리션조 문츙공에 후손으로
영무지ᄉᆡ 업샷스니 보국안민 가망업고
조〃에 삼십육계 듀위상칙 안니련가
피난길로 가ᄂᆞ이라 학교명〃 귀에익고
기한을 염려하ᄉᆞ 포복[363]하게 먹이시고
존젼취 졸려하여 틈〃이 권유하ᄉᆞ
슉젼당ᄂᆡ ᄃᆡ소ᄐᆡᆨ에 심은셩덕 드리우ᄉᆞ
일신이 반셕이요 친서로 젹덕여셩
셰간만ᄉᆞ 위회되고 쥬율화당 금니옥식

유한졍〃 우리자당 봉천지도 골물하여
몃번이나 늣기신고[358] 여듕요슌 우리왕모
쳔운에 자별지ᄋᆡ 강슉모 귀령마담
광음이 유슈갓ᄒᆡ 다삿가을 되엿도다
귀국향ᄉᆞᆫ 하셧고나 황홀하고 신기ᄒᆞ다
한말ᄉᆞᆷ 못엿쥬고 ᄐᆡᄉᆞᆫ여약 자ᄋᆡ밧고
날가ᄂᆞᆫ듈 몰낫더니 ᄉᆡ로운 이별이냐
부녀상별 되어가나 ᄋᆡ국졍츙 우리야〃
향ᄉᆞᆫ고국 ᄉᆞᆯ펴보아 ᄉᆡ로이 슈참하고[361]
쳑년감샹 존안이야 슬프고 통곡이야
젼후를 불고ᄒᆞ고 쳬면을 일엇더니
놉고깁히 훈계하ᄃᆡ 우지말고 밥먹어라
부모사쳬 아려마ᄂᆞᆫ ᄃᆡ강혜어 ᄉᆡᆼ각하라
셰〃상젼 국록지신[362] 통곡사상 이셰월에
보고듯ᄂᆞᆫ 촉경마담 졀치부심 하여셔라
삼년종뎨 ᄒᆡᆼ샹후ᄂᆞᆫ 가ᄂᆞᆫ이라 가ᄂᆞᆫ이라
우리존고 양친혜턱 슬하에 어룹쓰러
훈ᄉᆡᆼ하게 입피시며 유랑에 유신지풍
안항금장 지극셩우 지공우익 겸하엿고
부모젼별 일가지졍 각별편ᄋᆡ 하오시니
미신에 과분하여 쳔셩인아 하오시니
일무홈세 되올지라 효셩[364]창월[365] 비친ᄃᆡ와

---

358 늣기시고: 느끼시고
359 겸젼: 겸전(兼全), 여러 가지를 완전하게 갖춤
360 이친: 잊힌
361 슈참하고: 수참(愁慘)하고, 을씨년스럽고 구슬프고, 또는 몹시 비참하고
362 국록지신: 國祿之臣, 나라에서 주는 녹봉을 받는 신하
363 포복: 飽腹, 음식을 많이 먹어 배가 부름
364 효셩: 효성(曉星), 샛별

조〃모〃시〃마담 일편단심 북당훤당
즐거운듯 ᄋᆞ들하다 쥬〃단랴 젼〃불ᄆᆡ
셔속[367]갈고 감ᄌᆞ슝거 남ᄉᆞᆫ갓치 떡을하고
우리야〃남ᄆᆡ분이 두쌍으로 헌작할젹
남산의 슈을빌고 셕슌의 복을비러
여릉여호 나에졔남 손쏩아 날은혀니
그립고 보고져라 산두기ᄃᆡ 져계이셔
사직도보 부ᄃᆡ하여 츌장입상 착념하여
명슈죽ᄇᆡᆨ 하오리라 ᄆᆡ사의 소원셩취하여
다그릴슈 잇겻는가 북망쳔호 만호하니
초곤후길 상ᄉᆞ로다 쥬문왕의 유리지ᄋᆡᆨ
공부ᄌᆞ리니 양호지ᄋᆡᆨ 쳘화쳔 하셧스니
우리고국 복국하ᄉᆞ 셰화셰풍 하옵시기

금년갑인 츈삼월은 우리왕모 갑일[366]일셰
나ᄂᆞᆫ엇지 불참인고 소ᄉᆞᆫᄃᆡ로 농ᄉᆞ하여
한강쳬로 슐빗쳐 삼각ᄉᆞᆫ을 디와노코
노ᄅᆡᄌᆞ의 밧난이가 츈풍에 나북기려
만당열좌 졔아들은 호기발월 츔츄난가
방년이 구세로다 슌슈비범 걸특ᄌᆞᆨ인
경윤ᄃᆡ제 품엇스니 보국안민 셜치하고
화형인각 하여셔라 조션을 현달하고
열친쳑지 졍화하라 회포가 만단이라
상쳔이 유감하ᄉᆞ ᄌᆞ고역ᄃᆡ 셩졔명왕
팔ᄇᆡᆨ년 향국지신 유명만셰 하오시고
셩샹이 슈고하ᄉᆞ 요쳔일월 되옵소셔
조물쥬계 비나이다

365 창월: 暢月, 음력 동짓달
366 갑일: 甲日, 환갑날
367 셔속: 서숙, '조'의 방언

12. 두견 답화가

금요고서방 소장

[해제] 두견 답화가는 가사와 편지, 제문 등 여러 작품이 수록된 한 권의 전적에 실린 국문가사이다. 자료의 형태는 32×26.5cm의 규격이며 단·행·음보의 구분이 없는 줄글 형태의 필사본이다.

처랑ᄒᆞᆫ 저두견아 너의원ᄒᆞᆫ 그려ᄒᆞᄂᆞ　이ᄂᆡ정ᄉᆞ 드려볼가 ᄋᆡᄂᆡ몸도 그른이라
못처모산 ᄉᆞ부가의 ᄉᆞ남일여 긔ᄒᆞᆫ몸이　부모은득 후의바다 여슈곤강 금옥인가
동의등ᄉᆞᆫ 일월인가 고인〃갈여ᄂᆡ면　육세의 어문뵈와 송여방으 여후ᄉᆞ와
위견후이 여빅사을 미리아라 뵈와두고　십오세의 당도ᄒᆞ니 고볍을 외진ᄒᆞ야
명문가의 츌가ᄒᆞ야 ᄃᆡᄌᆞ우긔 가난날의　우리부모 훈기ᄒᆞᄉᆞ 말숨창〃긔소녀이게
애ᄉᆞ남일여 너을길느 ᄌᆞ손보옥이요 가ᄂᆡ덕　기화로ᄃᆞ 의지즁지 길너ᄂᆡ여 잇ᄉᆞ남의
볍을ᄎᆞᄌᆞ ᄉᆞ방의 구혼ᄒᆞ여 턱서고망　ᄒᆞ엿쓴이 소망은 고ᄉᆞᄒᆞ고 명문거조
만ᄂᆞ시이 ᄂᆡ부모 소원이라 여지여가ᄒᆞ여　필경필긔ᄒᆞ니 부외부ᄌᆞᄒᆞ라
긔오명이〃던 단슈ᄒᆞ고　좌우의 옹ᄒᆞ야 적구소윤ᄒᆞ야 문의복ᄒᆞ고
혼정이 싱성ᄒᆞ고 등은이 ᄒᆞ정ᄒᆞ며　동〃족〃ᄒᆞ며 전〃긍〃ᄒᆞ야
숩일입츈 ᄒᆞ야 시슈즉긕항 하면
미야고 식성ᄒᆞ야 성경소창ᄒᆞ라 호복구곡ᄒᆞ고
봉성군ᄌᆞᄒᆞ여 형우제공ᄒᆞ면 노복을 업화ᄒᆞ여
호여호속 만뒤고 ᄉᆞ력을 일치마라　그지경지 ᄒᆞ압든이 불효ᄒᆞᆫ 이여식은
부모훈기 이질서라 시ᄉᆞᆼ의 빅헛써니　시운이 불칙ᄒᆞ고 명도닷 천ᄒᆞ야
무기ᄒᆞᆫ ᄌᆞ문연의 친지양당 부모님이　일초의 구몰ᄒᆞ고 가씨쏘ᄒᆞᆫ 원ᄒᆞᆫᄒᆞ야
싱화리 불로ᄒᆞᆫ즁 가운이 공츰ᄒᆞ고　조물리 씨기ᄒᆞ야 호ᄉᆞ가 다맛ᄃᆡ니
소천도 문어진듯 인일고륙도 못밋츌ᄂᆡ　무슈거지 경지ᄒᆞ야 ᄉᆞᆼ의가기 궁ᄒᆞᆫ즁

천운이 불길ᄒᆞᆫ가 ᄉᆞ세ᄌᆡ 여ᄌᆞ〃로 둘기ᄉᆞ몰 ᄉᆞ모슈ᄒᆞᆫ즁 부역은 ᄒᆞᆫ식이요
방안은 설굴리라 북ᄒᆡᄉᆞᆫ의 소무본을 간절이 잇근만은 인면이 ᄌᆡ천이라
ᄎᆞ절ᄉᆞ 못ᄒᆞᆯᄉᆡ 쥬ᄉᆞᆫ야턱 청ᄉᆞ만연 젼정은 말리갓고 울적ᄒᆞᆫ 단심으로
속마른 도신세라 홀두서광 나선거람 쥭ᄎᆞᆼ민혀 나설진씨 외부모훈기 ᄉᆡᆼ각ᄒᆞ며
토혈ᄌᆞᆼ탄 밋변인고 ᄎᆞ회라 ᄂᆡᄋᆡ힝식 강호ᄋᆡ 왕ᄇᆡᆨ도라서라 못평ᄒᆞᆫ 니ᄂᆡ몸이
ᄉᆞ츙의 드르와서 씅당을 ᄎᆞᆫ난길ᄋᆡ 네우람 맛참쯧고 심회가 요동ᄒᆞ여
듸강정ᄉᆞ 무려보니 너와나와 소회동을 ᄉᆡ야〃 두견ᄉᆡ야 불연긔 씔ᄃᆡ잇ᄂᆞ
늬가간들 무엇ᄒᆞ노 부러긔ᄅᆞ 우지말고 너와나와 동유ᄒᆞ야 이ᄉᆞᆫ즁의 두루안ᄌᆞ
연〃못츈 당ᄒᆞ그든 종〃담화 ᄒᆞ여볼가 두견ᄉᆡ ᄃᆡ답ᄒᆞ고 공ᄉᆞᆫ을 나라간늬
이가ᄉᆞ 드르보며 아무라도 보시ᄂᆞᆫ이 비스하ᄃᆡ 만ᄒᆞ실딧 어와세ᄉᆞᆼ 부인ᄂᆡ들
비스다이 마려소서 ᄉᆞ남팔ᄌᆞ 무서워라 일련몸도 이졀망정 친가의 ᄉᆡᆼ장ᄒᆞᆯᄃᆡ
여힝을 갓초ᄇᆡ와 ᄇᆡᆨ점ᄉᆞ의 당ᄒᆞᆫ여식 타인의 ᄇᆡ일넌가 만ᄉᆞ을 조심ᄒᆞ고
남녀칠세 부동식과 십세의 마시좀아 ᄌᆞ십조슌 익힐ᄊᆡᄋᆡ 니적편여 힝절과고
남의연치 문정ᄋᆡ로 ᄇᆡ와익혀 오복을
바ᄅᆡ든이 천〃도 무심ᄒᆞ고 시운도 불칙일즈의
이지경ᄋᆡ 부평동ᄇᆡ 되앗선이 뉘랄원망
ᄒᆞ단말고 석ᄉᆞ날 츈모ᄒᆞ면 비회가 고됨ᄒᆞ여
오ᄌᆞᆼ을 존당ᄒᆞᄂᆞ 철천지ᄋᆡ 둘ᄂᆡ원ᄒᆞ신 원이 모쳐로ᄃᆞ ᄌᆞ동즁 첨부인의
들광홍ᄒᆞ신 후득으로 빈연힝식보고 미소치
안이시고 이ᄃᆞ지 후ᄃᆡ ᄒᆞ압신이 감는무지ᄒᆞ여
이불ᄉᆞᆼᄒᆞᆫ 거설 원ᄒᆞ시긔로 노훈필흉지 ᄒᆞ오ᄂᆞ 눌너묵ᄉᆞᆼ ᄒᆞ압소서

13. 떠나간다

김윤규 소장

[해제] 남편의 상을 치른 뒤 친정으로 돌아간 며느리의 사연을 다룬 작품이다. 남편의 죽음 앞에서 통곡하는 시모와 며느리의 모습에서 시작되어, 평토제, 반혼제 등 장례 절차를 밟는 모습, 자신을 두고 먼저 떠난 남편에 대한 며느리의 한탄, 남편 없이 살아가는 고초가 자세히 전개되고, 후반부에는 그런 며느리가 안타까워 친정으로 떠나보내는 시어머니와 친정으로 돌아온 며느리를 따뜻하게 맞아주는 그녀의 동생과 아버지의 이야기가 펼쳐진다.

이야기의 서술방식으로는 소설류에 가까운 듯하고, 4 · 4조 율격을 충실히 지키려한다는 점에서 서사가사가 아닌가 하는 의구심도 들지만, 작품의 전체가 필사된 것이 아니라서 판단하기 어렵다.

(1행은 훼손으로 판독 불가)

상두근이 일시에 □을하고 집을 떠나간다　황부인 거동보소 사지를 괴여놓고
땅에틀컥 주자앉저 가슴치며 하는말이　긴신[368]도 야속하다 칠십평생 나를두고
꽃같은너를 잡아다가 어너대왕 바치려고
애고애고 답답하다 내신세야 죽지 못해 원수로다
가는너는 한명이 항천[369]으로 가거니와　꽃같은 너의안네 눈앞에 노는모양
눈으로 어이보리　첩첩이 싸인서책 누가내라서 다시보랴
양손으로 가슴치며 울음을 우니　춘앙자 옆에섰다가 줄줄이 흘은눈물
협숙숙 써서면서 시모보고 하는말이　어머님요 슬움마소 그모두고 가신사람
지척을 어이하며 애통한들 어이하오　만단설화[370] 웨로하며 한양산천 올라가서

368　긴신: '귀신'인 듯
369　항천: 황천(黃泉), 저승
370　만단설화: 萬端說話, 온갖 이야기

깊이파고 안장하니 이슬같은 우리인생 한번죽어 평토제[371]를 □□내는되
엇든육시 자포우에 차례로 차려놓고 □□제배 하여서니 유세차 모년모월모일
□□□□는 일백주와 포백주로 낭군님 봉분앞에 □□하고
하나님 복유줄명은 속속히 하감하옵소서 오호 통제라 세상에 나는사람
수호가 만큰만은 우리 낭군님이 반평생이 못되여서 황천길을 같다할가
애고애고 낭군님은 지하천지 들어가서 송죽을 울을삼고 두경[372]에 벗이되여
인생만사 이저서니 꽃같은 이내신세 무엇을 벗을삼고 누구를 벗을삼와
고생될일 이저볼가 연약하다 낭군님은
어제밤 방안사람 오늘밤 땅속사람이 되였구나
연약한 이내나를 백발모친 맛겨두고 무순볼일 그래밥아 황청으로 가셨는고
애고애고 시부모님 소대상[373]은 누를밋고 지내리요
봄은점점 너저오고 해는점점 길어온들 어느누가 농사할고 애통하고 우는소리
강산새가 슬어하며 우는새가 목이매고 피는꽃이 자저지내 청천에 외기러기
가는길을 머물치고 버들가지에 안진 꾀꼬리는
벗을불어 우는소리 참아엇지 들얼손가 무정한 낭군님은 열친구가 다와서대
일어날줄 모러신고 애고애고 낭군님아 대한천시 면면길에 돌아올길 긔약없어
나는지금 돌아가면 만한우리 시모주[374]가 주야로 우는모양 누라서 복양하며
독수공방 지낼이을 곰곰이 생각하니 □은마음 더욱설내 에고에고 내일이야
꽃가지에 두경새야 명월공산 어뒤두고 여기와서 설피우나 산도설고 물도 설은데
낭군바라 내왔더니 와던보람 전여업내 에고에고 내일이야 구름속에 달이높고
우물안에 고기로새 황천이 감동하며 청청백일 빗방울에 눈물이같이 뜰어지고
쌀쌀히 부는바람 한숨씩겨 불어오내 에고에고 낭군님아 오든길을 생각하니
눈물도 절로나고 살아갈일 생각하니 한숨이 절오나니 어너사람 팔자조아

371 평토제: 平土祭, 장례 의식에서 평토를 끝내고 나서 드리는 제사
372 두경: 두견(杜鵑)
373 소대상: 小大祥, 소상(小祥)과 대상(大祥)을 아울러 이르는 말
374 시모주: 媤母主, 시어머님

유실유가[375] 하는중에 아들놓고 딸을놓아　장내영화 보건만은 이내팔자 어이하여
열내살에 시집와서 열일곱에 상부하고　인간 무삼죄로 자식좇아 바이업고[376]
에고에고 내팔자야 귀신도 야속하다　가문도 불행하다 절발부부[377] 대올적에
백년해로 사자더니 팔자가 기박하야
청춘과부 저였년고 원수로새 무정세월 원수로새
허다초상 만큰만은 우리낭군님 같은조상은 어되 또있는가
에고에고 낭군님이야 은내때에 다시와서　만나야수 논전 하여볼가
죽자하니 청춘이고 사자하니 고생이라　고생끗에 영화볼일 한가지도 바이없네
에고에고 우리난군 무슨나이 그리만아　황천고흔[378] 되였는고 문친 우리고부
누를 살아갈고 눈물오 먹을갈아　간장에 싸인해포[379] 가지가지 푸르놓고
서서히 고하오니 홀영[380]이 개시거든　서서하감 하옵소서 오호 통제라
제문을 고한후에 봉분을 비겨잡고 슬피울제　구슬같은 흘은눈물 옥면에 젖어
구름같이 헛튼머리 귀밑에 덥피여서
신세자탄 우는말소리 누라서 슬어하니하리[381]
초상손님 만유하여 평토제를 지낸후에　용애를 앞세우고 집을 돌아올제
구름같이 헛튼머리 삼발하여 덮어씨고　꽃같은 고흔얼골 눈물이 만명하고
버들같이 가는허리 점점 잘여있고　섬섬옥수 엽집 들어서자
순근 눈물딱고 우는모양 목석인들 엇지볼가
그럿저럿 돌아오니 시모님 문밧게 나오면서
반혼을 맞아들어 반혼제[382]를 지낼젓에　고부서로 비겨잡고 철양이 우는말이

---

375 유실유가: 有室有家
376 바이업고: 전혀 없고
377 절발부부: 결발부부(結髮夫婦), 귀밑머리 풀어 상투를 틀고 쪽을 찐 부부, 정식으로 혼인한 부부를 이르는 말
378 황천고흔: 황천고혼(黃泉孤魂)
379 싸인해포: 쌓인 회포(懷抱)
380 홀영: 혼령(魂靈)
381 슬어하니하리: 슬퍼 아니하리
382 반혼제: 返魂祭, 죽은 사람의 혼을 집으로 불러들일 때에 지내는 제사

일신은 어되가고 혼백만 돌아오나 애고답답 우리고부 이탁할곳 바이없네
눈물씨서 한숨쉬며 반혼제을 지낸후에 이웃손님 불어놓고 황부인이 이른말이
죽은사람 생각말고 사라있는 젊은부인 심듯으로 후에하다 불상한일 생각해도
안심시켜 후사를 편케 하오소서 그렷저렷 동리사람 다간후에
시모는 내당으로 들어가고 낭자는 후원별당으로 들어가
홀오앉아 등잔불을 벗을삼고 맨손으로 택을집고 금침을 비애하고
안상앉아 살아날일 생각하니 눈이 캄캄하고 홀로앉어 탄식하며 울는말이
벽상에 붓친글씨 필적은 잇근만은 써든손은 어되가고 글씨혼자 남앗는고
새로자흔 이불금침 누와같이 덥고자며 싸인 서책을 좀이가 다먹으도
누가한번 피여보며 갓집안에 들은갓망 백년 지나간들 누가얻어 내여보며
잠겨있는 사랑문은 누가있어 들아들며 가모앏에 분향제배 누가할고
불을꺼고 누었더니 시모님 빈소앞에 외로히 홀로누워 애통하고 우는모향
눈에삼삼 보이는듯 빈소앞에 정이앉아 사서삼경 일근소리 귀에쟁쟁 들이는듯
달은발어[383] 명낭한되 덧기실에 두경새는 휘잡아네고 곳으히 마음을 걸러낸듯
우리시모 오작두욱 슬을손가 시모님 생각하여 속어로만 슬피우니
박설같은 요내낫에 눈물이 비가되여 금침이 다젔는다
거릇저릇 삼우[384]졸곡[385] 마친후에 하루는 일기가 잔잔하여 산보하기 좋은지라
지개를 등에지고 낫을갈아 손에 들고 등피서산[386] 올라갈제
신이업서 헌신신고 나무하로 올나가니 산천마다 눈선곳에 비등거등 올나가니
난되업는 모진가시 수족을 질러서 구슬같은 이내손을 핏방울 뿐이로세
해동한 길이라 밋그릅기 짝이없네 발은실어 뼈을뽓고 손을실어 입에불며
나무를 할수없어 낫을놓고 주저앉아 신세자탄 하는말이 요네팔자 기박하다
부모님슬하에 잘아날제 이른줄 누가알리 꽃같은 이네몸이 죽지못해 원수로다

383 달은발어: 달은 밝아
384 삼우: 三虞, 장사를 지낸 후 세 번째 지내는 제사. 흔히 가족들이 성묘를 한다.
385 졸곡: 卒哭, 삼우제를 지낸 뒤에 곡을 끝낸다는 뜻으로 지내는 제사
386 등피서산: 登彼西山, 저 서산에 오르다

저지도지 나무자닥 등에지고 집으로 돌아오니
시모님 날보네고 기다리고 바래다가 오는김을 미리알고 대문앞에 석나서
서얼버서 하는말이 하나님도 야속하다 복녹을 고리뽕에 불상한 네자식을[387]
이십전에 잡아가고 천연한 우리자부 빈솔같이 고흔몸이 나무지게 가당한가
펄석띠여 나오면서 지개를 빗겨놓고 두손으로 마조잡고 치마를 거더지고
흘흔피를 닥아주며 네들어여 하는말이 토지를 다팔아도 머심두고 일을하오
부되부되 그리말아 하면서 내당으로 들어가서 애도하다
저녁밥을 먹은후에 시모님은 네당으로 들어가고
낭자는 침소로 돌아와서 등잔불을 발켜주고 침서를[388] 할야하니
바늘에 실을이여 손에들고 앉자서니 모진까시 들은곳에 앞푸만 그지업내
바눌을 바시놓고 고침[389]을 도도비고 적막이 누어서 시세자탄[390] 하는말이
황청은 대신이 없는가요 꽃같은 우리낭군 언어때에[391] 다시보리
눈물모아 한강수요 한숨모아 동남풍이 되였네
이때에 황부인이 일어나서 낭자방문 밧게가서 낭자의 심사를 지협하니
이때 낭자 심해는 목이매여 금침을 이지하고 한숨직고 하는말이
하나님도 야속하다 이내나를 잡아다가
삼혼칠백[392] 백혀다가 갓는 낭군곳에 보내주오
이렇게 탄식하니 저의 이십안에 독수공방 홀로누어 저렇게 탄식하니
아마도 병이날가 염여하여 그잇튼날 아침후에 친가로 돌아가면
후해로이 줄그하야 낭자불어 하는말이 꽃도피고 풀도피여 일기 잔잔하니
너도 친가로 돌아가서 모내간 길어든말가 우리고부 고생하든 말을 서서히 슬하하고
사오일 놀다가 돌아오면 너생각 엇더하야

387 네자식을: 내 자식을
388 침서를: 침선(針線)을, 바느질을
389 고침: 孤枕, 외로운 베개
390 시세자탄: 신세자탄(身世自歎)
391 언어때에: 어느 때에
392 삼혼칠백: 三魂七魄, 사람의 모든 혼백을 통틀어 이르는 말

낭자 어이나 광대 넓은집에 시어머니 혼자 계시오며
시부빈소에 조석상을 □여이 붗이여서 엇지하오리가
황부인 하는말이 너의말도 올타마는 저은 마음에야 친가생각 있을손야
여러말고 어서 단여오라 하고 낭자딸려 소복하고 갓초입혀
시부 빈소앞에 눈물로 하직하고 내당으로 들어가서 낭군실을 하직하고
친가로 돌아갈제 깁쁜마음 간되업고 설은생각 다시난다
가다가 낭군 묘소에 올라가서 애통하고 하는말이
애달도다 낭군님 지난봄에 이길을 같이갈제
내세월 조은줄을 님막발하게 갈줄모러시고 님은엇지 혼가내고 애고애고 내팔자야
이길을갈제 함깨안저 쉬든곳에 님이와서 뭇혔든고
님은어이 안이가고 나혼자 보내오면 외로히 안전병산과 외로히 적적하는 모양은
님은어이 보기좋을손가 님을두고 가는네와 네보내고 잇는님은 사정에 맛겨는지
애통하고 호명이 생각하니 글역도 부족하고 배도고파 못갈니라
할수업이 돌아서서 친가로 돌아가니 해는 서산을 넘어가고 달은 중천에 뜨는지라
친가에 돌아와서 쳐량한 목소리로 동생을 불어더니 규중에 잇는동생이
형님소리 반겨들고 보선발로 뛰어나와 형님손을 마조잡 길어든정 하야못하여
눈물로 하는말이 형님얼골 이리될줄 어느누가 알아서며 중한고생 하는줄을
나도님에[393] 알아시나 규중에 싸인몸이 가서볼길 바이업네 손목을 엇글고
내당으로 들어가서 부친을 찾아보며 아버지 기체후 만안[394]하오십니까
아버지 그동보소 깜짝놀라 하는말이 애고내딸 너왔는냐 나는기와서 편타마는
너는무섬 팔자로서 낭자조차 리별햇노 아버지 그런말삼 너무마오
그런말삼 너무하면 저는더욱 슬품이다 살아보면 편안날이 잇게지요
너말이 효여로다 다른마음 먹지말고 아무쪼록 먼족 양자라도 속히하여
효자를 골제하라

---

393 나도님에: 나도 이미
394 기체후만안: 氣體候萬安, 몸과 마음이 편안하셨느냐는 의미로, 웃어른께 올리는 편지에서 문안할 때 쓰는 말

14. 로쳐녀가

조춘호 소장

[해제] 이 가사는 국문가사로 로처녀가, 청년화류가, 우민가, 우미인가와 함께 한 전적에 수록되어 있다. 자료 형태는 19.3×19㎝ 규격의 전적이며, 2단 2행 4음보 형태의 필사본이다. 원작자와 필사자는 미정이다.
가사의 내용은 마흔이 되도록 시집을 못 간 노처녀의 외로운 마음이 담겨 있다

인간새상 사람들아 이내말삼 드러보소 인간만물 생긴후애 금수초목 짝이잇다
인간애 생긴남자 부귀자손 갓근마는 이애팔자 험하할손 날갇흔이 쏘잇난가
백년을 다사라야 삼만육천 날이로다 혼자살면 백년살며 정녀[395]되면 말년살가
답〃한 우리부모 가탄한[396] 좀양반이 양반인채 도르려[397] 처잣가 불민하며
괴망[398]을 일삼은니 다만한딸 늘그간다 적막한 빈방안애 전전불매[399] 감존일위
혼자사슬 드러보소 로망한 우리부모 날길여 무엇하리 죽도로 날길어서
잡아슬가 꾸어슬가 인환씨적 생긴남녀 보희씩적 온가줘 인간배필 혼취하문
예로부터 잇끈마는 엇든처녀 팔자조화 이십전애 시집간다 남녀자손 시집장가
써써한이 치근마는 이닉팔자 기협하야 사십까지 처녀로다 이럴주로 아하시면[400]
처음안니 나을거슬 월명사창 긴긴밤애 침불안석 잠못들어 적막한 빈방안애
오락가락 다니면서 장래사 생각한니 드욱답〃 민망하다 부친하나 평이요
모친하나 숙맥불별 날이새면 내일이요 새[401]가새면 내년이라 혼인사설 전패하고

---

395 정녀: 貞女, 숫처녀
396 가란한: 집안이 어지럽고 어수선한
397 도를려: 도르려, 그럴듯하게 말하여 남을 속여
398 괴망: 怪妄, 말이나 행동이 괴상하고 망측함
399 전전불매: 輾轉不寐, 누워서 몸을 이리저리 뒤척이며 잠을 이루지 못함
400 아하시면: 알았으면
401 새: 해[年]

가난사설 뿐이로다 어대서 손님오면
외삼촌애 부엄이라 어대서 편지왓내
이내간장 어니할고 압집애 아오아가
금연간애 시집가내 그동안애 무정새월
위로하리 전혀업고 우리부모 무정하야
내생각 전혀업다 부귀빈천 생각말고
혼인그동 처러주오 김동이도 상처하고
날치우리 전허업소 갈동암소 살저잇고
이대로록 늘거가니 연지분도 잇근마는
화장그울[404] 압패두고 윈산갓튼 푸련눈섭
묘하도다 나의거동 겨울다려 하는말이
쓸대업다 너도나도 우리부모 병조판서
풍속좃기[405] 어러워라 어연듯 춘절되니
잔지입 속입난다 삭은박개 쟁쟁하고
독수공방 어이할고 원수어 아해들아
뒤집애는 신부가내 내귀애 드른바는
해는어이 수이가노 초목갓튼 우리인생
다만한숨 뿐이로다 간밤애 짝이업고
다시금 생각한니 아마도 모진목슴

행여나 중매신가 아해불러 힐문[402]한적
외삼촌애 부엄이라 애달고도 서럼지고
벌서자손 보다말가 동편집 용골녀는
시집가서 푸려마는 친고업고 헐손업서
위로하리 전혀업고 우리부모 무정하야
인물풍채 맛당크든[403] 처녀사십 나이적소
이동이도 기처로다 중매하리 전허업내
봄사전답 갓건마는 사조가분 가리면서
성적단장 전패하고 윤동치마 호박단저고리
새루갓튼 가는허리 아렵답다 나의잣태
어화답〃 내팔자야 갈대업다 나마나도
할아버지 호조판서 우리문벌 이러하니
초목군생 다질기니[406] 두견화 만발하고
종달새 놉히뜬다 춘풍야월 새우시애
그런말 하지마라 압집애는 신랑오고
늣길일도 하도만타 록양방초[407] 저문날애
표여이늘 거러간다 머이채는 엽해끼고
긴날애 버지[408]업서 안자다가 누워다가
죽지못해 원수로다 老處女歌

---

402 힐문: 詰問, 트집을 잡아 따져 물음
403 맛당크든: 마땅하면
404 화장그울: 화장 거울
405 좃기: 좋게
406 질기니: 즐기네
407 록양방초: 녹양방초(綠楊芳草), 푸른 버들과 아름다운 풀
408 버지: 벗이

15. 리씨회심곡

대수댁 소장

[해제] 리씨회심곡은 사진 컷 수 9장의 가사로 단 · 행 · 음보의 구분이 없는 줄글 형태의 필사본이다. 제목과 내용을 연결시키기 어려울 정도로 제목의 의미가 난해하며, 본문 내용도 훼손된 부분이 많아서 주해가 어렵다. 여자로 태어나서 여자유항 힘쓰다가 부모님 돌아가심을 원통하게 생각하며 가는 세월 속에 인생무상을 탄식하는 내용인 듯하다.

둥ᄉᆞᆫ의 소는[409]달은 ᄂᆡ을위ᄒᆡ[410] 발갓스며
싀지안고[412] 도난지구 유슈로다 쥬마광음
오날이야 녹음방초 경지드라 출숙고일
무셩ᄒᆞ나 화려을다 목단화난 화즁군ᄌᆞ
ᄂᆡ안인가 ᄉᆞᆫ영화 ᄉᆞ구화난 향기롭고
ᄉᆞ랑을ᄉᆞ 화기융성 숙여놋고 불한불열
손을쥬어 고봉쓰여 낙을쥬고 시름을
ᄒᆞ것만안 아득막미 ᄒᆞ오신고 가지마다
인싱이야 노소간 무ᄉᆞᆫ길이 한번마든
회포로다 다ᄉᆞᄒᆞ던 ᄂᆡ임선이 ᄒᆞᆯ가ᄒᆞ도
너른방의 구부직힌 ᄇᆡ암갓치 셰위ᄌᆞᆨ을
싱〃ᄒᆞ니 젼싱인가 ᄎᆞ싱인가 꿈이라도
쥬리ᄒᆞ고 젹당인간 ᄒᆞ올젹의 예안당미

셔ᄉᆞᆫ의 지는ᄒᆡ는 무ᄉᆞᆫ길이 밧부던고[411]
가난세월 ᄂᆡ속으랴 이제날 힝화아춤
시드온화 숙다당젼의 온갖화조 화엽미
안이련가[413] 아리다운 옥미화난 여중미인
아름답다 우리존구 게실젹의 져ᄭᅩᆺ를
부릅쓰고 포기마다 풀물□고 가지마다
소견ᄒᆞᄉᆞ 소일ᄌᆞ로 우시던이 만화방창
싱〃뽕자 셩지도 그이ᄒᆞ다 슬푸다
죽어지면 다시큰쥴 모ᄅᆞ난고 쳐〃마다
그지어다 변죽을 볏을숨아 고되광실
쎤을바다 누어시락 안ᄌᆞ시락 고극역ᄉᆞ
흉몽일시 나난뜬ᄃᆡ 션마로셔 생계세
난존의 동방부ᄉᆞ ᄒᆡ도션조 게〃승〃

---

409 소는: 솟는
410 ᄂᆡ을위ᄒᆡ: 누구를 위해
411 밧부던고: 바쁘던고
412 싀지안고: 쉬지 않고
413 안이련가: 아니런가

듸을이어[414] 참판판셔 중조부님 명문열ᄉᆞ
낙〃원지 기반부러 던진다시 이몸이
시집이온ᄃᆡ 휑소리 왓다ᄒᆞ니 리명업난
어인길고 부츙ᄉᆞᆫ 엄ᄌᆞ동이 가지ᄃᆡ부
절게로셔 슈양ᄉᆞᆫ을 ᄎᆞ자왓나 왕생의
효심으로 ᄇᆡᆨ이부미 ᄒᆞ로왓나 안이초시
이리덕이 심즁ᄒᆞ여 ᄉᆞ계의 엄훈있고
타인심ᄉᆞ 부려한가[415] 파혀한가 만져보고
ᄋᆡ즁ᄒᆞ고 ᄉᆞ랑ᄒᆞ여 기ᄃᆡ함이 ᄉᆞᆫ두갓ᄒᆡ
교훈도 만흘시고 효우지심 학즁ᄒᆞ고
션심쥬정 ᄒᆞ랏던이 악팍한 이셰상의
이천광연 우리ᄇᆡᆨ씨 군ᄌᆞ효구 짝어리여
오복견젼 누리시고 경ᄌᆞ연생 원가졀이
션ᄉᆞᆫᄒᆡ편 화려강ᄉᆞᆫ ᄉᆞᆷ한각족 젼쥬최잇
ᄐᆡᄉᆞᆫ갓치 놉흔은턱 가리고 또가리여
쌋뜻ᄒᆞ신 ᄌᆞ모박흘 실은다시 불러셔〃
조심이야 바실손가 동〃족〃공경이요
할블우슴 다우슬가 봉제ᄉᆞ 젹빈ᄀᆡᆨ[418]의
일신이 악〃ᄒᆞ고 셔의ᄒᆞ기 그지아라
ᄉᆞᆫ쳔도 ᄂᆡ가아나 아ᄂᆞᆫ ᄉᆞ람 의잇스랴
어리셕기그지업다 도셔분간 어리아리
젼둥화 되엿고나 가운도 여식ᄒᆞ고

귀동여로 시름업시 ᄌᆞ랏드이 슈벽이밧
여기왓소 시집ᄉᆞ리 왓다우니 가젱업는
ᄃᆡ행인가 ᄉᆞ고무친 고독단신 이ᄂᆡ길이
마다ᄒᆞ고 칠이한의 도ᄅᆞ든가 ᄇᆡᆨ이슉졔
효심을 영성구이 ᄒᆞ로왓나 ᄌᆞ로의
〃그런거시 아니로ᄉᆡ 부쳐부당 ᄂᆡ일신
ᄌᆞ고의액 한마음 우리형제 기달릴젹
닷칠셰라 조심ᄒᆞ여 이갓치 역이시ᄉᆞ[416]
ᄆᆡᆼᄒᆞᆫ지고 안있넌가 효측은 다모ᄒᆞ나
일가친쳑 화목ᄒᆞ며 존비ᄃᆡ현 분는ᄒᆞ고
ᄂᆡ마암을 ᄂᆔ가알고 ᄋᆡ지즁지 길러ᄂᆡ사
봉화군츈 앵면의 부ᄃᆡ겸 젼슈가의
ᄂᆡ몸이 십육세ᄅᆞ 명문화열 가려ᄂᆡ이
인최션싱 후예로셔 셩덕여펵 우리구고[417]
명문화별 가려ᄂᆡ야 독ᄌᆞ부가 ᄃᆡ여셔ᄅᆞ
늬턱ᄉᆞ리 ᄒᆞ여쓰니 셩덕구고 늬턱이나
혼졍신셩 ᄊᆡ을마라 오난줌을 어리ᄌᆞ며
소임이 달ᄒᆞ니 ᄉᆞ행은 깁흐시나
빈몸도 낫치셔고 ᄲᅡᆼ인도 ᄃᆡ가셜고
십ᄉᆞ셰의 어린양반 부모만젼 응셕ᄒᆞ고
동시가 못ᄃᆡ여셔 심ᄉᆞ계백 한츈단화
ᄂᆡ신명 극분이라[419] 원통키도 그지업고

---

414 듸을이어: 뒤를 이어
415 부려한가: 부러워하는가
416 역이시ᄉᆞ: 여기시사
417 우리구고: 우리 시부모
418 봉제ᄉᆞ 젹빈ᄀᆡᆨ: 봉제사 접빈객(奉祭祀 接賓客)
419 극분이라: 그뿐이라

분ᄒᆞ기도 동방업다 뉸인군의 어진덕다
부고님ᄂᆡ 기ᄃᆡ함은 ᄉᆞ십의 어든독ᄌᆞ
불효막ᄃᆡ 어인일고 복이다ᄒᆡ ᄌᆡ안던가
여기지통 피ᄒᆞ고나 오뉠여ᄉᆡᆼ 이ᄂᆡ신시
모일기가 ᄆᆡᆼ호갓ᄒᆡ 구비마도 안이덜득
녹이홍상 연지분이 오ᄂᆞ도ᄉᆞ 탱턴이
구가촌맹 천은턱 위로ᄒᆞ고 ᄡᅳ호ᄒᆞ여
ᄇᆡᆨ연을 밋엇던이 을묘연 동짓달다
리럭이 심즁ᄒᆞ여 호쳔망극 연노지통
나도의 어들손고 예ᄌᆞᆫ한 나의금을
부탁ᄒᆞ고 난여되고 가신ᄌᆞ모 날을두고
쳔영 셜손ᄒᆞ난 눈모ᄭᅡᆷ고 종쳔지통
무리모여 임종시랑 모한여한 둘슈도한
ᄒᆞ시던이 엇지이리 아득한고 츈초난
길이달나 소식좃차 망연하다 슬푸고도
찻고져라 낙〃장송 바람되여 황쳔길을
반겨드니 십여년이 다가도록 셔신조ᄎᆞ[423]
ᄭᅮᆷ을비려 우리모여 만나여셔 만단소회
허ᄉᆡᄒᆞ다 그리워라 나의모야 보고져라
유명터니 구쳔에ᄋᆡ 어대기로 조빈궁편
존안셩음 기역을 ᄎᆡ못하니 몽즁인들
어이아리 죄송함도 그지업다 존구씨라
헌츅더니 경오연 유월의 호쳔망극

제화격젼 군ᄌᆞ기틀 불일마다 정도ᄒᆞ니
오불겸젼 바랏느냐쳐녕이 그ᄲᅮᆫ이ᄅᆞ
풍젼낙화 원통ᄒᆞ다 ᄉᆡᆨ슈존안 구고임ᄂᆡ
그ᄃᆡ의 쥭어지면 동ᄉᆞ등열 ᄒᆞ올니만
ᄇᆡᆨᄒᆡ도 안이쥭고 구ᄉᆞᆫ투ᄉᆡᆼ 여문ᄒᆞ다
일ᄌᆞᆼ츈몽 ᄭᅮᆷ을ᄭᅯᆺ나[420] 친가로 편모고지
오면가면 세월이요 지각잇난 어린마암
임슐연 츈ᄉᆞᆷ월의 여망이 미진ᄒᆞ고
ᄉᆞᆷ한쳔지 ᄉᆞ흘손가 삼신ᄉᆞᆫ불 ᄉᆞ악울어
ᄆᆞᆺ잇쳐도 ᄆᆞᆺ잇쳐도 ᄒᆞ시던이 어나ᄃᆞᆺ의
가신존고 눈을어이 ᄭᅡᆷ으시리[421] 존고시종
슬푼눈물 미ᄉᆞ젼의 이질손가 타별오처
어이할고 평일의 눌ᄉᆞᆫ말ᄌᆞ 다려가마
연녹이되 완촌은 ᄃᆡ물ᄃᆞ라 유명이[422]
그리워라 구원에ᄋᆡ 연화봉이 우리부모
ᄎᆞᆺ고져라 츄마동ᄉᆞ 사시졀의 편지로나
ᄭᅳᆫ허고나[424] 나을어이 이즈신고 한닷침생
다못하고 박〃한 달의소ᄅᆡ 에엿디나
나의모야 셩덕도 남다르고 ᄌᆞ의도
아득한고 ᄉᆞᆼ고락 아니웃ᄂᆡ 셔친의
어이아리 ᄭᅮᆷ조ᄎᆞ 안ᄭᅮᆫ이니 후ᄉᆡ상봉
회은턱 ᄇᆡᆨ연으로 어망늘고 남ᄉᆞᆫ하슈
ᄯᅩ당힛ᄂᆡ 셩억여쳔 자의하심 어나ᄃᆞᆺ의

420 ᄭᅮᆷ을ᄭᅯᆺ나: 꿈을 꾸었나
421 ᄭᅡᆷ으시리: 감으시리
422 유명이: 유명(幽冥)이, 저승과 이승이
423 셔신조ᄎᆞ: 서신(書信)조차
424 ᄭᅳᆫ허고나: 끊었구나

미셔볼고 팔슌당연 역ᄉᆞ생이 한심ᄒᆞ고
접이신가 심〃하며 천구손임 시쥬풍월
이구하다 헹락소정 가이업ᄂᆡ 벼ᄅᆞ어쳑
반〃하다 존안을 뵈옵지못 하고팔듯
구고님ᄂᆡ ᄎᆞ져신가 ᄋᆡ들할ᄉᆞ 여ᄌᆞ유힝
ᄉᆞᆫ영아니 승중ᄉᆞᆼ이 혈〃ᄒᆞ다 효우밍졀
이즈신가 불효막ᄃᆡ 어덕한고 북망ᄉᆞᆫ이
생〃봉의 경궁옥누 리농ᄋᆡ반 가이화영
원슈로다 경노연아 분하도다 쳔에귀야
슈명ᄌᆞᆼ슈 ᄒᆞ엿든들 만분위ᄌᆞ ᄃᆡ로헌ᄂᆡ
다섁고나 문간ᄌᆞ셜 ᄉᆞᆼ이도 가ᄉᆞᆼ이라
발을어에 그안방불하다 동지섯달 셜한풍은
ᄂᆡ심회을 돕난ᄌᆞᆨ가 우숨처고 ᄂᆡ다르며
ᄃᆞ져라 화조월ᄉᆡᆨ 경명시의 광□□□
가고져라 ᄃᆡ츔갓흔 명라씨들 갓□□□
아 인싱빅연 두ᄉᆞ쑷ᄒᆡ 이슐이□□□□
심이너머 ᄉᆞᆫ가으심 초ᄋᆡ너밋 고□□□
락분앵도 사후을 물일반이 □□□□
반고기 부셩융에 도젼트여 학 □□□□
ᄒᆞ올손가 아모려나 마암붓쳐 □□□□
ᄌᆞ고ᄉᆡ면 나난ᄉᆞ람 극싱여뉴 네가 □□
복셤쳔 어려두우 ᄉᆞ랑이라 흑은의
이렬망졍 아ᄌᆞ의 졍직군ᄌᆞ 현부난
두복지라 동〃촉〃너힝내ᄋᆡ 순복부ᄃᆡ

가이업ᄂᆡ 문벽ᄉᆞ젱 여기두고 청ᄉᆞᆫ송쥭
어ᄌᆡ려니 젹막ᄀᆞᆼᄉᆞᆫ 윈이린고[425] 좌와첨실
쳥여ᄌᆞᆼ다 의관문물 미린거시 슈빅이
잠난닷심 신미슉연 ᄒᆞ다숨도 ᄒᆞᆫ훗친시
우리여복 원통하고 일낙ᄌᆞᆼ쥬 어ᄃᆡ가고
기대ᄒᆞᄉᆞ 귀즁키도 하ᄉᆞ더니 유명말이
어ᄃᆡ련고 ᄂᆡ의분모 ᄌᆞ분이 연화ᄋᆡ
즐긔시며 늑기신가[426] 나도함게 다려가소
ᄂᆡ심경이 이려나미 슈즁보물 ᄂᆡ구살이
조물이 시기ᄒᆞ여 동화분점 앗가울ᄉᆞ
봉호기ᄉᆞᆼ 부방신상〃하고ᄌᆞᆼ 도화반화
ᄂᆡ심회을 돗난ᄌᆞᆨ가 쳔ᄉᆞᆫ의 복을ᄉᆡ난
쳐〃쥬젹 거름눈의 숨〃□□□□
ᄉᆡ우 방울〃ᄂᆡ심회가 ᄊᆞ쳐진□□□□
모진목숨 쏘친날이 언제련고□□□□
긋ᄒᆡ 구름이라 안득한이 ᄂᆡ명□□□□
변〃이 부다ᄒᆞ다 복역유체 □□□□
씨 황한무제 도여산고 ᄒᆞᆫᄋᆡ여 □□□□
스니 ᄒᆞ물며 이인싱이 장싱앗 □□□□
현 부디녹봉 앵여손여 옥그산 □□□□
옥츌도강 네조고나 슈복부ᄃᆡ 오
좀긴심신 비우슘의 다픈인다 마도〃
영으민쳠 효심은 왕싱이요 두우신은
졀지ᄒᆞ며 문효젱ᄃᆡ 원역ᄒᆞ면 억울한여

---

425 윈이린고: 웬일인고
426 늑기신가: 느끼신가

그지심슈 츄운고 불여기라 군ᄌᆞ호구
나린다시 게〃 쥬옥 기바리고 칙ᄉᆞᆫ쳔손
앵조부모 봉졔ᄉᆞ나 ᄎᆞᆨ실ᄒᆡ라 나난후ᄉᆡ
미진인연 ᄇᆡᆨ연동듀 기약ᄒᆞᆫᄃᆡ 이몸이
짐져ᄒᆞ여 ᄌᆞᆫᄉᆡᆼ셜원 ᄒᆞ오리라 쳥ᄉᆞᆫ귀토
만흐나마 다란도의 붓지말고 등혈학ᄌᆞᆼ
기린이며 츈츄셕모 잇지만은 게〃 능〃
하올젹의 흔턱이 명〃 ᄒᆞ면 반가이
너ᄒᆡᄂᆡᄋᆡ 여름여호 도ᄌᆞᆨᄌᆞ은 이심판슈
만ᄃᆡ유젼 열〃 쳔영 호주진한 젹다이아ᄂᆞᆫ
원졍ᄒᆞ여 인간환ᄉᆡᆼ ᄒᆞ올젹의 젼ᄉᆡ의[427]
남아되여 우리부모 귀동ᄌᆞ로 슈복부귀
ᄒᆞ올젹의 일낫정쥬 효심불명 ᄉᆞᆫᄃᆡ정
졍예그리 소친을 잇지마라 일현일ᄌᆞ
ᄌᆞᄌᆞ든이 파초견일 ᄉᆞᄃᆡ로 분앵지ᄇᆡ
즐기리라

---

427 젼ᄉᆡ의: 전생의

16. 리씨회심곡

이상규 소장

[해제] '리씨회심곡'은 '게정화슈가', '홍도기힝문', '탄소가', '육십년회고록(전편)', '육십년회고록(이편)', '일여가'와 함께 한 권의 전적에 전편이 수록된 국문 가사이다. 자료 형태는 33×28㎝ 규격의 전적이며, 단 · 행 · 음보 구분 없는 줄글 형태의 필사본이다. 원작의 창작연대와 저자 및 필사자는 미상이다. 필사연대는 작품 앞부분의 '병인 십이월 이십일 견책'이라는 말로 보아 1986년으로 추정된다.

신변탄식류의 규방가사로, 어린 나이에 출가하여 겪은 온갖 고난과 아녀자로서 느끼는 인생 무상함을 표현한 작품이다. 명문가의 귀동녀로 자라서 명문가로 출가(出嫁)하였으나 젊은 나이에 남편과 시부모를 사별하고 이어 친정어머니까지 여의는 등 기구한 아녀자의 운명을 술회하며 자부에게 앞으로의 일을 당부하고 있다. 자연물과 중국 고사 속의 인물에 빗대어 자신의 서러운 처지와 인생 무상함을 섬세하고 애절하게 표현하였다.

동산의 돗는달은 뉘를위해 발갓스며[428]
서산의 지는해는 무산[429]길이 밧부든고 쉬지안코 가는세월 ᄎᆞᆼ파[430]의 유슈로다
쥬마광음[431] 도는지구 뉘라서 ᄌᆞᆸ을손냐 어제날 행화앗침 오날이야 녹금방초[432]
경게도 화ᄎᆞᆼᄒᆞ고 일기도 온화ᄒᆞ다 당전[433]의 각식홧초 화엽이 무성하고
화려ᄒᆞ다 목단화난 화즁군ᄌᆞ 아니련가 아릿다운 옥ᄆᆡ화난 여즁곶미인 네아닌가
ᄌᆞᆼ여화 삭구라[434]ᄂᆞᆫ 향기롭고 아름답다 우리존고[435] 게실적의 저ᄭᅩᆺ출[436] 사랑ᄒᆞ사

---

428 발갓스며: 밝았으며
429 무산: 무슨
430 ᄎᆞᆼ파: 창파(蒼波), 푸른 물결
431 쥬마광음: 주마광음(走馬光陰), 달리는 말처럼 빨리 가는 세월
432 녹금방초: 녹음방초(綠陰芳草), 우거진 나무 그늘과 꽃다운 풀, 여름철을 가리키는 말
433 당전: 堂前, 대청마루의 앞
434 삭구라: 사쿠라(櫻)
435 존고: 尊姑, '시어머니(남편의 어머니를 이르는 말)'를 높여 이르는 말
436 ᄭᅩᆺ출: 꽃을

화게슝성 ᄒᆞ여녹코 불한불여[437] 무릅쓰고　포기마당 풀을쏩아 가지마당 손을쥬어
고정씨겨 물을쥬고 시름을 소견ᄒᆞ사[438]　소일ᄎᆞ로 보시더니 만화방ᄎᆞᆼ[439] ᄒᆞ건만은
야둑막미 ᄒᆞ옵신고 가지마당 쌍〃 봉접　경치도 그이ᄒᆞ다 슬푸다 인싱이야
노소간 무산길이 한번앗차 죽어지며　다시올쥴 모르난고 처〃마당 회포로다
다사ᄒᆞ든 ᄂᆡ일신니 한가함도 그지업다　연죽[440]을 벗슬삼고 고ᄃᆡ광실[441] 너른방의
구무[442]직힌 ᄇᆡ암[443]갓치 서위좀을 쏜을바다
누엇시락 안자시락[444] 고금역사 상〃 ᄒᆞ니　전싱인가 차싱인가 숢이라도 흉몽일시
나는본대 성아로□ □□게 득죄하고　적강[445]언강[446] ᄒᆞ올적의 예안짱 개남촌의
등방부ᄌᆞ ᄒᆡ조선조 게〃승〃뒤를이여　찬판판서 증조분님 명문화벌 귀동여[447]로
서름업시 자랏더니 슈빅의박 낙〃원지　개발물어 던지닷시 이몸이 여기왓고
시집사리 왓다ᄒᆞ니 가ᄌᆞᆼ업는 시집이요　귀양사리 왓다ᄒᆞ니 죄명업는 귀양이라
사고무친[448] 고독단신 이ᄂᆡ기리 어인일고　부츈산 엄자릉[449]이 간ᄂᆡᄃᆡ부[450] 마다ᄒᆞ고
칠이탄[451]의 돌아든다　빅이슉제[452] 절게로서 명나수[453]를 차ᄌᆞ왓나

---

437 불한불여: 불한불열(不寒不熱), 날씨가 춥지도 덥지도 아니하고 알맞게 따뜻함
438 소견ᄒᆞ사: 소견(消遣)하여, 소일(消日)하여, 어떠한 것에 재미를 붙여 심심하지 아니하게 세월을 보내어
439 만화방ᄎᆞᆼ: 만화방창(萬化方暢), 봄을 형용해서 쓰는 말로, 봄이 되어 온갖 생물이 번화스럽게 자라남을 말함
440 연죽: 煙竹, 담뱃대
441 고ᄃᆡ광실: 고대광실(高臺廣室), 높은 누대(樓臺)와 넓은 집, 크고 좋은 집을 이르는 말
442 구무: 구멍
443 ᄇᆡ암: 뱀(蛇)
444 누엇시락 안자시락: 누웠으락 앉았으락
445 적강: 謫降, 벼슬아치가 허물로 인하여 외직(外職)으로 좌천되어 가던 일
446 언강: 안강(安康)
447 귀동여: 귀동녀(貴童女), 특별히 귀여움을 받으며 귀하게 자라는 계집아이
448 사고무친: 四顧無親, 친한 사람이라고는 도무지 없음, 의지할 데가 전혀 없음
449 엄자릉: 嚴子陵, 중국 후한(後漢) 광무제(光武帝) 때의 은사(隱士)로, 젊어서 후한(後漢)을 세운 광무제(光武帝)와 더불어 동문수학하였고, 광무제가 즉위한 다음에 은거하였다가 광무제의 초빙을 받아 조정에 나갔으나 곧 다시 돌아와 부춘산(富春山) 동강(桐江) 칠리탄(七里灘)에서 낚시를 즐기면서 살았음
450 간ᄂᆡᄃᆡ부: 간의대부(諫議大夫), 임금에게 잘못을 고치도록 간하는 일을 맡아보던 벼슬
451 칠이탄: 칠리탄(七里灘), 부춘산(富春山) 동강(桐江)에 있는 여울
452 빅이슉제: 백이숙제(伯夷叔齊), 백이(伯夷)와 숙제(叔齊). 중국 은(殷)나라 때의 처사(處士). 주(周)나라 무왕(武王)이 은나라를 치려는 것을 말려도 듣지 않자, 수양산(首陽山)에 들어가 고사리를 캐어 먹다가 죽었다고 한다.

이ᄐᆡ빅[454]이 문ᄌᆞᆼ으로 강남풍월 차자왓나 황삼[455]의 효심으로 백이부게 ᄒᆞ로왓나
아니로세〃〃〃〃 그런거시 아니로세 무최부당 내일신니 죄역이 지즁ᄒᆞ여
삼세의 험훈[456]일코 자모의 약한 마음 우리형제 기라실제 타인십자 부려할가
파려할가 만저보고 닷칠세라 조심ᄒᆞ여 ᄋᆡ즁ᄒᆞ고 사랑ᄒᆞ사 밍모지교 아니련가
효측을 다못ᄒᆞ나 교훈도 만을시고 효우지심 확츅ᄒᆞ여 일가친척 화목ᄒᆞ며
존빈ᄃᆡ천 물논ᄒᆞ고 선심쥬강 ᄒᆞ라더니 악박한 이세상의 내마음을 누가알고
ᄋᆡ지즁지 길너ᄂᆡ사 이칠당연 우리빅씨 군ᄌᆞ호구[457] 짝이되여 봉화군 츈양면의
부귀겸젼 슈복가의 오복진〃 누리시고 경자년 상월가절[458] 이내몸이 십육셰라
명운화벌 가려ᄂᆡ니 선산해평 화려강산 삼ᄒᆞ갑제 젼쥬최씨 인재션싱 후예로서
셩덕여전 우리구고 ᄐᆡ산갓치 높픈은택 가리고 ᄯᅩ가려서 명문화벌 가려ᄂᆡ여
독ᄌᆞ부가 되여서라 따뜻한 자모겻틀[459] 스른다시 물어서〃 시댁사리 ᄒᆞ여보니
성덕구고 시댁이라 조심이야 업슬손가 동〃 촉〃[460] 공경이요 혼졍신정[461] ᄊᆡ를맛촤
오난줌을 어이ᄌᆞ며 활발우숨 다우슬가 봉제ᄉᆞ 적빈ᄀᆡᆨ[462]의 손님이 다ᄉᆞᄒᆞ고
사랑은 깁푸시나 일신니 약〃 ᄒᆞ고[463] 서이ᄒᆞ기[464] 그지업내 인물도 낫치 설고

---

453 명나수: 멱라수(汨羅水), 예전에 우리나라에서 '미수이 강'을 이르던 말로 중국 초나라의 굴원이 투신한 강으로 알려져 있음

454 이ᄐᆡ빅: 이태백(李太白), 이백(李白, 701~762). 자는 태백(太白), 호는 청련거사(青蓮居士). 부유한 가정에서 태어났다. 호방한 기질을 지녀 항상 산수를 찾아다니며 자유로운 삶을 추구하였다. 칠언절구(七言絶句)에 뛰어나고 특히 형식에 얽매이지 않는 고체시를 즐겨 지었다. 시 약 1,000수가 산문과 함께 『이태백집(李太白集)』에 전한다.

455 황삼: 왕상(王祥), 효자. 위(魏)나라에서 벼슬하여 태위(太尉)에 이르고 진(晉)나라에 들어가서 태보(太保)가 되었다. 지극히 효성스러워 계모가 한겨울에 생어(生魚)를 원하자 곧 강으로 가서 옷을 벗고 얼음을 깨어 생어를 잡으려 할 때, 얼음이 저절로 풀리고 두 마리의 잉어가 튀어 나와 이를 잡아다가 드렸다 한다.

456 엄훈: 엄훈(嚴訓), 엄한 훈계

457 군ᄌᆞ호구: 군자호구(君子好逑), 군자의 좋은 배필. 『시경(詩經)』「주남(周南) 관저(關雎)」편에 "요조숙녀는 군자의 좋은 배필이라네[窈窕淑女 君子好逑]"라는 구절이 있다.

458 경자년 상월가절: 경자년 상원가절(庚子年 上元佳節), 1900년 음력 정월 보름날의 좋은 때, 경자년은 1900년 또는 1840년

459 겻틀: 곁을

460 동동촉촉: 동동촉촉(洞洞燭燭), 공경하고 삼가서 매우 조심스러움

461 혼졍신정: 혼정신성(昏定晨省), 저녁에는 잠자리를 살피고 아침에는 일찍이 문안을 드림. 부모에게 효도하는 도리를 이르는 말이다.

462 봉제ᄉᆞ 접빈ᄀᆡᆨ: 봉제사 접빈객(奉祭祀 接賓客), 조상의 제사를 받들고 손님을 대접함

463 약〃 ᄒᆞ고: 약약하고, 싫증이 나서 귀찮고 괴로워

산천도 내가아나 아난사람 뉘잇스랴 십삼세 어린낭군 부모안전 엉석ᄒᆞ고[465]
어리셕기 그지업ᄂᆡ 동서분간 어이아리 돌시가[466] 못되여셔 즁ᄒᆞ고 어린츈광[467]
화젼츙화[468] 되엿고나 가운[469]도 비식ᄒᆞ고[470] ᄂᆡ심명도 그뿐니라 원통함도 그지업고
분ᄒᆞ기도 충양업다 슌임군의 어진덕과 지화겸젼[471] 군ᄌᆞ깃틀 인〃마당 충도ᄒᆞ니
부모님ᄂᆡ 기ᄃᆡ함은 사십에 어든독자 오복견전[472] 바라시나 천명이 그뿐인가
불초막□ □인일고 복이과ᄒᆡ ᄌᆡ알던가 풍전낙화 원통□□ ᄇᆡᆨ슈존안 구고님[473]ᄂᆡ
역이지통 죄롭더라 오월비□ □일신니 긋ᄯᆞ의 쥭엇스며 동산동혈 ᄒᆞ올거슬
모질기가 ᄆᆡᆼ호갓ᄒᆡ 굴머바도 아니쥭고 독약ᄒᆡ도 아니쥭고 구ᄎᆞ후ᄉᆡᆼ 분하여라
녹의홍상[474] 연지분니 곱고도 사랑터니 일장츈몽[475] 꿈을쒸다 친가로 편모의지
구가로 양친은턱 위로ᄒᆞ고 보호ᄒᆞ여 오면가면 셰월이요 지각업산 어린 마음
ᄇᆡᆨ년을 미덧더니[476] 을묘년[477] 동지월과 임슐년[478] 츈삼월의 여망이 미진ᄒᆞ여
호천망극[479] 영모지통 삼ᄒᆞ쳔지 싹을손가 아모리 호곡한들 싸룰길이 전혀업ᄂᆡ
삼신산[480] 불사약을 어느곳에 어들손고 ᄋᆡ잔한 나의몸을 못이저워 ᄒᆞ시러니
어나누게[481] 부탁ᄒᆞ고 날바리고 가신자모 날을두고 가신존고 눈을어이 쌈으신고

---

465 엉석ᄒᆞ고: 응석하고
466 돌시가: 돌이
467 츈광: 춘광(春光), 젊은 사람의 나이를 문어적으로 이르는 말
468 화젼츙화: 화전충화(花田衝火), 꽃밭에 불을 지른다는 뜻으로, 젊은이의 앞길을 막거나 그르치게 함을 이르는 말
469 가운: 家運, 집안의 운수
470 비식하고: 비색(否塞)하고, 운수가 꽉 막히고
471 겸젼: 겸전(兼全), 여러 가지를 완전하게 갖춤
472 견전: 건전(健全), 병이나 탈이 없이 건강하고 온전함
473 구고님: 구고(舅姑)님, 시아버님과 시어머님
474 녹의홍상: 綠衣紅裳, 연두저고리에 다홍치마, 곧 젊은 여자의 곱게 치장한 복색을 말함
475 일장츈몽: 일장춘몽(一場春夢), 한바탕의 봄꿈이라는 뜻으로 헛된 영화나 덧없는 일의 비유
476 미덧더니: 믿었더니
477 을묘년: 乙卯年, 1915년 또는 1855년
478 임슐년: 임술년(壬戌年), 1922년 또는 1862년
479 호천망극: 昊天罔極, 하늘이 끝없이 크고 넓은 것처럼 부모의 은혜가 끝없음을 이름
480 삼신산: 三神山, 중국 전설에 나오는 동해 가운데 신선이 산다는 산, 즉 봉래산(蓬萊山)·방장산(方丈山)·영주산(瀛洲山)
481 어나 누게: 어느 누구에게

존고씨 종천영결[482] 손을즙고 눈을깜마　　호천지통[483] 슬픈눈물 미사전의 잇칠손가[484]
타별[485]소처 우리모여[486] 임종시탕[487] 못한여한
골슈포한[488] 어이할고 평일의 하신말솜　　다려가마 하시더니 엇지이리 아득ᄒᆞᆫ고
츈츄난 연〃녹이ᄃᆡ 왕소난 귀불귀라[489]　　유명이 길이달나 소식 좃차 막연ᄒᆞ다
슬푸고 그리워라 우리부모 찻고지라　　낙〃ᄌᆞᆼ송 바람되여 황쳔길을 차자갈까
츈ᄒᆞ츄동 사시졀의 편지로나 반겻더니　　십년니 다가도록 서신좃차 끈엇고나
날을어이 이즈신고 한담침상[490] ᄭᅮᆷ을비러　　우리모여 만낫더니 만단소회 다못하고
막〃한 게명성[491]의 쌔엿구나 허ᄉᆡ로다　　그리워라 나의모야 성덕도 남다르고
자애도 유명터니 [492]구쳔야되[493] 어ᄃᆡ기로
도비풍편[494] 아득ᄒᆞ고 ᄆᆞᆺ내선친의 존안[495]성음[496]
기역을 ᄎᆡ못ᄒᆞ니 몽즁인들 어이아리　　ᄭᅮᆷ좃차 아니ᄭᅮ니 후세상봉 어이아리
죄송함도 그지업ᄂᆡ 죤구씨 하ᄒᆡ은턱　　ᄇᆡᆨ년으로 이양ᄒᆞ고 남산ᄒᆞ슈 현츅터니
경오연[497] ᄒᆞ유월의 호천망극 또 당햇ᄂᆡ　　성덕여쳔 ᄌᆞ애ᄒᆞ심 어나곳에 메서볼고

482　종천영결: 終天永訣, 죽어서 영원히 이별함
483　호천지통: 呼天之痛, 하늘을 우러러 부르짖을 만큼 큰 고통
484　잇칠손가: 잊히겠는가
485　타별: 他別
486　모여: 모녀(母女)
487　시탕: 侍湯, 어버이의 병환에 약시중을 드는 일
488　골슈포한: 골수포한(骨髓抱恨), 마음속 깊은 곳에 품은 한
489　츈츄난 연〃녹이ᄃᆡ 왕소난 귀불귀라: 춘초(春草)난 연연록(年年綠)이되 왕손(王孫)은 귀불귀(歸不歸)라. 중국 당대(唐代)의 시인 왕유(王維, 701~761)의 시 「송별(送別)」에 나오는 구절로, 인생의 허무함을 의미한다.
490　한담침상: 한단침상(邯鄲枕上), 한단의 베갯머리. 한단은 중국 하북성(河北省)에 있는 도시로, 노생(盧生)이라는 선비가 한단(邯鄲)의 여인숙에서 머물게 되었을 때, 같이 자게 된 어떤 노인이 준 베개를 베자 곧 잠이 들어 꿈을 꾸게 되었는데, 노생은 평생 동안 갖은 영화를 다 누린 다음 흔들어 깨우는 바람에 일어나니, 자기가 잠이 들기 전에 올려놓은 밥솥의 밥이 아직 다 익지 않은 채 여전히 끓고 있는 모습을 보면서 사람이 평생 누리는 영화가 한바탕 꿈과 같음을 깨달았다고 한다. 한단지몽(邯鄲之夢).
491　게명성: 계명성(鷄鳴聲), 닭의 울음소리
492　구쳔: 구천(九泉), 땅속 깊은 밑바닥이란 뜻으로, 죽은 뒤에 넋이 돌아가는 곳을 이르는 말
493　야되: 야대(夜臺), 무덤을 달리 이르는 말
494　풍편: 風便, 바람결
495　존안: 尊顔, 남의 얼굴을 높여 이르는 말
496　성음: 聲音, 목소리
497　경오연: 경오년(庚午年), 1930년 또는 1870년

팔십당년 역사상이 한심ᄒᆞ고 가이 업ᄂᆡ　　분벽사창[498] 여기두고 청산송쥭 집이신가
심〃ᄒᆞ여 친구손님 시쥬풍월 어제러니
정막공상[499] 왼이린고[500] 좌와침실 이구ᄒᆞ니[501]
형탁소ᄌᆞᆼ 가이업ᄂᆡ 벼로[502]연젹 쳥녀ᄌᆞᆼ[503]과　　이관문물[504] 버린거시 슈획이 반〃ᄒᆞ다
존안을 비옵난듯 심신니 슈란ᄒᆞ다　　삼도로 훗친시ᄆᆡ 구고님ᄂᆡ 잣취신가
ᄋᆡ들할사 여자유ᄒᆡᆼ 우리더욱 원통ᄒᆞ오　　일낫상쥬 어ᄃᆡ가고 삼연집상[505] 아니ᄒᆞ고
승즁상[506]이 열〃하니 효우비 졀기하사　　귀즁ᄏᆡ도 아시드니 유명말리 이즈신가
□□□ 이덧ᄒᆞ고 북망산[507]이 어ᄃᆡ민고[508]　　ᄂᆡ외분 모자분니 연□□□ 쌍〃봉의
견궁옥누[509] 두른곳의 반가이 환영ᄒᆞᄉᆞ　　즐기시며 늣기실까 나도함게 다려가소
원슈로다 경오년아 분ᄒᆞ도다 천악귀야　　ᄂᆡ심경이 이르나마 슈즁보화 ᄂᆡ구슬을
만분위로 될거신ᄃᆡ 조물이 시기ᄒᆞ여　　등화봉접 앗가울사 다썩고 남은간ᄌᆞᆼ
설상의도 가상일다　　용호기상 옥부방신[510] 안ᄒᆞ[511]의 감〃ᄒᆞ고
작〃[512]도화 만화발은 ᄂᆡ의손아 방불ᄒᆞ다　　동지섯달 설한풍은 내심회를 돕난구나
청산의 벅국ᄉᆡ난 나의회포 ᄌᆞ아넌듯　　우슴치고 넉달ᄂᆡ니 어정〃〃 쥬젹[513]거름

---

498 분벽사창: 粉壁紗窓, 하얗게 꾸민 벽과 깁으로 바른 창으로, 아름다운 여자가 거처하는 곳을 일컫는 말
499 정막공상: 적막공산(寂寞空山), 인기척이 없는 쓸쓸하고 고요한 산
500 왼이린고: 웬일인고, 웬일인가
501 이구ᄒᆞ니: 이구(已久)하니, 이미 오래되니
502 벼로: 벼루(硯)
503 쳥여ᄌᆞᆼ: 청려장(靑藜杖), 명아줏대로 만든 지팡이
504 이관문물: 의관문물(衣冠文物), 그 나라의 문화·문물을 이르는 말
505 삼연집상: 삼년집상(三年執喪), 삼 년 동안 어버이 상사에서 예절을 지키거나 예절에 따라 상제 노릇을 함
506 승즁상: 승중상(承重喪), 아버지를 여읜 맏아들이 할아버지나 할머니가 돌아가셔서 치르게 된 초상
507 북망산: 北邙山, 중국 하남성(河南省)에 있는 작은 산의 이름으로 한나라 이후의 역대 제왕과 귀인(貴人)·명사(名士)의 무덤이 많은 데서 사람이 죽어서 가는 곳으로 일컫게 됨
508 어ᄃᆡ민고: 어디쯤인가
509 견궁옥누: 경궁옥루(瓊宮玉樓), 옥으로 화려하게 꾸민 궁궐과 누각
510 옥부방신: 玉膚芳身, 옥같이 아름답고 고운 살갗과 꽃다운 몸, 귀하고 아름다운 여자의 몸을 높여 이르는 말
511 안ᄒᆞ: 안하(眼下), 눈 아래
512 작〃: 작작(灼灼), 꽃이 핀 모양이 몹시 화려하고 찬란함
513 쥬적: 느리게 어정어정 걷는 모습

눈의삼〃 보고저라 화조월ᄉᆡᆨ 경명시의[514]
ᄂᆡ심회가 ᄭᅳᆫ어진다 가고져라〃〃〃〃
덧쥴갓흔 굿은명과 쐿돌[515]갓치 모진목숨
ᄭᅳᆫ처질 날언제련고 가소롭다 인ᄉᆡᆼᄇᆡᆨ년
풀ᄭᅳᆺᄐᆡ[516] 이슬이요 바람ᄭᅳᆺᄒᆡ 구름이라
완둑한 이ᄂᆡ명도 반구십이 되엿구나
오십교ᄃᆡ 되엿스니 연〃니 부다ᄒᆞ다
복역유적 곽분향[517]도 사후ᄯᅳ즌 일반니요
진시왕[518] 황무제[519]도 여산고혼[520] 되어잇고
만고거부 석슌니도 진토여합 되엿스니
ᄒᆞ물며 이인ᄉᆡᆼ이 ᄌᆞᆼᄉᆡᆼ불사[521] ᄒᆞ올손가
아모려나 마음붓처 효ᄌᆞ효부 지극봉효
여금여옥[522] 초아남ᄆᆡ 금지옥엽 이아닌가
ᄌᆞ고ᄉᆡ며 나는사랑 금ᄉᆡᆼ여슈 네아닌가
옥츌곤강 네로구나 슈복부귀 오복겸전
어허둥〃 사랑이야 흑운의 ᄌᆞᆷ긴심신
네우슴의 다풀닌다 나도〃〃 이룰망정
자아의 정직군자 현부의 난형민첩
효심은 완상이요 풍상은 두목[523]이라
동〃 촉〃 너의ᄂᆡ외 슈복부귀 겸전ᄒᆞ여
문호달ᄎᆞᆼ 혁〃 ᄒᆞ며 억울한 여모지심
슈류운공 ᄒᆞ여서라 군자호구 너희ᄂᆡ외
여흥여호 효자손을 이십팔슈 버린다시
게〃 쥬옥 너다리고 ᄇᆡᆨᄌᆞ현손 만ᄃᆡ유젼
열친영호 극진할적 가이업산 조부모님
봉제사나 착실ᄒᆡ라 나난후세 원정ᄒᆞ여
인간환ᄉᆡᆼ ᄒᆞ올적의 전게의 미진인년
ᄇᆡᆨ년동쥬 기약ᄒᆞ되 이몸이 남아되여
우리부모 귀동자로 부복부귀 겸전ᄒᆞ여
ᄎᆞᄉᆡᆼ설원 ᄒᆞ오리다 청산안장 ᄒᆞ올적의

---

514 화조월ᄉᆡᆨ 경명시: 화조월석 경명시(花朝月夕 景名時), 꽃 피는 아침과 달 밝은 저녁때의 아름다운 경치

515 쐿돌: 쇳돌

516 ᄭᅳᆺᄐᆡ: 끝에

517 곽분향: 곽분양(郭汾陽), 중국 당나라 때의 명장인 곽자의(郭子儀). 현종(玄宗) 때 삭방절도사(朔方節度使)가 되어 안록산의 난을 토벌하여 하북의 10여 군을 회복하였고, 숙종·대종 때에 토번(吐蕃)을 쳐서 많은 공을 세우고 사도(司徒·중서령(中書令)에 이어 분양왕(汾陽王)으로 봉해졌다. 부귀공명과 다복(多福)을 누렸다고 하며, 이것 때문에 팔자 좋은 사람을 '곽분양 팔자'라고 한다.

518 진시왕: 진시황(秦始皇), 중국 최초의 통일된 대제국을 세운 인물로, 기원전 221년에 천하를 통일하고 스스로 시황제(始皇帝)라 칭했음

519 황무제: 한무제(漢武帝), 중국 전한(前漢)의 제7대 황제

520 여산고혼: 驪山孤魂, 여산의 외로운 넋, 여산은 중국 섬서성(陜西省)에 있는 산으로 이곳에 진시황의 능이 있음

521 ᄌᆞᆼᄉᆡᆼ불사: 장상불사(長常不死), 늘 죽지 아니함

522 여금여옥: 如金如玉, 금과 같고 옥과 같음, 즉 아주 귀함

523 두목: 杜牧, 두목지(杜牧之), 성(姓)은 두(杜), 이름은 목(牧), 자는 목지(牧之). 벼슬이 중서사인(中書舍人)에 이른다. 문장이 뛰어나고 얼굴이 관옥(冠玉) 같고 풍채(風采)가 호매(豪邁)하므로 세상의 여인들이 그의 모습을 한 번이라도 바라보기를 원하였다.

일낫상쥬 효심으로 명산ᄃᆡ지 만흐나마
소원을 잇지마라 일연일연일ᄎᆞ 기일이며
파초션[524] 일산씌로 분향ᄌᆡ비 ᄒᆞ올적의
심신이 둘곳업서 힝설슈설 한곡조의
안동군 예안ᄯᅡᆯᄂᆡ

다른곳의 뭇지 말고 동혈합ᄌᆞᆼ 정케〃〃
춘츄성묘 잇지말고 계〃승〃바른ᄌᆞ손
혼빅이 명〃ᄒᆞ며 반가이 즐기리라
보시□□ 웃지말고 능지소회 하여쥬소

병인 십이월 이십일 견책

524 파초션: 파초선(芭蕉扇), 파초의 잎과 같이 만든 부채, 옛날 의정(議政)이 외출(外出)할 때 머리 위를 가렸음

17. 망월가望月歌

조춘호 소장

[해제] 하나의 전적에 '사친가'와 함께 전편이 수록된 국문 가사이다. 자료 형태는 22.9×15.2㎝ 규격의 전적이며, 단과 음보 구분 없는 줄글 형태의 필사본이다. 필사자 및 필사시기는 알 수 없다. 작품 말미의 '慶北 達成郡 求智面 加川洞 卷主 柳山宅'라는 기록으로 보아 전소장자가 '柳山宅'임을 알 수 있다.
명월과 관계되는 중국의 고사와 인물들을 인용하여 돌아가신 부모님에 대한 그리움을 절기별로 노래한 가사이다.

정월이라 십오일애 완월하는 소년들아
신체발부 사대절을 부모님끠 바다스니
어이하야 이즐손가 봉내방장 일주산애
쳔셰만셰 바랏드니 수욕저이 풍부지요
영결종쳔 되엿구나
음풍이 영절하고 소식이 적막하다
그달그뭄 다지내고 이월이라 한식일애
원근산애 봄이드려 불탄풀이 쏙님나니
당우삼대 성군들도 승파백운 하여잇고
무서산지 튀일하고 망타향지 고운이라
슬푸다 우리부모 청명한식 모르시요
옛주인을 다시착고 호접은 분〃하야
무우에 바람쉬여 등등고잇 서소하고
산화는 홍금이요 셰루는 청사로다
농기를 둘너미고 곳〃이도 왕내하고
짝을지어 노는구나 산화작〃란만지라
흥풍도 보려니와 부모봉양 생각하라
태산갓튼 높픈득과 하해갓튼 깁픈정을
불사약과 불노초를 인력으로 구할손가
자욕양이 친부재라 공산락목 일배토애
일년삼백 륙십일과 일일사친 십이시애
슬푸다 우리부모 졍월보름 모르시고
천추졀이 적막하니 개자추애 늑시로다
후인들이 실려하야 한식을 지읏구나
려산송백 무릉청초 만고영웅 일과쳐라
이릉백의 사정이요 지경거리 생각이라
삼월이라 삼진날애 연자는 월〃날아
춘색을 자랑하고 계수애 목욕하고
임청류이 부셰로다
촌가애 농부들은 농졀을 당햇다고
백마금편 소년들은 화류광풍 흥을내여
셰월이 여루하야 애오생지 수유하고

섬장강지 무궁이라
사월이라 초팔일애 남풍지 훈히하고
삼각산 졔일봉애 봉황이 안저 춤을추고
백공상화 경상가를 오날〃〃 드읏고나
만사인간 저문날애 소년행락 얼마하라
황금갑을 뜰처입고 셰루영 넘으가니
만호장안 등불달고 상호만셰 하는구나
오월이라 단오일애 일지〃어 행오하니
구야 씅충너 나지말나 너를잡을 내아니라
일촌간장 맷친서럼 부모생각 뿐이로다
몽중매화 픠엿스니 음풍진어 역려로다
록이홍상 미색들은 오락가락 왕래하고
슬푸다 우리부모 천중가절 모르시고
양증이 생기스라 나도머리 피서하야
중장망해 단포이로 철이강산 들으가니
비류직하 삼천쳑은 글노만 보앗드니
계산을 넘고넘어 영수로 나려가니
허유는 무산일노 소곳비를 거살리난고
음릉탄 □운물애 고□낙는 엄자룡은
황□곡 들어가니 죽립칠현 모잇스라
여동비는 사슴타고 맹호연은 나귀타고
천하□ 졔갈□□□ 백운선을 손애들고
손오병서 조흔□□ 흉중애 강직하고

슬푸다 우리부모 젼춘절을 모르시고
해오믿치 온히로다
한강수 깁픈물애 하도락서 나단말가
요지일월 순지근곤 태평성대 이안이냐
타기황앵 아해들아 막교지상애 우지마라
우래갓튼 큰소리로 겨우든잠 깨여보니
슬푸다 우리부모 관등절을 모르시고
하운은 다기봉애 산양짜치 우름운다
일신□ 한가키로 너와나와 놀고노자
옥창도화 붉읏서니 원정부지 이별이요
화류광풍 조흔곳애 추쳔줄을 갈나매고
남인북촌 보리타작 방〃곡〃 노래로새
륙월이라 류두일애 근곤이 유열하고
어는곳으로 가잔말고
원관귀 장천애 려산이 여기로다
이시은하 락구천은 과연허언이 아니로다
소부는 무산일노 영수애 귀를식고
치랑가 반깁듯고 소리쫏차 나러가니
양구□□ □□일노 비슬줄울 모르난고
영척은 소를타고 적송자는 학을타고
이태백은 고래탓내 남양초당 차자가니
학창애 흑대□□ 진도 축지법□과
초당애 강□들어 대몽을 수선각□ □□□□

慶北 達成郡 求智面 加川洞
卷主 柳山宅

18. 모여형뎨붕을쇼ᄒᆡ가라

한국국학진흥원 소장

[해제] '상장가'와 함께 한 권의 전적에 수록된 국문 가사이다. 자료 형태는 22×24㎝ 규격의 전적이며, 단 · 행 · 음보 구분 없는 줄글 형태의 필사본이다. 원작의 창작연대 및 저자는 미상이다. 전소장자는 양주송씨 한성주부파이다.
신변 탄식류의 규방가사로, 여자로 태어났기에 감당해야 하는 출가 후 부모형제 및 친척들과 이별의 슬픔, 고된 시집살이의 애환 등을 자연물에 빗대어 노래하였다. 특히 봄철을 맞이하여 친정 부모 형제들과 즐거운 한때를 보내나 깨어 보니 한바탕 꿈이었음을 깨닫는 부분에서 고향을 그리는 아녀자의 처지가 매우 안타깝고 애절하게 느껴진다.

어와 붕우들아 이ᄂᆡ말솜 들어보쇼　　건곤이 쵸판할제 음양이 갈여거든
임임춍춍 만물즁의 영한거시 ᄉᆞ람이라　　야쇽할ᄉᆞ 삼신임이 여ᄌᆞ신으로 마현ᄒᆡᆫᄂᆡ
나도나도 이를만젹 아ᄒᆡ젹은 귀여로셔　　사오셰 쇼일함은 방득셰간 ᄉᆞᆯ님을 쓰어
각시하긔 이거살 이를솜고 육칠팔셰 게요들며
쳔ᄌᆞᄉᆞ력 언문으로 일일셩업 ᄒᆞ엿습가 다다르며
방젹을 가라치며 안밧영이 님절하니　　ᄆᆡ셔나 남갓더나 군지쇠온 동불긔요
글ᄂᆡ닙운 망아지라 일신들 면할숀가　　방득가리 풀각시가 오ᄆᆡ일염 이셧거든
일ᄋᆡ정신 이ᄉᆞᆯ손가　　셰워리 여류하여 나이ᄎᆞ고 쇠가드니
침션방젹 함씨난듯 무졍낙도 이셰워리　　ᄆᆡ힌곳지 업셔거든 어ᄂᆞ닷 십칠셰라
원부모 이형제난 옛법의 ᄆᆡ겻스니　　ᄂᆡ라셔 면할손가
부모님게 하직하고 문밧게 써ᄂᆞ와셔　　눈물쌋고 엿ᄌᆞ오ᄃᆡ 부모님요 부모님요
불효막심 이여식을 츄호도 ᄉᆡᆼ각마고　　평안니 게오시며 슈이슈이 귀령ᄒᆞ와
술젼의셔 ᄇᆡ오리다 다졍다졍 우리형아　　졔의마를 잇지말고 동ᄉᆡᆼ형제 즐거우어
부모님 슬젼의셔 제업ᄉᆞᆫ것 위로ᄒᆞ여　　부ᄃᆡ부ᄃᆡ 즐이ᄉᆞ며 슈이보긔 긔약ᄒᆞ시
젼후좌우 둘너보니 은근ᄒᆞ신 슉부모님　　ᄉᆞᆯ들ᄒᆞ온 ᄉᆞ츈들과 오륙칠촌 무슈ᄒᆞ여

면면 ᄉᆞᆯ펴보니 토목갓탄 하인들도
엇지아니 슈란ᄒᆞ랴 써난ᄒᆡ도 무궁하다
할길업셔 이별하고 쥬렴을 닷고셔니
이져난 ᄒᆞ직일ᄉᆡ 간다간다 ᄒᆞ여스나
젼신도 무ᄉᆞᆼ하고 죠물도 야쇽하다
슬푸도다 슬푸도다 이ᄂᆡ심신 슬푸도다
든든하긔 그지업고 엉이졀노 소ᄉᆞ난네
어마ᄉᆡᆼ각 간졀ᄒᆞ와 어마ᄆᆡ신 아바겻ᄒᆡ
흐르나니 눈물이요 빗치나니 마암이라
암ᄌᆞᆨ놀나 이러나며 우지마라 우지마라
남여가 다람업시 여름이며 더울세라
남을갓다 밋긔난쥴 옛법이 무어신고
무심한 ᄂᆡ마ᄋᆞᆷ도 이더지 슈란커든
부ᄃᆡ부ᄃᆡ 그리말고 네아비랄 위로하랴
노친영이 극즁하와 일변은 위로하고
거록하다 거록하다 우리엄친 ᄌᆞᄋᆡ신난
일조의 싸리우고 하도타향 무ᄉᆞ일고
조코죠흔 이고향을 결연이도 이별이야
쳔ᄒᆡ랄 향난다시 고향ᄉᆞ젼 이별이야
가을마다 도라오며 화류하난 쇠소리난
이번가며 다시올길 아득하다
즁치ᄎᆞ공 그뉘아라 혓부다 우리붕우
가ᄆᆡ문 나셔보니 강ᄉᆞ니 시시령고
ᄂᆡ혼ᄌᆞ 강난다시 말한거름 조심이요
고긔마시 솟틔로다
버들입흔 나괴트고 졔비식긔 넘노난ᄃᆡ
쵸쵸영츈 노ᄅᆡ하니 비화세츅 츔을춘다
망암을 긋치거든 하물며 ᄂᆡ의심신
흉중이 엄하여 할말도 할슈업ᄂᆡ
지쳑이 졀이로다 동문박을 썩나셔니
현마현마 하여더니 이거시 왼이린고
그렁져렁 ᄒᆡ가지니 시덕쪽이 가ᄌᆞᆨ힛ᄂᆡ
하인들은 압ᄒᆡ셔고 아바님은 뒤를싸라
듀막의다 들어가셔 젼역을 먹고나니
엉ᄒᆞ고 드리누어 딥의이를 ᄉᆡᆼ각하니
가마니 우러써니 이소ᄅᆡ를 어이듯고
우리이실 우지마라 너ᄒᆡ들 긔를졔난
경으ᄃᆡ며 치울세라 아ᄌᆞ아ᄌᆞ 길너ᄂᆡ야
ᄋᆡ들하고 통분하다
집의인난 너의모친 더옥일너 무엇하랴
네가 그럴젹마다 ᄂᆡ마암이 엇써켄노
일변은 슬푸도다
세ᄉᆞᆼ의도 한분이라 져련조신 부모님을
예법도 고이하고 조물도 야속하다
츄ᄉᆞᆼ의 써러지니 션봉의 가난구람
곳곳지 흣터지면 슈양하난 긔력이난
봄마다 모힐손가
속졀이 망망하다 가련한 우리소ᄒᆡ
이ᄂᆡ마암 다랄손가 우령츄령 지난곳ᄋᆡ
면목이 ᄉᆡ롭더라 세ᄉᆞᆼ사람 못당할일
말한마듸 눈치로다 쏫방식이 침셕이요
그렁져렁 흔인세월 어나덧 츈졀이야
쳔모영풍 음무하고 ᄒᆡ부량파 숨연니니
글십숨관 져문곳ᄋᆡ 뉘아니 ᄋᆡᆨ긔던고

화류즁의 굴근우리 몃곳으로 흣터진고 역역히 ᄉᆡᆼ각하니 목ᄆᆡ갓고 져승가나
잇ᄊᆡ더옥 회ᄉᆡᆼ시라 ᄇᆡᆨ화난 만발ᄒᆞ고 온갓ᄉᆡ 슬피우니 목셕간ᄌᆞᆼ 아니어던
조흘슈가 잇깃난가 복골복골 우난ᄉᆡ난 나의넉시 아니런가 피난ᄭᅩᆺ쳔 이별레요
돈난풀은 ᄉᆡᆼ면체라 젼연의 죽은풀은 하마다시 도다쓰나 젼연의 ᄯᅥ난ᄉᆞ람
집의갈길 아득하다 ᄉᆞᆫ은즁즁 푸르엿고 무른ᄌᆞᆫᄌᆞᆫ 흐르난ᄃᆡ 심신니 ᄉᆞᆯ난하야
회포를 전젼치못 셔젼을 버즐숨아 ᄉᆞᆯ들이 ᄉᆞᆯ펴보니 연연한 우리붕우
ᄭᅩᆺᄉᆞ이로 빗치난듯 화ᄎᆞᆼ한 말근소ᄅᆡ 반공즁 어데난뎟 청초한 셩음은
이변의 ᄉᆡᆼᄉᆡᆼ하고 화려ᄒᆞᆫ 안면은 양눈의 어리엿ᄂᆡ 계요한경 ᄌᆞᆷ이드니
억슈한 부모붕우 젼의보든 친쳑들과 젼의보든 우리붕우 좌우로 버러안ᄌᆞ
희소담낙 농낙할졔 셰ᄉᆞᆼ시 아니온듯 흠업시 즐겁더니 원슈로다 원슈로다
게명의 ᄌᆞᆷ을놀ᄂᆡ ᄊᆡ다라니 일ᄌᆞᆼ츈몽 역역하다
ᄌᆞᆺ최업시 어이소ᄅᆡ 도라누어 고향ᄉᆡᆼ각 가가호호 헤아르니 그거시다 ᄂᆡ집이라
무비다 ᄉᆞᆯ들하고 면면이 졍이로다 이른집을 ᄯᅥᄂᆞ와셔 남우집을 졔집삼아
이무ᄉᆞᆫ 고ᄉᆡᆼ인고 ᄌᆞ고나면 먹을ᄉᆞ업 격고나며 닙을이리 ᄇᆡᆨ연못ᄉᆞᆯ 인ᄉᆡᆼ들이
골물즁의 늘단말가 구가의 허타소님 ᄀᆡ쵸의 바ᄀᆡᆫ다시 예예틈틈 부모ᄉᆡᆼ각
겻ᄒᆡᄉᆞ람 씨귄다시 일시반ᄀᆡᆨ 이즐손가 ᄎᆞ고ᄉᆞ랑 깁흘ᄉᆞ록 조심더옥 ᄒᆞ오리다
친졍견문 ᄉᆡᆼ각ᄒᆞ여 하인슌슌 조심할일 일이 고역이요 말마다 조심이라
이고ᄉᆡᆼ 이ᄒᆡ포를 누를ᄃᆡᄒᆡ 푸러보보면 누를만ᄂᆞ 원셜하리 고이고이 ᄉᆡᆼ각하니
남ᄌᆞ못된 팔ᄌᆞ로다 칠입도 아니한ᄊᆡ 분벽사창 달들거던
할일업시 혼ᄌᆞ안ᄌᆞ 칠월ᄌᆞᆼ 젹벽부아 이별가 한곡조를 소ᄅᆡ업시 외와ᄂᆡ니
망암이 ᄆᆡ칠다시 간ᄌᆞᆼ이 녹을다시 오세즁셔 노든이리 어제갓치 역역하다
셰월ᄉᆞ창 슈란ᄒᆞ니 눈물이 졀노흘너 치마압히 다젓난다
츈풍ᄉᆞᆷ월 조흔ᄊᆡ와 츄구월 삼오야를 잇비히 넘긔난쥴 ᄋᆡ들고 졀통하다
심즁의 셔린마를 ᄂᆔ와함게 소회ᄒᆞ며 마ᄋᆞᆷ이 미편한들 ᄂᆔ를만ᄂᆞ 푸러볼고
가소롭다 가소롭다 여ᄌᆞ평ᄉᆡᆼ 가소롭다 마암이 슈란한ᄃᆡ 향힌들 업ᄉᆞᆯ손가
ᄎᆞᆼᄒᆡ예 말근바람 긔슈ᄉᆞ쳔 넘어완ᄂᆞ 셔ᄉᆞᆫ의 걸인달은 부모친쳑 보건만난
ᄋᆡ들할ᄉᆞ ᄂᆡ일신은 엇지일졍 못보난고 ᄎᆞᆼ망한 구람밧게 원ᄒᆞ나이 동긔종만

오ᄆᆡ일염 싱각할ᄉᆞ 듯든소릐 들이거던
젼의보든 면목이라 여슈가 압흘막아
우리ᄉᆞ촌 진ᄉᆞ님이 나를ᄎᆞᄌᆞ 오신난쥴
오라ᄇᆡ야 오라ᄇᆡ야 남의업ᄉᆞᆫ 종남ᄆᆡ간
마리막혀 할슈업고 낫절ᄌᆞ시 보ᄌᆞ하니
얼만만의 만ᄂᆞ ᄉᆞ촌 할말업셔 못할손가
졉쳡히 ᄊᆞ인ᄒᆡ포 입한번도 못씌보고
ᄉᆞᆯ난기도 요량업다
써날젹 굿부긔난 안보긔만 못하도다
ᄋᆡ오안ᄌᆞ 싱각하니 날마다 노름갓고
뉘가오고 뉘가간고 일일 쳥망불급
신졍이 미흡ᄒᆞ여 시덕영을 거의치못
듯든소릐 싱싱하나 이힝이목 암암하여
어나시졀 조용하여 면면 반겨볼고
싱각다가 싱각다가 국고님게 간쳥시여
소니드로 되단말가
야룐마암 ᄲᅮᆫ이로다 반가운즁 굿ᄲᅮ도다
낫쳘보니 할말업고 악슈ᄉᆞᆼ봉 ᄲᅮᆫ니로다
말도마라 말도마라 시집ᄉᆞ리 말도마라
집의셔 업든잠이 ᄌᆞᆷ은 어니만토
ᄎᆞᆫ바람 부난뜻즌 너ᄒᆡ들 ᄌᆞ화갓고
부모님 ᄌᆞᄋᆡ시로 지극히 츅슈하와
어와 동뉴들아 언졔볼고 그리워라
불현다시 보고지고 금연홍슈 힛빗갓치
ᄎᆞᆼᄒᆡ예 달빗갓치 보고지고
고향ᄉᆞᆫ쳔 써난지가 잇ᄒᆡ가 다ᄎᆞ쓰니
오ᄆᆡ불망 아니런가 이집져집 다니난ᄉᆞᆼ
진동한 동늬 다르니 젼의듯든 음셩이요
젼형을 요량치못 마를듯고 싱각하니
반갑긔 그지업고 황송코도 감ᄉᆞ하다
그린지가 언마런고 집의안부 뭇ᄌᆞ하니
싀ᄒᆞ의 ᄉᆞ람이라 눈물날가 조심이요
귀졸할ᄉᆞ 이몸이야 ᄌᆞᆷ시도 여가업셔
훌훌이 회졍하니 ᄌᆞ던ᄌᆞᆷ을 씌운다시
만날졔 반갑긔난 셰ᄉᆞᆼ싀 아니러니
날이가고 달이가니 싀로이 그리워라
밤마다 션뉴갓다 젼졍의 동뉴들은
광심이 졀노들어 동싱의덕 신예한후
집써난지 언제런고 시안면니 ᄉᆞᆷᄉᆞᆷ하고
몽즁의나 만ᄂᆞ볼가 그도쏘한 허싀로다
보고지고 보고지고 부모붕우 보고지고
친졍의 도라가니 한집의셔 크든ᄋᆞᄒᆡ
나겹갓치 훗친동뉴 열마만의 만ᄂᆞ보니
ᄐᆡᄉᆞᆫ갓치 모흔마를 너를보고 푸ᄌᆞᆺ더니
어와 붕우들아 시집ᄉᆞ리 엇쩟턴고
하네락고 조심ᄒᆡ도 마른어이 그리만호
원슈고도 민쥴에라 유월염젼 북더위에
ᄉᆞᆷ동셜한 치운날의 더운나리 잇ᄉᆞ오니
이른나리 잇ᄉᆞ온듯 황송코도 반갑더라
이히ᄉᆞᆷᄉᆞᆷ 그리워라 어득침침 야심즁의
보고지고 칠연ᄃᆡ한 비발갓치 보고지고
보든거동 다이즌듯 긔역긔 어렵도다
엇지아니 그럴손고 일일단쉬 하든양은
안ᄒᆞ의 역역하다

외오안ᄌᆞ ᄉᆞᆼ생하니 씰곳지 젼혀업다 강ᄉᆞᆫ니 ᄋᆡ식하여 우리다 여ᄌᆞ된줄
ᄋᆡ들고 통분하다 팔ᄌᆞ조흔 남ᄌᆞ들은 명ᄌᆞᆼ노ᄉᆞ 아니런가
가통한 우리들은 각각시가 ᄆᆡ겻스니 다각각 흣터지며 어나셰월 다시볼고
슬푸고도 가련하다 부유갓탄 우리들은 초로갓치 씨러지며
다시올길 아득하나 우리도 어ᄂᆞ시졀 이곳의서 싱ᄌᆞᆼ할고 무비다 쑴결갓다
부모님 ᄉᆞᆯ든ᄉᆞ당 이슬ᄉᆞ록 막막하다 동긔종반 긥흔졍은 잇칠시가 바히업다
시집이 조타한한 친졍의 비할손가 슌풍ᄒᆞ일 다시만나 모여형제 슈만ᄂᆞ
히소담낙 축슈로다 어와 붕우들아 후셰에 남ᄌᆞ되야
요조슉여 다려다가 부모님게 효양하고 효ᄌᆞ효부 발쳔하고 부귀공명 갓게하여
싱ᄒᆞ의 열친친쳑 친열하고 빅연동낙 ᄒᆞ오리라

19. 무제 '슈심겨워 눈물이요' 한국국학진흥원 소장

[해제] '망월가', '농장가'와 함께 한 권의 전적에 전편이 수록된 국문 가사이다. 자료 형태는 29×26cm 규격의 전적이며, 단·행·음보 구분 없는 줄글 형태의 필사본이다. 창작 연대는 본문 중 '임ᄌᆞ지월', '우체부', '전화', '방학'이라는 말로 보아 1912년이나 1972년으로 추정되며 작자는 미상이다. 전소장자는 전주류씨 류창석씨이다.

멀리 있는 손자를 그리워하며 손자가 잘되기를 기원하는 조모(祖母)의 마음을 잘 표현한 가사이다. 보름달을 바라보며 혼자 있는 적적한 심회를 한탄하고, 멀리 서울에 떨어져 있는 손자 '성보'를 그리워하는 조모의 애틋한 마음을 노래하였다. 손자가 군자지심(君子之心)을 염두에 두고 근검·정직하며 관대하고 꿋꿋한 인물로 자라며 부모에게 효성이 지극한 사람이 되기를 기원하고 있다.

슈심겨워 눈물이요 흥심겨워 우숨이나
엇지이리 ᄂᆡ도ᄒᆞ노 야속ᄒᆞ고 괘심하다
고진감ᄂᆡ는 흥진비ᄅᆡ[527]나 슈심장탄[528]은
잇ᄊᆡ가 어나ᄶᆡᆫ고 임ᄌᆞ지월 기망[529]야에
빈춰나니 너의용모 몃ᄒᆡ나 그렷난고
우연니 상심되여 쳥아래 셔셔보니
셔울에 불군당 삼각지로 치올나이
사창을 비츄엇지 초열흘날 배일장[531]은
오회[525]나 유유창천[526]아 불철쥬야 앙모해도
슈원슈구 엇지할고 나의ᄌᆞ탄 뿐일거라
창ᄒᆡ로 소멸할가
사창을 비겨안ᄌᆞ ᄉᆡᆼ각나니 셩보로다
날ᄌᆞ를 헤여보니 십여일 되ᄂᆞᆫ구나
명낭한 져월식은 쳔하를 고르발켜[530]
ᄐᆡ원에 나의손아 우리성보 안즌방의

525 오회: 懊悔, 회한(悔恨), 뉘우치고 한탄함
526 유유창천: 悠悠蒼天, 한없이 멀고 푸른 하늘, 주로 원한을 표현할 때 쓴다.
527 흥진비ᄅᆡ: 흥진비래(興盡悲來), 즐거운 일이 다하면 슬픈 일이 닥쳐온다는 뜻
528 슈심장탄: 수심장탄(愁心長歎), 장탄수심(長歎愁心), 크게 탄식하며 근심하는 마음
529 기망: 旣望, 음력으로 매달 열엿샛날
530 고르발켜: 고르게 밝히어
531 배일장: 백일장(白日場)

어ᄂᆞ션비 골ᄂᆞᆫ넌지 초구일밤 꿈이나 명빅할가

사샹경경 ᄂᆡ심ᄉᆡ야 십일일 날부터 희보를 기ᄃᆡᄒᆞ여 나날이 우쳬부를 원망ᄒᆞ고

셕양이 헛비지니 일염에 굼굼ᄒᆞ다[532] 오날이야 ᄒᆞ는마리 무소식이 호소문

이라ᄒᆞᄂᆞ 너의모ᄌᆞ 몸이나 무탈한지 전화도 모도 잘하드나만은[533] 너의집은

이것도 못ᄒᆞ오니 간ᄌᆞ코 답답해라 성보야 너는 칙상에 의지하여

졍신담ᄋᆞ 공부ᄒᆞ고 안즌모양 무실에 잇는 너의조모 안전에 버럿구나

나는 젹젹한 이방안에 한침을 비겨누어 동지야 긴긴밤에 한시갓치 잘슈업시

역역ᄒᆞᆫ 과거ᄉᆞ의 고고이 ᄆᆡ친셔름 촌촌이 져린심회 어ᄃᆡ가 ᄒᆞ소ᄒᆞ소ᄒᆞ냐

셰월이 지루커도 한졍업고 엇지보면 날ᄂᆡ도다 너가하마 십칠셰라

너를보면 나의나이 너모만코 나의고낙 고싱 시틋암[534]은 일시가 민망토다

너의슈젹 ᄌᆞᄌᆞ획획 언언이 혈심혈셔 만고에 효손이라

남의십ᄌᆞ를 부러할것업시 만ᄉᆞ가 구비ᄒᆞ고 ᄃᆡᄃᆡ여천 화ᄎᆞᆼ한 행복을 누릴테라

나의노복 나의영광 너의들여 어슉딜종 반친외업시 ᄃᆡ망ᄃᆡ계 그엇지 헝셜ᄒᆞ랴

이저난 방학도 머지 안타만은

동졀한풍이 넝혹하니 조셕으로 왕ᄂᆡ엇지ᄒᆞ며

한셔풍우를 헤지안닌거시 압날에 공명히 길이나

근검ᄒᆞ고 착독ᄒᆞ고 졍직ᄒᆞ고 관ᄃᆡᄒᆞ고 대견에 삿삿한 심역으로 위쥬하여

지ᄂᆡ기를 명심불망 고소원[535]이로다 어미에계 공슌ᄒᆞ고 지셩으로 슈작ᄒᆞ고

효심으로 널피여라 나의운쉬 괴이ᄒᆞ여 나의소조 불칙기로

너의들이 혈혈ᄒᆞ고 ᄂᆡ신명이 가엽셔셔 평싱에 고싱타가 ᄉᆞ남에 기초희망

ᄂᆡ연치 십칠셰에 이문젼 도당하여 히로낙ᄉᆞ 기남옥ᄂᆡ 탄싱ᄒᆞ여

구비한 빅쳬로셔 한평싱 나의용망 울읍한[536]일 이무ᄉᆞᆫ 익회[537]온고

---

532 굼굼ᄒᆞ다: 궁굼하다

533 잘하드나만은: 잘 하더라마는

534 시틋암: 마음이 내키지 아니하여 시들함

535 고소원: 固所願, 본디부터 바라던 바. 불감청고소원(不敢請固所願)은 감히 청하지는 못할 일이나 본래부터 간절히 바라는 바임을 뜻한다.

536 울읍한: 울읍(鬱悒)한, 수심에 찬 상태에 있는

537 익회: 액회(厄會), 재앙이 닥치는 불행한 고비

육십일연 고진감ᄂᆡ 임ᄌᆞ지월 초이일 다넘기고 초삼일부터 ᄉᆡ왕운 두목
너의로셔 짜라셔 인인면면[538] 츄앙탄복 백만장ᄌᆞ 부러할것 업거셔라
부ᄃᆡ졍말 쳔신서 쥬신ᄃᆡ로 지은이응 한ᄃᆡ로 밧는이 제ᄌᆞ위ᄌᆞ 봉ᄒᆞ는 것도
조샹님 밧둠이요[539] 부모를 위한게라[540] 국한국셔 우셜풍에도
ᄂᆡ졍이 단졍해야 되는게오 쳔지를 고루 살피고
힝동을 조용이 하고 다언하니 잇거든 답변을 깁히 ᄉᆡᆼ각ᄒᆞ고
셩급ᄒᆞ니 잇거들낭 ᄂᆡ심졍을 누그럽게 가다듬고 ᄂᆡ두사를 ᄉᆡᆼ각ᄒᆞ고
남의환경 흥왕한걸 과도이 부려마라 부귀빈천 돌고도니 조금도 ᄋᆡ려마라
쾌락한 자존심도 마려니와 가련타고 할것업고 초두 곤ᄋᆡᆨ은 쟝ᄂᆡ길셩
화복의 기초로다 태연한 셩심으로 씩씩ᄒᆞᆫ 군자지심 념두에 박혀도라
옛날에 잇든마리 젹션한지 오래되면 필류여경 안니올가 젹악한지 오래되면
필류여앙 이란말이 잇든이 약이는 드럿시나네
이조모 난ᄌᆞ연즉 되별을 ᄊᆡ닷지 못ᄒᆞ난 심정 울화 가ᄉᆞᆷ에 밋쳐
죽은들이 즐슈야 이슬가만은[541] 이거시 ᄌᆞ심적 불관이나
너를보면 근심걱졍 셕연니 씨셔 버릴게나 너의조부 후덕여음으로 너의들
면면이 무량한 행복으로 누릴테라 셩보야 너의 착ᄒᆞ고 단졍ᄒᆞᆫ 효심으로
너의조모 문학이 조부와 다르기로 션후 망영ᄒᆞ나 이미잇게 ᄉᆡᆼ각ᄒᆞ여 살피고
ᄂᆡᄂᆡ이 잇지말고 간슈ᄒᆞ여 보ᄋᆞ라 우넌니 광심이라 이러케 쎠쎠 너심쟝 거살일가
오늘은 이만코 치운다 셩보야 쏘ᄉᆡ기운 셔셜화 업ᄉᆞᆯᄎᆞ야
십오삼경을 지ᄂᆞ고 십육일 동지일겸 박학운사에 졍신셩위로 셩불ᄒᆞ올가
단여와 일심준위로 ᄊᆡ인듯 ᄒᆞ며 쳘이원졍에 너를두고 한양강ᄉᆞᆫ을 바라보며
오ᄌᆞᆨ교를 원망할ᄊᆡ 너의셔예 합격기ᄃᆡ ᄒᆞᆫ호 소식오는 십팔일셕후 임동에젼
보온문답 선통이도 깃부도다 얼ᄉᆞ얼ᄉᆞ 노라보ᄌᆞ 우리의 쥬손ᄂᆡ가

---

538 인인면면: 여러 사람마다
539 밧둠이요: 받드는 것이요
540 위한게라: 위한 것이라
541 이슬가만은: 있을까마는

업어쥴가 임ᄌᆞ지월 물인지심 간ᄃᆞᆺ업시 즐거우니 어허닉가 귀인이로다
이만 두어라 즁동일 기ᄂᆞᆫ우슈 풍셜이나 나의심졍 우리가 졍춘 풍화기가
일실에 충만ᄒᆞ도다

20. 박ᄂᆡ서 두견ᄉᆡ 답설화가ᄅᆞ

금요고서방 소장

[해제] '박ᄂᆡ서 두견ᄉᆡ 답설화가ᄅᆞ'는 가사와 편지, 제문 등 여러 작품이 수록된 한 권의 전적에 실린 국문가사이다. 자료의 형태는 32×26.5cm의 규격이며 단 · 행 · 음보의 구분이 없는 줄글 형태의 필사본이다.
설화가는 '설화(雪禍)', 즉 원통함을 푼다는 뜻이 담긴 노래이다.

슝ᄉᆞᆫ심곡 드르와서 슈간모욕 청씨ᄒᆞᆫᄃᆡ
쥭ᄎᆞᆼ의 비겨서〃월ᄉᆡᆨ은 황훌ᄒᆞᆫᄃᆡ
외ᄌᆞᆫ ᄒᆞ든 우리부모 어ᄃᆡ가며 만ᄂᆡ볼고
엄연ᄒᆞ신 우리님모 우리ᄌᆞᄃᆞᆼ 동기일신
불촌ᄒᆞᆫ 이질여랄 초면악슈 낙누ᄒᆞ니
그력저럭 맛친정화 호련금야 ᄉᆡᆼ각ᄒᆞ니
난리업난 두견성이 불연리라 설피우ᄂᆡ
불여리라 일을삼고 처낭ᄒᆞᆫ 저구견아[542]
ᄉᆞᆷ천오도 일문족의 망전원혼 도왓쓴이
뉘라서 다알손가 무궁ᄒᆞᆫ 이ᄂᆡᄒᆞᆫ을
ᄎᆞᆼ망ᄒᆞᆫ 저두나ᄅᆡ의로 잡풍고국 써ᄂᆞ올ᄃᆡ
황후협드 저두고 ᄎᆞᆼ호ᄉᆞᆫ 저문달ᄅᆡ
불선청원 ᄀᆡᆨ비회라 만죽누 적막ᄒᆞᆫ을
후ᄆᆡ일ᄀᆡ 불무반이라 문ᄌᆞᆼ씨쥬 간듸업고
쥬인업서 몬놀깃디 아양누 놉히올ᄂᆞ
ᄉᆞᆷ경양 깁피드러 시문을 구지닷고
허ᄃᆞ비회 더저두고 부모ᄉᆡᆼ각 쳘노난ᄃᆞ
천운신조 금일안면 임모님을 상되ᄒᆞᄉᆞ
ᄊᆡ〃본닷 다라릿가 인후ᄒᆞ신 우리니모
좌우의 모든종남 뉘안이 비면ᄒᆞ리
ᄌᆞ연비회 울적ᄒᆞ야 공ᄉᆞᆫ을 바ᄅᆡ본이
못그라 저류국아 무ᄉᆞᆫ ᄒᆞᆫ니 그리깁허
되강정ᄉᆞ 답ᄒᆞᆫ말리 이디원ᄒᆞᆫ 그안이라
망국실은 납은ᄒᆞ니 천지간의 갇득ᄒᆞᆫ
뉘라서 ᄃᆞ알손양 무려볼곳 전혀업ᄃᆞ
ᄒᆞᆼᄒᆡ슈 얼능견너 ᄇᆡᆨ마강 다달ᄂᆞ서
이원혼 조상ᄒᆞᆫ이 이십오년 외월ᄒᆞ외
그뉘라 다알손가 명ᄂᆞ슈 ᄎᆞ자가니
봉황ᄃᆡ 놀노가니 봉거뒤 공간ᄌᆞᆫ유라
동정호을 바ᄅᆡ보니 칠ᄇᆡᆨ평호 너른물은

542 구견: 두견(杜鵑)

속긱의 궁경처라 만단빅누 ᄲᅮ이로ᄃᆞ 고소성의 ᄎᆞᆫ바남의 ᄒᆞᄌᆞᆼᄉᆞ조식 ᄎᆞ자간니
공은며리에 만둥성 문듯놀ᄋᆡ 급피나리고 고국을 ᄎᆞᆫ난긔의 강남연ᄌᆞ 긔을ᄶᅡ라
봉각ᄋᆡ 쥬인만ᄉᆞᆫ 녹초ᄀᆡ ᄌᆞ보고서 ᄉᆞᆫ치미 빅이ᄎᆞ자 가야술쥭 두난얼
여기저기 ᄎᆞᄌᆞ오니 이ᄉᆞᆫ저산 두견화가 부기난망 ᄒᆞ여서ᄅᆞ 구경을 탐식타가
못춘을[543] 다지디고 ᄉᆞ월ᄡᅡᆯ을 당도ᄒᆞ니 녹음방초 승화시[544]라 온갖금초 우지진ᄃᆡ
뇌홀노 우혈없서 불여긔랄[545] 우ᄂᆞᆫ이ᄃᆞ

543 못춘: 모춘(暮春), 늦봄
544 승화시: 성하시(盛夏時), 한여름
545 불여긔: 불여귀(不如歸), '두견'의 다른 이름

21. 붕우사모가

조춘호 소장

[해제] 이 가사는 무제(부절 업시), 츄풍감별곡과 한 두루마리에 실린 국문가사이다. 자료 형태는 26.2×313.7㎝이며 1행 4음보 형태의 필사본이다. 원작자와 필사자는 미상이다.

군안살별 써난후 어언간 슈삭되니　　무졍할손 유슈광음 말다하여 무엇할이
약슈절이 먼난먼곳 청조새가 끈어지고　　북희말이 눌은곳애 홍안성이 젼혀업다
피화두견 슬피울고 오동야우 젹막한ᄃᆡ　　상사일년 못이긔여 졍신업시 안잣스니
무심하다 홍안성은 철이간에 끈어지고　　산운ᄒᆡ월 함협하난 구곡간장 깁흔회포
졍불자어 늣겨보고 비불자성 울드ᄅᆡ도　　사모한난 형애옥안 여몽여취 황홀하다
청쳔에 쓰난구름 할양업시 놉흘시여　　져구름애 안자스니 고은황홀 보련만은
만경창파 풀은물은 쥬야장차 흘너가네　　져물갓치 갈량이면 형게신곳 차져가련만
궁핍한촌 잔긘몸이 신무비우 어의하며　　우즁반야 찬바람애 몸을덜처 어의할고
달은발고 고요한ᄃᆡ 밤은길 잠못오며　　지ᄂᆡ간일 생각하니 엇지안이 설을손강
춘풍도리 화게시애 삼월모츈 슈심이요　　추우오동 낙녑시에 풍우성이 비감이라
장산ᄃᆡ야 돈난초목 겨을가고 봄이온이　　긔화방초 우졍하고 송구영신 회로된다
오날이나 소식올가 ᄂᆡ일이나 소식올가　　하로잇틀 한달두달 손을쏩아
바랏드니 난ᄃᆡ업은 호안성이 다졍하신 형애글발
북망한철 울고갈재 ᄂᆡ칙상에 던져준다　　반갑고도 반갑고나 불아하긔 나의성아
일거월재 오ᄅᆡ된들 은은일졈 이즐손양　　형애긔테 안형하고 남북상거 운소간애
나의일신 평안하고 일은힐복 쏘잇스라　　한번보고 다시보니 못이져서 원슈되고
천슈만한 가목하야 못보아서 병의되고　　타긔황앵 져쇠꼴이 막교지상 우지말라
적〃공망 ᄂᆡ우름애 슈심겨워 네잠못자겟네　사회깅소 하올젹에 오호애재 우리량인
다시한번 만하보지 못하니 영원작별 되엿구나

영원작별 색각하니 오동츄야 야삼경과　세우츈풍 져문날 설은정회 엇지할라
슈힝남미 쯘긔력긔야 형게신곳 차저가서　이닉말을 들어다가 나의형께 젼히다고

십육춘을 마지한 어린 소연
짜뜻한 봄날에 심〃 푸리로

22. 사모곡思母曲

조춘호 소장

[해제] 이 가사는 돌아가신 엄마를 그리워하면 쓴 국문가사로 자료 형태는 27.3×19.5㎝ 규격의 전적이며, 3단 구분, 1단 2행 형태의 필사본이다. 원작자는 김광두이고 필사자는 김광정이다.
일찍 돌아가신 어머니에 대한 그리움을 표현한 가사이다.

엄마엄마 우리엄마 어듸로 가시엇고 황쳔후토 구만리를 엇지하야 가시엇소
깃차를 타고갓소 자동차를 타고갓소 비행기가 잇든가요 보행으로 갓는가요
다리압허 엇지갓소 발병나서 엇지갓소 시상하야 엇지갓소 심심하야 엇지갓소
절머서 혼자되여 두남매를 키운할매 우으로 시부잇고 아래로 시숙두고
정구지역[546] 골몰하곤 침선방직 하실적에 져아들를 길너내여 며느리를 보시어셔
손자손녀 압해두고 귀여운졍 다하시고 허리피고 잠을자고 기리복록[547] 바랫더니
새월이 활살갓헤 춘츄가 근륙순에 기력이 쇠진하고 심져가 해이하야
더위치위 못견듸고 로력에 불감할때 져손자들 압해안고 새로히 살님맛터
무거운짐 질머저서 알들살들 고생할줄 몰으시고 가섯나뇨 니즈시고 가시엇소
아부지 우라버지 십칠새에 상봉할제 백년해로 맹새하야 기리수복 바랠적에
음양수에 원앙갓치 내외졍도 유별하고 부부의 화목함을 린인까지 일넛더니
져상방에 혼자누어 눈물한심 하신줄은 몰으시고 가섯나뇨 니즈시고 가시엇소
이내동생 졍두배여 열달를 배술를제 긋때도 그병들어 기시사경 되엿다가
천우신조 바드서서 다시 회복하옵심에 엄마명이 길엇다고 사람마다 잇가렷고
우리졍두 얼는커서 엄마은헤 갑흘줄를 몰으시고 가시엇소 이즈시고 가섯나뇨

546 정구지역: 井臼之役, 물을 긷고 절구질하는 일이라는 뜻으로, 살림살이의 수고로움을 이르는 말
547 복록: 福祿, 복되고 영화로운 삶

둘재동생 명두남에 허다히도 잔병하니 홍진쓰래 져근님[548]을 닛다라 석거서고
헐미[549]종심 부스럼 환골형용 업섯스니 우리엄마 고생한줄 젼들엇지 니즈리요
우리명두 얼는커서 엄마은혜 갑흘줄을 몰으시고 가시엇소 니즈시고 가셧나뇨
삼남일녀 우리옥자 귀여운딸 나으시고 사랑에 매못들어 저대로 키어내니
토끼갓치 뛰여가서 이것저것 보고듯고 엄마안테 들어와서 재비갓치 지져구니
우리옥자 얼는키어 사위사랑 하실줄을 몰으시고 가시엇소 니즈시고 가셧나뇨
우리엄마 집에와서 스므한살 날틀나니 우리할매 반겨워서 귀동자로 키어내니
이내마음 철리업서 엄마말을 듯지안코 억판지판 애를먹여 엄마심정 불안하고
허둥지둥 황홀하야 엄마손에 매들닌일 몰으시고 가시엇소 니즈시고 가셧나뇨
어머님이 가신뒤에 비로소 생각나니 천추에 불효이고 인류에 대적이라
이갓치 애달분졍 엄마한테 호소하니 알름이 기시거든 이내말를 찰납하사
자졍으로 용서하고 끼시지 마옵시고 황천에 돌아가되 니즈시고 가십소서
득이를 니젓나뇨 정두를 니젓나뇨 염두를 니젓나뇨 옥자를 니젓나뇨
우리할매 어지다고 맷기시고[550] 가셧나뇨 우라버지 정잇다고 그냥두고 가셧나뇨
어미업는 자식들이 고생이 만흘줄를 몰으시고 가시엇소 니주시고 가셧나뇨
애애부모 우리엄마 생아구로 하신은혜 여산약해 갓흔줄은 철이업서 몰냇드니[551]
이내나이 열두살에 지금애야 알엇도다 삼남일녀 우리남매 욕보지득 하올나니
수욕정이 풍부지고 자욕양이 친부대를 이내앞해 당하얏소 예글로만 알었드니
엄마엄마 우리엄마 십팔새에 집애와서 증조부님 시종하고 조모님을 봉양하고
남달리 출입하는 우라버지[552] 뒤를딱고 다산하신 덕택으로 사남매를 품에안코
화려하게 못차리고 닙부게도 못놀엇지 청춘홍안 가진채로 지지리도 고생햇지
엄마엄마 우리엄마 그다지도 단명하오 신령님이 미워햇소 조물이 싀기햇소
황천에 가는길이 그다지도 밥버섯소[553] 삼신산채 약동이 약재자고 불너갓소

548 져근님: 적은손님, 홍역을 이르는 말
549 헐미: 다치거나 부스럼이 나거나 하여 살이 헐고 상한 자리 또는 그러한 병
550 맷기시고: 맡기시고
551 몰냇드니: 몰랐더니
552 우라버지: 우리 아버지

상산사호 져늘그니 바닥구경 불너섯소 소상동졍 아황녀영 수졀니약 불어섯소
엄마엄마 우리엄마 그다지도 단명하오 압흔이후 말못하니 죽을병을 실으섯소
머리가 압헛섯소 뱃속이 압헛섯소 수족이 느련햇소 가슴이 답답햇소
목병이 나시엇소 구증이 나시엇소 의사의원 슬때업고 백약이 무효햇소
엄마엄마 우리엄마 그다지도 단명하오 우라부지 나술려고 고생한줄 알엇서소
침침칠야[554] 어두운밤 자전거를 어드랴고 절골가서 어더다가 첫새벽에 출발하야
동곡동창 어듸까지 의사의원 불너오고 한약신약 가진약을 스신줄 알으섯소
엄마엄마 우리엄마 그다지도 단명하오 우리할매 나술려고 고생한줄 알엇소도
참울숙냉 갈녀내고 미음숙냉[555] 만들엇고 오짐소매 바더내고 질고말은 자리갈여
쌧때로[556] 소쇠하고 자주옷을 갈여입혀 술술이[557] 음식약을 먹이신줄 알엇섯소
엄마엄마 우리엄마 그다지도 단명하오 압흔이후 말못하고 그냥으로 도라가니
응당엄마 할말이야 여산약해 잇섯스리 내죽은후 엇제달나 부탁도 잇섯스리
져자식들 엇져달나 축원도 잇섯스리 가사를 엇지하라 당부도 잇섯스리
엄마엄마 우리엄마 그다지도 단명하오 우리남매 엄마불너 오냐소리 못들엇고
우리득이 공부하여 큰사람 되라하고 졍두명두 얼는커셔 일홈놉히 되라하고
우리옥자 얼는커서 조흔곳에 시집가라 말한마듸 못들으니 더욱더욱 절통하오
엄마엄마 우리엄마 그다지도 단명하오 설은두살 그나이가 반평생이 못되것만
양촌쌍 오색토애 길게길개 누어섯소 바람업고 해양하고 연소형님 병방이
그다지도 조흘술은 언제언제 알어섯소 호통하는 우리소리 들니지도 아니하오
엄머엄마 우리엄마 어듸로 가시엇소 추야벌명 발근달애 달구경 가시엇소
황국단풍 느려지니 달구경 가시엇소 추수공장 천일색에 가을구경 가시엇소
어려서 일어버린 쌀을차져 가시엇소 엄마엄마 우리엄마 어듸로 가시엇소

---

553 밥버섯소: 바쁘셨소
554 침침칠야: 沈沈柒夜, 아주 가까운 거리도 분간할 수 없을 정도로 아주 어두운 밤
555 숙냉: 숙랭(熟冷), 숭늉
556 쌧때로: 때때로
557 술술이: 순순히

척피강혜 놉히올나 첨망[558]모혜 바랜들사
시가보월 청소럽에 엄마생각 하올적에
무정한 미물인졍 모자지졍 중하것만
엄마엄마 우리엄마 언제나 다시올고
하운이 다가봉에 구름타고 올나는가
옹동설한 빙설즁에 치워서 올나는가
근십년 젼쟁즁에 남의밋테 고생고생할ᄡᅢ
소납[560]에 스는물건 적을때도 잇섯스리
우리나라 건국하야 화편하게 살나할ᄡᅵ
엄마엄마 우리엄마 이즈시고 가십소셔
명석한 우라부지 뒷일을 잘못하리
귀애하든 증조부님 엄마압흘 딱가주리[562]
황홀한 이내맘도 지김부터 회심하여
훌늉한 사람되여 부모일홈 빗내갯고
엄마엄마 우리엄마 이즈시고 가십소서

사위첩첩 산즁이요 엄마소식 돈졀[559]하고
무심한 기력이ᄡᅵ 기록하고 날어가니
우리엄마 어듸가고 우리남매 몰으는고
봄푸리 푸르거든 봄을ᄡᅡ라 올나는가
청쳔유월 래기시에 달을ᄡᅡ라 올나는가
천리타향 봉고민에 고인마려 올나는가
물자가 부족하야 엄마패물 다바치고
공출을 하도하니 배곱흘적[561] 잇섯스리
엄마명이 단명하니 평화새월 모르는가
현쳘한 우리할ᄆᆡ 훌륭하게 처리하고
미리갓는 우리할매 엄마길을 인도하리
엄마엄마 우리엄마 이즈시고 가십소셔
할매아배 말잘듯고 부즈런이 공부하여
어린동생 잘거둬서 엄마걱졍 업시하리
엄마엄마 우리엄마 명명지즁[563] 즐기소서

---

558 첨망: 覘望, 살피면서 바라봄
559 돈졀: 돈절(頓絶), 편지나 소식 따위가 딱 끊어짐
560 소납: 어떤 일을 하는 데에 소용되는 물건
561 배곱흘적: 배고플 적
562 딱가주리: 닦아주리
563 명명지즁: 명명지중(冥冥之中), 듣거나 볼 수 없이 은연중에 느끼는 상태 또는 어두운 저승

23. 사양가[564]라

조춘호 소장

[해제] 하나의 두루마리에 전편이 수록된 국문 가사이다. 자료 형태는 24.5×397.5cm 규격의 두루마리이며, 단과 행 구분 없는 줄글 형태의 필사본이다. 창작 연대 및 원작자, 그리고 필사자 및 필사 시기는 알 수 없다.
고향을 떠나 먼 곳으로 시집간 여인이 여자의 몸이기에 한 번도 고향을 찾지 못한 자신의 신세를 한탄하며, 늙으신 어머니와 형제들, 그리고 돌아가신 아버지를 그리워하며 연로하신 어머니의 만수무강을 비는 마음을 담은 가사이다.

어와 가소롭다 여자몸이 가소롭다 가슴중에 슯우도다[565] 슯운중에 긋부도다
전생에 무신죄로 여자신이 된말고 흉중에 만단회포 단문으로 이라라
부모님 만금교에 비할고지 전혀업다 일시반객 떠나기랄 삼추갓치 넉여더이[566]
옛성인 하신법이 개〃 이어지대 여자이 원부몰 외물함도 그지업다
원근을 혜제하여 동서남북 흣터지니 낙엽과 일반이라 다시가기 어렵도다
어향이 여자님내 소회난 한가지나 소조야갓 사할손야 가작히[567] 출가하면
소식이자 사로듯제 날가탈이[568] 뉘이시라
한변이향 하온후에난 멧고끗난다시[569] 아득하다
처음으로 집을떠나 객곤들[570] 업살손야 훌〃하이 셰월이야 멧철새가 밧고잇고
언일선내 이마암나 오매일염 어무[571]생각 밋친심회 걸인마암 자모에제 박혀또다[572]

564 사양가: 글의 내용상 '사향가(思鄕歌)'의 오기인 듯함
565 슯우도다: 슬프도다
566 넉여더이: 여겼더니
567 가작히: 가까이
568 날가탈이: 나와 같을 사람
569 멧고끗난다시: 맺고 끝낸 듯이
570 객곤들: 객고(客苦)인들, 객지에서 겪는 고생인들
571 어무: 어머니

그립도다 자모조난 보고져라 자모서응
늘고병든 모양이 더세고 더놀손가
동기형졔 압희두고 즐거하고 아전는가
날노두고[575] 기다라고 때로두고 바라든이
말이타향 타국갓치 풍평도 조처도다
무심한 이내눈물 옷압피[577] 젼난도다[578]
양월이 빗난거동 흉젹이 막혀진다
화초지고 신세가절 조흔경이 객지이
신춘이 푸른물이 반갑기 그지업다
동지섯달 설한풍이 고향짝을 바라노라
슬퍼하고 궃버한들 어난뉘가 알손고
이리저리 도라바도 살든대도 전혀업다
보고지고 〃〃〃〃 어마동생 보고지고
이별리 엇지면 수이보리 낙 〃 하다
그린어마 어린동생 아망하고 상 〃 하다
어난부친 차자와서 어름시려 위로할고
이십을 모렴고서 붓친을 여회오리
홉다 우리가문 이라시 명하시며
금셰에 드문셩덕 내한몸 바히업다
에회하고 삼 〃 하다 자모님 종에회다
남다란 심경으로 자심하고 안전난가[573]
오날이나 속식[574]듯제 내일이나 길별알가
삼춘시동 다저내고 여랑처리[576] 도라오리
무심한 인내심회 촌 〃 히 쪼쳐니고
졀세에 조흔경치 심회랄 도와내고
떠날적 이셩회엽 니거낫다
과셰하이 궃부도다 슲운마암 둘대업다
초목이 회포로다
설빈우에 서 〃 바라 치운[579]줄도 모랄너라
병이난들 뉘가알면 괴로온들 뉘가고
마현도다 이소회랄 자모보면 다하노라
듯고지고 자모소리 듯고지고 외답도다[580]
숩실이야 몃백이가 가련난고
헛부도다 지일이야 촌 〃 심회 다디린들
다시음[581] 생각하니 슲으도다 이뇌심회
노천이 우지하고 귀신이 회랄즌
동불하신 물필재회 이날노 혓것이고[582]
여자에 첩 〃 여한 어대다 비잔말고

---

572 박혀또다: 박혔도다
573 안전난가: 앉았는가
574 속식: 소식(消息)
575 노두고: 놓아두고
576 여랑처리: 여름철이
577 압피: 앞이
578 젼난도다: 젓는도다
579 치운: 추운
580 외답도다: 애달프도다
581 다시음: 다시금, 다시
582 혓것이고: 헛것이고

천지가 아득하고 일원이 우광하다　　어린동생 바라고서 모여[583]서로 으지할때
저어밀 안이오면 내어대 으지하면　　여아곳 이이오면 병든자오[584] 엇살이
깁고깊운 셔벽촌은 셰상도 졀월하다[585]
쫑청에선은세 이리노라니 이리져리 단일젹[586]에
모여서로 으지하여 일월을 보내든니　　인간의 무산[587]법이 모여이별 씨기난고[588]
뱅이[589]밧게[590] 분수할제 심장으로 아득하다
심회랄 억제하야 좃케〃〃편이잇서　　조케가서 우수이보 새던안의 드러안자
주렵으로 내다보니 어멈여지 업산거동　　문을비겨 서우난모양 거강도 홀체업고
글역[591]도 정패하다 엄〃혼 저어랄　　반려두고 어이하야 가잔말고
살대갓치 도라설제 홍군이 다전난다　　미장한 어린동생 형제동기꺼짐[592] 따라나와
주럼을 열고보면 잘가거라 이별할제　　상〃한 어린눈물 흉영의 비오난듯하되
의닥이 엄기로서 저더긔 설월하　　이별회랄 못보이기 여글지어 주단말가
분군의 깊은자의 적혀면이니 자〃신고로　　명〃하고 높은원홍 우우의 비겨서〃
이되 행식보면 자〃이 녹키실다　　엉만시럼[593] 궁천지정 오날에 거라로다
운산이 첩〃하니 처워가치 아득하다　　무심한고 몹실것들 그어미랄 이질손야
심장의 갈여야 뼈의박하힌 병이되뇌　　외로하니 새상에모 병이하연 안가추고
힌권 다마리고 부월철이[594] 절서온문 삼□　　높은집과 예필종부 중하긔와
이네몸 삼하난일 죄령부모 잇근마안[595]　　척사당문 이어더지 어릅그던

---

583 모여: 모녀(母女)
584 자오: 자모(慈母)의 잘못된 표기인 듯함
585 졀월하다: 절원(絶遠)하다, 격원(隔遠)하다, 동떨어지게 멀다
586 단일젹에: 다닐(往來) 적에
587 무산: 무슨
588 씨기난고: 시키[使]는고, 만드는고, 경상도 방언형 표기 형태
589 뱅이: 백(百) 리(里)
590 밧게: 밖에
591 글역: 근력(筋力)
592 꺼짐: 까지
593 엉만시럼: 억만(億萬) 시름, 아주 큰 걱정
594 부월철이: 불원천리(不遠千里), 천 리 길도 멀다고 여기지 않음
595 잇근마안: 있건마는

죄령을 □의 어엿불사 의제 삼은제 성장하야
날논자 와서볼고 고향길도 이시라 장중하다 너의형제 누장눅숙 충실하야
거날같이 조은얼골 축천같이 말근긔상 그립고도 보고지고 어이하면 수이볼고
첨심호우 긔절하야 부대〃〃 보양야 너해형제 혈심의 제갈어편이 이젔난
생각하니 공쟁키도 그지업다 사생중 부의할 너아니면 여일손고
보고지고 형슈안면 거립도다[596] 백셔얼골 형제봉수 하온후의 멧칠에나 밧그내요
우리형제 한해있사 히소답낙 하올적에 만년을 알았드니 떠난지 수년인대
풍평도업 세게동슈 적인들 농올손가 사업존다을 눌다려 보잔만코 복천을향
장하만하 야자고백 시로소이 다엇지고 말근 그동안 었지하여 수이볼고
형제압 한같이나 백시얼골 아니연고 좋은지절 도라와 형제다시 모여보세
수소한 내동생이 자모설하 며싀볼가 네가지 상최화의 종반간 십연간
수일광 의여서며 정속지 안이컨만 난외달을 사내의실신 철이박게[597] 바린가
춘풍 낙엽질지 옛가지 못가난고 아시적의 놀든이리 외회영역 하엿노라
원건친척 삼사촌에 오라다시 살건마난 하자오리 바이엽다
우리붓친 계섰으며 면어이나 오실지날 새로이자 심회가 갈발업다
곤곤히 이라나서 구가의 들어오니 부란한고 가이천동 기양친이
암게 게신이로다 하고 옛집이 적적히 비엿도다
천운이 지중커든 감회들 업살손야 안향도 지할시고 상래할이 전혀업다
동서로 모라거든 지상이 무엇신고 생정구고 깊은은회 월신의 족하오
태평코 반석기라 무었을 원할손고 일신이편안 일낙이난 타항성광 어렵도다
처엄으로 오뢰있어 어렷온일도 만흘시고 천게를 엇여람의 한서도 지암하다
괴롭고 고단하면 고향생각 거지엽다 창의정호난 풍성을 다시보고 반기□제
완코도 만흔 우리동유 어낫때의 모여놀고 무정한 이새월은 백구위력
지난안 사월십구일은 우리붓친 기리이다[598] 연고가다 첩〃하야 빈하인도 못보네고

---

596 거립도다: 그립도다
597 철이박게: 천(千) 리(里) 밖에
598 기리이다: 기일(忌日)이다

답과갈이 안자스니 이네심정 었들손고　　천외를 향장하야 석사를 주보하니
우리부모 날키울적 이자외로 남달아어라
저하신말삼 너해를 키워내야 자셩영화 보오리랴
의지갈이 맛삽더니 일년일수 가난날은 이려단말가
의이고금천지 몹슬거산 내의일신 뿐인로다　자모동생 이향 바라난가
허무코 몹실게 나로가장 더하리라　　지성이면 감천이라 효성 업기로서
인심을 부동하니 뉘날 원망하리　　억만소회 생각하니 견될기리 전혀업다
나죄[599] 울고 밤에울고 하로울고 잇틀운이[600]
수상의 꾸종듯고 수하의 흉을보니　　다시곰 생각하니 처음으로 상사람
익도서도안이 이리하고 어이하고　　눈물을 꽂제쓰고 조흔다시[601] 안자시니
그마음 잔관[602]이요 슬푼심회 푸러주리[603] 전혀업다
업난부친 생각하니 쳡〃 유한 가득하고　　인난[604]자모 생각하니 불상키로 거지업다
저연[605] 오날은 야〃 빙천의셔 남의사인　　울앙으로 붓드러 철벙하난 지 회혈음진〃이
금연 오날은 이떠지 고요하여　　뇌의사향 사친하이 빙이박게 빗치여라
바라나이다 첨지임게[606] 비나이다　　지은죄 복업것마난 거향이 적적실하다
둘되업산 사향지회 붓긋초로[607] 기록하랴　자모의게 보내오니 반겨 살피소서
날본다시 보압그던 천중지의 명월은 ᄒᆞ외하여
명〃한 요월하의 부즐드려[608] 소회랄 낙이오니
녹수 산여하고 월색이 무광하다　　모여형제 못보오면 원귀되 쉬울노라

599 나죄: 낮에
600 운이: 우니
601 조흔다시: 좋은 듯이
602 잠관: 잠깐
603 푸러주리: 풀어 줄 이, 풀어 줄 사람
604 인난: 있는
605 저연: 거년(去年), 지난해
606 첨지임게: 천지(天地)님께
607 붓긋초로: 붓 끝으로
608 부즐드려: 붓을 들어

상주조형 요절하니 심회더욱 갈발업다　불상하고 악갑도다[609] 엇지거리[610] 놋고저온

다만축수 하난말이 우리자모 만수무강　우리자모 사체강영 어린동생 무양충실

우리형제 연고업시 외〃내〃태평하엿든　시화세풍 하거덜아 자모슬하 즐기리라

내의마암 외로하고 시절만 기다리나　내의안이로다 사오촌의 반겨울며

너역더니 풍성도 매몰하다 죄서도　정막한다 초목업산 형강한들 밧칠손가

백수산 한들기의 노송납기고 적〃한다　청천의 흰구람은 어대랄 향하니

서북으로 가거들아 이내소식 전해주소　고향을 떠나온이 이회포랄 기록한이

필흉창〃타신볼가

쉬괴〃〃함족단문을 사수를란 온전히 옷게죄뇌

백발쉬연 우리의존 안남누로 소일하이　아연마암 녹난닷 덕욱 추필망축

삼월 십오일에 벗겻시니[611] 글시악 키노라 괴〃한 보시고 비수말고 자〃이 눌여 보시고

문장되기 축원하시소

---

609 악갑도다: 아깝도다
610 엇지거리: 어찌 그리
611 벗겻시니: 베꼈으니

24. 사절가

학봉종가 소장

[해제] 사절가(四節歌)는 하나의 두루마리에 수록된 장편 국문 가사이다. 24.2×606(cm) 규격의 두루마리이며, 단 · 행 · 음보 구분 없는 줄글 형태의 필사본이다. 원작의 창작연대와 저자, 필사자는 알 수 없다.
신변탄식류(身邊嘆息類)의 대표적(代表的)인 가사로 계절의 변화에 따른 아녀자의 인생 무상함을 노래하고 있다. 젊은 나이에 시집와서 서울로 공부하러 떠난 남편을 기다리며 모진 시집살이를 견뎌낸다. 하지만 남편이 이혼을 요구하며 자신을 버리자 신학문을 배우지 못해 시대에 뒤떨어진 자신의 처지를 한탄하며 '불경이부(不更二夫)'에 따라 죽어도 시집에서 남편을 기다리며 살겠다는 내용이다. 내방가사 '싀골여자 셔른사정'과 내용이 유사하다.

후원초당 봄이드니 마른입ᄒᆡ[612] 속입나고 꼿피오는 따슨바람 사람마음 훗터내〃[613]
반쯤창을 으지하고 하염업시 안자스니 일편단심 쌧친[614]셔름[615] 셔울낭군 그리워라
무졍하다 우리낭군 거연여름 한번간후
운산[616]철니[617] 멀니막혀 편지조차 한장업ᄂᆡ
삼월삼진[618] 강남으로 일년일도[619] 오는졔비
옛집을 찻건마는 님은엇지 못오신고 힝여나 그리운님 꿈에나 볼가하고
난간에 누엇스니 잠인둘 쉽계올가 야속하다 져쇠소리 너도츈풍 더그립지

612 마른입ᄒᆡ: 마른 잎에
613 훗터내〃: 흩어내네
614 쌧친: 뻗친
615 셔름: 설움
616 운산: 雲山, 구름이 낀 먼 산
617 철니: 천(千) 리(里)
618 삼월삼진: 삼월삼일(三月三日), 삼짇날, 음력 삼월 초사흗날
619 일년일도: 一年一到, 일 년에 한 번

그쳐럼 그립거든 허다한숏 다바리고　　나의창젼[620] 외우느냐 오라는굼[621] 아니오고
장〃춘일[622] 져진비기[623] 눈물노 다젹시니　　마음하도 답〃하야 광지리[624] 엽히끼고
나물키로 동순가니 산과드릐[625] 원쳔지가 숏비치다[626]
호귀츈풍[627] 범나비는 숏츨차자 츔을츄고　　놉히즁쳔 종달시는 비〃지〃 지져귀니
듯고보는 모든거시 풍〃우〃 가즌[628]고초　　인간여즈 약한간장 마디〃〃 어이난듯[629]
이십이년 나에[630]봄철 속졀업시 가련하다　　인싱부득 깅소연[631]은 화유긱이 진담이요
일거월지[632] 깁흘사록 늘글밧게[633] 길이업너
인간칠십 고려혀[634]는 옛사람이 부른바요　　빅년삼만 육쳔이른[635] 어이그리 쌔르던고
속졀업시 가는세월 눅고타는 이간장은　　지만되너[636] 숏하시야 한양쳘이 네가거든
구〃한 나에한을 우리님계 젼ᄒᆞ여라　　츈풍츄우 사시졀에 곳보고 오는나비
향너맛고 오는버릐[637] 셔로썩겨[638] 구경한다
종일토록 뜨든[639]나물 한광지리 못치우고　　일역이 더지업셔 도라갈길 밧부도다[640]
일보이보 밋친마음 망울〃〃 임자로다　　빅호디론 굴둑마담 무얼〃〃 거문[641]연기

---

620 창젼: 창전(窓前), 창 앞
621 굼: 꿈(夢)
622 장〃춘일: 장장춘일(長長春日), 기나긴 봄날
623 져진비기: 젖은 베개
624 광지리: 광주리[筐/筐]의 경상도 방언
625 드릐: 들에
626 숏비치다: 꽃빛이다
627 호귀츈풍: 호기춘풍(好期春風), 봄바람 부는 좋은 때
628 가즌: 갖은
629 어이난듯: 에는 듯, 마음을 몹시 아프게 하는 듯
630 나에: 나의
631 깅소연: 갱소년(更少年), 늙은이의 몸과 마음이 다시 젊어짐
632 일고월지: 일거월저(日居月諸), 쉬지 않고 가는 세월
633 늘글밧게: 늙을 밖에, 늙는 일밖에
634 인간칠십 고려혀: 인간칠십고래희(人間七十古來稀), 인간의 나이 칠십은 예부터 매우 드묾
635 육쳔이른: 육천(六千) 일(日)은
636 지만되너: 재[灰]만 되네, 속을 태우네
637 버릐: 벌(蜂)에
638 썩겨: 섞여
639 뜨든: 뜯은
640 밧부도다: 바쁘도다[忙]
641 거문: 검은

져멋ᄃᆡ로 오르건만 이ᄂᆡ가삼 타는ᄃᆡ는 연기업시 ᄌᆡ만되니 탄식하며 무엇하리

답〃하다 일가족은 한번이나 양ᄒᆡ할가[642] 하로[643]잇툴[644] 한달두달 하로잠시 노ᄂᆞᆫ되도

여기져기 눈치보고 이리져리 투박한ᄂᆡ 두려울ᄉᆞ[645] ᄉᆡ아바님 신구에 쳘셕심ᄂᆡᆨ

기막히고 ᄋᆡ달퍼라 만득이 ᄌᆞ경경 유학구습 가진습관

한엽ᄒᆡ[646] 뭇쳐[647]두고 엄즁히 ᄉᆞ즁말삼 규즁소부 신분으로 외츌한다 걱졍일세

셰졍[648]업ᄂᆞᆫ ᄉᆡ어머님 남에사졍 다모라고[649] 셕반이 느졋다고[650] 무진히[651] 구즁하고[652]

일촌이 누기[653]〃〃면〃이 다그를가 시속에 쳥연[654]ᄉᆡᆨ시 누기〃〃다이를가

봄오며 곳ᄒᆡ[655]셔름 여름오며 입ᄒᆡ[656]셔름 츈하츄동 사시졀에 셔름고통 무셔워라

붓그럽다[657] 졀문[658]ᄉᆡᆨ시 남편업다 탄식하고 일거월ᄂᆡ ᄋᆡᄐᆡ우다 이간장 어이하리

구시ᄃᆡ 우리들은 입문한후 슈일만에 ᄋᆡ졍한번 못일우고 ᄎᆡᆨ짐지고 졀간가셔

근십년을 잇다ᄒᆡ도 그쳐엄[659] 탄식날가 가련하다 이셰상아 나에젼ᄉᆡᆼ 무산죄로

차ᄉᆡᆼ여자 되엿든고 쥬져안ᄌᆞ 울어볼가 울기조ᄎᆞ ᄌᆞ유업ᄂᆡ

불합한[660] 이가졍에 시집사리 허다ᄎᆡᆨ망 상하로 모여안ᄌᆞ 비졍지ᄎᆡᆨ[661] 무셔워라

졀문청츈 임그리고 독슈공방 어이할고 누엇스니 잠이올가 무궁한 나에회포

---

642 양히할가: 양해(諒解)할까, 남의 사정을 잘 헤아려 너그러이 받아들일까
643 하로: 하루
644 잇툴: 이틀
645 두려울ᄉᆞ: 두려워라
646 한엽히: 한 옆에
647 뭇쳐두고: 묻어 두고
648 셰정: 세정(世情), 세상의 사정이나 형편, 또는 세상 사람들의 인심
649 다모라고: 다 모르고
650 느졋다고: 늦었다고
651 무진히: 무진(無盡)히, 다함이 없을 만큼 매우
652 구즁하고: 꾸중하고
653 누기: 누구
654 청연: 淸姸, 말쑥하고 아름다움
655 곳히: 꽃에
656 입히: 잎에
657 붓그럽다: 부끄럽다
658 졀문: 젊은
659 그쳐엄: 그처럼
660 불합한: 불합(不合)한, 마음에 들지 아니한
661 비정지칙: 비정지책(非情之責), 무정지책(無情之責)과 같은 말로 아무 까닭 없이 하는 책망

한경잠을 못일우고 허다한 모든공생 　 만날봉자 츅슈하니 봄밤이 짤다히[662]
님싱각 다함길어 가는밤이 더디도다 　 세월이 싸르다히도 오는세월 지리하다[663]
하호연 푸른비치[664] 여름이 짓터[665]온다 　 더운가삼[666] 붓쳐잡고 셔쳔하날 바라보니
우리님 오시기를 하로잇틀 기다린다 　 후원에 목단자약 오고가는 나비버리[667]
향닉맛고 츔을츄고 옛집을 ᄎᆞᆺ는졔비
ᄃᆡ들보에 마조안ᄌᆞ 장위우흘[668]두어 우지〃니
구곡간장[669] 이심ᄉᆞ가 무얼보면 시원할고
안니다[670] 모든탄식 두고보면 일신안보 될거시라
오장에 모든원한 이셰상에 몃〃친고[671] 　 나도오즉 자랄젹에 만사에 무한으로
이팔이구 방연[672]시졀 부모안젼 구살갓치 　 장닉에 길이만복 쳘셕갓치[673] 미덧더니
오날〃이간장은 몽즁에도 몰랏도다 　 우고[674]가는 허다셰월 셔울낭군 사모한들
무졍한 님에심장 쳘셕갓치 날이드니 　 연약한 이닉몸에 피곤이 자심하고[675]
허다한 술푼사졍 누가날을[676] 동졍하리 　 ᄐᆡ산갓치 벗친셔름 잠시나 진졍될가
하든일 손에노고 사방을 살펴보니 　 구비〃〃 셔른눈물 여몽여취 하올젹에[677]

---

662 짤다히: 짧다 하여
663 지리하다: 지루하다, 시간이 오래 걸리거나 같은 상태가 오래 계속되어 따분하고 싫증이 나다
664 비치: 빛이
665 짓터: 짙어
666 가삼: 가슴
667 버리: 벌이
668 우흘: 위를
669 구곡간장: 九曲肝腸, 굽이굽이 서린 창자라는 뜻으로, 깊은 마음속 또는 시름이 쌓인 마음속을 비유적으로 이르는 말
670 안니다: 아니다
671 몃〃친고: 몇몇인고, 몇몇인가
672 방연: 芳緣, 꽃향기처럼 향기롭고 아름다운 인연이란 뜻으로, 부부가 되거나 사랑을 맺을 인연을 이르는 말
673 쳘셕갓치: 철석(鐵石)같이, 마음이나 의지, 약속 따위가 매우 굳고 단단하게
674 우고: 울고
675 자심하고: 자심(滋甚)하고, 더욱 심하고
676 날을: 나를
677 여몽여취 하올젹에: 여몽여취(如夢如醉)할 때에, 뜻밖의 일이나 기쁨에 어리벙벙하여 꿈꾸는 것 같기도 하고 취한 것 같기도 할 때에

난딕업는 구두소리 귀가에 얼진[678]들려 놀넌다시[679] 살펴보니 낫션양복 간단힝구
문젼에 득달힛닉 반가울사 셔울낭군 반가운듯 두려운듯[680]
시골둑이[681] 마음에는 양복장이 한번보기 사자갓치 두려워라 가삼이 울넝[682]하고
구습가진 자싱으로 뛰는가삼 진졍업시 허다사람 나에사졍 누울[683]두고 위로하리
오릐간만 그리든님 만나기는 만낫스나 엇지그리 쑬〃한지 염쳔[684]하늘 야심경에
달빗조차 히미하고 운순철니 오신님은 엇지그리 긔촉던고 이불우에 누은딕로
그양[685]그만 잠이드니 구곡간장 깁흔한을 말한마디 못알외고 계명[686]이 낭ᄌ하다[687]
어스풋한[688] 싀벽빗흔[689] 사창에 빗쳐[690]온다

고싱에 눌은머리 두손으로 움켜쥐고 한심쉬고 눈물뿌려 여자에 박명[691]신세
긋업시 탄식할졔 쳥쳔에 뉘셩벽력 이혼이란 무순말가
시집온지 칠팔년에 오고가는 허다셰월 뉘을밋고 사라스며 뉘을밋고 기다련노
츈풍도리 셰화시에 츄우오동 엽나시에[692] 눈물노 버슬[693]삼아 지촉하는 이셰월아
유학가신 우리낭군 학과을 졸읍하고 목젹을 달하여셔 양당존젼 입탁하여
알낙싱활 하여보니 한엽히 무시되여 만셰츄풍 츅원일셰 틔산갓치 놉흔졍을
하히갓치 깁게밋고 쳔만가지 님을위히 쳔만가지 날을위히 육체을 노력하고

---

678 얼진: 언뜻, 지나는 결에 잠깐 나타나는 모양
679 놀넌다시: 놀란 듯이
680 두려운듯: 두려운 듯
681 시골둑이: 시골뜨기
682 울넝: 울렁, 너무 놀라거나 두려워서 가슴이 두근거림을 뜻함
683 누울: 누구를
684 염쳔: 염천(炎天), 몹시 더운 날씨
685 그양: 그냥, 더 이상의 변화 없이 그 상태 그대로
686 계명: 鷄鳴, 닭이 욺 또는 그런 울음
687 낭ᄌ하다: 낭자(狼藉)하다, 왁자지껄하고 시끄럽다
688 어스풋한: 어슴푸레한
689 빗흔: 빛은
690 빗쳐: 비쳐, 비치어
691 박명: 薄命, 복이 없고 팔자가 사나움
692 츈풍도리 셰화시에 츄우오동 엽나시에: 춘풍도리화개야(春風桃李花開夜) 추우오동엽락시(秋雨梧桐葉落時). 봄바람에 복숭아 오얏꽃 피는 밤에도, 가을비에 오동잎 지는 때에도. <백거이(白居易) 장한가(長恨歌)>에서 따온 말이다.
693 버슬: 벗을

압날에 모든히망 철셕갓치 미덧더니 진심갈역[694] 하엿구나 흉즁에 뭉친여한

아침풀에 이슬되고 쓰라린 유월비상[695] 연화후에 떠어졋다 모든탄식 고만두고

시ᄃᆡ에 쮜여나려 학문업ᄂᆞᆫ 이자격에 오날〃 국도형편 슬푸다 이셰상아

구속과 압박으로 철망속에 허ᄆᆡ인[696] 불상한 규즁여ᄌᆞ ᄉᆞᆺ업ᄂᆞᆫ 슬푼사졍

허다한 쳥츈남ᄌᆞ 필겨에 다기록도

어나뉘계 셜화할고[697] 고통근심 하도만ᄒᆡ[698]

하로편작[699] 어ᄃᆡ잇나 말이에 동풍갓치 지나갈 그ᄲᅮᆫ이ᄃᆡ

구고에 무든지턱 어제와 다르시고 허다식구 만흔[700]동졍 하날갓치 쑤리치니

나에계는 가고쪽다 쳔ᄉᆞ만ᄉᆞ 셰상이니 두ᄒᆡ만 쥭고드니 탄식한들 씰ᄃᆡ[701]잇나

ᄇᆡ울ᄃᆡ[702]도 지나가고 어릴ᄃᆡ[703]도 지나갓다

결발[704]이연[705] ᄆᆡ져두고 불경이부[706] 그말삼네

오장에 골병이나 쥭어도 이집에셔 사라도 이집에셔 쥭든사든 이집에셔

임오실 긋ᄃᆡ가짐[707] 흐르ᄂᆞᆫ 유슈셰월 덧업시 빨리가ᄂᆡ

봄이가고 여름가고 가을이 쏘왓구나 츈거츄ᄅᆡ[708] 사시절후 슌환에 요슈린가[709]

---

694 갈역: 갈력(竭力), 진력, 있는 힘을 다함

695 유월비상: 六月飛霜, 유월에 내린 서리라는 뜻으로 여자가 품은 깊은 원한을 이르는 말

696 허ᄆᆡ인: 헤맨, 어떤 환경에서 헤어나지 못하고 허덕이는

697 셜화할고: 설화(說話)할까, 재미있게 말할까

698 하도만ᄒᆡ: 하도 많아, 아주 많아

699 편작: 扁鵲, 뛰어난 명의. 기원전 6세기경 전국 시대 초기 제(齊)나라 발해(渤海) 막(鄚) 사람. 성은 진(秦)씨고, 본명은 월인(越人)이며, 생존 연대는 불명. 노의(盧醫)로 불리기도 함. 젊어서 장상군(長桑君)을 만나 약방(藥方)의 구전과 의서를 물려받아 명의가 되었지만, 그를 시기한 진(秦)나라 태의령(太醫令) 이혜(李醯)의 흉계로 암살당했다고 한다.

700 만흔: 많은

701 씰ᄃᆡ: 쓸 데, 쓰일 자리 또는 써야 할 곳

702 ᄇᆡ울ᄃᆡ: 배울 때

703 어릴ᄃᆡ: 어릴 때

704 결발: 結髮, 예전에 관례를 할 때 상투를 틀거나 쪽을 찌던 일. 또는 그렇게 한 머리. '성년(成年)'을 달리 이르는 말. 원복(元服)을 입을 나이를 이른다.

705 이연: 인연(因緣)

706 불경이부: 不更二夫, 두 남편을 섬기지 아니함

707 긋ᄃᆡ가짐: 그때까지

708 츈거츄ᄅᆡ: 춘거추래(春去秋來), 봄이 지나 가을이 옴

709 요수린가: 요술(妖術)인가. 연철 표기 형태이다.

가을바람 셧득[710]부니 임가신 ᄎᆞ풍인ᄃᆞᆺ
어이업ᄂᆞᆫ 이ᄂᆡ몸이 썩은창ᄌᆞ ᄭᅳᆫ어지니
모질기 철셕일세 그려도 녹도ᄭᅳᆺ도
날마당 ᄲᅢ어온다
젹〃 무인 빈방안에 고요히 누엇스니
찬셔리에 빗변하여 사정업ᄂᆞᆫ 져광풍에
찬란한 항국[714]단풍 ᄃᆡ을다라[715] 빗츨[716]ᄂᆡ〃
다운 방화[717]시에 ᄒᆞᆫ셔리에 무광[718]이라
미들[719]곳 바이업다[720]
견우즉여[722] 연분으로 일연일도 힝ᄒᆡ오며
오츄[725]팔월 ᄃᆡ보름날 놉히즁쳔 발근달아
암흑에 잠긴우쥬 침묵히 ᄉᆡᆼ각하니
어닌시라 나에[728]드니 철을다라[729] 우지질[730]제

우혈업ᄂᆞᆫ 이ᄂᆡ몸이 지향업시 막연하다
하마거에 ᄭᅳᆺ치련가[711]
시식을 능식하나 속가슴 타ᄂᆞᆫ양은
무졍하신 님이건만 가고나니 더욱셜다
쓸〃하고 기막힌다 져동ᄉᆞᆫ 푸른빗츤
무참히도 어러져셔[712] 이곳져곳 나붓긴다[713]
동원에 어린국화 찬셔리에 자라나셔아람
가련하다 우리여ᄌᆞ 이십청츈 허다풍상
칠월칠셕 은하슈에 오작교 다리노아[721]
부실〃〃 셰우[723]풍은 별누[724]을 뿌리ᄂᆞᆫᄃᆞᆺ
나에한을 실어다가 우리님게 젼ᄒᆡ쥬소
쓸〃한 ᄎᆞᆫ바람은 왼몸[726]을 오실〃〃[727]

---

710 셧득: 선뜩, 갑자기 서늘한 느낌이 드는 모양, '선득'보다 조금 센 느낌
711 ᄭᅳᆺ치련가: 끝이런가
712 어러져서: 으스러져서
713 나붓긴다: 나부낀다
714 항국: 황국(黃菊), 누런색의 국화
715 ᄃᆡ을다라: 때를 따라
716 빗츨: 빛을
717 방화: 芳花, 향기로운 꽃
718 무광: 無光, 빛이나 광택이 없음
719 미들: 믿을
720 바이업다: 바이없다, 어찌할 도리나 방법이 전혀 없다
721 노아: 놓아
722 견우즉여: 견우직녀(牽牛織女)
723 셰우: 세우(細雨), 가랑비, 가늘게 내리는 비
724 별누: 별루(別淚), 이별할 때 슬퍼서 흘리는 눈물
725 오츄: 오추(梧秋), 오동나무의 잎이 지는 가을이라는 뜻으로, 음력 칠월을 이르는 말
726 왼몸: 온몸, 몸 전체
727 오실〃〃: 오슬오슬, 오삭오삭, 몹시 무섭거나 추워서 자꾸 몸이 움츠러들거나 소름이 끼치는 모양
728 나에: 나이
729 철을다라: 철을 따라
730 우지질: 우짖을

장〃츄야[731] 져즌비ᄀᆡ[732] 한심[733]과 동모[734]삼아

경〃한[735] 존촉[736]하여 다듬질과 님싱각과　　함겨길이 가는세월 더듸도다 느진[737]가을

져황국화 짝을일고 네우느냐　　익은음셩 힌얼굴 이목에 져〃난듯

나를이즌[738] 님이련만 나는어이 못잇난고　　오장에 막힌한을 붓긋흐로[739] 하려ᄒᆞ니

여름에 몃날동안 간장셕은 피눈물노　　묵〃히 밋친한은 한말삼 못엿쥬고

상식업ᄂᆞᆫ 부덕말[740]노 만지장셔[741] 쓴다한들

쳣쥴도 안보시고 비〃쓰더 버릴거슬　　에라[742]고만 붓슬노아 힘업ᄂᆞᆫ 손에셔ᄂᆞᆫ

붓ᄃᆡ만 더러지고[743] 말속한 눈에서ᄂᆞᆫ　　눈물만 스라지니[744] 밤ᄉᆡ도록 쏘록〃〃

날위하는 져촉부나[745] 고요히 츔을츄며　　어ᄃᆡ를 향ᄒᆡ가노 산에도 들에도

눈이펄〃사방팔도 은가루에 말은셜당　　졀문[746]마음 이간장은 더한층 슈란하셰[747]

멀니가신 우리님은 소식조차 끈어지고　　ᄒᆡ는졈〃깁허가니 영광은 쓔러지고

셔름은 놉하온다 웃슴쓰든 도화쥭엽　　눈물노 쥬름되니 늘기가 더욱셜다

쳔분[748]이 작모하고 연쥭은 버슬살마　　셔른원한 싱각ᄒᆞ니 호호망망[749] 슬푸도다

사졍업ᄂᆞᆫ 모진바람 북극에셔 부러오니　　이탁업ᄂᆞᆫ[750] 이육체은 쳔지넝〃떨고잇ᄂᆡ

---

731 장〃츄야: 장장추야(長長秋夜), 기나긴 가을밤
732 비ᄀᆡ: 베개
733 한심: 한숨
734 동모: 동무, 늘 친하게 어울리는 사람, 어떤 일을 짝이 되어 함께 하는 사람
735 경〃한: 경경(煢煢)한, 외롭고 걱정스러운
736 존촉: 잔촉(殘燭), 다 타서 거의 꺼져가는 촛불
737 느진: 늦은
738 이즌: 잊은
739 붓긋흐로: 붓 끝으로
740 부덕말: 부도덕(不道德)한 말
741 만지장셔: 만지장서(滿紙長書), 사연을 많이 담은 긴 편지
742 에라: 생각을 단념하거나 무엇을 포기하려 할 때 내는 소리
743 더러지고: 떨어지고
744 스라지니: 스러지니, 형체나 현상 따위가 차차 희미해지면서 없어지니
745 져촉부나: 저 촉(燭)불아, 저 촛불아
746 졀문: 젊은
747 수란하셰: 수란(愁亂)하세, 시름이 많아서 정신이 어지럽네
748 쳔분: 천분(天分), 타고난 재질이나 직분
749 호〃망〃: 호호망망(浩浩茫茫), 바다나 호수 따위가 끝없이 넓고 멀어서 아득함
750 이탁업ᄂᆞᆫ: 의탁(依託) 없는, 의지할 데 없는

ᄃᆡ한[751]에 구든어름 명연[752]삼월 봄이오며 너는오즉 녹으련만 이가ᄉᆞᆷ에 이빙판은
어ᄂᆞ흐시 녹으련고 젹〃무인 빈방안에 그누과 두리[753]안ᄌᆞ 압날을 ᄉᆡᆼ각ᄒᆞ니
자나ᄭᆡ나 한숨이라 쥬야로 공상하니 사라갈길 망연ᄒᆞ고[754] 영원으로 가려한다
원통ᄒᆞ다 우리여ᄌᆞ 남편으게 사랑한번 모일우고[755] 사라셔 무엇하며
사람으로 이셰상에 사람노랏[756] 못ᄒᆡ보고 사라셔 무엇하리 염나ᄉᆞ자[757] 원망일셰
날을어셔 다려다가 평화을 안겨쥬소 못이즐ᄉᆡ[758] 우리부모 금옥갓치 날을길어[759]
만복지원[760] 바라다가 덩치도 못보시며 언마나[761] 원통할고 쥭기도 살기도 ᄀᆡ로워라
사싱이 양난[762]이나 이일을 어이할고 초목금슈 탄복일셰 육츅이 되엿스며
만ᄉᆞ에 ᄌᆞ유로셔 기리[763]낙원 구할거ᄉᆞᆯ 사람이 외되앗노[764] 셕은가ᄉᆞᆷ 진졍ᄒᆞ고
셰월을 길게밋어 히망을 압셔우고 결발[765] 낭군님에 팔에 안기여셔
ᄐᆡ순갓흔 깁흔사랑 하ᄒᆡ갓치 바다[766]안고 쥭을 시가지[767] 두손으로 빈다[768]한들
그거시 무어실가
방년[769]시졀 다넘기고 어나ᄃᆡ[770]를 히망할고

---

751 ᄃᆡ한: 대한(大寒), 이십사절기의 하나. 태양의 황경(黃經)이 300도에 이른 때로 한 해의 가장 추운 때이다. 1월 20일경이다. 매우 심한 추위.
752 명연: 명년(明年), 내년
753 두리: 둘이
754 망연ᄒᆞ고: 망연(茫然)하고, 매우 넓고 멀어서 아득하고
755 모일우고: 못 이루고
756 노랏: 노릇, 맡은 바 구실
757 염나ᄉᆞ자: 염라사자(閻羅使者), 염라대왕의 명에 따라 죽을 차례가 된 사람을 잡아 오는 사자
758 이즐ᄉᆡ: 잊을사
759 길어: 길러[養育]
760 만복지원: 萬福之願, 온갖 복을 바람
761 언마나: 얼마나
762 양난: 兩難, 이러기도 어렵고 저러기도 어려움
763 기리: 길이[長久], 오랜 세월이 지나도록
764 외되앗노: 왜 되었나
765 결발: 結髮, 예전에, 관례를 할 때 상투를 틀거나 쪽을 찌던 일. 또는 그렇게 한 머리. 여기에서는 '혼례를 치르다'의 의미로 쓰였다.
766 바다: 받아
767 시가지: 시[時]까지, 때까지
768 빈다한들: 빈[祈]다고 한들
769 방년: 芳年, 이십 세 전후의 한창 젊은 꽃다운 나이
770 어나ᄃᆡ: 어느 때

아〃반짝〃〃저별들아 ᄂᆡ가ᄉᆞᆷ ᄊᆞᆨᄎᆞᆫ한을　너는오즉 알겟느냐 님도역시 사람이니

문명지식 발달한들 남녀젹원[771] 어이하리　사싱을 판단하니 활기잇난 임이시라

우리가ᄉᆞᆷ ᄉᆞᆯ펴보며 그분ᄂᆡ도 슬퍼하리　우리셔름 알고보면 그분ᄂᆡ도 비참하지

쥭든사든 님을한번 다시만나　최후에 하소연을 낫낫치 다베풀가

운순철리 먼〃길에 홍안셩[772]이 왕ᄂᆡᄒᆞ고　펼리한 문명시ᄃᆡ 경평철도[773] 굉장ᄒᆞ다

언제나 이ᄂᆡ심회 안기ᄂᆞ[774] 할고　이만ᄭᅳᆺ

771　젹원: 적원(積怨), 오랫동안 원망을 쌓음 또는 그런 원망
772　홍안셩: 홍안성(鴻雁聲), 기러기 울음소리
773　경평철도: 경편철도(輕便鐵道), 서울-평양 간 철도
774　안기ᄂᆞ: 알기나

25. 사친가

이상규 소장

[해제] 한 권의 전적에 가사 '백발가'와 '송씨제문'과 함께 전편이 수록된 국문 가사이다. 자료 형태는 25.2×18.3㎝ 규격의 전적이며, 단 · 행 · 음보 구분 없는 줄글 형태의 필사본이다. 원작자 및 창작연대는 알 수 없다.
부모님의 사랑으로 곱게 자란 출가한 아녀자가 친정 부모에 대한 그리움을 노래한 가사이다. 아녀자이기 때문에 친정 부모를 봉양 못 하는 안타까움과 부모님이 무병장수하기를 축원하는 심정을 노래하였다.

천지인간 생긴후에 일월영척 되었스며 만물이 시생하여 그중에 귀한것이 사람이라

남자여자 분간할때 여자유행 가소롭다 출가법이 엄중하되 전생차생 무삼일로

여자몸이 생겨나서 부모동기 생각하니 금옥같이 애중하고 부모형제 생각하니

해산을 가부하고 황해가 없은지라 부모님께 몸을빌려 삼년해 자라나서

아들딸 분별없이 주옥같이 여기시고 마른자리 진자리를 애지중지 길러내어

추우면 우울새라 더우면 더울세라 만〃수심 골몰중에 잠시도 아니뉘고

젖을먹여 잠재우며 명주주명 모아내어 칠〃의복 곱기하고 몸간수도 정이하야

육칠세를 자라나니 비단명주 침자질과 만포무명 문래질을 므리있게 가르치고

두밑한 나의제조 선악후실 하건마는 매하게 아니만고 희롱같이 가르치고

잠을조금 늦게자도 수족도 만저보고 머리도 짚어보며 어디가 괴로우냐

밥을조금 덜먹어도 어디가 괴로우냐 기운이 내곤하나 근심하며 하는말씀

일이되어 그러한가 잠을못자 그러한가 얼굴도 파리하고 음식도 아니먹고 그럭저럭

우정세월 여류하여 십오십육 자라나니 부모은덕 중한줄을 이로서 알근마는

갈길을 생각하니 호천만옥 안일런가 복희시가 춰버리니 만복근원 되어있네

자식사랑 우리부모 어진사회 갈릴적에 죄우도 구혼하며 만별도 조컨이와

가세도 풍족하야 백사로 구비하라 부모도 갓기있고 남자도 훌륭하여

청혼현혼 왕래하여 모월모일 택일하니
골몰걱정 안생각고 명주비단 생악목을
비단단기 각색가지 보기좋게 차려내어
내에빈갰 만당하리 노비야 같건마는
자식사랑 우리부모 사회사랑 빈별할까
상위도 넉죽이요 하위도 넉죽이라
세포목색 양목은 남보기는 색색이요
침자질과 부모은덕 이로한가
보생창한 상하의복 넉죽맛죽 부족이라
추보신이 그걱정이 오직할까
사척종족 다청하니 날마다 잔치같고
일월이 여류하여 칠팔사이 닥쳐오니
옛법도 있건이와 뉘명이라 거역하리
무명옷은 울력이라
할말도 만큰이와 소희도 있근마는
주선하고 분주하여 잠시도 여가없어
신행날 닥쳐오니 가마는 등대하고
분성정을 곱기하고 가만이 들어가니
구곡간장 다녹는다 솟아나니 눈물이요
이도어이 좋을소냐 형제숙질 가내들은
옛일을 생각하니 구곡간장 다녹는다
수족같이 만지시며 주옥같이 사랑하며
백리타향 날보내고 잠신들 어이하리
방정은 빈방이요 내다니던 화초밭에
백리타향 이내소희 어느누가 위로하리
어머님 거동보소 가마문 열고안자
머리함도 지퍼보고 구곡간장 녹는것을

자정있는 우리부모 혼인한복 벌려놓고
침금의복 두어실까 요간되에 필상기며
부모간장 오직하리 주인녕선 행한날래
음식가금 골몰이라
삼일희정 정한후에 상답하인 돌아오니
되발같은 요안되에 금채연채 가지로다
조컨이와 칠〃이도 침자질과 가지〃〃
춘복하복 하인갈제 간내가 울력하니
소주약주 가진술과 생선건술 안주등절까지
재행삼행 다닐적에 소도잡고 개도잡아
달마다 연차로다
신행오라 편지오고 날은바저 닥처오내
신행날이 불원하니 비단옷은 풋삭이요
우리엄마 날길러 백리밖에 출가하니
낮이며는 안자볼까 밤이며는 장등이라
말한번 못해보고 허둥지둥 지내다가
마말은 재촉하니
적은동생 큰동생은 헐적〃〃 울음우니
늙은종 아해종은 목을놓고 슬피우니
잘가거라 하직할 때 가마안에 들어앉자
우리엄마 날치울때 주야상〃 한방안에
잠시도 아니잊고 요지같이 여기시던
내만지던 여러물건 낫〃이 들어내니
사람자취 없어지지 주야상〃 녹는간장
이십년 키운공이 헙부고 가소롭다
안을자리 편이하고 요강도 만저보고
말할수가 없건마는 경계하여 하는말씀

우지말고 잘가거라 너는무슨 한이있나
고대광실 높은집에 칭칭시하 몸이되어
부디 〃〃 조심하여 구고시에 조심하라
조심없이 하지마라 가장은 소청이라
친정생각 과이마라
어이조심 안되리요 너의부친 돌아올때
한님이 하직할대 잔사담을 하지마라
두석달이 잠간이며 친정오면 볼것이라
이내심중 있는말을 할말도 못해보고
생각하던 모든 것을 일초에 이별하고
서양낮을 다다르니 하인들 나와스니
녹이홍삭 새댁들은 점 〃 오고 모여든다
이것저것 낯이설고 당가에 들어가니
저무도록 우는눈물 빈손으로 닦은후에
정방청에 들어가니 분성정을 다시하고
조심들어 못먹겠네
행여나 잘못할까 그렇게 애글하며
저무도록 불땐방에 훈기도 과이하다
녹이흥산 새댁들은 첩 〃 이 둘러안자
빠굼 〃〃 보는눈은 고알받고 알몽하다
이목구비 자시보며 며늘도 잘도봤다
하로밤 지낸후에 아버님 이별하고
솟는눈물 진정하고 문안에 비겨서서
소리업이 낭누하니 거룩하신 어머님이
부모형제 생각이야 말할 수가 있을소냐

너보내는 나도있다 어머님 배행시고
백양가지 마차가니 무삼한이 있을소냐
구고님 어진덕에 사랑을 하시나마
하늘이 하신일을 거역말고 실어마라
친정생각 과이하면 시가눈치 보이나니
소리나게 우지마라 흉을보고 웃나니라
남의눈에 거치니라
이릇듯이 경계드니 가마하인 재촉하여
백마등에 가마싣고 탄대로 나서가니
타명부지 남의집에 내집같이 가는구나
저건너 저마을에 하인들 왕래하고
산천도 낯이설고 마을도 못보았고
집도역시 설은집에 사람도 못본사람
단장을 다시하고 옷고름을 다시매고
찹살감주 냉명주를 먹으라고 권하오나
형굴예[775]를 드릴적에 조심으로 나는걱정
동상방을 들어가 한복판에 안자스니
가마안에 취인다리 각통이 절로난다
섰다가 안는모양 눈빠르게 자시보네
알몽한 늙으신내 옆에발근 들어안자
그래도 좋컨이와 인물도 다복하다
하님도 배벌하니 대성통곡 할듯하여
가는거동 다본후에 문을닫고 홀로안아
손을잡고 하는말씀 우지마라 〃〃〃〃
여자유행 옛초부터 이르하니

---

775 형굴예: 견구례

어이 말할수가 있을소냐 수삼각만 지내가면 밧사돈 청하리라
세수하고 성정하라 안손님이 많이온다 황공감사 끝이없어 분성정을 다시하고
오는손님 여첨하이 새로보던 새댁이요 어제보던 구명이라 의복도 구경하자하고
농안에 사인옷을 가지〃〃 내여보며 깃대리도 이상하다 대련도 곱게했다
그것까지 눈물주며 입술에 요물리고 상들방긋 웃는구나 삼일입채 정지안에
새수작을 하올적에 구고님의대 구머볼라 시매시오요〃〃〃〃 맛을보세〃〃〃〃
싱거워도 조심이요 짭아도 조심이라 두손으로 밥을들어 구고전에 고이놓고
한옆에 고이안아 어느반찬 즐기는고 대상토록 조심하이 구고님 언덕보소
비귀아이 인사로 사랑하여 귀이보고 설하에 몿드가기 유성같이 애원하고
정지에 드지마라 불티가 오직하나 방간에 드지마라 등게때가 오르나니
침자질 과이마라 목고개가 땡길지라 큰낭자 아지마라 며리밑이 아플지라
저녁사관 일찍하고 너의방에 들어가 조용히 정이뉘고 새벽사관 드지마라
단잠을 깨우나니 음식이나 달게먹고 무명하며 제일이지 사촌시매 청해다가
상옷이나 시처봐라 어린아기 국문장에 글이나 써보아라 만석달 발배한다
새집신을 신어봐라 비단치마 감기는데 모시치마 입어봐라 이르듯이 귀이보고
저릇듯이 사랑하네 어리고 어린소견 부모생각 간절하다 마루 끝에 올라서서
남선을 바라보면 사랑에 계신손님 친정서 오셨는강 창경으로 내다보니
생명부지한 손님이라 중편에 뜬구름 고향으로 흐르는강 창밖에 비친달은
고향에도 비치는강 날개나 있엇스면 만리장성 높이떠서 고향구경 하련마는
한탄대로 못할말로 길이나 멀지아니하나 멀리타국 수목같이 생각하니 멀고멀다
오늘이나 부친올까 내일이나 부친올까 망지〃〃 우망지라
나날이 바래더니 자식사랑 우리부모 날볼려고 오시니 꿈이련가 생시련가
문밖에서 절을하고 방으로 들어가니 반가워서 그러한지 안부도 묻기전에
눈물이 먼저지내 개도잡고 닭도잡아 삼사일 유일타가 가실라 하신말씀
새로이 섭〃기는 안보기만 못하도다 대문밖에 대다서서 하직하고 돌아서니
염치없는 나의눈물 앞길이 아득하여 삼사삭 지난후에 건친길 재촉할 때
농안에 사인의복 가지〃〃 내어입고 오던길을 다시가니 즐겁기 측량없다

멀고먼 백리길에 올때는 잠시더니
날랜줄 모를래라 정악한 주야월래
군공하던 소진이가 윤주에 진을치고
갈중보국 소자경이 멀리타국 해고할때
고향으로 돌아올제 이같이 바뿌던가
조을소냐 갈때속에 갖힌학이 매을만나
우물에 갖친용이 오륜을 여를하여
강속에 병든고기 만경장화 대해중에
중아참을 원참하여 말을바삐 잘몰아라
눈에익은 마을이라 갑도다〃〃〃〃
근심하는 남녀노비 길아래 문안하고
중문안에 들어서서 가마안에 내다르니
손을잡고 하신말씀 길급기 청랑없다
몇〃이 찾아와서 시댁인심 칭찬하니
여자일 평생사를 오늘같이 지내오며
시가를 생각하니 걱정이 세로워라
오나가나 생각하니 여자유행 가소롭다
부모슬하 생각하니 점늙고 일평생을
남자일신 되었스면 남과같이 하올지라
부모앞에 넘노다가 그리구로 넘어져서
소년들과 벗을하고 만복록을 받아와서
주야로 약을딸려 치경하기 힘을쓸제
효성받게 도있는강 원이로다〃〃〃〃
부모봉양 원이로다 우리같이 불효여식
비가오나 눈이오나 잊을날이 있을소냐
남녀노비 너른집에 인심이나 들을세라
이것저것 생각하니 가소롭다〃〃〃〃

갈때는 멀고멀다 주야가던 날랜말은
월성왕유 소자첩이 이에서 귀하던가
고향으로 돌아올때 이같이 길급던가
십구면 고생다가 백년에 글을정코
칠년대한 가문날래 비말만치 이같이
추강산에 휠〃날아 세상구경 하는듯고
구만장천 높은하늘 금실〃〃올라가는듯
너울〃〃해여가는듯 뒤에오는 부지군아
동국에 들어서니 전에보던 산천이요
우리친정 반갑도다 현풍옥골 옥이야
가택에 종반들은 문밖에 기다리니
그리웁던 우리엄마 청지도지 내려와서
눈물을 머금고 사랑하는 우리간내
석달을 잠을자고 석달을 놀아보세
여자한탄 어이하리 이르듯이 지내다가
구고가진 부여자 친정일기 오를소냐
부러워라〃〃〃〃남자일신 부러워라
부모슬하에 생각하니 비녹한 우리몸도
자로에 효성같이 아롱아롱 옷을입고
부모님께 엉정할때 글공부 힘써하여
부모봉양 하여보세 부모님 부근평하며
인간세상 만사중에
지금죽어 환성하여 남자로 되어나서
백리밖에 보내두고 가정을 생각하니
오륙월 더운날에 땀이나 흘리는강
천금같은 우리사회 안해나 생각는강
신채발부 부모에게 공갚기는 다던지고

인정허비 뿐이로다
동서남북 출가하여 타향사람 되엇스니
저올때는 내못오고 내올때는 저못오니
저죽은들 내가알며 내죽은들 저가알리
충전일세〃〃〃〃
부모생각 다시보고 〃〃〃 니 부모생각
부모생각 이르크던 하물면 남자되어
같이이크던 동기종반 이십년을 기르더니
남자같이 갈수없고 남자같이 올수없다
예전같이 한데모아 반겨할수 전여없다
전편에 부친편지 회답이나 즉시올까
백발양친 우리부모 백세안형 축원일세
외로울까 무심한 여자로다
부모생각 없는것이 사람이라 이를소냐

26. 사친가思親歌

조춘호 소장

[해제] 하나의 전적에 수록된 국한문혼용 가사이다. 자료 형태는 21.4×15.2cm 규격의 전적이며, 단과 음보 구분 없는 줄글 형태의 필사본이다. 필사자 및 필사시기는 알 수 없다.
돌아가신 부모님을 생각하고 공경하는 마음을 세시의 절기에 맞추어 표현한 월령체 가사이다. 매 절기마다 각 달의 특징적인 풍경을 묘사하고 중국 고사 및 한시를 인용하여 효(孝)를 강조하고 있다. 망월가와 같은 내용이다. 작품의 마무리 부분의 내용이 약간 빠져 있다.

正月이라 十五日ᄋᆡ 玩月ᄒᆞ난 少年들아　凶豊도 보련이와 父母奉養이라
身體髮부 四大節은 父母任게 타낫스니　泰山갓치 놉푼德과 河海갓치 깁푼情을
어이ᄒᆞ야 이질이리요 千岁万岁 미듯던니　蓬萊方丈 瀛洲山ᄋᆡ 不老草와 不死藥을
人力으로 어들손양 실푸다 樹欲靜而　風不止ᄒᆞ고 子欲養而 親不在라
空山落木 一杯土ᄋᆡ 永訣終天 되깃구나　一年三百 六十日ᄋᆡ 一日事親 十二時라
陰風이 寂寞ᄒᆞ고 消息이 永絶ᄒᆞ니　실푸다 우리父母 上元인줄 모러시ᄂᆞ
그달을 虛送ᄒᆞ고 二月이라 寒食日　십秋節리 寂寞ᄒᆞ다 ᄀᆡ자추의 넉시로다
遠山ᄋᆡ 봄이든니 불탄풀리 속입난다　後人들리 실허ᄒᆞ야 寒食을 지엿쏘다
唐虞三代 聖帝들도 乘彼白雲 ᄒᆞ시도다
驪山松栢과 武陵春草난 万古英雄 一過處라
撫西山之 退日ᄒᆞ니 李令伯의 私情이요　望太行之 孤雲ᄒᆞ니 狄仁傑의 生覺이라
실푸도다 우리父母 淸明인줄 모러시ᄂᆞ　그달을 虛送ᄒᆞ고 三月이라 三辰日ᄋᆡ
燕子는 나라드러 옛집을 차자오고　蝴蝶은 紛〃ᄒᆞ야 舊色을 자랑ᄒᆞᆫ다
沂水에 목욕ᄒᆞ고 舞雩에 바람쏘여　登東皐이 敍嘯ᄒᆞ고 臨淸流而 賦詩로다
山花ᄂᆞᆫ 紅錦이요 細柳난 靑絲로다　村家ᄋᆡ 農夫들은 新春을 만낫닥고

農具을 둘너미고 處〃의 往來ᄒᆞ며
雙을지어 노닐적의 山花灼〃爛漫開라
嘆光陰之 如流로다 실푸다 우리父母
四月이라 初八日의 南風之 薰兮ᄒᆞ고
鳳凰안자 춤을추고 漢江水 깁푼물의
오날〃보리로다 堯之日月 舜之乾坤
少年行樂 얼마ᄒᆞ리 打起黃鶯 아희들은
細柳營 드러갈지 우뢰갓치 소릐질너
山呼万岁 ᄒᆞ난구ᄂᆞ 실푸다 우리父母
五月이라 端午日의 日遲〃於 窓外ᄒᆞ니
光風霽月 느른곳의 鳶飛魚躍 노는구ᄂᆞ
一身이 閑暇키로 너와노자 차잣노라
大丈夫의 술림사리 이안이 늑〃ᄒᆞᆫ가
玉窓櫻挑 불그신니 怨征夫之 離別이요
南隣北舍 보리타작 坊〃曲〃農夫歌로다
綠衣紅裳 美人들은 오락가락 ᄒᆞ난구ᄂᆞ
그달을 虛送ᄒᆞ고 六月이라 流頭日의
紅爐流金 되여신이 躶體露髮 못견ᄃᆡ니
竹杖芒鞋 單瓢子로 千里江山 들어간니
飛流直下 三千尺을 옛말로 드럿든니
箕山을 넘어들어 潁水로 ᄂᆞ려간니
許由는 무삼일노 쇠곳비을 거스럿노
嚴陵灘 여을물의 고기낙난 漁翁아
世人이 棄君平ᄒᆞ니 美哉君平이 亦棄世라
寧戚은 소을타고 孟浩然은 ᄂᆞ귀타고
呂洞賓은 사심타고 張騫은 獅子로다
鶴氅衣이 革帶로다 八陣圖 縮地法과
白馬金鞭 少年들언 花柳春風 興을기워
실푸도다 岁月이여 哀吾生之 可憐ᄒᆞᄃᆞ
踏青節을 모러시ᄂᆞ 그달을 虛送ᄒᆞ고
解吾民之 溫兮로다 三角山 第一峰의
河圖洛書 낫단말가 百工相和 景星歌을
太平聖代 이안인가 万事人間 졈은날의
莫敎枝上 우지말아 黃金甲옷 썰쳐입고
겨우든잠 ᄭᆡ여보니 長安萬戶 燈을다라
觀燈節를 모러시ᄂᆞ 그달을 虛送ᄒᆞ고
雲夏는 多奇峰이라 山陽子規 우난구ᄂᆞ
白鷗야 ᄂᆞ지마라 너잡을 ᄂᆡ안이라
ᄂᆞ물먹고 물맛시고 팔을비고 누워신니
一寸肝腸 미친셔름 父母ᄉᆡᆼ각 쑨이로다
岑中梅花 피엿신니 吟風塵於 榮辱이요
松栢楊柳 긴〃남게 놉다라케 근ᄂᆡ미고
실푸다 우리父母 鞦韆節을 모러시ᄂᆞ
乾坤의 有意ᄒᆞ야 良辰이 숨겨시라
나도미리 避暑ᄒᆞ야 어ᄃᆡ로 가잘말고
万丈瀑布 조커이와 驪山이 여기로다
疑是銀河 落九天이 虛言이 안이로다
巢夫는 어이ᄒᆞ야 귀을씻고
滄浪曲 반겨듯고 소릐좃차 ᄂᆞ려간니
羊裘난 무삼일로 비실줄 모로난고
黃山谷 들어간니 竹林七賢 모혀셔라
杜牧之을 본然後의 白樂天 ᄎᆞ져간니
臥龍岡上 草堂中의 白羽扇 손의쥐고
孫吳兵書을 胸中의 감초오고

草堂ᄋᆡ 조을면셔 梁甫吟만 읇난구나 物外俠經 다바리고 灘〃大路 다시차자
汶水ᄋᆡ ᄇᆡ을타고 伊川으로 흐리져어 명도 길을무러 濂溪로 ᄂᆞ려가셔
晦菴ᄋᆡ 드러간니 性理大全 家禮冊을 左右ᄋᆡ 버려녹코 四書三經 禮記春秋
集註을 ᄂᆡ신니 豪傑之風이요 聖賢之學이로다
古來天地 幾千年고 金聲玉振 여기다 江上風景 ᄆᆡ양보니 風月이ᄂᆞ ᄒᆞ야보자
吟風緩步 夕陽天ᄋᆡ 村廬로 도라오니 淸風은 徐來ᄒᆞ고 明月은 滿庭이라
江山風景 이러ᄒᆞ니 禁止ᄒᆞ리 뉘잇시리 어화 벗님ᄂᆡ야 貧賤을 恨치마라
이러틋 논일젹ᄋᆡ 실푸다 우리父母 流頭졀을 모러시ᄂᆞ
그달을 虛送ᄒᆞ고 七月이라 七夕日ᄋᆡ 金風颯而 夕起ᄒᆞ니 玉宇廓而 錚暎이라
柳宗元의 乞巧文은 物得貪情 送巧來오 朱文公의 七夕賦은 猶勝人間 去不回라
秋水共 長天一色언 王勃의 文章이요 桂子天香 雲飄飄〃은 宋之問의 遺戒로다
蛾眉山月 半輪秋는 李謫仙의 淸興이라 淸風明月 赤壁賦는 蘇東坡之 勝遊로다
秋風梧桐 葉落時난 白樂天의 卽景이요 秋風忽憶 松江노는 張使君之 歸辭로다
草虫鳴於 四野ᄒᆞ니 烏鵲散於 樂津이라 슬푸다 우리부모 七夕인줄 모러시ᄂᆞ
그달을 虛送ᄒᆞ고 八月이라 秋夕日 栢谷이 豐登ᄒᆞ니 落葉이 秋聲이라
無情ᄒᆞᆫ 節序들은 ᄒᆡ마다 도라오ᄂᆡ 여기져기 ᄭᅩᆺ〃마다 伐草香火 ᄒᆞᄂᆞᆫ구ᄂᆞ
倒西山之 夕照ᄒᆞᆫ고 但層松之 漸〃이라 不勝感悵 一掬淚를 灑白棉之 ᄒᆞᆫ가거라
슬푸도다 우리부모 秋夕인줄 모러시ᄂᆞ 그달을 虛送ᄒᆞ고 九月이라 重九日ᄋᆡ
千峰이 葉脫ᄒᆞ니 산빗치 判異ᄒᆞ다 萬壑ᄋᆡ 丹楓드니 ᄭᅩᆺ치된듯 반기와라
時惟九日 이ᄯᆡ런가 序屬三秋 佳節이라 집흔막ᄃᆡ 자조놀여 蓈彼南山 올ᄂᆞ간니
地勢도 조컨이와 風景도 ᄀᆡ이ᄒᆞ다 天高地厚ᄒᆞ니 覺宇宙之無窮이요
東으로 關東을 바ᄅᆡ보니 金剛山 一萬二千峰은 靑龍方 둘너잇고
應天上之 三光이요 啓明星 되야잇고 南으로 바ᄅᆡ보니 智異山 天皇峰은
朱雀峰이 되야잇고 西으로 바ᄅᆡ보니 九月山 千秋峰은 白虎方ᄋᆡ 둘너잇셔
龍盤虎踞로 北極을 괴여잇고 北으로 開北山川 바ᄅᆡ보니
白頭山 祖宗峰은 玄武方ᄋᆡ 둘너잇셔 太極星이 되얏난ᄃᆡ
古往今來 人傑地靈 몃〃친고 山間이 寂寞ᄒᆞ고 消息이 永絶ᄒᆞ니

黃鷄白酒 업셔선니 万行漏水 흔심ᄒᆞ다
그달을 虛送ᄒᆞ고 十月이라 天馬日의
靑天의 울고가는 鴻雁聲은
蒼忙한 구름밧게 빈소릭 쁜이로다
실푸다 우리父母 天馬日을 모러시ᄂᆞ
萬物리 微生ᄒᆞ니 一陽이 初動이라
孟宗의 雪中竹筍 神明의 도음이라
실푸다 우리父母 冬至日을 모러느ᄂᆞ
忽岁合於 人間ᄒᆞ니 可憐今日 쁜이로다
思親切於 此時ᄒᆞ니 感舊勞之 如傷이라
鷄喚晨於 東窓ᄒᆞ니 驚一年之 春光이라
一年一度 九十春光 덧업시 도라오니
父母奉養 힘을시고 浪遊방탕 말지어다
生前 極盡奉

실푸다 우리父母 重九日을 모러시ᄂᆞ
曾日月之 幾何오 履霜堅氷 되야셔라
힝여 消息올가 바릭든니
寒月殘燈 相對ᄒᆞ니 비개우의 눈물이라
그달을 虛送ᄒᆞ고 十日月 冬至날의
王祥의 氷上鯉漁 至誠이 感天이요
言念及事 생각ᄒᆞ니 痛哭罔極 ᄉᆡ로워라
그달을 虛送ᄒᆞ고 十二月 除夕日의
暗何處而 從去며 明何處而 從來런고
伴寒燈而 慾眠ᄒᆞ니 夜超〃而 更深이라
슬푸다 우리父母 除夕일을 모러시ᄂᆞ
無情岁月 若□〃라 事親之日 不多ᄒᆞ니
二八靑春 子弟들아 부딕〃〃明心ᄒᆞ야

27. 사친가

조춘호 소장

[해제] 하나의 전적에 '망월가'와 함께 수록된 국문 가사이다. 자료 형태는 22.9×15.2cm 규격의 전적이며, 단과 음보 구분 없는 줄글 형태의 필사본이다. 앞부분의 내용 일부가 누락되었다. 필사자는 알 수 없으며, 필사시기는 작품 말미의 '기축즁춘절 졸초'라는 기록으로 보아 1949년으로 추정된다.
친정 부모님의 사랑을 받고 자란 딸이 출가한 뒤 친정(親庭) 부모(父母)를 그리워하는 마음을 노래한 가사이다.

하나 잠을덜자 그려하냐
그륵저륵 자라나서 부모언득 중한주을
호쳔망극 안일는가 복희시가 가라치신
어이하야 그역하리 자식사랑 우리부모
청도잇는 밀양박시 반별도 조커니와
낭자도 준수하며 가내도 흥성하고
모월모일 택일하니 사정□□ 우리부모
주비단 시단목을 필〃이 사다노니
주인영서 조흔날애 내위빈객 모앗도다
자식사랑 우리부모 사위사랑 비민하리
상이도 넉죽이요 하이도 넉죽이라
장농목농 채앗서나 혼인안목 히특하다
갓추〃〃 재봉함은 부모걱정 안일는가
버선창옥 상하이복 넉죽닷죽 부족이라
가지〃〃 보내서니 그걱정은 오작하리
사존종숙 다청하니 날마다 잔치갓고
음식조차 안이먹고 얼골도 파려하다
비로소 알긋마는 보은을 생각하니
법생민애 비롯시요 만복애 근원이라
어진사위 구하려고 좌우로 구흔할새
가사도 풍족하고 양친부모 갓촤잇고
백사가 □□하다 청혼허혼 왕래하야
혼인안목 과이잇서 골몰한긋 안생각□
늑〃자는 살림사리 부모간장 오직하라
로비야 갓근마는 음식갈물 골몰하다
상빈치송 하신후애 상답하인 도라온다
대비단 요강대애 금침은 한가지라
남보기는 조커니와 필〃이 침자질과
춘복하복 하인갈재 가내형성 우리시댁
소쥬약쥬 안주물과 생선등물 안주등쇽
재행삼행 오실적애 소도잡고 개도잡고
달마다 휘초로다

셰월이 여류하야 칠팔삭이 지내가니
례법도 잇근마는 위영이라 거역하리
무명옷은 울력이라 가내댁애 품아시□
할말도 무궁하며 소휘도 만큰마는
총망하고 분주하다 삼시라도 여가업서
신행날이 당햇구나 열두마리 로복마와
하임두상 고전비와 부지군 대치바지
교마말도 단송한다 가진단장 곱기하고
구비〃〃 눈물이라 늘근종 절문종은
잘가라고 하직하고 가마안에 도라안자
우리부모 날기릴쌔 밤이면 한비개요
주옥갓치 사랑하사 잠시라도 안잇드니
내만치는 기물등은 뉘가와서 만지리오
자치도 업서지내 밤이면 압피비고
뉘가잇서 위로할고 방안애 잇는듯고
우리엄마 그동보소 가마문을 들고안자
머리도 마저보고 구곡간장 녹난듯시
우지말고 잘가거라 네야무슨 한이잇나
백년가약 마저가니 무슨한이 쏘잇나냐
구고짐애 은득으로 사랑스리 보이여라
가장이 하신일을 거역말고 시려말고
상빈도라 오실적애 소리나기 우지말냐
잔사담 하지마라 귀이하기 보일지라
남애눈애 씌이난다 두석달이 잠싼가면
친정을낭 아조잇고 시댁만 생각하라
탄〃대로 나서가니 생장한 우리집은
내집갓치 가난구나 성양나절 다〃러니
신행하려 하인오고 날마다 편지오내
신생길을 치송할재 비단옷은 품싹이요
정지년들 드내기라 우리엄마 날키와서
낫지면 안자볼가 밤이면 장등이라
말삼한변 못해보고 헌득〃〃 지나가내
교마가마 등대하고 하인등속 분〃할재
영을바다 드르서니 짐바리도 시러내고
가마안애 들어안자 어린동생 큰동생은
목을노와 슯피운다 형졔숙질 가내들은
내일을 생각하니 구곡간장 갈발업다
낫지면 한자리라 수족갓치 여기시고
천리타향 먼〃길외 날보내고 엇드할고
방안도 빈방이요 나다니든 화초밧태
낫지면 뒤가비내 그간장과 그휘포를
정지싼애 잇는듯다
안진자리 정희하고 요강대야 만저보고
말할수 업진마는 경계하며 하난말삼
아버님은 배행서고 칭〃시하 조흔집애
친정은 생각말고 구곱젼애 효양하라
상식업시 하지말고 가장은 하날이라
친정생각 자조하면 시가눈치 보이노라
흉을보고 웃슬지며 한님년 하직할쌔
친정편지 보낼적애 잔사담을 과이마라
근힝와서 볼거시라 시댁이 네집이니
교마하인 재촉할새 배말등에 가마실고
일취에 리별하고 상면부지 나무집에
마진하인 영접하다 저동리가 그동린가

하인들도 왕래하고 록이홍상 뼛득이내
저무도록 울든눈물 분손으로 정히딱고
새정신을 가다듬어 정반청애 드르안자
먹으라고 권하나마 조심만해 못먹갯내
첩〃이 둘너치고 늘근부녀 절문부녀
허공애 쓰인몸이 한님전애 이지하고
저무도록 불땐방이 훈기도 과이잇내
록이홍상 새댁들은 첩〃이 둘너안자
눈빠지기 자시보내 즈그쌔정 눈을주며
알모한 늘거니가 나겻태 드르안자
며나리도 잘도밧다 그래도 조커니와
아바님도 하직하고 한님도 리별할쌔
문안의 드러서〃가는모양 다본후애
그록하신 시모님이 시수물을 손수들고
우지마라〃〃〃〃부모형제 생각이야
이전부트 그르하니 수삼삭이 지나가면
밧사돈을 청하리라 시수하고 성적하라
분성적을 정히하고 오난손님 영접하니
이복구경 하자하내 농안애 잇는옷을
겹옷새는 상침솔과 홋옷새는 감침솔을
도련도 곱기하고 깃다리도 이상하다
싼들빵긋 웃난구나 삼일을 지난후애
시매시야 맛을보개 신그와도 조심이요
구고전애 드리놋코 어는반찬 길기신고
미거한 저를 사랑시리 귀히보고
정지쌔가 안저리라 큰낭자들 하지말나
네방안애 가잇거라 새비사관 하지마라

산천도 눈애설고 사람도 낫치설다
머리도 씨다듬고 옷깃도 다사리고
분성적 다시할쌔 찹살감주 맹민채를
현구례를 드릴적애 례물평판 대평판
이칸청애 가득히서〃나행동만 살피보내
사배잔을 드린후애 동상방에 들으가니
가마안애 치인다리 각통증이 절로난다
섯다가 안진모양 안젓다가 섯는모양
눈도깜짝 거리면서 입도빗석 거리도다
고개를 비틀치고 이목구비 자시보며
용묘도 다복하다 하로밤을 지난후애
대성통곡 할뜻하나 흐르난눈물 잔주루고
문을닷고 홀노안자 소리업시 우름우니
지방애 드러와서 손을잡고 하난말삼
갈발이 업근마는 여자유행 원부모는
귀령부모 할것이라 이달이 얼는가면
안손님이 마니온다 황승하고 감사하여
새로보면 초면이요 어지본이는 구면이라
가지〃〃덜치놋코 핫옷새 발림솔과
기리도 쨍기보며 가리도 쨍기보며
저그쓰정 서로보며 입술을 쪼부리며
정지싼애 드르가니 구고님애 게미몰나
짭와도 조심이라 두손으로 상을들고
상나도록 조심하내 구고님애 언득보소
친녀갓치 너기시내 아가 정지싼애 들지말나
너리밋치 쌍길지라 지녁사관 일즉하고
단잠을 쌔고나면 엄식맛시 업난지라

사촌시매 청하다가 상윷치나 잘놀아라
노다가 심〃커든 책이나 들고보며
비단치마 감기거든 모시치마 입어보라
부모생각 뿐이로다
방안애 홀노안자 수문눈물 갈발업내
극진히 바라보니 대문밧개 지나가고
문틈으로 살펴보니 상면부지 손님이라
산머리 저구름은 고향으로 아니갈가
저산넘으 저골애는 우리친정 잇긋마는
말리타향 수로갓치 어이거리 멀고먼가
날만새면 기다린다 자식사랑 우리부친
문밧개 절을하고 겻태살픈 안자서니
목이막켜 그려한가 아모말도 못해보고
종망숙당 모아노니 히〃락〃긋치업내
섭〃하기 무량하야 안보기만 못핫도다
무심하기 바라보니 염치엄는 내애눈물
이삼삭 지난후애 건행길을 치송할때
시부님 배행서고 고전비 압시우고
두로여지 백리길애 그리멀도 아니하대
날낸가도 십프잔다 소자첨이 적벽강상애
군곤한 소진이가 금함할때 길거우미
불노잔치 하실적애 이와갓치 길급든가
십구년을 고생타가 앙기를 정코
칠년대한 가물적애 비만난뜻 조흘시고
펄〃나라 차자간다 구룡애 잠긴용이
굼실〃〃올나간다 적수애 병든고기
뒤애오난 부치군 나압패가는 구듐재기
어린아해 본문장애 첫줄이나 써주어라
긋쌩이가 발맥키그든 새집시기 신으바라
이릇타시 사랑해도 어리고 어린소견
청긋태 올아서〃먼산만 바라보고
한길애 가난하인 친정하인 안일는가
사랑애 오신손님 친정애서 오신는가
하인도 날속이고 손님도 날속이내
사창애 저달빛은 고향애도 빗치리라
탄〃대로 하로길애 어이그리 못가난고
오날이나 부친올가 내일이나 부친올가
날볼라고 오는구나 꿈인강 생신인가
심중소회 만삽드니 반갑하야 그르한가
눈물만 절노난다 소도잡고 개도잡고
수삼일 유련타가 가실나고 나서시니
대문박개 나가서〃산모롱이 다가도록
두눈으로 흘느나러 압길이 안보이내
환란한 고분이복 가지〃〃들차입고
오든길을 다시가니 길겁기 측양업다
올때는 멀고머나 두마애 피는말이
화등선 하는것이 이와갓치 히하든가
이우애 드하든가 하해존 난군인
조충신 소자첨이 말리타국 휘로중애
고국을 도라올때 이와갓치 길급든가
공중애 한쌍학은 명월류와 화초강산
오운을 어두타고 구만장천 길고긴대
만경창파 물을엇드 너울〃〃써서가내
즁한참을 월참하고 말만밧비 잘모라〃

동구안애 들으가니 그전보든 산천이요
예전보든 남녀노비 길밋태서 문안하고
중문안애 드르서〃가마문애 내다보니
손을잡고 질겨하니 눈물이 절노난다
시택인심 찬송하내 석달은 노라보고
오날갓치 길그우면 여자한탄 누가하리
근고자진 선부내가 친정잇기 얼마하리
불부워라〃〃〃〃낭자일신 불부워라
섬기지 못하도다 우리도 남자되면
산애올아 낭글하고 물애나려 고기잡아
아롱다롱 옷을입고 부모압패 늠노다가
소년등과 벼살하여 만종록을 바드다가
길겁기 지내다가 부모님 편찬크든
가난튼지 유연튼지 내집박개 쏘잇난가
남자몸이 되여나서 부모봉양 원이로새
우리부모 장한은득 비가오나 눈이오나
오륙월 드운날애 땀이나 흘리난가
안목가진 대반가내 행신범빅 빠지는가
시매시숙 만은집애 인심이나 일엇는가
이것저긋 생각하니 부모마음 편할손가
절통하기 측량업내 슬푸다 우리부모
축원일새〃〃〃〃우리부모 백세안녕
일편가지 는긋을 상애다 기록하고
무심한 여자들도 부모생각 이릇크든
사람이라 이를손가 오득슈전 즁조애
보시난니 잇지말고 물어 묵상하시압
기축즁춘절 졸초

눈애익은 마을이라 길겁고도 방갑도다
각액종망 숙모님내 대문박애 기다린다
그리옵든 우리엄마 천동지동 나려와서
흥성한 우리가내 면〃차자와서
석달은 잠을자새 여자일신 평생이
길겁다가 생각하니 뒤걱정이 절노난다
곰〃이 생각하니 여자일생 가소롭다
부모실하 생장하야 점고늘고 한평생을
남과갓치 하리로다 자로부미 효성갓치
부모반찬 작만하면 노래자애 효성갓치
부모공경 극진하새 글공부 힘서하야
부모영화 보이볼가 부모님과 갓치안자
쥬야로 치식하여 약도다리 시병하고
원이로다〃〃〃〃지금죽어 환생하여
허사로다〃〃〃〃부모공득 허사로다
이절날이 잇슬소냐
질삼방직 시집사리 일이나 아니된가
칭〃시하 가진집애 효성업다 쑤지는가
성광갓튼 우리사위 댁이나 생각는가
절통하다 부녀일신 만가지를 생각해도
공갑기는 고사하고 인정허비 뿐이로다
남산갓치 축원일새 부모생각 갈발업서
보고도다 시보니 부모생각 어이하리
하물며 남자되여 부모생각이 업는것은
대듯마듯 기재하니 박시후이난 처〃공득

28. 사친가

조춘호 소장

[해제] 사친가(思親歌)는 부모를 사모하고 그리워하는 내용의 가사로, 자랄 때의 부모 사랑과 십오륙 세가 되어 부모 곁을 떠날 때의 슬픔, 근친으로 친가에 돌아가는 기쁨을 노래하였다. 작품 전반에 걸쳐 여자 인생을 한탄하며 울음 섞인 내용이지만, 친정에 돌아온 끝부분에 잠깐 '셕달은 좀을 ᄌᆞ고 셕 달은 노라 보식 여ᄌᆞ 평싱 오날갓치 조흘시고' 하며 기뻐한다.

가소로다〃 여ᄌᆞ일신 가소롭다
여ᄌᆞ몸이 되야나셔 부모형제 이별ᄒᆞ고
말이쳔의[776] 타국각치 부모종싱 그리ᄂᆞᆫ고
ᄎᆞᆼᄒᆡ도 가비업다 십ᄉᆞᆨ을 ᄇᆡ을비려
쥬옥갓치 기울젹에 마른ᄌᆞ리 가라가며
만단슈심 골물즁에 명쥬비단 무명비를
복가지〃 지어ᄂᆡ여 이복간슈 졍키ᄒᆞᆫ
본분을 가라치니 영민ᄒᆞᆫ 그니ᄒᆞ다
귀밋ᄒᆞᆫ변[778] 안니치고 ᄒᆡ로갓치 가르친다
슈족도 만져보며 머리도 만져보며
밥을조금 덜먹어도 근심ᄒᆞ여 ᄒᆞ난말리
얼골도 파려ᄒᆞ고 음식도 아니먹노
비로소 알건마ᄂᆞᆫ 가기을 싱각ᄒᆞ니
발ᄌᆞ원건 안닛ᄂᆡ ᄌᆞ식ᄉᆞ량 우리부모
못할너라〃 젼싱에 무ᄉᆞᆫ죄로
싱면부지 남의집의 이십젼의 츌가ᄒᆞ여
부모공덕 싱각ᄒᆞᆫ니 ᄐᆡ산도 가바ᄋᆞᆸ고[777]
ᄉᆞᆷ신젼 ᄌᆞ라날지 쌀낫싸 분란업시
칠울ᄉᆡ라 더우면 더울ᄉᆡ라
필〃리 모와ᄂᆡ야 철〃이 고른이
칠뉵세랄 ᄌᆞ라넌이 물ᄂᆡ릴르 모리잇고
투미ᄒᆞᆫ ᄂᆡ죄쥬 션망후실 ᄒᆞ건마ᄂᆞᆫ
ᄂᆡᄌᆞᆷ을 조곰늣기ᄊᆡ며 어셔 다라와셔
이라타시 며ᄒᆞᄂᆞᆫ말ᄉᆞᆷ 어ᄃᆡ 앗푸던냐
네어ᄃᆡ 괴로워그려ᄒᆞ나 ᄌᆞᆷ을덜ᄌᆞ 그려ᄒᆞ나
십오십뉵 ᄌᆞ라나니 부모음덕 즁ᄒᆞᆫ쥴을
호쳔망극 아니련가 복히시의 가련짭이
어린ᄉᆞ회 가려가며 동셔ᄉᆞ방 구혼ᄒᆞ니

776 말이쳔의: 만 리 천 리
777 가바ᄋᆞᆸ고: 가볍고
778 ᄒᆞᆫ변: 한 번

청도잇난 미량박시 반별도 조컨니와　　가ᄉᆞ도 풍족ᄒᆞ고 부모도 가ᄌᆞ잇다
낭ᄌᆞ도 쥰슈ᄒᆞ다 가ᄂᆡ도 흥셩ᄒᆞ고　　빅ᄉᆞ가 구비ᄒᆞ다 쳥홍히혼 왕ᄂᆡᄒᆞ니
모월모일 ᄐᆡᆨ일혼 ᄌᆞ졍ᄂᆞᆫ일 우리부모　　호인 안묵비면ᄒᆞ리 비단 ᄉᆡ양목을
침금에복 ᄎᆞᆫ일십과 화양요강 반ᄉᆞ기며　　비단〃려호당반을 식〃이 ᄎᆞ려ᄂᆡ니
녁〃ᄎᆞᆫ는 우리ᄉᆞᆯ님 부모간ᄌᆞᆼ 오ᄌᆞᆨᄒᆞ리　　쥬인명 조흔날뇌 ᄂᆡ〃빈ᄀᆡᆨ 만단ᄒᆞ니
노비야 각건마ᄂᆞᆫ 음식간겸 골몰니야　　ᄌᆞ식ᄉᆞ랑 우리부모 ᄉᆞ회ᄉᆞ랑 벼면ᄒᆞ리
ᄉᆞᆷ일회ᄉᆞᆼ ᄒᆞ온후의 ᄉᆞᆼ답ᄒᆞ인 도라오니　　ᄉᆞ의도 녁쥭니요 ᄒᆞ의도 녁쥭니요
되발닷짠 요강ᄂᆡ니 금봉ᄎᆡ와 은지환 가ᄌᆞᄂᆡᆺ다
져포북포 시빅목니 ᄌᆞᆼ농목농 ᄎᆡ와시니　　호인안목 식〃ᄒᆞ다 남보기ᄂᆞᆫ 조컨니와
필〃이도 침ᄌᆞ질과 다지〃침ᄌᆞ질을
부모걱졍 안닐너가 츈복ᄒᆞ복 ᄒᆞ인갈지간에도
번셩ᄒᆞ니 보션ᄎᆞᆼ옷 ᄉᆞᆼ ᄒᆞ의도 녁쥭닷쥭[779]　　소쥬약쥬 가즌슐과 ᄉᆡᆼ물선물 안쥬동물
갓〃치도 보나오니 그걱졍이 오ᄌᆞᆨᄒᆞ리
ᄌᆡ힝ᄉᆞᆷ힝[780] 단여실지[781] 소도ᄌᆞᆸ고 ᄀᆡ도ᄌᆞᆸ고
아ᄌᆞᆸ지 죽다쳥ᄒᆞ니 날마다 연ᄎᆞ로다　　일월이 여류ᄒᆞ여 칠팔월 차지리니
신힝ᄒᆞ다 편지ᄒᆞ니 날바다 ᄒᆞ인오니　　옛법도 ᄂᆡᆺ거니와 지영니라 거역ᄒᆞ리
신힝길을 체송ᄒᆞᆸ제 비단오신[782] 품속니요　　무명오신 울역니요 가ᄂᆡ덕에 품나시오
졍지년들 듯ᄂᆞᆫ거랄 우리어마 날을키워
빅니밧ᄀᆡ 츌가ᄒᆞ니 ᄒᆞᆯ말만코 소회도 ᄂᆡᆺ건마난
나지면 안ᄌᆞ볼가 밤니면 ᄌᆞᆼ릉기요　　슈션ᄒᆞ고 분쥬ᄒᆞ여 ᄌᆞᆷ시도 여가업셔
ᄒᆞᆫ말ᄉᆞᆷ도 못ᄒᆞᄋᆞᆸ고 엉둥저둥 지나다가　　신힝날 닷쳐ᄊᆞ나 열두바리 도복말과
교마가마 단승ᄒᆞ고 ᄒᆞᆫ님두ᄉᆞᆼ 교젼비와　　시바리두 시려ᄂᆡ고 큰단ᄌᆞᆼ 곱기ᄒᆞ고
가마아에 드려안고 어린동싱 큰동싱을　　구비〃　눈물니요 늘근종과 졀문종은

---

779 쥭: 죽, 옷이나 그릇 따위의 열 벌을 묶어 이르는 말
780 ᄌᆡ힝ᄉᆞᆷ힝: 재행은 혼례식이 끝난 뒤 신부의 신행(新行)이 있기 전에 신랑이 신부의 집을 방문하는 의식, 삼행은 신랑이 재행(再行)한 뒤에 또 다시 처가에 다니러 가는 인사를 말함
781 단여실지: 다니실 제
782 오신: 옷은

북을노코 슬피운다 형제슉딜 ᄒᆞᆫ마리
엇지〃싱각ᄒᆞ니 구곡간죵 갈발어진다
슈족갓치 너게시고[783] 쥬옷갓치 ᄉᆞ량ᄒᆞ여
날보닋고 어이할고 닋만치던 이가르락
화초밧히 ᄌᆞᆺ쳐도 업셔디닋[784]
그간 죵인죵 모을 뉘가니셔 위로홀고
눈의숌〃결여잇고[785] 쉼의 종〃보니
우리어마 거동보소 가마문을 들고안ᄌᆞ
머리함도 만져보닋 구곡간죵 우는덧가
우지말고 줄가거라 너야무ᄉᆞᆫ 씨음닛나
비옵마다 마ᄌᆞ가니 무ᄉᆞᆫ씨님 니시리라
구고님 은덕을 ᄌᆞ랑시려 보시기나
ᄒᆞ니 ᄒᆞ신일은 거역말고 ᄒᆞ여스라
ᄉᆡᆼ각니 도라올지 소릐ᄒᆞ여 우지마라
답을마라 고니키 너기니라
군ᄉᆞ담을 과히마라 남의눈에 쓰이인라
시덕은 너집이라 친졍을 아조잇고
빅마둥의 다마시고 탄〃딕로 나셔가니
팔면부지 남의집을 닉집갓치 가난구ᄂᆞ
져동닋가 ᄒᆞᆫ님들도 왕닋ᄒᆞ고 노의홍ᄉᆡᆼ
져무도록 보을눈으로 문ᄌᆞ을 졍히닷고
싀정신이 졀노난다 졍반쳥의 드려안ᄌᆞ
인물평풍 딕평풍을 쳡〃히 둘너치고
줄가거라 ᄒᆞ직ᄒᆞ니 가마안의 드려안ᄌᆞ
우리어마 날키울젹 밤니면 ᄒᆞᆫ변노보며
즘시라도 안닛던니 빅니타향 면〃길에
다시려닋니 방단은 빈방이요 닋단니던
쥬야로 압히빈이
방안의 닌난듯고 졍자간에 오난덧
모다이십연 키운공니 헛부고 가소롭다
안진ᄌᆞ리 편키ᄒᆞ고 요강도 만져보면
말ᄒᆞᆯ슈가 업건마난 경기ᄒᆞ야 니련말숌
아바님 비힝셔고 층〃시ᄒᆞ 조흔집에
친졍을 싱각말고 구고시존 호양ᄒᆞ라
방심업시 ᄒᆞ지말라 가즁을 공나리라
친졍싱각 ᄌᆞ조ᄒᆞ여 싀가눈치 보니ᄒᆞ니
흉을보고 웃는니라 ᄒᆞᆫ님이 ᄒᆞ직할지
친졍 편지 보닐 젹에
두셔달 즘관가면 근친오며 볼거시라
싀덕만 싱각ᄒᆞ라 가마ᄒᆞ인 지촉ᄒᆞ여
싱즁ᄒᆞ던 우리집이 일조에 싱별ᄒᆞ고
셔강나줄도 져갈리마린 ᄒᆞᆫ님히 ᄒᆞ닋
마진ᄉᆞᆫ쳔도 눈셜고 ᄉᆞ람도 낫치셔다
머리도 스담이고 옷싯도 단속ᄒᆞ니
분션쥭을 다시ᄒᆞ고 혀구예단 드련쳥의
늘근분여[786] 졀문분여 이간쳥에 둘너셔〃

783 너게시고: 여기시고
784 ᄌᆞᆺ쳐도 업셔디닋: 잡초도 없어지네
785 결여잇고: 걸려 있고
786 분여: 부녀

ᄂᆡ힝지만 ᄉᆞᆯ펴보니 ᄡᅡᄭᅳᆷ〃 보난눈언 곤일밧고 알시롭다 ᄂᆞᆼ즁의 ᄯᅳ인몸을
ᄒᆞᆫ님언 ᄊᆡ이지ᄒᆞ고 ᄉᆞᄇᆡ을 드린후에 동ᄎᆞᆼ방에 드려가니 져무도록 불ᄯᅵᆫ방에
긍긴기로 다히잇고 가마아에 치인다리 간통증이 절노난다 노이홍ᄉᆞᆼ 시ᄃᆡᆨ들은
쳡〃히 둘너안ᄌᆞ 셧다가 안난모양 안ᄌᆞ다가 셔ᄂᆞᆫ모양 눈ᄲᅡ지기 ᄌᆞ시보고
져ᄒᆡ써졍 도라보며 눈도ᄶᅡᆷᄌᆞᆨ 그라며셔 입도ᄇᆡᄉᆞᆨ 긋난구나 알모ᄒᆞᆫ 늘그니드리
ᄂᆡ발ᄉᆞᆫ 드려안ᄌᆞ니 목귀계 들고보며 며ᄂᆞ리도 ᄌᆞᆯ도밧다 거ᄅᆡ도 조컨이와
얼골도 다복ᄒᆞ다 ᄒᆞ로밤 지넌후에 아바님도 ᄒᆞ직ᄒᆞ고 ᄒᆞᆫ님를 이별ᄒᆞᆯ지
ᄃᆡ셩통곡할 뜻ᄒᆞ나 나ᄂᆞᆫ눈물 군쥬리고 문안에 니려셔〃 가난거ᄉᆞᆯ 다본후에
문을닥고 혼ᄌᆞ안ᄌᆞ 소회업시 우려ᄒᆞᆫ이 거룩ᄒᆞ신 시모임이 시그물을 손소들고
ᄂᆡ방에 드려와셔 손을ᄌᆞᆸ고 ᄒᆞᄂᆞᆫ말ᄉᆞᆷ 우지마라〃 부모동싱〃 각이
애갈발 업시잇지마난 여ᄌᆞ유힝 원부모ᄂᆞᆫ 잇부텀[787] 그려ᄒᆞ니 슈숨ᄉᆡᆨ 지ᄂᆡ가며
귀령부모 ᄒᆞᆯ거시니 이다리 얼넌가면 밧ᄉᆞ돈도 쳥ᄒᆞᆯ리라 시슈ᄒᆞ고 셩젹ᄒᆡ라
안손님이 만이온다 분셩젹을 다시ᄒᆞ고 오난손님 언졉ᄒᆞ니 쇠로오난 ᄉᆡᄃᆡᆨ이요
어지부텀 지면이라 이복귀경 ᄒᆞ리ᄒᆞ니 농안의 인ᄂᆞᆫ오실 가지〃 다들츈니
홋옷ᄉᆡ 박음솔과 겹옷ᄉᆡ ᄉᆞᆼ침솔과 핫옷ᄉᆡ 갈님솔을
기리로 ᄶᅡᆼ겨보고[788] 도련도 곱기ᄒᆞ고 깃다리도 이ᄉᆞᆼᄒᆞ다 져ᄒᆡᄭᅳ졍[789] 눈을쥬며
입소고리 오므리고 신를ᄲᅡᆼ긋〃 윗난구나[790] 구젹의 셔라노코 ᄒᆞᆫ십희 안ᄌᆞ어ᄂᆞᆫ
반ᄎᆞᆫ 질기난고 ᄉᆞᆼ나도록 조심이요 구고님의 은덕으로 미거ᄒᆞᆫ 이위인을
ᄉᆞ량ᄒᆞ고 귀히보시고 슬ᄒᆞ의 모라기 뉴아갓치 에휼할ᄂᆡ 졍지ᄶᅡᆫᄂᆡ 드디마라
절ᄶᅵ가 오죽ᄒᆞ랴 반ᄶᅡᆫ의 드지마라 등ᄀᆡᄶᅵ가 오릴ᄉᆡ라 침구릴을 과히마라
머리식ᄒᆡ 안풀니라 진역ᄉᆞ란 일젹ᄒᆞ고 너의방에 지시거라 ᄉᆡᄇᆡᄉᆞ란 ᄒᆞ지마라
그단ᄌᆞᆷ을 어이ᄶᅵ리 음식니ᄂᆞ 달기먹고 무병ᄒᆞ기 지ᄂᆡ여라 ᄉᆞᆫ촌시미 쳥ᄒᆡ다가
ᄉᆞᆼ눅니나 쳐셔바라 어린아ᄒᆡ 본분장니나셔

---

787 잇부텀: 옛부터
788 기리로 ᄶᅡᆼ겨보고: 길이로 당겨 보고
789 져ᄒᆡᄭᅳ졍: 저희끼리
790 윗난구나: 웃는구나

쥬어라 ᄎᆞᆼ호지ᄃᆡ ᄌᆞᆼ지에 ᄎᆡᆨᄌᆞᆼ잇 볏겨 바라노다가

심〃 크든 ᄎᆡᆨᄌᆞᆼ니나 들고바라 비단단려　　발 ᄆᆡᆨ키거든 집신니나 신어바라
비단치마 강기근던 모슈치마 입어바라　　엇써하고 어린소견 부모ᄉᆡᆼ각 뿐니로다
청ᄉᆞᆺ히 볼나거면 나모각ᄉᆞ 만건ᄂᆡ　　보고 방안에 드려안ᄌᆞ며 슈문문물
갈발업ᄂᆡ 한기ᄅᆡ 가ᄂᆞᆫ ᄒᆞ인 친졍ᄒᆞ인　　오읍나가 느히셔〃 바라보니 ᄃᆡ문밧거로
지난ᄉᆞ람니 마ᄉᆞᆼ손님 친졍손님 오시난가　　금틈ᄒᆞ여 ᄉᆞᆯ펴보니 ᄉᆡᆼ면부지 손님이라
ᄒᆞ인도 날소기고 손님도 날소긴다　　바람ᄉᆞᆺ히 져구람은 고향을 향ᄒᆞ난닷
ᄎᆞᆼ간의 져달빗튼 고향에도 빗쳐난다　　져ᄉᆞᆫ념의 졍동ᄂᆡ은 우리집이 잇건만ᄂᆞᆫ
양ᄋᆡᆨ이 나ᄅᆡ여시며 나라가셔 보지만ᄂᆞᆫ　　한〃 ᄃᆡ로 한기ᄅᆡ 그리멈도 아니ᄒᆞᆫᄃᆡ
말이하군 슈로갓치 ᄉᆡᆼ각ᄒᆞ니 멈도머다　　오날이나 부친올가 ᄂᆡ일이나 부친만나볼가
날만ᄉᆡ면 기다린다 ᄌᆞ식ᄌᆞ졍 우리아바　　날보로 오난구나 ᄭᅮᆷ일넌가 ᄉᆡᆼ실넌가
문밧기 졀을하고 겻틔 ᄉᆞᆯ풋　　아ᄌᆞ 그리든 심즁소회 만ᄉᆞᆸ던니
반가바 그려ᄒᆞᆫ가 목이미여 그리ᄒᆞᆫ가　　안부도 못뭇깃ᄂᆡ 소도ᄌᆞᆸ고 ᄀᆡ도ᄌᆞᆸ아
ᄉᆞᆷᄉᆞ일 뉴련타가〃 실낫낙고 ᄒᆞ직ᄒᆞ니　　ᄉᆡ로니 셥〃기ᄂᆞᆫ 안보것만 못ᄒᆞ더라
문밧기 ᄂᆡ다셔〃 ᄉᆞᆫ뭇통니 다가두록　　감〃히도 바라보니 염치업난 눈물이
두눈을 느리덥허 밤기리 아니잇ᄂᆡ　　이ᄉᆞᆷᄉᆞᆨ 지난후에 근힝을 쳬송ᄒᆞᄂᆡ
할□ᄒᆞ니 고운이복 곱기 지어요고　　긔부님 비힝셔고 ᄒᆞᆫ님언 ᄋᆞᆸ셔우고
길로 다시오니 즐겁기도 ᄎᆞᆼ양업ᄂᆡ　　일빅니가 갈ᄯᆡ난 가ᄌᆞᆨ던니 올ᄯᆡ난
멈도머다 쥬야ᄀᆡ단 ᄒᆞᄂᆞᆫ말이 날넌가시　　우ᄉᆞᆫ타스ᄌᆞ ᄎᆞᆷ젹박의 우화등쳔 ᄒᆞᄂᆞᆫ거시
이갓치 쾨할넌가 군안ᄒᆞ던 소진어니가　　육국죄ᄉᆞᆼ반을 ᄎᆞ고 남양고향을 도라올지
이갓치도 즐겁던가 하터도 남궁소리　　보르군치 ᄒᆞ실젹의 니와갓치 깃쁘던가
ᄒᆞ츙신 소ᄌᆞ경니 말니타국 히랄즁에　　시구영을 고ᄌᆞᆼᄒᆞ고 빅만겨 글을젼코
고향으로 도라올지 니갓치 반갑던니　　칠연회ᄒᆞᆫ 가문즁의 히소친을 니와갓치
조흘시고 능즁의 가친ᄒᆞᆨ니 평월노　　화초강ᄉᆞᆫ의 훨〃다라 ᄎᆞᄌᆞ가리
구름에 ᄉᆡᆼ니봉이 쳬셕을 어더가고　　구말이 ᄎᆞᆼ쳔ᄉᆞᆼ의 금실〃올나가셔
슈의병든 곡니셩동 만물을 어더　　너울〃더러가ᄂᆡ[791] 치이오난 부지군
나ᄋᆞᆸ히 가난구즁 마야말 만밧비줄　　모다〃동구안의 드려셔니

이젼보든 ᄉᆞᆫ쳔문에 ᄋᆡᆨ근말 반갑도다　　층양업시 반갑도다 즁문의 다〃린이
그리웁쎤 우리어마젼 드니 나려와셔　　손을줍고 우렴니[792] ᄭᅳᆺ치 업ᄂᆡ
변셩ᄒᆞᆫ 우리간에 면〃이 ᄎᆞᄌᆞ와셔　　시덕닌심 층ᄎᆞᆫ ᄒᆞᄂᆡ 셕달은 ᄌᆞᆷ을ᄌᆞ고
셕달은 노라보ᄉᆡ 여ᄌᆞ평싱 오날갓치
조흘시고 낫〃치 날갓타면 여ᄌᆞ ᄒᆞᆫ탄 무어시랴

---

791 더러가ᄂᆡ: 들어가네
792 우렴니: 울음이

29. 사친가

금요고서방 소장

[해제] 여인의 출가와 첫 친정 방문에 관한 자세한 내용이 있는 가사이다. 친정 부모에 대한 그리움과 남자로 태어나지 못해 받들어 모시지 못하는 점을 한탄하고 있다.

가소롭다 여자유행 가소롭다 못할내라 못할내라
부모생각 못할내라 전생에 무삼쥐로 여자몸이 되어나서 부모형지 리별하고
생면부지 남의집에 이십전에 출가하야 만리해위 타국갓치 부모동기 그리난고
부모은득 생각하니 태산도 부족이요 하해도 엿푸도다 십삭을 쎄를일워
삼년을 가라날재 아들쌀 분간읍시 주옷갓치 사랑하내 측푼측리 모와내여
철〃의복 곱기하고 추우면 추우시라 드우면 드울시라 마포무명 물명주를
모양잇기 입혀주고 기윽니은 밧침법과 다배와 핀지내기 자〃이 가라키며
틔미한 요내재조 선망후실 하근마는 귀밋 한변 안이 맛고
히롱갓치 가라칠재 잠을좃곰 늣기쌔도 쑤중읍시 쪼차와서 수족도 만즈보고
므리도 집혀보며 므리들고 하난말삼 으듸가 압흐는야 기운이 뉘곤한야
밥을좃곰 들믁으도 근심하여 하신말삼 일이되여[793] 그리는야 잠을들자 그리는야
을골도 파려하다 음식조차 안이믁노 기우〃자라나니 부모은득 중한줄은
비로소 알지마는 깁흠을 생각하니 호천망극 이안인가 복히시의 가라친 볍
만복근원 여기여서 자식사량 우리부모 으진사위 가릴낫코 좌우로 구혼할제
청도잇난 밀양박시 반별도 좃큰이와 가시도 풍족하고 양친부모 갓치잇고
낭자도 준수하다 가내도 흥성하고 백사가 구비하다 청혼흐혼 왕내하여
모월모일 택일하니 자정만은 우리부모 치혼인들 비민할가 수고골몰 안생각고

---

793 되여: 고되어

명주비단 시단목을 필〃이 사다놓코
주인영서 조흔날애 내위빈객 모왓도다
자식사량 우리부모 사위사량 비민할가
상의도 늑죽이요 하의도 늑죽이라
남보기는 좃큰이와 필〃이 따듬아서
춘복하복 하인갈재 가내형성 우리시댁
소주약주 안주물를 가지〃 보내선이
소도잡고 돗도잡아 사촌종숙 다청하야
시월이 여류하야 칠팔삭이 지내가니
예법도 잇근마는 누영이라 그영하리
무명옷슨 울력이라 가내댁에 품싹이요
할말도 무궁하고 소회도 만큰마는
숙슥하고 분주하다 잠시라도 여가읍서
신행날이 닷처구 열두발리 도복나와
하인두쌍 교전비가 부친녕을 바다서스
가진 단장 곱하인 재촉할제
생장하든 우리집은 일조애 리별되고
석양나잘 다다른이 마조하인 영접한다
녹의홍상 뻗뜩이내 산천도 눈이슬고
즈무도록 우든눈물 분손으로 증히싹고
새정신 새로내여 증방청에 드르안자
겻에안자 권하나마 조심만해 못믁갯내
자우로 둘느치고 늘근부녀 즐믄부녀
공중에 뜨인몸이 한임만 의지하고
즈무도록 불땐방에 훈기도 과이잇내
녹의홍상 새댁드른 츱〃이 둘느안자
눈싸지기 자시보내 즈그ᄭ증[794] 눈을주며

늑〃잔은 살임사리 부모극증 오작하리
노비야 만큰마는 엄식갈무 골물하내
상빈치송 하신후애 상답하인 도라온다
장농목농 채와서니 혼인안목 장하구나
가추〃침자질를 부모극중 안일는가
보선창옷 상하의복 늑죽닷죽 부족이라
그극증이 오작하리 재행삼행 오실즉에
날마다 잔채갓고 달마다 회초로다
신행하로 하인오고 달마다 펀지오내
신행길을 치송할재 비단옷슨 품싹이요
정지년들 드내기라 우리음마 날키와서
낫이면 안자볼까 밤이면 장등이라
말삼한변 못해보고 흔득〃지내가내
교마가마 등대하고 하인등속 분부할제
짐바리도 시르내고 교마말도 단속한다
백말등애 가마실고 탄〃대로 나스가니
생면부지 남의집에 내집갓치 가난구나
즈동내가 누동낸지 하인놈도 왕내하고
사람도 낫치서다
므리도 스다듬고 옷슨도 다사리고
분성즉 다시할제 찹살감주 믁으랏고
헌구리를 드릴즉에 인물평풍 대평풍을
이간층에 둘느서서 내행신만 살펴보내
사배잔을 드린후애 동산방에 드르가니
가마안애 치인다리 각통증이 즐노난다
섯다가 안는모양 안잣다가 서난모양
눈도깜작 그리면서 입도비석 그린구나

얄모한 늘근이가 나엽애 드르안자 고개를 비틀치고 이모구비 자시보며
며나리도 잘도밧다 글공부도 좃큰이와 얼골모양 다복하다 하로밤을 기낸후에
아바임도 하직하고 한임년도 리별할제 대성통곡 할듯하다 나난눈물 잔주리고
문안에 이르서서 가나모양 다본후에 문을닷고 혼자안자 소리읍시 안자운이
그룩하신 시모임이 시수물를 손수들고 지방에 들어와서 손을잡고 하신말삼
우지마라〃 부모형지 생각하면 갈바이 읍지마는 여자유행 원부모는
잇즉부르 그러하니 수삼삭 지나가면 귀령부모 할그이라 이달를 늠기면
밧사돈을 청하리라 시수하고 성즉하라 안손임이 만이온다 황송하고 감사하여
분성즉을 정히하고 오난손임 영접하니 새로본이 초면이요 으지본이 구면이라
의복구경 하자하내 농안에 잇난옷설 가지〃 들초놋코 핫옷에는 발임솔과
겹옷에는 상침솔과 홋옷에는 가침솔과 귀도땅기 보고나서 도린도 곱기하고
깃다리도 이상하다 즈그끄증 서로보며 입소고리[795] 쪼고리며 산들반긋 웃난구나
삼일을 기낸후에 정지간에 드르가서 구고임의 구미몰나 시매시야 맛슬보개
신급아도 조심이요 짭아도 조심이라[796] 두손으로 상을들고 구고전에 드려놋코
으는반찬 길기신고 상나도록 조심하내 구고임의 은득보소 미그한 저의을골
사랑시리 귀히보고 친여갓치 여기시사 정지간에 들지말나 증지때가 안지리라
큰낭자를 하지말나 므리밋치 땅기시라 진역성안[797] 일즉하고 늬방안에 가잇그라
새비성안[798] 하지말나 단잠을 깨우며는 음식맛이 읍난이라 사촌시매 청해다가
상윷치나 잘노라라 어린아해 본문장에 첫줄이나 써스주라 노다가도 심심크든
책이나 일느보라[799] 꼿댕이가 발맥키면 새집시기 신으보라
비단처마 감기그든 모수처마 입으보라 이릇타시 사랑해도 어리고 어린소견
부모생각 뿐이로다 대청끄에 올나서스 믄산만 바래보고 방안에 드르안자

794 즈그끄증: 자기들끼리
795 입소고리: 입술
796 신급아도 조심이요 짭아도 조심이라: 싱거워도 조심이요 짜도 조심이라
797 진역 성안: 저녁 문안
798 새비 성안: 새벽 문안
799 일느보라: 읽어 보라

수문눈물 갈바업다 한길에 가난하인
대문밧에 지나가고 사랑에 오신손임
생면부지 손임이라 하인도 날속이고
고향으로 지나가나 사량에 즈달은
우리집이 잇긋마는 탄〃대로 하로길래
내일나 부친올가 날마새면 기다린다
쑴인가 생시인가 문밧에 즐을하고
반갑하여 그리는가 목이막혀 그리한가
소도잡고 개도잡아 종반숙당 모와논이
가실낫고 쓰나시니 새로이 섭〃하와
산모롱이 다가도록 갈물〃바래보니
압길이 안보인다 이삼삭 기낸후애
가지〃들처입고 시부임 배행서고
길급기 칙량읍다
올때는 믈고므다 두마에 피는말이
우화등선 하난긋도 이와갓치 길급든가
조충신 소자점이 만리타국 히구중에
고국으로 도라올때 이와갓치 반갑든가
농중에 갓친학이 명월노화 추강상에
오운을 으드타고 구만리 장천에서
만경창파 물을으드 느울〃쓰스가내
중간참을 월참하고 말만밧비 잘모르라
눈에익은 마을이라 반갑도다〃
각댁종반 숙모임내 대문밧개 기다린다
그립든 우리음마 천동지동 나르와서
친정곳에 하인인가 극진이서 바래보니
친증에서 옷싯는가 문틈문틈 살펴보니
손임도 날속이내 산긋에 즈구름은
고향에도 비처리라 즈산늠으 골작에
어이그리 못가난고 오날이나 소식올가
자식사량 우리부친 날보랏고 오섯구나
젓에살픈 안자서니[800] 심중소휘 만삽든이
아모말도 못해보고 눈물만 즐노난다
히〃낙〃긋치읍내 수삼일을 유련타가
안보기만 못하도다 대문밧 내다서서
염치읍난 나의눈물 두눈을 가리워서
근행길를 치송할제 찬란한 고흔의복
고즌비 압시우고 오든길을 다시가니
두루여지 백리길에 그리므도 안이한대
날낸강도 십프잔타 소자츰이 즉벽강에
하히존 낭잔치시에 이갓치도 깃부든가
십구년을 고생타가 아지기를 그중하고
칠년대한 가물즉에 비본듯이 조흘시고
훨〃날나 차저가내 구름에 잠김용이
굼실〃올나가내 즉수에 병든고기
뒤에오는 부치군아 압에가든 구종지야
동구안에 드르가니 엣보든 산천이요
옛보든 남녀노비 길밋에서 문안하고
중문안에 드르서서 가마문에 나와보니
손을잡고 길기온이 눈물이 즐노난다

---

800 젓에 살푼 안자서니: 곁에 살짝 앉았으니

가내흥성 우리가내 면〃이 차자와서
슥달은 잠을자새 여자일신 일평생이
길급다가 생각해도 뒷극증이 즐노난다
곰〃이 생각하니 여자유행 가소롭다
부모설하 생장하여 즘고늘고 한평생을
남과갓치 하올그랄 자로의 효성갓치
부모반찬 작만하고 노래자의 효성갓치
부모공경 극진할제 글공부 힘서하여
부모영화 보이볼가 부모임과 갓치안자
주야로 치시하고 약도다려 시병하고
남자가 되여나서 부모보양 원이로새
애정만은 우리부모 비가오나 눈이오나
쌈이나 흘이는가 질삼방즉 시답질에
행신범즐 밧지는가 칭〃시하 가진집에
인심이나 일릍는가 이긋즈긋 생각하니
만가지로 히아리도 즐통하기 칙량읍다
남산갓치 축원일새
시댁인심 찬송하내 슥달은 노라보고
오날갓치 즐그우면 여자한탄 누가하리
구고자진 선보내가 친정잇기 얼말소냐
불부으라〃남자되기 불부으라
부모임을 모시근만 우리도 남자되면
산에올나 남글하고 물에나려 고기잡아
아롱진 옷을입고 부모압에 늠노다가
소년등과 비설해서 만종녹을 바드다가
조슥상대 길기다가 부모임 편찬크든
원이로새〃직금죽어 환생하여
흐사로다〃부모공득 흐사로다
잇즐날이 잇슬손가 오륙월 드운날에
일이나 안이된가 위모가진 대방가에
효성이나 밧지는가 시매시숙 만은집에
부모마음 편할손가 즐통하다 부녀일신
축원일새 축원일새 우리부모 백시안령

30. 사친가라

조춘호 소장

[해제] 이 작품은 하나의 두루마리에 전편이 수록된 가사로, 필사자는 미상이며 필사연대는 1958년이다. 작품의 앞에 필사연대가 기록되어 있다. 행의 구분없이 줄글로 쓰여져 있으며 시집간 딸이 친정 부모님을 그리워하며 부른 노래이다.

정월리라 십오이ᄅᆡ 완월ᄒᆞ넌 손얼더라
신체발부 사ᄅᆡ절을 부모임께 차고나서
엇지하야 갑헐손야 영쥬방ᄌᆞᆼ 봉ᄂᆡᄉᆞᄋᆡ
천ᄉᆡ만세 밋딋던이 슬푸다 슈옥정이
일초토ᄋᆡ 잉절종천 ᄃᆡ달말가 일연삼ᄇᆡᆨ
정막ᄒᆞ고 소식이 엄절ᄒᆞᆫ이 슬푸다
티송ᄒᆞ이 월ᄃᆡ라 ᄒᆞᆫ식이ᄅᆡ 츈쥬절리
봄이런아 불한푸리 속입난다 슈인더리
셴제덜도 송ᄇᆡᆨ을 ᄒᆞ시도다 이ᄉᆞᆫ송ᄇᆡᆨ
무ᄉᆡ산지 ᄐᆡᆨ일ᄒᆞᆫ이 일영ᄇᆡᆨ이 ᄉᆞᆼ전이라
슬푸도다 우리부모 천명인쥴 모라시ᄂᆞ
일구는 나라더러 옛집을 ᄎᆞᄌᆞ오고
기슈의 모욕ᄒᆞ고 풍월ᄋᆡ 바람도ᄋᆡ
산화안 홍점이요 세츄난 청ᄉᆞᆼ로다
농구랄 둘너미고 처〃이 왕ᄂᆡᄒᆞᆫ
봉황안자 츔월츄고 ᄒᆞᆫ강슈 깁푼물ᄅᆡ
오날날 쑨이로다 요지일월 슌직던곤
소연힝낙 얼마ᄒᆞ리 타기화잉 아ᄅᆡ더라
흉풍어도 보련이와 부모양 ᄉᆡᆼ각ᄒᆞᄉᆡ
ᄐᆡ산갓치 놉헌덕과 ᄒᆞᄒᆡ갓치 깁헌정을
불노초와 불사약을 일일어로 구할손가
풍부자ᄒᆞ고 자양중이 친부제라 공ᄉᆞ낭목
육신이ᄅᆡ 일〃사친 십이세라 엄풍이
우리부모 상원인쥴 모라시나 지랄을
정막이요 ᄀᆡ잣치 넉시로다 원산ᄋᆡ
슬혀ᄒᆞ야 탁식을 지엇도다 단우삼제
과무형츈 초나만 고영운일 광치ᄅᆞ
앙ᄐᆡ힝지 고운ᄒᆞᆫ이 적인절ᄐᆡ ᄉᆡᆼ각이라
긔랄거뭉 허송소춘 삼월일라 삼진나리
초호접언 분〃ᄒᆞ야 구식을 ᄌᆞ랑ᄒᆞᆫ다
동풍곡이 손언ᄒᆞ고 임천유이 부시로다
촌자 농부덜른 신츈을 맛잣닥고
ᄇᆡᆨ마경손 화류츈풍 헝얼게저
ᄒᆞ도낙서 나단말가 ᄇᆡᆨ공상화 경성가을
ᄐᆡᆨ평선덕 이안인가 만산인간 저문날ᄅᆡ
막교지상 우지마라 황금잠옷 털처입고

세류전ᄋᆡ 더러갈ᄃᆡ 우ᄅᆡ갓치 소ᄅᆡ질너
산호만세 ᄒᆞ난고나 슬푸도다 우리부모
오월리라 단오일에 일지지어 치에ᄒᆞᆫ이
관풍세월 너런고ᄃᆡ 일비일약 노는고나
일신이 ᄒᆞᆫ갓기로 너와노ᄌᆞ ᄎᆞᄌᆞ보라
ᄃᆡ진부 살임사리 이안이 넉〃할가
옥충잉도 쌀씨선이 원졍규지 이별리요
남인묵ᄉᆞ 보리타ᄌᆞᆨ 방방곳〃 논규가라
놉혼ᄉᆞᆼ이 인더런니 노락가락 ᄒᆞ난고나
거달것을 허송ᄒᆞ고 유월리라 노름이리
홍노유금 ᄃᆡ야신이 이ᄅᆡ로 가ᄌᆞᆫ말고
만ᄌᆞᆼ폭〃 족건만안 이ᄉᆞᆫ이 여기로다
제오런ᄌᆞᆼ □엽ᄉᆞ어 장안만호 덩얼다라
관등절을 모라시ᄂᆞ 디달검뭄 허송ᄒᆞ고
화우난다 기봉이요 사달ᄌᆞᆨ유 오난고나
빅구안 나지마라 너좀을 ᄂᆡ안아라
나물먹고 물마시고 팔을비고 누어선디
일천간ᄌᆞᆼ 벗진서럼 부모싱각 뿐이로다
몽즁ᄆᆡ화 피여신이 엄풍지는 방목이요
손월양유 긴〃낭제 놉다란케 너ᄂᆡᄆᆡ고
슬푸도다 우리부모 츈천절을 모라시ᄂᆞ
건곤이 유예ᄒᆞ야 양친이 삼겨선라
쳑ᄌᆞᆼ막ᄃᆡ 단곮ᄌᆞ로 철이강산 디러간이

31. 사친쳑가

금요고서방 소장

[해제] 사친쳑가는 이미지 수가 5장으로 제목이 오륜가인 가사집의 두 번째에 실린 작품으로 김부인열행녹과 함께 실린 가사이다. 3단 4음보의 필사본이다. 내용은 여자로서 시집을 가서 친쳑을 생각하며 부른 것이다.

반갑도다〃문명시절 반갑도다
우피금졍 바라보니 이도명츈 ᄎᆞ시로다
신구상환 조흔가졀 졔류업시 혼ᄌᆞ안ᄌᆞ
이몸이 이럴망졍 고가ᄉᆡ족 반벌이요
구턱으로 볼작시면 친ᄉᆡ로 등반일ᄂᆡ
부ᄉᆡᆼ모휵 ᄐᆡ산ᄌᆞ의 ᄆᆡᆼᄌᆞ된 ᄲᅳᆫ으라다
효봉구고 의로ᄒᆞ고 경봉군ᄌᆞ 일을삼아
위치위겍 ᄲᅳᆫ을바다 위동ᄉᆞᆫ 올나가셔
오호라 ᄒᆞᆫ국말ᄉᆡ ᄶᅵ못만ᄂᆞᆫ 인ᄉᆡᆼ일ᄂᆡ
즁이ᄒᆞ이 인ᄉᆞ가 피람이ᄂᆞ ᄒᆞᄌᆞ셔라
ᄉᆡᆼᄉᆞ간이 ᄒᆞᆫ심ᄒᆞ다 뉵슌지년 죵부고님
불소지연 부모임은 샹봉ᄒᆞ숀 ᄒᆞ압시와
고향강산 다바리고 일시에 ᄒᆞ직ᄒᆞ니
본ᄉᆡᆼ이 ᄒᆞ직ᄒᆞ니 연시ᄒᆞ신 우리쥬당
턱ᄒᆞ의 슈다노복 일조의 다바리고
거창짱이 어ᄃᆡ련고 별유쳔지 아니어든
인후ᄒᆞ신 셩덕으로 풍비박산 이ᄉᆡ샹의
ᄂᆞᄒᆞᆫ말숨 드러보오 군지들은 그러ᄒᆞ나

호련이 ᄉᆡᆼ각ᄒᆞ여 남창을 열틔리고
석화갓한 이광음이 쑴갓치 덧업구나
서안우ᄒᆡ 언친족보 져져히 뒤처보니
발고죠가 두렷ᄒᆞ니 만고명문 ᄂᆡ집이라
가ᄉᆡ가 요부ᄒᆞ니 그릴거시 무엇잇나
뎡〃 ᄒᆞ신 경계음교 오ᄆᆡ일염 ᄆᆡᆼ셔ᄒᆞ야
ᄐᆡ임ᄐᆡᄉᆞ 갈지담혀 ᄉᆡ의시확 져즁곡의
유영막〃ᄶᅵ를다라 길숨방젹 ᄒᆞ려더니
만ᄉᆞ가 헛일이라 영위할곳 무엇인나
사당ᄋᆡ 고유ᄒᆞ야 ᄉᆞᄃᆡ가요 뫼셔ᄂᆡ니
ᄇᆡᆨ슈ᄭᅳᆺᄐᆡ 낙누ᄒᆞ셔 고당을 ᄒᆞ직ᄒᆞ고
도명곳을 ᄎᆞᄌᆞ가니 무릉도원 어ᄃᆡ런고
유복지친 다모혀셔 낙누ᄒᆞ고 원별ᄒᆞ여
동기슬ᄒᆞ 이별ᄒᆞ니 그간장은 여복ᄒᆞ랴
션경낙지 ᄎᆞᄌᆞ간다 별안간의 나ᄂᆞᆫ소문
ᄃᆡ동지환 면ᄒᆞ련가 거록ᄒᆞ신 조샹부모
만고풍샹 원통ᄒᆞ다 여보시오 ᄆᆡᄌᆡ들라
조샹부모 함긔뫼셔 유리분찬 먼져ᄒᆞ고

불효막심 이언ᄉᆞ난 친가ᄋᆡ 도라가셔
그어니 오ᄅᆡ되리 무신팔월 초오일은
셩단벌족 원별ᄒᆞ고 ᄉᆡᆼ아고당 이별ᄒᆞ니
육십지년 우리부모 ᄇᆡᆨ슈ᄊᆞᆺ히 눈물부려
죠히〃잘가거라 지ᄌᆞ우귀 즁한법을
일시의 놋쳣구나 션풍도골 우리ᄌᆡ아
ᄀᆡ챵으로 ᄎᆞᄌᆞ온니 ᄉᆡᆼ면부지 이강산을
길푸를곳 바히업다 호탕ᄒᆞ다 낙동강은
져돗ᄯᆡ가 방불한가 무심ᄒᆞᆫ ᄇᆡᆨ구들은
암식은 죵〃ᄒᆞᆫᄃᆡ 갈길이 아득ᄒᆞ다
발힝ᄒᆞ야 ᄯᅥᄂᆞ셔니 ᄒᆡ슈ᄒᆞᄂᆞᆫ 곳〃마다
거챵길이 쳐음이요 힝노의슈 다ᄒᆞ인
셩쥬향교 드러가니 관왕묘히 한ᄒᆞ나
ᄇᆡᆨ동으로 드러가니 반갑도다 우리외가
신구면목 반가와라 일셕원만 ᄒᆞ여시니
즁화ᄒᆞ고 더나셔니 슉소ᄒᆞ기 불안ᄒᆞ다
이죵딜과 동딜여들 이길ᄋᆡ ᄉᆡᆼ면ᄒᆞ니
ᄇᆡᆨ운시며 깁흔곳ᄋᆡ 뉘를ᄎᆞᄌᆞ 가단말고
삼강오륜 썻〃ᄒᆞ니 군ᄉᆞ부가 일ᄎᆡ로다
교ᄌᆞ쥬렴 놉피들고 ᄉᆞᆫ천겨계 둘너보니
낙묵영은 소슬ᄒᆞ고 청풍은 셔ᄅᆡᄒᆞ니
슈목이 울밀ᄒᆞ야 천일은 밤듕갓다
지리함도 지리ᄒᆞ다 원통ᄒᆞ다 우리황ᄌᆡ
초라갓한 우리인ᄉᆡᆼ 풍졍낙화 어이ᄒᆞᆯ고
아미ᄉᆞᆫ 초ᄉᆡᆼ달은 힝인길을 인도ᄒᆞᆫ다
교군ᄭᅮᆫ 거동보니 불인경이 안일손야
근〃이 ᄎᆞᄌᆞ왓ᄂᆡ 만신ᄋᆡ 흡신ᄒᆞ야
편키잇기 괴롭더니 젹인종부 마인몸의
학발양친 ᄇᆡ별ᄒᆞ고 여룡여호 우리동ᄉᆡᆼ
먹쟝갓한 이심당의 일시ᄋᆡ ᄌᆡ가된다
옥슈랄 겸쳐잡고 다졍ᄒᆞ신 경계말ᄉᆞᆷ
뉘쟝ᄉᆞ라 면ᄒᆞ리요 슈십연 안젼농와
ᄇᆡ힝으로 ᄶᅡ라셔고 창두노ᄌᆞ 불너ᄂᆡ야
인도ᄒᆞ리 뉘기런고 명도선ᄉᆡᆼ 업서시니
어ᄂᆞ ᄉᆞ이 다달난ᄂᆡ 엄ᄌᆞ릉의 난슈ᄃᆡ난
가난힝인 ᄌᆡ촉ᄒᆞᆫ다 슈광은 폐야ᄒᆞ고
금슈도샨 넘어가셔 양졍쥬막 슉소ᄒᆞ고
고향ᄉᆞᆫ천 머러간다 연철한 우리동ᄉᆡᆼ
ᄉᆡᆼ면부지 이곳디라 샴일발힝 계엽도다
관운쟝이 져기셔니 우리거동 구경ᄒᆞᄂᆡ
난ᄉᆡ예 경ᄉᆞ로셔 인후ᄒᆞ신 외족당들
ᄉᆡ샹일이 ᄭᅮᆷ밧길ᄂᆡ 가ᄉᆡ가 빈ᄒᆞᆫᄒᆞ니
노독이 ᄌᆞ심ᄒᆞ다 고령관동 드려가니
ᄭᅮᆷ이련가 ᄉᆡᆼ시련가 기역ᄒᆞ기 어렵도다
총〃ᄒᆞᆫ 이ᄂᆡ힝식 어명이ᄂᆞ 다르잔타
ᄋᆡ잔ᄒᆞ다 부녀힝지 녹〃ᄒᆞ고 가통이다
폭포ᄋᆡ 물소ᄅᆡ난 ᄇᆡᆨ옥을 ᄲᅦ쳐잇고
만슈천산 가렷시니 넘어갈길 망연ᄒᆞ다
업더지락 잡바지락 십팔구비 산제비졔
무죄히 강쇠ᄒᆞ야 만조ᄇᆡᆨ셩 도탄이요
일모도궁 ᄒᆞ여시니 엇지ᄒᆞ야 분별ᄒᆞ리
영셩한 외낫동ᄉᆡᆼ 아쳐롭기 층양업다
상ᄉᆞ경 넘은후의 ᄀᆡ챵가즉 용당소를
한츌쳠ᄇᆡ 하낫고나 듐시후 ᄇᆡ알ᄒᆞ고

집의와셔 둘너보니 삼간초옥 죄피방의
셕샹의 걸인쥭창 샹요승이 완연ᄒᆞ다
울국불국 모과등이 구억〃 노잇난가
등고츄기 조흘손야 조흘시고〃
별인간이 여기로다 쟝막의 셰우오며
아인니 방불한가 한심ᄒᆞ다〃
초옥듕막 이원일고 우샹각 놉흔사랑
남노여비 어이ᄒᆞ고 신겨노복 무슨일고
남젼북답 어이ᄒᆞ고 일월육쟝 미량인고
조졍졔샹 안이어든 무슨귀양 왓단말고
젹션인직 여경말은 예고로 잇건마난
고샹길이 무산일고 슘동셜 찬바람의
졍구지역 엇진일고 울쳡ᄒᆞ다 울쳡ᄒᆞ다
겍회랄 잇게구나 촌민이 후덕ᄒᆞ니
이ᄉᆞ람도 됸즁이오 노고도 됸쟝이라
평싱의 못ᄒᆞᆫ일노 안일난이 나녀ᄒᆞ고
모모이화 ᄌᆡ보니 빅공천챵 안닐넌가
건덧ᄒᆞ며 손비이기 엇덧ᄒᆞ며 잡바지기
어륜보기 미안ᄒᆞ다 한되방어 시엄ᄒᆞᆫ직
침샹에 비겨안ᄌᆞ 잠업시 싱각ᄒᆞ니
듀식ᄒᆞ 틱슨소님 어니ᄒᆞ여 감당ᄒᆞ며
군ᄌᆞ쓰지 불화할일 참괴흠도 츰괴ᄒᆞ다
무엇트로 귀히길너 날못할일 싀기난고
셔슨의 지난ᄒᆞᄂᆞᆫ 원겍의 사람이요
양관명월 놉ᄒᆞ시니 다졍ᄒᆞ신 항아벗님
구말쟝천 머다ᄒᆞ나 지쳑갓치 명낭ᄒᆞ다
나도〃 명월되야 오가문젼 비최볼가

석문조갈 벌씨갓치 현시할덧 반겨ᄒᆞ고
의지ᄒᆞ야 반만눕고 굴신ᄒᆞ야 누어보니
예도모과 졔도로과 곱ᄉᆞ등이 안어든가
별유천지 조흘시고 방즁의 명월쓰니
방안은 ᄃᆡ우오고 쳥쳔빅일 우소쇼ᄂᆞᆫ
말ᄉᆡ천운 ᄒᆞᆫ심ᄒᆞ다 고ᄃᆡ광실 어ᄃᆡ두고
오작의 쳐소ᄃᆡ고 일간협실 가관이다
빅옥풍도 간ᄃᆡ업고 옷쪽박이 되단말가
고방직이 슈로놈은 편키〃 안ᄌᆞᆺ난가
헛말일ᄂᆡ〃 듀역계ᄉᆞ 헛말일ᄂᆡ
우리션ᄃᆡ 나뢰록 져악한 일업셔스나
평싱고질 안이런가 금의옥식 당식ᄒᆞ야
산즁귀양 울쳐ᄒᆞ다 간곳마다 벗님되야
우ᄌᆡᆨ이 안졉되ᄂᆡ 이도양반 져도양반
무심한 이ᄂᆡ언어 실슈ᄒᆞ기 아조쉽다
하조ᄒᆞ니 츄졉일ᄂᆡ 아홉폭 치마ᄌᆞ락
양슈십시 밉시보니 마ᄃᆡ〃 피가미쳐
만고츄비 쳐엄일ᄂᆡ 남보기도 초ᄌᆞ우니
슘썰은 급히가고 목소ᄅᆡ난 ᄌᆞᄌᆞ진다
일신이 다병ᄒᆞ고 기질이 허박ᄒᆞ니
죵ᄉᆞ향샤 어니흘고 부녀ᄉᆞ읍 못ᄒᆞ오면
무샹ᄒᆞ신 우리부모 실씨업슨 짤ᄌᆞ식을
고샹으로 시월보ᄂᆡ 유슈광음 훌〃 ᄒᆞ여
월츌동명 반갑도다 쥭즁을 반기ᄒᆞ고
옥계숭의 놉피안ᄌᆞ 우리부모 보왓난가
우리집은 빅여리되 어더지 심샹ᄒᆞᆫ고
홍곡의양 익이어던 비거비리 ᄒᆞ여볼가

빅단계교 궁진ᄒᆞ나 한가지도 힉칙업다
나으필제 보고져라 보고져라〃
약슈광손 가렷난가 초슈오손 업건마난
삼십니의 잇건마난 ᄒᆞ상견지 망연ᄒᆞ다
녀ᄌᆞ일신 가통이야 이닉몸이 남ᄌᆞ런들
이다지 그릴손냐 야속ᄒᆞᆯ사 고법이야
젼젼반칙 샤샹일닉 광풍지월 발근곳의
여광여취 ᄒᆞ겟고나 쳥양지원 ᄒᆞ여스니
요요원촌 계명셩이 신풍이 슈슈ᄒᆞ다
북풍을 거ᄉᆞ리고 어양의 조슈기별
긱회랄도 아잇고 후원의 □미화□
쏫쇽에 입소식은 향기도 능난ᄒᆞ다
노변의 양유가지 황잉의 쳐쇼로다
뒷동산 귀촉도난 부려귀을 실피우닉
일편단심 가향일닉 쳐쳐의 미친골란
진심여절 아닐넌가 아ᄉᆞ라 이닉쇼회
흔연한 화식으로 진심갈녁 하심ᄒᆞ야
문한으로 범을밧고 관져시랄 쎤을바다
쳔보쟝을 풍속ᄒᆞ와 여일월지 승항ᄒᆞ고
틱평일원 다시만나 입시냥명 ᄒᆞ오시와
만인이 츄앙ᄒᆞ면 실닉부인 ᄉᆞ읍ᄒᆞ야
병셕근〃 기동ᄒᆞ와 번녁ᄒᆞ노 니본초가
필력으로 위선아라 보기ᄒᆞ라 고딕고말
등초ᄒᆞ여 만이일거 보아라 만이〃

그리워라〃 우리빅형 그리워라
겡듀는 어딕건딕 어안니 돈졀ᄒᆞᆫ고
형데소식 아득ᄒᆞ고 어엿부다 졔아검실
원근이 다를넌가 가통이야 ᄀᆞ통이야
이젹가지 불망ᄒᆞ며 네몸곳 남ᄌᆞ런들
동틱동긔 형지일신 불원지저 잇건마는
가향사모 더욱난다 긔쳔힝운 쳔망ᄒᆞ니
동혈우히 이칠손야 그러그러 야심ᄒᆞ야
놀난다시 이러나니 청쳔의쓴 기력은
아침마다 기다린다 비거리비 져빅구난
가지〃 츈홍이요 마딕〃 보빗칠닉
광풍아 부짓마라 옥미화 써러진다
셕샹의 오동남도 봉황을 기딕ᄒᆞ고
ᄉᆞ스경물 씨을짜라 안녀ᄌᆞ의 조분소견
미ᄉᆞ젼 풀일넌가 슬푸다 야심이야
긔룩한들 무엇ᄒᆞ리 조흔다시 관심ᄒᆞ야
분여ᄉᆞ읍 ᄒᆞᄌᆞ시라 쳔츄유명 노릐자를
요조슉녀 군ᄌᆞ호귀 즁시ᄒᆞ넘 노라셔
죵ᄉᆞ장을 본을바다 빅복이 구존ᄒᆞ여
문호의 쌔친광식 죠승부모 영화ᄒᆞ여
이설치 ᄒᆞ여보시 무인졍월 염간닉의
오ᄌᆞ낙셔 만흔글월 더구나닉 의못시난
고서셔류 노니알들 무심한규 야늬다시
닐거보면 슬승으로 탄복할 거시라

32. 사향가라

이상규 소장

[해제] 하나의 전적에 '화류가'와 함께 전편이 수록된 국문 가사이다. 자료 형태는 29.8×20cm 규격의 전적이며, 단과 행, 음보 구분 없는 줄글 형태의 필사본이다. 창작 연대는 '삼쳘니 져강산이 타국압제 되어셔라'와 '신ᄒᆡ연 츈경월ᄋᆡ'라는 말로 미루어 1911년 전후로 추정되며, 이 전적의 서두 필사기에 '이 책은 하회 딸내들이 친정 와서 지은 것이라 하더라.'는 말로 보아 하회에서 출가한 아녀자가 고향에 와서 지은 작품임을 알 수 있다. 또한 본문 서두에 '癸巳年[左添]1951 □卄五歲時 本人崔炳英寫'라는 기록으로 보아 1951년에 필사되었으며 필사자는 최병영(崔炳英)임을 알 수 있다.

고향을 떠나 먼 곳으로 시집간 여인이 친정의 부모님과 가족들을 몹시 그리워하지만 여자의 몸이기에 고향을 찾아 가지 못 하는 신세를 한탄하며 부모님의 만수무강을 축원하는 내용의 가사이다. 나라를 잃은 애통함도 함께 표현하였다.

어와 반울ᄉᆞ 셔간음신[801] 반가울ᄉᆞ　　신긔ᄒᆞ고 황홀ᄒᆞ니 우리왕모[802] 하ᄎᆞᆯ[803]이야

쳔강이냐 지츌이냐 진몽이냐 취몽이야　　장쥬호협[804] 황홀ᄒᆞ니 어난쑴이 졍쑴인고

한단침상[805] 빈쑴인가 낭양초여 진몽이야　　남ᄒᆡ상의 청조ᄉᆡ냐 부ᄒᆡ상의 안찰이냐

쌰슈의 놉히바다 ᄋᆡ음유채[806] ᄒᆞ여셔라　　ᄎᆞ신ᄋᆡ 싱츌시로 부모존당 사랑ᄌᆞᄋᆡ

장즁의 보옥으로 ᄋᆡ지즁지 은이친지졍　　멧ᄒᆡ런고 세ᄉᆞᆨ이 슈딘하여 얼포심뉵연[807]

츈당되어셔라 말이역ᄋᆡ 쳔ᄋᆡ를 창망ᄒᆞ여　　오산의 넘ᄉᆞᆯ살오 초슌ᄋᆡ 눈물을 보틔여

어안이 돈무ᄒᆞ고 가신이 모망ᄒᆞ다　　요지연이 머러시니[808] 천조소식 의외로다

---

801 음신: 音信, 먼 곳에서 전하는 소식이나 편지

802 왕모: 王母, 편지 따위의 글에서, 다른 사람에게 자신의 할머니를 높여 이르는 말

803 하ᄎᆞᆯ: 하찰(下札), 하서(下書). 주로 편지글에서, 웃어른이 주신 글월을 높여 이르는 말

804 장쥬호협: 장주호협(壯周蝴蝶), 장주가 호접[나비]이 되다. 장주지몽(莊周之夢), 호접지몽(胡蝶之夢)과 관련된 말로, 여기에서는 매우 기쁜 마음을 비유적으로 표현한 것이다.

805 한단침상: 邯鄲寢牀, 한단지몽(邯鄲之夢), 인생과 영화의 덧없음을 이르는 말

806 ᄋᆡ음유채: 애읍유체(哀泣流涕), 슬피 욺, 눈물을 흘림

807 심뉵연: 십육(十六) 년

븩회교집ᄒᆞ고 만감이 시롱을 자아닉니 여ᄌᆞ양댱 이닉심회 쳔ᄉᆞ만상 이닉회포
브지ᄒᆞ기 어렵도다 오흡다 ᄎᆞ시월은 쳔운이 진ᄒᆡ미냐
국운이 단ᄒᆞ미냐 흔망[809]이 뉴수ᄒᆞ니
인역[810]으로 엇디ᄒᆞ라[811] 국파군망[812]이 왼일고
신미의 알미지롱 일월이 무광ᄒᆞ다 츄로동방 군ᄌᆞ국이 호즁쳔디 되난말가
오천만연 우리나라 션ᄌᆞ선손 어진임군 계〃승〃나실젹의 금지옥엽 오약쏫티[813]
엇만세지 장츈으로 요천일월 슌세건도 여일지승 여월지항 강능ᄀᆞ치 츅슈ᄒᆞ여
송빅가치 무셩ᄒᆞ기 퇴갓티 미더니 외관문물 네의지풍 슈상부평 되여잇고
삼철니 져강산이 타국압제 되여셔라 ᄎᆞ회ᄂᆞ여 경향갑족 우리면문 고절쳔십
우리왕부 학힝도덕 겸젼ᄒᆞᄉᆞ 위국셩심 업술손가
긔유연동 십월의 남미지익 당ᄒᆞ오셔 뉴옥곳조 지나시고 되장부의 츙분으로
강긱지심 참을것가 듯기슬허[814] 보기슬타[815] 월국결심 돈졍ᄒᆞ다[816] 니친쳑긴 부모의
감구디회[817] 난감ᄒᆞ다 젼즘미옥 구든마음 파의ᄒᆞ기 쉬울손가
누빅연 절닉제획 임ᄌᆞ업시 덧치고 고향ᄉᆞ쳔 하직ᄒᆞ니 속졀업순 이별이야
산쳔도 감읍ᄒᆞ고 원학도 슬푸도다 여취여광[818] 이닉심회 눈물이 한슈되여
쳥쳔빅일 발근날닉 졍벽역 나리ᄂᆞᆫ듯 만슈산 원함졍은 별시가 아니런가
화ᄉᆞ남ᄉᆞ 허리안긱 송별한우 머금음듯 쳥임의 미ᄌᆞ이술 닉눈물 ᄲᅮ리ᄂᆞᆫ듯
회ᄉᆞ여약 조상은의 하히여되 부모은덕 날을두고 엇디가오
이이별이 왼이별고 져힝ᄎᆞ가 무순길고 동남동여 아이시니 방ᄉᆞ신여 ᄎᆞ즈시오

---

808 머러시니: 멀[遠]었으니, 머니
809 흔망: 흥망(興亡)
810 인역: 인력(人力)
811 엇디ᄒᆞ라: 어찌하랴
812 국파군망: 國破君亡, 나라가 파멸(破滅)하고 임금이 없어짐
813 오약쏫티: 오얏꽃이
814 듯기슬허: 듣기 싫어
815 보기슬타: 보기 싫다
816 돈졍ᄒᆞ다: 돈정(敦定)하다, 자리를 잡아서 확실하게 정하다
817 감구디회: 감구지회(感舊之懷), 지난 일을 떠올리며 느끼는 회포
818 여취여광: 여광여취(如醉如狂), 너무 기쁘거나 감격하여 미친 듯도 하고 취한 듯도 하다는 뜻으로, 이성을 잃은 상태를 비유적으로 이르는 말

동졍효 발근달의 아양누[819]라 오르시오 소상강 구즌비얘 상군도상 가시ᄂᆞᆫ냐
아니로다 이힝ᄎᆞᆫ 소허부의 긔ᄉᆞ영슈 슈약산의 츼미가[820]를 우리부모 호측[821]ᄒᆞ여
삼각산아 다시보ᄌᆞ 망궐ᄉᆞ빅[822] 통곡ᄒᆞ니 일월ᄒᆞ여 슈운이 만쳡ᄒᆞ다 슬푸다
ᄎᆞ신이야 속졀업시 물너안ᄌᆞ 고원을 창망ᄒᆞ여 셕술츄럼ᄒᆞ니 회포가 만단이라
우리왕부[823] 고졀쳥힝 되졀을 젼쥬ᄒᆞ니 ᄉᆞ졍을 싱각ᄒᆞ라 이졍니 참상ᄒᆞ니
아신예 크던일이 역〃히 싱각히니 ᄋᆡ지즁지 부모ᄌᆞᄋᆡ 은ᄉᆞ근ᄉᆞ ᄒᆞ오시고
고아복ᄋᆞ 기르오셔 삼오니팔 되듯만듯 명문ᄌᆡ가 튁취ᄒᆞ여 군ᄌᆞ효ᄌᆡ 쪽을지워
만복지원 보ᄂᆡ시니 예필종부 삼종되졀 셩현유훈 엄명예법 이ᄂᆡ엇지 면할손고
친구거릐 왕ᄂᆡᄒᆞ여 훤초향기 밧즙기롤 연으로 긔약다가 신히연[824] 츈경월ᄋᆡ
남되엄손 이이별이 싱니ᄉᆞ별 될듯ᄒᆞ다
여류광음의 츈긔츄릐[825] 경물마다 이향니히 증가ᄒᆞ니
보고져라 우리부모 보고져라 가고져라 조상좌젼 가고져라 나릐도친[826] 학이되여
나라가셔 보고지고 말니장쳔 명월되여 비쳐가셔 보고디고 낙〃장송 바롬되여
부쳐가셔 보고디고 한강슈 압녹강ᄋᆡ 망〃즁뉴 창파되여 흘너가셔 보고지고
츈월츄풍 몃술졀의 슈유불니 부모좌측 언재ᄒᆞᆫ번 다시가셔 무한〃즐겨볼고
만슈쳔산 멀고먼되 소식조차 돈졀하다 쳔산은 몃쳠이며 녹슈ᄂᆞᆫ 몃구뷔냐
철셕간장 아니오니 그리온물[827] 견될소냐 풍운이 흐터져도 모힐되가[828] 잇ᄂᆞ니라
눈물노 훤당 우슈으로 밧기고져 종일총야 슈희ᄒᆞ냐 외헝이 여구ᄒᆞ니
모질고 단〃ᄒᆞ기 우슈간의 ᄂᆔ이실고 심〃산츤 빅악회돌 모딜기가 날갓흐며

---

819 아양누: 악양루(岳陽樓), 중국 후난성 동정호구 악주부(岳州府)에 있는 부성(府城)의 서쪽 문 누각으로 동정호의 동안에 위치하여 호수를 한눈에 전망할 수 있고 풍광이 아름다운 것으로 널리 알려짐
820 츼미가: 채미가(采薇歌), 고사리 캐는 노래라는 뜻으로, 절의지사(節義之士)의 노래를 이르는 말
821 호측: 효칙(效則), 본받아 법으로 삼음
822 망궐ᄉᆞ빅: 망궐사은(望闕謝恩), 중국 황제의 대궐 쪽을 향하여 배례하는 것을 말함
823 왕부: 王父, 편지 따위의 글에서 다른 사람에게 자기의 할아버지를 높여 이르는 말
824 신히연: 신해년(辛亥年), 1911년으로 추정됨
825 츈긔츄릐: 춘기(春期) 추래(秋來), 봄철과 가을철
826 나릐도친: 나래[飛] 돋친
827 그리온물: 그리움을
828 모힐되가: 모일[集] 때가

남ᄉᆞᆫ반셕 바희돌도 다〃ᄒᆞ기 날갓흘가 마음을 다시자바 부덕을 착염ᄒᆞᄉᆞ
우리부모 문명ᄒᆞᄉᆞ 츄로지향 화벌즁의 셰됵교목[829] 셩덕가의 원ᄌᆞ손세 널니고젹
혼미잔약 불초여를 외람ᄒᆞ게 탁신ᄒᆞ여 영화길창 복을비러 사문쳥믹 용급엄기
디원혈츅 깁흔곗게 귀의잇고 놉흔칙명 와연ᄒᆞ니 사친디회 멸니ᄒᆞ고 효봉구고
착심양덕 슈복ᄒᆞ오리라 안심ᄒᆞ여 지닉더니 잇쬐가 어나쬐야
삼동이 다진ᄒᆞ고[830] 신츈이 도라와셔 녹음방초 승화시라 화계상의 목단화왕
츈풍을 못이긔여 가지〃〃츔을츄고 슝이〃〃나붓길젹[831] 우리슉질 부모안젼
은셕ᄒᆞ여 줄겨더니 츄경이 은〃ᄒᆞ여 낙엽이 분츤ᄒᆞᆯ재[832] 아심ᄌᆞ연 둘딕업다
쳔의랄 창망ᄒᆞ니 어아니[833] 돈졀ᄒᆞ다[834] 그리워라 부모조샹 보고져라 우리슉모
인봉명쥬 네암미〃음용이 의희ᄒᆞ다 하일하시예 긔력의 쥽을이너 쳑영이
노름이 쌍〃ᄒᆞ여 훤초[835]향기 밧ᄌᆞ올고 쳔슈만한 이닉회포 승혼의나 가고져라
부모슬하 가고져라 ᄌᆞ손지명 다가면셔 나난엇지 못가난고
영아천당 다가면셔 나난엇지 못가ᄂᆞᆫ고 닉모양 닉우람을 우리부모 보이젹
오식단쳥 짓계[836]그려 일폭화도 만드려셔 부모좌젼 보닉고져 이싱쳥지 만물즁의
친ᄒᆞ고 가ᄌᆞᆨᄒᆞ니[837] 모여밧긔[838] 쏘인노냐 뉴한졍〃[839] 우리ᄌᆞ당 봉친지도 골물ᄒᆞ여
다ᄉᆞ무가 ᄒᆞ온즁의 불초여름 긔령ᄒᆞᄉᆞ 몃변니ᄂᆞ 늣기신고 여즁요슌 우리왕모
삼총ᄉᆞ덕 견젼ᄒᆞ셔 천셩ᄌᆞᄋᆡ 뉴명ᄒᆞᄉᆞ 천뉸니[840] ᄌᆞ별지ᄋᆡ 강슉모 귀령마다
소손을 싱각ᄒᆞᄉᆞ 비회병츌병 멧번이나 늣기신고

---

829 세됵교목: 교목세가(喬木世家), 여러 대에 걸쳐 중요한 벼슬을 지내 나라와 운명을 같이하는 집안
830 진ᄒᆞ고: 지나고
831 나붓길젹: 나부낄 적
832 분츤ᄒᆞᆯ재: 분찬(奔竄)할 때, 재빨리 달아날 때, 흩어질 때
833 어아니: 어안(魚雁)이, '어안'은 물고기와 기러기라는 뜻으로, 편지나 통신을 이르는 말. 잉어나 기러기가 편지를 날랐다는 데서 유래한다.
834 돈졀ᄒᆞ다: 돈절(頓絶)하다, 편지나 소식 따위가 딱 끊어지다
835 훤초: 훤초(萱草), 원추리, 백합과의 여러해살이풀
836 짓계: 짙[濃]게
837 가ᄌᆞᆨᄒᆞ니: 가까운 사람
838 모여밧긔: 모녀(母女)밖에
839 뉴한졍〃: 유한정정(幽閑靜貞), 부녀의 태도나 마음씨가 얌전하고 정조가 바름
840 천뉸니: 천륜(天倫)이

광음이 유수ᄒᆞ여 다ᄉᆞᆺ[841]가을 되여셔라 어와 즐겁고 반가와라 ᄌᆡ작연[842]
동디월의 우리엄친 향ᄉᆞ귀국 ᄒᆞ엿고야 황홀ᄒᆞ고 신기ᄒᆞ다 하날인가 ᄯᅡ히온가[843]
산고ᄒᆡ심 ᄌᆞᄋᆡ바다 오륙연 니친[844]하졍[845] ᄒᆞᆫ말ᄉᆞᆷ
엿줍디못 ᄉᆞ오삭[846]희즁의 날가ᄂᆞᆫ쥴 몰낫더니
가노라 쥴잇그라 만날ᄯᅬ가 잇ᄂᆞᆫ니라 브되〃〃 조심안낙 사군봉ᄉᆞ 쳠연ᄒᆞ다
두어말ᄉᆞᆷ 브니로다[847] 하늙월 역칠일 부여앙별 ᄉᆡ로와라
아심ᄋᆡ 최졀ᄒᆞ여 흔불이체 되여시나 월국졍츈 우리야〃 지ᄉᆞ되졀 놉흐시니[848]
시졀형뎐 무칙ᄒᆞ고[849] 향ᄉᆞᆫ고국 ᄉᆞᆯ여보아 ᄉᆡ로이 슈참ᄒᆞ여[850] 쳑연감상 존안이야
술푸다[851] 술푸도다 속졀업시 물너안ᄌᆞ ᄒᆡ음업ᄉᆞᆫ 통곡이야 불고ᄒᆞ엿더니
우리존구 되쳥도 취졸을 용ᄉᆞᄒᆞ셔 놉고깁히 경계ᄒᆞᄉᆞ 우디말고 밥먹어라
오냐〃〃 나도간다 네아모리 연유ᄒᆞ여 ᄉᆞ체브디 ᄒᆞ련만ᄂᆞᆫ 되강해여 ᄉᆡᆼ각ᄒᆞ라
일월졍츙 우리션조 문즁공의 후애로셔 세〃상젼 국녹지신 되엿다가
통곡세월 이세상의 연무지턱 업셔시니 보국안민 가망업고 보고듯문 촉경마다
졀티브심[852] 되여셔라 조〃의 삼십륙계 본을바다 삼연종제
탈상후ᄂᆞᆫ 간다〃〃 나도간다 피난길노 가는셔라 하교면〃 귀ᄋᆡ잇고
우리양츈 해턱슬하 의어라만 져긔한의 념〃ᄒᆞᄉᆞ 포복ᄒᆞ게 먹이시고 훈ᄉᆡᆼ계
입히시면 군ᄌᆞᄋᆡ 음신지풍 존젼취졸 염여ᄒᆞ여 틈〃이 권유ᄒᆞ고 안항금
광의지극 셩우ᄒᆞ여 긔공우익 겸ᄒᆞ엿고 슉젼당뇌 되속턱이 심은셩턱 드리오셔
부모원별 니가지졍 각말연축 ᄒᆞ오시니 일신이 반셕이오 친구가 젹덕여경

841 다ᄉᆞᆺ가을: 다섯(五) 가을, 다섯 해[年]
842 ᄌᆡ작연: 재작년(再昨年)
843 ᄯᅡ히온가: 땅[地]인가
844 니친: 이친(二親), 양친(兩親), 부친과 모친
845 하졍: 하정(賀正), 새해를 축하함
846 ᄉᆞ오삭: 사오(四五) 개월
847 브니로다: 뿐이로다
848 놉흐시니: 높[高]으니
849 무칙ᄒᆞ고: 무책(無策)하고, 방법이나 꾀가 없고
850 슈참ᄒᆞ여: 수참(愁慘)하여, 을씨년스럽고 구슬퍼, 몹시 비참하여
851 술푸다: 슬프[哀]다
852 졀티브심: 절치부심(切齒腐心)

이미신의 다븐ᄒᆞ여 쳔송인ᄋᆞ ᄒᆞ오시니
옥식이 족ᄒᆞ여 미진쳐가 업건마ᄂᆞᆫ
늣기ᄂᆞᆫ 회픠졀물 마다ᄇᆡ 승ᄒᆞ여라
갑일이ᄉᆡ[853] 쥴거온즁 의둘도다 종죽달야
소산되로 농ᄉᆞᄒᆞ여 셔속갈고 감ᄌᆞ심쥐
삼각산을 ᄀᆡ와노코 우리야〃 남ᄆᆡ븐
츙풍의[857] 나브기여[858] 남ᄉᆞᆫᄋᆡ 슈ᄅᆞᆯ빌고
호ᄀᆡ발월 츔츄ᄂᆞᆫ가 여롱여호 ᄂᆡ의남제
즁상ᄒᆞᆫ풍 용당결특 ᄒᆞᆫ작인이 그립ᄃᆞ
기리픔어 국가회복 셜븐ᄒᆞ여 사직동양
조견을 현약ᄒᆞ고 지졍화열 친쳑여ᄆᆡᄋᆡ
ᄒᆞ여셔라

세간만사 무흠이요 쥬루화당 의금ᄋᆡ
효셩창월 다졸물의 북광훤초ᄅᆞᆯ ᄉᆞ렴ᄒᆞ여
국연갑인 츈이월초 뉵일은 우리왕모
젼〃불ᄆᆡ 나〃 엇지 못가난고
남ᄉᆞᆫ갓치 ᄡᅥᆨ을ᄒᆞ고 한강쳐로[854] 슐을비져
두ᄡᅣᆼ으로 헌ᄌᆞᆨ[855] 훌젹 노ᄅᆡᄌᆞ[856]ᄋᆡ 아롱오셔
셔강ᄋᆡ 복을빌러 만당열좌 제ᄋᆞ들은
손을곱아[859] 나흘헤니[860] 국도이 구세로다
보고져라 산두ᄀᆡ되 제ᄀᆡ잇ᄂᆡ 경윤되ᄌᆡ
브되ᄒᆞ여[861] 축당입상 화헝인각 ᄒᆞ여셔라
곳조월을 볌연히 듯디말고 경심계지

---

853 갑일이ᄉᆡ: 갑일(甲日)일세, 환갑날일세
854 한강쳐로: 한강(漢江)처럼
855 헌ᄌᆞᆨ: 헌작(獻爵), 제사 때에 술잔을 올림
856 노ᄅᆡᄌᆞ: 노래자(老萊子), 중국 춘추 시대 초나라의 은사(隱士). 70세에 어린아이 옷을 입고 어린애 장난을 하여 늙은 부모를 위안하였다고 한다.
857 츙풍의: 춘풍(春風)의
858 나브기여: 나부끼어
859 곱아: 꼽아, 날짜를 세려고 손가락을 하나씩 헤아려
860 헤니: 세[算]니
861 브되ᄒᆞ여: 부디 하여

33. 사향곡

조춘호 소장

[해제] 이 가사는 고향을 생각하며 쓴 국문 가사이다. 자료 형태는 23.7×271 ㎝ 규격의 두루마리이며, 단·행·음보의 구분이 없는 필사본이다. 창작연대와 원작자는 알 수 없다.

이세상 사람들아 이ᄂᆡ말삼 드러보소
여공치ᄉᆞ 던저두고 도학을 힘을써〃
강산풍경 조흔고향 여연을 공송할가만
고법은 하고로 ᄉᆡᆼ아구로 멀이ᄒᆞ고
향산을 도라셜지 낙역분〃 춘동이라
이ᄂᆡ심히 방불ᄒᆞ고 추국ᄋᆡ[864] ᄆᆡ진이실[865]
할일업서 옛날좃ᄎᆞ 낙일의 제산ᄒᆞ야
ᄐᆡ산이경 ᄒᆞ시나 이심연 어린아ᄒᆡ
무궁한회 도로셔 부착을 열트리고
일천산 청홍ᄉᆡᆨ은 인ᄒᆡ기 롱ᄒᆞ고
막〃한 고향소식 어이〃리 멀고먼고
황업은 평〃분쳔 낙ᄒᆞ고 긔력쌍〃
ᄎᆞ홉다 우리인ᄉᆡᆼ 금수만 못하도다
소문ᄋᆡ 만단희리 소상긔력 젼치만은
수리문ᄋᆡ 가난ᄇᆡ난 만단수회 슬어다가
ᄂᆡ본ᄃᆡ 여ᄉᆡᆼ으로 심규[862]의 ᄉᆡᆼ장ᄒᆞ여
부모설젼 이침업셔 청풍명월 조흔ᄃᆡ와
분당〃미 든거시 아여ᄌᆞ난 무어시며
이향별ᄒᆡ 무어시며 부모동기 멀이ᄒᆞ고
ᄯᅥ난ᄒᆡᆼ식 엇더하리 풍광의 든구람은[863]
이가별곡 구덧서라 슬프다 이ᄂᆡ몸이
구ᄐᆡᆨᄋᆡ 도라간이 구고ᄋᆡ 중ᄃᆡ함은
졥을ᄯᅥ나 어이하리 적막한 심중ᄋᆡ
청소보월[866] ᄉᆞ가한들 몽변의나 만나볼가
황혼의비 야셩은보 야가나을 부라신가
십월ᄋᆡ ᄯᅳ난몸이 절신들 안슬플손가
동남여하니
쳔원막〃질원하니 고향소식 어러운고
막〃한 고향소식 어이이리 소망ᄒᆞ야
약수가산 젼하시오 오희라 ᄎᆞ일신은

---

862 심규: 深閨, 여자가 거처하는 깊이 들어앉은 집이나 방
863 든구람은: 뜬구름은
864 추국ᄋᆡ: 추국(秋菊)에, 가을 국화에
865 ᄆᆡ진이실: 맺힌 이슬
866 보월: 步月, 달밤에 거닒

금능의 ᄋᆡᆼ무런가 환고향 어러와고라　　슬푸다 이ᄂᆡ몸이 ᄀᆡᆨ듕ᄋᆡ 몸을더져
무의무탁 하일업셔 청풍을 ᄃᆡ고안ᄌᆞ　　고향을 ᄉᆞᆼᄉᆞ하니 무심히 흐란눈물
상젼이 벽ᄒᆡ 막〃 ᄒᆞ다　　무셩히 가난시월 동ᄀᆡᄀᆡᆨ춘 하려구나
ᄀᆡ연의 화지락이 여구히 ᄀᆡᆼᄉᆡᆼ하고　　화유간 ᄌᆡ보셩은 창〃히 노ᄅᆡᄒᆞ고
추풍은 소〃하여 수심을 ᄌᆞ아ᄂᆡ고　　춘일은 화창하여 쳔〃의 닷하겨라
ᄀᆡᆨ침[867]의 슬피누어 ᄉᆞ향곡 지어ᄂᆡ니　　부졀여루[868] 이ᄂᆡ눈물 ᄉᆞᄒᆡ수가 이러턴가
청쳔의 ᄯᅳᆫ구람[869]은 왕환이 분〃하고　　이역고 ᄯᅳᆫ난달이 ᄀᆡᆨ히랄 ᄌᆞ아넌이
달도ᄯᅩ한 이렬망정 고향산쳔 가고지고　　다ᄒᆡᆼ이 이ᄂᆡ몸이 조흔ᄯᆡ랄 다시만나
춘풍화시[870] 조흔ᄯᆡᄋᆡ 영고씨 명영으로　　금이환향 하난구나 구고ᄒᆡᆼᄎᆞ ᄇᆡᄒᆡᆼᄒᆞ고
나난다시 도라드니 알낙수가 무양한야　　셜창ᄋᆡ 반가와라 광활한 양ᄌᆞ동은
여구한 모양이요 우리집 오난길ᄋᆡ　　젹현고ᄀᆡ 김도기라 ᄌᆡ촉하여 드려온이
ᄇᆡᆨ수존안 우리ᄌᆞ친[871] 인ᄉᆞ ᄒᆞ고 반기신다　　양연그린 동기동기 동반무궁 단치좃고
좃타어와 이ᄂᆡ몸이 ᄀᆡᆨ중ᄋᆡ 써져겨라　　순풍을 다시만나 관산을 ᄎᆞᄌᆞ오니
이졋구나〃 쳔〃만ᄉᆞ 이젓구나　　힝운유슈[872] 이세월ᄋᆡ 와여힝지 얼마될고
춘몽ᄋᆡ 한을ᄆᆡ져 일심히 슬프도다　　훌〃한 광음이야 어난다시 잇ᄯᆡ런이[873]
중춘방황 승하시ᄋᆡ 두견화난 만발ᄒᆞ여　　청산ᄋᆡ ᄎᆡ목이요 벽도화[874] 사치하니
방원ᄋᆡ 그림될분 춘광ᄋᆡ가 져려하고　　일ᄉᆡᆨ이 화창ᄒᆞ여 그리든 고향친쳑
두르단취 ᄒᆞ잣든이 쳔앙이 미진ᄒᆞ고　　조물이 세기ᄒᆞ여 ᄋᆡᄉᆞ〃가련하신
우리중형 어ᄃᆡ간고 이십좌우 청춘화면　　무산기리인 총〃하여 오일만 쳔고영
결오ᄂᆡ가 ᄭᅳᆫ어지고 온나 한셩음면　　목이목ᄋᆡ 결여시며 연ᄒᆞ여 모야젼의
상평지통 깃치신고 원욱한 형아세월　　구원의 도라가도 여감이 적잔을듯
우리중남 도연ᄋᆡᆨ힝 만고풍상 기ᄂᆡ시니　　명문고각 숙현하여 ᄌᆞ손이 만당하고

---

867 ᄀᆡᆨ침: 객침(客枕), 객지에서의 외롭고 쓸쓸한 잠자리를 비유적으로 이르는 말
868 부졀여루: 부절여루(不絶如縷), 실처럼 가늘면서도 끊어지지 아니하고 계속 이어짐
869 ᄯᅳᆫ구람: 뜬구름
870 화시: 花時, 꽃 피는 시절
871 ᄌᆞ친: 자친(慈親), 남에게 자기 어머니를 높여 이르는 말
872 힝운유슈: 행운유수(行雲流水), 일정한 형태가 없이 늘 변함
873 잇ᄯᆡ런이: 이때이니
874 벽도화: 碧桃花, 벽도나무 꽃

오복을 누일적ᄋᆡ 가련하신 후ᄉᆞ을
오리라 광음이야 어너뉘가 ᄌᆡ촉근ᄃᆡ
허시라 다던지고 만심수회[875] 다던지고
ᄐᆡ산ᄌᆞᄋᆡ 우리구고 홍ᄉᆡᆨ회턱 유명ᄒᆞᄉᆞ
거룩ᄒᆞ신 은덕을 낭ᄉᆡᄉᆞ간 유관ᄒᆞ여
ᄐᆡ평셩식 되거들랑 ᄂᆡ평ᄉᆡᆼ 먹은심ᄉᆞ
청용마 ᄌᆞ바타고 산호장 ᄎᆡ올들이
과일이 미급거든 진시호결 모혀안ᄌᆞ
문무가ᄋᆡ 참이하고 장원봉ᄋᆡ 높피안ᄌᆞ
어국삼ᄇᆡ 비치난다 고삼일장안 꽃치피고
청쳔ᄇᆡᆨ일 히롱ᄒᆞ고 청풍ᄌᆞᄋᆡ 나삼ᄌᆞ락
삼ᄐᆡ육경 다리발바 ᄂᆡ직위직 분국할지
ᄉᆞ간승지 기ᄂᆡᆫ후ᄋᆡ 기상부ᄉᆞ 스ᄉᆞᆼ으로
경상감ᄉᆞ 승ᄐᆡᆨᄒᆞ고 평안감ᄉᆞ 지ᄂᆡᆯ적ᄋᆡ
주육[878]도 낭ᄌᆞᄒᆞ다 동ᄂᆡ울산 조흔기물
ᄇᆡᆨ화국과 화국랄 금잔ᄋᆡ 가득부어
공순이 드일적ᄋᆡ 풍유도 조큰마난
풍용도 좋을시고 일〃수경 삼ᄇᆡᆨᄇᆡ난
음풉송월 ᄒᆞ다가셔 균쳔을 가드ᄅᆡ도
향아녹비 범임ᄒᆞ며 승젼추득 ᄒᆞ올적ᄋᆡ
니그제야 어우와 여ᄌᆞ라 ᄒᆞ고 올마다
아모하니 다업노라
뎡조지 글씨 일추월장 되기 축수워니 압

이어셔 만세〃〃하오리라
춘거추ᄅᆡ ᄒᆞ여다고 환구고 ᄒᆞᄌᆞᄒᆞ여
구고ᄋᆡ 도라가셔 ᄌᆞ당ᄋᆡ 뫼셔오니
무졍한 이ᄂᆡ몸이 반셕갓치 밧치오니
결초보은 ᄒᆞ올기요 이ᄂᆡ몸도 ᄊᆡ랄만나
설〃이[876] 푸올적ᄋᆡ 여파에 남ᄒᆞ여
운소간 소ᄉᆞ올나 경셩ᄋᆡ 득달ᄒᆞ야
장구쓰며[877] 바둑쓰며 영웅열ᄉᆞ 가일적ᄋᆡ
공ᄌᆞᄋᆡ 옥가별여 ᄃᆡ이국 ᄇᆡ하니
국마홍진 더욱좃타 일월충ᄎᆡ 북두ᄃᆡ난
화수장안 춤을춘다 어우와 장할시고
ᄌᆡ영정셩 스ᄒᆞ고 참이참판 임ᄒᆞ여
이주분윤 이적하고 양국목ᄉᆞ 불망으로
드임상을 볼작시면 이과도 풍비ᄒᆞ고
만반진수 ᄎᆞ려놓코 포도국며 연엽국며
여화여월 기ᄉᆡᆼ드른 옥수나삼[879] 거두치고
쾌활한 이ᄂᆡ안야 과거날 ᄃᆡ럭하니
이도제ᄋᆡ 문희든가 ᄉᆞᆷ층오기 놋피안ᄌᆞ
ᄇᆡᆨ을 ᄌᆞ바타고 ᄇᆡᆨ운간ᄋᆡ 소ᄉᆞ올나
진세ᄋᆡ수 여한을 만세후ᄋᆡ 푸오리라
세상ᄋᆡ 남아들도 날갓치 되올손야
오자낙서 ᄀᆡ〃 흉필 눌너셔 잘보시오

---

875 수회: 愁懷, 마음속에 깊이 새겨진 근심
876 설설이: 서리서리
877 장구쓰며: 장기 뜨며
878 주육: 酒肉, 술과 고기
879 나삼: 羅衫, 얇고 가벼운 비단으로 만든 적삼, 여름 옷감으로 알맞음

34. 사형가라

대수댁 소장

[해제] 사형가라는 사진 컷 수 8장으로 ᄉᆞ남ᄌᆞ석별가라와 같이 실려 있으며 단·행·음보의 구분이 없는 줄글 형태의 필사본이다. 표기상의 특징으로는 '호키입고(좋게입고), 한울갓치(하늘같이), 눔물(눈물), 길넛다고(길늦다고), 쪽각편지, 뮛번인고(몇 번인고), 쉴컨먹고, 쉴컨논니(실컷)'와 같은 특이한 표기가 보인다.
내용은 상주땅 안행동에서 4형제가 자라나서 형(여형제)이 결혼을 하여 떠나게 되어 이별하여 형을 생각하며 그리워하는 마음(思兄)을 표현한 것이다.

벽사창이 문밧게 일지메화 순거든니
입피〃여 무성하다 구심춘광 히룡하니[880]
옛들기 사랑하여 비릐비늬 낙수가요
춘이을 먼저아라 지혼자 피엿도다
지혼자 나문양은[882] 전일풍정 파이업다
나무눈에 쏫치듸고 부모설하 구살되여[883]
ᄣᅵ맛차[885] 삼춘이라 도리황화 셥거지고[886]
인간에 무산법이 형제이별 수가인난고
팔자아미 도두우고 청에홍상 호키입고[888]

한가지 두줄기에 쏫치피여 쌍〃이요
춘풍에 고운틔도 뉘안이 사랑하리
가지가 ᄊᆞᆼ이업서 한가지 무삼일로
ᄲᅮᆯ고ᄲᅮᆯ근[881] 장미화난 우리헹제 이별하고
상주ᄯᅡᆼ 안힝동의 우리형제 자라날제
강호에 봄이된니[884] 시절은 삼월이요
이리저리 논일적에 천만년 미더든니[887]
지자우에 하난법을 뉘라서 검할손가
일보단장 갓춘후에 어마님전 하직하고

---

880 히룡하니: 희롱하니
881 ᄲᅮᆯ고ᄲᅮᆯ근: 붉고 붉은
882 나문양은: 남은 모양은
883 구살되어: 아홉 살 되어
884 봄이된니: 봄이 되니
885 ᄣᅵ맛차: 때맞추어
886 셥거지고: 꺾어 쥐고
887 미더든니: 믿었더니
888 호키입고: 좋게 입고

뜰압픠 나리서서 아ᄒᆡ야 잘잇그라

한울갓치[889] 놉훈철윤[890] 허러난니 눕물리요[891]

형아야 잘익그라[892] 구람갓치 모은마암

길넛다고[893] 제촉한다 하리업서 교자타고

마두ᄒᆡ전 바라보니 바릐볼길 머려간다

종적도 전혀업다 할일업서 도라나와

난정을 머금는듯 처량히 서로난듸

일정어이 아라시리 신표탕빅 열이가

거아니 아득한가 ᄎᆞᆼ망한 구람밧게

도원에 저명월은 우리형아 보근만은[897]

우리혀아 보고지고 에들할사 이네일신

반가이 보사이다

자라난니 희표로다 문밧게 하인들은

주렴을 타고난이 지척이 철이로다[894]

이방저방 드러가니 헌적도 바히업고[895]

가든길을 다시보니 서산에서 난나무가

낙누가 절노난다 어엿불사 우리형아

머다고 ᄉᆞ하련만은 철이갓치[896] 마켜시니

바레난니 형님이요 생강난니 동생이라

에들할사 이네일신 저달갓치 놉히써서

그안이 허세런가 귀렴부모 하올적에

---

889 하눌갓치: 하늘같이
890 놉훈철윤: 높은 천륜
891 허러난니 눕물리요: 흐르나니 눈물이요
892 잘익그라: 잘 있거라
893 길넛다고: 길 늦다고
894 철이로다: 천 리로다
895 헌적도 바히업고: 흔적도 전혀 없고
896 철이갓치: 천 리같이
897 보근만은: 보건마는

35. ᄉᆞ남ᄌᆞ석별가라

대수댁 소장

[해제] '사형가'와 함께 실려 있다. 상주땅 안행동에서 4형제가 자라나서 형(여형제)이 결혼을 하여 떠나게 되어 이별하여 형을 생각하며 그리워하는 마음(思兄)을 표현한 '사형가'에 이어 쓴 것으로 보인다.

어와 붕우드라 이네말삼 드러보소 우리비록 여자라도 붕우유신 모랄손가
오락가락 조키노니 서로모여 하난마리 인셍단체 하자든니 가련하다 우리인셍
엿필종부[898] 흣터지네 흣터짐을 썰펴마소[899] 벡연과약[900] 여긔잇소 침선방적 여공사을
ᄌᆞ〃올 ᄇᆡ와네고 뉴손뉴학 착한힝실 ᄂᆡ칙펴의 잇기베와[901] 지자우귀 한번길여
부모집은 영결리일 세손을잡 하난마리 여자된기[902] 한이로다 부모설하 키울적에
남녀ᄎᆞ별 잇실손가 베고풀사 밥을주고 추울서라 오설주어[903] ᄉᆞᆷ춘갓치 깁푼인정
하ᄒᆡ갓치 널너도다[904] 저진자리 박가누피[905] 나은엄식[906] 차자주어 병들세라 근심하고
다칠세라 조심하여 한살두살 칠팔세랄 안고업고 키와네니 무정한 우리인들
거언ᄒᆡ[907] 모럴손가 춘초갓치 어린평생 치혼걱정 우번이요 사ᄒᆡ사랑 허사로다
부모마암 섭〃하고 일가친척 조룡한다 신힝길 써날적에 경게하여 이런마리[908]
원힝하여 가라기는[909] 쉽건니와 올길은 머러간다 근친한번 가자하면 쪽각편지

---

898 엿필종부: 여필종부
899 썰펴마소: 슬퍼 마소
900 벡연과약: 백년가약
901 잇기베와: 익히 배워
902 여자된기: 여자 된 것이
903 오설주어: 옷을 주어
904 널너도다: 너르도다
905 박가누피: 바꿔 눕히고
906 나은엄식: 나은(더 좋은) 음식
907 거언ᄒᆡ: 그 은혜
908 이런마리: 이른 말씀이

몃번인고 어와 동유드라 우리신세
가련하다 동서남북 흣터진 몃〃히을
그려든고 인생하리 서야군 소설숫틔
우리동유 모혀구나[910] 탄고손 놉흔봉의
푸리빈치잇고 쑉국세[911] 실피울쩨 지마암
생각하니 나레나 잇서더면 상〃봉
놉히올나 고향산천 밧릐볼걸 빅이길리[912]
머자네도 친정소식 아득하다 듸바운뎩
드르보소 빅가족〃 다바리고
혼자안자 긋볼적의 어널조화 무엇하리
풍정잇서 씰듸업다 낙동강 흐른무라
우리고향 지네올데 편지써서 썬지든냐
눈물쌔리 쌔치던야 보고지고 늘근부모
보고지고 고실라 드러바라 어미업시
자라나서 고문성족 만나써니 무산한이
잇실넌고 동생지친 서울길의 고향소식
아득하다 어미업난 친정이라 자조못바
한이로다 이시라[913] 더러바라[914] 너난어이
소실긋틔 성인한이 지정의 후에로다
가사난 조컨마은[915] 처양일월 깃푼고듸
울기난 무삼일고 시저리 틱평하면
궁산궁여 답〃하다 신힝길을 못히신니
발산븨외 못만네라 어와 동유드라
노름이나 하여보세 압흐로 금산놉룸
뒤우로 화전쑥득[916] 먹길을 위활손가
놀기가 에듬이라[917] 압서거라 뒤서거라
먼저가자 늬종가자[918] 초신을 도〃신고
몽당치마 흔들면 업난풍정 인난다시
늬그름[919] 싸를손가 죽자승봉 놉흔봉과
별바위평 한듸을 평지갓치 난이면서
역〃히 구경하니 우리갓탄 여자라도
녹두호걸 절로난다 쉴컨먹고 쉴컨논니[920]
낫부다사 하렴마는[921] 흥진비릐 하난글세
노름숫히 하난마리 오날갓탄 이노름을
언제다시 히여볼고 압〃한 줌암덕은
묵〃하여 마릐업고 형〃한 죽암덕은

---

909 가라기는: 가라 하기는
910 모혀구나: 모였구나
911 쑉국세: 뻐꾹새
912 빅이길라: 백 리 길이
913 이시라: 이실아
914 더라바라: 들어 봐라
915 조컨마은: 좋건마는
916 화전쑥득: 화전 쑥떡
917 에듬이라: 으뜸이라
918 먼저가자 늬종가자: 먼저 가자 나중 가자
919 늬그름: 너의 걸음
920 쉴컨먹고 쉴컨논니: 실컷 먹고 실컷 노니
921 낫부다사 하려마는: 나쁘다고야 하련마는

혼〃이 감후한다 가련하다 우리인생　흣터지면 모일손가 너올적에 네못오고
ᄂᆡ올적에 너못와서 부모동생 만나기난　각〃데 익거니와[922] 우리동유 만네기난
황화지구 말기로다 눈물머겨 이름마리[923]　일후상봉 언제할고 달보그든 생각하자
ᄉᆞᆼᄉᆞᆫ에 쯧는달은[924] 일월ᄉᆞᆫ을 먼저보고　낙동강 흐른물라 헝진비레[925] 나려올듸
가련하다 우리인생 물과달과 갓ᄒᆡ서면　흘너가서 만나보고 놉피쩌서 빈치몰걸[926]
어와 동유드라 동서남북 흣터질제　동유드라 다시보자〃 날오라고
기별왓다 머자넷다 네갈나리[927] 머자넷다　하직이라 그만소ᄒᆡ ᄒᆞ도다

임진년 이월이일

922 각〃데 익거니와: 각각 되어 있거니와
923 이름마리: 이른 말이
924 쯧는달은: 떴는(뜬) 달은
925 헝진비레: 흥진비래(興盡悲來)
926 빈치볼걸: 비춰 볼걸
927 머자넷다 네갈나리: 멀지 않았다 내 갈 날이(내가 죽을 날이)

36. 상명[928]가

조춘호 소장

[해제] 이 가사는 시집 간 딸이 병이 들어 사망한 것을 슬퍼하며 쓴 가사이다. 아버지 없이 어머니 혼자 길러 윤씨가에 시집보낸 딸이 일 년 만에 친정에 와 기뻤으나 무하지중 병이 들어 사망하였다. 모친이 애절한 마음을 담아 쓴 가사이다. 자료 형태는 25.6×85.8cm 규격의 두루마리이며, 단과 행, 음보의 구분이 없는 형태의 필사본이다. 원작자와 창작 연대는 미상이다.

즐겁도다 歲月이여 卉上樂이 무엇인고
遺子遺孫 하올적에 男婚女婚 樂이로다
可憐하다 歲月이여 靑春요수 무삼일로
男子이며 女子이나 父母之情 일반이□
나의膝下 四五男妹 잔病없이 길러내여
成婚成就 거진하야 萬年慈味 보잤든이
運수가 不吉하야 엄숙하신 저의父親
天命을 못이기어 遇然別卉 하옵시니
子息팔자 내팔자가 薄福하기 일반이라
자라나서 十五才 다달으니 지낸일은
지처두고 오는일이 慶事로다 孝子問을
연탐하여 尹氏家 出嫁터니 一年이
못되어서 歸寧[929]으로 돌아오니 반가울사
人命이여 아비없이 너를길러 이런慶事
當到하니 一喜一悲 그지없네 그의목을
후려안고 은근히 불러볼제 모시고
잘있었다 媤父母께 끼친慈情 선경한정
다못받처 膝下를 떠나오니 너의媤兩位分이
愛之重之 하던마음 날과온당 같으리라
飮食거처 편히하고 慶事스리 간다해도
내마음이 이럴진데 兩家運이 不吉하여
무하지중 病이들어 百藥이 無知하다
玉石같이 맺힌骨格 病들가망 전혀업고
河海같이 믿은마음 이리될줄 뉘아리요
膝下查頓 兩位分이 窮不安席 걱정할제
鐵石肝臟[930] 아니어든 천엽하리 뉘있으리

928 상명: 喪明. 원래 '아들의 상사를 당함'이라는 뜻인데, 이 가사에서는 시집간 딸이 죽은 것을 일컫는 말이다.

929 귀녕: 근친(近親). 시집간 딸이 친정에 가서 부모를 뵘

精神이나 聰明할제 말소리나 들어보지 三更末 三更初에 자는듯이 누엇으니
氣運이 피곤하야 잠이들어 그러한가 病이깊어 그러한가 生時같고 꿈같으니
내일짐작 내못할세 참죽어서 그러한가 철대길이 얼마건데 한번가면 못오난고
식분인에 짝을지어 꽃을보러 너잤느냐 봉대천대 깊은곳에 藥求하러 들어갔나
태을仙女 白玉樓에 잔치오라 請하드냐 아항여영 노든곳에 벗을따라 너갔느냐
벽오동 짝봉황이 짝을두고 어이가리 화북강남 가는제비 알을두고 어이가리
애고답답 왠일인고 오장에 썩은눈물 瀑布같이 떨어지고 女流不絶 긴한숨은
强風되어 北時로다 媤父母께 불을붓고 나의心中 못을밖아 일구월심 病이로다
天皇地皇 생긴후에 이런일이 또있난가 하나님이 사람낼적 별후봐 없건마는
人名을 定할적에 잘못紀錄 하였난가 일직사자[931] 원직사자 十王전에 命을받아
그릇보고 잡아갔나 아모리 생각해도 정명인듯 아니하다 重값주고 지은衣服
곤때[932]하나 못뭏히고[933] 티끌속에 묻혔으니 너의손길 간곳마다 가지가지 슬픈눈물
굽이굽이 솟아나네 이제난 할일없다 황천길을 밝이찾아 너의父親 相逢하여
너의苦生 천신만고 직이 上估하고 좋은곳에 편히모셔 부디부디 잘가거라
발인을 떠나갈제 日光도 희이하고 山川도 용루로다 회가노래 한곡조에
오장이 끊어지고 永訣終天 가는길에 나의心魂 둘데없다 心慮思로 늙은老母
나를두고 간단말고 四五男妹 均兄弟를 저바리고 가단말가 晝夜로 놀던同友
하직없이 가단말가 어미잃고 우난아해 누굴믿고 산단말가 哀惜하다 尹서방이
시름없이 따라갈제 木石이나 無心할가 사람이라 外名하니 뉘아니 落淚하리오
참혹하다 이일이

---

930 철석간장: 鐵石肝腸, 굳센 의지나 지조가 있는 마음
931 일직사자: 日直使者, 저승사자의 하나로 임종에 있는 사람의 죽음을 결정하고 그 혼백을 저승으로 인도함
932 곤때: 고운 때
933 뭏히고: 묻히고

37. 상부가라

경북대학교 도서관 소장

[해제] 하나의 전적에 전편이 수록된 국문 가사이다. 자료 형태는 25.2×22.4㎝ 규격의 전적이며, 단과 행, 음보 구분 없는 줄글 형태의 필사본이다. 필사자 및 필사시기는 미상이다. 작품 말미의 'ᄎᆡᆨ주ᄋᆡ 居昌郡 熊陽面 竹林里 李漢五'라는 기록으로 보아 전 소장자는 거창군의 이한오 씨였던 것으로 추정된다.
남편과 사별한 아내가 남편을 그리워하며 부른 노래이다. 천지 만물의 음양의 이치, 여자로 태어난 안타까움, 부모님의 은혜로 잘 자람, 혼인 과정, 혼인 생활에 대한 기대, 병사한 남편과 이별한 후의 슬픔과 그리움, 유복자를 잘 길러 혼인시킴, 친정부모와 재회 등 파란 많은 과부의 삶을 시간의 순서에 따른 실감나게 표현했다. 특히 부부지간의 정을 한원제와 왕소군, 당명황과 양귀비 등 여러 고사에 빗대어 표현하거나 남편과 이별한 슬픔을 12달 절기에 따라 자연물에 의탁하여 구체적으로 표현한 부분은 이 가사의 작품성을 한층 높여 준다.

어와세상 과부임ᄂᆡ 이ᄂᆡ노ᄅᆡ 드러봇
자시ᄋᆡ ᄉᆡᆼ천ᄒᆞ니 하날ᄉᆡᆼ거 양이되고
엄양이 작ᄇᆡᄒᆞ니 만물부모 거안인가
비검갓치 천ᄒᆞᆫ것도 자웅이 ᄉᆡᆼ겨잇고
웅비종자 화락ᄒᆞ야 ᄉᆡᆨ기처서 질길적ᄋᆡ
만물중ᄋᆡ 귀ᄒᆞᆫ인ᄉᆡᆼ 엄양ᄇᆡ위 업실손야
아달나여 장ᄀᆡ가고 ᄯᆞᆯ을나여 시접보ᄂᆡ
사람마당 이러ᄒᆞᆯ제 아ᄂᆡ신세 무삼죄로
일촌간장 ᄆᆡ친심사 씨고보니 노ᄅᆡ로다
부모언혜 ᄉᆡᆼ각ᄒᆞ니 불호중ᄋᆡ 막ᄃᆡ로세
오월염천 드운날ᄅᆡ 찬바람이 몸ᄋᆡ나고
이ᄂᆡ노ᄅᆡ 지은쓰전 동무임ᄂᆡ 알러실리
축시ᄋᆡ ᄉᆡᆼ지ᄒᆞ니 ᄯᆞᆼ이ᄉᆡᆼ겨 음이되야
부모임게 타고날제 음양ᄇᆡ위 업실손가
주수갓탄 미물김ᄉᆡᆼ 빈모을 타고나서
하물며 우리인ᄉᆡᆼ 만물중ᄋᆡ 최귀로다
사ᄒᆡ만성 우리인ᄉᆡᆼ 엄양조화 뉘안니고
남혼여가 길기옴은 ᄐᆡ펭세게 거안인가
부모형제 이벨ᄒᆞ고 가장조차 영벨인고
이ᄂᆡ심중 서룬사정 자세〃〃 드러보소
어마임이 날〃적ᄋᆡ 천신만고 ᄇᆡ실나서
동지섯달 진〃밤ᄋᆡ 밤ᄉᆡ도록 몸이압하

조헌의복 몸ᄋᆡ실코 단엄식이 입ᄋᆡ씨워
이러구로 ᄇᆡ실나서 심식을 당ᄒᆡ구나
ᄒᆡ복ᄒᆞ야 노코보니 하도몹실 여식이라
전ᄉᆡᆼᄋᆡ 무삼죄로 여자몸이 ᄉᆡᆼ것든고
그ᄊᆡ어이 못죽든고 점〃이 자라나서
남은날을 ᄯᅡᆯ리ᄅᆡ도 부모눈ᄋᆡ ᄭᅩᆺ치로다
금ᄉᆡᆼ애수 빈말리라 우리ᄯᅡᆯ리 검이되고
검옥갓탄 우리ᄯᅡᆯ을 봉황갓탄 짝을어드
천상선여 나일적 에 옥겡선관 업실소야
고운적삼 고운처마 삼성보손 비단당혜
남이라도 이러ᄒᆞᆯ제 부모눈ᄋᆡ 오직ᄒᆞ라
호사로다 이아히을 글을갈처 교육하야
부모임게 혼정신성 공자임으 훈게시며
칠거지악 멀이ᄒᆞ고 삼종지힝 ᄯᅳᆫ을바다
세월리 여루ᄒᆞ야 그렁저렁 이팔리라
녹의홍상 빈난의복 진수[934]아미[935] 고언ᄐᆡ도
월서시 초미인과 왕소군 양귀비인
시장ᄒᆞ고 가소롭다 제가어이 전미하리
이럿타시 곱기컬제 부모임으 거동보소
요죠숙여 군자호구 엣글ᄅᆡ도 일너시니
전〃반칙 언으곳ᄋᆡ 오ᄆᆡ구지 ᄒᆞ시난가
날구ᄒᆞ난 선ᄇᆡ임은 턱이위지 ᄒᆞ런마ᄂᆞᆫ
월노싱을 ᄆᆡ실적ᄋᆡ 청조ᄉᆡ가 업실소야
욱일시조 조헌날ᄅᆡ 도요시절 드욱좃타

육천마듸 벵이되야 구울〃〃ᄋᆡ고〃〃
천우신조 아달인가 천만분 바ᄅᆡᄯᅳ니
부모마엄 섭〃ᄒᆞᆫ일 말노엇지 다ᄒᆞᆯ소야
그러구로 키울적ᄋᆡ 한살먹고 두살먹어
섭〃ᄒᆞᆫ마엄 간곳업고 귀ᄒᆞᆫ정이 새로소사
우리부모 날을안고 히롱ᄒᆞ야 ᄒᆞ신말삼
옥출곤강 어ᄃᆡᄆᆡ야 우리ᄯᅡᆯ리 옥이로다
봉비천인 놉히날제 남기득 ᄒᆡ여보세
그러구로 키울적ᄋᆡ 삼사세ᄋᆡ 얼넌드니
잘〃ᄭᅮᆺ코 단일적ᄋᆡ 뉘라안니 사랑ᄒᆞ라
이러타시 길너닐제 오륙세ᄋᆡ 게우드니
성겡헌전 역ᄃᆡ사기 섭엽ᄒᆞ야 살파보니
열여불겡 이부절른 제왕촉으 말삼이라
여중군자 못될망정 음악지멩 들을소야
이팔청춘 호시절ᄅᆡ 안여순화 이ᄂᆡ몸이
낭〃세어 옥성이며 보〃싱연 힝기로다
선철연 후철연ᄋᆡ 만고절식 일너시되
ᄇᆡᆨ옥갓탄 고운얼골 분연지가 수게로세
여중일식 우리ᄯᅡᆯ을 남중호골 사외불가
요죠숙여 잇건마난 군자사람 그뉘긴고
초유ᄆᆡ헤 저ᄆᆡ화은 기실삼헤 남아구나
이럿타시 구ᄒᆞᆯ적ᄋᆡ 인중호걸 구힛구나
청조사자 멀어갈제 옹〃멩안 안니올가
일길신양 조헌날ᄅᆡ 선풍도골 우리낭군

---

934 진수: 螓首, 저녁매미의 이마라는 뜻으로, 아름다운 용모를 이르는 말

935 아미: 蛾眉, 누에나방의 눈썹이라는 뜻으로, 가늘고 길게 굽어진 아름다운 눈썹을 이르는 말. 미인의 눈썹을 이른다.

기수도 조헐시고 풍치도 거록홀사
반공중이 놉히메고 둥구러시 안진거동
풍치조헌 두목지가 양주을 지나난듯
낙양도 너런길릐 두러시 가시는듯
전안청이 드러서니 뉘안니 칭찬ᄒᆞ리
북항지비 몬저ᄒᆞ야 천언을 축사ᄒᆞ고
부선사비 서답지비 굉겡이 예비ᄒᆞ고
잉무비빅 옥반이 소주약주 가득부워
삼비주을 전훈후이 졸작여필 홀기로다
칠보단장 정히하고 원산미을 다사리고
분벡사창 깁헌방이 치리좃차 찰난홀사
청능홍능 드벡ᄒᆞ고 검수넝나 주럼이며
누잔〃야심겡이 검노이 행진ᄒᆞ고
화촉은 겡〃ᄒᆞ고 신정은 언〃훈디
서방임으 거동보소 무삼말삼 ᄒᆞ시든고
빅연히로 하런이와 삼싱연분 드욱좃타
춘풍삼월 호시절릐 탐화ᄒᆞ는 봉접이요
당멩황이 지비만나 이렇타시 사랑ᄒᆞ면
한원제가 소군만나 이렇타시 사랑ᄒᆞ면
다몰〃〃씨인사랑 구비〃〃깁푼정의
우리부〃깁헌정의 다할씨가 잇슬 소야
오날밤이 가지말고 빅연삼만 육천일릐
빅연화락 조헌연분 그안니 히한홀사
호사이 다이마와 원촌이 게멩소릐
녹의홍상 수십ᄒᆞ야 고벨ᄒᆞ고 나올적이
으지저역 남운수작 오날저역 또히볼가
힝실릐는 미안ᄒᆞ나 한말삼을 드러보소

팔픠조군 쌍독고며 유리영창 아싸창이
옥겡선관 학을타고 봉나산이 나리난듯
말잘ᄒᆞ는 소진이가 육국정성 인을차고
사모관디 빈난거동 일월빗출 히롱ᄒᆞ고
삼성보슨 수유자이 거럼조차 단정홀사
교비석이 드러갈제 서동부서 마조서〃
업부취자 마조안자 취결여을 힝홀적이
한잔권코 두잔권코 일비〃〃부일비라
화촉동방 깁푼방이 언지보든 임이랏고
보싱연화 조헌거림 앙검살작 드러가니
인물벵풍 화초벵풍 사멘으로 둘너는디
원앙침 비취검이 단정ᄒᆞ고 정길ᄒᆞ다
월식은 휘황ᄒᆞ야 심형을 도〃니며
이미을 나직ᄒᆞ고 염실단자 안자쓰니
비미부득 고은낭자 검석하석 만나신니
티산갓탄 중훈언약 하히갓탄 깁헌정의
만겡창히 말건물겔 히롱ᄒᆞ는 원앙이라
마외역지 나쏙이 무들가망 전이업고
빅용퇴먼〃길릐 보닐가망 전이업다
티산이 문어지고 하히물리 다말나도
검실우지 화락홈은 몽웅몽비 ᄒᆞ리로다
날마당 오날리고 밤마당 이밤이면
호월양소 조헌밤이 안니실가 바렷쓰니
소릐함구 이러나서 금치차자 소이쥐고
무삼말삼 ᄒᆞ시든고 오날저역 다시만나
요망훈 여자되고 장부말삼 디답기가
천정비위 만넌낭군 빅연종사 홀거신디

쇠틀갓치 만은날릐 어난날른 날안이요
읍양ᄒᆞ고 도라와서 부모안식 살피보니
어마임 거동보소 손을잡고 하신말삼
여중일식 쌀 날적의 남중호골 서군낫제
풍치가 저러ᄒᆞᆯ제 문필인들 달을소야
그러구로 그잇튼날 작벨ᄒᆞ고 가실적의
신정미협증 다러놋코 가기사도 실소마는
수이단여 올트인니 부듸〃〃잘잇시오
풍도가 거리ᄒᆞᆯ제 뒷거린들 안니졸가
오동야 발건달릐 빅힉이 날라간듯
날마당 바렷쓰니 거러구로 십일리라
성화갓치 지촉ᄒᆞ야 어서가고 빕비가세
의고〃〃이원일고 벵부만난 이원일고
아부임을 하직ᄒᆞ고 어마임게 이벨ᄒᆞᆯ제
니날적의 섭〃ᄒᆞᆫ맘 삿〃드리 벵이로세
부모가삼 못시되야 눈물노 하직ᄒᆞ고
벵드러 누은사람 조헌약써 살이노코
조헌기수 죠헌풍치 죠키〃〃건친ᄒᆞ야
부모임과 마조안자 사분〃〃의논ᄒᆞᆯ제
동지섯달 진〃밤의 밤진줄을 어이알니
이렷타시 이벨ᄒᆞ고 겁히쓰나 와서보니
사벵의 무약이라 할일업고 무가닋네
할날임게 미인명을 뉘라서 말길소야
비난이다〃〃〃〃하날임게 비난이다
살이주오〃〃〃〃우리낭군 살이주오
안몰리 축수ᄒᆞᆫ들 싸른멩을 이을소야
점〃침중 저벵세가 할일업난 집불리라
탁정을 과히하면 조물시기 인나이다
만멘화식 빈난거동 춘풍세게 여게로다
성인나자 기린나고 장군나자 용마나며
동방의 저소연은 실노우리 사외로세
이렷타시 질길적의 오작조화 거러ᄒᆞᆯ가
부디펭안 잘잇시요 부디펭안 잘가시오
부모임이 날보닋고 필연고듸 ᄒᆞᆯ거시니
철이준총 마상긱이 어듸미로 가시ᄂᆞᆫ고
적벽강 집푼밤의 도사가 지닋난듯
오날리나 오실난가 닋일리나 오실난가
난듸업난 벵부하인 전지도지 드러오며
멩지겡각 잇사오니 치힝을 밧비ᄒᆞ소
노복불너 힝장차려 속히쓰나 차저갈제
아바임아 이원일고 어마임아 이원일고
귀이키운 바람업시 벵부만닋 신힝가니
조헌말노 위로할제 부듸〃〃실러마소
멩연삼월 쏫퓌거든 길일양신 턱일ᄒᆞ야
석달장마 질〃비의 첫근친의 시가자랑
삼사월 진〃ᄒᆞ의 히진줄을 어이알며
부듸〃〃잘게시오 조키상멘 ᄒᆞ올리다
벵세가 위중이라 안몰리 약을씬들
안몰리 문복한들 제어이 살일소야
정화수 정이써놋코 하날임게 축수하되
살피소서〃〃〃〃일월승신 살피소서
하감ᄒᆞ오〃〃〃〃멩천임이 하감ᄒᆞ오
정신이 부족튼가 하날임이 무심튼한가
무멩지을 단지ᄒᆞᆫ들 압흔줄을 어이알니

안모리 목ᄋᆡ던들 할일업고 무가ᄂᆡ라
ᄉᆡ가탄 우리낭자 신정미협정 드러놋코
염나국ᄋᆡ 드러갈제 ᄇᆡᆨ연ᄆᆡᆼ세 간ᄃᆡ업네
이ᄂᆡ집ᄋᆡ 오실적ᄋᆡ 뉘을밋고 오시든고
이ᄉᆡᆼᄋᆡ 깁헌정을 후ᄉᆡᆼᄋᆡ나 푸러볼가
학발당상 널건부모 자식죽고 서런신세
조석진지 감지동쇽 날ᄃᆡ신ᄋᆡ 맛쵸ᄒᆞ오
이럿타시 이벨ᄒᆞ고 걱낙세게 가싯구나
ᄋᆡ고〃〃 이원일고 요ᄂᆡ팔자 무삼죄고
일곱장단 엄포갓치 올〃리 ᄆᆡ친서럼
구말이 장천인가 멀기사 멀건마난
초종범ᄇᆡᆨ 다갓초와 칠일성복 지넌후ᄋᆡ
ᄋᆡ고〃〃 우다보니 팔십당연 늘건부모
가삼밋츠 말못ᄒᆞ고 ᄇᆡᆨ발을 허날이며
눈업ᄂᆞᆫ 몹실귀신 저살이고 날자바가제
팔자기박 무삼죄로 불효막심 ᄒᆞ단말가
이리저리 싹건후ᄋᆡ 구고임을 위로하되
멩이짤나 죽은사람 ᄉᆡᆼ각ᄒᆞ면 무엇ᄒᆞ며
부ᄃᆡ〃〃 ᄉᆡᆼ각말고 엄식이나 잡수시오
ᄋᆡ건히 권ᄒᆞᆫ후ᄋᆡ 처소로 도라와서
불상ᄒᆞ다 수하장을 오ᄅᆡ둘수 바이업서
건곤간손 사게롱ᄋᆡ 엄양ᄇᆡ합 용을보고
승금인목 헐토상수 장구박구 분수ᄒᆞ고
문필봉이 첨수ᄒᆞ니 문장멩필 게출이요
좌청용 우ᄇᆡᆨ호ᄋᆡ 일월한문 조헐시고
ᄉᆡᆼ기자 왕기득ᄋᆡ 고장파가 제적이라
ᄒᆡᆼ국으로 의논ᄒᆞ면 고목ᄉᆡᆼ화 완연ᄒᆞ다
이ᄂᆡ솔목 답삭줘고 무삼말삼 ᄒᆞ시든고
이ᄂᆡ멩이 하도쩔너 귀신ᄒᆞᆫᄐᆡ 못이기여
가기사 가네만은 눈쌈을수 전이업소
날을밋고 오싯짜가 미든일리 허사로다
이ᄂᆡ가삼 ᄆᆡ친말삼 부탁ᄒᆞᆯ일 잇사오니
혼정신성 ᄒᆞ온절을 날업닷고 섭히말고
우리부모 선사ᄒᆞ면 겔초보언 갑흐리라
극낙세게 가실적ᄋᆡ 날과갓치 한양가세
달러가오〃〃〃〃 □□〃〃달러가오
영겔총천 은장소ᄅᆡ 요ᄂᆡ가삼 다썩난듯
황천길리 얼밀넌고 한벤가면 다시올가
빈사야 잇건마ᄂᆞᆫ 어넌자식 상식ᄒᆞᆯ고
자식죽거 서런중ᄋᆡ 이ᄂᆡ헝상 볼수업서
두주묵을 마조줘고 가삼ᄋᆡ다 쌍〃부처
토헐수ᄉᆡᆼ 피토ᄒᆞ고 기절ᄒᆞ야 누워시니
비오다시 오난눈물 처ᄆᆡᄌᆞ락 거드잡아
구고임이 무삼죄며 넌들무삼 죄올릿가
안몰리 죽자ᄒᆞᆫ들 죽어면 무엇ᄒᆞ요
오런손ᄋᆡ 미엄들고 외약손ᄋᆡ 반찬들러
천사만사 만사ᄉᆡᆼ각ᄒᆞ니 천지사방 아득ᄒᆞ다
일등멩사 뫼시다가 선산하ᄋᆡ ᄐᆡᆨ지ᄒᆞᆯ제
와겜유돌 사헐중ᄋᆡ ᄂᆡ외훈기 찰헐ᄒᆞ야
닷자청용 삼중안ᄋᆡ 창고봉이 공준ᄒᆞ고
화ᄀᆞ봉이 수러ᄒᆞ니 ᄃᆡ소과겍 부절리라
정오침을 정이노와 자좌오힝 놋코보니
우명지〃조헌헐은 말연유ᄐᆡᆨ 분멩ᄒᆞ고
귀서득길 점을ᄒᆞ고 봉역정상 ᄐᆡᆨ일ᄒᆞ야

장사게고 팔일적ᄋᆡ 제환촉빅 고헌비단
생이치리 찰난ᄒᆞ다 일등정장 노복불너
사모ᄋᆡ 핑겡달라 석전조전 지닌후에
ᄌᆡ진겐여 이별ᄒᆞ고 영겔종천 아조간다
수물네명 사두군아 발을맛차 이러나서
노소남여 전송ᄒᆞᆯ제 먼ᄃᆡ사람 낙누ᄒᆞ고
발만맛차 잘메여 북망산천 드러갈제
울〃송빅 울을삼고 짠던입ᄒᆞᆯ 기와삼와
선풍도골 우리낭군 언ᄌᆡ언지 오마든고
문전ᄋᆡ라 죽은고목 입페거든 오실난가
우티ᄋᆡ 쑥돗믹애 식기치면 오실난가
담안ᄋᆡ라 숙율무드 싹나거든 오실난가
벡상ᄋᆡ 거린꼿치 힝기나면 오실난가
ᄂᆡ물가ᄋᆡ 보모ᄅᆡ가 반석되면 오실난가
뉘랑누워 정이집허 이벨못히 못오든가
녹의홍상 어ᄃᆡ두고 소복단장 이원일고
거울속ᄋᆡ 난조ᄉᆡᄂᆞᆫ 지ᄂᆡ쪽ᄋᆡ 실피울고
베ᄀᆡ머리 원앙ᄉᆡᄂᆞᆫ ᄃᆡ멘ᄒᆞ기 붓거럽고
칙상우ᄋᆡ 만권서칙 우리낭군 수적이며
고ᄃᆡ광실 어ᄃᆡ두고 젯장쪽ᄋᆡ 누원난고
그렁저렁 오날가고 이튼날을 게우보ᄂᆡ
일가친척 만컨마ᄂᆞᆫ 일신이 가런ᄒᆞ다
두달리 게우가니 이부불사 기푼밍서
이팔세ᄋᆡ 만닌부〃 이지겡이 무삼죄고
삼〃거린 우리낭군 삼연복이 이원일고
넉달리 게우가니 사ᄃᆡ부집 여식으로
사후이 가신낭군 사라올길 전이업다

오식치화 올을놋코 등용기봉 조헌그림
수울네멩 골나ᄂᆡ여 상포끈너 줄을ᄃᆡ고
첫ᄉᆡ벽ᄋᆡ 짐을실러 발인제사 지닐적ᄋᆡ
영겔종천 아조갈제 날과갓치 한양가세
너화넘차 ᄒᆞᆫ곡조ᄋᆡ 북망산천 발가온다
겟ᄐᆡ사람 통곡ᄒᆞ네 수물네멩 상두군아
너화넘차 잘도간다
세우듭석 날저문ᄃᆡ 어닌친구 차자갈가
펭풍ᄋᆡ라 기린황기 꼭고ᄒᆞ면 오실난가
싹〃우ᄂᆞᆫ 저짜마귀 머리히면 오실ᄂᆞᆫ가
마판ᄋᆡ라 철이마가 뿔돗치면 오실난가
동히로 가난물리 다시오면 오실난가
헝산ᄋᆡ 무친옥이 빗벤ᄒᆞ면 오실난가
오작이 씨진골ᄅᆡ 송초로 울을삼아
모친목숨 죽지못히 사자ᄒᆞ니 고싱일네
분연지가 있건마ᄂᆞᆫ 뉘을위히 단장ᄒᆞᆯ고
빈여머리 그린봉은 뉘을보고 반가ᄒᆞ리
이불우ᄋᆡ 저비치ᄂᆞᆫ 짝불을정 어이잇시리
괴짱안ᄋᆡ 피물등속 우리낭군 치리물겐
옥갓턴 고운얼골 가런할사 진토로다
한달리 게우가니 일각이 여삼추라
일싱ᄋᆡ 구든마엄 일월갓치 발가온다
이리아라 ᄒᆞ건가믄 이ᄂᆡ간장 다썩ᄂᆞᆫ다
석달리 게우가니 삼종지힝 이ᄂᆡ몸이
삼신산을 힝ᄒᆞ신가 삼청게로 가시ᄂᆞᆫ가
사기사을 싱각ᄒᆞ니 사적동헐 쓰지로다
다섯달리 게우가니 오월염천 드운날ᄂᆡ

오시기을 기달린들 오장육부 씨인심사 오작이 씨진골ᄅᆡ 오호통곡 실피운다
여섯달리 게우가니 육레갓춘 우리낭군 육지ᄋᆡ 선화ᄒᆞ야 육신등천 못ᄒᆞ시고
육천마듸 시힝ᄒᆞ야 육용성천 ᄒᆞ시난가 일곱달리 게우가니 칠거지악 죄잇든가
칠일ᄌᆡ게 정히ᄒᆞ고 칠성임게 비난이다 칠ᄇᆡᄒᆞ고 축수하되 칠월건심 드러주소
여덜달리 게우가니 팔자기박 이ᄂᆡ신세 팔첩벵풍 깁푼방ᄋᆡ 팔낭〃〃 임이벨리
팔진미가 맛시업고 팔자아미 무엇하리 아홉달리 게우가니 구〃ᄒᆞ다 이ᄂᆡ사정
구폭검을 무럼씨고 구중적야 누워시니 구비〃〃 ᄆᆡ친심회 구천ᄋᆡ 사모찬다
열달리 게우가니 십일만ᄋᆡ 기린낭군 십천만분 싱각해도 십분조심 구든마엄
십식이 다가〃도 십오야 달빗칠레 ᄋᆡ고〃〃 우리낭군 어이거리 못오든고
노중ᄋᆡ다 기록ᄒᆞ니 질을몰나 못오는가 산외ᄋᆡ 산부진ᄒᆞ니[936] 산이ᄆᆡᆨ혀 못오든가
주힝야 이심ᄒᆞ니 밤이깁허 못오든가 동풍ᄋᆡ 로장ᄒᆞ니 길리머러 못오든가
수광이 접천광ᄒᆞ니 물리깁허 못오든가 홍교일단 무소식ᄒᆞ니 달리업서 못오든가
권군깅진 일ᄇᆡ주ᄒᆞ니 수리취히 못오신가 청멩시절 우분〃〃ᄒᆞ니 비ᄋᆡᄆᆡᆨ혀 못오신가
ᄇᆡᆨ운첩〃장수군ᄒᆞ니 구럼ᄆᆡᆨ혀 못오신가 어옹이야
방에서 암숙ᄒᆞ니 어부짜라 자시든가 가런검야 숙창가ᄒᆞ니 기싱짤라 자신든가
어이거리 못오신고 일촌간장 ᄆᆡ친심회 독숙공방 누언우ᄋᆡ 허러난니 눈물리요
천사만사 마은싱각 싱각난니 임이로다 선풍도골 우리낭군 옥겡선관 되야시면
청천ᄋᆡ 발건달은 필런코 보지만ᄂᆞᆫ 요ᄂᆡ몸이 달리되면 구말이 장천상ᄋᆡ
둥등실 놉히쓰서 우리임을 보지만ᄂᆞᆫ 할일업고 무가ᄂᆡ라 빈지불수 전이업다
뒷똥산 지ᄂᆞᆫ꽂츤 멩연봄ᄋᆡ 다시피되 우리임은 어ᄃᆡ가고 다시올줄 모리난고
서산ᄋᆡ 지난히ᄂᆞᆫ 멩일예 다시쓰되 우리임은 어ᄃᆡ가고 다시올줄 모러난고
정월리라 ᄃᆡ보롬날 빗도좃타 달리뜨ᄂᆡ 팔낭〃〃 저사람은 망월귀겡 ᄒᆞ건마난
우리임은 어ᄃᆡ가고 망월훌쭐 모러든고 이월리라 영동일릐 반공중ᄋᆡ 연이로세
저게가ᄂᆞᆫ 저사람은 연쒸우로 가건마ᄂᆞᆫ 우리임은 어ᄃᆡ가고 연쒸울줄 모러든고

---

936 산외ᄋᆡ 산부진ᄒᆞ니: 산외산부진로중로무궁(山外山不盡路中路無窮), 산 밖에 산이 다함이 없고, 길 가운데에 길이 다함이 없음

삼월리라 삼지일릐 강남의서 연자완네
우리낭군 어듸가고 치자올줄 모러난고
저긔가는 저사람은 관등귀겡 가건마은
오월리라 단오일릐 수양가지 추천이라
우리임은 어듸가고 추천홀줄 모러든고
저게가난 저농부은 제사참사 가건마는
칠월리라 칠석일릐 겐우직여 상봉하여
우리임은 어듸가고 날만널줄 모러난고
청사도포 고운실낭 관펭ᄒᆞ로 가건마는
구월리라 구일날은 국화도 만발일네
우리임은 어듸가고 술자실줄 모러던고
제〃청검 선비임네 거동귀겡 ᄒᆞ건마는
동지달리라 동지일릐 싱선두죽 자사로다
우리임은 어듸가고 차사참사 모러난고
우리임으 친구임닉 싀전붓처 자시건마난
일연삼빅 육십일릐 어난날릐 오실난고
청산의 뒤겐조은 불여귀을 울건마는
만첨산중 저럼은 봄바람이 풀건마는
남산녹죽 마은듸로 입흘세여 수을놓코
이닉심중 만은수심 젠들어이 다홀소야
동지섯달 진〃밤의 전〃반칙 싱각다가
진〃약질 요닉몸이 죽장망헤 힝식으로
가난듸로 쉬럼〃〃차저〃〃차자가서
꽝〃진난 저소릐의 깜작놀닉 씨달나서
무정ᄒᆞ다 저쌉살라 요닉쑴을 왜놀넌노
무정ᄒᆞ다 우리낭군 쑴의도 안이오네
요서길리 머다ᄒᆞᆫ들 황천길과 갓틀소야
훨〃나난 저연자은 옛집을 찻건마는
사월리라 초팔일릐 만호장안 등이로세
우리낭군 어듸가고 관등귀겡 모러난고
저게가언 저실낭은 추천ᄒᆞ로 가건마는
유월리라 유두일릐 전조의 제사로다
우리낭군 어듸가고 제사귀겡 모러든고
언하수 깁헌물릐 오작교 다리노되
팔월리라 추석일릐 관펭귀겡 모도할제
우리낭군 어듸가고 관펭홀줄 모러난고
저게안전 저사람은 국화주의 취힛구나
십월리라 초십일릐 천자거동 ᄒᆞ싯쏘다
우리낭군 어듸가고 귀겡홀쭐 모로든고
너런집안 일문호가 노소업시 못건마는
섯짤리라 납일일릐 싱을잡아 전부치닉
우리낭군 어듸가고 전자실줄 모러든고
찍〃우난 저싼치는 닉온닷고 통기ᄒᆞ노
모진목숨 죽지못히 임을짤라 닉못가네
요닉심중 미친건심 어넌닉가 푸러널고
동히수 만은물겔 말질ᄒᆞ야 세아린들
싱시의 못본낭군 쑴의나의나 만닉볼가
쵸겡이겡 못든잠을 사오겡의 게우드러
기린낭군 보러ᄒᆞ고 염나국을 차자갈제
오날볼가 닉일볼가 거의〃〃만닉볼듯
깁히이러 안자보니 비취검 뿐이로다
이러안자 싱각ᄒᆞ니 임이올가 잠이올가
타기황잉 저정부야 막교지상 원망마라
요닉심중 닉도닉여 불안여도 굴득간네

문압ᄒᆡ라 ᄇᆡᆨ연화은 일상바도 한빗치네 우리임은 어ᄃᆡ가고 일상볼줄 모러든고

벡상ᄋᆡ라 ᄃᆡ거울은 항상바도 박건마ᄂᆞᆫ 우리낭군 어ᄃᆡ가고 발가올쭐 모러든고

ᄆᆡᆨ두양유 너러진가지 실〃리 수심이요 강초일〃 환수싱은 빗만바도 한숨일네

산천은 벤치안ᄒᆡ 고검이 갓건마ᄂᆞᆫ 인사갓치 허무ᄒᆞᆯ사 한벤가면 다시올가

십오야 발건달릐 실피우ᄂᆞᆫ 저기럭아 말이장천 놉히쓰서 어ᄃᆡ미로 항ᄒᆞ난가

북ᄒᆡ상 놉히쓰서 상임원ᄋᆡ 펜지전코 염나국을 가라거든 이ᄂᆡ펜지 전ᄒᆡ주게

쌀각〃〃 달막소릐 귀ᄋᆡ징〃 수심이오 팔낭〃〃 청사도포 눈ᄋᆡ삼〃 한숨이라

보고지고〃〃〃〃 우리낭군 보고지고 무정ᄒᆞᆷ도 무정ᄒᆞ네 우리낭군 무정ᄒᆞ다

날바리고 어ᄃᆡ가고 다시올쭐 모러신고 삼신산 구럼쏙ᄋᆡ 봉ᄂᆡ신선 작반ᄒᆞ야

불사약을 구ᄒᆞ랏고 이골저골 단이신가 수양산 집푼골릐 ᄇᆡᆨ이숙제 혼을만ᄂᆡ

불식주속 ᄆᆡᆼ서ᄒᆞ고 ᄎᆡ미곡을 하답든가 멩나수 깁흔물릐 굴살여을 조상튼가

ᄎᆡ석강ᄋᆡ 적선만ᄂᆡ 기겡상천 ᄒᆞ시든가 상산을 지ᄂᆡ다□ □믄ᄂᆡ 수작ᄒᆞ고

헉기빅기 난아들러 바독훈수 하시□□ □방만ᄂᆡ 벡곡ᄒᆞ고 적송자을 조차든가

유리살겡 동□□□ 도연멩을 차자보고 오루촌 북창하ᄋᆡ 국화주ᄋᆡ □□든가

남양초당 설이중ᄋᆡ 와룡선싱 차지랏고 만학천봉 풍설중ᄋᆡ 쉬염〃〃 가시난가

적벡강 추야월릐 소자첨으 손이되야 동소일곡 막기불러 노릐을 화답든가

봉황ᄃᆡ 황학누와 고소ᄃᆡ ᄋᆡᆨ양누ᄋᆡ 겡처좃타 놀고가자 오실줄을 모러신가

한산사 쐬북소릐 손으ᄇᆡᄋᆡ 비거안자 강풍어화 발건불릐 건심ᄃᆡᄒᆡ 자부신가

진시황 말이장성〃 을싸라 주회턴가 님공을 지ᄂᆡ다가 탁문군으 가ᄀᆡ만ᄂᆡ

권주가 ᄒᆞᆫ곡조ᄋᆡ 술사먹고 안자든가 화초업난 호지싸ᄋᆡ 청총만ᄂᆡ 귀겡튼가

어이거러 못오던고 다시볼길 전이업다 할일업고 무가ᄂᆡ라 후싱ᄋᆡ나 다시볼가

철석갓튼 구든마엄 불겡이부 ᄆᆡᆼ서로다 빙설갓치 구든마엄 설만공산 솔과갓ᄒᆡ

삼동풍설 다지ᄂᆡ되 벤할ᄃᆡ가 잇슬소야

어와세상 과부임ᄂᆡ ᄃᆡ강말삼 ᄃᆡ강말삼 이러ᄒᆞ오

구벤조흔 소진인들 그말엇지 다할소야 이ᄂᆡ심중 서룬사정 멩천인들 모을소야

하날임이 감동ᄒᆞᆯ제 귀신인들 시기ᄒᆞᆯ가 어혈사 반간이리 복중유복 옥동자을

ᄒᆡ복ᄒᆞ야 뉘여놋코 전지도지 밧비보니 기골준수 저아히가 유시부ᄋᆡ 유시재라

봉으ᄉᆡᆨ기 봉이되고 범으자식 범이로다
엇지거리 신기ᄒᆞ야 저거ᄒᆞ나 ᄐᆡ이쓴고
절노솰〃 헐이풀러 봄날리 ᄒᆡ동ᄒᆞᆫ듯
히한ᄒᆞ고 모ᄒᆞᆫ이리 나박기ᄂᆞᆫ 다시업제
쉥이〃〃 ᄆᆡ진ᄉᆞᆺ치 방실〃〃 페여난듯
천사만사 ᄉᆡᆼ각다가 저을보면 위섬이라
만겡창ᄒᆡ 널건용이 여의주을 히롱ᄒᆞᆫ듯
진시황의 화씨벡이 보비사보 비건마ᄂᆞᆫ
기활ᄂᆡ라 이아ᄒᆡ가 십오야ᄋᆡ 달빗칠네
비난이다 비난이다 할날임게 비난이다
옥동아달 유복자을 수복장멩 ᄐᆡ여주소
삼ᄌᆡ팔난 모든ᄋᆡᆨ을 멀이〃〃 물이치여
지성감천 ᄒᆞ싯듯가 거러구로 질너ᄂᆡ여
비ᄆᆡ부득 ᄆᆡ자보ᄂᆡ 일등구절 가러ᄂᆡ여
호로시 ᄉᆡᆼ각ᄒᆞ니 일히일비 이ᄂᆡ심사
임ᄉᆡᆼ각ᄋᆡ 우럼이오 자식영화 위섬이라
구십장연 시아부임 ᄇᆡᆨ수로 상ᄀᆡᆨ서고
두소ᄆᆡ을 놉히들고 너울〃〃 춤을춘다
자식나여 이런영화 사람마당 잇것마ᄂᆞᆫ
거러구로 삼일만ᄋᆡ 오난길만 바랏쓰니
두솔목을 답삭쥐고 가넌목을 어루만저
쑴겔갓탄 너을키와 이런귀ᄒᆞᆷ 보와시니
거러구로 석달만ᄂᆡ ᄃᆡ연을 ᄇᆡ설ᄒᆞ고
만당빈ᄀᆡᆨ ᄒᆞ레소ᄅᆡ 강구연월 동욜넌가
정숙부으 우리자부 단정ᄒᆞ고 모할시고
사랑ᄒᆞ고 귀ᄒᆞᆫ마엄 한강수가 부족이라
나도인자 속양ᄇᆡᆨ성 친정집ᄋᆡ 건친가서
일점헐룩 우리아달 ᄉᆡᆼ각ᄒᆞ니 앗싸ᄒᆞ네
아히야 느을보니 이ᄂᆡ심중 씨인수심
어와세상 사람드라 이러ᄒᆞᆫ일 쏘잇실가
철연고목 죽언가지 봄바람ᄋᆡ 입히폐여
죽은가장 서러말고 귀ᄒᆞᆫ자식 정을붓처
만사춘풍 낙을붓처 손바닥ᄋᆡ 히롱ᄒᆞᆯ제
칠십당연 ᄇᆡᆨ발노인 만득자을 히롱ᄒᆞᆫ듯
초아유복 우리아달 이런보비 쏘잇실가
검을준들 너을사며 옥을준들 너을사라
살피소서〃〃〃〃 일월성신 살피소서
사ᄒᆡ용왕 오악산신 후토서황 지신임도
외붓다시 달붓다시 자럼업시 키와주소
세월리 여루ᄒᆞ야 십오세ᄋᆡ 드럿구나
길일양신 턱일ᄒᆞ야 장ᄀᆡ질을 차일적ᄋᆡ
천힝으로 어든자식 귀ᄒᆞᆫ일을 ᄒᆞᆫ자보니
이ᄂᆡ심사 둘ᄃᆡ업서 여광여치 실성〃〃
팔ᄑᆡ조군 쌍독교ᄋᆡ 둥등실 기울뜰제
이웃사람 노소업시 나을보고 웟지마소
앗자십흔 이런일은 나박히ᄂᆞᆫ 다시업소
팔낭〃〃 우리아들 첨ᄋᆡ압ᄒᆡ 절을하네
천우신조 ᄒᆞ시든가 히한ᄒᆞ고 기의ᄒᆞᆯ사
오날죽으 가드ᄅᆡ도 원통ᄒᆞ믄 전이업다
신힝게로 차일적ᄋᆡ 노소남여 모왓구나
히호세게 어는ᄯᅵ야 ᄐᆡ펭건곤 여게로세
헌구레ᄋᆡ 드러서니 뉘안니 칭찬ᄒᆞ라
거러구로 일연이라 ᄇᆡᆨ사범ᄇᆡᆨ ᄆᆡᆨ힌후ᄋᆡ
노복불너 힝장차러 유리영창 조헌독교

춘품ᄋᆡ 지을싸라 둥둥실 놉히메고
친정곳ᄋᆡ 도라드니 건이십연 초멘이라
창송녹죽 울〃하야 날을보고 반긴듯시
수풀쏙ᄋᆡ 빅설조은 나을보고 하례ᄒᆞᆫ듯
가ᄆᆡᄎᆡ을 나러놋코 쉬여안자 둘너보니
세월리 하도시워 김일상봉 하깃쑤나
전지도지 밧비나와 이ᄂᆡ솔목 답삭쥐고
천만이외 이원일고 상봉ᄒᆞᆯ날 쏘잇구나
자식키와 자부보고 부모임게 문안ᄒᆞ니
황천길ᄅᆡ 도라가서 우리낭군 보고지고
난ᄃᆡ로 사시다가 염나국ᄋᆡ 드러갈제
어와세상 소부임네 노ᄅᆡ보고 윗씨마소

벵부만ᄂᆡ 신ᄒᆡᆼ와서 조헌기수 건친이야
좌우산천 둘너보니 옛얼골른 □처잇고
ᄂᆡᆺ가ᄋᆡ 게벤화은 나을보고 위심웃고
폭포우ᄋᆡ 반석좃코 수양가지 너러진ᄃᆡ
만목삼나 여러겡물 무사펭안 죠잇쓰야
친정집ᄋᆡ 드러서니 학발당상 널건부모
하날노서 날리완나 짱으로 소사완나
전후ᄉᆡ실 설화ᄒᆞᆯ제 석달장마 제적일네
이ᄂᆡ심중 묵은마엄 인간일른 다ᄒᆡ시나
날과갓탄 동무임ᄂᆡ 구든마엄 시처먹고
날과갓치 작반ᄒᆞ야 임을차자 ᄒᆞᆫ양가세
실정말살 이□ᄒᆞ야 노ᄅᆡ지어 푸러노라

ᄎᆡᆨ주ᄋᆡ 居昌郡 熊陽面 竹林里 李漢五

38. 상상

조춘호 소장

[해제] 부부간 이별의 그리움을 담은 가사. '빗 조흔 황금조난 상상이 날아가고 상사화 열닙지난 입입피 둘너잇다'로 볼 때 제목 <상상>은 '쌍쌍'이거나 '상사(想思)'일 수 있겠다. 신선을 만나 거주 성명을 문답하여 꿈에도 그리던 낭군임을 알았는데, 허무하게 꿈이 깨어 안타깝고도 부끄럽다고 했다. 말미에 붙은 <석별곡>이라는 짧은 가사는 임을 만나보고 싶어 하느님께 간절히 비는 내용으로 되어 있다.

인간의 극낙자미 부〃밧게 도잇난가
지자우긔실은 조요연의 올나도다
부위쳐강은 삼강의 일너쏘다
ᄐᆡ곡져미난 밍강의 지조로다
빗조흔 황금조난 상상이 날아가고
하물며 사람으로 이별한지 은ᄌᆡ련고
월하의 깁흔싱각 다졍면목 이히하다
산즁에 기슈나무 느리갓치 훗터잇고
상사불진 상사화는 불여불견 불상사라
명월은 뜻지잇셔 두마음ᄋᆡ 빗쳐쏘다
동원의 봄소식은 낙화젹젹 ᄌᆡ산조요
문젼의 가난마상 몃변업시 속아시며
군불ᄂᆡ 군불ᄂᆡ 상사고 상사고라
낙동강 다다리니 풍경도 기이하다
비〃한 이방듯드 드옥 좃타
의의한 양유산ᄂᆡ 츄쳔하는 미인인가
금실우지 존고락은 관져장에 얼여잇고
부부유별은 오륜의 지즁하고
상ᄃᆡ여비은 각길의 여절이요
청츈의 ᄆᆡ진인연 빅발ᄒᆡ로 드옥좃타
상사화 열닙지난 입〃피 둘너잇다
일이리 삼츄갓고 빅니가 쳘니로다
풍편의 들인소문 온다소ᄅᆡ 몃변인고
창젼의 ᄆᆡ화까지 달빗치 이히하다
ᄐᆡ산은 졍이업셔 빅니의 막아잇고
진창염유 밋친나위 셕산꼿틀 도라보소
남풍의 ᄉᆡ물식은 녹음방초 셩화시라
즁쳔의 뜬기력이 양곳소식 드ᄃᆡ쏘다
화양침 비겨쓰니 장원의 나위ᄃᆡ여
연〃한 져그리ᄋᆡ 빅구상사 날라들고
화한 도리원의 ᄎᆡ기찻는 소연인가
기셩촌 얼넌드니 산쳔니 반갑도다

무남졍 ᄇᆡᆨ일홍의 집이로다
다리의 힘미업고 나ᄅᆡ가 푸러진다
강산니 기림갓고 초목이 빗치난닷
청강의 ᄆᆡ화빗흔 옥인니 잇난듯
쳔ᄂᆡ 쳐사국은 도졍강졀 하졀리요
암마도 거가온ᄃᆡ 명현달사 잇것쏘다
셔칙얼 엽ᄑᆡ기고 단졍히 기람하니
요지ᄋᆡ 연닙피 여ᄅᆡ얼 션관나려온닷
진ᄉᆡᄋᆡ 어인인물 져갓치 잘낫난고
구리산 놉헌곳여 면목이 어히하다
붓ᄭᅢ럼얼 무렵실기 쥬셩면 무러보시면
쥬슌얼 반만하여 월ᄐᆡ화별 무러보ᄉᆡ
언일일소 하난말리 남의셩명 물얼진ᄃᆡ
아미얼 나작하고 은건니 ᄃᆡ답하ᄃᆡ
함요의 구살차자 도산의 옴기잇소
김ᄉᆡᆼ여슈 하여시니 김시가 아니오며
함요의 발건구실 창원고호 아니오며
거ᄃᆡ셩명 더러시니 ᄂᆡ셩명을 더어보소
셕고가 노ᄅᆡ하니 진창양시 아니온가
심즁의 만단젼곡 일분도 다못하고
암작놀나 ᄭᆡ다라니 남가일몽 황홀하다
ᄭᆡ고나 ᄉᆡᆼ각하니 츈몽이 허사로다
암〃히 ᄉᆡᆼ각하니 곳갓흔 거ᄃᆡ얼골
영니예 징〃하다 허렴[939]이 무익이라

사오보 기유드니 십여보 날라가니
화음의 ᄉᆡ여안자 일쳐을 바라보니
가려한 졈ᄅᆡ의 ᄃᆡ한을 둘너쏘다
고양안의 복셩곳[937]흔 션경이 황홀하다
금강의 군자연언 쥬렴기의 자치로다
언〃한 송업간 표〃한 일소연니
양쥬의 옥자슈리 두목지가 와연하고
ᄭᅩᆺ아니면 명월리요 학아니면 봉이로다
넘〃한 거〃동얼 역〃히 ᄉᆡᆼ각하니
여자의 유졍으로 거져가기 어렵쏘다
보얼 잠관옴겨 옥안얼 상ᄃᆡ하고
져션관 거동보소 단졍히 드러안자
ᄂᆡ셩명을 말할지라 그ᄃᆡ셩명 뉘실넌고
유슈이 ᄉᆡᆼ각하여 바들 지경하고
그션관 하난말이 유식하다 이말이여
상산사로 잇넌곳은 관향이 아니오면
옴긴곳은 돌산이면 셕산니 아니온가
양쥬의 학을타고 화양산 나려와셔
거쥬셩명 드려보니 우리군자 젹실하다
창젼의 버들가지 황조소ᄅᆡ 어인일고
조〃한 이마엄이 진졍인가 느겻드니[938]
사창의 비겨안자 문을열고 ᄂᆡ다보니
양안ᄂᆡ 삼〃하고 옥갓탄 군자소ᄅᆡ
말하여 무엇하리 구〃한 이마음에

---

937 복셩곳: 복숭꽃, 복숭아꽃
938 느겻드니: 여겼더니
939 허렴: 허념(虛念), 헛된 생각

불꼿갓치 드옥탄다 북양의 양친긔후　만슈무강 하옵시며 ᄎᆡ원의 셩한가지
봄빗치 무셩하며 금옥갓탄 군자신상　몽즁갓치 단아하기 쳔만복츅 이마암이
일신들 이져리요[940] 오ᄆᆡ사모 이실인언　화용이 무양하오 나쥬소졍 사렴군자
싱각뿐리로다 무슈〃한 졍곡은 일필난기로다
셔불가 진졍이요 여불가 진언이라　젼〃군자난 안흔특심 지상업시 기리오나
남시렵삽

셕별곡[941]

인간이별 만사즁의 독슈공방 드옥셜다　상사불견 이ᄂᆡ진졍 어너뉘가 안단말고
이령져령 헛턴건심[942] 다물쳐 바려두고　자나씨나 임못보아 가삼답〃모한퇴도
고은셩음 긔의징〃보고지고 임의얼골　듯고지고 임소ᄅᆡ 비나이다〃
하나님기 비나이다 진졍으로 비나이다

940　이져리요: 잊으리오
941　길이가 짧아 독립된 작품으로 보지 않고 뒤에 붙임
942　건심: 근심

39. 상장가

한국국학진흥원 소장

[해제] '모여형뎨붕을쇼희가라'와 함께 한 권의 전적에 수록된 국문 가사이다. 자료 형태는 22×24㎝ 규격의 전적이며, 단 · 행 · 음보 구분 없는 줄글 형태의 필사본이다. 원작의 창작연대 및 저자는 미상이다. 전소장자는 양주송씨 한성주부파이다.
개화기에 쓰인 신변 탄식류의 규방가사로 개화에 대한 동경과 더불어 개화로 인해 겪어야 하는 갈등을 표현한 작품이다. 남편과 생이별의 슬픔과 남편이 돌아오기를 바라는 애틋한 마음, 오지 않는 임에 대한 원망, 남녀평등에 대한 생각 등의 내용이 다소 무질서하게 섞여 있다. 한편 남편과 이별하기 싫은 마음과 부부간의 이별에 대한 슬픔을 사실적으로 표현하였으며, 남편에 대한 호칭을 '군자(君子)', '대원수(大怨讐)', '개아들', '강아지' 등으로 다양하게 사용하여 남편에 대한 자신의 복잡한 심정을 솔직하게 표현하고 있다.

청ᄉᆞᆫ아 네아나야 만단심회 네아나야
ᄇᆡᆨ이쇼식 네아나야 명월도 묵묵하다
안동짱 박실촌의 신시리 젼ᄒᆞ여라
셔리고 셔딘소ᄒᆡ 일필난 긔오긔오
ᄎᆞᆼ희리 글ᄌᆞ널제 부부이ᄌᆞ ᄂᆡ엿거든
요지가 머러시니 셔왕모의 복왕으로
우연히 이별한지 슌연이 되옵더니
순연간 그리젼회 어어ᄌᆞᆼᄉᆞ 참아뉘리
ᄂᆡᄂᆞ아고 게나아제 그뉘가 아라쓰리
공곡의 ᄉᆡᆼ축일속 오난말 ᄌᆞ바ᄆᆡ고
ᄌᆞᆼ송씌 칠긔감듯 ᄉᆞᆼ션의 닷쥴감듯
주러지며 ᄉᆡᆼ병나제 이더지 ᄆᆡᆼ셔터니
오만양 ᄒᆡᆼᄌᆡ로셔 ᄂᆡ다시 ᄉᆡᆼ각하니

청ᄉᆞᆫ니 목목하고 명월아 네아나야
긔력아 네ᄉᆞ아제 일ᄌᆞᆼ셔신 가졌다가
쳥쳔니 ᄌᆞᆫ지되고 ᄎᆞᆼᄒᆡ가 연슈라도
ᄃᆡ강ᄃᆡ강 ᄒᆞ오리다
은하슈 지음치니 직여의 견우되고
쳔고의 일만ᄒᆞ를 나의게 강ᄒᆡ도다
ᄌᆞᆼ연구월 히한힝ᄎᆞ 히한코 반가올ᄉᆞ
오든날 그날밤의 말난풍유 이셧건만
그젼이별 젹ᄉᆞᆼ키로 만ᄂᆞ긔만 ᄉᆡᆼ각ᄒᆞ고
ᄃᆡ강의 버들실노 가난ᄇᆡ 후저비고
감긔고 감긔여다
ᄌᆡ무리 원슈로다 즁노의셔 어든거시
젼황한 이세ᄉᆞᆼ의 오만금 가진몸이

ᄀᆡᆨ지의 뉴련할가 속속히 도라가서　활슈로 쓰압소서 시부님게 이만양만
시모님게 이만양만 그남은 일만냥은　동기지정 논흐씨고 문즁친척 쥬옵소서
재물이 좃타하나 재물노 이별되니　한냥도 두지마오 그러그러 자연이별
어나듯 일년이라　일월도 무졍하고 산쳔도 무졍하다
일년이 슈년갓고 백리가 철이로다　아니오셔 ᄉᆡᆼ각나고 ᄉᆡᆼ각나며 ᄭᅮᆷ이되고
ᄭᅮᆷ이되며 만ᄂᆡ본듯 쳠ᄉᆞᆼ의 헛본지라　ᄭᆡ고나며 허ᄉᆡ로다 우슘이 한슘된고
인젼이 걱졍되고 걱졍되며 병이되고　병이되며 어이할고
만ᄂᆡ난게 악이되졔 지고지고 보고지고　ᄉᆞᆯ들이 보고지고 벽오동 거문고난
곡조곡조 글ᄌᆞ셩음 셜중의 남ᄆᆡ화난　가지가지 문ᄌᆞ면목 이리바도 ᄂᆡ군ᄌᆞ요
져리바도 ᄂᆡ군ᄌᆞᄅᆞ 다시곰 다시보니　군ᄌᆞ난 무ᄉᆞᆫ군ᄌᆞ ᄀᆡ아달도 아니로다
밉게보며 ᄃᆡ원슈요 귀게ᄂᆡ 강아지ᄃᆡ　원슈 무ᄉᆞᆫ말고 ᄂᆡ강아지 귀할시고
아ᄂᆞᆫ쪅쪅 얼너보ᄉᆡ 셤마셤마 진진 쏘막쏘막
앙증한 그거동과 유관한 그얼골이　나의슬젼 넘노난듯 나의ᄌᆞᆼ즁 글ᄉᆞᆯ갓치
이다지 즐겨불가 아니라 망말이라　다시아니 군ᄌᆞ로다 우리군ᄌᆞ 갸록하지
우리군ᄌᆞ 음젼하지 우리군ᄌᆞ ᄀᆡ못하지　말솜은 안하시ᄂᆞᆫ ᄂᆡᄉᆡᆼ각 ᄃᆡ단하지
오신든 안ᄌᆞ안ᄌᆞ시ᄂᆞᆫ ᄂᆡ안부 ᄌᆞ로하지　효셩이 뉴역ᄏᆡ로 ᄂᆡ의게도 공경하지
근간의 안온ᄀᆡ난 나의게 무졍할가　ᄀᆡ명한 이세ᄉᆞᆼ의 학교공부 ᄎᆞᆨ실하졔
오만양 허미키로 ᄌᆞ분니 군속할가　각쳐의 건ᄉᆞᆫ송츄 울멸하고 ᄌᆞᆼ컨마난
션ᄉᆞᆫ니라 두옵시고 이역머리 ᄀᆡ울수를　ᄉᆞᆨ두발ᄇᆡ 하엿스니 십연불공 ᄂᆡ졍셩이
즁셔방 어덧도다　아미짜불 나무아미 연화세게 조흘시고
ᄌᆞ졍인난 ᄂᆡ마암이 보고졉ᄀᆡ 층양업고　일ᄌᆞᆼ셔신 업셔쓰니 가ᄂᆡ가 무ᄉᆞ한지
맛어룬 부쳐님과 안어룬 모ᄉᆞᆯ님이　무양하고 츙실하여 중한니 이덧한ᄃᆡ
한슌ᄌᆞ름 업ᄉᆞᆫ신가 우리님 ᄃᆡᄉᆞ이셔　무쳡하여 신관은 어ᄶᅥ□며 ᄉᆞᆼ제놈지라
형제 불견공부 ᄎᆞᆨ실하지 ᄌᆞ졍인난　ᄂᆡ마암 보고졉ᄀᆡ 층양업셕 조ᄉᆡᆨ시오
쳔식시 나의향염 ᄃᆡ단하니 승속이 다를지ᄂᆞᆫ　별반으로 ᄃᆡ졉하오 허허 이뎟도다
만귝형평 발달하여 ᄀᆡ명쳔지 노흐략고
그러그러 그런거ᄉᆞᆯ 즁놈으로 아난거시 답답제제

예필종부 하옵긔로 ᄂᆡ역시 ᄀᆡ명하와
신학셔의 이른마리 남여동권 질졍하니
두둔ᄌᆞ리 아니거시 무다니 눈불시고
갓치줄긴 밤이력도 지난거시 여ᄌᆞ러니
마오마오 오지마오 아니오면 ᄃᆡ단하리
유졍하고 다졍터니 졸지무졍 무ᄉᆞ일고
시웍시가 쓰시시로 든단ᄌᆞ식 허무하졔
알면셔 안온긔난 무ᄉᆞᆫ곡졸 알슈업소
화류의 져을붓쳐 감누의 혼ᄌᆞᆫ한가
쳥연ᄃᆡ로 하오리다 ᄌᆡ판은 아니하며
ᄀᆡ며나리 되올지나 ᄌᆡ파니 가당하오
셰ᄉᆡᆨ이 역두하니 평아니 과셰하고
쳬면으로 그러하졔 과셰가 무엇이요
바라고 바란마암 어ᄃᆡ다 비하오리
지즉지즉 딘난짜치 나난ᄉᆡᆨ긔 바란다시
유월염쳔 가무을젹 ᄃᆡ우갓치 바라옵고
바란ᄃᆡ로 슈히오소 여보소 시부모님
그른ᄉᆞ졍 아르시졔 마지하ᄂᆞ 속옷ᄒᆞᄂᆞ
ᄌᆡᄌᆞ졔 보나시요 군ᄌᆞ님 다시보소
한거른 두어다가 논나라의 모나시옵
슌연젼 노든동방 ᄉᆡ슈리 졍히하고
그젼의 비취금운 두리덥긔 넉넉하니
누ᄃᆡ봉ᄉᆞ 우리덕의 긔일도 만흐시ᄂᆞ
하로밤 그러하며 ᄉᆡ졔관니 ᄉᆞᆷ길터의
오긔만 ᄌᆞᆨ졍하쇼 요ᄉᆞ이 ᄂᆡ글시 변ᄒᆞ여
의심마고 오소오소 부ᄃᆡ답ᄌᆞᆼ ᄒᆞ시옵
피봉의 진셔로써 하인 쥰치의 여허

이ᄌᆞᆼ은 특셕이요 공부난 신학셔라
반가울ᄉᆞ 그마리야 군ᄌᆞ라 명ᄉᆡᆨ하며
고여니 고ᄉᆡᆼ하니 그분함함이 엇쩌하며
오날날 ᄉᆡ법을로 남여동권 조흘시고
시부모가 시긔던가 시동싱이 쏘긔든ᄀᆞ
그럴쥴은 ᄂᆡ몰닛소 부모□ □□시고
ᄀᆡ명발달 한다면셔 그른ᄉᆞ졍 모라실가
아마도 안동읍의 ᄉᆡᆨ향으로 이러쓰니
마약 그러하며 안동읍 글ᄌᆡ소의
ᄀᆡ며나리 ᄆᆡᆼ셔ᄒᆞ졔 비나이다 비나이다
분즁의 나넌마른 갈치말고 드르시요
명연이월 도화졀의 나뷔갓치 나라오소
이번하인 도라올ᄃᆡ 부ᄃᆡ부ᄃᆡ 함게오쇼
엄ᄆᆡ엄ᄆᆡ 우난소가 송앙지 바란다시
앗ᄎᆞ앗ᄎᆞ ᄂᆡ이졋소 이ᄅᆡ하며 욕셔리요
엄동셜한 치운날ᄋᆡ 츈풍갓치 바리오니
두분니 동방것쳐 빅연토록 하엿쓰니
하졍의 송□□ 만흔다시 □□□□□
보션두걸 보나오니 한거른 신으시고
ᄌᆞᄋᆡ독신 우리부모 나의ᄉᆞ졍 아르시제
그젼의 원낭침은 두리뵈긔 맛치맛고
염여마고 오소소 부ᄃᆡ부ᄃᆡ 슈이오쇼
한번궐참 할지라도 실예난 아니되오
졔ᄉᆞ궐참 관게업쇼 가간빅ᄉᆞ 다던지고
남필도 망ᄉᆞ하ᄂᆞ 졍여니 ᄂᆡ글씨요
답ᄌᆞᆼ ᄒᆞ시거든 짐의 엿치마고
우리 오라마님 드리라 ᄒᆞ시옵이

하인은 우리슈용 외조부 오니　　　별다이 딕졉 ᄒᆞ시옵
을축원월 김쇼져 뉴명한칙 동셔ᄒᆞ오ᄂᆞ　　　글시 괴괴아라 부긔 극난여러
외인의 놀여부□ □□□□

40. 샹ᄉᆞ곡

이상규 소장

[해제] 이 가사는 국문가사로 경계가라, 허졍난긔라, 몽유가, 샹ᄉᆞ답가, 몽진ᄉᆞ가, 인ᄉᆞᆫ별곡, 우미인가, 칠석가, 귀령가 등과 한 전적에 실려 있다. 자료 형태는 25×29.5㎝ 규격의 전적이며, 행수는 11행으로 동일하며, 한 행 글자수는 일정하지 않은 형태의 필사본이다. 원작자와 필사자는 미상이다.

도안ᄌᆞᆼ오 졍심ᄒᆞ니 일각이 여[943]ᄉᆞᆷ츄라　풍셜이 만ᄎᆞᆼᄒᆞ고 인젹이 젹〃ᄒᆞᆫᄃᆡ
심〃곳 ᄒᆞ거니와 위혈업시 ᄒᆞᆫᄌᆞ안ᄌᆞ　만단[944]으로 ᄉᆞ례ᄒᆞ니 일ᄉᆡᆼ의 격역ᄒᆞᆫ일
호화난 ᄌᆞᆷ시갓고 고샹이 ᄉᆞᆼ반이라　이리뒤젹 져리뒤젹 젼〃반측 ᄒᆞ노라니
ᄉᆞ려씃ᄒᆡ ᄉᆞᆼᄉᆞ로다 샹ᄉᆞ곡 지어ᄂᆡ여　위회나 ᄒᆞ여볼가[945] 남ᄃᆡ문 드러달나
옥누고쳐[946] 샹ᄉᆞ쳐오 슈원거동 ᄒᆞ오실젹　션창굿도 상ᄉᆞ체오 경무ᄃᆡ 졍시ᄌᆞᆼ즁
옥제소ᄅᆡ 샹ᄉᆞ체오 안동박골 비거리예　뉴월염쳔[947] 홍노즁의 ᄂᆡᆼ면도 ᄉᆞᆼᄉᆞ체오
무ᄒᆞ관 ᄂᆡ달나셔 습진구경 샹ᄉᆞ체오　홍제원 번화ᄌᆞᆼ의 ᄉᆡᆨ쥬가도 샹ᄉᆞ체오
신흥ᄉᆞ 암셕 의 동ᄌᆞ 부체 샹ᄉᆞ쳐오　이쳔읍ᄂᆡ 시졍가의 제육도 샹ᄉᆞ체오
남ᄒᆞᆫᄉᆞᆫ셩 올나가셔 남ᄎᆞᆼᄃᆡ 샹ᄉᆞ체오　고금도 관왕묘의 말이위풍 샹ᄉᆞ체오
포황ᄌᆞᆼ 푸쥬ᄌᆞᆼ의 ᄉᆡᆼ졈복도 샹ᄉᆞ체오　삾고지ᄌᆞᆼ 후원의 비빔밥도 샹ᄉᆞ체오
푸실거리 돈ᄒᆞ원의 두립젹도 샹ᄉᆞ체오　화ᄉᆞᆫ부업 다가의 후식도 샹ᄉᆞ체오
ᄃᆡ구감영 즁영압ᄒᆡ 헛제밥[948]도 샹ᄉᆞ체오　과거보고 도라온후 방소ᄅᆡ도 샹ᄉᆞ체오
강동ᄉᆞᆼᄀᆡᆨ 갓슬젹의 화뉵회도 샹ᄉᆞ체오　슈동별신 ᄒᆞ올젹의 호ᄌᆞᆼ굿도 샹ᄉᆞ체오

---

943 한 글자를 썼다가 지움
944 만단: 여러 가지나 온갖
945 옆줄이 한 줄 띄어져 있다.
946 고쳐: 고처(故處), 예전에 살던 곳
947 염쳔: 염천(炎天), 몹시 더운 날씨
948 헛제밥: 헛제삿밥

동셔남북 너른고ᄃᆡ 무비ᄂᆡ의 샹ᄉᆞ로ᄃᆡ
샹ᄉᆞ즁 ᄎᆞᆷᄉᆞᆼᄉᆞ는 ᄂᆡ혼ᄌᆞ 쁜이로다
기유연 츈ᄉᆞᆷ월의 기[949]일양신 맛텩ᄒᆞ여
화촉동방 예필후의 원낭침ᄒᆞᆸ ᄒᆞᆸ환금과
초면으로 ᄉᆞᆼᄃᆡᄒᆞ니 즁심은 탐〃ᄒᆞ나
눈압ᄒᆡ 꼿치온듯 촉ᄒᆞ의 엇듯보니
슈예을 조ᄎᆞᄒᆞ고 ᄌᆞ로〃〃 ᄉᆞᆼ봉ᄒᆞ니
만단슈ᄌᆞᆨ 하여보니 인ᄉᆞᄒᆞᆷ은 쳔셩이오
작인이 단아ᄒᆞ니 ᄇᆡᆨ집ᄉᆞ의 가용이라
무량ᄃᆡ복 ᄂᆡ아닌가 녹슈의 원낭ᄉᆡ난
진졍으로 츅슈ᄒᆞᄃᆡ[950] 쳔지가 ᄀᆡ벽쳔ᄂᆡ
우리도 오ᄅᆡᄉᆞ아 남극노인 버즐[951] ᄉᆞᆷ아
ᄉᆞ라도 함게 ᄉᆞᆯ고 쥭어도 동혈도야[952]
그ᄃᆡ의 ᄒᆞ난말이 연분도 이샹ᄒᆞ고
이연분을 ᄆᆡᄌᆞ스니 두리가 망ᄂᆡᆼ이로
기졀ᄒᆞ고 비범ᄒᆞ오 그러ᄒᆞ나 ᄂᆡ외지졍
ᄇᆡᆨᄉᆞ가 불셩이라 쇠털갓치[953] 허단ᄒᆞᆫ날
공부을 힘을써셔 소연등과 ᄒᆞᆸ시고
쌍가마을 타압기가 범연히 듯지마오
신ᄒᆡᆼᄒᆞ고 근친ᄒᆞ여 뉵속ᄂᆡᄒᆡᆼ ᄒᆞ올젹의
만나오며 반기압고 각별할젹 셥〃ᄒᆞ야
요량이나 ᄒᆞ와던가 어와 ᄭᅮᆷ이런가

오히려 이른샹ᄉᆞ ᄉᆞ람마다 잇것마는
슈심연 향우리통 이거시 샹ᄉᆞ로다
월노의 인연비러 ᄀᆡ력이 앏셔우고
슈부귀 긴당기을 곱게〃〃 치당ᄒᆞ여
외면은 슈리ᄒᆞ여 나이젹고 어린ᄐᆡ도
월궁의 션여온듯 ᄉᆞᆷ일퇴샹 ᄌᆡᄒᆡᆼ ᄉᆞᆷᄒᆡᆼ
초면이 슉면되여 졍분이 더욱깁고
소명민쳡 구비함이 효우가 츌등ᄒᆞ고
그를젹ᄂᆡ 마음이 져른안ᄒᆡ 두난거시
나와그ᄃᆡ 아니온가 은근히 귀을ᄃᆡ여
우리도 늘지말고 일월이 회명젼의
동ᄒᆡ을 ᄉᆞᆫ질ᄒᆞ야 쳔연만연 만슈무강
고락을 갓치ᄒᆞ고 ᄇᆡᆨ연ᄒᆡ로 ᄒᆞ여보ᄉᆡ
양측집 부모님ᄂᆡ ᄐᆡ즁부텀 션약ᄒᆞ야
을민연의 갓치나셔 ᄂᆡ외가 되난거시
져더지 과ᄒᆞ시니 샹졍도 할거시오
슬토록 볼게오니 부듸그리 마암먹고
입신양명 ᄒᆞ오시며 남쥬복ᄇᆡᆨ ᄒᆞ시거던
쥭즌젼의[954] 소원이니 그렁절령 ᄒᆞᆫᄒᆡ되야
ᄌᆞᆷ신들 이즐손가 신졍이 미흡기로
심보구ᄋᆡ ᄒᆞ난거시 그증조가 고이ᄒᆞᆫ쥴
이ᄉᆡᆼ인가 져ᄉᆡᆼ인가 계축연 츄칠월의

---

949 '길'을 썼다가 'ㄹ'을 지움
950 츅슈ᄒᆞᄃᆡ: 축수(祝扌)하되
951 버즐: 벗을
952 원문을 2행 4음보로 전적에 필사하다 보니 페이지가 나뉘면서 행이 나뉘어 있다. 페이지를 달리하더라도 같이 연결하여 기록하였다.
953 쇠털갓치: 새털같이
954 쥭즌젼의: 죽기 전의

그ᄃᆡ나ᄒᆡ 십구셰라 십구셰에 이별ᄒᆞᆯ쥴
일ᄌᆞᆨ고혼 되단말가 ᄂᆡ외된지 오연[955]만의
죠면을 엄케ᄒᆞ고 그ᄉᆞ이 만날나리
이거시 한졍인가 오호ᄎᆞᆼ쳔아
쳔금갓흔 그ᄃᆡ일신 일조의 슈쇠ᄒᆞ여
야속ᄒᆞ오〃〃〃〃 일연일슌 만나거든
쥭으니가 야속ᄒᆞ오 견우션 직여셩도
견우셩 직여셩도 ᄒᆞᆫ번간후 몃〃ᄒᆡ을
혀영이 돈졀ᄒᆞ야 강ᄉᆞ을 ᄒᆞᄌᆞᆫ말가
이더지 샹ᄉᆞᄒᆞ고 안쥭ᄂᆞᆫ게 고이ᄒᆞ다
셰샹의 어느니가 그ᄃᆡᄉᆡᆼ각 이러ᄒᆞ랴
날을향회 웃ᄉᆞᆸᄂᆞᆫ듯[959] 망월이 발가오면
비가오고 져문밤ᄆᆡ ᄌᆞᄂᆡ 눈의 눈물되야
ᄌᆞᄂᆡ혼이 아니온가 축쳐의 시르미오
고〃이 ᄆᆡ친ᄒᆞᆫ을 쳔신이나 아오실가
나보다 더ᄒᆞᆯ손가 어와 가소로다
후ᄉᆡᆼ의나 다시만ᄂᆞ ᄂᆡ외인연 다시ᄆᆡᄌᆞ

요량이나 ᄒᆞ와던가 무ᄉᆞᆫ나히 그리만ᄒᆡ
ᄉᆞᆷ연은 샹쥬되야 집ᄉᆞᆼ[956]을 ᄒᆞ노라니
두ᄒᆡ가 되듯마듯 우리ᄂᆡ외 연분인가
젼ᄉᆡᆼ의 무ᄉᆞᆫ죄로 이더지 ᄆᆞᆸ시ᄒᆞ오
만쳡쳥ᄉᆞᆫ[957] 그윽ᄒᆞᆫᄃᆡ 연〃곡 숑ᄒᆞ니
연〃〃곡 숑ᄒᆞ니 야속ᄒᆞ오〃〃〃〃
일연일슌 만나거든 그ᄃᆡ나나 ᄇᆡ물ᄒᆞ와
그ᄃᆡ난 ᄆᆡ물ᄒᆞ와 금실지낙[958] ᄭᅳᆺ쳐지고
ᄂᆡ혼ᄌᆞ ᄉᆞ라이셔 ᄉᆞᆼᄉᆞ을 ᄒᆞᄌᆞᆫ말가
ᄂᆡᄒᆞᆫ몸 죽거지면
봄이오고 ᄭᅳᆺ치피면 ᄌᆞᄂᆡ넉시 ᄭᅳᆺ치되여
ᄌᆞᄂᆡ낫치 달이되야 ᄂᆡᄎᆞᆼ압ᄒᆡ 빗최난듯
ᄂᆡ몸의 ᄇᆞᆺ리는듯 츈ᄉᆞᆫ의 목걸ᄉᆡ는
구비〃〃 소회로다 긴ᄒᆞᆫ슘 ᄌᆞ른[960]ᄒᆞᆫ슘
너죽고 ᄌᆞᄂᆡᄉᆞ라 ᄌᆞᄂᆡ도 ᄉᆞᆼᄉᆞᄒᆞ면
샹ᄉᆞᄒᆞᆫ들 무엇ᄒᆞ랴 심즁의 나문[961]쇼츅
이ᄉᆡᆼ의 미ᄒᆞᆫᄒᆞᆫ을 원만ᄒᆞ게 ᄒᆞ야보ᄉᆡ

---

955 오연: 오 년
956 집ᄉᆞᆼ: 집상(執喪), 어버이 상사에서 예절을 지킴 또는 예절에 따라 상제 노릇을 함
957 만쳡쳥ᄉᆞᆫ: 만첩청산(萬疊靑山), 겹겹이 둘러싸인 푸른 산
958 금실지악: 금실지락(琴瑟之樂), 부부 사이의 다정하고 화목한 즐거움
959 웃ᄉᆞᆸᄂᆞᆫ 듯: 웃는 듯
960 ᄌᆞ른: 짧은
961 나문: 남은

41. 샹ᄉᆞ답가

이상규 소장

[해제] 이 가사는 국문가사로 경계가라, 허졍난그리라, 몽유가, 상ᄉᆞ곡, 몽진ᄉᆞ가, 인ᄉᆞᆫ별곡, 우미인가, 칠석가, 귀령가 등과 한 전적에 실려 있다. 자료 형태는 25×29.5㎝ 규격의 전적이며, 행수는 11행으로 동일하며, 2행 4음보 형태의 필사본이다. 원작자와 필사자는 미상이다.

어와 쳬영할ᄉᆞ 샹ᄉᆞ지곡 쳬량할ᄉᆞ[962]
남슌불만 슈황져가 ᄎᆞᆼ오ᄉᆞᆫ식 모운즁의
만고여웅 진씨황은 말이ᄌᆞᆼ셩[964] 놉게ᄊᆞ고
ᄉᆞᆷ신ᄉᆞᆫ[965]이 멀고멀러 여른츄우 쳬량ᄒᆞ고
우미인 손목ᄌᆞᆸ고 ᄌᆞᆼᄌᆞ방의 옥소〃ᄅᆡ
팔쳔졔ᄌᆞ 흣터지고 졀ᄃᆡ가인 왕소군이
옥관황ᄉᆞ 시집가셔 ᄉᆞᆷ여ᄃᆡ부 굴ᄌᆞ명이
병시불우 방츅ᄒᆞ야 만승쳔ᄌᆞ ᄒᆞᆫ무져ᄂᆞᆫ
셩인군ᄌᆞ 병이도야 영남협ᄉᆞ 형경이난
층ᄒᆞ지〃능통ᄒᆞ야 ᄇᆡᆨ만뎡병 죠ᄆᆡᆼ덕이
졔갈량의 ᄒᆞ소[967]듯ᄐᆡ 오ᄌᆞᆨ남비 쳬량ᄒᆞ고
ᄎᆡ셩강남 발근달의 거경ᄉᆞᆼ쳔 쳬량ᄒᆞ고
ᄀᆡ벽이ᄅᆡ 쳔지간의 쳐량함도 만할시고
황영지묘 눈물ᄲᅮ려[963] 쇼ᄉᆞᆫ반쥭 쳬량ᄒᆞ고
동남동여 오ᄇᆡᆨ으로 불ᄉᆞ약 구ᄒᆞ다가
쳔ᄒᆞ명ᄌᆞᆼ 초ᄑᆡ왕도 ᄒᆡ셩츄야 져문밤의
가디ᄉᆞᆷᄌᆞᆼ 쳬량ᄒᆞ고 게명ᄉᆞᆫ 올나가셔
ᄉᆞ향지곡 쳬량ᄒᆞ고 일부청총 젹마안의
환ᄑᆡ공지 쳬량ᄒᆞ고 ᄒᆡᆼ음ᄐᆡ반 어부ᄉᆞ의
형용고〃쳬량ᄒᆞ고 ᄇᆡᆨ운츌슈 승노방의
분슈츈풍 쳬량ᄒᆞ고 일불환역 ᄉᆞᆼ의
퉁소〃ᄅᆡ 쳬량ᄒᆞ고 덕벽디젼[966] 구ᄒᆞ다가
시즁쳔ᄌᆞ 니ᄐᆡᄇᆡᆨ은 풍월강ᄉᆞᆫ 쥬인도야
혼임학ᄉᆞ 쇼ᄌᆞ쳠은 우화등션 젹벽강의

---

962 쳬량할ᄉᆞ: 체량(體諒)할사
963 ᄲᅮ려: 뿌려
964 말이ᄌᆞᆼ셩: 만리장성
965 ᄉᆞᆷ신산: 삼신산(三神山), 중국 전설에 나오는 봉래산, 방장산(方丈山), 영주산을 통틀어 이르는 말. 진시황과 한무제가 불로불사약을 구하기 위하여 동남동녀 수천 명을 보냈다고 한다. 이 이름을 본떠 우리나라의 금강산을 봉래산, 지리산을 방장산, 한라산을 영주산이라 이르기도 한다.
966 덕벽디젼: 적벽대전
967 ᄒᆞ소: 하소연

퉁쇼부난 손님이셔 여읍여쇼 체량ᄒᆞ고
잉슌호치 어라만져[968] 초혼ᄉᆞ로 체량ᄒᆞ고
곳〃지우 난계집 ᄉᆞ부지회 체량ᄒᆞ고
긔령긔명 우난싀난 소릐나다 체량ᄒᆞ고
낭군의 샹ᄉᆞ체량 체량으로 읏듬일쇠
무지할ᄉᆞ 셰인드라 달이할 쥴 모라고셔
요ᄉᆞᄒᆞ난 즁슈ᄒᆞ나 ᄉᆞ싱은 한가지라
어와 닋몸미 쳔숭의 션아로셔
인간의 줌간비러 군ᄌᆞ로지 도야셔라
금술우지 죵고낙지 ᄉᆞ쥬동혈 그인졍이
쳔지무궁 ᄒᆞ련마는 쳔숭의셔 분나려
빅운향 올나가니 츈ᄒᆞ츄동 ᄉᆞ십연을
소식이젹 돈졀터니 즁부의 헛된간즁
공연이 숭ᄒᆞ러니 날을기여 보랴거든
일즁츈몽 비러든가 힝진강남 슈쳘이예
의희방불 만날젹의 경궁요듸[972] 요조ᄒᆞᆫ듸
황금으로 기와ᄒᆞ고 ᄉᆞᆫ호구을 놉피걸고
단졍이 거러나와 시비랄 용위ᄒᆞ고
ᄌᆞ운금의 벽을단을 명월쥬을 엽히ᄎᆞ고
온모미난 ᄉᆞ향이 숭ᄒᆞ의복 갓ᄎᆞ[973]입고
은〃ᄒᆞᆫ 그르믜[974]가 읏난닷 말ᄒᆞ낫듯

당병황의 팍이팍의 양구비을 버힐 ᄶᅴ의
팔월 가신 숭묘졀의 북망ᄉᆞᆫ쳔 올나가셔
만쳡ᄉᆞᆫ즁 그윽ᄒᆞᆫ듸 츈화경명 보미되면
쳔고만고 체량지ᄉᆞ 아모리 체량ᄒᆞᆫ들
그리마오 그리마오 묵익ᄒᆞ니 그리마오
조ᄉᆞ하면 슬허ᄒᆞ고 즁슈ᄒᆞ면 즐거ᄒᆞ니
슬허할게 무어시며 즐거할게 무엇시냐
옥황게며 유을 밧고 월ᄒᆞ의 인연 비러
동방환족 깁흔졍과 워낭[969]침숭 빅연어약[970]
문왕후비 부려ᄒᆞ랴 듸ᄒᆞᆫ이당〃〃 ᄒᆞ니
모면할 잇깃ᄂᆞ야 ᄒᆞᆼ아와 버지되고
직여와 동유이ᄌᆞ 쳔만늬의 들인소릐
샹ᄉᆞ일곡 무ᄉᆞᆫ일고 쥭은ᄉᆞ람 싀각ᄒᆞ여[971]
싱각이 무어시냐 즁쥬호졉 황홀ᄒᆞᆫ듸
침숭편시 줌간들어 눈허듸 올나가셔
옥부션과 다릐보니 좌우청풍 흘이부러
어더탄 션낭ᄌᆞ가 슈졍염을 반만여러
ᄒᆞᆼ화션을 손의들고 옥난간의 비겨셔니
은ᄒᆞ슈의 싱기ᄒᆞ여 직여의게 ᄉᆞ아니야
셩묘옥치 줌간드러 좌우로 옹비ᄒᆞᆫ다
이숭ᄒᆞ고 그이ᄒᆞ고 구일면목 게왓고ᄂᆞ

---

968 어라만져: 어루만져
969 워낭: 원앙
970 빅연어약: 백 년 언약
971 싀각ᄒᆞ여: 생각하여
972 경궁요듸: 경궁요대(瓊宮瑤臺), 옥으로 장식한 궁전과 누대(樓臺)라는 뜻으로, 호화로운 궁전을 이르는 말
973 갓ᄎᆞ: 갖춰
974 그르믜: 그림자

탐〃ᄒᆞ고 ᄋᆞᆼ증ᄒᆞ여 ᄒᆡᄒᆞ고 과ᄉᆞᆼᄒᆞ고　만단슈죽 즐길ᄎᆞ로
밋치난듯 취ᄒᆞ난듯 ᄭᅬᆺ곳리 한소ᄅᆡ여　덤셕달여 쥐려할제 쳔지간의 붓쳐스리
ᄭᅬ여나니[975] ᄭᅮᆷ미로다 ᄇᆡᆨ연ᄒᆡ로 한다ᄒᆡ도　무비ᄭᅮᆷ미 아니런ᄀᆞ 필경이별 ᄒᆞᄂᆞᆫᄃᆡ난
무졍세월 어지업셔 부ᄃᆡ나을 ᄉᆡᆼ각마오　이ᄭᅮᆷ과 갓흐리라 일신만 조심ᄒᆞ여
원통ᄒᆞ다 슬허마오 입신양면 힘을써셔　ᄐᆡ평강영 지ᄂᆡ시고 ᄌᆞ손ᄎᆞᆼᄃᆡ 게〃승〃
부귀영화 복을 비러 인간힝낙 쾌케되면　ᄂᆡ비록 ᄉᆞᄒᆞ이나

975 ᄭᅬ여나니: 깨어나니

42. 셕별가

조춘호 소장

[**해제**] 갑자년 삼월 초팔일에 입학해서 을축년 이월 염팔일에 졸업하는 학생 작품으로, 동유와 이별하는 내용의 가사이다.

텬디가 □벽ᄒᆞ고 인ᄉᆡᆼ이 삼긴후□
도덕을 힘을시고 근검을 ᄌᆡ촉ᄒᆞ며
ᄀᆡ텬이 ᄎᆞ별 업고 고금이 일반이나
산고곡심 금오동ᄋᆡ 웃덕한 벽돌집은
ᄒᆞ나님이 기도ᄒᆞ사 무식ᄒᆞᆫ 이인ᄉᆡᆼ을
고국을 불너ᄂᆡ사 이곳으로 인도ᄒᆞ니
사랑ᄒᆞ는 규영군과 ᄒᆡᆼᄌᆞᆼ을 슈습ᄒᆞ여
승모의 당도ᄒᆞ니 유졍ᄒᆞ신 오ᄉᆞᆼ슉모
압쒸로 응원〃왁유갈ᄎᆡ 환영성은
우듈〃 츔을츄며 쳐음보는 아동들도
손님보고 짓쓴ᄀᆡ도 입을닷고 조ᄎᆞ와서
지아ᄌᆞ 조흘시고 흥진비ᄅᆡ ᄒᆞ는마른
연이 다못ᄃᆡ여 이별ᄒᆞ기 되엿고나
이별을 ᄉᆡᆼ각ᄒᆞ니 업든회포 졀노ᄂᆞ며
어와학ᄉᆡᆼ 졔뎨군들ᄋᆞ 나의말솜 들어보ᄉᆡ
교현ᄌᆞᆼ든 그날붓텀 ᄎᆡᆨ보ᄉᆞ고 축셕히ᄊᆡ
ᄎᆡᆨ을피고 공부ᄒᆞ며 소ᄅᆡ마쳐 노ᄅᆡ힛지
은ᄌᆡ다시 들르볼고 채초호령 놉피나셰
언지다시 만나볼고 널고늘분 운동장에
지식을 ᄇᆡ양ᄒᆞ고 예의를 슝샹ᄒᆞ며
우승열ᄑᆡ 판단ᄒᆞᄂᆡ ᄉᆡᆼ존경ᄌᆡᆼ ᄒᆞ는그던
이습시저 오널날은 지식경ᄌᆡᆼ 드옥심타
학교가 그안니며 교실이 그안인가
묵ᄌᆞ로 보널시라 말니타국 잇쓴날을
갑ᄌᆞ삼월 초팔일은 ᄂᆡ가오든 그날이라
장등시 중식ᄒᆞ고 촌〃이 젼진ᄒᆞ여
반겨ᄂᆞ와 마져들며 ᄊᆡ를지은 학ᄉᆡᆼ들은
텬디가 뒤눕는듯 무심ᄒᆞᆫ 초목들도
슉면과 달음업시 엽ᄑᆡ와서 소군〃
고지슉여 경의ᄒᆞᆫ다 아이고 조흘시고
일을두고 이름이라
을츅이월 염팔일은 ᄂᆡ가가는 그날일ᄉᆡ
더날나리 당히오니 젼ᄉᆞ가 역〃ᄒᆞ다
거연이ᄊᆡ ᄂᆡ올ᄃᆡ의 졔군들이 환영ᄒᆞ며
칠판밋ᄐᆡ 셧는나다 금ᄉᆞᆼ우의 안진제군
문답할ᄊᆡ 손을들고 ᄒᆞ인〃ᄒᆞ든소ᄅᆡ
뒤팔을 뒤힌들며 졈복〃긋모양
기리쒸고 모로쒸든 활왈ᄒᆞᆫ 데군들은

어ᄃᆡ가 느려난고 젼긔경쥬 ᄒᆞ올씨의
공을ᄎᆞ든 그운동을 어넌누가 판결ᄒᆞ며
만신〃 ᄒᆞ든소ᄅᆡ 귀의징〃 들니난듯
눈의ᄉᆞᆷ〃 못이씨다 거연ᄉᆞᆷ월 ᄭᅩᆺ필젹의
슝이〃 걱거다가 양손의 갈나쥐고
고함질느 노ᄅᆡ하며 법도인난 그럼으로
압시ᄂᆡ의 모욕ᄒᆞᆫ후 교실노 몰여와셔
그연오월 왕초시의 큰골목 올나가셔
하나두셕 다모아셔 나무이브 오갈쪅여
포식ᄒᆞ라 쥔튼일은 몽즁의도 굼이고나
ᄯᅡᆯ찌 ᄉᆡᆼ각 간절ᄒᆞᆫ들
츈ᄉᆞᆫ연민 운동회ᄃᆡ 졔군들이 압ᄒᆡ오면
항오ᄎᆞ려 가든일과 모든운동 맛친후의
우성긔을 놉피들고 승졍고를 울이면셔
작연이리 젼ᄉᆡᆼ갓고 으지이리 굼결갓다
가ᄂᆡ〃 나는가ᄂᆡ 가ᄌᆞ하니 기막키고
서러마라 졔군들아 만날이도 잇씨졔
이별〃ᄌᆞ ᄂᆡ는그든 이도ᄒᆞᆫ 유리ᄒᆞ지
이별ᄒᆞᆫ후 ᄉᆞᆼ봉ᄒᆞᆷ언 슌환을 다름이요
탄식ᄒᆞᆫ들 슈가잇나 가오〃 나는가오
만슈무강 ᄒᆞ옵소셔 ᄆᆡ봉ᄉᆞᆫ아 졸이스라
운동ᄌᆞᆼ아 우지마라 ᄂᆡ갓다가 다시오마
벽ᄉᆞᆼ의 글인종아 작각〃 가지마라
ᄌᆞ시의 우난달아 귀〃〃 우지마라
네무ᄉᆞᆫ 혐원으로 날가기로 소원ᄒᆞ나
동의갓다 셔의벗덧 다시올길 긔악읍ᄂᆡ
츈풍ᄉᆞᆷ월 ᄭᅩᆺ피그든 곳구경 ᄒᆞ련가
것씨들고 존ᄉᆞ가며 축구경징 ᄒᆞ올씨의
ᄉᆡᆼ부헉빅 가려둘고 이겻다고 흥을ᄂᆡ여
압셔랴고 힘을스고 다럼박질 ᄒᆞ든모양
ᄆᆡ봉ᄉᆞᆫ사 치〃올나 붕월〃 피ᄂᆞᆫ꼿털
향ᄂᆡ맛고 나려올지 아람다온 목소ᄅᆡ로
바를마쳐 나려와셔 뒤떨의셔 경쥬ᄒᆞ고
히〃낙〃 즐기든일 뉘와가치 ᄒᆞ련나야
여기져긔 ᄆᆡ천ᄯᅡᆯ를 가시들줄 겁ᄂᆡ군코
넘치도록 담아들고 도라가며 나아와셔
금연오월 죄안ᄯᅡᆯ을 뉘가다셔 날렬슈랴
속절업시 몬묵씨다 의셩쳔연 운동회와
압피는 ᄂᆡ가가ᄌᆡ 압셔거니 뒤셔거니
일낙셔ᄉᆞᆫ ᄒᆡ가지고 월츌동영 달들ᄃᆡ의
의긔양〃 오든이른 멧ᄐᆡ나 되연난가
금연운동 다시ᄒᆞ면 뉘와갓치 가련나냐
잇ᄌᆞ ᄒᆞ니 ᄒᆞᆯ일읍다
창ᄒᆡᆯ이 도ᄌᆞ ᄒᆞᆯ씨 만날봉ᄌᆞ 지은후의
봉별이 씨가잇다 만난후 이별ᄒᆞᆷ과
ᄌᆞ연니 이치로다 원망ᄒᆞ면 무엇ᄒᆞ며
금오동 남여노소 부귀극낙 ᄒᆞ옵시라
문봉ᄌᆡ야 다시보ᄌᆞ 학교야 언지볼고
ᄂᆡ가일운 곳즁밧타 쥬인간다 설어마라
네가가면 밤이ᄉᆡ고 밤이ᄉᆡ면 ᄂᆡ간다
네울면 ᄒᆡ가드고 ᄒᆡ가드면 ᄂᆡ가간다
물우의 부평가치 정쳐읍난 나의종젹
기약이ᄉᆞ 읍그마는 만날나리 읍실소야
장ᄒᆞ염절 드울ᄃᆡᄋᆡ 피셔ᄒᆞ려 다시올듯

셜〃ᄒᆞᆫ 가을바람 만ᄉᆞᆫ초목 단풍들ᄃᆡ
어ᄒᆞᆫᄒᆞ려 다시올닷 흉듕의 ᄂᆞᆷ은화로
만날〃이 만치마는 신속ᄒᆞᆫᄀᆞᆺ 광음이라
한달가고 두달가면 청츈인홍 안ᄃᆡ고
그후일은 어이덜가 ᄉᆞ후쳥ᄉᆞᆫ 일부들쥴
머리탄식 ᄒᆞ는ᄉᆞ람 금시의도 만크마난
분슈츄륭ᄒᆞᆫ 지비는 무어시 부족ᄒᆞ여
발ᄇᆡᆨ발실품 그아닌가 장ᄂᆡ말니 졔군들아
ᄇᆡᆨ발을 예비ᄒᆞ여 학문의 힘을셔라
사랑ᄒᆞ넌 학ᄉᆡᆼ들아 일연동안 ᄀᆞᆸᄀᆡ든졍
가ᄉᆞᆷ소의 글닌저와 두눈의 허른눈물
어이 갈가〃
경치ᄎᆞᄌᆞ 다시오마 엄동셜ᄒᆞᆫ ᄎᆞᆫ바람의
ᄒᆞ□ᄒᆞ려 다시오마 이셰ᄉᆞᆼ의 잇는동안
무졍ᄒᆞᆫᄀᆞᆺ ᄇᆡᆨ발이라 ᄒᆞ로가고 잇털가ᄂᆡ
홍안니 ᄇᆡᆨ발ᄃᆡ면 오ᄒᆡ라 우리인ᄉᆡᆼ
속졀읍시 모면ᄒᆞ지 ᄇᆡᆨ발을 근심ᄒᆞ여
고ᄃᆡ의도 젹지안치 무ᄉᆞᆫ셕일 졔공읍다
거ᄃᆡ지 ᄒᆞᆫ탄ᄒᆞᆫ가 셰력으로 치못할
금과가치 귀ᄒᆞᆫ셰월 헛ᄃᆡ히 허비말고
괄목상ᄃᆡ ᄒᆞ는기약 이밧기 다시읍다
일로이별 ᄃᆡ단말가 오ᄆᆡ경〃 못잇ᄊᆡ다
졍신니 아득ᄒᆞ고 압기리 마연ᄒᆞ다
사랑ᄒᆞ는 학ᄉᆡᆼ들아 ᄌᆞᆯ이그라 다시보ᄌᆞ

을ᄉᆞᆨ 오월 십칠일

43. 석별가

금요고서방 소장

[해제] 석별가(惜別歌)는 회심곡(回心曲)과 함께 한 권의 전적에 수록된 국문 가사이다. 자료의 형태는 26.5×21.5cm 규격의 전적이며, 단 · 행 · 음보 구분 없는 줄글 형태의 필사본이다. 작자와 연대는 알 수 없다.
내용은 신행(新行)에 즈음하여 친정부모를 비롯한 친적, 동무들과 이별하는 애틋한 심정을 노래하는 가사이지만 끝을 편지의 형식으로 맺고 있다.

신행갈[976] 동유들아 석별가을 들어바라
이별중 설은것시 생이별이 재일이라
동유애 자별하나 이별하면 또있나이
세상애 낫그만은 설하애 자라나서
심규[977]에 갓처안자 의복음식 잔골물을
이팔광음[978] 다쳐오니 옛법을 조차
성인하면 조타하나 여자골물 생각하니
그중에 여가나면 토수버선 줌치[979]등을
제일하기 분주하다 일년이 다가도록
총〃이도 지나가고 추석중구 새시때는
윷과척사 아니든가 우리은제 조용하여
너히부디 잘놀아라 처녀때 못다놀면
밤세도록 잠못자고 삼사월 긴〃해애
인간세상 설은것시 이별받개 또잇는가
부모은득 지중하나 이별하면 그뿐이요
〃십년 놀든인정 부모골육 같이타서
남녀소처 판이하다 남애견문 다못보고
역〃히 갓추다가 세월이 여류하여
성인이 된다말가 무심한 남자들은
춘하추동 사시절 정성하기 골물이요
잔일하기 골물이오 그중애또 여가나면
마음피고 놀대업내 한식과 단오절은
몽중에 의희하다 평생애 절기든일
실토록 노름할고 이팔 처녀들아
성인한후 여한이다 동지서달 긴〃밤애
해지도록 일을하나 일도〃만을시고

976 신행: 新行, 혼행(婚行), 혼인할 때에 신랑이 신부 집으로 가거나 신부가 신랑 집으로 감
977 심규: 深閨, 여자가 거처하는 깊이 들어앉은 집이나 방
978 이팔광음: 二八光陰, 이팔청춘 젊은 때의 시절
979 줌치: 주머니, 경상도 방언이다.

신행전일 하도만타 하로〃하여내도
발모르고 버선집고[980] 품모르고 큰옷할제[981]
남에성품 내모르고 성문고안 치소댈가
농문을 열고보니 할일 세로잇내
백포황포 장찬가암 푸새다듬[982] 누가할고
동하복 다듬할제 두팔이 휘절인다
내사실타 놀고보자 안이하면 그뿐이지
상방애 들어가서 방문을 닷아글고
물어도 말이업고 불어도 대답엄내
일모르고 어찌하리 이러하여 안이된다
이농저농 찾아내여 침척이 어디갓노
여기저기 든저노코 유목이며 진홍이며
주름자바 하여낼재 우리자모 그동보소
우리규수 기특하다 한집안애 생장해도
반달처로 넌잔달고 도련을[983] 살펴보니
열일을 안다하니 깃도련이 저만하면
여러동유와 함께 추월춘풍 좋은때애
고법이 무엇신고 신행날 바다온니
제일애 골물하여 분주로 모르다가
비히가 상반이라 일염애 간단일세
평생이 다가도록 가고오고 하고저라
동유친척 삼사촌이 느린듯시 굳개잇고
친밀인정 다뜰치고 애어디로 가자는냐

어디서 솟사나고 마음시기 어렵도다
이리하면 마저실가 저리하면 실수될가
허다한 바느질을 근〃히 거의하고
명주비단 고운가암 누비질 언제하며
춘추복 누비할제 열손가락 다파이고
귀찬하고 괴로워라 평생이 얼마대리
재바람애 성이나서 울며불며 다이다가
이불을 더퍼시고 적막히 누워신니
다시금 생각하니 내목숨 죽기전애
왈칵 일어안자 이문저문 여러노코
상하의복 말아보새 인도전도 차자내서
척수맞개 지어두고 다홍이다 반물이다
사랑하신 말삼 기절코도 이상하다
너애수품 내몰랐다 깃달이 볼작시면
앞뒤가 간중하다 한일을 두고보면
다른것선 같으리라 너애일 다한후애
온갓노름 시켜주마 가소롭다 여자행지
나애마음 어떠튼야 처음애는 좋은듯이
받은날이 가적와서 신행을 생각한니
중심으로 하난말이 내임으로 하게대면
그륵저륵 나달가서 하루밤 지격이라
제종동유 소년이는 좌우애 버려는대
가적하면 동향이요 멀이가면 타향이라

980 집고: 깁고, '집다'는 '깁다'의 경상도 방언
981 큰옷: 예식 때에 겉에 입는 도포와 같은 웃옷
982 푸새: 옷 따위에 풀을 먹이는 일
983 도련: 저고리나 두루마기 자락의 가장자리

동향이나 타향이나 길떠나기 일반이라　꿈결애나 보아는가 평생못본 나무집애
백년살기〃 약하내 어찌할고 어찌하리　부모이별 어찌할고 수십년 기운은득
무엇스로 갑사오리 음부본내 대범하사　한말삼 안이시고 자모난 성약하여
나로위로 하난말이 설허마라〃〃〃　여자유행 옛사로다 조히가서 잘잇그라
내수히 대려오마 너를훌처 보낸후애　앞이비여 어찌할고 이말삼 들을즉애
내마음 어떨손고 오내가[984] 분붕하여[985]　촌〃이 끈어진다 심신을 진정하여
눈물로 하난말이 어마〃〃 생각마소　날같은것 자식인가 골물만 키처주고
효향한변[986] 못하다가 일년이나 반년이나　모녀각〃 헛터지니 잘개서오 어마부디
수히 대려오소 명년봄 꽃피그든　부디 개려오소 자잉하다 동생들아
형아〃〃 부르면서 소매끈 마조잡고　수히오라 우는그동

(공백)

참아어이 허트질고　뜰안애 노복들아 두루다 잘잇그라
온집안 전후면을 다시한변 둘르보고　동무이별 다달으니 어릅고도 애달도다
언재다시 모여놀고 치마폭 다젓는다　아주매야 형님내야 잘잇다가 수히보자
우리동무 동갑들아 새시편윷[987] 언재놀이　나오그든 화전하지[988] 갑자기 눈물딱고
일으안자 하는말이 제숙주 재가형아　면〃히 각〃 불르 어연한 가는소리
건근히 겨우내여 날차저오〃〃　부대〃〃 날차저오 과그행차 단이그든
우리계로 지낼즉애 잊이말고 날차저오　허은하여 하는말이 더욱히 서릅난다
남매숙질 정이라도 한말삼 뿐이로다　잘가그라 수히보자 부디가서 잘잇그라
어릅고도 난처로다 시집사리 어르우니　조심하고 조심하소 장내도록 조심하소
말도만코 흉도만흐니 시집사리 말도만타　사관을 늦게하면 시부모님 말삼하고
반가암을 늦게하면 노복이 말할게요　접빈을 잘못하면 손님내 말할게요
재사애 부정하면 지친이 말할게요　행동그지 잘못하면 마을사람 말할게요

---

984 오내: 五內, 오장(五臟)
985 분붕하여: 분붕(分崩)하다, 떨어져 흩어지다
986 효향: 효양(孝養), 어버이를 효성으로 봉양함
987 편윷: 편윷, 편을 갈라서 이기고 짐을 겨루는 윷놀이
988 화전: 화전(花煎)놀이, 꽃잎을 따서 전을 부쳐 먹으며 춤추고 노는 부녀자의 봄놀이

언어존중 업시하면 가장이 성낼게요 그지말 듯지말고 아해야 조심해라
너애인심 고약하면 친가부모 욕먹이고 너애인심 약차하면[989] 친가치하 〃 난이라
두가지을 생각하고 우리고래 생색나기하여
욕을하나 치하하나 〃 흔부모 뿐이로다 지친그즘 말하난이 구고부문 섬길즉애
효순하기 웃뜸이요 반가암을 할때라도 친히하기 주장이요 봉재사 접빈할재
정결하기 주장이요 아무리 성이나도 참고나기 주장이요 애매한말 드르도
발명은[990] 하지말고 질그운일[991] 볼지라도 전광찬끼 조심해라 더위를 못견디도
버선을 벗지마라 그름을[992] 바삐해도 처마지므 치마라 말만흐면 말접기
당장내게 잇난이라 어르운중 수운이라 너잘하면 수운이라 구고절 효성하고
노속애게 화순하야 마을사람 치하 〃 고 향중사람 칭찬함애 아무대 아모댁애
현절하고 이상하다 친가견문 넉 〃 드라
원근간 소문나서 우리득기 평생애 지원이다
너무소문 조키나면 친가친자 좋아보고 너애소문 불측하면 지친도 안찻난이
안찻난가 설어말고 너애부디 조심해라 너애시댁애 가잇서 〃 친가생각 간절하며
노든동유 보고저워 견될대 잇그들낭 이그설 내여노코 수삼차 일거보면
동유서로 대해안자 정담과 같으리라 이그시 속대오나 장구이 간수하여라
친가을 생각그든 이그같이 잇지마라 놀기가 심 〃 하야 히롱으로 지엇든이
너애눈애 늦지대서 들애잇서 백겨달라 원하그든 대난대로 동초하니 너애혼자
두고보고 다른사람 비지마라 오자낙서 만사오니 보시난이 그대로 눌려보시압

---

989 약하하면: 약차(若此)하다, 이렇다
990 발명: 發明, 죄나 잘못이 없음을 말하여 밝힘 또는 그런 말
991 질그운: 즐거운
992 그름: 걸음

44. 셕별ᄀᆡ라

조춘호 소장

[해제] 이 가사는 '신힝시예 겨여ᄉᆡ라'와 '셕별ᄀᆡ라'와 한 두루마리에 실린 국문가사이다. 자료형태는 21.1×515.7㎝이며 2행과 2단 형태의 필사본이다. 두루마리의 앞부분이 훼손되어 제목을 알 수 없다. 원작자는 미상이며 필사 연대는 '무진 삼월 초칠일'이다.

신힝길 아ᄒᆡ들이 셕별가 드려보소　　인간셰상 셜은거시 이별밧게 쏘인난가
이별즁ᄋᆡ 셜은거시 ᄉᆡᆼ이별리 졔일리라　　부모골육 갓치타셔 셰상ᄋᆡ 난건마는
남녀귀쳔 파연하다 심즁ᄋᆡ 갓쳐안자
나무경을 다모오고 잔골물만 역〃히다쥬다가
이필광음 다〃려셔 예볍으로 쏘차셔라　　셩인되단말가 무심한 남자들은
셩인하며 조타하나 여자골몰 ᄉᆡᆼ각한니　　셩인한후 여가엽다 보션토시 즙치헐ᄭᅳᆫ
잔일하기 골몰리요 그즁ᄋᆡ 여가나면　　셰일하기 골몰리라 츈하추동 사시졀복
효도하다 골몰이요 춘하복 싸을ᄒᆞᆯ졔　　두팔리 미졔리고 츈츄복ᄃᆡ 비질ᄒᆞᆯ싸
두손싸락 다파인다 ᄇᆡᆨ포황포 쟝찬가음　　푸새 싸듬 언졔ᄒᆞ고 어마이바 ᄂᆡ못ᄒᆞᆯ쇠
졔짐ᄋᆡ 홰을뉘셔 울며불면 당이다가　　상방불을 다〃거고 이울을 덥쳐씨고
젹막히 누어씨니 불너도 말리업고　　무려도 마리업다 다씨곰 ᄉᆡᆼ각ᄒᆞᆫ이
ᄂᆡ목슘 쥭자는면 일못하야 어이ᄒᆞᆯ고　　일리하야 안된다 활작히 이려안자
강적히 누물싸고 이문져문 여러놋코　　이농져농 널와노코 윤도젼도 던져놋코
쥭침셰침 가려들고 이실져실 쒀여도고　　각금말니 하여보ᄉᆡ 동화ᄉᆡᆨ 송화ᄉᆡᆨ은
호장ᄃᆡ여 긋닷리고 얘창일다 밤물일다　　쥽음자바 ᄂᆡ들린다 의복모양 글싹시면
압뒤모양 센즁하다 어허우루귀습　　한집안ᄋᆡ ᄉᆡᆼ장ᄒᆡ도 너의슈품 ᄂᆡ몰ᄂᆡ〃
그령져령 나달가셔 신항나리 박도한다　　일가친쳑 다모여셔 작별하로 든단말가
그져야 왈작라야 ᄂᆡ어ᄃᆡ로 가잔말고　　부모동싱 삼사촌은 ᄐᆡ산갓치 국게잇고

셔류동유 노든일은 하히가치 벼려잇고
일변으로 싱각한니 사집비엇던한동
일변이는 가기실타 즁심으로 하난말리
와다갓다 하고져라 아모형임 어딕가노
말하다가 밤시우자 우리한변 더쳐가며
다시곰 둘너보자 졍졔예 노속들아
누이발펴 어니할고 날갓탄걸 형이라고
아바님은 무심하야 한말숨도 안하시고
야히부딕 셔려마라 원부모형졔난
닉연봄 가을식예 슈이다려옴아
잘잇다가 슈이오라 시부모게 효도하고
사관을 늦게하면 시부모임 말흘게오
힝동거지 잘못하면 말을사람 말할게니
과거길을 가시던가 외가쳐가 가시던가
오라바임 성게ᄒ되 너의힝지 얘착하면
나흔부모 욕멱긔이 야히부딕 조심히라
형쳘하고 유슌터라 친가건문 넝〃드라
평싱에 지원일쇠 너의힝지야 착하면
지집쏘차 안찬나이 안찬난걸 셔러말고
말도만타 〃〃〃〃 시집에난 말도만타
조셕이 불급하면 시부모임 말할게오
힝동거지 잘못하면 일가친쳑 말할게오
야히부딕 조심히라 부여의 착한힝실
으시면 딕답히라 우스며 딕답하마
화슌하기 졔일리라 시부모임 분닉거던
도분만 될써시이 안식을 보와가며
치려로 발명하면 지연한 너리사량

평싱못봇 나의 집싸 빅여을 잇닷말가
일변이난 보고졉고 친가을 싱각한나
이닉마암 갓틀진딕 평싱이 다가도록
말하다 밤시우자 아모동유 어딕간노
만닉보기 슙잔늘쇠 온집안 젼휘면을
두로다 잘잇거라 잔상한 동싱족하
헝아〃〃 불으며셔 우리헝님 어딕가노
어마님은 연약하야 눈물노 하난말리
여자와 유힝이라 야히부딕 셔려마라
오라비임 경계하되 야히부딕 잘가거라
려러권식 화슌하야 원망이 잇게마라
음식이 부졍하면 노속이 말할게오
야히부딕 조심히라 오라바님 〃〃〃〃
우리게믈 지닉거던 잇지말고 날차즈소
친쳥부모 층찬하고 너의힝지 부졍하며
나의형지 안착하며 아무딕 아무덕이
원근간에 소문나셔 이닉귀에 들이기가
친졍저천지로보고 너의힝실불측하면
말도만타 〃〃〃〃 아히부딕 조심히리
의복이 불급하면 가장이 말할게오
언여범빅 잘못하면 이웃사람 말할게오
안사도리 무〃ᄒ며 여아친쳑 말할게니
슌덕이 웃듬이라 가장이 쎵닉거던
공경은 부조ᄒ나 닉외간이 조흔일은
발명을 밤비마라 발명을 밤비하면
노기가 풀인후이 안셕올 보와가며
자여이 풀이리라 오라바임 졩게말삼

지당함도 지당하다 아무동유 어딕간노
닉외거던 추쳔하자 아무동유 어딕간노
신힝머리 더나간다 타향인지 고향인지
층찬도야 귀찬하다 예셕을 도두펴고
동산우의 반포원은 구면으로 차자든다
어이하야 우□□모 다시한변 슈이볼고
가연ᄒᆞ다 여자신셰 가연ᄒᆞ다 여자신셰
어와변임닉야 자셔이 살펴보소

닉오거던 화젼하자 아무동유 어딕간노
닉오거던 싼편하자 써나간다 〃〃〃〃
고향산쳔 멸어가고 타향산쳔 가싸우니
현구예을 다한후의 신반으로 드려간니
구만창션 걸인달은 예와셔도 보근마난
어아ᄒᆞ야 우리형졔 다시한변 만닉볼고
놀기가 심〃하야 이가살을 등출ᄒᆞ니

무진삼월 초칠일

45. 싀골여ᄌᆞ 셔른사정

한국국학진흥원 소장

[해제] 한 권의 전적에 전편이 수록된 국문 가사이다. 자료 형태는 25×33㎝ 규격의 전적이며, 3단 2행 2음보 연첩 4음보 형태의 필사본이다. 창작 연대 및 저자는 미상이다. 전 소장자는 대흥백씨 인량종택이다.
시골 색시의 슬픈 사연을 읊은 신변 탄식류 가사이다. 오직 서울에 가 공부하는 남편만 믿고 시골에서 힘든 시집살이를 하며 청춘을 다 보냈지만 마침내 남편의 버림을 받고 만 시골 색시가 자신의 서러운 심정을 춘하추동 사시절의 자연물에 의탁해 토로하고 있다.

워후원초당 봄이드니 마른닙ᄒᆡ 속닙나고
밤짐챵을 의지ᄒᆞ고 하념업시 안ᄌᆞ시니
무졍ᄒᆞ다 우니낭군 거년여름 한빈간후
삼월삼진 강남으로 일년일번 오ᄂᆞᆫ제뷔
힝여나 그리운님 ᄭᅮᆷ의나 볼가ᄒᆞ고
야속ᄒᆞ다 져쐬고리 너도츈풍 멋부리게
나의챵젼 왜우나야 오라ᄂᆞᆫᄭᅮᆷ 아니오고
마ᄋᆞᆷᄒᆞ도 답답ᄒᆞ야 광지리 엽ᄒᆡ씨고
온쳔지 ᄭᅩᆺ벳치라
놉히나ᄂᆞᆫ 종달ᄉᆡᄂᆞᆫ 비비 ᄌᆡ져피여
풍풍우우 가진고초 인간여ᄌᆞ 약한간쟝
무광ᄒᆞ게 가련ᄒᆞ게 화록객의 진담이나
인간칠십 고례희ᄂᆞ 옛사람이 이룬ᄇᆡ요
졍ᄒᆞ다 청쳔ᄇᆡᆨ일 어이그리 쌀이가노
인ᄉᆡᆼ부득 ᄀᆡᆼ소연은 이간쟝 ᄌᆡ만된다
오고가ᄂᆞᆫ 져구름아 셔울철이 네가거던
ᄭᅩᆺ피우는 ᄯᅡᆺ듯바람 사람마ᄋᆞᆷ 헛쳐ᄂᆡᄂᆡ
일편간쟝 쌧친셔름 셔울낭군 그리워ᄅᆞ
운산이 멀이막혀 편지조ᄎᆞ 한쟝업ᄂᆡ
옛집을 ᄎᆞᆺ것마ᄂᆞᆫ 님은엇지 아니 오신고
난간의 누엇시니 잠인들 쉽게오랴
그쳐름 괴롭거 허다한ᄭᅩᆺ 다버리고
쟝쟝츈일 져진베ᄀᆡ 눈물노만 젹셔라
나물ᄏᆡ로 동ᄉᆞᆫ가니 산과 덜의
호졉츈풍 봉졉들은 ᄭᅩᆺ흘ᄎᆞᄌᆞ 츔을츄고
듯고보는 모든것니 가지 각ᄉᆡᆨ으로
마듸마듸 어이ᄂᆞᆫᄃᆞᆺ 시물두ᄒᆡ ᄂᆡ봄철이
일거일제 깁흔ᄉᆞ로 늘을밧게 ᄒᆞ일업다
ᄇᆡᆨ연삼만 뉵쳔일도 일쟝의 츈몽이라
속졀업시 가는셰월 속졀업시 가련한ᄋᆡ
쏠아ᄉᆡ야 외쳔지야 어이이리 젹막ᄒᆞ요
구구한 나의한을 우리님게 젼ᄒᆞ여라

츈풍삼월 긴긴날의 ᄭᅩᆺ보고 오ᄂᆞᆫ나뷔
넉을일코 구경ᄒᆞ며 종일토록 ᄯᅳ든나물
도라갈길 밧부도라
ᄇᆡᆨ가ᄃᆡ촌 굴둑마다 무력무력 거문셕연
연긔업시 ᄌᆡ만되ᄂᆡ 답답ᄒᆞ다 일가족은
ᄒᆞ로소챵 ᄒᆞ온되로 여긔져긔 눈치보며
신구의 쳘쳔심경 긔막히고 ᄋᆡ달ᄒᆞ다
영어일어 복습ᄒᆞ고 ᄐᆡ고젹 구든습관
규즁소부 신분으로 외츌한다 걱정이며
셕반이 느졋다고 무슈히 걱정ᄒᆞ며
시속의 청년식시 면면이 다그란가
츈ᄒᆞ츄동 사시졀 셔름고통 무셔워라
일거일ᄂᆡ ᄋᆡᄐᆡ우니 ᄂᆡ간쟝도 너나갓다
ᄋᆡ졍한번 못이루고 ᄎᆡᆨ짐지고 졀간가셔
이려타시 걱정ᄒᆞ니 가련ᄒᆞ다 이생ᄋᆡ야
쥬져안ᄌᆞ 우려볼가 울기조ᄎᆞ 자유업다
상ᄒᆞ로 한ᄐᆡ여혀 비졍지칙 무셔워라
뭉저니 잠이오나 무궁한 나의회포
잠한슘 못이루고 억만가지 모든공샹
봄밤이 ᄧᆞᆯ다ᄒᆡ도 님ᄉᆡᆼ각과 함게기다
가는셰월 ᄲᅡ르건만 오는셰월 더듸도다
더운가ᄉᆞᆷ 붓ᄎᆡ잡고 셔쪽ᄒᆞ날 바라보며
일일이 삼츄갓다
향ᄂᆡ예 춤을츄고 옛집찬는 제베들은
구곡간쟝 이심신은 어ᄃᆡ가셔 ᄒᆡ원할고
일신안보 ᄒᆞ여보ᄉᆡ
나도오죽 조흔기츌 ᄡᅣᆼ훤의 ᄌᆞ랄젹은

향ᄂᆡ맛고 오ᄂᆞᆫ버리 셔로썩거 왕ᄂᆡ함을
헌광리 못ᄎᆡ우고 일역이 더지업셔
일보이보 밋친눈물 방울방울 님이로다
졔멋ᄃᆡ로 오르건만 이ᄂᆡ가ᄉᆞᆷ 타는ᄃᆡᄂᆞᆫ
만쳡심쟝 타는간쟝 한번이나 이ᄒᆡ할가
이리져리 ᄐᆡ방오ᄂᆡ 두려울ᄉᆞ 싀아부님
만득ᄋᆡᄌᆞ 경셩유학 막즁셰읍 다여러셔
한녑히 붓쳐두고 엄즁이 ᄉᆞ즁말ᄉᆞᆷ
싀졍업ᄂᆞᆫ 싀어무님 남의사졍 다모라고
일촌의 누긔누긔 면면이 다갓드냐
봄오면 ᄭᅩᆺᄒᆡ셔름 여름오면 닙ᄒᆡ셔름
붓그려운 졀문셰월 남편업다 탄식ᄒᆞ고
구시ᄃᆡ의 우리들도 닙문한 슈일만의
근십년 아니와도 그다지 탄식날가
나의젼ᄉᆡᆼ 무ᄉᆞᆫ죄로 차시여ᄌᆞ 도엿던고
불합이압 가졍제도 시집ᄉᆞ리 허다졀제
졀문청츈 님그리고 독슉공방 어이할고
누구의게 하소할고 느진봄 ᄧᆞᆯ분밤의
비ᄀᆡ넘 못을일워 만날봉ᄶᆞ 츅슈ᄒᆞᄂᆡ
니하여름
ᄒᆞ초연연 푸른벳흔 여름벳치 이졔온다
우리님 오실날만 하로잇틀 기드리서
후원의 목단난초 오고가ᄂᆞᆫ 나뷔버례
들보우의 마조안ᄌᆞ ᄡᅣᆼ웅으로 우지지니
아니다 그만두ᄌᆞ 모든공샹 다버리고
오쟝의 불붓튼불 이셰샹의 몃몃칠고
만ᄉᆞ의 무한으로 이팔이수 방년시졀

부모슬젼 구ᄉᆞᆯ갓치 쟝ᄂᆡ의 기리만복
ᄭᅮᆷ의나 ᄉᆡᆼ각할가 가고오ᄂᆞᆫ 허다시일
쳘셕갓치 날이져셔 연약한 이ᄂᆡ몸의
뉘라셔 동졍ᄒᆞ리 살ᄃᆡ갓치 ᄲᅢᆺ친셔름
잠서나 진화릴가 ᄒᆞ든일 손의노코
치는다시 쏘다진다 여광여취 나의심신
지가의 얼진들여 놀넌다시 ᄉᆞᆯ펴보니
반가울ᄉᆞ 셔울낭군 두려운ᄃᆞᆺ 반가운ᄃᆞᆺ
사ᄌᆞ갓치 두려우며 가ᄉᆞᆷ이 울넉인다
허다한 나의ᄉᆞ졍 뉘를두고 위로될고
만나기는 만나시나 어이이리 쓸쓸ᄒᆞ요
염쳔원노 오신님은 언마나 괴로온지
구곡간쟝 깁흔한을 말한마듸 못알외고
챵위에 빗취우며 공샹의 늘은머리
여ᄌᆞ의 박약신분 ᄭᅳᆺ업시 탄식할져
시집온지 칠팔연의 오고가는 허다셰월
츈풍도리 ᄭᅩᆺ필ᄊᆡ와 츄우오동 낙엽시예
유학가신 우리낭군 목젹학과 졸업ᄒᆞ고
일편단심 축복ᄒᆞ야
확실이 미들ᄊᆡ예 쳔만가지 님을위ᄒᆡ
마ᄋᆞᆷ을 쉴ᄉᆡ업시 압날의 모든희망
낙원으로 아라오며 진심갈녁 ᄒᆞ엿더니
ᄯᅳᆺ아인 뉵월비샹 면화우ᄒᆡ 써려졋ᄂᆡ
학문을 몰나시니 ᄉᆡᆼ종경ᄌᆡᆼ 문하시를
졍공가셕 도얏구나
쳘망속의 휘ᄆᆡ어ᄂᆞᆫ 불샹한 수녀ᄉᆡᆼ들
부지로 몰나거던 어나뉘게 이ᄒᆡ할고

금셕갓치 미든거시 오날날 이간쟝을
셔우도 낭군 ᄉᆞ복한들 무졍한 님의심쟝
피골이 파식ᄒᆞ니 허다한 깁흔ᄉᆞ졍
진졍ᄒᆞ랴 안ᄌᆞ시니 이왕의 ᄲᅳᆯ은불결
사방을 ᄉᆞᆯ펴보니 구비구비 셔른눈물
밋찰듯 ᄒᆞ올젹의 난ᄃᆡ업ᄂᆞᆫ 구두소ᄅᆡ
날산양복 간단ᄒᆡᆼ구 문젼의 득달ᄒᆡᄂᆡ
시골쑥이 양안의ᄂᆞᆫ 양복쟝 한분보네
구습가졍 ᄌᆞᄉᆡᆼ으로 씌는심신 진졍업셔
푸른슈양 목단챵의 오ᄅᆡ간만 그리든님
여름ᄒᆞ날 아삼겸의 달빗조ᄎᆞ 슬푸도다
이불우의 누은ᄃᆡ로 그양고만 잠이드니
오넌안혹 잠기엿든 어셜못한 ᄉᆡ벽베른
두손으로 움켜죄고 한숨쉬고 눈물ᄲᅮ려
청쳔의 ᄂᆡ셩벽역 이혼이란 무ᄉᆞᆫ말고
뉘를위ᄒᆡ ᄉᆞ랏시며 뉘를오즉 기다련노
눈물노 벗을삼아 셰월을 ᄎᆡ촉할졔
양당존젼 닙턱ᄒᆞ야 달난한 가졍ᄉᆡᆼ활
ᄐᆡᄉᆞᆫ갓한 님의은춍 하ᄒᆡ갓치 갑흘지라
쳔만가지 나를위ᄒᆡ 뉵혜랄 노력ᄒᆞ야
쳘셕갓치 미더오며 허다한 구진고샹
흉즁의 뭉친평화 아ᄎᆞᆷ풀의 이실되고
모든탄식 다버리고 ᄉᆡᄃᆡᄋᆡ 쉬써려져
ᄂᆡ엇지 아랏실고 오날날 극도형편
슬푸다 이셰샹의 구속과 압박으로
ᄭᅳᆺ업시 술푼ᄉᆞ졍 당ᄃᆡ한 쳥년남ᄌᆞ
고통근심 허다폭톄 화타편ᄌᆞᆨ 엇ᄃᆡ잇노

남여지즁 동졍으로 쳔언만담 왕무열논
지나갈 그뿐일네 우이독경 분명ᄒᆞ다
허다식구 만흔동졍 한날갓치 헐너어오나
미들도리 젼혀업다 탄식한들 무엇ᄒᆞ며
어린씨는 지나갓ᄂᆡ 결발이연 젼져두고
죽어도 이집의셔 사라도 이집의셔
삼가을
봄가고 여름가고 가을이 또왓구나
슌환의 모슌인가
우혈업ᄂᆞᆫ 이ᄂᆡ마ᄋᆞᆷ 쓸인눈물 압셔우고
지향업시 망견ᄒᆞ미 썩은챵ᄌᆞ 끈어지미
그려도 녹도쓴듯 시식을 능싱ᄒᆞ야
무졍ᄒᆞ든 님이련마ᄂᆞᆫ 가고나니 더옥셜다
쓸쓸ᄒᆞ게 감옥간의 쳔ᄉᆞ만ᄉᆞ 보는것은
져동산의 푸른닙들 찬셜이예 벳면ᄒᆞ야
이곳져곳 나붓기ᄂᆡ 찰난한 황숙단풍
찬이실의 ᄌᆞ라나셔 아람운 방화츈의
가련할ᄉᆞ 우리여ᄌᆞ 이십청춘 허다풍샹
오ᄌᆞᆨ교 다리노와 견우직녀 년분으로
부실부실 세우츄풍 별히날 뿌리난듯
한양셩즁 오날밤의 나의가ᄉᆞᆷ 막막포원
힝복 바들마리 젼졍져 유히 살피소셔
씨를싸라 모든조셩 져히싱의 근심한다
왼가족들도 이가ᄉᆞᆷ의 한덩 불만다
아아 조셕으로 부려오ᄂᆞᆫ 살살한 찬바람은
졀후싸라 옷지할제 쟝쟝츄야 긴긴밤의
싸듬질과 질과님 싱각의 뒤썩거 밤ᄉᆡ운다

간졀이 위로한들 말이예 동풍갓치
구고의 우로지턱 어겨와 다라시고
나의게ᄂᆞᆫ 가소로다 억만가지 세샹일이
슬퍼한들 슬씨잇ᄂᆞ 빈흘ᄃᆡᄂᆞᆫ 지나가고
불셩이부 그말슴은 뼤예싹여 못잇질쇠
죽든사든 이덕의셔 님오실 글ᄃᆡ가지
허르난 유슈세월 덧업시도 빨이가ᄂᆡ
츈거츄ᄂᆡ 츄우츄풍 ᄋᆡ녹는 사시긔후
가을바람 셧득부니 님가신ᄎᆞᆫ 풍우갓ᄂᆡ
먼ᄃᆡ큰길 바라보니 어히업ᄂᆞᆫ 나의영혼
하마거의 슷치련마ᄂᆞᆫ 모지미 쳘셕일쇠
속가ᄉᆞᆷ 타ᄂᆞᆫ양은 날마다 쑤려간다
젹젹무인 빈방안의 고요이 안ᄌᆞ시니
이간쟝을 다틔우고 셥지만 안ᄌᆞ구나
사졍업ᄂᆞᆫ 져당풍의 무참히 써려지며
씨를싸라 벳흘니며 종원의 어린국화
찬셔리로 무광ᄒᆞ다
미들고지 바히업다 칠월칠셕 은ᄒᆞ슈
일조년일도 샹봉작별 자고로 헐너오나
츄파월 ᄃᆡ보름날 놉히풍쳔 발근달아
신ᄌᆞ미에 취한님게 세밀이 졍ᄒᆞ여셔
유유한 이세샹아 ᄂᆡ가졍말 무슴죄고
암혹의 잠긴오슈 침복히 닝낙한다
불평을 잇고 평화의잠 드려 게시라
왼몸이 오실오실 어룬싀ᄒᆞ 나의도리
한슘과 동무삼아 경경한 잔촉ᄒᆞ의
느진가을 져황국아 뉘를위히 너피엿노

하늘ᄭᅳᆺ 져기력아 싹을일코 너도우나
나를바린 님이건만 나ᄂᆞᆫ어이 못잇는고
오쟝의 박힌한을 붓ᄭᅳᆺ흐로 ᄒᆞ려ᄒᆞ니
한말숨 못엿쥬고 삭식업ᄂᆞᆫ 무덕말노
비뷔씨져 바릴게라 의라그만 붓을노ᄎᆞ
말슥한 눈의셔ᄂᆞᆫ 눈물이 자쥬젹셔
날위ᄒᆞᄂᆞᆫ 져촉불아 고요이 츔을츄고
ᄉᆞ겨울
눈우의 모든ᄌᆞ욱 ᄆᆡ화쥭엽 분명ᄒᆞ다
더옥한층 슈란ᄒᆞ다 멀이가신 우리님은
연광은 쑤여간다고 슬품은 놉하간다
늘기가 더옥분타 쳔부지모 쟝탄ᄒᆞ야
셔름원한 ᄉᆡᆼ각ᄒᆞ니
북쪽으로 쫏쳐와셔 연한살을 어이ᄂᆞᆫᄃᆞᆺ
ᄃᆡ쳔의 구든어름 명연삼월 봄이오며
ᄭᅳᆺ업시도 굿게엇다 어나봄날 호쳔시예
그늘가지 두리안ᄌᆞ 압날을 ᄉᆡᆼ각ᄒᆞ니
갈길을 ᄉᆡᆼ각할졔 영원으로 가려한다
사랑한분 맛못보고 사라셔 무엇ᄒᆞ노
살면오즉 길잇나 염나ᄌᆞ사 원망일쇠
못이질쇠 우리쌍친 금옥갓치 날을양휵
언마나 원통할가
사셰가 양난ᄒᆞ니 이일을 어이할고
뉵츅이 도얏던들 만ᄉᆞ의 ᄌᆞ유로셔
젹톄가숨 지졍ᄒᆞ고 셰월을 길게밋고
님의팔의 안기여서 하회갓한 동졍사랑
열손으로 빈다한들 그것이 무엇인가
말근엄셩 힌얼골이 이목의 져져는ᄃᆞᆺ
간장썩은 피눈물노 지목을 나라노코
여름의 몃날동안 폭폭히 ᄆᆡᆺ친원한
만지쟝출 씬다한들 쳣쥴한ᄌᆞ 안보시고
힘업난 손의셔ᄂᆞᆫ 붓ᄃᆡ만 써려지고
한번도 못쌈은 눈셥 밤ᄉᆡ도록 쓰고잇다
어ᄃᆡ랄 반ᄉᆞᄒᆞ나
산의던지 덜의던지 한박눈이 펵펵와셔
ᄊᆡᆨ긋한 말은셜당 셔른만흔 이간쟝을
소식조ᄎᆞ ᄭᅳᆫ허지고 ᄒᆡ난졈 깁허가니
우숨쓰던 도화양협 눈물노 쥬림되니
연쥭을 벗을삼고
호호망망 슬푸도다 사졍업ᄂᆞᆫ 모진바람
의탁업ᄂᆞᆫ 인속톄ᄂᆞᆫ 쳔지넝넝 썰고잇ᄂᆡ
너ᄂᆞᆫ오즉 노그련만 ᄂᆡ가숨의 이빈판은
츈셜갓치 푸려질고 젹막한 빈방즁의
ᄌᆞ나ᄊᆡ나 한슘눈물 턱을지고 공상ᄒᆞ여
원통하다 우리신셰 안ᄒᆡ도야 남편의게
사람되여 이셰샹의 사람노랏 못ᄒᆡ보고
날을어셔 다려다가 평화를 안겨쥬소
만복을 바라다가 덩치도 못보시면
먼나라도 무셔우며 살기도 괴롭도다
사람이 귀치안타 초목금속 부려우며
길이낙원 구할거술 사람이 왜도엿노
희망을 압셔워셔 결발낭군 회복거든
퇴ᄉᆞᆫ갓치 바다안고 죽음써 날쌔까지
방용시절 다넘기고 어느쌔를 희망ᄒᆞ노

아아 쌋즉쌋즉 셕은베라
이회포 시러다가 우리님계 젼ᄒᆞ여라
남의젹원 어이홀고 사생을 판단간의
모골이 송연이라 우리가슴 술피시면
그분ᄂᆡ도 비창하제 님을한번 다시만나
운술철이 머머길의 홍안성이 젼혀업다
숨동석달 지난후의 산과들이 눈비녹고
다시한번 만나보시 심즁셜화 하리로다
목광한 낙원으로 낭만시상
우주의 썻쳐놓고 숨사십 반평싱을
두어줄로 긔록하니 널이양해 하옵소셔
퇴순갓치 바다안고 쥭음로쩌 날씨가지
방용시졀 다넘기고 어나씨를 희망ᄒᆞ노
너는오죽 알겐나야 이히포 시러다가
문명지식 만타ᄒᆞ고 남의젹원 어이할고
젹악젹원 싱각ᄒᆞ면 모골이 송연이라
우리셔름 알고보면 그분ᄂᆡ도 비챵ᄒᆞ졔
낫낫치 다뷔풀가
폘이한 문명시되 오고가는 무션절화
금업난 ᄒᆞ소연을 □□□ □□□□
삼셕달 다지넌후 산과덜의 눈이녹고
다시한번 만나□□
젼싱의 무슨죄로 홍□의 비샹으로
□□□ □□□□ □□□ □□□□
꼿다온 우리청춘 유슈의 던져두고
□□□□□□경의

ᄂᆡ가숨의 쏙찬한을 너는오즉 알겐나야
님도역시 사람이니 문명지식 만타ᄒᆞ고
활기잇난 님의시여나 젹악젹원 싱각ᄒᆞ면
그분ᄂᆡ도 압픈가숨 우리셔름 알고보면
취후의 하소연을 낫낫치 다비풀가
폘이한 문명시ᄃᆡ 나에게난 소용업다
봄가고 여름와셔 오래간만 그린님을
무광일월 그여셩들 수신청춘 우리들이
유유한 챵쳔이여 쳥춘을 살피시오
의염업시 마지할고 쳡쳡피 쌧친한을
님의팔의 안기여서 하히갓한 동졍사랑
열손으로 빈다한들 그것이 무엇인가
악쌋즉 즉 져근베라 ᄂᆡ가숨의 쏙찬한을
우리님게 젼ᄒᆞ여ᄅᆞ 님도역시 사람이니
사싱을 판단간의 활거잇는 님이시나
우리가숨 살피시면 그분ᄂᆡ도 압흔가숨
님을한번 다시만나 취후의 ᄒᆞ소연을
운순철이 먼먼길의 홍안이 왕ᄂᆡ업
경졍철도 굉쟝ᄒᆞ나 우리게는 무능녁고
□□□ □□□□ 심즁의 담아녹고
봄가고 여름와셔 오릐간만 그□□□
□□□□□□□□□□□□□구여설움
□접쳥춘 우리고□무광한 낙망세샹
□□□ □□□□ 쳥춘을 살피소셔
삼십사십 반평싱을 의□□□□□□□

46. 시골녀자

김윤규 소장

[해제] 이 작품은 혼인 후 서울로 유학 간 남편을 뒷바라지 하다가 결국은 이혼을 당하게 되는 슬픔을 사계에 맞춰 읊은 <시골색시서른타령>이라 부르는 계열의 작품이다. <시골여자설은사정>, <님잃은시골여자> 등으로도 불리는데, 다양한 제명에서 알 수 있듯 영남 북부지역을 중심으로 널리 유통된 가사이다.
그러나 이 자료는 독수공방하는 외로움과 이혼을 당하게 되는 신세한탄 등을 노래하고 있는 전반부까지만 필사되어 있다. 다른 작품군에 비해 봄과 여름에 해당하는 부분만 있고, 여름에 해당하는 부분도 중간에 끊겨 있어, 필사 작업을 완료하지 못한 미완성의 작품이다.

후원초당 봄이들어 말은풀은 속닙나고 꼭핀날 싸신바람 나의마음 요동씩겨[993]
사창에 위지하야[994] 하욤업시 안자스니 구비구비 매친스름 하양난군[995] 그려워라
냉정하다 우리난군 철이업서 그러한가 마음부족 그러한가 여름한번 다여간후
운산철위 길이머러 편지조차 한장업시 □□하기 짝이업내 강남에 저졔비들도
삼월삼진 도라오면 녯쥬인을 찻것마은
님은어이 그리무정하야 다시올줄 모러는고
해여나 그리운님이 꿈에나 보자하고 초당을 소제하고 팔을비고 누엇스니
잠인들 쉽게오나 야속하다 저쇠소리 너도충풍 볏부려기 그처름 긔롭운들
허다창정 다바리고 나의창전 왜우는냐 오라는님 안이오고 장장춘일 너저간다
저저변게[996] 눈물노 빨내하고 구비구비 싸인심훼 하도 답답하여

---

993 요동씩겨: 요동시켜
994 위지하야: 의지하여
995 하양난군: 한양 낭군
996 저저변게: 젖은 베개

바구미 엽해계고[997] 앞동산에 나물캐로 올나서니
웬천지에 꽃핀경게 볼만도 하근마은 이내몸은 보는물색 전혀다 슬음일세
춘풍에 모든봉접 춘흥을 못이겨 이꽃저꽃 차자와서 춤도추고 노래하내
놉이뜬 종달새는 비비배배 슬피우러 가고오는 저행인에 그름을 먼추우고
오리장강 저물새는 제멋데로 헐어나려 인간여자 약한간장 눈물을 잡아내고
꼿도조코 물도조코 세상풍경 다조컨마은 이내몸은 어이하야 보는거이 원숫간내
무정하고 가련하다 화량낭군 무정하다 화류청산 이런때을 엇지하야 몰어난고
이련품경 님과함계 보앗스면 경계롭게 볼것인데
꼿업는동산 나비춤이라하든니 나를두고 이름일세
인간칠십 고래헤난 넷사람이 이른배요 백년일슈 삼만육쳔일도 일장에 츈몽이라
살갓치 가난광음 엇지그리 슈이가노 속절업시 가는타님 무정키도 님과갓다
인생부득 갱소년은 님도응당 아시련만
빗도죳코 향내조흔 이런꼿도 삼월모츈 원슈갓다
이내얼골 가는세월 쌀아가면 거안이 가련한가
져긔가는 저구름아 한양철이 가거들나 구구한 나의 휘포 우리님게 전하여라
장장츈일 긴긴날에 향내막고 오는나비 서로썩겨 왕내함을 넉시일코 노일다가[998]
죵일토록 쓰든나물 한바구니 못채우고 일염에 뜻이업셔 돌아갈길 밧부도다
돌아서는 이그름이 일보이보 맷친눈물 방울방울 님이로다
백가대촌 들어서니 굴둑마담 물융물융 올은연긔
제먼대로 나근마는 이내가슴 타는불은 연긔업시 잘도타내
그렁저렁 집이라고 들어서니 여자거름 너졋다고
시부모에 책망하신말슴 귀결에 들이근만 들엇채도 안이하고 나의할일 모다하고
방이라고 들어가니 적적한 빈방안에
죵일토록 날오기만 고대하는 금침만 노여인내

---

997 엽해계고: 옆에 끼고
998 넉시일코 노일다가: 넋을 잃고 (바라보며) 노닐다가

슬푸도다 슬푸도다 이내세월 슬푸도다 도화츈풍 죠흔시절 엇지하야 이런는고
아무리 한탄한들 철이밧게 있는난군 이런쥬로 알으쥴가
애정마은 시어머니 경계하고 일은말삼 야ᄌᆞ부야[999] 들어바라
너는엇지 남편업다 탄식하고 일그일 애태우니 내간장도 너와갓다
이팔이구 긋때시졀 우리들도 입문한졔 슈일만에 애정한번 못이루고
책짐지고 졀간가서 팔구년을 안이와도 그다시 탄식한일 업선노라
이럿타시 근심하니 가련하다 이내인생 젼생챠생 무삼죄로 차시녀자 되엿든고
그만쥬져안져 울어볼가 울기좃차 쟈유업내
불행이항 가졍제도 시집사리 귀로워라 허다소리 허다예절 엇지하면 말업실가
생각하니 셰상만사 다귀찬내
슬푸도다 절믄청츈 님그리고 독슈공방 엇지할이
누엇스나 잠이오나 무궁한 나에휘포 뉘게다 호소할고 너진봄 짤은밤에
잠한잠 못일우고 읔만가지 모든궁상 비게멀에 못을일워 이내간장 그지업내
츈화츄동 사시절에 봄해가 기다해도 님생각 하너라고 동지섯달 일럭[1000]일새
풍우갓치 가는셰월 엇지그리 슈이가노 츈쵸는 연연녹이요 왕소는 귀불귀라[1001]
드운가삼 움켜쥐고 셔쪽하날 발아보니 우리님 오실날만 하로잇틀 기다리니
일각이 여삼추로다
후원에 현쵸지쵸 목당향긔 사면에 헛트져셔
쌍거쌍래 봉졉들은 츔을츄고 옛찻난 연자[1002]들은 뜰보에 마쥬 안저
애졍을 난우면서 자미있게 지저귀내 구곡간쟝 이심사는 어대가셔 호소할고
두어라 그만두자 모든고상 다던지고 일이나 하여보셰
오장에 붓는불은 이세상에 몃몃친고 나도오작 조헌기출 쌍원에 자라날제
만사에 극정업시 이팔이구 조흔시절

999 야쟈부야: 얘 자부(子婦)야
1000 일럭: 일력(日曆)의 오기인 듯함
1001 츈쵸는 연연녹이요 왕소는 귀불귀라: 왕유가 지은 <송별(送別)>의 한 구절인 “春草年年綠 王孫歸不歸”을 말함
1002 연자: 燕子, 제비

부모에실하[1003] 쟝내에 기리만복 금셕갓치 미더다가
오날날에와갓치 고생할쥴 꿈인들 알았설이 가고오난 이셰월이 어서어서 헐너날여
하양난군 상봉함을 무정한 님에심사 비슈갓치 날이셔셔 연약한 에내몸이
피골이 상연한들 츄호라도 생각하고 동정할에
천만사를 생각하니 소리업는 눈물이 옷깃만 적시에내 살대갓치 뻣친셔름
구고에 박히여셔 잘이를 일지못해 안잣서니 이왕에 붓튼불이 잠시나 진화될가
들엇든일 손에노코 사방을 살펴보니 적적한 빈방안에 구비구비 서린눈물
귀밋해 쏘다진다 여광여취[1004] 나의 마음
밋친듯 하올적에 반가워라 난대업난 구두소래
귀가에 얼진듯겨 놀낸다시 살펴보니 셔울양복 간단한행장 문젼에 득달하내
반가올사 셔울낭군 둘여올슨[1005] 반가올손 시골녀자 눈이 붓이도록 황홀하내
다시한번 살펴보니 사자갓치 둘여오며 가삼이 울넝거려 한참진정 하엿서나
무슨말을 먼저하야 나에심휘 풀으볼가 어럼어럼 하난마음 오래간만 그립든님
만나기는 하엿스나 어이그리 써써항고 여름하날 야삼경에 달빗좃차 설푸도다
쳘이원로 오신님은 얼마나 귀로운지 이부자래 누언대로 그양고만 잠이드니
구곡간장 깁흔한이 첩첩이 싸여잇근마는 말한마되 못해보고 아래목에 혼자안져
공상에 누른머리 두손으로 움켜쥐고 한슘직고 눈물뿔여 연약한 이심사를
끗업시 탄식할제 사챵외[1006] 빗친달이 서창에 빗치에고 먼촌에 계명성[1007]이
완완이 들어오내 애달고 슬푸도다 이가문에 시집온지 칠팔년에
오고가는 이타님을 뉘를위해 사라시며 츈풍도리 꼿필때와 츄우오동 낙엽시에
눈물로 버을삼아[1008] 셰월을 재촉할제

1003 실하: 슬하(膝下)의 오기인 듯함
1004 여광여취: 如狂如醉, 미친 듯도 하고 취한 듯도 하다는 뜻으로, 이성을 잃은 상태를 비유적으로 이르는 말
1005 둘여올슨: 두려울손
1006 사챵외: 사창(紗窓)에
1007 계명성: 鷄鳴聲, 닭 울음소리
1008 버을삼아: 벗을 삼아

유학가신 우리낭군 죨업하고 양당[1009]죤전 입택하야

태산갓흔 임에은득 황해갓치 깁흘지라　　학실이 믿으드니 고락이 변하야

락은 업서지고 고락것이 또생길가　　쳔만가지 임을위해 쳔만가지 낙을위해

연약한 육체를 도력하며 마음도 쉴새업시　　압날에 모든행복 쳘셕갓치 밋읏드니

시운이 불행한지 귀신에 작희한지　　이일을 엇지하면 죠흘손가

압날에 모든행복 진심갈역[1010] 츅원츅원 하엿드니

모든것이 허사되고 찬풀에 이설갓치　　하루에 뜰어지나 생각하면 소용잇나

모든탄식 다바리고 곰곰이 생각하니　　이시대에 형편상과 학문을 몰나서니

긘송경정 문화시를 이내몸이 엇지하야 알아실고

오날날 격건고생 전공석[1011] 되얏고나　　슬푸도다 이세상에 구속과엄

1009 양당: 兩堂, 남의 부모를 높여 이르는 말

1010 진심갈역: 진심갈력(盡心竭力), 마음과 힘을 다함

1011 전공석: 전공가석(前功可惜)인 듯하다. 애써 한 일이 보람 없이 되거나 공을 세운 이가 도중에 일을 크게 망쳤을 때 그 안타까움을 이르는 말이다.

47. 시골여자 서른 사정

조춘호 소장

[해제] 시골여자 서른 사정은 하나의 두루마기에 실린 여러 국문 가사 중 첫 번째 작품으로, 1단 4음보의 형태로 작성되어 있다.
봄, 여름, 가을, 겨울의 네 계절로 나누어 여자의 서러운 사정을 노래하고 있다. 첫 번째 작품은 봄에 해당한다.

一. 봄

후원초당 봄이드니 마른가지 속입나고　꽃피오는 따신바람 사람마음 헛처낸다
마루장을 이지하여 허용업시 안자스니　일편간장 뺏친서름 서울낭군 그리워라
무정할사 우리낭군 거연금년 한변간후　운산철리 멀리막혀 편지조차 한 장업내
삼월삼진 강남으로 일년일도 오난재비　옛집을 찻건마난 임은엇지 안오신고
행여나 그리운님 꿈에나 볼가하고　낭간에 누어스니 잠인들 슈이오나
야속하다 저꾀꼬리 너도춘풍 벗부르기　그처럼 괴롭든야 허다한 꿈다버리고
니외창천 외우는양 오리난 꿈안이오고　장〃 춘일 긴〃 날에 눈물적서 서러워라
마음하도 답〃 하야 광주리 엽해끼고　나물캐로 동산간이 산과들에 각색꽃치
온천지에 꽃비치라 호기반월 벌나비나　꽃을차자 춤을추고 놉피나난 종달새난
비〃 제〃 지저기며 듯고보난 모든거시　가지〃 각색으로 풍〃 우〃 가진곳초
인간여자 약한간장 마듸〃〃 어이난다　스물두해 내봄철이 무광하고 가련하기
속절업시 가련하하다[1012] 화류개로 진답으로
인간부득 깅소염은 일게월게 깁흘사록　늘그밧게 할 일업내 인간칠십 고류회난

1012 가련하하다: 가련하다. '하'를 중복해서 적고 있다.

옛사람도 이른베라 이길삼만 육철일로
어이그리 빨리가노 속절업시 가난새월
어이그리 적막한고
구〃ᄒᆞᆫ 나ᄋᆡ한을 우리임게 전ᄒᆡ다고
향ᄂᆡ맛고 오난버리 서로셧겨 왕ᄂᆡᄒᆞ□
한광쥬 못치우고 일녁이 덧업서
방울〃님이로다 ᄇᆡᆨ여ᄃᆡᄎᆞᆫ ᄭᅮᆯᄭᅮᆨ마다
삼 타난리난 연기업시 속만다ᄂᆡ
한변이나 이ᄒᆡ할가 ᄒᆞ로솟ᄎᆞᆼ ᄒᆞ온지로
두려울ᄉᆞ 시아부님 신규ᄋᆡ 철처심경
신시ᄃᆡ에 뒤을ᄯᅡ라 만득이ᄌᆞ 경성뉴혹
ᄐᆡ고적 구든습관 ᄒᆞᆫ엽ᄒᆡ 붓처두고
ᄋᆡ츌ᄒᆞᆫ다 걱정ᄒᆞ여 시정엄는 시어무임
무슈이 ᄎᆡᆨ압ᄒᆞ여 일도ᄉᆞ와 누기〃
누지〃다르린다 봄이오면 ᄭᅩᆺᄒᆡ서름
서름고통 무서워라 붓그러운 절문세월
ᄂᆡ가심 너왓갓다 그시ᄃᆡᄋᆡ 우리들도
ᄋᆡ정ᄒᆞᆫ변 못이르고 근심연 안니와도
마연ᄒᆞᄃᆞ 이인ᄉᆡᆼᄋᆞ 나ᄋᆡ전성 무산죄로
울기좃ᄎᆞ ᄌᆞ뉴업다 불ᄒᆞᆸᄒᆞᆫ 가정제도
버정짓칙 무서워라 절문청츈 님그리고
무궁ᄒᆞ다 나ᄋᆡ회포 누구ᄋᆡ게 ᄒᆞ소ᄒᆞᆯ고
억만가지 모든고ᄉᆡᆼ 베게우ᄋᆡ 모슬이뢰
임ᄉᆡᆼ각도 ᄯᅳ함게기다

일자외 춘몽이라 무정할사 이새월아
이간장만 재만트라 꽃하새야 나에새월
으고가난 저구름ᄋᆞ 서울철이 너가그던
츈풍삼월 긴〃날ᄋᆡ ᄭᅩᆺ보고 오난나비
넉글일코 구겨타가 종일토록 ᄯᅳ든나물
도라갈길 밧부도다 일보이보 ᄆᆡᆺ친눈물
무릉〃거문석□재멋ᄃᆡ로 오르것만 이내가
답〃ᄒᆞᄃᆞ 가족들은 만첩심장 타난간장
여기저기 눈치보고 이리저리 비방오ᄂᆡ
기막히고 ᄋᆡ들로라
막즁세 읍다하여서 영이러 복습ᄒᆞ고
규중소부 신분으로 엄즁히 ᄊᆞ진말ᄉᆞᆷ
나ᄋᆡ사정 다모르고 석반이 느젓닥고
면〃치 갓다드니 시속ᄋᆡ 청년ᄉᆡᆨ시
애름오며 입ᄒᆡ서름 츈ᄒᆞ츄동 사시절ᄋᆡ
납면업다 탄식ᄒᆞ고 일거월ᄂᆡ ᄋᆡᄐᆡ운이
입문ᄒᆞᆫ지 수일만ᄋᆡ ᄎᆡᆨ짐지고 절길가서
그다지 탄식날가 이려타시 ᄒᆞ올적이
ᄎᆞ시여ᄌᆞ ᄃᆡ앳든고 쥬져안ᄌᆞ 우려볼가
시집ᄉᆞ리 허다절치 산호로 ᄒᆞᆫᄐᆡ여서
독슈공방 어이ᄒᆞᆯ고 누어신이 ᄌᆞ미오나
느진봄 ᄌᆞ른밤ᄋᆡ ᄌᆞᆷ ᄒᆞᆫ슘 못이루고
만할봉ᄌᆞ 축슈할지 봄밤이 ᄌᆞ르다하드

二. 여름

가난세월 빠르것만 오난여름 더디도다　ᄒᆞ초연〃 푸른버들 여름빗치 이제온다
더운가ᄉᆞᆷ 붓처잡고 섯쪽하날 바라보며　우리임 오실날만 ᄒᆞ로잇틀 기다릴제
일〃이 ᄉᆞᆷ츄로다 후원ᄋᆡ 목단난초　오고가난 ᄂᆞ비버릐 향ᄂᆡ맛고 ᄎᆞᆷ을츄고
엿집ᄎᆞ진 저지비난 들보우ᄋᆡ 마조안ᄌᆞ　쌍음으로 우지〃ᄂᆡ 구곡간ᄌᆞᆼ 이심신는
어릐가며 ᄒᆡ원ᄒᆞᆯ고 안이라 그만두ᄌᆞ　모든공ᄉᆞᆼ 다바리고 일신안보 ᄒᆞ여보ᄌᆞ
오장ᄋᆡ 붓튼불꼿 이세ᄉᆞᆼᄋᆡ 면몃친고　나도또ᄒᆞᆫ 조흔기ᄎᆞᆯ 쌍원ᄋᆡ ᄌᆞ랄적ᄋᆡ
만ᄉᆞ씨무 ᄒᆞᆫ으로 이팔이 구방연ᄃᆡ여　부모실ᄒᆞ 구술ᄃᆡ야 ᄌᆞᆷᄂᆡᄋᆡ 기라만복
금석갓치 미덧든이 오날〃이회포　서울낭군 ᄉᆞ모ᄒᆞᆫ□무접ᄒᆞᆯᄉᆞ 임ᄋᆡ심□
철석갓치 날이저서 연약ᄒᆞᆫ 이ᄂᆡ몸ᄋᆡ　모골이 ᄉᆞᆼ연ᄒᆞ다 허다ᄒᆞᆫ 집푼ᄉᆞ정
누구라 동정할고 술ᄶᅵ갓치 멋친서름　진정ᄒᆞ야 안조신이 이왕ᄋᆡ 붓튼불도
ᄌᆞᆷ시나 진화될가 ᄒᆞ든일 손ᄋᆡ녹코　사방을 살펴본이 구비〃 서른눈물
치난다시 솟다진다 여광여취 이심신은　미친다시 ᄒᆞ올적ᄋᆡ 난ᄃᆡ업난 구두소릐
귀가ᄋᆡ 얼진들여 놀난다시 살펴본이　날싼양복 간단ᄒᆡᆼᄌᆞᆼ 문전ᄋᆡ 득달ᄒᆡᆺ소
반가울ᄉᆞ 서울낭군 두려울듯 반가울듯
시골족안히 양복ᄌᆞᆼ이 한분보기 술갓치 두려워라
가ᄉᆞᆷ이 울너긴다 구식가정 ᄉᆞ싱으로　ᄶᅱ난심신 진정업서 허다ᄒᆞᆫ ᄂᆞᄋᆡ심정
ᄂᆞᆼ쭈고 진정할고　푸른슈양 묵단ᄎᆞᆼᄋᆡ 오릐ᄌᆞ만 그리든님
만나기난 만나스나 어이그리 술〃ᄒᆞᆫ요　여름ᄒᆞ날 야ᄉᆞᆷ경ᄋᆡ 달빗좃ᄎᆞ 슬푸도ᄃᆞ
영천월노 오신님은 얼마ᄂᆞ 괴로울가　이울우ᄋᆡ 누운치로 그양그만 ᄌᆞ미든이
구곡간ᄌᆞᆼ 깁흔ᄒᆞᆫ을 말ᄒᆞᆫ마ᄃᆡ 못ᄒᆞ엿소　오릐압흑 ᄌᆞᆷ기어든 어슬푼ᄒᆞᆫ 새벽빗튼
동ᄎᆞᆼᄋᆡ 번치우며 공ᄉᆞᆼᄋᆡ 늘근머리　두손으로 움켜쥐고 ᄒᆞᆫ슘쉬고 눈물ᄲᅮ려
여ᄌᆞᄋᆡ 박악신분 ᄉᆞᆺ업시 탄식ᄒᆞᆯ제　청천ᄋᆡ ᄂᆡ셩병역 이혼이란 무ᄉᆞᆫ변고
시집온지 칠팔년ᄋᆡ 오고가난 허다세월　ᄂᆔ을위히 ᄉᆞ라시며 츈풍도리꼿 필ᄯᅵ와
츄우오동 엽낙시ᄋᆡ 눈물노 버들ᄉᆞᆷ아　세월을 지촉할지 뉴학가신 우리낭군
목적ᄒᆞ울 조립ᄒᆞ고 양당존정 입텩ᄒᆞ야　안락ᄒᆞᆫ 가정싱활 일편단심 ᄎᆞᆨ복ᄒᆞ야

ᄐᆡ산갓튼 님ᄋᆡ은덕 ᄒᆞᄒᆡ갓치 기플지라
천만가지 ᄂᆞ을위ᄒᆡ 늌치을 노력ᄒᆞ고
히망이 두글ᄌᆞ로 허다만ᄒᆞᆫ 구든고ᄉᆡᆼ
흉즁ᄋᆡ 밋친평화 앗촘줄ᄋᆡ 이슬갓고
모든탄식 다바리고 시ᄅᆡᄋᆡ 여ᄒᆞᆫ으로
ᄂᆡ엇지 알아실고 오날〃 극도형편
무단이 악박으로 철망속ᄋᆡ ᄆᆡ여잇난
광ᄃᆡᄒᆞᆫ 청연남ᄌᆞ 무지□구속ᄒᆞᆫ다
화ᄅᆡᄐᆡ평 어ᄃᆡ인노 남여귀즁 동정으로
말이에 동풍갓치 지나갈 그뿐이라
구고ᄋᆡ 우르지턱 어ᄌᆡ다르시ᄂᆡ
탄식ᄒᆞᆫ들 무엇ᄒᆞ며 실허한들 씰ᄃᆡ잇나
쎄ᄋᆡ쑥여 못이질ᄉᆡ
죽든ᄉᆞ든 이덕ᄋᆡ셔 임오실 ᄀᆞᆺᄯᆡᄭᆞ지

학실이 미들ᄯᆡᄋᆡ 천만가치 님을위ᄒᆡ
마음을 쉴시업시 압날ᄋᆡ 모든히망
낙원을 아라시며 진심갈여 하얏던니
ᄯᆡ안닌 유월비상 연화우ᄋᆡ 쩌러젓다
학문을 몰나슨이 ᄉᆡᆼ존경ᄌᆡ 문화셔울
전곤가 걱히엿고나 실푸다 이ᄉᆡ상이
불상ᄒᆞᆫ ᄂᆞᄋᆡ들이 쓧업시 실푼ᄉᆞ정
어난뉘가 이ᄒᆡᄒᆞᆯ고 고□근심 허다세월
천언만단 잉무얼는 간졀히 위로ᄒᆞᆫ들
우이독경 문명ᄒᆞ다
어닐ᄯᆡ도 지나갓고 비울ᄯᆡ도 지나갓고
결빨인녀 던저두고 불경이부 ᄂᆡ글ᄌᆞ도
죽어도 이집ᄋᆡ셔 사라도 이집ᄋᆡ셔

三. 가을

흐르난 유슈ᄉᆡ월 덧업시도 ᄲᆞᆯ리가ᄂᆡ
츈거츄ᄅᆡ 츈우츈풍 ᄒᆞ날ᄋᆡ 사시기후
임가신ᄎᆞ 풍우간ᄋᆡ 우혈업든 이ᄂᆡ마음
어이업는 ᄂᆞᄋᆡ일신 방부석이 ᄃᆡ엿구나
모지기 철석일ᄉᆡ 그려도 녹도ᄭᅳᆫ토
ᄒᆡ마다 ᄲᅧ려간다 무정ᄒᆞ든 임이련만
고요히 안ᄌᆞ신이 슬〃 ᄒᆞ기 감옥간ᄂᆡ
겁지만 안ᄌᆞ구나 저동산ᄋᆡ 푸른입들
이곳저곳 나붓길적 출난ᄒᆞᆫ 구츄단풍
ᄎᆞᆫ이슬ᄋᆡ ᄌᆞ라나서 아름다운 방화츈ᄋᆡ

봄이가고 여름가고 가을이 ᄯᅩ왓구나
슌환ᄋᆡ 요슐인가 가을바람 선득분이
쓰린눈물 압서우고 지향업시 아겹ᄒᆞᆫ다
석은간장 ᄭᅳᆫ어지기 ᄒᆞ마거ᄋᆡ ᄭᅳᆫ치련만
시을〃 깅싱ᄒᆞ야 속가삼 타난양은
가고난이 더욱설다 적〃 무인 빈방안ᄋᆡ
천ᄉᆞ만ᄉᆞ 모든거시 이간ᄌᆞᆼ을 다ᄅᆡ우고
ᄒᆞᆫ셔리ᄋᆡ 빗변ᄒᆞ야 무츰리 쩌러진다
ᄯᆡ을ᄯᆞ라 빗틀ᄂᆡ고 동원ᄋᆡ 어린국화
찬서리로 무광ᄒᆞ다 가련할ᄉᆞ 우리여ᄌᆞ

이십청춘 허다풍ᄉᆞᆼ 미들곳이 바히업다
견우직녀 연분으로 일도일도 상봉ᄉᆞ별
별ᄒᆡ를 ᄲᅮ리난듯 츄팔월 십오일ᄋᆡ
아ᄋᆡ가삼 서린ᄒᆡ포 뉴〃ᄒᆞᆫ 이ᄉᆡ상ᄋᆞ
암흑이 ᄌᆞᆷ긴우쥬 ᄌᆞᆷ흑 ᄂᆡᆼ낙ᄒᆞ다
부형ᄋᆡ ᄊᆡ가되야 평화ᄋᆡ ᄌᆞᆷ드신가
왼몸이 오실〃어륜실 ᄒᆞ나ᄋᆡ들이
ᄒᆞᆫ숨과 버지되야 경〃ᄒᆞᆫ ᄌᆞᆫ촉ᄒᆞᄋᆡ
느진가을 저파초야 뉘을위ᄒᆡ 넙푸난고
말근성음 됴ᄒᆞᆫ얼골 이목ᄋᆡ 저〃ᄒᆞᆫ듯
간ᄌᆞᆼ썩은 피눈물노 지먹을 ᄂᆡ여녹코
여름ᄋᆡ 면날동안 풀히 ᄆᆡᆺ친ᄒᆞᆫ을
만지정출 신다ᄒᆞᆫ들 첫즁ᄒᆞᆫᄌᆞ 안이보고
힘업난 손이거든 붓ᄊᆡ만 썰여지고
ᄒᆞᆫ변도 못싸문눈 밤ᄉᆡ도로 써엿구ᄂᆞ

칠월칠석 은ᄒᆞ슈ᄋᆡ 오작교 다리노와
ᄌᆞ고로 흘너오나 부실〃ᄉᆞ우츈풍
놉피즁천 발근달ᄋᆞ ᄒᆞᆫ양성즁 오날ᄋᆡ
ᄂᆡ가정말 무삼죄고
ᄋᆡ가족도 이가삼ᄋᆡ ᄒᆞᆫ등이 불만넌다
조식으로 불어오난 슬〃ᄎᆞᆫ바람은
ᄊᆡ을싸라 옷지울ᄊᆡ 종〃츄야 긴〃밤ᄋᆡ
싸듬귈과 임싱걱 뒤썩겨 밤세울ᄌᆡ
하날씃 저기력ᄋᆞ 쪽을일코 너도우나
나울바린 님이련만 나난엇지 못잇난고
오ᄌᆞᆼᄋᆡ 박힌ᄒᆞᆫ은 붓씃으로 ᄒᆞ려ᄒᆞ고
ᄒᆞᆫ말숨도 못엿쥬고 ᄉᆞᆼ식업난 부덕말노
비〃지저 바릴ᄀᆡ라 ᄋᆡ라그만 붓을놋ᄎᆞ
말숨ᄒᆞᆫ 눈ᄋᆡ서는 눈물만 ᄌᆞ조적서
나울히는 저초불은 고요히 츔을츄고

四. 겨울

산이든지 들이든지 한박눈이 펑〃와셔
눈우ᄋᆡ 모든ᄌᆞ쥭 ᄆᆡ화쥭엽 분명ᄒᆞ다
더욱ᄒᆞᆫ층 더욱설다 나ᄋᆡ실품 놉파간다
늘기가 더욱설다 천부지모 ᄌᆞ탄일다
호〃막〃실푸도다 ᄉᆞ정업난 모진바람
ᄋᆡ탁업난 이뉵ᄎᆡ난 천지ᄂᆡ〃썰고잇ᄂᆡ
너난오직 녹그련만 ᄂᆡ가삼 이빙판은
츈길갓치 못러질고 적요ᄒᆞᆫ 이밤즁ᄋᆡ
ᄌᆞᄂᆞᄊᆡᄂᆞ ᄒᆞᆫ숨눈물 턱을집고 공ᄉᆞᆼᄒᆞ야

사방팔도 옥갈우ᄋᆡ 은세게를 지엇구나
ᄊᆡ씃ᄒᆞᆫ 말은설광 서름만ᄒᆞᆫ 이간ᄌᆞᆼ은
우숨씌는 도화양협 눈물쥬렴 되엿구나
연쥭을 빗을숨아 서름원ᄒᆞᆫ ᄉᆡᆼ각ᄒᆞᆫ이
북쪽으로 쏫처와셔 열ᄒᆞᆫᄉᆞ을 어이난듯
ᄃᆡ천ᄋᆡ 구든어름 ᄂᆡ연삼월 봄이오며
씃업시도 굿게잇ᄂᆡ 어나츈일 호시츈기ᄋᆡ
그림ᄌᆞ와 두리안ᄌᆞ 안낙을 ᄉᆡᆼ각ᄒᆞᆫ이
영원으로 가련ᄒᆞ다 원통ᄒᆞ다 우리인ᄉᆡᆼ

안ᄒᆡ도 여남편ᄋᆡ게 사량한변 맛못보고
사람노릇 못ᄒᆡ보고 살면오즉 기리잇ᄂᆞ
몬이질ᄉᆞ 우리쌍친 금욕갓치 양뉴ᄒᆞ야
ᄉᆞ게가 양난일다 이일을 엇지할고
사람이 의되엿노 우쥭이 되엿든들
적ᄎᆡ가슴 진정업셔 시월을 길게밋고
임ᄋᆡ팔ᄋᆡ 안기여셔 ᄒᆞᄋᆡ갓탄 동정ᄉᆞ량
아〃반쪽 적은별ᄋᆞ 나ᄋᆡ가슴 ᄊᆞᆨᄎᆞᆫ ᄒᆞᆫ을
우리님게 전ᄒᆞ여라 임도역시 ᄉᆞ람일ᄂᆡ
사시를 판단간ᄋᆡ 활게잇난 님이시난
우리가삼 사라지며 그분ᄂᆡ도 압흔가삼
임을한변 다시만ᄂᆞ 취후ᄋᆡ ᄒᆞ소연을
심중설ᄒᆞᆫ 다지나고 산ᄒᆞᄋᆡ 눈이녹고
슬푸고도 가련ᄒᆞ다 무관일월 엇덜넌지
슈심청춘 우리들이 광활ᄒᆞᆫ 낙망시ᄉᆞᆼ
ᄌᆞᆼ〃이 ᄭᅳᆫ처가ᄂᆞ 첩〃히 막힌서름
구어귀 기륵ᄒᆞᆫ이 혹보시난이 비소마시소

사라서 무엇ᄒᆞ노 사라도 이ᄉᆡᆼ상ᄋᆡ
나을어서 다려다가 평화을 안겨쥬소
만복을 바라다가 얼마나 섭〃할가
사람이 짓치안타 초목금슈 부려우며
만ᄉᆞᄋᆡ ᄌᆞ뉴소셔 기리낙을 구ᄒᆞᆯ저산
히망을 압서우고 결발낭군 화심커든
히산갓치 바라안고 어난ᄊᆡ을 히망ᄒᆞᆯ가
너난오즉 알거시라 이ᄒᆡ로 시려다가
문명지식 만타ᄒᆞ나 남ᄋᆡ적원 어일할가
적막적악 ᄉᆡᆼ각ᄒᆞ며 모고리 승연이라
우리거름 알고보며 그분ᄂᆡ도 빗ᄎᆞᆼᄒᆞ지
기리츅수 ᄒᆞ야 심즁ᄋᆡ 다나두고
봄이가고 여름오며 오ᄅᆡ간만 그리든님
전ᄉᆡᆼᄋᆡ 무삼죄로 홍황ᄋᆡ 비ᄎᆞᆷ으로
청춘을 살펴보소 ᄭᅩᆺ다운 우리청츈
ᄶᅩᆨ업난 야ᄉᆞᆷ경ᄋᆡ 오ᄌᆞ낙서 고이ᄒᆞ다

이 가사난 영ᄒᆡ원무동 박병탁ᄋᆡ 부인 권시ᄋᆡ 소ᄌᆞᆨ인ᄃᆡ ᄌᆞ기 이력을 기록 ᄒᆞᆫ탄이라 여려 ᄉᆞ람이 번역ᄒᆞ노라 오셔 만히 된듯ᄒᆞ다 박병탁군은 심ᄉᆞᄋᆡ 성혼ᄒᆞ고 십오ᄋᆡ ᄉᆞ립학교 츌신으로 ᄃᆡ구 경셩 뉴학ᄒᆞ고 길연간영 ᄒᆡ면 서기로 잇다가 사직ᄒᆞ고 신미연싸지 ᄉᆞ범학교 ᄉᆞ학ᄌᆞ잇다

화호화제난화고리요 지인지면부지심이라
신ᄉᆞ 시월 십칠일 둥서라 신묘 이월 초삼일 동서라

48. 신혼가

이상규 소장

[해제] '신혼가(新婚歌)'는 하나의 두루마리에 수록된 4 · 4조의 국문 가사이다. 37.2×304.5(세로×가로/단위cm) 규격의 두루마리이며, 단 · 행 · 음보 구분 없는 줄글 형태의 필사본이다.
원작자는 경북 영양군 주실[注谷]에 살던 은촌(隱村) 조애영(趙愛泳, 1911~2000)이며, 작자가 1931년에 결혼하고 나서 쓴 작품이다. 작품 말미에 '경진 팔월 초구일 권중군 서'라는 기록으로 보아 필사자는 권중군으로 추정한다.
신변탄식류(身邊嘆息類)의 가사 작품으로, 시골처녀 '현이'가 친정어머니를 여읜 후 친정오빠의 권유로 이화여전을 중퇴하고 갑자기 혼사를 치룬 뒤 겪은 시집살이의 애환을 표현했다.

시집왔네 시집왔네 산골처녀 시집왔네　　천상배필 이재만나 노처녀가 시집왔네
현이엄마 세상떠나 몇달이 되었더냐　　일가친척 안알리고 소문없이 시집왔네
어머니가 세상떠나 거상[1013]입은 몸이길에[1014]
탈상할때 기다리고 공부하려 상경하니　　일본유학 보내주마 살살꾀는 큰오빠[1015]는
이화전문[1016] 퇴학원서 초를잡아 보이면서　　아버지[1017]와 의논하고 현이키울 계획이라
그해여름 삼복중에 현이오빠 거동보소　　신랑감을 데리고와 안방에서 선보이고
사흘만에 시숙감이 약혼반지 들고왔네　　깜짝놀라 오빠보고 무슨일이 이러냐니

1013 거상: 居喪, 상중(喪中)에 있음
1014 몸이길에: 몸이기에
1015 오빠: 원작자 조애영에게는 조근영(趙根泳, 1896~1970), 조헌영(趙憲泳, 1899~1988), 조준영(趙俊泳, 1903~1962) 세 명의 오빠가 있었다.
1016 이화전문: 梨花專門. 사립 종합 대학교인 이화여자대학교의 전신. 1886년 M. F. 스크랜턴(Scranton)여사가 창립했으며, 1887년 이화학당, 1904년 이화여학교, 1925년에 전문학교가 되었으며, 1946년 종합대학교로 승격되었다.
1017 아버지: 원작자 조애영의 아버지인 조인석(趙寅錫, 1879~1950)을 이른다.

덥어놓고 화를내며 교제필요 없다했네 새로얻은 어머니도 한바가지 떠붇는듯
신랑 헐칠하고[1018] 씩씩하게 보이지요 그구라[1019]
현이귀에 솔깃하게 들린지라 아무그리 이니하니 바로가서 택일했네
벼락같이 서둔혼인 이십일간 준비할때 개하면 일본간다 신랑신부 같이간다
달곰한게[1020] 꾀우는데[1021] 홀딱속아 버렸어라
오라버니 말만듣고 두손맺고 앉앗다가 결혼날이 돌아오니 새로지은 한복차림
힌조[1022]새트 상하의에 양말이랑 장[1023]이랑
간소하기 짝이엾어[1024] 빌린너울[1025] 덮어쓰고
자동차에 올아앉아 에식장을 향해가니 꿈이런가 생시런가 어머니가 차을멈처
에식장에 들러리와 들어가니 아버지는 고집불통 화가나서 안오시고
산골처녀 고향에선 한사람도 안이왔네 서울에서 거행하는 신식결혼 예식장에
현이학교 선생님들 몇분만이 오신지라 결혼식이 끈난[1026]후에 피로연을 한답시고
명월관에 들어가서 시부모깨 올린패백 양과자에 큰절하니 너무개화 하였어라
시집쪽에 손님들이 눈이시려 하고말고 시부모는 중간에서 어색하신 모양이나
현이친정 모상중에[1027] 현이오빠 신식관념 하나잇는 여동생을 이런꼴로 짝을지위[1028]
한달전에 얻은게모 사는집에 돌아왔다 양녁팔월 이시육일 한찬[1029]더운 삼복중에
일본유학 간답시고 급희서둔 결혼이라 소복차림 서글픈데 갯지[1030]에서 화촉이며
첫날밤에 신랑신부 인사겸해 마조앉아 악수하고 바라본이 어이그리 어색할가

1018 헐칠하고: 헌칠하고, 키나 몸집 따위가 보기 좋게 어울리도록 크고
1019 구라: '거짓말'을 속되게 이르는 말
1020 달곰한게: 달콤하게
1021 꾀우는데: 꾀는데, 꼬이는데
1022 힌조: 인조(人造), 인조견(人造絹), 사람이 만든 명주실로 짠 비단
1023 장: 欌, 옷장(欌), 옷을 넣어 두는 장롱(欌籠)
1024 엾어: 없어
1025 너울: 예전에 여자들이 나들이할 때 얼굴을 가리기 위하여 쓰던 물건. 얇은 검정 깁으로 만든다. 개두(蓋頭).
1026 끈난: 끝난
1027 모상중에: 모상(母喪) 중(中)에, 어머니의 상사(喪事) 중(中)에
1028 짝을지위: 짝을 지어
1029 한찬: 한창
1030 갯지: 객지(客地)

낮에부터 찌푸린날 이따금식 빗방울은　　현이눈섭 적실만치 오락가락 하드니만
밤중에는 소낙비가 폭포같이 따루어서　　여기저기 물난리로 물을푸는 소리난다
안방에는 계모님이 숨죽이며 탓을듣고　　행낭에는 어멈인가 물소동을 하든첫날
신랑신부 처음만나 무슨말을 해야될까　　뒷방만한 건너방에 옥외등이 환하구나
등불없는 방안이라 눈섭까지 다보인다　　힐긋할긋 살펴본이 혀어멀숙한[1031] 얼굴에
검은눈과 짙은눈섭 끔벅끔벅 무서워라　　언재본듯 하지마는 속으로만 짐작하고
각각으로 옷을벗서 금침[1032]속에 들어간이　　나이먹은 신랑이라 산골처녀 아찔했네
도살장에 드가는소 채렴[1033]한듯 순종한니　　새상만사 알수업다 그중에도 분복[1034]이라
백년고락 같이하면 부귀득명[1035] 할것인가　　남의속을 알수없고 남의건강 알수업다
하루밤새 깊이든정 생사같이 하고지고　　사흘만에 가는신행[1036] 인력거에 올랏어라
시댁문전 들어간이 이름났는 부자집이　　식모방을 도배해서 새며느리 들안치네[1037]
별안간에 며느리를 마자하는[1038] 시댁에도　　아무중비[1039] 하나업시 아들하나 내주엇다
몇해만에 찾은아들 어머니가 달래어서　　장가들어 맡겨놓고 어디든지 가라한이
부모명령 거역못해 결혼하개 되엇다고　　솔직하개 말을 새신랑도 고민이라
점잔한집 딸을맡아 신혼생활 이십일간　　춘몽갓치[1040] 느끼는대 구월중순 되엇어라
공부하려 일본간다 가방들고 나가면서
어머님을 잘받들고 나가면서 몸조심을 하라한이
혼인전에 듣던말과 딴판으로 되엿더라　　현이오빠 거짓말에 신랑각씨 다속앗다
중매쟁이 아이[1041]들고 불비비듯[1042] 치룬혼인

1031 혀어멀숙: 허여멀쑥
1032 금침: 衾枕, 이부자리와 베개를 아울러 이르는 말
1033 채렴: 체념(諦念)
1034 분복: 分福, 각자 타고난 복
1035 부귀득명: 富貴得名, 재산이 많고 지위가 높으며 이름이 널리 알려짐
1036 신행: 新行, 혼행(婚行). 혼인할 때에 신랑이 신부 집으로 가거나 신부가 신랑 집으로 감. 여기에서는 신부가 신랑 집으로 감을 나타낸다.
1037 들안치네: 들어앉히네
1038 마자하는: 맞이하는
1039 중비: 준비(準備)
1040 춘몽갓치: 춘몽(春夢)같이
1041 아이: 아니

싱겁고도 야속하개 두사람을 울이는[1043]날 기적소리 우렁차개 경성역을 작별하고
현해탄을 건너가는 현이신랑 키다리는 광주학생 사건때에 퇴학당한 희생자라
일본으로 밀항해서 동지들과 전전햇네 일본경관 눈을피해 뒷골못을 헤매다가
그어는날 병이나서 길바닥에 쓰러진것 형의친구 동양인이 발견하고 데리고와
부형권유 못이겨서 쉽게결혼 하엿으나 이런내용 모르고서 시집왓는 산골처녀
어머니을 연원[1044]설음 가시지도 안앗으며 우등으로 여고보[1045]를 졸업하고 진학이라
여전[1046] 들어갈때 큰포부를 가젓는데 오라버니 속임수로 키다리와 결혼하고
신랑신부 헤어저서 겨울방학 고대할때 시부모님 사랑이야 며느리중 재일이라[1047]
동서들이 샘을하고 시앗[1048]이나 본듯하다 그후부터 동서두분 모략중상 일을삼아
아우동서 결혼전에 슬픈사연 뒤집는다 부형들의 잘못으로 여러차래 파혼하고
산골처녀 스물한살 파랑곡절[1049] 구설수며 벼락같이 결혼식을 온인[1050]이유 캐는지라
전에혼설[1051] 잇든자리 청혼햇다 파혼된것 신랑귀에 들어가면 어이될고 어이될고
결국에는 알게되어 비극도래 할것인가 새신랑이 알더라도 너그럽게 이해할가
동서시집 송곳방석 시집살이 어렵고나 현이운명 어찌되어 혼설난곳 거진같다
수박같은 부호자제 겉다르고 속다르네 어이할꼬 어이할꼬 피호봉랑[1052] 현이신세
독수공방 신혼생활 수게월이 흘럿어라 겨울방학 기다리며 따분하게 지내는데
맏동서와 둘째동서 번갈아서 현이보고 새댁새댁 내말듣게 신랑과거 알고왔나
또한동서 하는말이 신여성[1053]이 무엇하러 이런집에 시집와서 시집살이 한단말고

1042 불비비듯: 불 비비듯, 아주 빨리
1043 울이는: 울리는
1044 연원: 여읜
1045 여고보: 女高普, 여자고등보통학교. 여기서는 원작자 조애영이 1931년에 졸업한 배화여자고등학교를 말한다.
1046 여전: 女專, '여자 전문학교'를 줄여 이르는 말. 여기서는 '이화여전'을 이른다.
1047 재일이라: 제일이라
1048 시앗: 남편의 첩(妾)
1049 파랑곡절: 파란곡절(波瀾曲折), 사람의 생활이나 일의 진행에서 일어나는 여러 가지 어려움이나 시련 또는 그런 변화
1050 온인: 올린
1051 혼설: 婚說, 혼담(婚談), 혼인에 대하여 오가는 말
1052 봉랑: 봉란(逢亂), 난리를 당함

이런소회 저런소회 시집살든 이야기며　현이친정 내왕없고 혼인범절 허무한것
동정하듯 뒤집으니 낱이[1054]확근[1055] 달았서라
현이모친 계셧더면 현이시집 가는날에
좌우하님[1056] 앞새우고 사인교[1057]에 올아안자
칠보단장 화려하게 차린행차 줄지을것
엿고리[1058]와 유과고리[1059] 육해건물[1060] 최상이며
사동지[1061]와 문안편지 어디간들 빠젓으랴　현이견문 자락적에[1062] 혼인범절 알건마는
어머니가 안계시고 아버지와 조명[1063]이며　두오빠는 이기주의 유대인과 같다할가
일본유학 간다핑게 당일에복[1064] 그것으로　영구[1065]사람 딸치우듯 빈몸으로 내보낸후
한두달이 지난도록 콧등조차 볼수업다　동서들은 구석구석 신여성의 험[1066]인지라
시어머님 들으시고 새며느리 편을드니　한집에서 신구춘돌[1067] 편안날이 업섯어라
송곡[1068]방석 깔앗는듯 현이입장 곤란한대　그엇든날[1069] 일본에서 낭군님이 오신다고
경성에 마중나가 기적소리 들으면서　방학이라 돌아오는 새신랑을 영접햇다
같이나간 시숙이며 새신랑과 집에온이　동서둘이 찌푸리고 괴변이야 괴변이야
이래저래 눈치보다 신랑각시 못댕기며

1053 신여성: 개화기 때에 신식 교육을 받은 여자를 이르던 말
1054 낱이: 낯[面]이
1055 확근: 화끈
1056 하님: 여자 종을 대접하여 부르거나 여자 종들이 서로 높여 부르던 말
1057 사인교: 四人轎, 앞뒤에 각각 두 사람씩 모두 네 사람이 메는 가마
1058 엿고리: 엿목판
1059 고리: 긴 쇠붙이나 줄, 끈 따위를 구부리고 양 끝을 맞붙여 둥글거나 모 나게 만든 물건
1060 육해건물: 陸海乾物. 육지와 바다에서 나는 모든 마른 식료품
1061 사동지: 사돈지(査頓紙), 예단편지의 하나로 신부 쪽 어른이 사돈댁에 직접 가서 인사 못 하는 것을 대신해서 안부 겸 간단한 인사를 적어 사돈집에 보내는 편지
1062 자락적에: 자랄 적[時]에
1063 조명: 조면(阻面), 오랫동안 만나보지 못함 혹은 절교함
1064 에복: 예복(禮服)
1065 영구: 영국(英國)의 오기로 보임
1066 험: 흠(欠), 허물
1067 춘돌: 충돌(衝突)
1068 송곡: 송곳[錐]
1069 그엇든날: 그 어떤 날

친정모친 소대상[1070]에 처음으로 근친하니[1071]

동리사람 모여안자 현이신랑 흝어본다 잘생겻다 못생겻다 신언서판[1072] 차래차래

이집신랑 훌륭한가 저집신랑 훌륭한가 비교하는 이 자리의 새신랑이 병이낫내

가는됴중 진보[1073]에서 상한[1074]인가 열이올아[1075]

처갓집에 들어설대[1076] 정신없시 떨고있다 새신랑이 오자마자 절하다가 쓰러지니

밤새도록 처남셋이 병구완에 바쌧더라 초행길에 병이나서 두서엾시[1077] 문상하고

보름만에 돌아온다 시어머니 놀아신다[1078] 아들병이 이렇함은 상문[1079]들어 그렇다고

이탓저탓 둘처내며 새며느리 팔자새다[1080] 신랑각씨 같이두면 신랑잡아 먹는다고

어머니가 차고안자 독수공방 하개되니 시어머니 처분이나 기다리고 사는판에

동서두분 한편되어 신여성은 고립이요 시어머니 동기들은 만주내왕 빈번해서

좋다는약 싸가지고 오고가니 부산하다 부족증[1081]은 무엇시며 노점병[1082]은 무어신고

남녀같이 동거하면 이병으로 죽는다니 며느리를 친정으로 보내야만 될터인되

안사돈이 안계시고 밧사돈[1083]은 방랑이라 누구믿고 보내는냐 어이할꼬 어이할꼬

시어머니 한숨쉬면 푸념하기 시작이라 신혼이고 무엇시고 새상만사 귀치안타[1084]

1070 소대상: 小大祥, 소상(小祥)과 대상(大祥)을 아울러 이르는 말. 소상(小祥)은 사람이 죽은 지 1년 만에 지내는 제사로 기년제(朞年祭)라고도 한다. 대상(大祥)은 사람이 죽은 지 두 돌 만에 지내는 제사이다.

1071 근친하니: 근친(覲親)하니, 시집간 딸이 친정에 가서 부모를 뵈니

1072 신언서판: 身言書判, 사람을 판단하는 네 가지 기준 즉 용모, 말, 글, 판단력을 말함

1073 진보: 진보면(眞寶面), 경상북도 청송군의 면 소재지

1074 상한: 上寒, 몸 윗도리에 찬 기운이 있는 것. 또는 한사(寒邪)가 상초(上焦)에 있는 것. 한사(寒邪)는 사기(邪氣) 가운데 음(陰)의 성질을 지닌 것이다. 상초(上焦)는 삼초(三焦)의 하나로 가로막 위의 부위로 심(心)과 폐(肺)를 포함한다.

1075 열이올아: 열(熱)이 올라

1076 들어설대: 들어설 때

1077 두서엾시: 두서(頭緖)없이

1078 놀아신다: 놀라신다

1079 상문: 喪門, 초상집에서 부정 탐

1080 팔자새다: 팔자(八字) 세다

1081 부족증: 不足症, 폐결핵이나 인체 내의 진액 부족으로 원기가 몹시 쇠약해지는 증상

1082 노점병: 노점증(癆漸症), 노증(癆症/勞症), 허로증(虛勞症), 몸이 점점 수척해지고 쇠약해지는 증상

1083 밧사돈: 밭사돈(査頓), 바깥사돈, 딸의 시아버지나 며느리의 친정아버지를 양쪽 사돈집에서 서로 이르거나 부르는 말

1084 귀치안타: 귀찮다, 마음에 들지 아니하고 괴롭거나 성가시다

그럭저럭 삼동[1085]나니 뜻밖에도 임신햇내 염치업시 나는구역 입덧나는 여증[1086]이라
시부모님 눈채고[1087] 잉어곰[1088]에 팔진탕[1089]에
생남하기 축원하며 서향방에 차일치고 혼인한지 일년만에 몸을푸니 딸이라네
온집안이 낙심하고 초상이나 난듯하니 산골처녀 시집와서 얻은선물 이것인가
새상만사 시드리혀[1090] 기진맷진[1091] 누웟는대
새신랑이 아빠되어 밤참국을 데워준다 마루에 잠을자며 산모국밥 데우느라
밤중에도 떨걱떨걱 일병을로[1092] 우습고나 사람마다 원하는것 노력하면 되지마는
생남생여[1093] 그일만은 마음대로 안되나니 무슨죄가 지중헤서 여자되여 생산하며
무슨적선 많이헤서 남성으로 태어날꼬 삼생연분[1094] 그것으로 우리부부 되었다면
백년헤로 하고지고 산골처녀 시집와서 애기엄마 되었어도 내어머니 그립고나
자나깨나 그리운것 어머니의 사랑이라 하해같은 그사랑을 어디가서 바라볼꼬
굽이굽히 쌓이[1095]설음 다시풀길 업는날에 새신랑은 벙극벙극[1096] 웃으면서 드리오다
딸이라고 설워말고 국밥이나 먹으라고 은근하게 위로하는 신랑말에 감격하여
쌔근쌔근 잠든애기 눈물속에 바라볼때 키다리는 신기한듯 애기깨워 흔드면서
유심히도 애기얼굴 바라보고 앚ㄴ잤고나[1097]
그럭저럭 초칠날[1098]에 시어머니 들어와서

1085 삼동: 三冬, 겨울의 석 달, 세 해의 겨울. 여기서는 '겨울의 석 달'을 말하는 것으로 보인다.
1086 여증: 餘症, 병이 나은 뒤에 남아 있는 증상
1087 눈채고: 눈치채고
1088 잉어곰: 잉어를 고아서 만든 음식
1089 팔진탕: 八珍湯, 팔물탕(八物湯), 사물탕과 사군자탕을 합한 탕약. 기허(氣虛), 혈허(血虛)를 겸한 증상에 쓴다.
1090 시드리혀: 시들하여, 마음에 차지 않아 내키지 않아
1091 기진맷진: 기진맥진(氣盡脈盡)
1092 일병을로: 일변(一邊)으로, 어느 한편으로
1093 생남생여: 생남생녀(生男生女), 득남득녀(得男得女), 아들을 낳고 딸을 낳음
1094 삼생연분: 三生緣分, 삼생을 두고 끊어지지 않을 깊은 인연. 부부간의 인연을 이른다.
1095 쌓이: 쌓인
1096 벙극벙극: 닫혀 있던 입이나 문 따위를 자꾸 소리 없이 슬그머니 열었다 닫았다 하는 모양
1097 앚ㄴ잤고나: 앉았고나
1098 초칠날: 초칠일(初七日), 첫이레, 아이가 태어난 지 이레가 되는 날

삼신상을 앞에놓고[1099] 손바닥을 비비면서 비나이다 비나이다 상심님[1100]게 비나이다.
다음번엔 아들애기 부디점지 해주이소 이런정성 베푸시니 하해갓은 자애시라
친어머니 대신으로 시어머니 친절한날 새신랑은 원일[1101]인지 다시공부 하고지고
가방들고 떠나면서 어머님만 믿고가네 이것으로 신혼생활 끝이나고 말았구나
가을하늘 맑은지고 흰구름은 오락가락 은하수를 바라보니 이마음도 어지럽네
산골처여 시집와서 일년동안 변한모습 신혼생활 하느라고 아조[1102]딴판 되었어라

경진[1103] 팔월 초구일 권중군 서

1099 높고: 놓고
1100 상심님: 삼신(三神)님, 아기를 점지하고 산모와 산아(産兒)를 돌보는 세 신령
1101 원일: 웬일, 어찌 된 일
1102 아조: 아주, 매우
1103 경진: 경진년(庚辰年)

49. 실향석별곡

김구현 소장

[해제] 이 가사는 낙동강 댐공사로 고향이 수몰됨을 안타까워 하며 지은 국문가사로 자료 형태는 403.2×23.7cm 규격의 두루마리이며, 2행 4음보 형태의 필사본이다. 원작자는 미상이며 근작가사로서, 필사연대는 1974년이다.

오ᄒᆞ통식 아히들아 실향별곡 들어봐라 태극이 초판후에 건곤이 생성ᄒᆞ고
동방승지 영남땅에 산ᄌᆞ수려 우리외내 태백산 졍기타고 낙동강수 유력따라
비로봉 용안맥[1104]에 일국점정 고승질세 춘포성조 입향ᄒᆞᄉᆞ 은둔조기 ᄉᆞ백세라
세한연후 송백졀로 후조당이 창건되고 그 곁에 광우종택 대여궁이 완연ᄒᆞ다
의관을 정제ᄒᆞ고 별묘에 분향ᄒᆞ니 볼승 감창 선경유후 경건지회 뿐이로다
오강을 건너오니 음청정ᄉᆞ 웅거지[1105]요 퇴도부ᄌᆞ 채류ᄒᆞ심 혹순혹망 가상지라
문순공조 가훈받다 근시순졀 글탑도다 지그대골 돌아들어 탁청정묘 알향ᄒᆞ니
울〃창〃 송림간에 좌청우빅 군ᄌᆞ허라 산남선조 도〃무훈 천고명전 거룩할ᄉᆞ
정ᄒᆞ에 대개종택 천석고만 은일지라 또한구비 돌아드니 벽계수 청탕한듸
거몽골 나린물은 황조[1106]성이 화답ᄒᆞ네 기화요초 난만극에 설월종택 정거지라
문정공 죽림탁졀 도차금인 추앙일세 광석천 건너돌아 피안을 따라오니
양정당졍 의구면은 청표[1107]고결 탱천[1108]일세
수대골 바라보며 서당골 못미쳐서 창연히 돌아보니 단목허가 환송ᄒᆞ네
비옥가몽 충효정문 안예간에 으뜸이라 일군ᄌᆞ풍유허지에 문시호 이위탄생

1104 용안맥: 龍安脈
1105 웅거지: 雄據地, 웅거하는 땅
1106 황조: 꾀꼬리
1107 청표: 淸標, 깨끗하고 기품이 있다
1108 탱천: 撐天, 충천

열두분위 문무급제 육십진ᄉᆞ 배출지라 쇄소응대[1109] 진퇴절과 애친경장 종속따라
삼오강륜 옛법대로 사백종ᄉᆞ 오날일세 남전묵답 근롱ᄒᆞ여 교ᄌᆞ육녀 대도진출
관문에 입신ᄒᆞ야 명진각계 활약타가 일년수회 해후상봉 화수돈목[1110] 가당터니
문운이 쇠진ᄒᆞ와 창상지면이 왠일고 낙동강 땜공사야 실향석별 통분토다
갑술년에 시거ᄒᆞᄉᆞ 을묘년에 폐향되니 종묘사직 누가알며 선산분묘 어이할고
수마[1111]탕양[1112] 저물결에 내살길이 선급토다

누대승속 받은세업 기십수백 보상되니 동심서탑 장탄식에 비전막답 대토ᄒᆞ네
남부여대 저이사짐 치렵고도 가식토다 동부골육 미산되니 친척지회 있을손가
부ᄌᆞ모ᄌᆞ 생이ᄉᆞ별 천리천륜 뉘찾을고 ᄎᆞ〃소ᄌᆞ 아희들은 뒷세상을 보련마는
칠순 넘은 노인분네 의ᄌᆞᆼ둔신 가련ᄒᆞ다 갑인세모 서기일예 귀근반향 하엿더니
목불인견 폐허유택 처〃편석 통곡일세 이사전산 구성터를 광활ᄒᆞ게 정지ᄒᆞ여
삼종택 오정자를 불일성지 미건ᄒᆞ니 사마조종 근거지로 영세수호 좋건마는
복달골 일휴당이 달성영별 서럽도다 수구초심 상정대로 근접이주 몇〃이며
가세적중 형세대로 혹원혹근 이향[1113]ᄒᆞ니 오백종사 영좌명분 분〃절통 아깝도다
평양 제 너른들은 어소패굴 되겠으며 방즙골 콩살이는 뉘와함께 하고질고
배실골 모심기압 맛보기는 다틀렸네 논배기고 기받아 봉친법도 그만이며
밤날개 새벽타작 비빔밥도 ᄒᆞ직일세 서지부가 첫날밤에 상직법도 그만이며
납폐친영 예석좌예 청주맥주 그만일다 송구영신 세배길에 척ᄉᆞ대회 어이알며
모걸방혀 편윷놀기 내년이변 다시없다 양춘삼월 화전놀음 얖장설이 그누구며
방재촉혼[1114] 피눈물에 두견화야 이별일다 천중가절[1115] 추천놀이 어느가지 줄을 매여
녹의홍상 차려 입고 세랑군디[1116] 뛰어 볼고 중추야 달 밝은데 오곡천신 조상성묘

1109 쇄소응대: 灑掃應對, 물을 뿌려 쓸고 응대한다는 뜻으로, 집 안팎을 깨끗이 거두고 웃어른의 부름이나 물음에 응하여 상대함을 이르는 말
1110 돈목: 敦睦, 정이 두텁고 화목함
1111 수마: 水魔
1112 탕양: 蕩漾, 물결이 넘실거리며 움직임
1113 이향: 離鄕, 고향을 떠남
1114 촉혼: 蜀魂, 두견이
1115 천중가절: 天中佳節, 좋은 명절이라는 뜻으로, 단오를 달리 이르는 말

교〃야심 지지토온 주효선만 그립도다
주과포혜 제례간소 음복봉과 있을손가
삼름댁 찰떡내기 일꾼없어 못ᄒᆞ겠네
누수석별 산거되니 만날기회 언약ᄒᆞ소
외가처가 찾아와서 별식야화 다 먹었다
오며가며 가두상봉 대못잔이 인정일세
금년이 막죽[1118]이니 노소동락 어떠한고
규범을 찾을손가 쌓인울분 폭발ᄒᆞ네
듬북장통 김치에 면〃이 포식이라
양모에 맺힌 눈물 소매로 닦아내며
천도호환 치창일에 새옹전복 되거들랑
금의관광 객이되어 금일놀음 다시ᄒᆞ세

세서천역 배소지행 어느누가 헌작[1117]ᄒᆞ며
동지섣달 긴〃밤에 장기바둑 끝장나고
아랫마을 하회형님 웃바을 무실아재
천전깁실 온혜이실 근친길이 단절되니
지남지북 흩어지니 재회상봉 묘연ᄒᆞ고
상ᄒᆞ촌 장소들아 석별축구 시합하세
동서로 편을갈라 장소로 뽈을ᄎᆞ니
백미일두 밥을짓고 탁주서말 받아다가
일탁서산 저녁날에 창연히 도로헬제
손목잡고 다시앉아 만단회포 밀〃설화
치〃회문 고루돌려 일년일회 택일ᄒᆞ여

歲在 甲寅 十二月 六日
寧海高等學校 在任中

1116 군디: 그네
1117 헌작: 獻爵, 제사 때에 술잔을 올림
1118 막죽: 마지막

50. 연모곡戀母曲

김구현 소장

[해제] 이 가사는 어머니께서 병이 들어 병원에 입원하게 된 상황부터 퇴원할 때까지 상황과 마음을 노래한 국문가사로 자료 형태는 17.3×303.8cm(세로×가로) 규격의 두루마리이며, 2행 4음보 형태의 필사본이다. 원작자와 필사자는 미상이다.

시유계축 단양월에 유심유한 타필ᄒᆞ야 연〃지준 오묘지정 일구미흡 월심불효
영히짱 수백리에 호구지계[1119] 가련ᄒᆞ다 혼졍신셩[1120] 못ᄒᆞ오니 죵고봉양 ᄒᆞ올손가
ᄒᆞᄉᆞ월 이십삼일 지중환모 경달[1121] ᄒᆞ자 망중귀령 ᄒᆞ고보니 목불인견[1122] 오모졍샹
천시지기 이왠일이고 굴신요동 불가형ᄉᆞᆼ 일야시병 ᄒᆞ난즁의 통곡신음 진통일세
낭〃한 채읍으로 애이극비 ᄒᆞ신말ᄉᆞᆷ 촌〃이 긊인[1123]간장 화룡쇠[1124] 되엿어라
슬ᄒᆞ에 ᄉᆞ남일녀 복력[1125]이ᄉᆞ 좋건마는 어ᄂᆞᄌᆞ식 슐들ᄒᆞ여 미음시탕 구료ᄒᆞ며
친손외손 잇다해도 분뇨지례[1126] 감당ᄒᆞᆯ가 장할시고 마령고모 친ᄌᆞ친녀 비할손가
진력충심 지중ᄒᆞ니 후필챵대 음화로다 촌〃이 지은역죄 사〃이 읍죄ᄒᆞ고
명호놈 불러다가 택시대졀 담행ᄒᆞ야 좌액을 부축ᄒᆞ니 순식간에 안동시라
외과병원 급도ᄒᆞ야 임원수속 ᄒᆞ고나니 이층병동 삼호실에 오모인연 지엇도다
ᄉᆞ진찍어 확인ᄒᆞ고 기브스 바친후에 닝겔한병 주ᄉᆞᄒᆞ니 이상코도 졀묘ᄒᆞ다
편작의 신술인들 이에서 더할손가 문객이 운집ᄒᆞ니 고맙고도 황송토다

1119 호구지계: 糊口之計, 호구지책
1120 혼졍신셩: 혼전신성(昏定晨省), 밤에는 부모의 잠자리를 보아 드리고 이른 아침에는 부모의 밤새 안부를 묻는다는 뜻으로, 부모를 잘 섬기고 효성을 다함을 이르는 말
1121 경달: 驚怛, 남의 부모나 손위의 가까운 사람이 죽었다는 소식을 받고서 깜짝 놀람
1122 목불인견: 目不忍見, 눈앞에 벌어진 상황 따위를 눈 뜨고는 차마 볼 수 없음
1123 긊인: 끊인
1124 화룡쇠: 화룡소(化龍沼)가
1125 복력: 福力, 복을 누리는 힘
1126 분뇨지례: 糞尿之禮

일가친척 좋다함은 이때두고 하난이라 하룻밤 겨우세와 신기출발 불피ᄉᆞ졍
미명ᄉᆞ경 버스타고 임지로 출발할제 망극지회 서른간쟝 사진의 부진의라
오열양모 흐른 눈물 처처히도 설울시고 영해에 도임ᄒᆞ여 교단의 훈독ᄒᆞ나
어와〃산젹지죄 동〃촉〃무불사역 한나라 제둔견[1127]은 위모절족[1128] ᄒᆞ여잇고
당태종 어린효심 칠년시병 ᄒᆞ엿으나 ᄉᆞ셔삼경 배웟건만 일불효행 어이ᄒᆞ리
상봉ᄒᆞ육 분망지신 유의미수[1129] 가탄이라 객챵등하 춘소곤기 전〃불매 오경일세
낙화무어 유화[1130]결실 포엽이 농풍[1131] ᄒᆞ니 녹음망쵸 만지군ᄉᆼ[1132] 계축단양 승시로다
앵가는 벗을불러 쌍기화답 ᄒᆞ여잇고
재혈성성 원두견[1133]은 오모탄쳑[1134] ᄒᆞ난고야
맥황의 올모심기 양념으로 드리우고 연평쳔마 리은물에 은인옥쳑[1135] 살이졋네
칠보산 중허리에 백운이 산비ᄒᆞ고 동해수 청량ᄒᆞ니 자환이 덜ᄒᆞ신가
방향은쳔 묘연ᄒᆞ니 심기우회 노심토다 자모춘츄 육십오세 몇〃해를 더사실고
시운이 불길ᄒᆞ여 부ᄌᆞ모ᄌᆞ 별거ᄒᆞ니 조초모ᄉᆞ 애들ᄉᆞ연 어나 폭지 만재할가
사백년 오촌향은 침수지경 당박ᄒᆞ니 남부여대[1136] 고별이향 산재사방 흐터지니
선산종뵤 어이알며 친척졍화 쓸대없다 가장골 저녁달은 세원인망 모르겟고
우마장 빌술이도 오늘내일 사라지니 논배기 고기받아 봉양봉찬[1137] 잇을손가
정쵸ᄎᆞᄉᆞ 간략되고 구일천신 소멸되네 비자관방 모르거든 굴건제복 있을손가
백일탈ᄉᆼ 좋건마는 돌잔치는 승화되니 후세의 어린것들 부손견분 잇을손가
인ᄌᆞ의 최대ᄉᆞ업 봉ᄉᆞ접빈 위상일세 부ᄌᆞ형제 동부골도 재물밖에 모른세월

1127 제둔견: 제둔견(諸屯鵑)이라고 옆에 기록되어 있다.
1128 위모절족: 爲母折足
1129 유의미수: 有意未遂, 마음은 간절해도 뜻대로 되지 못함
1130 유화: 柳花
1131 농풍: 弄風
1132 만지군ᄉᆼ: 만지군상(萬枝群像)
1133 원두견: 怨杜鵑
1134 척: 慽
1135 은인옥쳑: 은인옥척(銀鱗玉尺)
1136 남부여대: 男負女戴, 남자는 지고 여자는 인다는 뜻으로, 가난한 사람들이 살 곳을 찾아 이리저리 떠돌아다님을 비유적으로 이르는 말
1137 봉찬: 奉讚

장탄한숨 절로나며 몰인지정 뿐이로다
추로향에 생쟝ᄒᆞ여 납폐친명 ᄒᆞ온후로
고진감래 못할망졍 성가성취 ᄒᆞ온후로
지난주에 향반ᄒᆞ야 퇴원수속 ᄒᆞ온후에
백년못살 헛뿐인생 여생을 생각ᄒᆞᄉᆞ
불원미래 희춘하ᄉᆞ 수력[1139]회복 ᄒᆞ신후에
한평생 고생타가 노후안일 무죄하니
평소에 못한하소 일필샹서 ᄒᆞ나이다
ᄎᆞ〃아 오모님은 한생[1138]이력 쟝할시고
안빈낙도 고속따라 부도를 지켰도다
가가 단락 번성ᄒᆞ니 후필복록 이게로다
금주에 미반환을 과이꾸중 바옵소서
강작한 한술지공 근지강지 잡수시고
금일대구 명일서울 팔도유람 ᄒᆞ옵셔니
모ᄌᆞ간 허다사연 만권지도 부족이나

세재 계축 오월 십칠일 영해고등학교
재직 즁 성내동 하숙방 등촉 하에서

1138 한생: 일생
1139 수력: 수기력(隨其力), 제힘에 알맞게 함

51. 일여가

이상규 소장

[해제] '일여가'는 '리씨회심곡', '게정화슈가', '홍도기힝문', '탄소가', '육십년회고록(전편)', '육십년회고록(이편)'과 함께 한 권의 전적에 전편이 수록된 국문 가사이다. 자료 형태는 33×28cm 규격의 전적이며, 단 · 행 · 음보 구분 없는 줄글 형태의 필사본이다. 창작 연대 및 원작자는 미상이다.
무남독녀 외딸을 고이 길러 멀리 경주 이씨 문중에 시집보내고 난 뒤 딸에 대한 그리움을 구구절절 노래한 가사로, 시어른께 효도를 다 하고 시댁에서 화목하고 무양하게 지내다가 다시 만날 것을 기약하는 내용으로 끝을 맺고 있다. 특히 혼례 과정을 세세하게 묘사한 부분과 시집보낸 자식에 대한 부모의 사랑을 애절하게 표현한 부분이 돋보인다.

어와 ᄂᆡ딸이야 삼종지의[1140] 뉘면하며 여자유ᄒᆡᆼ[1141] 뉘면ᄒᆞ리 사람마당 잇건마는
부모형제 바랄손냐 불상ᄒᆞ다 네부모난
다란[1142]ᄌᆞ식 바이업고 다만골륙[1143] 너뿐니라
기화갓튼 너하나를 은금갓치 길너ᄂᆡ니 슉석하다 네거동이 이팔이 너머드니
여기구혼 저기구혼 운우처도 가득ᄒᆞ다
길가직고[1144] 호부[1145]한집 초즁ᄒᆞ고 용한실낭[1146]
우리먼저 구혼ᄒᆞ며 내병들며 네와보고 내죽을ᄊᆡ 당ᄒᆞ거든 너와친히 시탕ᄒᆞ야[1147]
ᄉᆡᆼ전사후 의지이탁[1148] ᄐᆡ산갓치 고망ᄒᆞ야[1149]

1140 삼종지의: 三從之義, 삼종지도(三從之道), 예전에 여자가 따라야 했던 세 가지 도리
1141 유ᄒᆡᆼ: 유행(有行), 행실
1142 다란: 다른
1143 골륙: 골육(骨肉)
1144 길가직고: 길이 가깝고
1145 호부: 豪富, 세력 있는 큰 부자
1146 실낭: 신랑(新郎)
1147 시탕ᄒᆞ야: 시탕(侍湯)하여, 어버이의 병환에 약시중을 들어
1148 의지이탁: 의지(依支)하고 의탁(依託)함

쥬야로 츅원터니 고명ᄒᆞ신 너의부친　원근갓다 마다ᄒᆞ고 경쥬ᄯᅡᆼ 양자동에
이시문즁 ᄃᆡ현종손 반세조코 ᄃᆡ〃 음직[1150]　팔도에 뉘모라리 길머닥고[1151] 아니하려
ᄂᆡ혼자 근심터 천정ᄇᆡ필[1152] 연분니라　임에로[1153] 못할지라 칠팔월에 허혼ᄒᆞ야
턱일뉘정 언제련고 불한불여[1154] 호시절에
구월츄풍 십팔일노 전안교ᄇᆡ[1155] 예필[1156]후에
빙옥[1157]갓튼 우리사회[1158] 단아함도 단아하다
쥰슈한 우리사회 만면에 청골이요　어엿분 우리ᄯᅡᆯ이 오날노 쌍이된다
ᄯᅡᆯ키워 사회보기 사람마당 잇거니와　오날날 나의경ᄉᆡ[1159] 오십연 처음이라
감은할사 교리사돈 자ᄋᆡ도 유명ᄒᆞ다　어엿분 ᄂᆡ의ᄯᅡᆯ을 하날갓치 놉흔이지
오날날노 맛겻스니 엇지아니 깃불손냐　초힝의 신힝정일 섭〃ᄒᆞ고 아연ᄒᆞ기
ᄐᆡ산니 경한덧고 하ᄒᆡ도 엿튼덧다
구십지연 도모거연 증조모게 생면을 하시려고
단〃뇌정 ᄒᆞ시나니 여ᄌᆞ의 마인몸이　구가[1160]의 달엿스니 엇지아니 힝할손냐
삼일만의 회상ᄒᆞ야 오일만의 ᄌᆡ힝[1161]오니　어엿부은 우리사회 다시보니 그의ᄒᆞ다
부귀성공 유자유슨[1162] ᄇᆡᆨ년동낙 기약ᄒᆞ고　너의ᄂᆡ외 자별하여 금이포ᄇᆡᆨ 다쥬면서
너를가자 청ᄒᆞ더야 금석갓튼 네마음이　부모동기 다바리고 근심업시 ᄯᅡ라가니
세상법이 신통ᄒᆞ다 구월성예[1163] 시월신힝　빈한한 이가즁에 무산두세 잇ᄌᆞᆫ말고

1149 고망ᄒᆞ야: 고망(顧望)하여, 둘러보아
1150 음직: 蔭職, 음관(蔭官), 과거를 거치지 아니하고 조상의 공덕에 의하여 맡은 벼슬
1151 길머닥고: 길이 멀다고
1152 천정ᄇᆡ필: 천정배필(天定配匹), 하늘에서 미리 정하여 준 배필이라는 뜻으로, 나무랄 데 없이 신통히 꼭 알맞은 한 쌍의 부부를 이르는 말
1153 임에로: 임의(任意)로, 마음대로, 하고 싶은 대로
1154 불한불여: 불한불열(不寒不熱), 날씨가 춥지도 덥지도 아니하고 알맞게 따뜻함
1155 전안교ᄇᆡ: 전안교배(奠雁交拜), 혼례 때 신랑 신부가 기러기를 상 위에 놓고 서로 절을 주고받음
1156 예필: 禮畢, 인사를 끝마침
1157 빙옥: 氷玉, 얼음과 옥, 맑고 깨끗하여 아무 티가 없음
1158 사회: 사위[壻]
1159 경ᄉᆡ: 경사(慶事)가
1160 구가: 舊家, 시집, 시부모가 사는 집
1161 ᄌᆡ힝: 재행(再行), 혼인한 뒤에 처음으로 신랑이 처가에 감
1162 유자유슨: 유자유손(有子有孫), 후손이 있음

시월염간 극한치위 츌힝일이 거티쪄서 삼일로 한정하니 우슈난 괴상한ᄃᆡ
어린너랄 내여녹코 어미심회 엇덜손냐 교자[1164]에 들러갈석 경게할말 바이업시
여자처신 미리아리 ᄀᆞᆺ〃치 ᄆᆡ친염여 소진의 긴ᄒᆡ라도 다기록기 어렵도다
자애특별 너의부친 너다리고 아니가려 부여작별 난감ᄒᆞ며 아니가려 ᄒᆞ시난ᄃᆡ
ᄂᆡ가아니 ᄃᆡ답ᄒᆞ여 무간ᄂᆡ[1165] 가시더니 슈일유슉 회환시의 눈물막아 압피업고
흉격막혀 말못ᄒᆞ며 얼어〃 너랄얼어 여강아지 신통ᄒᆞ다 고현ᄌᆞ중 무ᄑᆡ하여
삼일한정 극한치위 아비심여 아니쓰니 효여〃 ᄂᆡ효녀라 치ᄒᆞ〃 그지업다
동창에 쓰난ᄒᆡ를 너본다시 반겨보고 야월이 창〃 한ᄃᆡ 놉피든 저기력기[1166]
월하의 슬피우러 네소ᄅᆡ 처량하다 내듯기 더욱실타 나의딸 인난곳은
너난응당 알거시니 일봉서 빨니붓처 경쥬짱 양ᄌᆞ동에 회제[1167]종손 이서방에
유촌집게 전ᄒᆞ여라 청〃에 귀명월[1168]은 네거동을 보건만은 나난어이 못보난고
천즁에 학성고난 양자동을 보련마는 나난어이 못보난고 학이되야 너를보랴
몽혼[1169]의 나라가서 너랄만나 반겨신들 ᄉᆡᆼ몽이야 갓틀손야 가련하다 여자힝□
너랄가서 못보난냐 반철리 지음ᄒᆞ니 소식인들 드를손야 과객도 엄난길희
풍편[1170]도 못듯거든 직편도 쉬울손야 백두웅 너어미난 우혈업시 안자스니
심회난 더상ᄒᆞ고 몸에실은 슉중신질 너간후로 복팔ᄒᆞ야 쥬야로 고통하니
어나뉘가 자시[1171]아리 단흥한 너오라비 안박그로 분쥬하나 자ᄋᆡ로운 딸만ᄒᆞ랴
십구년 애석쥬인 덧업고도 헛부도다 단아하신 우리사회 거룩하신 명문귀가
부족으로 우리생전 소연등과 참방ᄒᆞ여 어사화를 슉여쓰고 화동을 압세우고
상재를 울리면서 유촌동ᄂᆡ 드러오면 반가울사 우리사회 일여서랄 두엇다가

1163 성예: 성례(成禮)
1164 교자: 轎子, 가마
1165 무간ᄂᆡ: 무가내(無可奈), 막무가내
1166 기력기: 기러기[雁]
1167 회제: 회재(晦齋) 이언적(李彦迪, 1491~1553), 조선 중종 때의 성리학자
1168 귀명월: 그 명월(明月)
1169 몽혼: 夢魂, 꿈속의 넋
1170 풍편: 風便, 바람결, 풍설(風說)로 전(傳)하는 말편
1171 자시: 자세히

이른경시[1172] 쏘인난가 두다리랄 두들기며 두활게랄 펴터리고 품을츄며 세상에
낫든자취 닉한몸 뿐일너라 빅연히로 부귀공명 유자유손 다닉가 설분니라
성문고안 부인닉들 이것보고 웃지마소 닉소처가 남과달나 자여날[1173] 여럿나하
마즈로 전픠ᄒᆞ고 씃히가서 저랄어더 남녀가 무감이라 은금갓치 너랄만저
기화갓치 압픠두고 츈하추동 괴로운날 병날시라 조심ᄒᆞ고 얼너〃길넛스니
취졸이 여승할가 그딕로 눌여보소 그즁에 남에사정 아느니가 쉬울손가
다란[1174]예절 던저두고 빅년히로 자손만당[1175]
그두가지 츅수로다 너그리워 광심인등
취담인듯 웃는니가 만으니라 다시옴 경게로다
구고존전 효도랄 극진ᄒᆞ고 닉외존당
화희화락ᄒᆞ여 틱평무양[1176] 반석갓치 지닉다가
츈풍이 화창커든 부〃배힝ᄒᆞ야 조희〃[1177] 올나와서 친척을 반겨서라 씃

1172 경시: 경사(慶事)가
1173 자여날: 자녀(子女)를
1174 다란: 다른[異]
1175 만당: 滿堂, 사람들로 가득함
1176 무양: 無恙, 몸에 병이나 탈이 없음
1177 조희〃: 좋게 좋게

52. 일여가라

조춘호 소장

[해제] 외동딸 시집보내는 어머니의 심정을 그린 가사. 슬프고도 기쁘고, 그립고도 기특하다 했다. 사돈댁에 보내는 편지 형식으로 마무리되어 있는 게 특징이다.

어화 ᄂᆡᄯᆞᆯ리야 ᄉᆞᆷ종지에 지면ᄒᆞ면　　여ᄌᆞ뉴ᄒᆡᆼ 뉘면ᄒᆞ리 여ᄌᆞ마다 ᄂᆡᆺ건마ᄂᆞᆫ
부모형제 모할소야 불ᄉᆞᆼᄒᆞ다 네부모난　　다란ᄌᆞ식 바히어고[1178] 다만고륙 너뿐이라
게화갓치 길너ᄂᆡ니 슉셩ᄒᆞ다 너거동이　　〃팔니 넘어드니 여기구혼 져기구혼
운쳐도 가륵ᄒᆞ다 길가족고 호분ᄒᆞᆫ집　　조출ᄒᆞ고 용ᄒᆞᆫ실낭 우리먼져 구혼ᄒᆞ며
ᄂᆡ병들며 네와보고 ᄂᆡ쥭을ᄯᆡ 당ᄒᆞ거던　　네와친히 시탕하야 ᄉᆡᆼ젼ᄉᆞ후에 니탁
ᄐᆡ산갓치 고명ᄒᆞ신 너에부친 원근간 마다ᄒᆞ고
졍쥬짱 양ᄌᆞ동에 이시문즁 ᄃᆡ련종손　　반셕조코 ᄃᆡ〃음즉 팔도에 귀모라
ᄀᆡ길며닷고 안니ᄒᆞ려 ᄂᆡ혼ᄌᆞ 근심턴니　　쳔졍비필 연분이라 님에로 못할지라[1179]
칠팔월ᄋᆡ 혼하야 ᄐᆡᆨ길닐젹 언제련고　　불ᄒᆞᆫ불열 호시절에 구월츄동 십팔일노
젼안조ᄇᆡᆨ 니필후ᄋᆡ ᄇᆡ옥갓한 우리ᄉᆞ회　　단안홈도 단아ᄒᆞ다 쥰슈ᄒᆞᆫ 우리ᄉᆞ회
만면에 졀골리요 어엿쁜 우리ᄯᆞᆯ니　　오날놀노 ᄉᆞᆼ의된다 ᄯᆞᆯ키워 ᄉᆞ회보기
ᄉᆞ람마다 ᄒᆞ건마ᄂᆞᆫ 오날〃노 맛겨신니　　엇지안니 깃쑬손야 초ᄒᆡᆼ신졍니 셥〃고
아연ᄒᆞ기 ᄐᆡᄉᆞᆫ이 경ᄒᆞᆯᄃᆞ ᄒᆞ히가 엿흘너라
구십노친 조모지안 증조모게 ᄉᆡᆼ면을 ᄒᆞ시려고
단〃ᄂᆡ 졍ᄒᆞ시ᄂᆞ니　　여ᄌᆞ에 마인몸이 구가에 ᄉᆞᆷ겨신이
엇지안니 ᄒᆡᆼ할손고 ᄉᆞᆷ일만에 ᄐᆡᄉᆞᆼᄒᆞ여　　오일만의 ᄌᆡᄒᆡᆼ오니 어엿쁜 우리ᄉᆞ회
다시보니 그이ᄒᆞ다 부귀션공 유ᄌᆞ뉴손　　ᄇᆡᆨ연동낙 기약ᄒᆞ고 너의ᄂᆡ외 ᄌᆡ별ᄒᆞ여

1178 다란ᄌᆞ식 바히어고: 다른 자식 바이없고
1179 님에로 못할지라: 임의로 못 할지라

금의포빅 다다쥬면셔 너랄가ᄌᆞ 간쳔턴야 야금셕갓ᄒᆞᆫ 네마암니 부모동싱 다바리고
근심업시 짜라가니 시ᄉᆞᆼ업이 신통ᄒᆞ다 구월신어 시월신힝 빈ᄒᆞᆫ〃이가즁에
무ᄉᆞᆫ두ᄉᆡ 잇ᄌᆞ말고 시월염간 극ᄒᆞᆫ치위 츌힝이라 써러끼여[1180] ᄉᆞᆷ일노 ᄒᆞᆫ졍ᄒᆞᆫ니
우슈ᄂᆞᆫ 괴ᄉᆞᆼᄒᆞᆫᄃᆡ 어린네을 ᄂᆡ여노코 어미심회 엇떨손야 교ᄌᆞ문 드려갈졔
경계ᄒᆞᆯ말 바히업셔 여ᄌᆞ쳐신 어니아리 ᄯᅳᆺ〃치 밋친염여[1181] 소진의 허타ᄂᆞᆫ다
졍키 어렵도다 ᄌᆞ의록 별네에 부친 너다리고
아니가려 ᄒᆞ시ᄂᆞᆫᄃᆡ 네안가려 ᄃᆡ답하니
무가ᄂᆡ히라[1182] 가시던이 뉴슈회환 ᄒᆞ시니[1183]
눈물막혀 말못ᄒᆞ며 얼너고 너랄멀너 ᄂᆡ강아지 신통ᄒᆞ다 교련죱증 무피ᄒᆞ고
ᄉᆞᆷ일ᄒᆞᆫ졍 극ᄒᆞᆫ치위[1184] 아비심여 안여시니 효여〃ᄂᆡ 효여라 치하〃고 그지업다
동ᄎᆞᆼ에 도던히을 너본다시 반겨보고 야월은 ᄎᆞᆼ〃ᄒᆞᆫ니 놉피ᄯᅳᄂᆞᆫ 져게력이[1185]
월ᄒᆞ에 실피우려 네소릐 쳐량ᄒᆞ니 ᄂᆡ듯게 더옥슬타 ᄋᆡ여ᄋᆡ 닌난곳든
네ᄂᆞᆫ응당 알거시이 일봉셔ᄎᆞᆯ 바릐붓쳐 경쥬쌍 양좌동의 회지종손 이셔방ᄂᆡ
뉴촌집게 젼ᄒᆞ여라 청쳔에 져명월은 네거동을 보련마ᄂᆞᆫ 나ᄂᆞᆫ어이 못보ᄂᆞᆫ고
쳥즁ᄋᆡ 져ᄒᆞᆨ이ᄂᆞᆫ 양좌동을 보련마ᄂᆞᆫ 나ᄂᆞᆫ어이 못보난고 다리ᄃᆡ야[1186] 너랄보랴
학이되어 너랄보랴 몽혼니라 나라가셔 너랄만나 반겨신들 ᄭᆡᆫ후애 가할소야
가련ᄒᆞ다 여ᄌᆞ힝지 너랄가겨 못보난야 반쳘니라 지음ᄒᆞ이 소식인들 드랄손야
과직도 업난길에 풍편도 못듯거던 직편인들 쉬울손야 빅두은 네어미난
우렬업시 야ᄌᆞ스니 심회만 더ᄉᆞᆼᄒᆞ고 몸에시리은 슉증신질 너간후에 복발하야
쥬야로 고통ᄒᆞ니 어느뉘 자시아리[1187] 관즁ᄒᆞᆫ 네오라비 안밧그로 분쥬ᄒᆞ니
ᄌᆞ비로온 쌀만ᄒᆞ랴 십연에 심쥬인 덧업고 덧업도다 단아ᄒᆞ신 우리ᄉᆞ회

1180 써러끼여: 거리끼어, 꺼림칙하여
1181 염여: 염려
1182 무가ᄂᆡ히라: 어쩔 수가 없다
1183 뉴슈회환 ᄒᆞ시니: 울며 돌아오시니
1184 치위: 추위
1185 게력이: 기러기
1186 다리ᄃᆡ야: 달이 되어
1187 자시아리: 자세히 알리오

ᄇᆡ록우로 ᄉᆡᆼ젼 소연등과 ᄎᆞᆼ방ᄒᆞ여 어ᄉᆞ화랄 수겨스고 화조을 압셔우고
ᄉᆞᆼ져랄 울니면셔 뉴초롱 ᄂᆡ드려오며 반가울ᄉᆞ 우리ᄉᆞ회 일여셔랄 두엇다가
니련경ᄉᆡ 쏘인ᄂᆞ가 두다리 달우쥽기면 츄물츄며 시ᄉᆞᆼ에낫던 ᄌᆞ취 지ᄒᆞᆫ몸 쁜일넌니
ᄇᆡᆨ연ᄒᆡ로 부귀공명 뉴조뉴손 다네 기분니라
셩문고안 부인ᄂᆡ들 이것보고 웃지마소
ᄂᆡ소쳐가 님과달나 글여랄 여려나 맛으로 견피ᄒᆞ고 ᄊᆞᆺᄒᆡ가셔 져랄어더
남녀가 무간한너은 금갓치 어라만져 ᄀᆡ화갓치 ᄋᆞᆸᄒᆡ두고 츈ᄒᆞ츄동 괴로온날
병날ᄉᆡ라 ᄉᆞ렴ᄒᆞ에 얼너 길신니 취조니미 여셩ᄒᆞᆯ가 그ᄃᆡ로 눌너보소
그즁에 남에ᄉᆞ졍 아ᄂᆞᆫ이가 쉬울손가 다란예졀 던져두고 ᄇᆡᆨ연ᄒᆡ로 ᄌᆞ손만단
그두가지 츅슈롭다 너그리월[1188] 실셩ᄒᆞ여 광심닌ᄃᆞᆺ 취담인ᄃᆞᆺ 웃나 이만ᄒᆞᆫ이라
다시 경계하ᄂᆞᆫ니 구고 존젼에 효도랄 극진히 ᄒᆞ고
ᄂᆡ외존단ᄒᆞ에 화락ᄒᆞ여 ᄐᆡ평무량 반셕갓치 지나다가 츈풍니 환ᄎᆞᆼ커던 부〃비ᄒᆡᆼᄒᆞ야
조히〃올나와셔 노모랄 ᄎᆡ령ᄒᆞ고 친쳑을 반겨셔라

고문화벌을 흐망[1189]ᄒᆞ온지 오ᄅᆡᄋᆞᆸ더니[1190] 쳐연니 귀쥬ᄒᆞ와

ᄉᆞ의랄 겸ᄒᆞ오니 시ᄉᆞᆼ법니[1191] 신통기이 ᄒᆞ온ᄃᆞᆺ 회편을 셔〃고ᄃᆡᄒᆞ올ᄎᆞ 문득 ᄃᆞᆺ치오며 니어만 지졍출 밧ᄌᆞ와 ᄌᆡ숌봉록 ᄒᆞ올ᄉᆞ록 신ᄉᆞ졍심니 ᄌᆞ〃가득ᄒᆞ올분 ᄌᆞ형ᄉᆞ제간 만단 졍곡 으름일셕 ᄉᆞᆼᄃᆡᄒᆞ여 심곡을 비푸드ᄃᆞᆺ ᄌᆞ황ᄌᆞ미 다시 업ᄉᆞ오니다 즁츈의 연ᄒᆞ와 ᄉᆞ른 억만 호역즁 누일여ᄒᆡ 업ᄉᆞ시와 침션이 여ᄉᆞᆼᄒᆞᄋᆞᆸ시고 밧ᄉᆞ돈ᄀᆡᄋᆞᆸ셔 덤〃심부 즁이시ᄂᆞᆫ 기력 ᄀᆡᆨ쳡졀 아니시와 만슈강왕 슉슈등호 여ᄉᆞᆼᄒᆞᄋᆞᆸ시고 슬젼 귀즁 도련님 각〃안길 뉸턱ᄒᆞ온 쥴외ᄒᆡᆼ이 오며 니곳 어엿쁜 며ᄂᆞ리 ᄃᆡᄐᆡ 후 몹시 파려〃ᄒᆞ온쥴 알히고 즁ᄂᆞᆫ〃ᄒᆞ오며 알히고 그렷 현철 요조 단아 단모 아람답더라 밧게셔 보시고 못ᄂᆡ 조ᄒᆞ ᄌᆞ랑〃ᄒᆞᄋᆞᆸ시니〃곳 평ᄉᆡᆼ 고망 ᄐᆡᆨ부소망의 흐뭇넘치온 ᄃᆞᆺ ᄒᆞ오니 한문의 창ᄃᆡ 가졍ᄒᆞ을 일미리다 호겨ᄉᆞᆸ고 공ᄉᆡᆼ〃ᄒᆞ오니다

1188 너그리월: 너 그리워
1189 흐망: 흠앙(欽仰), 공경하여 우러러 사모함
1190 여기서부터는 사돈에게 보내는 내용임
1191 시ᄉᆞᆼ법니: 세상 법이

그 밧게 ᄉᆞ돈 각딕 제졀이 원근 합졀이 안과 들ᄒᆞ옵심 만힝니 오며 고ᄌᆞᆼ셩식 다친당 안신 죵〃잇친 니회 아니시고 우거ᄒᆞ와 고젹 고단ᄒᆞ시문 양곳지 일반니온듯[1192] 이곳 사졔ᄂᆞᆫ 허다 고역 즁 근〃통증은 업ᄉᆞ오나 슈ᄒᆞ 부인 괴롭고 밧게셔 슈〃심우 즁　신식환탈 ᄒᆞ옵시니 민망고 슬ᄒᆞ ᄌᆞ식 남미 파려〃즁 ᄂᆞᆫ〃딕턱니도 싀슉 닉의분 연심 근역 엄〃젹피 ᄒᆞ옵시니 민울 두립사온 즁슈소동긔 에각〃갈여 니시오니 낙〃긋부옵 질아랑〃닉외 무고 다힝〃맛 질부 니번의 와셔 니사오니 그리던 동기 슉질 상의ᄒᆞ와 그득 깃부오며 둘제 동셔 외롭사온 기운 거ᄂᆞ려 일양 다힝고 각집 무평 듣〃ᄒᆞ압나이다 상슈결속 은층에 고기ᄌᆞᄒᆞ오니 못ᄌᆞ오신 쳠시 싱식 그지 업사오나 사돈닉 과렴부단〃니 고은 범빅 허무〃불셩가시에 저갈삼싀 유아로 아옵고 일쳑 뉴렴 업시 졸졍ᄒᆞ와 ᄒᆞᆫ 가지도 보심작 ᄒᆞᆫ 것 업ᄉᆞ오니 무안〃사돈닉 쳣 ᄌᆞ미에 무흥〃셥〃ᄒᆞ오실 듯 난쳐 죄송〃일〃원좌홍 안니올소이다 ᄌᆞ식은 시속으로 나히 ᄉᆞ어리라 하올가마난 부〃고촌의 보비온 것 업시 미거ᄒᆞ온 거슬 존젼의 보닉옵고 일염 닛줍지 못아ᄂᆞᆫ려도 ᄉᆞ돈닉 금시에 히훈ᄒᆞ옵신 셩덕 ᄌᆞ애시로 빅흥을 나리스셔 친ᄌᆞ갓치 거두옵시기 쳔만 바라옵나이다 쳡〃졍ᄉᆞ 셔리고 밀이온 딕슈요 단문셩ᄌᆞ 난흐지 못 션망후실노 두어ᄌᆞ 긋ᄌᆞ오며 이 후 닉〃거ᄂᆞ려시고 양위분 기력 안영 ᄒᆞ옵심과 니곳 단즁 어엿분 현부 닉〃감식 뉸턱 져의 앙증닉의 봉황ᄉᆞᆼ비으로 ᄉᆞ돈 슬젼의 넘노옵다가 ᄌᆞ식 슈니〃보아시기 귀원〃바라옵나이다

1192 고젹 고단ᄒᆞ시문 양곳지 일반니온듯: 외롭고 고단함은 양쪽이 일반인 듯

53. 제목없음

대수댁 소장

[해제] 이 가사는 제목이 없으며 사진 컷 수는 8장이 내용상으로는 꽃노래인 듯하며 2단 4음보의 형태의 필사본이다.
가사에 나오는 봄꽃으로는 해당화, 배꽃, 진달래, 박꽃, 연꽃, 왜국이 고향이며 남의 땅을 침범한 사구라꽃, 버들꽃, 나리꽃을 노래하고 있으며, 가을꽃으로 절개를 상징하는 국화를 노래하고 있다. 가슴에 소회가 있어 꽃노래를 썼지마는 가지가지 고운 꽃을 다 노래 못한 점을 널리 생각해 달라는 구절도 있다. 이 가사를 지어서 드릴 곳이 두 곳인데 한 곳은 노동에 계신 어머니로 젊을 때 놀던 흥취를 이 노래로 심심풀이 하시고, 또 한 곳은 집안 딸네들에게 선물하여 지독한 시집살이에 이 노래 부르면서 고향 생각나거들랑 흐르는 구름에다 알뜰살뜰 보내주길 잊지 말라며 마무리 하고 있다.

□□□□ᄉᆞ람 □섯가지 한올들이　　그중애 한가지가 회광무량 한니라릐
박명ᄒᆞ다 ᄒᆡ당이여 향기업고 고을진된　　청춘시절 조흘ᄢᅵ예 뉘라서 돌아볼고
그나마 타향에서 어느ᄢᅵ 라도가리　　그러나 ᄒᆡ당하야 인간에 애군있어[1193]
너갓흔 박명미인 하나둘 안일지니　　너심ᄉᆞ 동무하랴 동정엇지 안을손고
에끈는 이노래를 두고십지 안큰마는　　이하원 드르가니 배꽃도 ᄎᆞᄌᆞ보새
결백할ᄉᆞ 그듸마으 군ᄌᆞ지심 그안인가　　천ᄒᆞ재일 낙걍에도 이화춘반 날씌면
오렝ᄉᆞ연 버을지워 금안준마 새워두고　　술부어도 노래ᄒᆞ니 이새ᄉᆞᆼ 노름좋돠
일노서 이를지면 그듸힝락 좋큰바난　　슬푸다 바에ᄌᆞ애 절듸미인 양귀비가
천ᄌᆞ품안 ᄲᅥ나와서 무춤이 목애일재　　복당압븨 라부예 아츰이슬 듸엿스니
재비애만 고한이 피눈물 ᄌᆞ아닋여　　뱃곳츠로 화홧서면 불근꽃 되련마는
허그도 담〃 ᄒᆞ다 원하늘 갓처지만　　그대복역 할양없서 가을바람 불어올재

1193 애군있어: 액운 있어

백ᄌᆞ천연 손보을진듸 오ᄌᆞᆼ도무 흉을히도 천만연을 전ᄒᆞ리라 그길도 돌아ᄉᆞᆫ니
영변으 약ᄉᆞᆫ동네 이저럴진 바위틈에 진달늬야 피엣구나 세ᄉᆞᆼ풍진 네모르니
신세그요 하근마는 그윽한 ᄉᆞᆫ골ᄌᆞᆨ에 왜롭기 가이업다 화보예 하엿서이
무령한 남편으개 소박맞은 신새란니 진달늬야 ᄎᆞᆷ말이랴 이모양 추하드냐
너힝실 부정터냐 동원돌이 번화속애 유ᄌᆞ ᄉᆞᆷ춘 놀근마는 무허한 초음목수
악김업시[1194] 꺽거간니 왜로서 이다발개 날이적기 일반일늬 그중에 열의업서
꽃지면 그만그만이요 아들낫낙 호괄닷기도 그도또한 틀엿도다[1195] 여보오 새ᄉᆞᆼ ᄉᆞ람
진달늬 꾹지마소 소박맞은 안낭늬가[1196] 인간애도 잇슬지며 무도한 이새ᄉᆞᆼ에
날의맞기 다반이라 아들쌀 못난는대 인간의 업슬손가 이개뭇다 세ᄉᆞᆼ ᄉᆞ람
아믐되로 못하너니 하필꽃 진달늬야 옷지말고 동정하오 꽃치라 ᄎᆞᄌᆞ간이
슬푼신새 쑨이로다 화바람에 돌아서 〃 농촌을 구버보니 조각 〃 초가지붕
박꽃이 웃은그랴 백두노인 갓하길릐 그모양 우섯더니 굼틀그 그심경은
착학이[1197] 쪽이업다 아춤에 피엿다가 저녀게 지단말과 심덕이 부복잇어
유ᄌᆞ유손 할양업다 가난ᄒᆞᆫ 우리농가 소용이 요킨ᄒᆞ고 놀부같이 악ᄒᆞᆫ놈을
종긔하니 괘할시고 이러무로 유덕군ᄌᆞ 그듸ᄉᆞ랑 그이찬늬 여보아라 소연들아
명심하고 들어보게 미인은 박명이요 힝낙은 춘몽이니 부대꽃을 ᄉᆞ랑ᄒᆞ개
미색을낭 뢰치말고 나주서럽고 덕기많은 박꽃을 ᄉᆞ랑ᄒᆞ개 그심경 쑨바드오
노래하며 둘러보니 호수갖흔 못이잇서 그못에 꽃피서니 일홈이 연꽃이라
부룡하 말만듯고 이재보니 내로군나 전당호안 이어던 어이여기 와인나냐
육지에서 ᄌᆞ라나면 인간뜻끌 갓가피서 연하그 그은ᄌᆞ질 힝여나 ᄉᆞᆼ흘가바
을인녹축 동무하랴 일ᄉᆞᆫ씩 높이들고 파도싸라 우숨때니 낙시놓은 늘건이도
저문마음 낫갯그든 강동에 소ᄎᆞᆼ원은 소연홍채 방발실아 연화부인 만난후로
백일밤 기약두어 후편별당 깁후대서 욱환으로 정ᄎᆞᆺ힛늬 악갑다 치전하야

1194 악김업시: 아낌없이
1195 틀엿도다: 틀렸도다
1196 안낭늬가: 아낙네가
1197 착학이: 착하기

연꽃썩거 가올지면 소처ᄉᆞ의 깁흔정을
흘너가도 물이로다 부평같은 네몸이라
너도꽃치 피여그라 뉘신세 끗엽서니
근본잇서 술근마는 너혼ᄌᆞ 쓴신세가
쓰라린 운수라늬 속나비 닥처오면
이몸은 쓴풀이라 이제ᄭᅡ지 늬고향도
서럽게 된후로는 바람부면 부는대로
지향업시 흘너가오 나뿐인가 하지마오
유랑하니 만ᄌᆞ하에 충될이 ᄉᆞᆼ실갓히
글잘하는 김삭가시 올치못한 때을만나
힌옷입은 조선ᄉᆞ람 국과군방 하연후에
남부여듸 흘르가니 조선ᄉᆞ람 만잇써면
이을두고 이름이라 조선ᄉᆞ람 생각ᄒᆞ고
강기오열 바즌터니 이노레 듯고나니
사구라꽃 무러보ᄌᆞ ᄉᆞ구야 왜완느냐
사람보ᄌᆞ 근너완나 현히ᄐᆞᆫ 건늘적에
힝인지심 업슬지면 늬모양 곱보하니
내입든 이복이요 불안쩨는 마루바다
갓든새도 도라오고 산기슬개 금긋들도
돌아갈줄 왜모르노 이강슨에 그은꽃들
꿈을실의 준다ᄒᆞ니 너동무러 ᄎᆞᆫ는다
혼ᄌᆞ하니 힘만든다 친구찻는 마음으로
벗꽃ᄎᆞ래 새게하 날저물어 나을치고
친구업다 ᄒᆞᆫ을말아 네진심 불편ᄒᆞ니
돈잇서면 즐겁다늬 한평생 ᄉᆞ라가도
뉘라서 알아줄고 치전국 부러면서
부평조그 모양보라 정처업는 부평초랴
네고향 어듸더랴 천지간 만물들이
어데가랴 가이업다 모믿을[1198] 새ᄉᆞᆼ이라
쁘리좋ᄎᆞ 쎱바가리 여보소 그말마소
잇섯다 하옵디다 그러나 이팔ᄌᆞ가
물결치면 치는대로 수구를 집을숨고
새ᄉᆞᆼ에도 때못만나 곤궁통적 부평갓치
촌나라 굴습서와 절긔놉흔 김서심이
우리표각 하여잇고 지금으로 일을지면
피발ᄌᆞ임 못갠듸여 북관도 서관도로
피눈물 금할손가 부평같이 쓴생애는
부평초 박듸마소 우리본듸 써잇서
흉중에 허지누나 그꽃노레 그만드고
늬고향은 왜국이라 금수강ᄉᆞᆫ 탐이나서
네마음 엇더턴고 늬ᄌᆞ질 연약ᄒᆞ니
고향시름 잇슬엿다 하오리 펄넝〃
늬술든 살림이라 포구예 날저무면
집을ᄎᆞᄌᆞ 들근마는 말리타향 ᄉᆞ구라야
이만히도 넉〃하다 봄바람 후덕ᄒᆞ야
고국으로 갈지어다 노레도 노릐지만
벗꽃치나 ᄎᆞᄌᆞ보새 널분들 쌧치업다
비친바람 모라올재 인적이 적〃한데
ᄉᆞ랑하리 잇서리라 우정은 술에잇서
똑같흔 세ᄉᆞᆼ이요 모로보나 가로보나

1198 모믿을: 못 믿을

잔ᄉᆞ하고 약한인생 아무리 늬생에가　짤다고 말하여도 낫부고 조흔긋을
물타놓흐 술수인나 석ᄌᆞ에 안영이는　친구ᄉᆞ김 도리잇서 구이경지 하엿선니
네충정 다를손가 벗꽃을 하직하고　십이ᄌᆞᆼ제 바라보니 푸런물 흘러가고
버들꽃 날이구나 무러보ᄌᆞ 버들리기　춘풍을 놋지언나 천만ᄉᆞ 칠고실로
잡아리지 못하엿나 도연명 문앞에서　그듸꽃 나려가면 세ᄉᆞᆼ이 빗처라고
주여노곤 하여지만 부여성 옛날터에　낙함에 날이꽃을 눈물ᄌᆞ아 낼지언정
낙하암에 날이꽃은[1199] 눈물ᄌᆞ아 낼지은정　악겨주리 누구더냐 천안이라 숨그리[1200]예
심이ᄌᆞᆼ재 줄버들은 경에선철 노날할제　흔적업시 사라전내 우리강손 ᄌᆞ연경이
이다지도 파긔피내 ᄃᆡ동강원 개버들은　경양경긔 도아주어 배노래 할적마다
버들거지 나리난양 이버들에 우는님에　눈물처럼 떠러저도 그에맘 나에맘을
길거놀줄 왜모르고 쐬꼬리 노래불너　시름만 ᄌᆞ아낸다 봄꽃은 이만두고
가을꽃도 ᄎᆞ자보새 심양강 배머리예　강주사머 안ᄌᆞ슬재 슬하새 나라온단
그꽃일흠 노하로다 초라한 나그내야　심ᄉᆞ추련 하여그든 너저지는 노화돌ᄂᆞᆼ
수〃하기 쓱이업다 긔력이[1201] 남쪽으로　슬피울며 날아가고 처량한 초생달이
강천을 빛칠적에 소슬한 바람따라　노하가 낫부기니 성거런[1202] 장부심ᄉᆞ
무량함을 듯길느라 도련니 발을돌야　처ᄉᆞ럼 도러가니 뜰압희 황금하원
국화야 반갑고나 동풍이 불어와도　너혼ᄌᆞ 만발하여 느전향기[1203] 자랑ᄒᆞ니
내절긔 ᄌᆞᆼ하도다 꽃업는 세ᄉᆞᆼ에서　너독히 ᄎᆞᆼ의박고 절세충신 문압해는
니승ᄉᆞᆼ 지극하야 너꽃채 이슬바다　옛나리 ᄌᆞ기ᄒᆞ고 국하주 춱개먹고[1204]
전원을 가시더□도쳐□은둔생의　너로서 □□원내 국하야 내아느냐
오늘새ᄉᆞᆼ 사람들은 ᄉᆞ옥을 체우그저　국초를 파라먹고 시희에 정신일어
동쪽을 쓱펴내고 전문서가 집을ᄎᆞ저　앗침하 힘을씨고 잘난ᄉᆞ람 미퍼ᄒᆞ고[1205]

1199 날이꽃은: 나리꽃은
1200 숨그리예: 삼거리에
1201 긔력이: 기러기
1202 성거런: 서르런
1203 느전향기: 늦은 향기
1204 춱개: 취하게
1205 미퍼ᄒᆞ고: 미워하고

못난ᄉᆞ람 학대ᄒᆞ니 빅셩은 죽어가도 청두추립 일솜으니 설푸다 우리강ᄉᆞᆫ
이믜망향 그리〃니 재업는[1206] 우리들은
국하보기 불거럽다[1207] 말근노ᄅᆡ[1208] 다부르고
비ᄌᆞᆼ한 이노ᄅᆡ도 꽃노래 맞치려니[1209] 흉중에 울적한밤 용그가 흘러나려
옷기슬 적시논다 가슴매 소해잇서 꽃노래 썻지미는 가지〃 고은꽃을
다노ᄅᆡ 못ᄒᆞ오니 널리생각 하옵시고 보시기 바람늬리 ᄂᆡ볼내[1210] 별골이요
닙사기 바람늬라 심하도 프러늬그 힝동이 임의업서 이노래 쓴그신니[1211]
웃기를 돕기위해 하나으로 말할지면 더릴곳지[1212] 두그지라 싼집에 왜로이개서
노동게신 우리어마 ᄐᆡᄉᆞᆫ하ᄒᆡ 갓히길늬[1213] 병든저를 생각하심 절무실ᄃᆡ[1214] 놀든흥취
이노ᄅᆡ 더리ᄌᆞ니[1215] ᄌᆞ시로 보오시면 노ᄅᆡ예 ᄒᆡᄉᆞᆼ하ᄉᆞ 하나로 발할지면
심〃푸리 ᄃᆡ오리다 부탁이 앗섯길노 우리집안 몇낫딸네 가엽선 국중신세
이노래로 선물하니 혹시나 틈잇서〃 지독한 시집ᄉᆞ리 이노래 부런후에[1216]
고향생각 하그들낭 흐르는 구룸이다 알들한말 ᄌᆞ하늬여 나에소원 이저시니
그맘시로 보늬주털 잊지말고 만족이리

1206 재업는: 죄 없는
1207 불거럽다: 부끄럽다
1208 말근노ᄅᆡ: 맑은 노래
1209 맞치려니: 마치려니
1210 ᄂᆡ볼래: 내 본래
1211 쓴그시니: 쓴 것이니
1212 더릴곳지: 드릴 곳이
1213 ᄐᆡᄉᆞᆫ하ᄒᆡ 갓히길늬: 태산하회같이 길러
1214 절무실ᄃᆡ: 젊으실 때
1215 더리ᄌᆞ니: 드리자니
1216 부런후에: 부른 후에

54. 제산 션조 아유가

조춘호 소장

[해제] 이 가사는 셋째 동생의 죽음을 슬퍼하며 지은 것이다. 제목에서 제산 선조라고 한 것으로 보아 원작자는 제산 선조인 듯하다. 가사의 구성은 '오홉다 쳣ᄌᆡ노ᄅᆡ'로 시작하여 '일곱노래'로 끝이 난다.

자료 형태는 30.7×317cm 규격의 두루마리이며, 1행 4음보 형태의 필사본이다. 원작자와 창작연대는 미상이다.

슬푸다 우리노모 팔십연셰 도야고야　　어제날 취옥할ᄌᆡ 창황[1217]이 ᄉᆡᆼ각한이
시아[1218]의 등에업혀 문에나와 영결[1219]할ᄌᆡ　　우아의 죄중함을 젹연히[1220] 모르시고
ᄎᆡ읍하고 이르시ᄃᆡ 속속히 돌아오라　　아금해의 고수한이 ᄒᆡ수연쳔[1221] 못건내셔
조모의 노모ᄉᆡᆼ각 물여의망 하시이라　　소소한 져학발이 할알이 빗치업다
오홉다 쳣ᄌᆡ노ᄅᆡ[1222] 노래졍히 슬푸도다　　창쳔을 우러와셔 피눈물을 이루엇다
슬푸다 우리션묘[1223] 영양쳥기 계시도다　　봉수유래 몃ᄒᆡ련고 십연이 넘엇고야
매연모춘[1224] 쳣ᄌᆡ으래 샤묘ᄋᆡ셩 하자더니　　불초하고 우ᄆᆡ하야 셩인훈계 떡털엿다
셩상이 방축하사 하늘가의 잇엇슨이　　이쳘이 막힌송추[1225] 쳠소봉영[1226] 할길업다
ᄀᆡᆨ중의 상노졀을 이미이ᄌᆡ 다지내고　　돌아가지 못하오면 내연한식 두렵도다
오홉다 둘ᄌᆡ노ᄅᆡ 노래도 격졀하다[1227]　　슬피부는 져바람이 나를위ᄒᆡ 부는고야

1217 창황: 蒼黃, 미처 어찌할 사이 없이 매우 급작스러움
1218 시아: 시아주버니
1219 영결: 永訣, 죽은 사람과 산 사람이 서로 영원히 헤어짐
1220 젹연히: 적연(的然)히, 틀림없이
1221 연쳔: 連天, 하늘에 이어짐
1222 쳣ᄌᆡ노ᄅᆡ: 첫째 노래
1223 션묘: 선묘(宣廟), 선조
1224 모춘: 暮春
1225 송추: 松楸, 산소 둘레에 심는 나무를 통틀어 이르는 말
1226 봉영: 封塋, 조상의 무덤을 높여 이르는 말

슬푸다 우리삼졔 이졔작고 하야도다 일졔가 독히여셔 우탁을 갓이한다
죽은아우 영혼이야 황쳔이 막혓으되 살아잇는 이아우야 어이멀이 이별할고
그되남ᄒᆡ 날보날되 피ᄎᆞ의 측측하다[1228] 테악이 각〃나니 회쳔이 멀고먼되
어느산 놉이올나 추긱을 바라던고 연상공피 기약업고 음서구단[1229] 하야고야
오홉다 셋ᄌᆡ노릐 노래다시 구슬푸다 기력이[1230] 소리속에 머리백셜 도야고야
슬푸다 우리병쳐[1231] 누은모양 팔려하다[1232] 결발[1233]하고 입문할졔 이졔그졔 몃ᄒᆡ련고
장부몸이 되어서도 계교[1234]가 오졸한되 봉졔졉빈 구수[1235]되를 혼자독히 맛아고야
가셰가 빈한하야 소사[1236]ᄎᆡ갱[1237] 주의이고 입주하고 틀에올라 근곤함이 편혹하다
당연에 성셜할ᄌᆡ 갓이결활 하자더니 살과줄이 각기될줄 이졔어이 알앗으리
치운옷을 멀이붓쳐 바다건어 왓단말가 ᄌᆡ봉함을 ᄉᆡᆼ각한이 잠인들사 어이자리
오홉다 넷ᄌᆡ노릐 노래도 불평하다 북작을 헛비바라 가산ᄉᆡᆼ각 깁고깁다
슬푸다 우리이아[1238] 쳥의구 모양이야 날붓들고 옥에나셔 엄한길을 따라온다
대아는 나를따라 남ᄒᆡ를 건어오고[1239] 소아는 이별하고 북작[1240]으로 향할젹에
뱃줄풀기 당하여서 소아를 돌아본이 쌍눈에 눈물이야 물에도 떨어지고
소리를 먹음어서 오릐도록 말이업다 내가당초 뜻하기는 찬축함이 아니더니
이를보고 깨달은이 만사가 엇걸엿다 하늘차고 길은면되 말파려고 병을엇다
간관에 험한길을 그몃칠에 일엇던고 오홉다 다섯노릐 노래도 ᄉᆡᆼ각깁다
밤비가 문에드려 떠난혼을 놀릐친다 슬푸다 우리질아 조실부 하엿도다

1227 격절하다: 격절(激切)하다, 말이나 글 따위가 격렬하고 절실하다
1228 측측하다: 측측(惻惻)하다, 슬프다
1229 구단: 九丹, 구천(九天)의 기(氣)를 받아서 이루어진 사람의 몸
1230 기력이: 기러기
1231 병처: 病妻, 병든 아내
1232 팔려하다: 파리하다, 몸이 마르고 낯빛이나 살색이 핏기가 전혀 없음
1233 결발: 結髮, 예전에 관례를 할 때 상투를 틀거나 쪽을 찌던 일. 성년(成秊)을 달리 이르는 말이다.
1234 계교: 計較, 견주어서 따져 봄
1235 구수: 久脩, 오래 수행함
1236 소사: 蔬食, 채소 반찬뿐인 밥
1237 치갱: 채갱(菜羹), 나물국
1238 이아: 二雅, 《시경》의 대아(大雅)와 소아(小雅)를 아울러 이르는 말
1239 건어오고: 건너오고
1240 북작: 북쪽

각의자모[1241] 의지한이 외롭고 혈혈하다[1242] 일아는 혯치하야 성동지경 못밋쳣고
일아는 승관[1243]하야 초유실인 되엿도다 무양성취 이경칙이 내의게 잇거만은
실학하고 비열할가 그상이 두렵도다 나는지금 유락하야 바다건내 잇엇으니
슬푸다 우리이아 외롭고 혈혈하다 둑무기한손 지업하고 둑무유회소 일월하라
오홉다 여섯노래 노릐더욱 슬푸도다 죽은아우 영혼이야 비열함이 잇으리라
장부셰상 낫거덜랑 포부가 활딕하여[1244] 나도당초 뜻하기는 추왕졀 하자하고
독셔한쳠 뜻이야 갈록함이 아니더니 모연에 등과하야 우연급졔 하야고야
불초하고 우미하나 명주의 은덕으로 옥당금마[1245] 하엿으니 영화도 극할시고
촌심이 경경[1246]하야 운수결초 하자드니 한자기리 져소한장 영딕육 어이알이
쳐음에 뜻하기가 맛참에 어떠한고 빅수되고 갈길업어 만사가 초져젓다
오홉다 일곱노래 노릐를 맛차하고 머리끌고 막딕비겨 히쳔이 컴컴하다

글시 괴상고 약한이 보시난 분들 비소하실 일 무안하오나 기야가 와셔 벗겨 달나한이 인정괄셰 못하여 구쳐업시 벗겨스나 이리 괴상한 필적 엇지 학교 가주 갈지 남스럽고 무식하기 그지 업사오며

1241 자모: 子母
1242 혈혈하다: 의지할 곳 없이 외롭다
1243 승관: 僧官, 승직
1244 활딕하여: 넓고 커
1245 옥당금마: 선비가 출사하여 벼슬을 하는 것
1246 경경: 梗梗, 올바르고 용감함

55. 조손별셔라

이상규 소장

[해제] 어여쁜 손녀에게 할머니의 소회를 풀어 놓는 형식의 가사로, 가족사와 함께한 희노애락이 담겨 있다. 손녀가 태어났을 때의 기쁨, 시집 보낼 때의 아쉬움, 친정 행차했을 때의 반가움, 다시 헤어질 때의 슬픔 등. 특히, 할아버지의 결단으로 나라를 떠나게 됐을 때 손녀와 헤어지면서 느낀 회한이 매우 절절하다. 여전히 만나지 못해 오매불망 그리워하는 내용과 한스럽다는 말, 손녀가 훌륭히 잘 자라나기를 소망하는 것으로 마무리되어 있다.

어엿분 이아ᄒᆡ야 하미소회 드러셔라[1247]
갑오연에 탄싱하니 ᄌᆞᆨ인이 기모할ᄉᆞ[1248]
우리난 너ᄒᆡ슉질[1250] 길너닐ᄃᆡ
쟝즁에 보옥갓치 금지옥엽 길너내니
기〃ᄒᆞ고 묘〃할ᄉᆞ 언〃이 행기록도
남존녀비 한다하나 우리난 너ᄒᆡ슉딜
ᄌᆡ아민쳡 구비ᄒᆞ고 언어힝동 녀공소학
언말이 되듯마듯 삼강오륜 조흔법은
고건셔족가여 내야길일 영신 눅조년에
이팔니어 되단말가 가낭[1255]을 당구ᄒᆞ니

네어이 인덕으로 금옥갓한 너ᄒᆡ몸을
ᄌᆞ손듕 쳐음이라 남녀경즁[1249] 잇다한들
남녀도 차등업고 기ᄃᆡ도 남다르고
가ᄂᆡ에 기화[1251]로다 자랄사록 츌등하고
일마담 너남닥다[1252] 고ᄌᆞ미타 녀시ᄃᆡ[1253]
남녀간격 업시길너 쳔싱녀전 기이하고
은형으로 단ᄃᆞᆺ하다 당음이 여특하와
우리혼ᄌᆞ 폐할소냐 화ᄂᆡ하다 네너ᄌᆞ미
쥰슈셔낭 마른후에[1254] ᄭᆞᆺ따운 너ᄒᆡ나히

1247 하미소회 드러셔라: 할미의 소회(所懷) 들어 보아라
1248 ᄌᆞᆨ인이 기모할ᄉᆞ: 생김새(作人)가 기묘(奇妙)하다
1249 남녀경즁: 남녀경중(男女輕重), 남녀차별
1250 슉질: 숙질(淑質), 선량한 성질
1251 기화: 奇華, 기이한 보배
1252 일마담 너남닥다: 일마다 남다르다
1253 고ᄌᆞ미타 녀시ᄃᆡ: 그 재미라고 여기시되
1254 쥰슈셔낭 마른후에: 준수(俊秀)한 서랑(壻郞) 애타게 기다린 후에

포목셰신[1256] 하회촌에 유씨문즁 경행갑족[1257]

낭규가 상젹하다[1258] 도화작〃시를을퍼[1259]
만복지원 썻〃할ᄉᆞ 생자녀 ᄀᆡ혼ᄌᆞ이
뉘아니 흠앙하니 일월갓한 두쌍화로
인간낙ᄉᆞ 너아닌가 셔군에 ᄌᆡ힝삼힝
여자유힝 원부모난 고법여 상ᄉᆡ로다[1262]
힝장을 젼송할졔 금옥갓치 귀한몸에
헛분심ᄉᆞ 업슬손가 복녹을 만니실어
가속광경도 조거니와 위이도 더욱장타
삼월화시 호시졀에 귀녕[1263]부모 반가와라
봉황갓흔 너ᄒᆡᄂᆡ외 그리다가 다시보니
갈젹에 파ᄂᆡ신식 올젹여 윤턱하니
사돈ᄂᆡ 놉흔은덕 여젼여ᄒᆡ[1264] 하ᄀᆡᆺ고나
번족에 포식하고 상하존 치하로다
너ᄒᆡ슉질 쌍을지워 안젼에 화기더니
명영나 니ᄉᆞ니 경슐년 동십월에
셥〃ᄒᆡ하ᄂᆞᆫ 경상 손졉고 너를스어
졍영이 언약한 ᄀᆡ 상ᄌᆞᆨ
고생하신 너에조부 갑오년후 십여년을

셰지부가 하ᄂᆞᆫ 소ᄅᆡ 예졀도 빈〃하고[1260]
ᄒᆞ고ᄒᆞ고 히황ᄒᆞ다 만당한 하ᄌᆡᆨ들이
삼츈삼하 압ᄒᆡ노고 만당츈식 화기듕에
ᄉᆡᆺ득하고[1261] 앙둥할ᄉᆞ 인간ᄌᆞ미 혼ᄌᆞ온ᄃᆞᆺ
삼종지예 떳〃ᄒᆞ니 성녜 은정이라
녹이홍상 고은모성 모ᄌᆞ안에 담아닐젹
도로애 쌧쳐잇고 너ᄒᆡ 조부갓치
입은 한상ᄌᆞ녀 홍은혜턱 밧졉다가
존듕하신 사돈힝ᄎᆞ 황홀하고 황송하다
군ᄌᆞ슉녀 일쌍구슬 영릉하고 어엿부다
만화듕 빗츌ᄂᆡ고 빅ᄀᆞ을 히롱난ᄃᆞᆺ
사돈 인ᄉᆞ보고 쥬효를 딩장하다
ᄎᆡ다한 옹앙기ᄃᆡ 소원셩취 여합하ᄂᆡ
사돈ᄂᆡ 별윤별윤 ᄌᆞᄋᆡ사랑이 미진하와오나
너ᄒᆡ슉질 보날젹에 녕〃억장 어닌심회
오냐〃잘가거라 명츈에 다시오마
지ᄂᆞᆫ 일이 그다지 변흘소냐
혼탁셰게 보기슬허 은벽쳐ᄉᆞ 되어셔나[1265]

1255 가낭: 가랑(佳郞), 재주가 있는 훌륭한 신랑
1256 포목셰신: 포목세신(布木世臣), 베와 무명옷처럼 검소한, 대대로 국록을 받는 신하
1257 경행갑족: 慶幸甲族, 경사스럽고 다행한 일과 가문이나 문벌이 아주 훌륭한 집안
1258 낭규가 상젹하다: 신랑과 규수가 서로 걸맞다
1259 도화작〃 시를을퍼: 도지요요(桃之夭夭) 작작기화(灼灼其花) 지자우귀(之子于歸) 의기실가(宜其室家), 복숭아꽃처럼 아름다운 아가씨가 시집가서 그 시댁 식구들과 조화를 이루고 순종하며 대소사를 잘 처리하여 단란하고 화목한 가정을 이룰 것이라는 내용의 시
1260 빈〃하고: 빈빈(彬彬)하다, 외관과 내용이 고루 갖추어져 있어 훌륭함
1261 ᄉᆡᆺ득하고: 깔끔하고 깨끗하여 보기 좋고
1262 여자유힝 원부모난 고법여 상ᄉᆡ로다: 여자의 행실에 부모를 멀리 떠남은 옛법에 상사(常事)와 같다
1263 귀녕: 歸寧, 근친(覲親), 시집간 딸이 친정에 가서 부모를 뵘
1264 여젼여ᄒᆡ: 여전여해(如田如海), 땅(밭)과 바다같이 넓은 은혜

셰사가 망창하여 너ᄒᆡ조부 구든마음 거국이ᄉᆞ[1266] 결졍ᄒᆞ니 나ᄂᆞᆫ본ᄃᆡ 무식하여
츙에열심[1267] 알깃느냐 너희슉질 썻칠이니 기막히고 막연하다 삼종지예 떳하니
츌가외인 불합한들 엇지하노
부모은 하직하고 조션셰업과 밤고 칠십여간
졀내 졔칙동은 행안 조흔거쳐 헌신갓치 바이두고 통두을 떠날시에
모ᄌᆞ너ᄒᆡ 만흔소솔 일시에 등두ᄒᆞ여 들난이어 수셰나 좌우로 말니거난
북편에 협누조ᄎᆞ 월옥도망 하ᄌᆞᄒᆞ고 너를다시 못본거시 종쳔지한 될ᄃᆞᆺ하다
구담지졈 다〃르니 난봉갓탄 우리셔낭 몽즁갓치 만나보고 누슈를 떳칠젹에
초목금슈 아니너른 ᄌᆞᄋᆡ자졍[1268] 엄슬소냐 엇지참아 당할ᄶᅵ냐 일션에 밋난마음
쳔운이 회환하여 자유궐니 되오니나 이엇제 ᄉᆡᆼ각하여 형아슈이 쓰ᄌᆡ마고
알히고 빠힌마음 오장이 다녹난ᄃᆞᆺ 빅이니 밤즁갓고 구곡이 끗쳐진다
정욱갓흔 너희슉질 셤옥갓흔 부모ᄉᆡᆼ각 울젹하고 모양심두에 버엿숙 삼졀이
만수쳥ᄎᆞᆫ 고ᄉᆡᆼ은 ᄎᆞ제셰오 너희슉질 버예두고 진몽인사 취몽인가
이거남이 윈닐고 만ᄉᆞ심져 ᄎᆞᄌᆞ와셔 일견우지ᄂᆞᆫ 뒤에 쳔만이외 네아ᄌᆞ미
쳔ᄋᆡ북국 ᄎᆞᄌᆞ오니 놀나고 반가와라 너ᄒᆡ을 ᄉᆡᆼ각ᄒᆞ니 비회가 상반이나
쳥할마음 간잘ᄒᆞ나 흥망이 단인이를 권ᄒᆞ니 어예우니 네아비 회귀하겼
이ᄉᆞ를 보아가며 갓치오나 당부하고 은영즁 미든거시 낙악심사 날반여다
이곳에 왓든사람 마음을 정돈못ᄒᆡ 귀국하니 무슈ᄒᆞ니1269 아모니 ᄉᆡᆼ각ᄒᆡ도
속졀업ᄉᆞᆫ 이별니나 슬푸다 이아ᄒᆡ야 무도한 네하미도 일분ᄌᆞ졍 걸ᄂᆡ이셔
너ᄒᆡ를 슬즁네 거르든 인녁〃하고 ᄌᆡ촉도다 쳥류시젼 오며가며 ᄌᆞᆼᄋᆡ마다
셰상고락 모난거ᄉᆞᆯ 조상부모 ᄌᆞ못만나 남에경 탄복ᄒᆞ고 용회을 감하ᄂᆞᆫ
인구두어 쏘쳐 전포오쟁의 박힌쳘모 오ᄂᆡ이녁 너ᄒᆡᄉᆡᆼ각 남가일몽 허ᄉᆡ로다
심회를 막졍하나 노졍이 삼쳘이나 지행은 엇지알며 금슈도ᄎᆞᆫ 몃겹이야

1265 혼탁셰게 보기슬허 은벽쳐ᄉᆞ 되어셔나: 혼탁한 세상 보기 싫어 은벽처사(隱僻處士) 되었으나
1266 거국이ᄉᆞ: 거국이사(擧國移徙), 나라를 떠나 사는 곳을 다른 데로 옮김
1267 츙에열심: 충애열심(忠愛烈心)
1268 ᄌᆞᄋᆡ자졍: 자애자정(慈愛慈情)
1269 귀국하니 무슈ᄒᆞ니: 귀국한 이가 무수하니

츈하츄동 사시절에 절후마당 틍가ᄒᆞ고　　츈몽츄우 명월야미 신〃마담 회포로다
네어이 자ᄋᆡ지졍 눈물노 셰월이오　　침즁한 네아비ᄂᆞᆫ 외연은 버연ᄒᆞ나
깁흔ᄌᆞ졍 여겻는가 산〃여 걸ᄂᆡᄒᆞ니　　부모에 철윤ᄌᆞᄋᆡ 연〃마닥 너를만나
반기고 늦거ᄂᆞᆫ말 가ᄉᆞᆷ에 모지되고　　철엄ᄂᆞᆫ 어닌것들 보고적다[1270] 노ᄅᆡᄒᆞ니
편지난 반겨ᄒᆡ들 이심회은 자아넌다　　쳐연한 네안ᄌᆞ이 왕ᄂᆡ마담[1271] 회포로다
그ᄂᆞ다 이아ᄒᆡ야 션년한 옥모화용　　양안에 삼〃ᄒᆞ고 쳥수한 옥음낭징
아변에 징〃ᄒᆞᄂᆡ 심경지인 되짓구나　　우리마음 이어ᄒᆞ니 너ᄒᆡ아심 엇더하냐
분벽사창[1272] 비겨안ᄌᆞ 쳔ᄋᆡ은 망운ᄒᆞ며　　ᄊᆞᆼ안에 옥누나미 홍협에 나닐지나
우리마음 이어한들 너ᄒᆡ엇지 짐작하냐　　내ᄒᆡᆼ연을 ᄉᆡᆼ각ᄒᆞ니 여연니 언마되니
셔산에 낙조갓치 다시보기 밋오소냐　　어엿분 이아ᄒᆡ야 비사지심 억졔하고
존당에 홍은혜턱 산두갓치 ᄉᆡᆼ각하고　　현군ᄌᆞ애 즁ᄃᆡ바다 금옥화당 호가ᄉᆞ에
금이옥식 ᄌᆞᆷ겨잇노 장즁에 얼ᄀᆡ금동　　금상쳠화 되엿스니 무어시 못잇치냐
사돈ᄂᆡ 놉흔은덕 ᄇᆡᆨ ᄃᆞᆯ에 싹엿다가　　셰〃ᄉᆡᆼ〃갑흐니나 효봉구고 승슌군ᄌᆞ
가ᄂᆡ에 비복에 덕을두어 금지옥역　　너에 음은 일동일졍 조심하ᄂᆡ
악명에 맛겨 말여직임 방젹츅심ᄒᆞᄀᆡ　　나나치 말지어나 나에집 셩셰 가뭄넨들
엇지 모날소냐 말이 젼졍 너를두고　　비사고어 무절업시 젼두기ᄃᆡ 말ᄒᆞ니
용봉갓한 우니셔낭 신구포육 발달하ᄂᆡ　　문즁사 억게 능ᄒᆞᄂᆡ 거닌강 능운ᄃᆡ에
난셰은 영졍ᄒᆞ고 져ᄂᆡ공신 될거시오　　초목과 도츙ᄊᆞ지 덕을외와 흠양ᄒᆞᄃᆡ
양가녕효 지할시고 졍두복녹 이리하여　　더구할ᄌᆡ 무어시냐 남쟝보옥 우리졍하[1273]
일취월장 ᄌᆞ나나셔 장ᄂᆡ셩취 볼작시면　　이퇴계 철학가와 최고운에 문장가와
이듕무여 굴역가와 졍다ᄉᆞᆫ녀 졍치가와　　학셕봉에 명필가를 일신상에 구비하여
셩덕다ᄌᆡ 하올지니 우리나라 져인문문　　세계만물 슝비하ᄂᆡ ᄆᆡᆼ모에 삼쳔지교
너도ᄯᅩ한 효측하나 네아비 귀국하ᄂᆡ　　몃달은 ᄌᆡ가이ᄌᆡ 인셰도 불안ᄒᆞ고

1270 보고적다: 보고 싶다
1271 왕ᄂᆡ마담: 왕래마다
1272 분벽사창: 粉壁紗窓, 희게 꾸민 벽과 깁을 바른 창이란 뜻으로, '아름다운 여자가 거처하는 방'을 이르는 말
1273 '정하'가 손녀의 이름인 듯함

고문에 명ᄉᆞ분ᄂᆡ 즐기시며 권후하고
시류풍유 즐기다가 떠날이사 만무하나
권〃 ᄒᆞ신 제우분ᄂᆡ ᄇᆡᄌᆞᆸ고 건너와셔
장부에 간장에도 차마ᄌᆞᆨ별 어렵더라
부모에 듯ᄂᆞᆫ마음 감ᄉᆞ하기 무양하다
보난도리 엄갓스니 무심한 이말솜은
무도한 네한미난 일분ᄌᆞ졍 걸ᄂᆡ이셔
심신이 삭막하고 누슈가 앏을막아

거룩하신 여어분ᄂᆡ 병ᄉᆞᆫ셔원 옥연졍에
삼쳘니 이네지장 져버릴슈 잇깃나냐
년〃한 두마음니 손ᄌᆞᆸ고 셧슬젹에
그날에 미진함은 지금까지 잇다르니
어예 와셔 즁심에 안삭여두고
여어분ᄀᆡ 엿쥬어나 슬푸다 이아ᄒᆡ야
넉울한 이소회은 여ᄉᆞᆫ여ᄒᆡ 하다마ᄂᆞᆫ
이만ᄒᆞ고 긋치노라

황〃슈난 하ᄂᆡ 불상셜노 되고말고 두어 쥴 신인 초로 초은하ᄂᆡ 그ᄃᆡ로 붓치오니 ᄐᆡ평〃 잘 잇다가 아모니나 ᄌᆞ시 보ᄌᆞ 슬푸다 나에 손아야 오ᄆᆡ불망 ᄒᆞᄂᆞᆫ 하미ᄂᆞᆫ 억만누슈 ᄒᆞ여터노라

56. 직여가

이상규 소장

[해제] 색시와 함께 있고 싶어 애가 타는 새신랑과 베 짜는 일을 잠시도 쉴 수 없는 여인의 모습을 견우와 직녀의 사연만큼이나 애타고 안타깝게 그린 가사. 새댁은 고된 노동으로 힘든 시집살이의 설움을 베를 다 짠 뒤 남편 의복을 지으면 남편이 그 옷 입고 서울 가 금박 댕기며, 비단 신발을 사 줄 거라는 소망으로 풀어 본다. 견우 직녀가 은하수 막혀 있어 못 만나듯이 두 사람은 베 짜는 일이 가로 막고 있기에 한숨 짓고 돌아 선다.

산간벽촌 이마을에 길삼들이 명산이라 바딧집을 치는소래 노래식겨 명우이오
그소리르 짜라가니 직녀방의 압히로다 창문되에 부터서서 실그머니 다슬볼재
녹의홍상 입위에[1274] 긴부태[1275]를 둘어매고 배틀우에 고운색씨 베를베를짜고 잇난도다
초립동이 새서방은 정신업시 엽에서서 번개갓흔 님의손을 잡을듯이 노리난듸
베비듸는 비스듬이 젓가슴에 흘어오고 인애오리 삿오리의 입벌리는 모양이며
실북통은 번개갓치 그사이로 지나가니 꾸리담은 북왕내도 빈들개와 갓흘시고
구름속에 벽력갓치 거듯치고 바윗소리 대장부도 깜작놀아 색씨얼골 다시볼제
나비잠 어여쁜비녀 불근댕기 나풀나풀 망월갓흔 그 얼골[1276]에 도화색이 두빰이라
침빗갓흔 살작밥이 먹실줄을 그은듯고
반달갓흔 두눈섭이 정렬모혀 이맛전을 고루웟네
글임갓흔 속눈섭[1277]이 장부간장 쐴는도다 앵두갓흔 그입술은 인간유혹 첩경[1278]이나
대쪽갓흔 고든코는 천상옥녀 하강한듯 짤각짤각 삐걱삐걱 직녀새댁 베을 짜고

1274 입위에: '입은 위에'의 오기인 듯
1275 부태: '부티(베를 짤 때, 베틀의 말코 두 끝에 끈을 매어 허리에 두르는 넓은 띠)'의 잘못
1276 망월갓흔 그 얼골: 보름달 같은 아름다운 얼굴
1277 글임갓흔 속눈섭: 그림 같은 두 눈썹
1278 첩경: 捷徑, 지름길

대장부는 고개숙여 차짜락 훌불재신 나무에 달린 외씨갓흔 발맵시[1279]며
들낙달낙 찰듯하니 누가감히 다가설소 아서라요 차일나요[1280] 물어던 새방은[1281]
ᄇᆡᄃᆡ를 손ᄋᆡ쥔채 너머지고 말엇도다 너머지며 건드려서 도트말이[1282] 업허질새
새색씨한테 매질가 새서방이 겁을ᄂᆡ니 직녀댁은 방긋방긋 웃으면서 하는말이
오호오호 이한압히 마친족히 착나이다 내할일을 거드러서 도토말리 움혀쥬니
님을위해 짜는길삼 오늘해와 동갑하리[1283] 내일이라 곱개익혀 님의옷을 하거들낭
이옷입고 서울가서 자원급제[1284] 하고오소 님의 손길 못만지고 베만짜는 이ᄂᆡ신세
처정생애 지은죄가 상개[1285]아직 멀엇든가 오늘해가 다지도록 ᄇᆡ틀우에 올나안자
한오리도 배지안코[1286] 이어가며 내가짜내 몃몃칠간 짜든명주 오늘에나 다배려서
한치두치 부튼길삼 여름하늘 구름갓고 구슬쌈은 흘너 은하수을 이루난ᄃᆡ
배빗대은 할수업시 한아람이 너멋고나 생명주는 시어마님 보이지을 말을지라
재물바다 익힌후에 자랑하여 볼까 낭군님이 엽헤서서 보시든지 안보시든
정성드려 짜는길삼 곱게곱게 만질ᄉᆡ라
반필을랑 자주드려[1287] 전복한블[1288] 마련하고
쏘반필은필은 원색으로 상하의을 마련하니 명주한필 낭군님께 다올니고 말겟도다
에헤조타 ᄂᆡ사랑아 내멋ᄃᆡ로 살고지고 은하수의 오작교는 이세상의 싀집살이
징종일에 정서 오리마다 석겻도다[1289] 이옷입고 서울가서 부대저를 잊지마오
금박딍기 비당신발[1290] 부디나좀 사다주소 ᄒᆡ가가내 해가가내 서산으로 해가가내
서울가는 길인도로 해가압헤 다라나네 쌀각쌀각 바딋소리 귀가울어 괴로워라

1279 외씨갓흔 발맵시: 오이씨처럼 볼이 조붓하고 갸름하여 맵시가 있는 발 모양
1280 아서라요 차일나요: 그러지 말아요, 차이겠어요
1281 새방은: '새서방은'의 오기인 듯함
1282 도트말이: 두루마리, 길게 둘둘 만 물건
1283 오늘해와 동갑하리: 오늘 해 안으로 길쌈을 마치겠다는 말
1284 자원급제: 장원급제
1285 상개: 상기, 아직
1286 한오리도 배지안코: 한 올도 빼지 않고
1287 자주드려: 자주색 물을 들여
1288 전복한블: 전복 한 벌, 전복(戰服)은 군복의 한 가지로 동달이 위에 걸쳐 입은 옷
1289 징종일에 정서 오리마다 석겻도다: 진종일 힘든 정서가 올마다 섞여 있다
1290 금박딍기 비당신발: 금박 댕기, 비단 신발

견우직녀 상봉날은 상개아직 머럿도다
대장부도 할수업시 한숨지어 도라서며
배틀우의 안진부인 은하슈에 멱감은듯
우슴보여 숨엇는가 눈물보여 숨엇는가
칠월칠석 소낙비는 견우직녀 눈물이라
나는나는 가내 직녀방을 물너가내
초립동이 느릿느릿 스르르르 문을열제
술래술래 소리치며 초립동이 쒸난도다
긴부티를 다시매고 곳처안자 배를 싸네

마주보고 한숨짓고 바디소리 차저가니
견우직녀 이신세야 화중지병[1291] 내팔자야
석자명주 수건들고 쌈을씻는 그자태여
유월염천 건들바람 견우직녀 한숨이요
히와기약 다버리고 싀지안코[1292] 배틀싸니
할수없이 물어서는 새서방의 랑식이요
방문 장난꾼이 엿보다가 도망이라
직녀댁은 배틀에서 부끄럼을 참노라고

경진 칠월 염구일 권 첨지

1291 화중지병: 畵中之餠, 그림의 떡
1292 싀지안코: 쉬지 않고

57. 직여사

조춘호 소장

[해제] 이 가사는 규영현가, 화조가, 권효가, 계부사, 정승상회혼가, 퇴계선생문월가, 문월가, 전춘가, 히동국대기 등과 같이 한 권의 전적에 수록된 국문 가사이다.
자료 형태는 25.6×15.6cm 규격의 전적이며, 3단 2행 4음보 형태의 필사본이다. 원작자 및 창작 연대는 미상이다.

니 가ᄉᆞ난 려공 간난콰 빈부 살님을 졀〃당〃ᄒᆞ계 억양ᄒᆞ고 유식도 ᄒᆞ고 자의가 곡창ᄒᆞ여 비록 부려 ᄉᆞ담과 되혹ᄒᆞ난 ᄆᆞ리나 슉려의[1293] 유한ᄒᆞᆫ ᄐᆡ도가 닛신이 부려되여 자죠 보면 힝실의 유죠[1294] ᄒᆞ리로다

천상의 저여직아[1295] 옥경황제 싼님[1296]으로 일싱의 ᄒᆞᆫ가ᄒᆞ여 할일이 ᄆᆞ이업다[1297]
문압페 별쫑밧헤 목화나 주어볼ᄉᆡ 씨ᄋᆡ을 트ᄌᆞ ᄒᆞ이 벅역소릐 귀압푸고
물뎃살 압페노니 비상정신 ᄃᆞ올닌다 군박ᄒᆞᆫ 살님사리 연ᄌᆞᆼ조ᄎᆞ 칠〃찬타
볏틀을 지려ᄒᆞ고 월궁의 ᄀᆡ별ᄒᆞ여[1298] 게수저편 ᄒᆞᆫ짝가지 동방희아 부탁ᄒᆞ여
부상목 ᄊᆞᆺ던목을 오강ᄌᆞ 드는도키 목수마튼 선관[1299]불어 손의맛게 당부ᄒᆞ고
칩도덥도[1300] 조흔ᄊᆡ의 칠월길삼 ᄒᆞ여보시 무지ᄀᆡ 활을메워 황ᄒᆞ수 쥴을달고
안ᄀᆡ쪼각 구름뭉치 솜〃이 곱게타서 번ᄀᆡᄲᅮᆯ 조심여 벽공의 실겅다라

1293 슉려의: 숙녀의
1294 유조: 有助, 도움이 있음
1295 여직사: 천을 짜는 여자
1296 싼님: 따님
1297 ᄆᆞ이업다: 많이 없다
1298 ᄀᆡ별ᄒᆞ여: 기별하여
1299 선관: 僊官, 선경(僊境)에서 벼슬살이를 하는 신선
1300 칩도덥도: 춥지도 덥지도

첩〃이 장이언ᄉᆞ 선궁의 열두낭ᄌᆞ 둘게미영 손품[1301]아ᄉᆞ 천문의 금쌀울제[1302]
몃〃ᄉᆡ비 신고ᄒᆞ야 운모씨 이웃낫틀 낫틀엇ᄌᆞ ᄒᆡ다간다 일연포로 나아보자
삼빅육십 바듸ᄉᆡ가 ᄀᆡ〃촘〃별쑹기라 별쌀흘여 쏩바나라 날기사 날아서나
밀기리 아득ᄒᆞ다 곡석주고 ᄆᆡ자ᄒᆞ어 창곡정이 ᄃᆞ비엿고 촌픔박과 ᄆᆡᄌᆞᄒᆡ도
이웃동디 만〃ᄎᆞᆫ타 서짝의 서왕모은 아레보고 맛좌던니 요지연 뉘잔ᄎᆞ의
복상[1303]ᄯᆞ서 부조ᄒᆞ고 청조ᄉᆡ 사환부려 폿옷다고 기별노고 쳔뮈산 뒤편따의
마고ᄒᆡ미 청ᄒᆡ던니 쌩밧가의 갓든길의 군산주 찬걸마셔 닝체가 협발되고
조ᄀᆡ[1304]주어 등쓸다가 손틈도러 ᄉᆡ로나서 빅설갓탄 종ᄌᆞᆼ머리 요두쑹이 자로나서[1305]
아죠실ᄐᆞ ᄒᆞᆫ속ᄒᆞ이 논흔쫑도 잇거니와 사세드러 러그ᄒᆞ고 동ᄒᆡ용여 소릐ᄒᆞ이
가주자는 이웃지요 거걸ᄉᆞ ᄌᆡ세ᄒᆞ여 우의엇다 ᄂᆡ일가마 홰김의 이러서〃
사황ᄃᆡ비 좁쌀을 싹〃으러 볏풀쑤고 동천ᄋᆡ ᄉᆡ비번ᄀᆡ 볏불을 달게놋코[1306]
남북극말 목박아 은ᄒᆞ수 긴쌧침의 무저울노 사친질너 여와씨 왕근력이
큰돌눌너 ᄊᆞᆼᄋᆡ노코 익지못ᄒᆞᆫ[1307] 선솜씨예 맛손업서 어이ᄆᆡ랴 월궁항아 전갈ᄒᆞ여
볏마지로 마조안ᄌᆞ 두셋ᄉᆞ롬 모힌마당 세상만ᄉᆞ 식그럽다 괸적은 저여와씨[1308]
아ᄒᆡ낫턴 옛이ᄋᆡᆨ이[1309] 맛아치 수ᄌᆡ잇서 남걸후워 집을어 유초씨 펴명ᄒᆞ고
둘ᄌᆡ아ᄒᆡ 어이ᄒᆞ여 ᄃᆡ홍씨 사장정코 소릐반ᄒᆡ 오닙가고 셋ᄌᆡᄌᆞ식 쌍동이로
수ᄒᆡ장ᄒᆡ 일홈ᄒᆞ여 거른발 인ᄌᆡ타서 불신부름 수인씨오 플쌉질은 신롱씨라
목숨이나 엇써할지 글ᄒᆞ기난 버서낫다 ᄎᆞᆼᄃᆡ의 엇던아ᄒᆡ 글ᄶᆞ을 일수짓고
모릐예[1310] 팔괘긋든 그사람은 뉘라더나 늘근정신 이덧ᄒᆞ여 일홈은 이제씨[1311]나

1301 손품: 손을 놀리면서 일을 하는 품
1302 금쌀: 금계[金鷄]
1303 복상: '복숭아'의 방언
1304 조ᄀᆡ: 조긔, 조기
1305 자로나서: 자라나서
1306 달게놋코: 아주 뜨겁게 해놓고
1307 익지못ᄒᆞᆫ: 익숙하지 못한
1308 여와씨: 여왜(女媧), 중국의 천지 창조 신화에 나오는 여신. 오색 돌을 빚어서 하늘의 갈라진 곳을 메우고 큰 거북의 다리를 잘라 하늘을 떠받치고 갈짚의 재로 물을 빨아들이게 하였다고 한다. 사람의 얼굴과 뱀의 몸을 한 여신으로 알려졌다.
1309 옛이ᄋᆡᆨ이: 옛이야기
1310 모릐예: 모래에

썽[1312]은아마 풍성이라 그런아달[1313] 나흔노구[1314]

ᄌᆡ죄엇서 그러ᄒᆞᆫ가 반고씨[1315] 우리동ᄉᆡᆼ 친정ᄌᆞ랑 비식〃〃씨기자는[1316] 고담으로

뭇잔는말[1317] ᄃᆡ답ᄒᆞ며 이보쇼 저아씨난 이압성품 종ᄂᆡ잇소 사람의 삼ᄉᆡᆼ낙이

부〃밧게 업ᄂᆞᆫ거설 굿테야 고집ᄒᆞ예 숫처ᄌᆞ[1318]로 헷[1319]늘거서 크닥ᄒᆞᆫ 광ᄒᆞᆫ전의

혼ᄌᆞ잇서 어이ᄉᆞ오 항아씨 그말듯고 ᄂᆡᆼ소ᄒᆞ예 이른말이 인역살님 걱정ᄒᆞ제

나무세ᄉᆞ 차락넙소 혼ᄌᆞ사난 ᄂᆡ평ᄉᆡᆼ의 저런소리 통분터라 이ᄂᆡᄉᆡᆼᄋᆡ 드러보소

나도상아의 전성으로 유궁후씨 ᄇᆡ을비러 인간시접 마다라고 월중으로 다라와서

달과갓치 항상잇ᄌᆞ 항아로 일홈지어 광ᄒᆞᆫ전 놉흔고ᄃᆡ 반월형 터을딱가

선후천수 법맛촤 쳔지중간 명긔바다 사방광명 경조ᄒᆞᄃᆡ 월궁ᄒᆞᆫ간 지어놋코

북두추성 쌍창ᄃᆞ라 바람막게 ᄀᆡ페ᄒᆞ고 청천장지 온쪽반ᄌᆞ 쌍ᄐᆡ을 구분난간

동편은 ᄉᆡᆼ명궁 서편은 만공ᄃᆡ라 오ᄉᆡᆨ운무 단청ᄒᆞ여 좌우로 현판달고

공중누 놉피소좌 별궁반간 ᄉᆡ로지어 허공의 공보[1320]언저 이허중ᄋᆡ 중문ᄂᆡ고

무중창의 영창다라 능허궁 ᄒᆡᆫ현판의 별제도로 지은모양 반공의 동동썻다

선보롬[1321] 정궁거처 후보롬 허궁처소 옥정수 말근ᄉᆡ암[1322] 달물에워 양치ᄒᆞ고

명ᄒᆞ수 발근거울 만경유리 ᄃᆡ을바촤 벽공의 도〃언ᄌᆞᆺ 옥호박의 갈걸ᄡᆡ사[1323]

삼청의 단이실노 옥비불너 삽ᄶᆞᆨ[1324]닷고(조석지고)

ᄒᆡ궁삼천 구경갈제 어름갓탄 수리박휘 ᄂᆡ겻히[1325] 외별ᄒᆞ나 물쫑으로 압서우고

1311 이제씨: 이제(夷齊), 백이와 숙제를 아울러 이르는 말
1312 썽: 성(姓)
1313 그런아달: 그런 아들
1314 나흔노구: 낳은 늙은 몸
1315 반고씨: 반고(盤固), 중국에서 천지개벽 후에 처음으로 세상에 나왔다는 전설상의 천자
1316 씨기자는: 시키지 않은
1317 뭇잔는말: 여쭈어 보는 말
1318 숫처ᄌᆞ: 결혼하지 않은 성년 여자
1319 헷: 헛의 옛말
1320 공보: 기둥과 기둥 사이의 벽을 치지 않은 곳에 얹는 들보
1321 보롬: 보름
1322 ᄉᆡ암: 샘
1323 갈걸 ᄡᆡ사: 가루를 빻아
1324 삽ᄶᆞᆨ: 사립문의 방언
1325 ᄂᆡ겻히: 내 곁에

순식간의 다여와셔 쌀씨불너 삽쪽닷고
남방화성 분〃ᄒᆞ여 연긔적게 군불씨고
옥토씨 기잠드러 사방이 고요할제
월촉을 도〃다라 만ᄉᆞᄐᆡ평 흘노누니
저와씨 근력보소 ᄐᆡ괴라 ᄒᆞ날실제
히고검고 굴근돌을 ᄆᆡᆫ머리의 여올닐제
그럴제도 ᄃᆡ힝못ᄒᆡ 자식조타 무엣ᄒᆞ오
풍두요통 노ᄅᆡ병이 ᄌᆞᆫᄒᆡ산 큰돌역부
반고씬가[1328] ᄐᆡ고씬가 친정ᄌᆞ랑 그만ᄒᆞ오
여와씨 무류ᄒᆞ여 머리쓸고 ᄒᆞ날보며
우시며 ᄒᆞ난말이 우리도 저ᄂᆞ되면[1329]
도리여 상쾌ᄒᆞ다 우리두리 지ᄂᆡᆫ도리
전건ᄂᆡ ᄒᆞ서다의 머ᄌᆞᆫ이 출ᄒᆞ여
출립조ᄎᆞ 일정ᄒᆞ여 연〃칠월 초싱되데
옥용불너 ᄋᆡ멍메워 일연일눈 오난걸사
씨문다시 쪗처가니 ᄂᆡ역시 흥심풀여
우리어런[1336] 영이엄ᄒᆡ 시깁간후 방심ᄒᆞᆫᄃᆞ
약수천리 지척일쇠 몃십연을 ᄐᆡ몽업서
ᄌᆞᆫ사실 그만ᄒᆞ고 볏뒤감기 밧바서라

게수나무 삭다리[1326]을 낙엽조차 뒤ᄡᅳ러서
금두섭이 나놀적의 치설거지 미리ᄒᆞ고
구름두소 병풍을운 첩〃이 둘너치고
진ᄌᆞ리 마른ᄌᆞ리 세상ᄌᆞ미 ᄂᆡ사실소[1327]
와씨혼ᄌᆞ 걱정인가 부주산 놉흔봉의
수ᄌᆡ잇단 말아덜과 소ᄅᆡ오닙 둘겨양반
오날사 ᄊᆞᆼᄋᆡ돌은 와씨오기 유관ᄒᆞ나
ᄌᆞ취ᄒᆞ여 그런탈이 ᄎᆞᆷ을성도 ᄇᆞ이엽소
만호광명 ᄂᆡ가문의 ᄒᆞᆫ쪽인달 빈쥐볼가
묵〃히 물너가이 직여아씨 ᄒᆞᆼ아다려
그다지 추솔할ᄶᅡ[1330] 항아씨 악가마리[1331]
무삼말 못ᄒᆞᆯ손가 나도ᄉᆞ 시집명식
견우씨 우리낭군 틀씨렵고[1332] 체중ᄒᆞ다[1333]
가지호박 다늘글제 오작불너 다리놋코
번그럽고 살난시러[1334] 정담도 못맛촤서
전ᄋᆡ ᄒᆞ든 벼틀[1335]길삼 선천갓치 던저두니
천동갓치 ᄭᅮ지시이[1337] 시가길도 다시못ᄒᆡ
좀ᄌᆞ리 편ᄒᆞᆫ법은 아씨방과 방불ᄒᆞ오
구만팔천 ᄒᆞ날수로 낫〃치 볍ᄶᅵ녹코

1326 삭다리: 삭정이
1327 ᄂᆡ사 실소: 나는 싫소
1328 반고씬가: 반고씨(중국 전설상의 천자)인가
1329 저ᄂᆞ되면: 저 나이가 되면
1330 추솔할ᄶᅡ: 추솔(麤率)할까, 거칠고 차분하지 못할까
1331 악가마리: 아까 말이
1332 틀씨렵고: 틀스럽고, 겉모양이 듬직하고 위엄이 있고
1333 체중ᄒᆞ다: 체중(體重)하다, 지위가 높고 점잖다
1334 살난시러: 산란하여
1335 벼틀: 베틀
1336 어런: 어른
1337 ᄭᅮ지시이: 꾸짖으시니

춘ᄒᆞ추동 매구비을 ᄎᆞ〃로 빗겨널제
돗트마리 굴난양은 팔구삭 아기선닷
아무리도 못밋칠싸 띠쳥궁 ᄉᆡ경쇠
낫별갓치 흣터졋다 ᄎᆞ례ᄎᆞᄌᆞ 참겨보ᄌᆞ
쳔지수 둘ᄋᆡ갈나 눈엽씨 마조밥고
삼ᄐᆡ성 세모나서 벼김미 메와엿코
쳥용황쌍 용을트러 용두머리 도〃엇ᄭᅩ[1341]
구음방셕 안잘씨ᄋᆡ 초ᄉᆡᆼ반월 비ᄐᆡ둘너
우리상졔 용상체로 옥경션관 도듬체토
일월노 북을질너 환ᄌᆞ갓치 왕ᄂᆡ할제
용두머리 우난소ᄅᆡ 외봉황니 쪽부르고
ᄂᆞᆺ친바람 도불ᄊᆡ오 써러진별 빕ᄃᆡ로다
인간이 어ᄃᆡ민야 큰비온다 소동ᄒᆞ니
북멋추코[1344] ᄉᆡᆼ각ᄒᆞ이 우리낭군 상ᄉᆡ로다
벼틀노ᄅᆡ 지여보ᄉᆡ 잠실성 빈쳔고디
천지헌항 삼기조화 ᄂᆡ과여 무러볼싸
이비단을 나은ᄯᅳ전 ᄂᆡᆯ주랴고 나아썬가
찰그락찰〃벼틀이야 천문의 저금쌀건
두우성 기우럿다 옥경누ᄃᆡ 젹〃ᄒᆞᆫᄃᆡ[1346]
ᄂᆡ을위ᄒᆡ 신고ᄒᆞᆫ고 우리낭군 공부씨겨
가는손 약ᄒᆞᆫ힘의 비지기로 안고뒤처
도독〃불너온다 초ᄒᆞ로 ᄒᆞ날장ᄋᆡ
일즉일터 볏차릴제 셰〃ᄒᆞᆫ[1338] 연장징기
건삼련 ᄒᆞᆫ날쾌로 잉ᄋᆡ씨[1339] 골나일고
열습ᄶᆞ[1340] 쌍다리ᄋᆡ ᄒᆞᆫ일ᄶᆞ 가르셰라
횃씨구름 가로누어 눌늠씨 눌너두고
ᄋᆡ무지기 신ᄯᆞᆫ가지 집신별노 줄을다라
옥난간 ᄐᆡ양창ᄋᆡ 동굴럭키 안진양은
셰우갓튼 가는오리 쳔지로 ᄉᆡ을지워
북바드[1342]집 지난소ᄅᆡ 작ᄋᆞᆫ별락〃〃치닷
도트말리[1343] 뒤치곳ᄃᆡ 쳔동소ᄅᆡ 뒤누웟다
황ᄒᆞ수 물저질기 구비구비 휫두루처
아마도 이버틀이 온갖조화 다드럿다
상사고〃〃〃 상사실노 수을짜서
부상누의 다늘것다 달갈갓ᄒᆞᆫ 둥근ᄭᅩ치
칠양사 실을ᄲᆞᆸ아 이십팔수 좌우시로
우리낭군 옷설지어 천황갓치 장수ᄒᆞ시
날씨우랴 홰을치다 게멍성[1345] ᄌᆡ촉ᄒᆞ고
선여선관 잠드럿다 서흔ᄌᆞ이 벼틀의
월궁의 저계화을 놉고놉흔 ᄒᆞᆫ짝가지

1338 셰셰ᄒᆞᆫ: 세세한, 보잘것없는
1339 잉ᄋᆡ씨: 잉앗대, 베틀에서 위로는 눈썹줄에 대고 아래로는 잉아를 걸어 놓은 나무
1340 열습ᄶᆞ: 열십자
1341 도도엇ᄭᅩ: 높이 얹고
1342 바드: 바디
1343 도트말리: 도투마리, 베를 짤 때 날실을 감는 틀로 베틀 앞다리 너머의 채머리 위에 얹어 둠
1344 북멋추코: 북(베틀에서 날실 틈으로 왔다 갔다 하면서 씨실을 푸는 기구)을 멈추고
1345 게멍성: 계명성, 샛별
1346 젹젹ᄒᆞᆫᄃᆡ: 조용하고 쓸쓸한데

항아다려 붓탁ᄒᆞ자 찰그락출〃 벼틀야 은ᄒᆞ수 저물ᄊᆞ비 볏밧듸로 쩟처고나
ᄒᆡ뜬쪽은 것구비요 달뜬쪽은 안쪽이라 약목가지 놉흔울의 ᄉᆡ비날의 볏서기ᄌᆞ
바람아 부지마라 은ᄒᆞ날게 다리놋ᄎᆞ 출그락출〃 버틀이아 ᄒᆞ교우의 저힌돌은
비단씻ᄊᆞ 가늘것다 실씻ᄊᆞ고 네늘그라 망부상ᄉᆞ 졀노늘네 이실ᄉᆞᆺ철[1347] 다시잡아
잉ᄋᆡᄡᅵ눈섭 ᄡᅵ자ᄆᆡ지말고 흘어가난 저세월을
요마만치만 자ᄆᆡ두ᄉᆡ[1348] 유□□□□분으로
천장지구 귀약ᄒᆞᄌᆞ 벼틀더지의 실어무바라 ᄂᆡ벼틀의 실나지마라 우리□□호령ᄉᆞᆺ테
동그ᄅᆞ동〃 쌔ᄉᆞ로달나 찰그ᄅᆞᆨ출〃 벼틀이야
이러ᄐᆞ시[1349] ᄒᆞᆫ창쌀제[1350] 용을타고 엇듯선ᄌᆞ
구름비단 소원으로 운ᄒᆞᆫ싸의 날을찻ᄂᆡ ᄂᆡ손으로 ᄒᆞᆫ폭갈나 인간으로 전송ᄒᆞ고
가지로치 마ᄒᆞᆫ가음 유의하여 두어써이 동정소상 엇던낭ᄌᆞ 정〃ᄒᆞ긔 홀노서〃
칠ᄇᆡᆨ평로 물바람ᄋᆡ 천손불너 우지〃이 ᄂᆡ마ᄋᆞᆷ ᄎᆞ마못ᄒᆡ 육폭치마 ᄡᅵ여주고
어느ᄒᆡ 은ᄒᆞ날게 별쎄탄 엇던손님 ᄂᆡ벼틀 괴운돌을 ᄂᆡᆯ주랴고 쎄여간고[1351]
그후로 벼틀멍이 벼기우고 다리저ᄂᆡ 인간의 마은여ᄌᆞ ᄂᆡ숌시을 교ᄒᆞᄃᆞ고
칠석양신 노는날의 물써놋코 나을빌며 엇던집은 옷설지어 칠석볏 쐬이랴고
고지ᄡᅵ [1352]긴〃 ᄉᆞᆺ헤 나을향ᄒᆡ 놉히거ᄂᆡ 볏틀노릐 멋촤두고[1353] 구름잉ᄋᆡ 손의걸고
인간구경 ᄒᆞ려ᄒᆞ고 구주산천 연그난ᄃᆡ 네려ᄃᆞ 구어보이 가소로다 인간아희
첩〃 심산 부룡목을 ᄇᆡᆨ무노옹ᄉᆡᆼᄋᆡ 흔의걸고 북바듸집 외난소릐 천상ᄉᆞ람 놀ᄂᆡ다
엇덧낭ᄌᆞ[1354] 솜씨업서 ᄇᆡᆨ옥갓탓 선비난군 셕시길삼 ᄊᆞᆼ바느질 출입닙성 뒤못싹가
건장눈ᄋᆡ 박ᄃᆡ바다 ᄉᆞᆫ물눈물[1355] 셰월보ᄂᆡ 종지벼리 제ᄎᆞ나라 틈〃으로 품싹주고

1347 실ᄉᆞᆺ철: 실끝을
1348 자ᄆᆡ두ᄉᆡ: 묶어 두세
1349 이러ᄐᆞ시: 이렇듯이
1350 ᄒᆞᆫ창쌀제: 한창 짤 때
1351 쎄여간고: 빼어 갔는가
1352 고지: 꼬챙이
1353 멋촤두고: 멈춰 두고
1354 엇덧낭ᄌᆞ: 어떤 낭자
1355 ᄉᆞᆫ물눈물: 콧물 눈물, 어려운 생활을 비유한 말

그련아히 살임사리 나부탄이 곳〃지요 엇던여ᄌᆞ ᄌᆡ죄잇셔[1356] 목동초부 짝을만ᄂᆡ
간는오리 고은수품 지ᄀᆡ미틔 ᄃᆞ부셔라 안ᄒᆡ눈ᄋᆡ 버셔나셔 곤상건ᄒᆞ 도틈나고
엇던부인 팔ᄌᆞ조와 ᄌᆡ상규문[1357] 농혼집ᄋᆡ 쌍죠별연 뒷덧실고 고량진미 먹고습고
금수응나[1358] 조흔ᄋᆡ복 만연입어 넉〃ᄒᆞ다 바늘귀난 ᄆᆡᆼ갈이요 별틋쇼ᄅᆡ 젼벽이라
이려타신 호부타가 일조ᄋᆡ 탕ᄑᆡᄒᆞ며 볕살글쏘 글이지고 노비사환 흣터진다
성싹휘 기운집ᄋᆡ 손만밋고 홀〃블제 네팔ᄌᆞᄋᆡ 네쏙아셔[1359] 사람ᄒᆞ날 원망마라
엇던사람 박복ᄒᆞ야 소연청춘 홀노잇셔 환부사리 옷격졍ᄋᆡ 과여탄식 밧갈기라
짝〃이로 어근나셔 셰상ᄉᆡᆼ이 ᄌᆡ미업다 성남ᄋᆡ 뺑빈여ᄌᆞ 어느고지 실을팔까
나무낭군 입혀주고 눈물짓고 도라와셔 ᄌᆞᆷ부ᄉᆞ로 ᄌᆞ탄ᄒᆞ고 신쳔지셔 낭ᄌᆞ는
ᄯᆞ든비단 북을멋촤 먼ᄃᆡ낭군 ᄉᆡᆼ각할제 황운정 져싸마귀 이주로난 가지마라
녹양ᄭᆞ지 가는실ᄋᆡ 황금가탄 져쐬골리 금북을여 봄을짤제 계우든잠 놀ᄂᆡ쏘야
요셔ᄋᆡ 비단길싸 기력이조ᄎᆞ 인편업셔 무정세월 혀송ᄒᆞ야 흥심업시 싸락마라
졍부살님 가연ᄒᆞ다 장안부귀 순젹업고 여렴ᄉᆡᆼ이 두셔업고 시졍풍속 시ᄯᅳ업다
두로〃〃 구경ᄒᆞ고 은ᄒᆞ수 구비ᄃᆡ라 벽공을 휘여자아 직여궁ᄋᆡ 도라와셔
셰상뜩글[1360] 다별리고[1361] 월궁을 ᄎᆞᄌᆞ가셔 항하보고 손을잡고 볏뒤보든 아ᄒᆡ수고
셰상갓든 오날귀별 서로안자 반긴후ᄋᆡ 월노불어 문목ᄒᆞ되 너으아씨 너을보ᄂᆡ
인간ᄋᆡ ᄒᆞ송할셰 불근홍ᄉᆞ 연분실을 귀쳔남여 노소간ᄋᆡ 견우직여 짝을지워
원망업시 ᄒᆞ란거셜 너가무신 용심[1362]으로 고운아씨 미운가장 ᄇᆡᆨ발낭군 청춘홍안
형제요부 인물가난 저죄졀등 모양박ᄉᆡᆨ 볏틀일노 보드라도 비단실ᄋᆡ 삼베오리
굴근날ᄋᆡ 간는씨와 긴쎠침ᄋᆡ 져른오리 뒤썩거서[1363] 벼을나며 ᄇᆡᆨ공ᄌᆡ죄 속절업다
ᄆᆡ고ᄯᆞ고 익선길삼 쳔상인간 ᄃᆞ른잔타 그다지도 분수업서 억조만ᄉᆡᆼ 원망소ᄅᆡ

1356 ᄌᆡ죄잇셔: 제 죄가 있어
1357 ᄌᆡ상규문: 재상집의 규중
1358 금수응나: 금수능라, 명주실로 짠 피륙
1359 쏙아셔: 속아서
1360 뜩글: 뜻글
1361 다별리고: 다 버리고
1362 용심: 남을 시기하는 심술궂은 마음
1363 뒤썩거서: 뒤섞어서

전국세게 그안이야 월노의 거동보소
그분부 지중ᄒᆞ나 그딗로만 시힝ᄒᆞ면
두목지의 고은풍골 텽조술게 뭇처죽고
한퇴지의 문장궁귀 사람마다 한퇴질갓
딗〃로 그지죄며 맛포길삼 ᄒᆞ난솜씨
북식갓치 오락가락 딗소장단 뒤썩거서
공평일심 온일이 충신득죄 발명업소
곳〃초한전장 나눌이 삼국풍진
직여씨 묵〃ᄒᆞ여 항아불디 도라보고
그러나 저을불너 딗답시업[1366] 보닐소야
인간(아장)일이 더러이다 만고의 효부옐여
착훈힝실 가지사람 낫〃치 상을주고
빈옥훈천 저문날의 부〃안ᄌᆞ ᄒᆞ난말이
길솜히도 등버시이 가민양처 빈말일쇠
빈을헤처 볏쐬이고 쇠코중의 닉예걸며
민소으로 나려가서 비단훈치 못주엇다
이번시벼 톱머리의 규성문희 문장포가
괫심터라 인간아히 죄버실날 머러더라
삼천선여[1368] 다리고서 부상의 뽕을캐여
옥수로 친히ᄌᆞ서 상제옷설 지어써던
안질씨도 미ᄒᆞ며 벼틀다리 살광[1369]달고
도불씨 눈물흘여 조광압페 드난ᄒᆞ고

고두빅빈 사죄ᄒᆞ고 다시이러 아뢴마리
막모갓탄 박식여ᄌᆞ[1364] 독숙공방 일싱ᄒᆞ고
석숭갓탄 기면부지 딗〃로 그지죄며
길삼일노 말삼큰딗 비단실을 난〃지죄
사람마다 그솜실가 물닉가치 도은시상
평〃ᄒᆞ기 ᄒᆞ난길삼 그게기역 연분이라
만일아씨 ᄒᆞ잔딗로 일정분간[1365] ᄒᆞ자ᄒᆞ면
제갈진평 부싱히도 지〃균평 속절업소
월노의말 드러보이 송사결처 코압푸다
월노야 말드러라 인간의 다시ᄂᆞ가
천문의 정여ᄒᆞ고 부모보양 길가목족
그나마 걸인일이[1367] 선비살님 불상터라
글일너도 빈곱흐니 서풍유속 옛말이오
칠석갓튼 조흔날의 허송ᄒᆞ기 어러워라
사지못히 걱정이오 미천업서 탄식ᄒᆞ나
너부딗 나려갈지 닉집으로 단여가라
볏쏫이나 나마써이 닉전갈노 포정ᄒᆞ고
ᄒᆞ날의 우리황후 틱울궁의 벼틀놋코
ᄒᆞ날빗 가문비다 중앙토식 두린치마
ᄒᆞ물며 세승여ᄌᆞ 벼틀조차 박딗ᄒᆞ여
눈썹씨 ᄒᆞ나〃마 정지벗장 쏘ᄌᆞ두고
ᄭᅳᆺ업ᄂᆞᆫ 쪼각비티 불치기로 번을서며

1364 박식여ᄌᆞ: 아주 못생긴 여자
1365 일정분간: 똑같이 나눔
1366 딗답시업: '딗답업시'의 오기로 보임
1367 걸인일이: 걸린 일이, 마음에 걸리는 일이
1368 삼천선여: 삼천 선녀
1369 살광: 살강, 그릇 따위를 얹기 위해 부엌에 매단 선반

연〃[1370]무근 엉이씨의 거무줄[1371]이 잉이걸고
문지벽의 걸인북은 용이되야 ᄂᆞ라간가[1372] 익가올사 저벼틀이 나무손의 귀양왓나
이러타시 살임ᄒᆞ며 ᄒᆞ날원망 왠일인고 춘ᄒᆞ추동 노다가서 찬바람이 선뜩불면
시집올ᄯᅵ 거듯옷시 쪽〃이로 으러저[1373] 감고가문 힝주치마 살신귀가 환싱ᄒᆞ고
벗고벗신 민젹신이 여장승이 완연ᄒᆞ다 그중이 힝동체신 빅쳔틱가 구비ᄒᆞ다
남무임닉 살임자랑 이웃팔아 방두경졍 흐린구변 소진이요 몹씰잔꾀 소〃로다
손새이로 다세수면 소경잘계 썩을쥐고 바날귀을 뒤쉬면셔 환싱포을 입이난닉
그런여ᄌᆞ 일거덜낭 □□□□□□□□ ᄌᆞ〃시 차자가셔 벼틀가로 타이로디
기과쳔신[1374] 다시ᄒᆞ기 부딕〃〃 속키오라 두세번 당부ᄒᆞ고 황아으계 ᄒᆞ자ᄒᆞ니
항아씨 문이나셔 밤부럭기 압세와셔 수이보ᄉᆞ[1375] 긔약[1376]ᄒᆞ고 잘가소셔〃〃

1370 연연: 연년(連季), 여러 해를 계속함
1371 거무줄: 거미줄
1372 ᄂᆞ라간가: 날아갔나
1373 으러저: 으스러져, 조각조각 부스러져
1374 기과쳔신: 개과천선, 지난날의 잘못이나 허물을 고쳐 올바르고 착하게 됨
1375 수이보ᄉᆞ: 가까운 장래에 다시 보자
1376 긔약: 기약

58. 청년화류가

조춘호 소장

[해제] 이 가사는 국문가사로 회심곡, 로처녀가, 우민가, 우미인가 등과 함께 수록되어 있다. 자료 형태는 19.3×19㎝ 규격의 전적이며, 2단 2행 4음보 형태의 필사본이다. 원작자와 필사자는 미상이다.
청춘들에게 한번 늙어지면 다시 젊지 못한다는 얘기를 전하는 내용이다.

어화청춘 소연들아 옥빈홍안[1377] 자랑마라 무정새월 가는광음 넌들매양[1378] 절물소냐
꼿갓치도 곱든얼골 저문빗치 적로나고 백옥갓치 히든얼골 부로빗치 되리로다
새별갓치 발든눈니[1379] 반판수가[1380] 되어잇고
청산녹수 갓튼음성 반병어리 되어잇늬 새정담듯 하든귀가 만강풍우 되어서며
일행철이 것든거럼 상토끗치 면저간다 살대갓치 고든허리 질매가지 방불하다
선수박시 갓흔이가 목탁속은 왼일이며 잇든기렬 도망하고 말근총명 간대업서
온갖실수 가진망명 어내누가 가러치나 잠〃 무언 안자서니 참선하는 노성이요
입을째여 말을하니 구석구석 우섬이라 올은[1381]훈개 말대답내 대접하여 망명니니
한심할사 어니하여 청천맥일 쌀이[1382]가노 일거월재 집을사록 눌놀박애 할일업고
인생한변 늘거지면 다시첨지[1383] 못하리라 인간칠십 고래회는 앳사람어 이른배오
백연삼육 실업도 일장의 춘몽이라 장심이새 화유객을 행로상애 잠간맛나

1377 옥빈홍안: 玉鬢紅顔, 고운 귀머리와 붉은 얼굴이란 뜻으로, 아름다운 젊은이를 비유하는 말
1378 매양: 한결같이 늘
1379 발든눈니: 밝던 눈이
1380 판수: 맹인
1381 올은: 옳은
1382 쌀이: 빨리
1383 첨지: 젊지

원일견지[1384] 맛나스니 혹선혹후 놀나가새　주란화각[1385] 곳곳마다 화조월식 째마초와
수륙지미 다갓초와 일등명기 안자스니　일배[1386]일배 부일배얘 면순배나 도라갓노
주사청류 자랑삼아 녀중일색 이론이라　양금[1387]통소 새소적애 오음륙률 장단맛처
오동츄야 개명월애 낙양춘색 백도화[1388]를　전후좌우 느르안저 각기소장[1389] 불너내니
듯기좋은 권주가는 장진주루 화답하고　단정한 춘면곡은 상사별곡 화답하고
한어항 처상간는 어부사로 화답하고　화장한여 민민락은 남풍시로 화답하고
처량한 노승가는 황개사로 화답하고　청아한 죽지사는 랑빈가로 병창하며
허랑할실 군악은 매화타령 엉답일새　음탕한정 우지음은 노처녀를 놀려내며
구색친구 삼색우는 거들거려 오락할새　아생부득 소년은 풍월객의 저답이라

1384 원일견지: 願一見之, 한번 만나 보기를 바람
1385 주란화각: 朱欄畫閣, 단청을 곱게 하여 아름답게 꾸민 누각
1386 일배: 一杯, 한 잔
1387 양금: 洋琴, 채로 줄을 쳐서 소리를 내는 현악기의 하나
1388 백도화: 白桃花, 흰 복숭아꽃
1389 각기소장: 各其所長, 저마다 지니고 있는 장기(長技)

59. 청춘가

조춘호 소장

[해제] 이 가사는 늙는 것을 탄식하며 젊은 시절 즐겁게 지내자라고 쓴 국문 가사이다. 자료 형태는 26.2×195.2cm 규격의 두루마리이며, 단 · 행 · 음보 구분 없는 형태의 필사본이다. 작자는 나와 있지 않으나 연대는 단기 四二八九년이라는 기록이 있다.

어화여라 동유들아 청춘이라 하는
천지간 만물중에 사람밖에 또있을가
청춘이라 하는것이 여려가지 청춘이라
시절로 말하자면 동지섯달 다지내고
□월한식 닥처오니 실실동풍 부로오니
나무〃〃 속잎나고 바지장이 쨍〃 울고
눈에삼〃 돌아들고 화간쌍쌍 벌래들도
시절〃〃 좋은때라 만파방춘 좋을시고
짝〃 하따 두견새는 사람보고 방귀한듯
두나대로 흘〃 날아 같이가자 어서가자
꽃속으로 드러가서 숲풀속에 우는새도
오동우에 왕래하고 소래잘한 할미새는
빈화호걸 좋아하고 물색초흔 공작새는
슬은편지 다전하고 추호로 두지새는
공산양월 귀촉새는 만학천봉 저큰산에
세상사람 행복이라 우리청춘 소년드라
그사실 모와내여 청춘소회[1390] 지여낼째
시절청춘 봄이오고 우리청춘 이팔이라
봄이오면 청춘이고 입춘우수 다지내고
만수춘풍 꽃이로다 가지가지 눈이틀고
노고자리[1391] 신길뜨고 먼산에 아지랑이
춘귀을 짜라나서 이리저리 희롱[1392]하내
치암절벽 피난꽃흔 방실〃〃 우서난뜻
나비〃〃 범나비야 너도나와 쌍을지여
청산으로 도라가자 가다가날 저물그든
오는봄을 좋아하고 기불탄송 봉황새는
강남풍을 희롱하고 딸잘하는 앵무새는
일광을 희롱하고 북방의 기러기는
고독을왜 못가든고 날마다 한이로다
이리귀촉 저리귀촉 낭낙장송 저가지에

1390 소회: 素懷, 평소에 품고 있는 회포나 뜻
1391 노고자리: 노고지리, 종다리의 옛말
1392 희롱: 戱弄, 서로 즐기며 놀리거나 놂

주야로 슬이운이 청춘심희 비참하야
저가지에 홀로앉아 어이그리 서리우나
강남갓은 저연자[1393]도 옛주인을 다시찾아
반가운듯 무삼말을 할듯하다
우리청춘 가이없다 무정할사 시월이라
늬원정이 나와같다 구봉산 몇말리에
그시월 잠간일세 시무춘정 봄이오니
조흔시절 닥처오니 삼춘시절 반갑도다
반봇짐을 엽에끼고 소풍삼아 길을나서고
찬〃의복 모다싸서 한엽에 주리찐다
노지석 찾아갈째 거름마다 근심일세
이화정행 화춘을 그리더욱 좋을시고

저새야 우지마라 양월공산 여기두고
공산명월 꽃가지에 잎〃이 술품이요
구인정 하는인사 택마태저 을겨시며
이산저산 북국새야 가는시월 재촉마라
가는것이 원통하다 새야〃〃 워낭새야
늬심삼 우는소릐 시월간줄 몰랐더니
시호〃 부저릐다
늘은과부[1394] 살림살이 상하분별 할수업서
절은부인[1395] 과부매씨 멋모르고 뛰여날째
그중에도 홀아비는 저간사 다모르청
이화도 만발한대 행화촌[1396]이 여기로다

사문주가 하처재요 목동오지가 행화촌이로다

노음방춘 성하씨는 곳〃마다 농윤이고
어화우리 동유들아 우리청춘 드러보소
열살리 지내가면 당연이 팔방연이라
옥빈홍안[1397] 고흔태도 구름속에 청산이요
섬〃옥수 두손결은 채옥으로 밖았는듯
명주펼[1398]로 감은듯이 상하이복 감은거난
옥안으로 돌아보니 구름속에 반달일세
상글〃〃 웃는모양 해당하[1399]가 다시핀듯

문장재상 노는곳은 간곳마다 글소릴세
한살두살 거름배워 다섯살에 맏애두고
봉실〃〃 피는얼골 목단화가 다시핀듯
설부화용 고흔양은 이슬바든 부용할세
후리질씀 흐리매씨 수양버들 태도같이
팔폭치마 고루드시 왕소군에 맵씨로다
앵미간 방귀하니 물가운대 연꽃이라
시월도 청춘이오 산도청춘 물도청춘

1393 연자: 燕子, 제비
1394 늘은과부: 늙은 과부
1395 절은부인: 젊은 부인
1396 행화촌: 杏花邨, 살구꽃이 많이 피는 마을
1397 옥빈홍안: 玉鬢紅顔, 옥 같은 귀밑머리와 붉은 얼굴이라는 뜻으로, 아름다운 젊은이를 이르는 말
1398 명주펼: 명주필
1399 해당하: 해당화

인생도 또한 청춘일세　춘삼월이 돌아오서 꽃도또한 청춘일세
삼월만간 지내가면 꽃도또한 색이가면　어느나비 꽃찾으랴 우리청춘 늘거가면
다시점기[1400] 어룹도다[1401]　절은시절 내마음대로 노라보세
시호〃〃 좋을시고 흠노진만 가는구름　운간월색 희롱한다 황근같은 꾀꼬리는
양유지에 돌아들고 월삼경 기러기는　십이핑사 날아든다 노자노자 절어놀자
늙고 병들면 못노나 이니라　우리청춘 늘어 다시점기 어롭도다
나무라도 고목대면 오는새도 다라나고　꽃도또한 낙하되면 오는나비 도망하내
시절로 말하자면 이십청 삼십이라　청춘늘기 아여십다 우리이리 놀다가
아차한번 죽기되면 아항여년 짝을지여　굴삼여여 복충혼 되어불가 가련하다
청춘이여 좁고짜른 이시월에 절머청춘　않이놀고 무엇하리 가자가자 어서가자
강남명월에 구경가서 노기홍상 고흔의복　보기좋케 뜰처입고 가진행차 잘차리고
신발 단속하야 여산폭포 구경가세　어화우리 동유드라 이내말삼 들어보소
한달크고 작은거이 소연춘광을 재촉하고
조각달 반달되는것이 우리청춘을 재촉한다
동정에 돗는달이 무산에 높이쓰고　시우청〃 버들가지 이수빈내 느러지고
새유강빈내 저백구는 명사천에 쓰르지고　화빈내 잣나비 화간으로 나라든다
조타〃〃 여기가 어디든고 명나수가 안이그든
굴삼여가 여기오며 굴삼여가 여기오면　반죽이 업슬소야 기명산 추야월이
왤야혼이 가련하다 반야진군 아명이는　여인의 손목잡고 이수빈 강태공은
고든낙시 물에엿고 흐송시월 다보내고　망고[1402]영웅 진씨왕은 말이장성 싸노라고
하나님전 축수[1403]하야 일월을 잡아메고　업논사람 다죽기며 아방궁 불이타서
흥노정설 되엿으니 발랑사을 차저가서
흐송시월[1404] 다보내고 우리같은 절은청춘[1405]

1400 다시점기: 다시 젊기
1401 어릅도다: 어렵도다
1402 망고: 만고
1403 축수: 祝扌, 두 손바닥을 마주 대고 빎
1404 흐송시월: 허송세월

시〃마다 다늘는다 노세〃〃절어노세
아주십다 청춘백발이요 백발이 청춘일새
우리청춘 늘지마라 늘는것은 안서러나
우리청춘 늘지말고 늘은백발 안이죽기
절미청춘 놀아보세 을시고 지하자

병들면 다시노지 못하니라 청춘백발
놀고집고 죽기듸면 청백고혼이 되겄구나
죽을일이 큰일릴세 등장가자〃〃〃〃
영나왕[1406]게 등장가자 을시고 절시고
좋을시고나〃〃〃〃〃

단기 四二八九년 宋

1405 절은청춘: 젊은 청춘
1406 영라왕: 염라왕

60. 추풍감별곡

조춘호 소장

[해제] 추풍감별곡은 두루마리에 실린 국문 가사로, 2단 4음보의 형태로 작성되어 있다. 이 작품은 임을 만나지 못하는 슬픔과 안타까운 마음을 노래한 가사이다.

어제밤 바람소리 금성이 완연ᄒᆞ다　고침단금에 상사몽 훌처쎄여
죽창을 반ᄀᆡᄒᆞ고 백백히 안젓스니　만리장공에 하운이 엇터지고
천연강산예 찬기운 새러워라　심사도 창연ᄒᆞᆫ대 물색도 유감ᄒᆞ다
정수에 부는바람 이한을 알외는듯　추국에 맷친어설 별누을 먹음는듯
잔유남교에 춘엥은[1407] 이귀ᄒᆞ고　소월동령에 추원이 슬피운다
임여히고 썩은간장 하마하면 ᄭᅳᆫ치리라　삼촌에 질기든일 예련가 ᄭᅮᆷ이련가
세우사창 요적한대 흡〃한 깁푼정과　야월삼경 사어지에 벡연자자 구던언약
단봉이 놉고놉고 파수가 깁고깁허　문어질둘 몰낫서니 ᄭᅳᆺ처질줄 아랏서랴
량신에 다마함은 예로붓터 잇건마는　디이 인하는 조물에 탓시로다
홀연이 부는바람 화ㅅ총을 요동ᄒᆞ니　웅봉자점이 에연이 흣단말가
진장에 감춘호구 도적할길 바이없고　금용에 잠긴엥무 다시히롱 어러워라
지척동방 절리대여 바라보기 아덕ᄒᆞ다　은하작교 샛처서니 건너갈길 묘연하다
은정이 ᄭᅳᆫ첫거든 차라리 잇치거나　아리짜운 자태거동 이목에 매양잇서
못보와 병이대고 못이저 원수로다　천수만한 가덕한대 숨이차는 겨워라
허물머 이는추풍 심희을 붓처ᄂᆡ니　눈압해 온갖거시 전여다 설음이라
바람에 지는낙엽 풀속외 우는짐싱　무심이 듯게대면 관계할바 업건마넌
유유별한 간절한대 소래소래 수성이라　구곡에 맷친서름 엇지하면 풀처낼고

1407 춘엥: 춘앵(春鶯), 봄철에 지저귀는 휘파람새

아해야 술부어라 행해나 관회할가　　잔대로 가덕부어 취토록 먹은후에
석양 산료로 얼미대 올나가니　　풍광은 예와달나 만물이 소연ᄒᆞ다
릉나도 쇠한내들 성긴가지 소설ᄒᆞ고　　금수봉 쏜진남계 상엽이 포율ᄒᆞ다
인간에 변화하믈 측양ᄒᆞ여 일을손가　　가련이 눈을더러 원건을 바라보니
마탄에 널은물결 탕양하미 회포갓고　　룡산에 느진경은 창울하미 심사갓다
부통문 송겍뎡에 이별엑기여 서러마라　　초페왕 장한쁜도 죽기로 리별설워
옥장비가에 눈물은 지엿서나　　오강풍우에 우단말온 몬더럿ᄂᆡ
천지난 몃〃제어 리별은 누구〃　　세상리별 남녀중외 날갓흐리 쏘잇설가
수로문에 쓴는비는 향하는곳 어대맨고　　만장수회 실은후에 철리약수 건너가서
우리님 기신곳에 수이〃 풀고지고　　성두에 느진경을 견대여 못볼너라
장탄 단무른 곡난을 지엿서니　　바람결에 오종성 문나니 어대절고
초회을 셜처신고 섬거이 이러겨려　　영명사 차처들가 중아 물어보자
인간이별 내신붓처 어내탑전 안지신고　　임거린 일편단심 불전에 발원ᄒᆞ야
임을다시 못볼망정 차라리 죽어저서　　빅골은 진토대나 영혼은 놉히날나
임안지신 안간압해 어루와 볼리로다　　다시금 싱각ᄒᆞ니 이쏘한 천수로다
죽장을 곤처집고 부벅누 올나보니　　들밧긔 점〃봉은 구럼속에 소사잇고
청강에 허르는물 추천과 빗치도다　　이억고 둣넌명월 교〃이 빈치는대
그린상사 지리한중 옥면인가 반겨드니　　어이한 쁜구럼이 명광을 가리원노
어와 이웬일인고 조물에 탓시로다　　저구럼 언제것처 발것빗 다시볼가
송지간에 명화편을 기리읇어 배회ᄒᆞ니　　한노상풍 소설한ᄃᆡ 취한술이 다시쌔엿다
락엽을 싸라안저 금준을 다시열고　　일븨〃부일븨에 영농이 취하얏서라
절은탄신 긴한숨에 발을밀러 이러거려　　지향업시 가는길에 애연당 드단말가
부용일지 썩거지고 유정이 도라보니　　수면에 빗친쏫천 임이날을 반기난듯
엽간에 쓴는비는 ᄂᆡ심정 알위는듯　　량〃백구난 홍노본에 왕내ᄒᆞ고
쌍〃원왕은 록수중에 부침한다　　이언셍 가런ᄒᆞ매 미물만도 못ᄒᆞ도다
홀연이 다썰치고 백마을 체을처서　　산이야 구럼이야 정처업시 가자ᄒᆞ니
내맘이 현황ᄒᆞ야 갈곳이 아득ᄒᆞ다　　허히탄식ᄒᆞ며 초려또 도라오니

간곳마다 비는물식 어이거리 심난한고 임과갓치 보랑이면 경기좃타 하련마는 무정세월 여류한대 나나리 깁허가니 상하에 우는실솔 너는무삼 나울미워 긴소래 절은소래 경〃이 슬피울며 촌계도 드뒤울려 밤도잠옷 길엇새라 옹〃한 긴소리로 짝을불너 슬피우니 오동야 단장시에 참아어이 들을손야 일폭화전 털처놋고 세세사정 거려닉여 명월사창 요적한대 임압해 던저주렴 지리한 리별 싱각사록 긋치업내 연분도 업지안코 유정도 아것만은 오호명월 발거때와 초산운우 성길적에 무진정회 강잉하여 문을열고 바라보니 우리임 기신곳은 저구럼 나리언만는 양처가 막막하여 여신이 긋탄말가 벽상에 글린오동 강잉하여 내려놋코 여음이 요〃하여 원하는듯 한하는듯 탕문군에 말건지름 심〃이 잣치업다 전싱차싱 무삼제로 우리두리 셍겨나서 황천후도 이뜻아라 이별업시 원이로다 지금까지 유전하여 나외일신 병이댄고 월매초죽 그리기는 올컨마는 상사 두걸자을 나을위히 지엇쏘다 심중에 무한정수 나혼자뿐 안이로다 잘세는 깃설깃저 무리무리 도라가고 경〃이 흐르는빗 절기찻는 형화로다

울밋히 피년국화 담안에 젓는단풍 도〃심사 울〃한등 도리여 수심댄다 가기난 때울차자 구추에 느젓제라 지는달 세는잠에 잠시도 긋치지안코 적이나 남은간장 어이마저 썩여주노 창풍에 우난홍안 운소에 놉히쓰서 춘풍 화월야에 두견성도 설푸거든 네비록 미물리나 사정은 날과갓다 외윗처 이려기을 이냐사정 가저다가 인비목석 안이어던 임도응당 늣기리라 인연업서 못보넌지 유정하여 그리는지 일성증 남북촌에 어이그리 못보넌고 설진심증 무한사도 황연한 숨이로다 무심한 뜬구럼은 긋처싸가 다시잇내 오며가며 두사이에 무삼약수 갈엿건대 둘때업난 이내사정 어대다가 지접하리 봉구황 한곡조을 한심석겨 기리타니 상여외 앳곡조를 외연이 잇거만는 결연한 이리별이 잇치기도 어렵도다 인간빅연 얼마관대 각제동서 거리는고 진시황 분시서할때 어느텀에 숨엇다가 수양매월 흠석가라 황모필 덤석풀어 명월 사창압히 나는무엇 그리는고 창해월영 두운는 임에곳에 빈치리라 갓덕에 심란한대 해는어이 수이가노 야섹은 참담한대 먼대남기 희미하다 적〃한 빈방안외 천연이 혼자안저

지낸일 풀처ᄂᆡ고 오난서름 싱각하니　산밧ᄀᆡ 태산이요 물밧ᄀᆡ 대해로다
구외산 구렴갓치 바라도록 멸이난대　단상추야 긴〃밤에 잠아어이 견댈소야
아모조록 잠을더려 꿈에나 볼려ᄒᆞ나　원양침 서늘ᄒᆞ고 비취금 냉락한대
효월잔등에 꿈도 어렵도다　일병잔촉 벗을삼아 전〃불ᄆᆡ 안자스니
금강령 세벽달이 오경인줄 쌔닷계라　안젓다가 누엇다가 다시금 일어안져
이리회고 져리회도 찰〃이 원수로다　고진감내는 이윽히 알건마는
명쳔이 감동ᄒᆞ고 귀신이 유외ᄒᆞ여　남겨에 굿센풀로 월로성 다시ᄆᆡ져
소상강 어너날에 고인을 다시만나　봄바람 가얼달에 거울갓치 마조안져
일련일 져련말을 정회등에 너어두고　빅연이 다진토록 가이업시 졀기다가
유자싱여ᄒᆞ고 한삼시지 낼적에　인심이 귀이ᄒᆞ야 뒤리저지 비커든
추풍오호 저문날에 금법을 놉히말고　가다가 아모댜너 선좃고 물조헌대
자자오향 졔볍으노 수간초옥 지어내니　집터을 불작시면 평싱에 소원이라
경태룡 모입수에 고두안산 더욱좃타　창송은 울〃하니 울ᄆᆡ여 무엇하며
벽계은 유〃ᄒᆞ니 우물파서 무엇ᄒᆞ리　감쳔에 토흑로다 농업을 하여보ᄉᆡ
석젼을 깁히갈고 초식을 먹을망정　빅연이 다진토록 이별업기 원이로다
다시금 싱각하니 쓸쌔업는 한별일ᄉᆡ　이회별 한ᄆᆡ갓턴ᄃᆡ 단장초혼 쑨이로다
악수환연 맛나보와 작조진졍 하고지고　임이별 하든달에 나는엇지 못죽언노
대천바다 깁현물에 풀덩실 싸지련만
지금싸지 사라잇기는 부모와 졍든임만날난지
창쳔도 뮈워ᄒᆞ고 조물이 시기로다　성음이 귀에 젱〃불사이 자사ᄒᆞ고
태도가 눈에 암〃욕망이 난망이라　상사에 중한병을 엇지하면 곤처낼고
실룡씨 겡싱하고 편작이 부ᄉᆡ한들　상사에 깁헌병을 어이하며 곤칠소야
상사에 곤한몸이 상두애 잠을들어　그리던 우리임을 꿈가운대 잠간만나
비회교집ᄒᆞ고 별레사졍 다못하고　수가옥저셩이 추풍에 석겨부려
처량한 이곡조로 잠든나을 쌔울셰라

십육셰 먹은 식시 일홈은 졔봉이요 지척에 임을 두고 상사에 병이데여 이 가시을 지어노

코 오ᄆᆡ불망 하든임을 불일네로 임을 만나 심중소회 원도 없시 다 풀고서 은양금침 잣ᄇᆡᄀᆡ예 놋요강 밀처놋코 만단설 하여가며 만종록을 누리들라

61. 추풍감별곡

조춘호 소장

[해제] 추풍감별곡은 두루마리에 실린 국문 가사로, 2단 4음보의 형태로 작성되어 있다. 이 작품은 임을 만나지 못하는 슬픔과 안타까운 마음을 노래한 가사이다.

어제밤 바람소ᄅᆡ 금셩이 완연하다
죽챵을 반게ᄒᆞ고 ᄇᆡᆨ〃히 안젓스니
천년강산에 찬긔운 세로워라
정수에 부는바람 리한을 알외는듯
잔류남교에 춘엥은[1408] 이귀하고
임여히고 □□간장 하마하면 ᄭᅳᆫ치리라
세우사창 요적한ᄃᆡ 흡〃한 깁흔정과
단봉이 놉고〃 ᄑᆡ수가 깁고깁허
량신에 다마□은 예로붓터 잇건마는
홀연이 부는바람 화총을 요동하니
진장에 감춘호구 도적할길 바이업고
지척동방 천리되여 바라보기 아득하다
은정이 ᄭᅳᆺ첫거든 차라리 잇치거나
못보와 병이되고 못이저 원수로다
허물여 이는추풍 심희를 붓처ᄂᆡ니
바람에 지는낙엽 풀속에 우는즘생
유〃별한 간절한 소ᄅᆡ〃 수성이라
아ᄒᆡ야 술부어라 힝해나 관회할가
고침단금에 상사몽 훌처ᄭᅵ여
만리쟝공에 하운이 흣터지고
심사도 창연한ᄃᆡ 물식도 유감하다
추국에 ᄆᆡ친이슬 별누를 먹음은듯
소월동영에 추원이 슬피운다
삼춘에 질기든일 예런가 ᄭᅮᆷ이런가
야월삼경 사어시에 ᄇᆡᆨ년사자 구든언약
문어질줄 몰낫스니 ᄭᅳᆫ어질줄 아랏스랴
디이 인하는 조물에 타시로다
웅봉자졉이 ᄋᆡ연이 흠단말가
금롱에 잠긴잉무 다시희롱 어러워라
은하작교 ᄭᅳᆺ엇스니 근너갈길 묘연하다
아리ᄯᅡ운 자ᄐᆡ거동 이목에 ᄆᆡ양잇서
천수만한 가득한대 ᄭᅳᆺ〃치 늣겨워라
눈압ᄒᆡ 왼갓거시 전여다 설음이라
무심이 듯게대면 관게할바 업건마는
구곡에 맛친시름 엇지하면 풀처닐고
잔ᄃᆡ로 가득부어 치토록 먹은후에

1408 춘엥: 춘앵(春鶯), 봄철에 지저귀는 휘파람새

셕양 산로로 을밀ᄃᆡ 올나가니
릉나도 쇠하버들 성긘가지 소슬ᄒᆞ고
인간에 변화함을 층량하여 일을손가
마탄에 너른물결 탕양함이 회포갓고
보통문 송객정에 리별액기여 설어마라
옥장비가에 눈물은 지엇스나
텬디난 몃〃제며 리별은 누구〃
수로문에 뜨는ᄇᆡ는 향하는곳 어ᄃᆡ맨고
우리임 계신곳에 수이〃 풀고지고
장탄 단우로 곡난을 지엇스니
초혜을 펼처신고 섬거이 이러거려
인간리별 ᄂᆡ신분처 어ᄂᆡ탑전 안지신고
임을다시 못볼망정 찰아리 죽어저서
임안지신 난간압헤 어루와 볼이로다
쥭장을 곳처집고 부벽누을 올나보니
청강애 흘으는물 추텬과 한비치라
그런상사 지리한중 옥면인가 반겻써니
어와 이원일인고 조물에 탓이로다
송지간에 명하편을 길이읍허 배회하니
락엽을 쌀어안저 금준을 다시열고
절은탄신 긴한심에 발을밀러 이러거러
부용일지 ᄉᆡᆨ거줘고 유정이 돌아보니
엽간에 듯는비는 내심정 알외난듯
쌍〃원왕은 녹수즁에 부침한다
홀연히 다썰치고 백마럴 ᄎᆡ렬처서
내맘이 현황ᄒᆞ야 갈곳이 아득ᄒᆞ다
간곳마다 뵈는물식 어이그리 심난한고

풍광은 예와달나 만물이 소연ᄒᆞ다
금수봉 ᄭᅩᆺ진남게 상엽이 포불하다
가련이 눈을더러 원건을 바라보니
룡산에 느진경은 창울함이 심사갓다
초ᄑᆡ왕 장한뜻도 죽기로 리별설어
오강풍우에 우단마른 못드런내
세상리별 남여중에 날갓흐니 뉘잇슬가
만쟝수회 시른후에 천리약수 건너가서
성두에 느진경을 견ᄃᆡ여 못볼ᄂᆡ라
바람결에 오종성 문나니 어ᄂᆡ절고
영명사 차저들어 즁아 물어보자
임그린 일편단심을 불전에 발원하야
ᄇᆡᆨ골은 진토되나 령혼은 놉히날나
다시금 ᄉᆡᆼ각하니 이ᄯᅩ한 텬수로다
들밧게 점〃봉은 구름속에 소사잇고
이윽고 돗난명월 교〃이 빗치난ᄃᆡ
어이한 뜬구름이 명광을 갈이원누
저구름 언제것처 발근빗 닷시볼싸
한노상풍 소슬한ᄃᆡ 취한수리 다시ᄭᆡ엿다
일ᄇᆡ〃부일ᄇᆡ에 몽롱이 취하얏세라
지향업시 가는길에 ᄋᆡ연당 드단말가
수면에 빗친ᄭᅩᆺ흔 임이나를 반기는듯
양〃백구난 홍요변에 왕내하고
이인ᄉᆡᆼ 가련함에 미물만도 못ᄒᆞ도다
산이야 구럼이야 정처업시 가자ᄒᆞ니
희허탄식ᄒᆞ며 호려로 도라오니
울밋히 피눈황국 담안에 섯는단풍

임과갓치 보량이면 경긔쫏 하련만은
무정ᄉᆡ월 여류한ᄃᆡ 나〃리 깁허가니
송ᄒᆞ에 우는실솔 너난무ᄉᆞᆷ 나렬미워
긴소릐 저른솔에 경〃히 슬피울어
촌계도 더듸울어 밤도자못 길러ᄉᆡ라
옹〃한 긴소릐로 짝얼불너 슯히우니
오동야 단장시에 차마어이 들을손야
일폭화전 펼처놓고 세〃ᄉᆞ정 그려내여
명월ᄉᆞ창 요적한대 임압ᄒᆡ 던저쥬렴
지리한 이별 ᄉᆡᆼ각ᄉᆞ록 씃치업내
연분도 업지안코 유정도 하건만언
오호명월 밝은ᄶᆡ와 초산운우 성길적에
무진정회 강잉ᄒᆞ여 문얼열고 바라보니
우리님 계신곳언 저굴음 알에엇만은
양처가 막〃ᄒᆞ여 연신이 씃탄말가
벽ᄉᆞᆼ에 그린오동 강잉ᄒᆞ여 내려놓코
여음이 요〃ᄒᆞ여 원ᄒᆞ난듯 한ᄒᆞ난듯
탁문군ᄋᆡ 말근지음 심〃히 자취업다
전ᄉᆡᆼ ᄎᆞᄉᆡᆼ 무삼죄로 우리두리 ᄉᆡᆼ겨나서
황천후도 이뜻알아 이별업시 원이로다
지금ᄭᆞ지 유전ᄒᆞ여 나의일신 병이된고
월ᄆᆡ초쥭 그리기는 올컨마는
상사 두글자를 나을위하야 지엿도다
심즁에 무한정슈 나혼자뿐 안이로다
잘ᄉᆡ는 깃슬차서 무리〃 도라가고
경〃이 흐르는빗 졀긔찻ᄂᆞᆫ 영화로다
지낸일 풀처ᄂᆡ고 오난스름 ᄉᆡᆼ각하니

도〃심ᄉᆞ 울〃한중 도리려 수식된다
가긔난 ᄶᆡ렬ᄎᆞ자 구츄에 느젓ᄉᆡ랴
지는달 ᄉᆡ는밤에 잠시도 긋치지안코
젹이나 남은간장 어이마저 썩여쥬노
상풍에 우난홍안 운소에 놉히써서
춘풍 화월야에 두견성도 슯흐거던
네비록 미물이나 ᄉᆞ정언 날과갓다
외웃처 일으길을 이내ᄉᆞ정 가저다가
인비목석 아니여니 임도응당 늣기리라
인연업서 못보난지 유정ᄒᆞ여 그리난지
일성즁 남북촌에 어이그리 못보난고
설진심즁 무한ᄉᆞ도 황연한 꿈이로다
무심ᄒᆞᆫ 쓴굴음언 끈첫닥아 다시인ᄂᆡ
오며가며 두ᄉᆞ히에 무ᄉᆞᆷ약슈 가렷건ᄃᆡ
둘ᄶᆡ업난 이ᄂᆡᄉᆞ정 어ᄃᆡ닥아 지접ᄒᆞ리
봉구황 한곡죠렬 한심석겨 기리타니
상여의 옛곡죠난 외연이 잇것마난
결연한 이이별이 잇치기도 어렵도다
인간백연 얼마관대 각ᄌᆡ동서 그리난고
진시황 분시서할때 어나틈에 숨엇닥아
슈양매월 흠석갈아 황모필 덤석풀어
명월 사창압헤 나는무엇 그리는고
창ᄒᆡ월령 두운은 임에곳에 빗치리라
갓득에 심란한ᄃᆡ ᄒᆡ는어이 수이가노
야섹은 참담한되 먼데남기 히미하다
적〃한 빈방안에 텬연이 혼자안저
산밧게 ᄐᆡ산이요 물밧게 ᄃᆡᄒᆡ로다

구의산 구름갓치 바라도록 멀이닛데
단장츄야 긴〃밤에 참아어이 결디쇼냐
아못조록 잠을들어 꿈에나 볼려하나
원앙침 서늘하고 비취금 ᄂᆡᆼ락한대
효월잔등에 꿈도 어렵도다
일병잔촉 버슬삼아 전〃불ᄆᆡ 안젓스니
금강령 세달이 오경인줄 ᄊᆡ닷게라
안젓다가 누엇다가 다시금 일어안져
이리혜고 져리혜어도 찰〃이 원수로다
고진감ᄂᆡ는 이윽키 알것마는
명텬이 감동하고 귀신이 유의하여
남교에 굿센풀로 월노ᄉᆞᆼ 다시ᄆᆡ저
소상강 어ᄂᆡ날에 고인을 다시만나
봄바람 가을달에 거울갓치 마주안저
이런일 저련말삼을 정회중에 너어두고
벡연이 다진토록 가이업시 즐기닥아
유자ᄉᆡᆼ여ᄒᆞ고 ᄒᆞᆫ업시 지날적에
인심이 괴이ᄒᆞ야 뉘라서 시비커던
츄풍오호 저문날에 금법얼 놉히달고
가다가 아모ᄃᆡ나 ᄉᆞᆫ조코 물조흔대
자좌오향 제법으로 수간초옥 지여ᄂᆡ니
집터럴 불작시면 평ᄉᆡᆼ에 소원이라
경ᄐᆡ용 모입슈에 고두안ᄉᆞᆫ 더욱좃타
창송언 울〃ᄒᆞ니 울메여 무엇ᄒᆞ며
벽계은 유〃ᄒᆞ니 우물파서 무엇ᄒᆞ리
감천에 토후로다 농업얼 ᄒᆞ여보ᄉᆡ
석전얼 깁히갈고 초식얼 먹을망정
백연이 다진토록 이별업기 원이로다
다시금 ᄉᆡᆼ각ᄒᆞ니 쓸ᄊᆡ업는 한별일ᄉᆡ
ᄃᆡ회별 한뫼갓흔ᄃᆡ 단장초혼 뿐이로다
악슈환연 만나보아 적조진정 ᄒᆞ고지고
임이별 하든날에 나는엇지 못죽언노
대천바다 깁흔물에 풍덩실 ᄲᅡ지련만
지금ᄭᅡ지 살아잇기넌 부모와 졍든님만날난지
창천도 미워ᄒᆞ고 조물의 시기로다
성음이 귀에 젱〃 불ᄉᆞ이 ᄌᆞᄉᆞᄒᆞ며
ᄐᆡ도가 눈에 암〃 욕망이 난망이라
ᄉᆞᆼ사에 즁한병얼 엇지ᄒᆞ면 곳처낼고
실농씨 ᄀᆡᆼᄉᆡᆼᄒᆞ고 편작이 부ᄉᆡᆼ한들
상ᄉᆞ의 깁흔병얼 어이ᄒᆞ여 곳칠손가
상ᄉᆞ이 곤한몸이 ᄉᆞᆼ두에 잠얼들어
그리든 우리님얼 꿈가운ᄃᆡ 잠간만나
비회 교집ᄒᆞ고 별ᄂᆡᄉᆞ정 다못ᄒᆞ여
슈가옥 적성이 추풍에 석겨들어
처량한 곡조로 잠든날얼 ᄊᆡ울시라

쓰기럴 맛치고 붓ᄃᆡ럴 던지노니 독자 여러분언 보시고 이 다음 일언 ᄉᆡᆼ각ᄒᆞ시면 ᄃᆡ강 아실 듯 ᄒᆞᆸ니다

甲戌 四月 初六日

62. 추풍감별곡

조춘호 소장

[해제] 한 권의 전적에 '훈민시' 2편과 함께 전편이 수록된 국문 가사이다. 자료 형태는 27×19.5㎝ 규격의 전적이며, 2단 1행 4음보 형태의 필사본이다. 원작자 및 필사자는 알 수 없다.
평양의 대동강을 배경으로, 지척에 임을 두고도 만나지 못하는 안타까운 심정을 노래한 가사이다. 정원에 부는 바람, 이슬을 머금은 국화꽃 등 자연물에 자신의 감정을 이입하여 임과 이별한 슬픈 마음을 표현하였다. 또한 술을 마신 뒤 을밀대에 올라가거나, 영명사를 찾아가 불전에 발원을 하는 등 이별의 슬픔을 잊고자 애쓰는 화자의 외로운 처지도 실감나게 표현하였다. 자신의 상사병은 역사 속 명의인 신농씨와 편작도 고칠 수 없다고 고백하면서 이별한 임에 대한 사랑의 감정을 여과 없이 절절하게 표현한 작품이다.
시작 부분에 '義城春山'이라는 朱書 附記가 있는 것으로 보아 의성군 춘산 지방에서 불리던 가사로 추정된다.

어제밤 부든바람 금성이 완연하다 고침단금[1409] 깊이든밤 상사몽 홀쩍깨여
죽창을 반만열고 막〃히 앉아보니 창〃한 만리장공 하운[1410]이 흩어지고
천연한 이강산에 찬기운이 새로워라 심사도 청연한데 물색도 유감하다
정수에 부는바람 괴한을 알리는듯 추국에 맺친[1411]이슬 별루[1412]를 먹었는듯
실같은 잔류남교[1413] 춘앵이 이귀하고[1414] 소월비파 동정호에 춘원[1415]이 슬피운다

1409 고침단금: 孤枕單衾, 외로운 베개와 얇은 이불이라는 뜻으로, 홀로 쓸쓸히 자는 여자(女子)의 이부자리를 말한다.
1410 하운: 夏雲, 여름철의 구름
1411 맺친: 맺힌, 중철 표기 형태이다.
1412 별루: 別淚, 이별할 때 슬퍼서 흘리는 눈물
1413 잔류남교: 殘柳南郊, 잎이 진 버드나무가 있는 남쪽 교외
1414 이귀하고: 이귀(已歸)하고, 이미 돌아가고
1415 춘원: 春猿, 봄 원숭이, 봄 잔나비

임여히고 썩은간장 하마터면 끈치리라[1416] 삼춘에 즐기던일 예련가 꿈이련가
세류삼경 요적한데 흡〃히 깊은정과 야월삼경 깊은밤에 백년살자 굳은언약
단봉[1417]이 높고〃〃 폐수[1418]가 길고〃〃 깊어 문어지기[1419] 어려워던 끈처질줄 짐작하리
양산에 다마험은 예로부터 잇건마는 지이인 하는것은 조물의 탓이로다
홀련히 이는춘풍 화초를 요동하니 날아드는 웅봉가접[1420] 애연히 흣탄말가
한장에 감춘호구[1421] 도적할길 바이없고 □□[1422]에 잠긴앵무 다시희롱 어려워라
지척동서 천리되어 바라보기 모연하고 은하작교 끈쳤으니[1423] 건너갈길 아득하다
인정이 끈쳤으면 차라리 잊치거나[1424] 아름다운 자태거동 이목에 매여있어
못보아 병이되고 못잊어 원수로다 천수만한[1425] 가득한데 끝〃치 아끼워라
하물며 이는추풍 별회[1426]를 부쳐내니 눈앞에 온갖것이 전혀다 시름이라
바람앞에 지는잎과 풀속에 우는짐승 무심히 듣게되면 관계할바 없건마는
유〃별한 간절한데 소리〃〃 수성이라 아해야 술부어라 행여나 관희할가[1427]
잔체워 가득부어 취토록 먹은후에 석양성로 을밀대로 선뜻이 올라가니
풍광은 옛과달라 만물이 소연하다 능라도 쇠한버들 성긴가지 소실하고
금수봉 꽃진남게[1428] 상렬[1429]이 표불하다[1430] 인정이별 변화함은 칙양하여 무엇할가

1416 끈치리라: 끊[斷]어지리라, 끊어질 것이다
1417 단봉: 단봉(丹峰), 모란봉
1418 폐수: 패수(浿水), 대동강의 옛 이름
1419 문어지기: 무너지기, 분철 표기 형태이다. '믈어디다→믄어디다→문어지다→무너지다'.
1420 웅봉가접: 雄蜂雌蝶, 수벌과 암나비
1421 호구: 狐裘, 여우 겨드랑이의 흰 털가죽을 여러 장 모아 이어서 만든 갖옷. 고관대작(高官大爵)을 상징함
1422 □□: 이현기 씨 소장본에는 '金籠'이라 표기되어 있다. '금롱(禁籠)'은 '새나 그 밖의 동물(動物)을 가두어 두는 장(欌)'을 말한다.
1423 끈쳤으니: 끊[切]어졌으니
1424 잊치거나: 잊[忘]히거나, 제1음절의 종성과 제2음절의 초성이 자음 축약 후 중철 표기된 형태이다.
1425 천수만한: 千愁萬恨, 이것저것 슬퍼하고 원망함, 그런 슬픔과 한
1426 별회: 別懷, 이별할 때에 품은 슬픈 회포
1427 관희할가: 관회(寬懷)할까, 마음에 지닌 회포를 풀까
1428 남게: 나무[木]에, '나무'의 15세기 형태는 '낡~나모'인데, 단순 모음 앞에서는 '낡'으로 실현되고 그 이외의 환경에서는 '나모'로 실현된다. 여기에서는 '낡+에'가 연철 표기된 형태이다.
1429 상렬: 상엽(霜葉), 서리 맞은 잎
1430 표불하다: 표불(漂拂)하다, 떨어져 날린다

애연히 눈을드러[1431] 원근을 살펴보니 용산에 늦은경은 창울함[1432]이 심사같고
마탄[1433]에 너른물은 탄양함[1434]이 회포같다 보통문 송객정[1435]에 이병아껴 슬펴마라
세상이별 남여중에 날같은이 또있느냐 수례문에 떴는배는 행하는바 어디멘고
만단수휘 실은후에 천리약수[1436] 건너가서 우리임 계신곳에 수이 〃〃 돌고지고
성우에 늦인경은 견데여 못보리라 허황한 장탄단우[1437] 울안을 지었더니
바람결에 오는종성 뭇노나니 어느절고 초혜를 떨처신고 섯거니 이리그러
영명사[1438] 찾아가서 중다러 묻는말이 인간이별 생긴부처 어느탑상 앉았는고
무정한 이한별수 이또한 정수로다 죽장을 고쳐집고 부벽누를 올라가니
들밖에 점친뫼는 구름밖에 솟아있고 청강에 맑은물은 추천과 한빛이라
이슥고 돋는달이 교〃히 빛을펴니 그린상사 지리한중 옥면[1439]인듯 반겼더니
어이한 뜬구름이 광명을 가리웠네 어화이게 어인일고 조물에 탓이로다
언제나 구름걷어 밝은빛 다시보자 송지문의 명하편[1440]을 길이읊어 비휘하니
한로상풍[1441] 취한술이 서〃히 다깨었다 금준을 다시열고 낙엽을 깔아앉아
일배〃〃부일배에 몽롱히 취케먹고 잚은탄식 긴한숨에 발을미러 이리저리
지향없이 가는길에 애련당[1442] 드단말가 부용을 꺾어들고 유정히 돌아보니
수변에 피는꽃은 임이나를 반기는듯 엽간에 뜬는[1443]비는 내사정을 알리는듯
랑〃한 백구들은 홍로에 왕래하고 쌍〃으로 원앙새는 녹수에 부침이라

1431 드러: 들어, 연철 표기 형태이다.
1432 창울함: 창울(悵鬱)함, 몹시 서운하고 울적함
1433 마탄: 마탄(馬灘), 대동강 여울, 마탄춘장(馬灘春張)은 평양 팔경의 하나
1434 탄양함: 탕양(蕩樣)함, 물결이 넘실거리며 움직임
1435 송객정: 送客亭, 대동강 지류, 보통송객(普通送客)은 평양 팔경의 하나
1436 약수: 弱水, 신선이 살았다는 중국 서쪽의 전설 속의 강
1437 장탄단우: 長嘆短吁, 오랫동안 우려하고 탄식함
1438 영명사: 永明寺, 평양 모란봉 언덕에 있는 사찰, 영명심승(永明尋僧)은 평양 팔경의 하나
1439 옥면: 玉面, 옥같이 깨끗하고 아름다운 얼굴, 남의 얼굴을 높여 이르는 말
1440 명하편: 明河編, 중국 당나라 시인 송지문(宋之問)도 <명하편(明河篇)>에서 견우와 직녀가 은하수에 놓은 오작교(烏鵲橋)에 관한 고사를 읊었다. “七月七日 鵲首兮故皆髡 相傳以爲是河鼓與織女會於漢東 役鵲爲梁以渡 故毛皆脫去”.
1441 한로상풍: 寒露霜楓
1442 애련당: 愛蓮塘, 평양 대동문에서 종로로 통하는 길 중간 복판에 있었던 연못, 연당청우(蓮塘聽雨)는 평양 팔경의 하나
1443 뜬는: 듣는, 떨어지는, 어두 경음화가 적용된 표기 형태이다.

이인생 가련함이 미물만도 못하리라　　홀련히 다떨치고 맥마에 해를떤저
산이냐 구름이냐 정처없이 가자하니　　내말이 허황하여 갈길이 아득하다
어위탄식 돌아오니 간곳마다 보는물색　　이대도록 심란하다
울밀에 피는국화 담안에 붉은단풍　　임과함께 보량이면[1444] 경계롭다 하건마는
도〃[1445]심사 울〃하여[1446] 도로혀 수심이라　　무정세월 여류하여 날〃이[1447] 깊어간다
가기는 절을찾아 구추에 늦어서라　　상아래 우는실솔[1448] 너는무삼 나를미워
지는달 새는밤에 잠시로 끈치않고　　긴소리 짜른[1449]소리 경〃히 슬피울어
다썪고 남은간장 어이마저 썪이는고　　인계가 어기우니 밤도자못 깊어서라
상중에 노는홍안 운소에 홀로떠서　　옹〃한 긴소리로 짝을불러 슬피우니
추풍호월 저문날에 두견성도 듣기거던　　오동추야 장단시에 참다어이 들을것가
네아무리 미물이나 사정은 날과같다　　일폭 화전지에서 세〃사정 그려내여
월명사창[1450] 요적한데 임계신곳 전하려문[1451]
인비목석[1452] 아니어던 임도응당 반기리라　　지리한 이이별이 생각사록 끝치[1453]없다
일염없이 못보는가 유정하여 그리는가　　인연이 없었으면 유정인들 어이하라
인연도 없지않고 유정도 하건마는　　일성중 함께있어 어이그리 못보는고
오주명월 날밝은데 초산운우 섬길적에　　설진심중 무한사[1454]는 황연한 꿈이로다
무진장희 강잉하여[1455] 문을열고 바라보니　　무심한 뜬구름은 그쳤다〃시있네
우리임 계신곳에 저구름 아래였만　　오면가면 무삼약수 어리그리 마혔건데

1444 보량이면: 볼[見] 양이면, 볼 것 같으면
1445 도도: 滔滔, 두루 돌아다님, 어지러워함, 탄식함
1446 울〃하여: 울울(鬱鬱)하여, 마음이 상쾌하지 않고 매우 답답하여
1447 날〃이: 나날이, 제1음절의 'ㄹ'이 탈락하지 않은 형태이다.
1448 실솔: 蟋蟀, 귀뚜라미
1449 짜른: 짧[短]은, 방언형 표기이다.
1450 월명사창: 月明紗窓, 달 밝은 비단창
1451 전하려문: 전(傳)하려면, 방언형 표기이다.
1452 인비목석: 人非木石, 사람은 목석이 아니라는 뜻으로, 사람은 누구나 감정과 분별력을 가지고 있음을 이르는 말
1453 끝치: 끝[末]이, 모음 간 유기음 'ㅌ'을 'ㅌㅊ'으로 중철 표기한 형태이다.
1454 설진심중무한사: 盡心中無限事, 가슴속에 사무친 끝없는 사연, 백거이의 '비파행(琵琶行)'의 한 구절이다.
1455 강잉하여: 강잉(强仍)하여, 억지로 참아

양처가 막〃하여 소식조차 끊단말가 둘때없는 이내심사 어디다가 지접할가
벽상에 걸린오동 강잉하여 나려놓고 봉구황[1456] 한곡조로 한숨썪여 기리타니
여음이 요〃하여 원하는듯 한하는듯 상여에 옛곡조는 의연히 있건마는
탁문군[1457]의 맑은지엄[1458] 힘〃히 자취없다 상사곡 옛글귀는 날위하여 지었는가
결연한 이이별이 느길일도 하도많다 창해에 돋은월영 임계신곳 비취건만
심중소회 안정수는 나혼자 뿐이로다 갈수록 심란한데 해는어이 수이가나
잘새는 시슬찾아 무리〃〃찾아들고 야색은 창망하여 먼남기[1459] 희미하다
적막한 빈방안에 울적히 홀로앉아 지는일 다풀치고[1460] 오는서름 생각하니
산밖에 산이있고 물밖에 대해로다 구의산[1461] 구름같이 바라도록 모연하다
장〃추야 긴〃밤에 이리하여 어이할고 아무쪼록 잠이들어 꿈에나 보자하니
원앙침 써리[1462]차고 비취금 냉낙하다[1463] 추풍명월 잔등하에 꿈일우기 어려워라
일병장촉[1464] 벗을삼어 전〃불매 잠못들어 검국령[1465] 새벽달에 오경인줄 깨닫겠다
이리하고 저리하니 아마도 원수로다 흥진비래 고진감래 그윽히 있건마는
명천이 도우시고 귀신이 유예하여 남교[1466]에 굳센풀로 월로승[1467] 다시이여
소상강[1468] 어느날에 고인을 다시만나 봄바람 가을달에 거울같이 마조앉자

1456 봉구황: 鳳求凰, 한나라 문인 사마상여(司馬相如)와 탁문군(卓文君)의 아름다운 사랑 이야기를 읊은 노래
1457 탁문군: 卓文君, 중국 서한(西漢) 대 촉(蜀)의 부호(富豪) 탁왕손(卓王孫)의 딸로 사마상여(司馬相如)와의 사랑 이야기가 유명함
1458 지엄: 지음(知音), 음(音)을 앎, 마음을 잘 알아주는 친한 벗을 이르는 말. 백아(伯牙)가 타는 거문고 소리를 듣고 악상(樂想)을 일일이 알아맞혔다는 종자기(鍾子期)와의 옛 고사에서 유래하였다.
1459 남기가: 나무[木]가
1460 풀치고: 맺혔던 생각을 돌려 너그럽게 용서하고
1461 구의산: 九疑山, 중국 호남성 영원현(永遠縣)에 있는 산. 순 임금이 이 산에서 죽었는데, 두 왕비 아황(娥皇)과 여영(女英)이 애타게 순 임금을 찾아 헤맸다고 한다.
1462 써리: 서리[霜], 어두 경음화가 적용된 표기 형태이다.
1463 냉낙하다: 냉락(冷落)하다, 외롭고 쓸쓸하다
1464 일병장촉: 일병잔촉(一柄殘燭)
1465 검국령: 금강령(金剛鈴), 불교 의식에 쓰이는 도구 중의 하나. 금령(金鈴)이라고도 한다.
1466 남교: 藍橋
1467 월로승: 月老繩, 전설에서 월하노인이 가지고 있다는 주머니의 붉은 끈. 이것으로 남녀의 인연을 맺어 준다고 한다.
1468 소상강: 瀟湘江, 중국 후난 성(湖南省) 둥팅호(洞庭湖) 남쪽에 있는 소수(瀟水)와 상강(湘江)

이런일 옛말삼아 정회중에 넣어두고
인심이 교사하여 어느누가 시비커던
가다가 아모데나 산좋고 물좋은데
석전을 깊이갈아 초식을 먹을망정
상사로 곤한몸이 상우에 잠간누어
그리든 우리임을 꿈가운대 잠깐만나
수가의 옥저성이 추풍에 썩겨[1474]불어
아서라 그만둬라
생각다 못하여서 심〃풀이 지었노라

유자생여 하오시며 한없이 즐기다가
추풍오호[1469] 저믄날에 금범[1470]을 높이달고
자좌오향[1471] 제법으로 수간초옥 지은후에
백년이 다진토록 떠나살지 마자터니
죽은듯이 잠이든니 호접이 나를몰아
비휘가 교집하여[1472] 별래사정[1473] 다못하여
청량한 한소리로 잠던나를 깨우누나
이산이 유수하니 후일다시 만나볼가

1469 추풍오호: 秋風五湖
1470 금범: 錦帆, 비단으로 만든 돛. 다른 사람이 타는 배를 높여 이르는 말
1471 자좌오향: 子坐午向, 뫼자리나 집터 따위가 자방(子方)을 등지고 오방(午方)을 바라보는 방향. 정북(正北) 방향을 등지고 정남향을 바라보는 방향이다.
1472 비휘가 교집하여: 비희교집(悲喜交集)하여, 슬픔과 기쁨이 한꺼번에 닥쳐
1473 별래사정: 別來事情, 헤어진 뒤 일의 형편
1474 썩겨: 섞이[混]어, 어두 경음화가 적용된 표기로 경상도 방언형 표기이다.

63. 추풍감별곡

김구현 소장

[해제] 이 가사는 가을바람이 불어 스산한 마음을 노래한 국문가사이다. 자료 형태는 624.8×22.8㎝ 규격의 두루마리이며, 2행 4음보 형태의 필사본이다. 필사자는 금홍섭(琴泓燮)으로 보인다.

어졔밤 부든바람 급젼[1475]니 와연하다 곳진 단금애 삼사몽 훌적개여
죽장을 반만열고 막막히 안잣쓰니 말이 창공애 하운[1476]니 흣터지고
천연 강산내 찬기운 셰로워라 심사도 창연한대[1477] 물색도 유감하다
졍수애 부는바람 여한을 알외난듯 추국애 맷친이슬 벼류을 먹음은듯
잘유남교의 춘앵[1478]니 의귀하고 소월동영애 추원니 슬피운다
님여히고 썩은간장 하마트며 끈쳐라 삼춘내 즐기든일 꿈이련가 솅시련가[1479]
셰우사창 웃쳑한대 흡〃히 깁흔졍과 야월삼경 사이시의 백년사자 굿든맹셰
단봉이 놉고놉파 패수가 깁고깁허 무너지기 이외어언 끈어질줄 어이알리
양신내다 마암은 예로븟터 잇건만은 지리산 이내심사 소물이 시기로다
공연이 이는바람 화촉을 동하니 운봉자졍이 에연니 흔단말가
진장애 감춘호구 도젹할길 바이업고 금능애 잠긴엥무 다시히롱 어여워라
지쳑동셔 쳘이도야 바라보기 묘연[1480]하고 은하작교 못셔스니 건너갈길 바이업다
인졍이 끈쳣스면 차라잇 이그나 아리따운 자테거동 이목애 매양이셔
못보아 병이대고 못이져 원수로다 쳔수만 한가득한대 곳〃이 늣겨워라

1475 급젼: 급전(急轉), 사정이나 형세가 갑자기 바뀜
1476 하운: 夏雲, 여름철의 구름
1477 창연한대: 창연(悵然)한데, 몹시 서운하고 섭섭한데
1478 춘앵: 春鶯, 봄철에 지저귀는 휘파람새
1479 솅시련가: 생시이런가
1480 묘연: 杳然, 그윽하고 멀어서 눈에 아물아물하다

하물며 이난추풍 이회을 부쳐내니
바람애 지난입과 풀속에 우는짐숭
유별한 간졀한대 소래소래 수셩이라
아해야 술부어라 향연나관 해할가
셕양산노로 을실태 올나가니
금수봉 꼿진난개[1482] 상엽이 표몰하고
인전이 변화함은 층양하여 일을손가
동산내 누즌비츤 창울함이 회포갓다
셩누애 누즌경을 견대여 못불너라
인간이별 남여중애 날갓튼니 또이난가
만난수회 시른후애 쳘이악수 건너가여
장탄단 우로 도관을 차자가니
초회를 뚤쳐신고 명영사 차자가셔
어나쳔당 안치신고 무궁한 이별이
부벽누 올나가니 뚤박게 점친보난
추쳔과 한빗치라 이억고[1485] 돈는다리
옥연인가 반겠더니 어이안뜻 구름이니
초불이 시기로다 언제 구름거더
길일을 피해한냐 한로상풍[1486] 소슬한대
낙엽을 까라안자 일배〃〃 부일배에
바을드러 이러셔〃 지향업시 가는길래

눈압해 온것거시 젼혀다실 유이라
무심이 듯기대면[1481] 관게할바 업건마는
구곡에 맷친서름 엇지하여 풀러볼고
잔갓치 가득부어 취토록 먹은후애
풍경이 예와달나 만물이 소연하다
능나도 쉬한버들 성근가지 소슬하다
맛탄내 느른물은 탕연함이[1483] 심사갓고
에연니 군을둘러 원근을 바라보니
보통 운송객졍은 이별하기 셔러마소
창파여 가는배는 향하는곳 어대매오
우리임 계신곳대 수〃 풀고지고
바람밧개 무난동셩 문난니 어너졀고
중다래[1484] 문는말이 인간이별 내신쳔사
아마도 원수로다 죽장을 곳쳐집고
구름속애 소사잇고 쳥강애 흐난몸〃
고〃이 빗츨펴니 그린상사 지리한중
광명을 가리워라 어와 어인일고
달밧 다시불고 승진문명 화편은
취한술 아쌔운다 금준[1487]을 다시 열고
몽농이 취캐먹고 셔른탄식 긴한숨애
예연당 드단말가 부용화 꺽거들고

1481 듯기대면: 듣게 되면
1482 난개: 남게, 나무에
1483 탕연함이: 탕연(蕩然)함이
1484 중다래: 중다려, 중더러
1485 이억고: 이윽고
1486 상풍: 商風, 가을바람
1487 금준: 金樽, 금으로 만든 술통

유졍히 드화본니 수면내 피는꼿은 임이나를 반기난듯 염간내[1488] 돗난빗츤
이내사졍 알희난듯 양〃 백구난 홍노애 왕내하고 쌍〃 워낭은
녹수간애 볏침한다 이인생 가련함이 미물만 못하도다 호련니 다떨치고
백마애 체을언져 산니야 구름이야 졍쳐업시 가자하니 이내마음 연항하여
갈길이 아득하다 허희탄식[1489]하고 초회로 도라오니 간곳나다 보난물색
이대도록 심난한가 울안애 피는구하 단박계 불근단중 임과가치 모향이면
관개할 바 업건마는 도〃심사 울〃한대 도로혀 수색[1490]이다 무정세월 유류하야
철찬난헌 화로다 가기는 철을차자 구추[1491]에 늣겨셔라 상하애 우난 실솔
너난무삼 나을미워 게난달 새는밤에 삼시도 끈치안코 장단셩 셕거내야
경〃이 우지지니 다썩고 나문간장 참아어이 썩이난고 촌개가 더듸우니
밤좃차 길러라 상풍애 놀난홍안 운소애[1492] 놉피떠셔 옹〃한[1493] 긴소래로
짝을불너 슬피우니 추풍오호 셔문날래 두견셩도 느기거든 오동추야 난장시애
참아어이 드를손가 너가비록 미물이나 사졍은 날가갓다 일묵하전 펼쳐녹코
셰〃사졍 그려내야 월명사창 요젹[1494]한대 님계신곳 젼하여라 인니목석 안니어든
임도웅당 반기리라 인연업시 그러한가 유졍하여 그러한가 유졍도 하건마는
그리난 무삼일고 유졍도 그지업고 인연도 잇는마는 일셩중남 북촌내
어이그리 못보난고 오동명졀 발근때라 초산운우 섬길젹애 술진신중 무한사연
합영한 꿈이로다 무진장희 강님하여 문을녈고 바라보니 무심한 뜬구름은
끗쳐다가 다시잇내 우리임 계신곳이 져구름 아례련만
오며가며 두사미애 무삼악수 가해관대 양쳐가모 막하야 소식좃차 돈졀한고
놀떼업는 이내소릐 어대다시 졉을할가 벽산애 걸인오동 강인하여 나려녹코

1488 염간내: 염간(念間)에, 스무날 전후
1489 허희탄식: 歔欷歎息, 한숨을 지으며 탄식함
1490 수색: 愁色, 근심스러운 기색
1491 구추: 九秋, 가을철의 약 90일 동안을 이르는 말 또는 음력 9월을 가을이란 뜻으로 이르는 말
1492 운소애: 운소(雲霄)에, 구름 낀 하늘에
1493 옹옹한: 옹옹(雝雝)한, 화락한, 화평하고 즐거운
1494 요적: 요적(寥寂), 고요하고 적적하다

봉국황한 곡조를 한심셕겨 길이한니
삼아상 옛곡조난 애연이 잇것마는
말이장쳔[1495] 일편월은 임계신곳 빗취련만
가듀히 십난한대 해는어이 이가노
야세근창 망하야 민초목이 히미한대
지난일 풀어내고 오난셔름 생각하니
구져산 구름속애 바랄소록 모연한니
아조록 잠이드러 꿈이나 꾸자히니
소월산등애 잠이루기 어러히라
이리허고 져리허니 아마도 원수로다
고진감내 연그윽히 임은만난
남교애 굿셴불노 월노승 다시매자
봄바람 가을보리 거울갓치 마조안자
유자생여 좌련후애 한업시 즐기다가
추풍오호 저문날래 금엄을 놉히달고
셔〃 오향터을 딱가 순간초당 지어두고
백연니 다진토록 이별업시 사지드니
젹근듯[1499] 잠이드러 호졉이 나를보라
비히 교집기로 별내사졍 다못하야
쳐량한 한소래로 삼듯나를 깨우난가
이당이 유수하니 속일다시 불가하노라
여음이 오〃하야 원하난듯 탄식한 듯
탁문구 말근지음 흡〃하지 취업다
심중소릐 난나혼자 뿐이로다
쳘새는 깃틀치자 무리〃〃 도라들고
젹막한 변방안내 예연니 홀노안자
산밧개 톄산이요[1496] 물밧개 대해로다
장〃추야 이리해고 어이하리
원낭침 셔리치고 비처금 냉〃한대
일명잔축 배줄삼아 젼〃불미 이러안자
금강녕 새벽다리 오경인들 개세라
명쳔니 감동하고 지신니 유의하사
소강 어내날의 고인을 다시만나
이른말 져른말을 정희중 너어두고
임심이 교사하야 어나누가[1497] 시비커든
가다가 아모대나 산좃고[1498] 물조은대
셕젼을 깁히가라 초식을 먹을망졍
상사애 곤한몸이 상우애 비겻더니
그리든 우리임을 꿈가운대 셔로만나
수가옥 젹션니 추풍애 셕거불러
두어라 허다소리난 일필노 노난기하나

제유 갑술연 사월 십일일 씀

1495 말이장쳔: 만리장천(萬里長天)
1496 톄산이요: 태산이요
1497 어나누가: 어느 누가
1498 산좃고: 산 좋고
1499 젹근 듯: 져근듯, 잠깐, 잠시 동안

64. 츄풍가라

조춘호 소장

[해제] 하나의 두루마리에 전편이 수록된 국문 가사이다. 자료 형태는 28.3×191.8㎝ 규격의 두루마리이며, 2단 2행 4음보 형태의 필사본이다. 원작자 및 필사자는 알 수 없다. 평양의 대동강을 배경으로, 지척에 임을 두고도 만나지 못하는 안타까운 심정을 노래한 가사이다. 정원에 부는 바람, 이슬을 머금은 국화꽃 등 자연물에 자신의 감정을 이입하여 임과 이별한 슬픈 마음을 표현하였다. 또한 술을 마신 뒤 을밀대에 올라가거나, 영명사를 찾아가 불전에 발원을 하는 등 이별의 슬픈 마음을 잊고자 애쓰는 화자의 처지를 실감나게 표현한 작품이다.
'추풍감별곡'과 내용이 거의 비슷하나 뒷부분의 내용이 생략되었다.

어와새상 동유드라 이내말삼 드러바라　　어재밤 바람소래 금셩이 완연하다
고침단금[1500] 의사요 사몸 흘쳐긔여[1501]　　쥭챵을 반긔하고 믹〃히[1502] 안져슨니
만이 챵공의 하운이 흩어지고　　천연한 강산의 찬기운 새로워라
심사도 챵연한라 물색도 유감하다　　정수의 부는바람 긔한을 아래나룻[1503]
츄국에 마친[1504]이슬 별누을 먹음은듯　　자유남교[1505] 츈잉[1506]은이 이귀한고[1507]
동영에 츄월이 슬피운다
엄여히고[1508] 져근[1509]간장 하마하면 근치여라[1510]

1500 고침단금: 孤枕單衾, 외로운 베개와 얇은 이불이라는 뜻으로, 홀로 쓸쓸히 자는 여자(女子)의 이부자리를 말한다.

1501 고침단금 의사요 사몸 흘쳐긔여: 이 작품과 비슷한 내용의 '추풍감별가'에는 "고침단금 깊이든밤 상사몽 훌쩍깨여"라고 되어 있다.

1502 믹〃히: 막막(寞寞)히

1503 아래나룻: 알리는 듯

1504 마친: 맺힌, 자음 축약 및 연철 표기 형태이다.

1505 자유남교: 잔류남교(殘柳南郊), 잎이 진 버드나무가 있는 남쪽 교외

1506 츈잉: 춘앵(春鶯), 봄 꾀꼬리

1507 이귀한고: 이귀(已歸)하고, 이미 돌아가고

1508 엄여히고: 임 여의고, 임을 잃고

1509 져근: 썩[腐]은

삼츈의 질든기래 의련가 꿈이련가 새우사창 요적한듸 흡〃한 깁한졍나[1511]
양월삼경 사어시의 백년사자 구든언약 단봉[1512]이 놉고〃〃 피술바[1513] 깁고깁허
문어질쥴[1514] 몰나슨니 근쳐질쥴[1515] 아라수다
양산의 다마훈은 예로부터 잇건만은 지의 의인하는 죠물의 타시로다
홀연이 부는바람 홧쵸을[1516] 요동하니 운봉의 지졉의[1517] 의연니 흣단말가
진장의 감츈흐구[1518] 도적할길 바이없고 금롱[1519]의 잠긴잉무 다희롱 어려워다
지쳑동방 철이다여[1520] 바라보기 아득하다
은하쟉교 꾼쳐스니[1521] 근어갈기[1522] 묘연하다
은져이[1523] 끈쳐거든 차라리 어치거나[1524] 아람다운 자희[1525]거동 이목의 믜약잇셔[1526]
못곤채[1527] 병이되고 몬잇쳥[1528] 원슈로다 쳔슈만한[1529] 가둑한 대끈〃치 늣겨워라
허물여[1530] 이는츄훙[1531] 심희을 붓쳐단니[1532]
눈압희 온가거시 전허다 실음[1533]이라 바람이 지는낙영의[1534] 풀속의 우는짐생

1510 근치여라: 끊[斷]어지리라, 끊어질 것이다
1511 깁한졍나: 깊[深]은 정(情)과
1512 단봉: 丹峰, 모란봉(牡丹峯)
1513 피술바: 패수(浿水)가, 대동강이
1514 문어질쥴: 무너질 줄, 분철 표기 형태이다.
1515 근쳐질줄: 끊[斷]어질 줄
1516 홧쵸을: 화초(花草)를
1517 운봉의 지졉의: 웅봉자접(雄蜂雌蝶)의, 수벌과 암나비의
1518 흐구: 호구(狐裘), 여우 겨드랑이의 흰 털가죽을 여러 장 모아 이어서 만든 갖옷. 고관대작(高官大爵)을 상징함
1519 금롱: 禁籠, 새나 그 밖의 동물(動物)을 가두어 두는 장(欌)
1520 철이다여: 천리(千里) 되어
1521 꾼쳐스니: 끊[切]어졌으니
1522 근어갈기: 건너갈 길[路], 건너갈 방법
1523 은져이: 은정(恩情)이
1524 어치거나: 잊[忘]히거나
1525 자희: 자태(姿態)
1526 믜약잇셔: 매여 있어
1527 못곤채: 못 본 채
1528 몬잇쳥: 못 잊[忘]어
1529 쳔슈만한: 천수만한(千愁萬恨), 이것저것 슬퍼하고 원망함, 그런 슬픔과 한
1530 허물여: 하물며
1531 츄훙: 추풍(秋風)
1532 심희을 붓쳐단니: 심회(心懷)를 부쳐내니
1533 실음: 시름[愁], 과분철 표기 형태이다.

무심이 듯이듸면[1535] 관그한바[1536] 업건만는 유〃별한 간졀하니 소근래 수심이라
구곡의 미친이슬 엇지하면 풀쳡고 아희야 술부어라 힝예니[1537] 관회할가[1538]
쟌대로 가둑부어 취토록 머근후의[1539] 석양산 초초을 밀되[1540] 올나간니
풍낭[1541]은 예와달나 만물이 소연하다 농나도[1542] 쉬한번들[1543] 셍가지[1544] 소즐하고
금슈몽[1545] 꽂진남게[1546] 상염[1547]이 표불하다[1548]
인간번화 함을축 약혀하여 일을손가 가런한 군올려 원근을 바다보니[1549]
만한[1550]의 너론물결 탕양희미[1551] 회로갓고 호산의 느진경은 챵은히미[1552] 심산갓다
봇통문 송걱졍[1553]의 이별왹기 슬펴마라 초픠왕 쟝한뜻도 쥭기로 이별셔레
옥장 븨가에 눈물은 지엿스나 오강 풍우의 우단말은 못드럿내
현지난 몃〃개며 이별은 누구누구 새상이별 남녀즁의 날갓튼이 내잇슬가
슈로문의 뜻는비는 향하는곳 어되밋고
만장슈회 시른[1554]후의 철이약수[1555] 건너가서

1534 바람이 지는낙영의: 바람에 지는 낙엽(落葉)의
1535 듯이듸면: 듣[聽]게 되면
1536 관그한바: 관계(關契)할 바
1537 힝예나: 행여나
1538 관회할가: 관회(寬懷)할까, 마음에 지닌 회포를 풀까
1539 머근후의: 먹[食]은 후에
1540 을 밀되: 을밀대(乙密臺), 행이 바뀌어 필사되었지만 의미상 '을밀대'로 추정할 수 있다.
1541 풍낭: 풍광(風光)
1542 농나도: 능라도(綾羅島), 평안남도 평양시 대동강에 있는 섬. 경치가 아름다워 예로부터 기성 팔경(箕城八景)의 하나로 꼽힌다.
1543 쉬한버들: 쇠(衰)한 버들[柳]
1544 셍가지: 성긴 가지[枝]
1545 금슈몽: 금수봉(錦繡峯), 강원도 통천군 임남면에 있는 산. 금강산의 여러 봉우리 가운데 하나로, 백정봉(白鼎峯), 발봉(鉢峯), 천불산(千佛山) 따위와 함께 외금강 내에 솟아 있다.
1546 남게: 나무[木]에
1547 상염: 상엽(霜葉), 서리 맞은 잎
1548 표불하다: 표불(漂拂), 떨어져 날린다
1549 바다보니: 바라보니
1550 만한: 마탄(馬灘), 대동강 여울, 마탄춘장(馬灘春張)은 평양 팔경의 하나
1551 탕양희미: 탕양(蕩㨾)함이, 물결이 넘실거리며 움직이는 것이
1552 챵은히미: 창울(悵鬱)함이, 몹시 서운하고 울적함이
1553 송걱졍: 송객정(送客亭), 대동강 지류, 보통송객(普通送客)은 평양 팔경의 하나
1554 시른: 실은, 연철 표기 형태이다.
1555 약수: 弱水, 신선이 살았다는 중국 서쪽의 전설 속의 강

우리임 기신곳의 슈이 〃〃 풀고지고　셩두에 느진경을 젼딕여 못볼래다
장탄다우[1556]로 골난은 저어스니　바람결의 오죵셩이 문안이 어딕절고
죠회[1557]을 떳처신고 셩거거 이려그러　영명사[1558] 차자들어 즁아 무러보잔
아간이별 내신무체 어내탐전 안지신고　□임그리 일편단심은 불전의 발원하야
임을다시 못볼망졍 차라리 죽어져서　백곡[1559]을 진토되나 영호는[1560] 놉히날나
임안지신 란잔압회 어루와 볼리로두　다시금생 생각하니 이또한 쳔슈로다
죽장을 곳쳐집고 부벽누 올나보니　절밧개 점〃봉은 구롬속의 소사잇고
천강의 흐른물은 츄쳔과 한빗지라　이욱고 듯난명월 교교이 빗치난딕
그련상사 지리한즁 옥면언가[1561] 반겨떤니　어이한 뜬구름이 면광[1562]을 가리원노
어와 이왼이린고 조물의 타시로다　져구룸은 언재것쳐 발근빗 다시볼가
송지간 명한편[1563]은 기리슬허 비회하니
한그상풍[1564] 소슬하딕 취한슐이 다시긔엿다
낙엄을 가려안져[1565] 금쥰을 다시열고　일배〃부일배의 몽노이채 하야서라[1566]
져른탄심[1567] 긴한심의 발러미대 이러거러　지향업시 가는길니 의연당[1568] 드단말가
불용을지 객거치고 유졍이 도라온니　뉴연 빗친곳튼[1569] 임이날을 반기는듯

1556 장탄단우: 長嘆短吁, 오랫동안 우려하고 탄식함
1557 죠회: 초혜(草鞋), 짚신
1558 영명사: 永明寺, 평양 모란봉 언덕에 있는 사찰, 영명심승(永明尋僧)은 평양 팔경의 하나
1559 백곡: 백골(白骨)
1560 영호는: 영혼(靈魂)은
1561 옥면언가: 옥면(玉面)인가, '옥면'은 옥같이 깨끗하고 아름다운 얼굴 또는 남의 얼굴을 높여 이르는 말
1562 면광: 명광(明光), 밝은 빛
1563 명한편: 명하편(明河編), 중국 당나라 시인 송지문(宋之問)도 <명하편(明河篇)>에서 견우와 직녀가 은하수에 놓은 오작교(烏鵲橋)에 관한 고사를 읊었다. "七月七日 鵲首兮故皆髡 相傳以爲是河鼓與織女會於漢東 役鵲爲梁以渡 故毛皆脫去".
1564 한그상풍: 한로상풍(寒露霜楓)
1565 낙엄을 가려안져: 낙엽을 깔고 앉아
1566 몽노이채 하야서라: 몽롱하게 취하였다
1567 져른탄심: 짧은 탄식
1568 의연당: 애련당(愛蓮塘), 평양 대동문에서 종로로 통하는 길 중간 복판에 있었던 연못, 연당청우(蓮塘聽雨)는 평양 팔경의 하나
1569 곳튼: 꽃은

엽간의 듣느[1570]비는 늬심졍 아피는듯
쌍사 원앙은 녹슈즁의 부침한다
호런니[1574] 닷떳치고 백말을 채울쳐서
늬마암의 현황하냐 갈곳지 아둑하당
간곳마다 배는물섹 어이그리 심난한고
임과갓치 보량이션 졍긔죳차 하련만는
무졍새월 여두한듸[1577] 나나리 깁허가고
상하의 우는시솔 너난무상 날을내워
기소릐 져른소릐 져기 남은간장

량량 비구난[1571] 흉용변의 왕내하고
이인생 가린하의[1572] 미울[1573]만도 못하리라
산이야 구름이야 졍쳐업시 가근하니
회연 단식하며 쵸래로 도라오니
물밋퇴 피는황구니[1575] 담안의 션는담풍
돌심산 울〃 단둥 도리래 수석된다[1576]
가기의난 띄울차자 금쥬의는 져새란
지는달 새는밤의 잠시도 긋치지안코

1570 든느: 듣는, 떨어지는
1571 비구난: 백구(白鷗)는
1572 가린하의: 가련함이
1573 미울: 미물(微物)
1574 호런니: 홀연(忽然)히
1575 물밋퇴 피는황구니: 울 밑에 피는 황국(黃菊). '밋퇴'는 모음 간 유기음 'ㅌ'을 'ㅅㅌ'으로 재음소화하여 표기한 형태이다.
1576 도리래 수석된다: 도리어 수심이다
1577 여두한듸: 여류(如流)한데

65. 츄풍감별곡

조춘호 소장

[해제] 이 가사는 '무제(부졀 업시)', '붕우사모가'와 한 두루마리에 실린 국문가사이다. 자료형태는 26.2×313.7cm이며 행과 단 구분이 없는 줄글 형태의 필사본이다. 두루마리의 앞부분이 훼손되어 제목을 알 수 없다. 원작자와 필사자는 미상이다.

어제밤 부든바람 금셩이 완연하다
쥭창을 반만열고 막막히 안저본니
찬긔운이 새로워라 심사도 청연한ᄃᆡ
리한을 알외은듯 츄국에 매친이슬
이귀하고 쇼월동령에 츄원이슬 피운다
삼츈애 줄긔든일 네련가 ᄭᅮᆷ이련가
야월삼경 사어시에 백연사자 구든언약
문허지긔 의외여든
네로부터 잇ᄂᆡ만은 지이인하는 죠물의
요동한니 웅봉자졍 이애연이 흣단말가
금룡에 잠간앵무 다시희룡 어려워라
온하작교 ᄭᅳᆫ쳣스니 건너갈 아득하다
아름다운 자ᄐᆡ거동 이목에 매양잇서
천슈만한 가득한대 ᄭᅩᆺ〃치 늣긔워라
눈압헤 온갖것이 젼혀다 슈심이라
무심희 듯게되며 관게할바 업건만은
고침단금[1578]에 상사몽 홀처쎄여
만리창공 하운이 흣터지고 천년강산에
물새도 유감하다 졍슈에 부든바람
별루를 먹음은 듯 잔류남교에 츈앵이
님여희고 썩은간장 하마터면 ᄭᅳᆺ츠리라
세우사창 요젹한듸 흡〃히 닙흔졍과
단봉이 놉고〃〃 패규가 깁고깁허
ᄭᅳᆫ처질쥴 짐작할리 량신에 다마함은
탓이로다 홀연히 이는츄풍 화흥을
진장에 감츈호구 도적할길 바의업고
지쳑둥 져쳔이 되어바라보긔 묘연하고
인정이 ᄭᅳᆫ쳣스면 차라리 닛치겟나
못보와 병이되고 못이저 원슈로다
하물며 이는츄풍 별회를 붓처ᄂᆡ니
바람압헤 지는닙과 풀속에 우는즘생
유수별한 간절한ᄃᆡ 소ᄅᆡ〃〃 슈셩이라

1578 고침단금: 孤枕單衾, 외로운 베개와 얇은 이불이라는 뜻으로, 홀로 쓸쓸히 자는 여자(女子)의 이부자리를 말한다.

아히야 슐부어라 행여나 관히할가
석양성로 로을밀디 올나가니 풍광은
쇠한버들 성긴가지 소슬하고 금슈봉
인졍이 벽화함을 층양하야 이를손가
룡산의 느진경은 항울함이 심사갓고
보통문 송객정에 리별앳겨 설어마소
수리문애 써는배는 행하는곳 어디며
건너가서 우리임 게신경을 견디여
바람결애 오는종셩 뭇난니 어나졀고
영명사 차저가서 즁다려 문난말이
리한별슈 도이 쏘한 졍슈로다
뜰밧게 점친뫼는 구름밧게 소사잇고
이윽고 돗는달이 교교희 빗츨퍼니
어의한 뜬구름이 광명을 가리원니
언제나 구름것어 밝은빗 다시볼고
한로상풍에 취한슐 다애엿다
일비 〃〃 부일비에 몽롱히 취게먹고
지향업시 가는길에 애련당 들단말가
슈변에 피는꼿은 님이날을 반기는듯
량 〃 빅구는 홍료에 왕래하고
이인생 가련함이 미물만 못하도다
산이야 구름이야 정처업시 가자하니
허회 탄식하고 초려로 도라오니
울밋헤 피는국화 담안에 붉은단풍닙과
도도심사 울 〃 하여 도로혀 슈심이라
가기는 절를차저 구츄에는 졋서라
지는날 새는밤에 잠식도 쓴차안코
잔가치 가득부어 취토록 먹은후에
네와달나 만물이 손연하다 릉라도
꼿진남내 상엽이 표불하다
애연히 눈을들어 원근을 바라보니
만탄의 넓은물은 탕양함이 희포갓다
세상리별 남녀즁애 날갓흔이 쏘인은가
도만단 수희지른후에 천리약슈
못보리라 장탄단 우로울안을 지엇드니
쵸해를 썰처신고 석거의 니려거러
인간이별 닉신붓처 어느답상 안젓는곳
즁장을 곳처집고 부병류 올나가니
청강의 맑은물은 츄천과 한벗이라
그린상사 지리한즁 옥면인듯 만겻드니
어화 이어인일고 죠물이 타시로다
송지문의 명하편을 길이을퍼 비외하니
금쥰을 다시열고 락엽을 싸라안자
써른탁식 긴한숨에 발을빌어 디러가려
부용을 썩거들고 유졍히 도라보니
엽간에 듯난비는 닉사정 아리는듯
쌍 〃 원앙은 록슈에 부침이라
호연히 다썰치고 빅마에 취를던저
내말이 허왕하여 갈길이 아득하다
간곳마다 보는물색 이디도록 심란하다
함께 볼냥이면 경게롭다 허련만는
무졍세월 여류하여 나날이 깁허간다
상아릐 우는실솔 경 〃 히 슬피울어
긴소릐 썰은소릐 너는무삼 나를미워

다썩고 남은간장 어이마자 썩이는고
상풍에 놀넌홍안 운소에 호노떠서
츄퓽호월 저문날에 두견성도 는깃거든
네아모리 미물이나 사졍은 날과갓다
월명사창 요젹한늬 님게신곳 전하련
지리한 이리별이 생각사록 긋치업다
인연이 엇섯스면 유졍인들 어의할이
일성즁 함씌잇서 어의그리 못보는가
리게가 더듸우니 밤도자못 깁헛에라
응〃한 긴소릐로 짝을불너 슬피우니
오동츄우 단장시에 참아어의 들을손가
일폭화 젼시에 세〃사졍 그려내여
문인미 목석이라 님도응당 반긔리라
인연업서 못보는가 유졍하여 그리는가
인연도 업지안코 유정도 하근만은

66. 칠석가

이상규 소장

[해제] 이 가사는 국문가사로 직녀가 베를 짜며 견우와 만날 칠석날을 기다리는 마음과 칠석날 견우를 만나 반가운 마음과 헤어질 때 슬픈 심정이 담겨 있다. 경계가라, 허졍난 긔라, 몽유가, 상ᄉᆞ곡, 몽진ᄉᆞ가, 샹ᄉᆞ답가, 인손별곡, 우미인가, 귀령가 등과 한 전적에 실려 있다. 자료 형태는 29.5×25cm 규격의 전적이며, 행수는 11행으로 동일하며, 한 행 글자수는 일정하지 않은 형태의 필사본이다. 원작자와 필사자는 미상이다.

어와셰상 ᄉᆞ람드라 이ᄂᆡ말회포 드러보소　인간부〃지업ᄉᆞ리 천ᄉᆞᆼ인연 더욱설다
우리형제 셋ᄉᆞ람니 본ᄃᆡ옥황상제 ᄯᆞᆫ임으로[1579]
맛동싱은 출가ᄒᆞ여 월궁ᄒᆞ아[1580] 도여[1581]잇고
둘제형은 강혼ᄒᆞ여[1582] 요지왕모 ᄌᆞ부되고　ᄎᆞ아신명 최박ᄒᆞ여 진우낭군 만나드니
종고금실 ᄌᆞ별ᄒᆞ여 우리두리[1583] 조흔인연　원낭비최 ᄊᆞᆼ〃이라 화류츈풍 조흔ᄶᅵ와
오동츄 확국절의 이슬ᄶᅡ 좇기더니　금물이 시기ᄒᆞ고 ᄒᆞᄉᆞ다마 ᄒᆞ야
각황안전 축치ᄒᆞ여 하동ᄒᆞ서 분ᄎᆞᆫ ᄒᆞᆫ이　은하수 깁흔물의 엇지ᄒᆞ여 만나볼고
녹빈홍안 고은시절 ᄉᆞᆷ오청춘 ᄭᅩᆺ가지　여싱이ᄉᆞ별 되단말가 천ᄋᆡ지격 머다ᄒᆞᆫ들
이ᄉᆞ이예 더할손가　풍긔우의 불ᄉᆞᆼ금은 ᄂᆡ몸을 니라미라
동지아와 ᄒᆞ지일의 어나ᄶᅵ 이질손고　전〃반측 하노라니 ᄌᆞᆷ을어이 이룰손고
ᄭᅬᄭᅩ리야 우지마라 침ᄉᆞᆼ편시 한ᄌᆞᆷ비러　ᄭᅮᆷ의나 만나볼가 독수공방 ᄒᆞ노라
이 구곡간ᄌᆞᆼ 다극난다 감추할ᄉᆞ 옥황님이　일년일순 ᄉᆞᆷ봉시를 칠월칠석 긔약ᄒᆞᄂᆡ

1579 ᄯᆞᆫ임으로: 따님으로
1580 월궁ᄒᆞ아: 월궁항아(月宮姮娥), 전설에서 달에 있는 궁에 산다는 선녀
1581 도여: 되어
1582 강혼ᄒᆞ여: 강혼(降婚)하여
1583 두리: 둘이

일닐은 ᄉᆞᆷ추[1584]갓고 일월은 ᄇᆡᆨ연[1585]이라
번풍뉴 ᄒᆞ치월의 언제나단 노라오며
뉸유월이 드단말가 안절ᄒᆞ신 희황가
엇지그리 야속한고 어나달을 못두어서
ᄉᆞᆷ년이 다가듯이 니도쏘한 ᄂᆡ팔ᄌᆞ라
관저ᄌᆞᆼ의 박혀잇고 청아의 봉황조도
옥황도 서릅시고 허〃탄식 ᄂᆡ신세야
변쥬심제 적긔긕도 루이오면 동쥬하ᄂᆡ
ᄒᆞ시 ᄉᆡ절만 볼고 낭군두고 과부도여[1586]
이복이나 짓ᄌᆞ하니 긔석을 ᄎᆞᄌᆞᄂᆡ야
왕ᄂᆡ할ᄌᆡ ᄎᆞ기ᄉᆡ기 하을기리 소야탄의
ᄇᆡᆨ낙친우 치단은 공금의 일너잇고
요리〃정을ᄆᆡᄌᆞ 눈물노 수을노혀
은ᄒᆞ수의 마전[1587]ᄒᆞ여 옥ᄎᆞᆼ잉도 ᄭᅳᆺ빗긋로
ᄉᆞᆼᄒᆞ의복 지어닐제 일월문체 압ᄒᆡ노코
이오시 예수복 ᄃᆡ길 하오리라
옷ᄒᆞ고 나문ᄇᆡ달 합환금은 지어두고
금연칠석 ᄉᆞᆼ면후의 명연칠석 기다리리니
일월이 유ᄇᆡ하여 뉸유월 그뭄이라
반갑도다 우리낭군 오날〃오실지라
ᄐᆡ을선관 요럭서고 각학서방 신비기난
오ᄌᆞᆨ교 너분[1588]길의 젼악[1589]풍유 진동한다

무정세월 약수난 세ᄉᆞᆼ의 헛말이라
ᄉᆞᆷ춘ᄉᆞᆷᄒᆞ 긴〃ᄒᆡ를 근심속의 담고넌이
엇지그리 무냥ᄒᆞ며 여ᄉᆞᆫᄒᆞ난 선단드른
긋ᄒᆞ여 뉸유월을 다보나며
누를다시 원망ᄒᆞ리 군ᄌᆞ회포 하난말을
ᄌᆞᆷ시불워 아니하고 국수의 워낭그리난고
너광천지 수신님 도라오면 한ᄃᆡ잇고
우리인연 고이ᄒᆞ여 천냥이별 되ᄌᆞ한이
낙〃난함 어이할고 운문금수 집수ᄒᆞ여
광한전 난간아ᄅᆡ ᄇᆡ을노코 섬〃옥수
직음회문 금은침양 병의수 되어잇고
용두머리 우난소ᄅᆡ 이ᄂᆡ회포 써처서라
천수만학 시름붓처 그렁저렁 다ᄌᆞᄂᆡ야
용궁월하 도침하니 전도체칙 치수말나
상봉 흉ᄇᆡ되ᄋᆡ 붓처 선명하다
낭군본지 하오ᄅᆡ니 시상의나 마질넌가
인편업서 곳붓치여 굴지겨 일분이로다
원ᄌᆞᆼ은 큰처지고 눈쑤억이 둘너지ᄂᆡ
칠월뉵일 밤지나니 오날날이 칠석일ᄉᆡ
인간오ᄌᆞᆨ 다을너서 은하수의 다리노하
좌우편의 한슈ᄒᆞ고 ᄉᆞᆷᄐᆡ성이 경마드런
경웅요ᄃᆡ 황홀한ᄃᆡ 진쥬만을 놉히걸고

1584 ᄉᆞ추: 삼추(三鞦), 가을의 석 달, 세 해의 가을, 긴 세월을 비유적으로 이르는 말
1585 ᄇᆡᆨ연: 백년
1586 과부도여: 과부 되어
1587 마전: 생피륙을 삶거나 빨아 볕에 바래는 일
1588 너분: 넓은
1589 젼악: 전악(典樂), 궁중의 고아한 음악

금방화촉 위황한ᄃᆡ ᄊᆞᆼ봉관을 놉히씨고 구살ᄉᆞᆫ을 밧비옴겨 젼지도지 영집ᄒᆞ니
반가울ᄉᆞ 군선이여 그린인정 다시만나고 향기롭다 부정ᄒᆞ다 이밤ᄋᆡ여
오경밤이 더지업다 달다지고 달기우니 훌〃하다 이별이야 당황의첨이 성도아조
분명헌 이릴다 두디눈의 눈물나려 금병오동 드러진다 후기약이 잇지마안
ᄯᅩ엇지 기다릴고 어와 셰ᄉᆞᆼ ᄉᆞ람드라 우리ᄂᆡ외 징계ᄒᆞ여 금실인정 중ᄒᆞ나마
측〃[1590] ᄉᆞ랑 하지마라 설직멸적 ᄌᆞᆼ여수로 빅연ᄒᆡ로 하ᄀᆡ 하소셔

1590 측측: 슬퍼하는 모양을 나타내는 말

67. 칠셕가

조춘호 소장

[해제] 이 가사는 탕틱종전양귀비전와 한 두루마리에 실린 국문가사이다. 자료형태는 25×363㎝이며 행과 단 구분이 없는 형태의 필사본이다. 원작자 및 필사자는 미상이다.

어와시샹 ᄉᆞ람드라 이ᄂᆡ회포 드러보소
옥황샹ᄌᆡ 짜님으로 맛동싱은 츌가ᄒᆞ여
요지왕모 ᄌᆞ부ᄃᆡ고 ᄌᆞ오신명 치ᄒᆞ야
우리두리 조흔인연 원앙빗치 샹〃이라
이실갓치 질겨드니 조물이 시기ᄒᆞ고
ᄒᆞ동ᄒᆞ셔 분ᄎᆞᆫ ᄒᆞ여 은ᄒᆞ슈 깁푼물ᄋᆡ
ᄉᆞ모쳥츈 ᄭᅩᆺ가지애 싱이ᄉᆞ별 되단말가
풍마우애 분샹금을 ᄂᆡ몸을 이름이라
젼〃반쳑 ᄒᆞ노라이 좀을어이 일울손고
만나볼가 독슈동방 ᄒᆞᄌᆞᄒᆞ니 구곡간ᄌᆞᆼ
샹봉ᄉᆞ을 칠월칠셕 기약ᄒᆞ리 일〃이
야유슈ᄂᆞᆫ 인ᄂᆡ간애 헛마리라 빈풍우환
긴〃회랄 조심슈로 다보ᄂᆡ고 윤유월이
야속ᄒᆞᆫ고 어ᄂᆞᆫ달을 모어더러 셔이굿ᄐᆡ
ᄉᆞᆷ언이ᄂᆞ 되ᄂᆞᆫ구ᄂᆞ 이쏘ᄒᆞᆫ ᄂᆡ팔ᄌᆞ라
좀시볼빈 아니ᄒᆞ고 녹슈애 원ᄂᆞᆼᄉᆡ도
푸리오며 동쥬ᄒᆞ리 우리인연 고이ᄒᆞ야
인간부〃몃〃친고 우리형뎨 ᄉᆡᆺᄉᆞ람이
월궁ᄒᆞᆼ하 도여잇고 둘ᄌᆡ형은 강혼ᄒᆞ여[1591]
건우ᄂᆞᆼ군 만ᄂᆞ드이 존고금실 ᄌᆞ별[1592]ᄒᆞ여
화류츈풍 조흔ᄃᆡ와 오동츄야 황국ᄂᆡ
호ᄉᆞ가 다마ᄒᆞ여 옥황안젼 득죄ᄒᆞ여
엇지ᄒᆞ여 만ᄂᆞ볼가 옥빈홍안 조흔시절
쳔애지각 머다ᄒᆞᆫ들 이시내더 ᄒᆞᆯ손야
동ᄌᆡ야와 ᄒᆞ지이ᄅᆡ 이ᄂᆞ씨애 이실손야
쐬고리야 침샹편 ᄒᆞᆫ을비러 굼애ᄂᆞ
다녹난ᄃᆞ 감츄할ᄉᆞ 옥황이여 일연일ᄌᆞ
ᄉᆞᆷ츄갓고 일연이 ᄇᆡᆨ연이라 무졍ᄉᆡ월
칠월칠애 언ᄌᆡ다시 도라오며 ᄉᆞᆷ츈ᄉᆞᆷᄒᆞᆫ
드단말가 앙졍ᄒᆞᆫ신 히황시가 잇지이리
윤유월이 드단말가 윤달을 보ᄂᆡᄌᆞ니
뉘을다려 원망ᄒᆞ랴 청아애 봉황조도
한가지로 깃드리고 병조십쳑 기럭조
천샹이별 되ᄌᆞᄒᆞ리 원쟝은 갓쳐지고

1591 강혼ᄒᆞ여: 강혼(降婚)하여
1592 자별: 自別, 본디부터 남다르고 특별하다

양안이 홍애질엇 이것져것 다바리고
ᄇᆡ둘노코 유슈들은 칠기지어 기지기이
슈을노아 그럭져럭 다ᄊᆞᄂᆡ이 은ᄒᆞ슈애
마련ᄒᆞᆯ지 샹ᄒᆞ리복 지어ᄂᆡ 이녹피난
이옷시야 슈복ᄃᆡ길 ᄒᆞ오리라 옷다ᄒᆞ고
못보ᄂᆡ고 훈지기일 할분이로다
칠월육일 밤지ᄂᆡ이 오ᄂᆞᆯ이 칠셕이라
인간오ᄌᆞᆨ 다을이셔 은ᄒᆞ슈애 다리노와
타우편ᄂᆡ 호송ᄒᆞ고 솜퇴셩은 경만드러
상봉관을 놉피셔고 구ᄒᆞᆯ신언 밧비움겨
반갑도다 구면이요 그리다가 그리다가
마조ᄒᆞ고 방〃 누슈 담흘막아 언ᄒᆞ슈물
쓰지야셔 도지랑우 이기명소 명소ᄅᆡ낭
훗기약 잇지마ᄂᆞᆫ 쏘잇지기 달일고오
어화시싱 ᄉᆞ람드라 우리인연 졍긔ᄒᆞ고
셜억멸둑 졍류슈로 ᄇᆡᆨ연회로 ᄒᆞ기ᄒᆞ소

비복이ᄂᆞ 짓ᄌᆞᄒᆞ고 광황젼 난간가애
소야란처 단금고애 일너신ᄃᆡ 눈물을
다전ᄒᆞ고 어기셔 가러ᄂᆡ어 젼도쳑지
일월문 ᄌᆡ뒤ᄒᆡᄂᆞᆫ 샹ᄒᆞᆨ두ᄇᆡᆨ 션명ᄒᆞᆯᄉᆞ
나문비ᄂᆞᆫ ᄒᆞ하날 지어두고 인편약셔
시월이 유미ᄒᆞ여 윤유월 금음니라
반갑도ᄃᆞ 〃〃〃〃 우리낭군 오실지라
퇴을션관 후ᄌᆡᆨ셔고 각항져방 심미기ᄂᆞᆫ
오ᄌᆞᆨ교 너분길이 셩운유진 동훈다
진쥬바울 놉피걸고 젼지도 지ᄂᆡ다라이
만ᄂᆞᆫ인졍 □드ᄉᆞᄒᆞ고 향기롭다 셤〃 옥슈
못될ᄂᆡ라 셔〃 졍곡 다갓ᄒᆞ고 오셩밤니
ᄌᆞᄒᆞᆫᄃᆞ 이별이야 결연ᄒᆞ다 이별이별
열ᄒᆞ여 갈인심회쳘 적인들 무심ᄒᆞ니
금실지낙 즁ᄒᆞᄂᆞ마 턱〃 ᄉᆞ랑 ᄒᆞ지말고

68. 칠셕가

조춘호 소장

[해제] 견우직녀 이야기에 빗댄, 여인의 독수공방 신세를 한탄하는 내용의 가사 작품. 칠월 칠석이 되어 낭군을 만나지만 정을 다하지 못하여 오열하며 헤어지니, 칠월 칠석의 기약이 또 있지만 또 엇지 기다릴 것이며, 백년해로 하게 해 달라는 내용으로 마무리하고 있다.

어와세상 ᄉᆞ람들아 이ᄂᆡ회포 드러보소
인간부부 몃몃친고 우리형졔 셋ᄉᆞ람이
옥황상졔 ᄯᅡᆫ님으로 맛동싱은 츌가하여
월공항아 □여잇고 둘졔형은 강혼하야
요지왕모 ᄌᆞ부되고 ᄎᆞ오신명 취박하야
경우낭군 만나더니 종고금실 ᄌᆞ별하야
우리두리 됴흔인연 원앙비치 생〃이라
화류츈풍 됴흔ᄊᆡ와 오동츄야 황국절의
ᄀᆡ실갓치 즐겨더니 조물이 시ᄀᆡᄒᆞ고
호ᄉᆞ가 담아하여 음항안전 득죄ᄒᆞ여
하동하서 분찬한니 은하슈 깁흔물의
엇디하야 만나볼고 녹빈홍안 됴흔시절
삼아청츈 ᄭᅩᆺ가지의 싱이사별 되단말가
천의지각 머다한들 이ᄉᆞ의례 더할손가
풍파우이 불상ᄌᆞ은 ᄂᆡ몸으로 이람이라
동지야와 하지일의 어나ᄊᆡ 이실손고
전전반측 하노라니 잠을어이 일울손고
쐬소리야 침상편지 한잠비러 ᄭᅮᆷ의나 만나볼가
동슉공방 하자하니 구곡촌장 다속난닷
감츅할ᄉᆞ 옥황이여 일년일슌 상봉차로
치월칠석 ᄀᆡ약한니 일일은 여ᄉᆞᆷ츄갓고
일월은 ᄇᆡᆨ연이라 무정세월은 양뉴슈라
인세간의 헛말이라 비풍유하 치월절이
언제다시 도라오며 삼츈삼하 긴긴ᄒᆡ랄
근심슈로 다보ᄂᆡ고 는유월이 든다말가
앙증하산 의황시가 엇지이리 무상하며
역상하난 선관들이 엇지이리 야속한고
어나달은 못주어서 뭇해슈월 윤달인고
이슌달윤 보ᄂᆡᄌᆞ니 삼년이나 되단고나
이도ᄯᅩᄂᆡ 한팔ᄌᆞ라 뉘을다시 원망하라
청아 본판조도 잠시물면 안니하고
녹슈의 원앙ᄉᆡ도 한가지에 것트리고

병도십 칩거ᄀᆡᆨ들도 풀이오며 동유ᄒᆞ며
원생은 쓰처지고 양안이 농ᄒᆡ질ᄎᆞ
광항성 난가아ᄅᆡ ᄇᆡ을녹코 옥슈더리
금고에 일너시ᄃᆡ 눈물로 슈을노하
예긔적 가려ᄂᆡ야 전도척지 마련할저
뒤에난 상학흉ᄇᆡ 선명할ᄉᆞ 이옷이야
합한글을 지어두고 인편업서 몹부치고
늅유월 금뭄이라 칠월늒일 밤지ᄂᆡ이
우리낭군 오실지라 인간오작 다올나서
각항서방 신미기난 좌우편의 호송하고
성풍듀지 동한다 구슬신을 밧비온겨
천지도지 ᄂᆡ다러니 반갑도다 구면이여
섬〃옥슈 서로잡고 방방누슈 압을가려
오경밤 덧업시 달도 지고
훗기약 잇지마난 쏘엇지 긔다릴고
우리인연 정계하야 금실지락 듕하나마
ᄇᆡᆨ년ᄒᆡ로 하기하소

우리이년 고이ᄒᆞ며 천생이별 되ᄌᆞ한니
이것저것 다 버리고 의복이나 짓ᄌᆞ하고
칠기지워 김칙이니 조야단에 이ᄎᆡ단은
그럭저럭 다ᄊᆞᄂᆡ니 은하슈의 마전하고
상하의복 지어ᄂᆡ니 압ᄒᆡ난 일월문ᄎᆡ
슈복ᄃᆡ길 하오리라 옷다하고 나문비단
굴지긔일 쓘이로다 세월이 슈ᄆᆡᄒᆞ야
오날이 칠석이ᄉᆡ 반갑도다 반갑도다
은하슈의 다리노하 ᄐᆡ을선광 후ᄀᆡᆨ서고
삼ᄐᆡ셩은 경마드려 오작교 넙은길의
지쥬발을 놉히걸고
그리다가 만난인정 싯득하고 향기롭다
은하슈을 봇털ᄂᆡ라 세정속 다못하고
좌우 계명소ᄅᆡ 훌〃하다 이별이야
오렬하여 갈인심회 철석인들 무심하리
턱턱사랑 원치말고 석둑멀둑 장ᄂᆡ슈로

무ᄌᆞ 정월 십오일 서

69. 칠셕가[1593]

금요고서방 소장

[해제] 칠석가는 가사와 편지 등이 총 8편의 작품이 실린 한 권의 전적에 수록된 장편 국문 가사이다. 자료의 형태는 30.5×20.5cm 규격의 전적이며, 단 · 행 · 음보 구분 없는 줄글 형태의 필사본이다.
칠석날에 임을 만나고자 하는 소망을 담은 여성가사 또는 규방가사이다. 원작의 작자와 창작시기는 알 수 없다.
'형지, 시 사람이' 등과 같이 경북 지역의 방언이 많이 나타난다.

어화시상 ᄉᆞ람들라 이ᄂᆡ희포[1594] 들어보소
우리형지[1595] 시사람이[1596] 옥황ᄉᆞᆼᄌᆡ 여식으로
맛형은 츌가ᄒᆞ여 월궁황아[1597] ᄃᆡ여잇고
둘ᄌᆡ형은 장혼ᄒᆞ여 요지왕모[1598] ᄌᆞ부ᄃᆡ고[1599]
이ᄂᆡ몸도 ᄌᆞᆼ셩ᄒᆞ야 옥반홍안[1600] ᄭᅩᆺ다울ᄯᆡ 쳔싱쳔정[1601] 연분으로 견우낭군 쳐음만나
ᄇᆡᆨ년동락 조헌가약 금셕갓치 ᄆᆡ졋션이 우리부〃 조흔금실 ᄂᆡ아니 불버ᄒᆞ리
수류청강 말근물ᄋᆡ 원앙갓치 놀랏스며 죽ᄃᆡ청풍 ᄃᆡ슈풀ᄋᆡ 봉황갓치 논일적ᄋᆡ
요지연ᄋᆡ[1602] 가기되면 쳥도[1603]ᄯᅡ셔 갈라먹고

1593 칠셕가: 칠석가(七夕歌), 견우와 직녀의 노래
1594 희포: 회포(懷抱), 마음속에 품은 생각이나 정(情)
1595 형지: 형제(兄弟)
1596 시사람: 세 사람, '시'는 '세'의 경상도 방언이다.
1597 월궁황아: 월궁항아(月宮姮娥), 전설에서 달에 있는 궁에 산다는 선녀
1598 요지왕모: 瑤池王母, 옛날 중국 주나라의 목왕이 요지에서 데리고 놀았다는 아주 아름다운 선녀 서왕모를 이른다.
1599 ᄌᆞ부되고: 자부(子婦) 되고, 며느리 되고
1600 옥반홍안: 옥빈홍안(玉鬢紅顔), 옥 같은 귀밑머리와 붉은 얼굴이라는 뜻으로, 아름다운 젊은이를 이르는 말
1601 쳔싱쳔졍: 천생천정(天生天定), 하늘이 정하여 타고남
1602 요지연ᄋᆡ: 요지연(瑤池宴)에, 서왕모가 요지에서 마련한 잔치

월궁션경[1604] 구경가며 일변홍힝 논나먹고 일년ᄌᆞᆼ륜 송엽쥬와 ᄌᆡ일션미 포도쥬을

금반옥ᄇᆡ[1605] 부어녹코 쥬소동낙[1606] ᄒᆞ올젹ᄋᆡ

츈ᄒᆞ츄동 ᄉᆞ시졀도 일ᄌᆞᆼ츈몽 갓틔셔라

츈풍도리 화발시와[1607] 츄월단풍[1608] 황국졀ᄋᆡ[1609]

나비갓치 넘놀면셔 이슬갓치 질기쓴이[1610] 조물리 시기ᄒᆞ고 호ᄉᆞ가 다마ᄒᆞ여[1611]

옥황임ᄀᆡ 득져[1612]ᄒᆞ여 ᄒᆞ동ᄒᆞ셔 분찬ᄒᆞ니 은ᄒᆞ슈 깁편물을 어이ᄒᆞ야 근너가며

동셔쳘리 면〃곳[1613]ᄋᆡ 어이가셔 만나보리

녹발홍안[1614] 호시졀을 허송청츈[1615] ᄒᆞ단말가

이팔방년[1616] ᄭᅩᆺ싸지ᄋᆡ 싱이ᄉᆞ별[1617] 되단말가

쳔ᄋᆡ지각[1618] 멀다ᄒᆞᆫ들 이ᄋᆡ셔 드할손가 청조날라 울ᄯᅵ마ᄃᆞ 소식이야 듯근마ᄂᆞᆫ

만나볼길 아득ᄒᆞ다 우아풍어 불ᄉᆞᆼ금은 ᄂᆡ몸으로 이럼이라 한화방초 너젼봅ᄋᆡ[1619]

ᄒᆡ는어이 더ᄃᆡ가며 셩□월명 가을달ᄋᆡ 밤은어이 기렷든고

쳔음우셥[1620] 여름날ᄋᆡ 눈물흘르 비가되고 빅셜분〃 ᄎᆞᆫ겨울ᄋᆡ ᄒᆞᆫ숨지어 바람이라

젹〃무인 빈방안ᄋᆡ 슬〃단신 홀노안ᄌᆞ 일졈등록 벗을숨고 풍을월시셔 낙을숨마

1603 청도: 천도(天桃), 선가(仙家)에서 하늘 나라에서 난다고 하는 복숭아
1604 월궁션경: 월궁선경(月宮仙境), 전설에서 달 속에 있다는 궁전과 신선이 사는 곳
1605 금반옥ᄇᆡ: 금반옥배(金盤玉杯), 금쟁반과 옥으로 만든 술잔
1606 쥬소동낙: 주소동락(晝宵同樂), 밤낮으로 같이 즐김
1607 츈풍도리 화발시와: 춘풍도리화발시(春風桃李花發時)와. 복숭아꽃, 오얏꽃이 활짝 핀 봄과
1608 츄월단풍: 추월단풍(秋月丹楓), 단풍이 지는 가을
1609 황국졀ᄋᆡ: 황국절(黃菊節)에, 황국이 피는 때에
1610 질기쓴이: 즐겼더니
1611 호사다마: 好事多魔, 좋은 일에는 흔히 방해되는 일이 많음 또는 그런 일이 많이 생김
1612 득져: 득죄(得罪), 남에게 큰 잘못을 저질러 죄를 얻음
1613 면〃곳: 먼먼 곳
1614 녹발홍안: 綠髮紅顔, 윤이 나는 검은 귀밑머리와 발그레한 얼굴이라는 뜻으로, 젊고 아름다운 여자의 얼굴 또는 젊은 여자의 아름다움을 이르는 말
1615 허송청츈: 허송청춘(虛送青春), 하는 일 없이 시간을 헛되이 보냄
1616 이팔방년: 二八芳年, 16세쯤 되는 꽃다운 나이
1617 싱이사별: 생리사별(生離死別), 살아 있을 때에는 멀리 떨어져 있고 죽어서는 영원히 헤어짐
1618 쳔애지각: 천애지각(天涯地角), 하늘의 끝이 닿은 곳과 땅의 한 귀퉁이라는 뜻으로, 서로 멀리 떨어져 있음을 이르는 말
1619 봅: 봄의 오자
1620 쳔음우셥: 천음우습(千陰雨濕), 하늘이 흐리고 비가 내려서 축축함

화렴[1621]갓치 이난열졍 임ᄋᆡ화용[1622] 눈ᄋᆡᄉᆞᆷ〃
구름갓치 듯난ᄒᆡ포 임ᄋᆡ소리 귀에징〃 화조월식[1623] 절〃마당 ᄋᆡ가타셔 어이ᄉᆞ리
일편단심 슬은ᄉᆞ졍 임ᄋᆡ싱각 잇져려고
이졀망ᄶᆞ[1624] ᄯᅳᆫ을ᄉᆞᆷ고 싱각ᄉᆞᆺᄶᆞ[1625] 젹을ᄉᆞᆷ마
금은고을[1626] 압ᄑᆡ노코 이십오헌[1627] 음을고라
금실노[1628] 노ᄅᆡᄒᆞᆫ니 봉황ᄉᆞᆼ〃싱각나ᄂᆡ 금실셩ᄒᆞᆫ 소ᄅᆡᄋᆡ 이즐망ᄶᆞ 간곳읍고
봉황곡[1629] 한곡조ᄋᆡ 싱각ᄊᆞᆺᄶᆞ 어이ᄒᆞ리 물〃마다 이려ᄒᆞᆫ니 젹도손도 할일읍다
몬이즐ᄉᆞ 임ᄋᆡ옥안 ᄭᅮᆷ속ᄋᆡ나 보려ᄒᆞ고 쳔ᄉᆞ만염[1630] 다바리고 고요히 맘을졉아
원암침ᄋᆡ[1631] 이지ᄒᆞᆫ이 원앙상〃싱각나고 비침금을[1632] 덥고나니 비치상〃싱각키ᄂᆡ
어짓타 이ᄂᆡ몸은 그무ᄉᆞᆷ ᄌᆡ악으로 ᄂᆡ눈ᄋᆡ 보난것과 ᄂᆡ몸ᄋᆡ 닷난것이
단칭물은 어ᄃᆡ가고 ᄊᆞᆼ〃일홈 ᄲᅮᆫ이든고 아모리 ᄋᆡ셔도 젼〃반칙[1633] ᄌᆞᆷ안오ᄂᆡ
이경[1634]ᄉᆞᆷ경[1635] 다보ᄂᆡ고 야ᄉᆞᆷᄉᆞ경[1636] 잠이들려
화발츈셩 봄바람ᄋᆡ 봉졉[1637]갓탄 우리낭군 오식단ᄌᆞᆼ 고운ᄐᆡ도 모란갓탄 이ᄂᆡ몸이

1621 화렴: 화염(火焰), 타는 불에서 일어나는 붉은빛의 기운
1622 화용: 花容, 꽃처럼 아름다운 여자의 얼굴
1623 화조월식: 화조월석(花朝月夕), 꽃 피는 아침과 달 밝은 밤이라는 뜻으로, 경치가 좋은 시절을 이르는 말
1624 이졀망ᄶᆞ: 잊을 망(忘) 자
1625 싱각ᄉᆞᆺᄶᆞ: 생각 사(思) 자
1626 금은고을: 거문고를, 큰 거문고인 슬(瑟)을 의미
1627 이십오헌: 25현, 슬(瑟)은 중국 고대 아악기의 하나, 앞은 오동나무로 만들고 뒤는 밤나무로 만들어 25줄을 매었다.
1628 금실노: 금슬(琴瑟)로, 거문고와 비파를 아울러 이르는 말
1629 봉황곡: 봉황곡(鳳凰曲), 조선 시대의 가사(歌辭), 남녀의 금실을 노래하였으며, 이름은 중국의 사마상여가 지은 <봉구황곡(鳳求凰曲)>을 본떠서 지었다.
1630 쳔ᄉᆞ만염: 천사만념(千思萬念), 여러 가지로 생각함 또는 그런 생각
1631 원앙침ᄋᆡ: 원앙침(鴛鴦枕)에, 원앙을 수놓은 베개, 부부가 함께 베는 베개
1632 비치금을: 비취금(翡翠衾)을, 비취색의 비단 이불이라는 뜻으로, 젊은 부부가 덮을 화려한 이불을 이르는 말
1633 젼〃반칙: 전전반측(輾轉反側), 누워서 몸을 이리저리 뒤척이며 잠을 이루지 못함
1634 이경: 二更, 밤 아홉 시부터 열한 시 사이이다.
1635 ᄉᆞᆷ경: 삼경(三更), 밤 열한 시에서 새벽 한 시 사이이다.
1636 ᄉᆞ경: 사경(四更), 새벽 1시에서 3시 사이이다.
1637 봉졉: 봉접(蜂蝶), 벌과 나비를 아울러 이르는 말

분벽ᄉᆞᄎᆞᆼ[1638] 화촉아릐 우리부〃상봉ᄒᆞ야 슬현심졍 말다ᄒᆞ고 그련희포 풀듯마듯
오ᄌᆞᆼ속ᄋᆡ ᄊᆞ현눈물 울며쥽고 넛길젹ᄋᆡ 야월공ᄉᆞᆫ 우ᄂᆞᆫ두견 귀촉도ᄋᆡ[1639] 놀라씐니
두로혀 회심이라 남가일몽[1640] 헛부도ᄃᆞ 독수공방 이ᄂᆡ청춘 구곡간ᄌᆞᆼ 다녹난ᄃᆞᆺ
못ᄂᆡ할ᄉᆞ 옥황ᄉᆞᆼᄌᆡ 일연일ᄎᆞ[1641] 만ᄂᆡ라고 연〃칠월 칠셕야ᄋᆡ ᄒᆞ로밤을 졍ᄒᆡ쥬니
일년삼ᄇᆡᆨ 육십일ᄋᆡ 칠셕일리 몃변인가 일각[1642]이 삼츄[1643]갓소 일월리 ᄇᆡᆨ연니라
무졍시월 양유파는 일시간ᄋᆡ 헛말리라 빈풍유화 칠월졀리 언ᄌᆡ다시 돌라오리
ᄉᆞᆷ춘[1644]ᄉᆞᆷᄒᆞ[1645] 긴〃쳘을 근심슈로 다보ᄂᆡ고
유월그뭄 지날젹ᄋᆡ ᄉᆞᆼ봉할날 시어본니 남은날리 칠일이라 목욕단ᄌᆞᆼ 기다릴ᄌᆡ
쳔만이워 몽ᄆᆡ밧쪄 윤유월리 이원일고 안졍ᄒᆞ신 ᄒᆡ왕시[1646]가 어이이리 무심ᄒᆞ며
억ᄉᆞᆼᄒᆞ난 션관[1647]들이 어이그리 야속한고 어난달ᄋᆡ 못두어셔 유월달ᄋᆡ 굿틔두나
윤유월을 보ᄂᆡᄌᆞᆫ니 몃히나되 ᄂᆞᆫ난듯다 이도쏘한 ᄂᆡ팔ᄌᆞ라 슈원슉구[1648] 할슈잇나
우리인연 고이ᄒᆞ야 쳔ᄉᆞᆼ이별 되얏스니 촌ᄌᆞᆼ[1649]이 ᄭᅳᆫ어지고 양안[1650]이 녹아진다
이긋져긋 다바리고 이복[1651]이나 짓ᄌᆞᄒᆞ고 광안젼[1652] 난간알ᄋᆡ 비틀[1653]ᄒᆞᆫᄉᆞᆼ ᄎᆞ려놋코
옥슈[1654]들려 졀기지워 일심단역 ᄊᆞ닐젹ᄋᆡ

1638 분벽ᄉᆞᄎᆞᆼ: 분벽사창(粉壁紗窓), 하얗게 꾸민 벽과 비단으로 바른 창이라는 뜻으로, 여자가 거처하며 아름답게 꾸민 방을 이르는 말
1639 귀촉도ᄋᆡ: 귀촉도(歸蜀道)ᄋᆡ, 두견
1640 남가일몽: 南柯一夢, 꿈과 같이 헛된 한때의 부귀영화를 이르는 말
1641 일연일ᄎᆞ: 일년일차(一年日次), 일 년에 하루
1642 일각: 일각(一刻), 한 시간의 4분의 1, 곧 15분을 이른다. 아주 짧은 시간.
1643 삼츄: 삼추(三秋), 가을의 석 달, 세 해의 가을, 긴 세월을 비유적으로 이르는 말
1644 ᄉᆞᆷ춘: 삼춘(三春), 봄의 석 달
1645 ᄉᆞᆷ하: 삼하(三夏), 여름의 석 달
1646 ᄒᆡ황시: 희황씨(羲皇氏), 복희씨(伏羲氏)의 다른 이름, 복희씨는 삼황(三皇)의 한 사람으로, 팔괘를 처음으로 만들고, 그물을 발명하여 고기잡이의 방법을 가르쳤다고 한다.
1647 션관: 선관(仙官), 선경(仙境)에서 벼슬살이를 하는 신선
1648 슈원슉구: 수원숙우(誰怨孰尤), 수원수구(誰怨誰咎), 누구를 원망하고 누구를 탓하겠냐는 뜻으로, 남을 원망하거나 탓할 것이 없음을 이르는 말
1649 촌ᄌᆞᆼ: 촌장(寸腸), 마디마디의 창자
1650 양안: 兩眼, 양쪽의 두 눈
1651 이복: 의복(衣服)
1652 광안젼: 광한전(廣寒殿), 달 속에 항아가 사는 가상의 궁전
1653 비틀: 베틀
1654 옥슈: 옥수(玉手), 여성의 아름답고 고운 손

북[1655]나드는 그형승은 시류강의 황잉[1656]갓고
바듸[1657]소릐 즈진것은 목싹[1658]치난 소릐갓다
눈물로 슈을노아 그력저력 다짜니어
은하슈의 마젼하고 의거셕 가라니여
젼도쳑지 마련할지 승하이복 지어닌이
압픠난 일월문치[1659] 승학이 츔을츄고
뒤의난 봉황문치[1660] 쥭실을 희롱하고
좌우의 빗난광치 슈복듸길[1661] 박앗션이
조헐시고 이이복을 견우의기 쥬리로다
눈물셕써 쓰닌비단 고히이복 지어니야
인편읍셔 못보니고 굴지기일 뿐이로다
그령져령 어은간의 윤유월도 흘르가고
칠월육일 막지나니 오날리 칠셕이라
반갑도다〃〃 우리낭군 오실지라
인낫오작 다리올나셔 언하슈의[1662] 다리노아
틱을션관[1663] 후기하고 숌틱칠셩[1664] 김만드려
오작교 고흔길의 션풍이 진동한다
진쥬발을 놉피달고 상봉관을 머리스고
구술신발 즈조옴겨 쳔지돈지 니다른이
반갑도다 구면이여 쳥아하고 단졍하다
일년이나 그린부〃 만낫인졍 싯뜻하고[1665]
향기롭다 습〃 옥슈[1666] 마조잡고 넘길젹의
방〃 뉴슈 흘르나려 은하슈의 보틸지라
시〃 졍곡 다못하고 오경[1667]밤이 쯧이읍셔
우난듯한 초싱달도 어는듯시 스라지고
좌우의 기명셩이 이별을 직촉하니
가련하다 이별이야 후기약을 쏘바릐나
식벽이슬 져진곳의 작별시각 급〃 하다

1655 북: 베틀에서 날실의 틈으로 왔다 갔다 하면서 씨실을 푸는 기구, 베를 짜는 데 중요한 역할을 하며, 배 모양으로 생겼다.
1656 황잉: 황앵(黃鶯), 꾀꼬리
1657 바듸: 바디, 베틀, 가마니틀, 방직기 따위에 딸린 기구의 하나. 베틀의 경우는 가늘고 얇은 대오리를 참빗살같이 세워, 두 끝을 앞뒤로 대오리를 대고 단단하게 실로 얽어 만든다. 살의 틈마다 날실을 꿰어서 베의 날을 고르며 북의 통로를 만들어 주고 씨실을 쳐서 베를 짜는 구실을 한다.
1658 목싹: 목탁(木鐸)
1659 일월문치: 일월문채(日月文彩), 해와 달 무늬
1660 봉황문치: 봉황문채(鳳凰文彩), 봉황무늬
1661 슈복듸길: 수복대길(壽福大吉), 오래 살고 복을 누리며 운이 매우 좋음. 또는 일이 매우 상서로움
1662 언하슈의: 은하수에
1663 틱을션관: 태을선관(太乙仙官), 하늘에 있는 선관
1664 숌틱칠셩: 삼태칠성(三台七星), 북두칠성 밑에 늘어서 있는 상태(上台), 중태(中台), 하태(下台)의 별자리
1665 싯뜻하고: 새뜻하다, 새롭고 산뜻하다
1666 습〃옥슈: 섬섬옥수(纖纖玉手), 가냘프고 고운 여자의 손을 이르는 말
1667 오경: 五更, 새벽 세 시에서 다섯 시 사이이다.

ᄒᆞᆫ시라도 지만[1668]ᄃᆡ면 다시득즈[1669] 할트이라

할슈읍난 이별이라 셔로ᄋᆡ로 ᄒᆞ올젹ᄋᆡ　참은우렴 복바쳐셔 목이ᄆᆡ여 흘썩이며
돌라셔 가난낭군 보고〃 할쁜이라　쳔방지축[1670] 다시쫏ᄎᆞ ᄆᆡ달려 울고지고
무졍시월 ᄌᆡ촉ᄒᆞ야 다시일년 흘느가면　오날밤ᄋᆡ 갈인부〃 명년[1671]잇ᄯᆡ 다시만나
금년칠셕 ᄆᆡ진졍을 명연칠셕 풀ᄉᆞ이다　오ᄌᆞᆨ교 노인곳ᄋᆡ ᄉᆡ벽안긔 ᄌᆞ옥ᄒᆞ고
은ᄒᆞ슈 말근물ᄋᆡ 별만ᄲᅡᆫᄶᅡᆨ 흘느가ᄂᆡ　어화시상 부〃들아 우리인연 징그ᄒᆞ야[1672]
금실지략[1673] 즁ᄒᆞ나마 쳡〃 ᄉᆞ량 ᄒᆞ지말고　무삼심ᄉᆞᆼ ᄌᆞᆼ유슈로 ᄇᆡᆨ년히로 ᄒᆞ기ᄒᆞ쇼

1668 지만: 遲慢, 더디고 느즈러짐
1669 득즈: 득죄(得罪)
1670 쳔방지축: 천방지축(天方地軸), 너무 급하여 허둥지둥 함부로 날뜀
1671 명년: 明年, 올해의 다음 해, 내년
1672 징그ᄒᆞ야: 증거(證據)하여
1673 금실지략: 금실지락(琴瑟之樂), 부부간의 사랑

70. 침낭자가

[해제] 이 가사는 전적 한 권에 수록된 국문 가사이다. 자료 형태는 28.4×22.6㎝ 규격의 전적이며, 단과 행의 구분이 없는 필사본이다. 원작자 및 창작 연대는 미상이다.

천지가 초판후로 염양이[1674] 졍위ᄒᆞ고
형〃이 ᄉᆡᆼ긴얼골 ᄉᆡᆨ〃이 기이ᄒᆞ고
물즁의 ᄉᆞᆼ품이요 인간의 조화로다
지옥이며 만타ᄒᆞ고 금이멘 조용ᄒᆞ야
거즁의 한물견이 멸양일지〃하다
도호는[1678] 낭자이다 월궁의 향아여
천고이로 조작할지 천ᄉᆡᆨ변 단여ᄒᆞ야
긔리난 치싼이요 가늘기난 슬임갓고
사랑키 짝이엄시ᄂᆞ 실로기 전혀엄서
그져야 ᄒᆞ난말이 천지간 ᄉᆡᆼ긴물견
통사을 귀을쒸여 벽ᄉᆞᆼ의 그러두고[1680]
일야을 지넌후의 전ᄎᆡ가 써어러서
천엑이 부당하나 섭〃이 진봉하야
칠석을 맛춤당ᄒᆡ 언하슈을 지며다가
오ᄒᆡᆼ이 유운ᄒᆞ야[1675] 만물을 자ᄉᆡᆼ할ᄉᆡ
공산ᄋᆡ 옥이나고 예슈ᄋᆡ 금이나서
양공이 다사리서[1676] 일역으로 조작함ᄒᆞᄉᆞᆫ
턴틔만ᄉᆞᆼ[1677] 지면모양 일구난 설이라
청ᄉᆞᆼ이로 ᄒᆞᆫ강ᄒᆞᆫ이 일홈은 공침이요
가금도치 빠진이을 바러기[1679] ᄋᆡ석하여
두ᄀᆡ을 지여보리
헤용이 긔모ᄒᆞ고 치격이 문멩하다
월로씨 무러보니 묵〃히 ᄉᆡᆼ각싸가
실ᄊᆡ가 싹〃이라 이것을 무엇ᄒᆞ리
창문덩 물발얼ᄊᆡ 심지라도 아썬이
허중이 자욱ᄒᆞ다 정결한 너ᄋᆡ몸이
함즁의 간수ᄒᆞ고 반연이ᄂᆞ 지나쓴이
직여을 상봉한이 직여ᄋᆡ 하난말이

1674 염양: 화창하고 따스한 봄 날씨
1675 유운ᄒᆞ야: 유운(幽韻)하여
1676 다사리서: 다스려서
1677 턴틔만ᄉᆞᆼ: 천태만상
1678 도호는: 도호(道號)는
1679 바러기: 바르게
1680 그러두고: 걸어 두고

ᄒᆡ우로 육천일과 일편근심 이시의 써날ᄊᆡ 전히업서 동정ᄋᆡ 엄식ᄒᆞ고[1681]
동방ᄋᆡ 거런하야 ᄉᆡᆼ정의 가치늘고 사후의 함괴무처 ᄇᆡᆨ골이 진토ᄃᆡᄂᆞ
혼ᄇᆡᆨ이 ᄉᆞᆼ조한이 차홈다 이ᄉᆡᆼ명은 저보 못할손양 일연간 사인ᄒᆡ포
반야의 잠관맛나 ᄃᆡ강도다 못ᄒᆞ고 오면이 지넌이도〃국의 달키울고
동방이 발가오니 옥문이 명ᄋᆡ지여 써나기 ᄌᆡ촉할지 천두가 엄즁하니
ᄂᆡ라서 말유ᄒᆞ리 연〃한 나ᄋᆡ간장 촌〃이 썬어질듯 누슈쌍〃할ᄌᆡ
향아보고 하난말이 우숩고 가소롭다 무엇할긋 바이업서 소진시ᄉᆞᆼ ᄇᆡᆨ연간의
가런한 인ᄉᆡᆼ덜이 창ᄒᆡᄋᆡ 그뭄갓고 초목의 이실이라 부유갓치 ᄉᆡᆼ긴몸이
쑴결갓치 지ᄂᆡ선이 일심ᄋᆡ 견심이라 사는낙이 무어이며 부러할긋 무어이요
야숨경 긴〃밤ᄋᆡ 직업ᄋᆡ 낙을부처 언근이 멱은마엄 예천지 무군이라
연〃이 상봉ᄒᆞ며 엄한이 무어이요 날갓튼 박명첩도 인ᄉᆡᆼ낭군 이별ᄒᆞ고
청ᄉᆞᆼᄋᆡ 오러후로 성이 지즁하여 인간ᄉᆡᆼ각 전이업소[1682] 하지월장〃하일과
동지야 긴〃밤에 적막히 홀노안자 낙부힐곳 전혀업서 동편의 ᄇᆡ회ᄒᆞ여
즁천의 노피써서 서ᄉᆞᆫ의 다가도록 뭇단ᄉᆞ람 전혀업서 독ᄒᆡᆼ을로 ᄂᆡ왕한이
쑴〃한이 ᄉᆡ월도 사난긋이 다ᄒᆡᆼ이요 금도치 싸진이을 천공이로 조작하여
물근두ᄀᆡ 지여시ᄃᆡ 모양은 긔이하다 실루지 져혀업서 월노ᄋᆡ쇠 무던후ᄋᆡ
홍ᄉᆞ을 귀을쉬여 함즁의 더러시라 천지간 ᄉᆡᆼ긴물건 일휴업시 엇지하며
소봉업시 엇지할가 직여ᄋᆡ지식이 유여ᄒᆞ고 소근도 남다른이
일홈도 지열뿐 실곳도 이설지 직여의 하난말이 연소한[1683] 여자로서
지즁ᄋᆡ 긔피무처 박물군ᄌᆞ[1684] 안이근ᄃᆡ 무엇설 알가마는 엄양어로 말할진ᄃᆡ
금어도 궁걸썰며 가늘기 침갓튼이 공침이라 일홈짓고 뜰는ᄃᆡ 요인ᄒᆞ고
홍성이로 쉬여선이 얼커ᄇᆡᄃᆡ 소용이라 털의지연 운무금을 금전이도 넘지쓴어
향아여가 쥬는말이 쑴밧씨 서도맛나 일석ᄋᆡ[1685] 담화한이 평ᄉᆡᆼ의 ᄒᆡ한ᄉᆞ라

1681 엄식ᄒᆞ고: 음식하고
1682 전이업소: 전혀 없소
1683 연소한: 연소(年少)한, 어린
1684 박물군ᄌᆞ: 박물군자(博物君子), 온갖 사물에 정통한 사람
1685 일석ᄋᆡ: 일석(一夕)에

이빌이 각가오며 오정할긋 전허업서
이속을 정히발고 공침어로 시험하며
시월을 보ᄂᆡ소서 향아가치 ᄉᆞᄒᆞ히
허무 어ᄒᆡᄒᆞ나 가라친ᄆᆡ 만숨그등
감ᄉᆞ무ᄌᆡ ᄒᆞ온마엄 무어로 갓허릿가
ᄉᆡ간의 허다인ᄉᆡᆼ ᄉᆡᆼ명을 첨손슈도
전궁어로 굴커든 하물멘 우리양인
정도가 작별한이 무엇시 악가울가[1687]
도로히 참죄할ᄲᅮᆫ 갑기을 나리잇가
낭군힝ᄎᆞ 오시다가 은하슈 다리우의
망울소릐 자〃하며 징〃한 선관들이
우물을 멀기실고 구말이 천젼은
불야성 늘은곳ᄋᆡ 예러친구 모라도로
총〃이 다못ᄒᆞ고 훌〃작별한이
이물가로 다시올가 힝장을 단속ᄒᆞ여
목노난 처〃하고 언장은 ᄂᆡᆼ〃한ᄃᆡ
창문을 열러리고 덩촉을 다시발여
오섭ᄑᆡ 너직곱쏘 직예슈든 운무금을
우슈의 공침잡ᄋᆞ 옥지을 하조놀이
비슈로 물치난듯 구럼ᄋᆡ ᄉᆡ이는 듯
점〃이 다시보니 자금어로 기리넌 듯
임자ᄎᆞᆫ 할듯맛나 ᄋᆡ석ᄒᆞ기 너ᄉᆞᆫ키도
ᄉᆡ월을 보ᄂᆡ쁜이 만연이과 정월이라
천ᄌᆞ공후 장ᄉᆞᆼ더라 서민남여 노소들이

금포한필 더리온이〃것설 가저다가
소용이 될듯한이 글노서 볏을삼아
비후로 시로맛나 평ᄉᆡᆼ의 품은마엄
하물며 필여단을 언근이 포정하니
직예ᄋᆡ ᄋᆡ수우난 말〃이
정ᄋᆡ가 상숨ᄒᆞ며 ᄉᆡᄉᆞᆼ을 도모ᄒᆞ코
천ᄉᆞᆼᄋᆡ ᄉᆡᆼ장ᄒᆞ여 는그몸이[1686] 원통할ᄲᅮᆫ
막약히 쥬는그설 당도 이치ᄉᆞ 한이
밤이장ᄎᆞ 기워것지 잠경이 각가운이
오ᄉᆡᆨ구럼 높피쯧다 오작은 우지〃고
전우의 요위하고 말장풍 너리물어
훌갓치 ᄡᅡᆨ간난ᄃᆡ 장명동 도두걸고
언점ᄒᆞ라 ᄉᆡ록할지 급〃ᄉᆞ인 회포
어난ᄊᆡ 다시볼고 오난ᄒᆡ 칠석날ᄋᆡ
직예을 ᄒᆞ직ᄒᆞ고 월궁어로 도라올ᄌᆡ
정국긔 적〃하야 물기공단 ᄃᆡ여도다
옥함을 여러노코 공침을 하저ᄂᆡ여
구폭처마 정히말나 원손으로 오설잡고
지격〃지여본이 저〃ᄒᆞ고 어엿쁘다
하취업시 지ᄂᆡ갈지 귀밋ᄐᆡ 홈ᄉᆞ실은
일랑어로 빗처난듯 신기한 너ᄋᆡᄌᆡ조
다고즉한 너이몽이 너로서 밋을함바
삼오야ᄋᆡ 인간ᄋᆡ 망월ᄒᆞᆯ지
일시ᄋᆡ 다라나다 서동천을 향망〃여

1686 는그몸이: 늙은 몸이
1687 악가울가: 아까울까

월ᄉᆡᆨ을 긔다릴ᄌᆡ 천은〃요〃ᄒᆞ여　〃빅여 둘너잇고 서하는 뭉〃ᄒᆞ여
자금의 아득ᄒᆞ다 요〃동ᄉᆞᆫ 놉피올나　두운간의 ᄆᆡ히한이 천지간 랑ᄃᆡ한ᄃᆡ
강산은 이척이라 섬궁ᄋᆡ 노피안자　운을 노피열고 시월을 구경할지
동편어로 바ᄅᆡ본이 문ᄉᆞᆫ은 이만이　ᄋᆞᆫ봉ᄂᆡᄉᆞᆫ 신원들은 ᄎᆡ운간의 노라잇고
ᄎᆡ악ᄒᆞ여든 동남여나 종적의 아득한ᄃᆡ　가른한 진향저는 여ᄉᆞᆫᄋᆡ 무처도다
남얼 바ᄅᆡ본이 동정호 칠빅이ᄋᆡ　물걸은 거림갓고[1688] 삼ᄉᆞᆫ은 놉피쏘서
하날짯ᄀᆡ 소ᄉᆞ도다 소ᄉᆞᆼ강 저문날ᄋᆡ　아황여영[1689] 두부인이 옥비파 손ᄋᆡ들고
원한을 ᄋᆡ소하여[1690] 점〃이 피눈물은　ᄯᆡ가지ᄋᆡ[1691] ᄲᅮ러쏘다 서어로[1692] 바라보니
조도산천 이모진관도 함철이요　ᄌᆡ선왕모 난호짐이 천당어는 ᄇᆡ화로
덕을함아 강호ᄋᆡ 노라잇고 요지선여　난벽도화 소ᄋᆡᄌᆞᆷ고 황궁가 노ᄅᆡ며
쥬목왕을 영접한다 묵어도 바ᄅᆡ보니　진나라 만ᄃᆡ성은 구룸속ᄋᆡ 며무를고
긔산ᄋᆡ 저문안ᄀᆡ ᄐᆡ장군ᄋᆡ 여한이요　묵히ᄋᆡ ᄎᆞ운슈는 소즁낭ᄋᆡ 절ᄀᆡ로다
혁포ᄋᆡ든 기럭이 용〃이 울럼우러　상감어로 날아간다 즁앙어로[1693] 바라보니
인간ᄋᆡ 무지함은 천을ᄋᆡ 엇씀이라　구즁ᄋᆡ 놉피안저 만민을 호령ᄒᆞ고
그지존 안후장상 하ᄅᆡ로 나을ᄒᆞ고　삼천궁여 윤여덜은 사랑을 시기하야
금슈로 이옥ᄒᆞ고 언분어로 단장하야　고운ᄐᆡ도 다부라 근실하긔 바리드라
이문밤 삼원야ᄋᆡ 선각이 ᄋᆡ은[1694]할ᄉᆞ　망월ᄒᆞ고 오난길ᄋᆡ ᄃᆡ도연을 ᄇᆡ설ᄒᆞ고
졔신을 상ᄉᆞ후ᄋᆡ 일반궁예 다모예서　좌펜[1695]을 풍악이오 우펜은 가무로다
장곡우ᄋᆡ 곡원으로 ᄎᆞᄅᆡ로 올일적ᄋᆡ　옥누난 정〃ᄒᆞ고 은숙은 황〃ᄒᆞᄆᆡ

1688 거림갓고: 그림 같고

1689 아황여영: 娥皇女英, 아황은 중국 고대 요(堯)임금의 장녀, 여영은 차녀. 모두 순(舜) 임금에게 시집가 언니인 아황은 황후, 동생인 여영은 비가 되었는데, 순 임금이 죽은 후 함께 물에 빠져 죽었다고 한다.

1690 ᄋᆡ소하여: 애소(哀訴)하여

1691 ᄯᆡ가지ᄋᆡ: 대나무 가지에, 순임금이 죽은 후 아황과 여영이 달려와 피눈물을 흘리면서 슬퍼했으니 그 후 반점이 있는 대나무가 자랐다고 한다.

1692 서어로: 서로

1693 어로: -으로

1694 ᄋᆡ은: 애은(愛恩), 사랑과 은혜 또는 사랑하고 은혜를 베풂

1695 좌펜: 좌편

천풍이넌 짓푸러 진시ᄐᆡ로 전히업다　　가련한 장슈인은 부모을 조실ᄒᆞ고
일신이 ᄋᆡ탁업서 궁예ᄋᆡ 황얼턴이　　꼿싸운 이심연ᄋᆡ 근시한번 못ᄒᆡ볼절
ᄃᆡ한 얼구리 메정양한 못한ᄐᆡ도　　독슈공방 홀로안저 멍물을 벗을ᄉᆞᆷ고
변화한 이ᄉᆡ월 눈물을 보ᄂᆞ쓴이　　이날망 당ᄒᆡ오ᄆᆡ 심신이 살난하여
주럼을 것드두고 옥난ᄋᆡ 여러안자　　월ᄉᆡᆨ을 구경턴이 사면ᄋᆡ 풍악소ᄅᆡ
원슈갓치 덜이오메 오건의 두경ᄉᆡ　　우러지죄로 잘아넌이 업심희 잘아넌 듯
쌈작이〃러나서 한슘짓고 하는말이　　하날이 미우신가 이갓치도 박명ᄒᆞᆯ가
천ᄒᆞᄋᆡ 박ᄉᆡᆨ여도 인간ᄋᆡ 낙을마다　　힝복잇기 잇것마는 박복한 이ᄂᆡ몸을
무ᄉᆞᆷ죄로 ᄋᆡ석한 이청춘을 공방ᄋᆡ
널키난고[1696] 장〃하일 긴〃츄야 홀노 안저선
이일연이 ᄇᆡᆨ연이요 일월이 여ᄉᆞᆷ츄요　　이러 탄식하는 그설월궁 향아〃려
실하난 말이 전ᄉᆞᆼᄋᆡ나 지하ᄋᆡ나　　사람은 일반이라 소ᄒᆡ을 다하리요
나ᄂᆞᆫ손ᄃᆡ 한민어로 인간ᄋᆡ 이실ᄊᆡ　　ᄋᆡ죄과한 궁여들을 ᄋᆡ석이 여겨썬이
오날밤 당ᄒᆡ보니 헛말이 안이로다　　무엇설 위로할고 향ᄋᆡ든 공침두ᄀᆡ
갈나ᄂᆡ여 규ᄉᆞᆷᄋᆡ 고자노코 정미하여　　하난말이 공침아녀더러 천지간 ᄉᆡᆼ긴물이
맛다기도 천연이라 이실함도 성슈이라　　너ᄋᆡ둘을 맛난후로 골육갓치 ᄋᆡ휼ᄒᆞ고
붕유[1697]갓치 반겨하야 쥬스로 ᄉᆞᆼᄃᆡᄒᆞ메
손ᄂᆡ놀쥴 몰나쓴이 오날밤이〃별은 천슈이자
언간ᄋᆡ ᄌᆞᆼ슈인은 한항ᄋᆡ 궁여로서　　옹모도[1698] ᄆᆡ볌ᄒᆞ고 가무도 둘덩한ᄃᆡ
신명이 기구하야 청츈을 허송하야　　거긍ᄉᆞᆼ이 가련하ᄆᆡ 너로서 보ᄂᆡ선이
조규도 실허말고 부ᄃᆡ할가 거라면　　지일 장정히 서〃침낭과 동봉ᄒᆞ고
영이한 선동부는 편지쥬고 하신말이　　이거설 가저다가 인간의 ᄂᆡ러가서
장신궁[1699]ᄋᆡ 전하시라 선동이 연을듯고　　편지바다 손ᄋᆡ들고 청창을 썰처입고

1696 널키난고: 넓히는고
1697 붕유: 붕우, 친구
1698 옹모도: 용모도
1699 장신궁: 長信宮, 중국 한(漢)나라 때 장락궁 안에 있던 궁전. 주로 태후가 살았다.

선후을 병이하야 구름우로 다리놓고
만고의 길을물어 향ᄒᆞ슈을 것너
황성이 다나른이 만호누덕 총〃한듸
지척이원이 피는꼿튼 츈풍이 작〃ᄒᆞ다
장낙궁 무러가서 화정궁이 좀관서여
인적은 적〃ᄒᆞ다 뉘라잇서 무러볼고
정신이 쇠곤하여 금침이〃지하야
몽즁이 낫타날지 청이한일 선동이
궁문을 휘여덜어 규토서 손이들고
남가일몽이라 창문을 열더리고
긔명성은 닉〃ᄒᆞ고 옥누난 잔〃ᄒᆞ고
문을 닷고 적막히 싱각짜가
완〃이 거러나가 즁문을 만만열고
구말이 차청길이 날차저 뉘가왓소
빅학을 인도하며 눈ᄋᆞ픠 지격닷
죄인의 선명듯고 젼지일장 뭇치기로
즁문어로 영접ᄒᆞ고 침궁이 더러가서
월궁이 향예단두여 자금옥서 장죄인씨
찬천은 구말이요 듸지난 삼헐이요
하날이 ᄉᆞ람널듸 지천도 정슈이요
사시가 적막키로 공침한기 모닉난이
천시을 긔다리면 일월이 다시발고
천은을 시로듸히 부긔을 님ᄒᆞ리라

장문을 학을모다 천틱손 당도하야
청양순 지닉다가 서자이 무른후
장신궁이 어더민양 국정이 심슈흔이
단봉을 구정ᄒᆞ고 미랑궁 어서지닉
장신궁이 다〃른이 궁문은 심슈ᄒᆞ고
월하이 씨히던이 잇씨맛츰 장슈인이
잠관[1700] 조우던이 가슈이 품은마음
천승이로 하강한이 만호장단 편담[1701]다가
월하이 쒸히커날 호련이 놀이씐이[1702]
ᄉᆞ면을 살져손이 처랑한 시싀달이
궁장이 심〃한이 사람오기 만무하야
심신이 황홀ᄒᆞ여 이상을 곳처입고
사명을 살펴보미 흔ᄌᆞ서〃하난말이
호련이 광풍이 이러나며 천승선동
처업ᄒᆞ고 ᄒᆞ난말이 철궁비향 아예가
소몽이 닷난이다 장슈인 반기듯고
편지마다 살펴보니 거〃서이 하예시듸
뭇친이다
만물이 명지흠은 ᄉᆞ람을 이럼이라[1703]
죄인도 박명한 초연이 익이맛다 어엿쎤하닉
이곳을 볏을삼아 침선이 각을부처
인신이 감동듸야 조흔시 다시오면
갈길이 총〃ᄒᆞ와 두여자[1704] 적ᄉᆞ오나

1700 잠관: 잠깐
1701 편담: 遍談, 널리 빠짐없이 말함
1702 놀이씨니: 놀라게 하니
1703 이럼이라: 이름이라
1704 두여자: 두어 자, 두어 글자

화답을 바람이다 편지을 다본후ᄋᆡ
슌금어로 쎱아넌듯 만선ᄋᆡ 광ᄎᆡ로다
금화지 널븐옥ᄋᆡ 담장서〃 선동쥴씨
월궁전ᄋᆡ 올님이다 ᄎᆞ홉다[1705]
사모난 간절ᄒᆞᄂᆞ 한면성아 못ᄒᆡ보고
하힝ᄋᆡ 아러시고 옥슈을 근노ᄒᆞ라
산ᄒᆡ가무 족이가 보ᄂᆡ신 공침일ᄀᆡ
무엇서로 감ᄉᆞ올고 지식이 유ᄆᆡᄒᆞ와
종〃이 살펴쓴이 사람ᄋᆡ 경기하물
박복한 이몸도 조흔씨가 잇설잇가
편지을 맛친후ᄋᆡ 자ᄒᆞᄎᆞ 셜는물을[1706]
월궁어로 함봉[1708]ᄒᆞᆫ다 슈인이〃 날붜럼
공후ᄋᆡ 조속이며 후ᄆᆡᄋᆡ 금침이멘
쥬야로 지여닐ᄌᆡ 잇씨는 남월이라
궁란ᄋᆡ 전연하야 천ᄌᆞᄋᆡ 구쟝목과
속〃히 지에오라 궁안이 그말듯고
슈인이 바다두고 손어로 지예닐지
골용포을 보을손양 결을다 부리여
흉즁ᄋᆡ 품은조화 천ᄃᆡ빅지 다부리여
종흐로 회슈하야 쟝단이 적즁ᄒᆞ고
상방어로 보ᄂᆡ쓴이 신연이 당ᄒᆞ오ᄆᆡ
황후가 보신후의 ᄃᆡ춘ᄒᆞ여 하신말ᄉᆞᆷ

금낭을 여러보니 선언한 일ᄀᆡ침이
인간ᄋᆡ 업난보화 천ᄉᆞᆼ물근 분명ᄒᆞ다
것봉ᄋᆡ 하여시되 지ᄒᆞᄋᆡ 장슈인은
천지가 현슈ᄒᆞ고 ᄉᆡᆼ장이 다른고
일ᄉᆡᆼ이 청양턴이 심궁ᄋᆡ 슑은몸을
정서을 비우신이 즁심ᄋᆡ 감ᄉᆞ함은
부럼히 밧ᄉᆞ오ᄂᆞ ᄉᆡᄉᆞᆼ어 드문ᄇᆡ라
쳔슈을 모린고로 일시고싱 못이기서
골슈ᄋᆡ 명영ᄒᆞ와 전헌이 머러으이
산갓치 ᄉᆞ인ᄒᆡ포 ᄃᆡ강도 못함이다
옥잔ᄋᆡ 가득부여 선동[1707]ᄊᆡ 전훈후ᄋᆡ
침선ᄋᆡ 잠식한이 슈ᄌᆡ도 긔이하다
구룸가치 모다드러 산갓치 자아놓코
신연길 복단지을 ᄌᆡᄉᆞᆼ방광 거말듯고
황후에 골동도을 장신궁 가저다가
금도을 가저다가 쟝신궁ᄋᆡ 전ᄒᆞᆷ이라
공침어 경디ᄒᆞᄃᆡ 너본시 흥물이라
조곰도 ᄒᆡ허마라 슌〃이〃 런후ᄋᆡ
지정지모 지여닐지 일월노 문장ᄒᆞ고
앏뒤품이 맛처맛긔[1709] ᄉᆞᆷ일만ᄋᆡ 지여ᄂᆡ야
상방관이 오설[1710]가저 양즁의 더리오니
쳔하ᄋᆡ 드문ᄇᆡ라 금규ᄉᆡ의 첨손ᄇᆡ라

1705 차홉다: 주로 글에서, 매우 슬퍼 탄식할 때 쓰는 말
1706 셜는물을: 끓는 물을
1707 선동: 僊童, 선경(僊境)에 살면서 신선의 시중을 든다는 아이
1708 함봉: 緘封, 편지나 문서 따위의 겉봉을 봉함
1709 맛쳐맛긔: 알맞게, 적당히
1710 오설: 옷을

뉘집ᄋᆡ 여자로서 이런ᄌᆡ조 가젓쓴고
저ᄉᆞᆷ일연 조ᄒᆡᄋᆡ ᄇᆡᆨ관이 무후할지
슈품도 별다리고 ᄌᆡ작이 무엇어로
ᄉᆞ방관니 엿자오ᄃᆡ 다럼이 안이라
짐운이 샹서로서 약ᄉᆞ저가 구물ᄒᆞ고
칠ᄉᆡᄋᆡ 입궁ᄒᆞ와 방연이 십ᄉᆡ라
심궁의 홀노이서 용모가 절ᄉᆡᆨ이요
ᄋᆡ속ᄋᆡ ᄌᆡ조함은 고금ᄋᆡ 업난이라
천ᄌᆞ가 탄식ᄒᆞ고 ᄌᆡ신을 도라보ᄃᆡ
일은일이 다서가 양일부가 호원하면
이십연 독슈공방 어그작 할가
황분ᄋᆡ 명영ᄒᆞᄃᆡ 장신궁ᄋᆡ 선통하야
ᄃᆡ연을 ᄊᆡ설ᄒᆞ고 옥연을 슈식ᄒᆞ여
잇ᄊᆡ 장신궁은 정막히 보러고서
몽즁ᄋᆡ 용을타고 구천ᄋᆡ 소사올나
전ᄉᆞ을 ᄀᆞ논타가 분〃한 인마스ᄃᆡ
동ᄎᆞᆼᄋᆡ ᄒᆡ가돗고 궁장ᄋᆡ 우난쌴치
동정을 살펴쓴이
황문관이 덩을드리 입시하다 ᄌᆡ촉커날
선연한 본ᄐᆡ도로 옥연ᄋᆡ 노지아자
ᄌᆞ글은 봉〃ᄒᆞ다 심즁ᄋᆡ 성각ᄒᆞᄃᆡ
오날이야 알ᄋᆡ로다 만성즁 안여들이
삼천궁여 영접ᄒᆞ고 만조ᄌᆡ신[1714] 다맛엿다
천ᄌᆞᄊᆡ 쥬품ᄒᆞ여 입시ᄒᆞ기 ᄒᆞ오리다
천ᄌᆞ가 가라ᄉᆞᄃᆡ 이빈ᄋᆡ[1711] 지연오선[1712]
지엿난지 천작인지 연유을 직ᄉᆞᆯ하라
궁여즁 장슈인은 쟝신궁ᄋᆡ 독여이라
슈인ᄋᆡ 헐〃단신 위가ᄋᆡ〃탁다가
한미후ᄋᆡ 입시한ᄇᆡᆫ 못ᄒᆡ보고
ᄌᆡ조가 비ᄉᆞᆼ하며 신통한 슈을ᄇᆡ와
피하ᄋᆡ[1713] 골용포도 그궁예ᄋᆡ 한ᄇᆡ이라
ᄂᆡ엇지 불명ᄒᆞ여 인ᄌᆡ로 볼라보고
오월ᄋᆡ ᄇᆡ상이라
어란궁ᄋᆡ 그하난요 장신궁ᄋᆡ 잇난이다
그날부텅 잇시ᄒᆞ라 ᄐᆡ시가 명초ᄒᆞ여
사마ᄋᆡ ᄇᆡᄋᆡ짓고 쟝신궁을 ᄃᆡ연ᄒᆞ니다
침금을 물업시고 뮤슈이 조우든이
상져ᄊᆡ 문안ᄒᆞ고 오다가 향아맛나
ᄭᅮᆷ길히 들이그날 호른이 ᄊᆡ달은이
소식을 전ᄒᆞ난가 반가바 이러나서
일천명 긍위군은 궁문ᄋᆡ 용위ᄒᆞ고
슈인이 황망ᄒᆞ야 고운단장 다못ᄒᆞ고
ᄃᆡ드로 더러을지 망진은 막〃ᄒᆞ고
향야ᄋᆡ ᄎᆞ난말이 천지가 잇다쓴이
ᄂᆡ안이 천ᄎᆞᆫ하리 절문ᄋᆡ 당도한이
옥연ᄋᆡ 을는나러 천ᄉᆞᆼᄋᆡ 올을적ᄋᆡ

1711 이빈ᄋᆡ: 이번에
1712 지연오선: 지은 옷은
1713 피하ᄋᆡ: 폐하의
1714 만조ᄌᆡ신: 만조재신, 만조백관(滿朝百官), 조정의 모든 벼슬아치

선연한 두귀밋ᄐᆡ ᄇᆡ옥어로 ᄶᅡᆨᄶᅡᄂᆡ야[1715]
눈알은 츄슈로다 구룸갓든 머리쥴이
연〃한 입스구리 쥬홍어로 직어넌 듯
섬〃한 허리ᄐᆡ도 슈양유 몰ᄌᆞᆫ가지
거럼〃언 이날말이 황ᄎᆡ로다
궁관에로 인도ᄒᆞ고 각싸이 인도ᄒᆞ고
성명은 무엇이면 나이난 밋ᄉᆞᆯ이며
염용하여 알월말이 쟝석운ᄋᆡ 독여이요
가부을싱 왔난양 어일ᄃᆡ 더러쓴이
일연지 가절이요 하물며 너을위ᄐᆡ
가부을 시험ᄒᆞ야 질금을 돕기ᄒᆞ라
느ᄃᆡᄋᆡ ᄎᆞ여시ᄃᆡ 나섯드다
성득을 요균이요 품군은 직서이다
광우일철 다시발가 히홀창 문도다
ᄒᆞ노다 놀ᄋᆡ을[1717] 맛칫후ᄋᆡ[1718] 넘봉단좌
무을일로 좌우가 묵〃하다
금문고을 쥬라한이 슈인ᄋᆡ 모한ᄐᆡ도
ᄉᆞ리한호칠 구리친이
봉황이 츔을츄고 궁전ᄋᆡ ᄇᆡᆨ도화가
쳔자전ᄋᆡ 알ᄋᆡ올ᄃᆡ 불민한 가무로서
천자가 이러ᄉᆞᄃᆡ ᄂᆡ엇지 불민하여
어십연이 지나도록 실줄을 물라선이
지인을 함어시고 오날부텀 잇시ᄒᆞ라

부용화로 부더전듯 눈섭흔 초월갓고
화필노 그지던듯
긴〃한 이모슘은 진쥬로 역그넌듯
츈풍을 몬이그서 일언〃헌드난듯
화단을 정ᄌᆡᄒᆞ고 천ᄌᆞ씨 ᄆᆡ희ᄒᆞ고
턱별리 ᄉᆞ랑할ᄉᆞ ᄉᆡ〃이 무러시ᄃᆡ
뉘집ᄋᆡ 여식이요 슈인이 황공ᄒᆞ여
일홈은 슈인이요 나히난 어십이요[1716]
ᄃᆡ강은 아난이다 오날은 정도희라
ᄃᆡ연을 ᄆᆡ설ᄒᆞ고 만인이 모여선이
슈인이 ᄇᆡᄉᆞᄒᆞ고 일루을 올외온이
〃되한 황ᄌᆡ 나섯다 황후연쥬 이엿도다
진나라 모진정사 인풍어로 말키시고
화홉다 ᄎᆞᆼ싱더파 여군도낙 ᄒᆞ여플가
안자신이 만조가 탄복ᄒᆞ고 삼천궁여
천자가 ᄃᆡ히ᄒᆞᄉᆞ 궁란을 다시명ᄒᆡ
옥숙을 넌짓덜어 오런금쥬
청ᄉᆞᆫ은 막〃ᄒᆞ고 녹슈는 암〃한ᄃᆡ
일시ᄋᆡ 난만[1719]하다 타기을 다한후ᄋᆡ
상천ᄋᆡ 덜이그니 황공무지 ᄒᆞ이리다
이갓치로 한인ᄌᆡ 목전ᄋᆡ 두여시ᄃᆡ
도로여 참괴ᄒᆞ다 금ᄇᆡᆨ어로 상ᄉᆞᄒᆞ고
천자가 거후ᄉᆞᆨ텀 날노등구 사랑ᄒᆞᄉᆞ

1715 ᄶᅡᆨᄶᅡᄂᆡ야: 깎아 내어
1716 어십이요: 이십이요
1717 놀ᄋᆡ을: 노래를
1718 밧칫후ᄋᆡ: 마친 후에
1719 난만: 爛漫, 꽃이 활짝 많이 피어 화려함

일망ᄋᆡ목 침선멍절 죄인ᄋᆡ 소시로다
어연가 삼연이라 잇ᄃᆡᄋᆡ 황후지서
일점혈적 이업섬으로 글노서 병이ᄃᆡ야
ᄌᆡ신이 쥬달ᄒᆞᄃᆡ 황후가 붕ᄒᆞ시고
궁위을 정ᄒᆞ소서 천ᄌᆞ가 더러시고[1721]
용모가 아람답고 성졍이 헌헐하니[1722]
조원이 가련지라 천ᄌᆞ가 올히여겨
칠월이다 ᄃᆡ연을 ᄆᆡ설할찌
왕모ᄋᆡ 선도이며 안리싱ᄋᆡ ᄌᆡ조이메
삼천궁여 다모이고 이런ᄌᆡ자 풍유소ᄎᆡ
종일토록 짙기다가 망이장차 당히오ᄂᆡ
자금은 심〃 ᄒᆞ다 삼천궁 우리들은
인간ᄋᆡ 격낙시라
인간ᄋᆡ 장슈인은 천자을 모시도다
황후부 장석운은 좌성ᄉᆞᆼ을 슈렴ᄒᆞᄉᆞ
쳔후ᄋᆡ ᄃᆡᄉᆞᄒᆞ고 일국ᄋᆡ 반프ᄒᆞ다
황후ᄋᆡ 간한말을 일〃이 다듯써라
츈일은 온화ᄒᆞᆫᄃᆡ 화전궁 구경할지
루ᄉᆞᆼ에ᄆᆡ 희ᄒᆞ여 츈식을 구경턴이
침낭이 노피날아 쥬치돌ᄋᆡ[1726] 써러저서
황후가 실식ᄒᆞ여 츄ᄉᆞᆼᄋᆡ 업히지며
규즁ᄋᆡ 슈침ᄒᆞᆷ이 일느서ᄆᆡ 와또라
츈츄가 ᄉᆞ십시ᄃᆡ 여시나 설ᄒᆞᄋᆡ
물힝이 뭉시ᄆᆡ 희로서 치ᄉᆞᆼ[1720] ᄒᆞ고
ᄂᆡ천이 비엿선이 헌궁을 ᄃᆡ최ᄒᆞ에
지신ᄋᆡ ᄊᆡ이러서 ᄃᆡ월궁ᄋᆡ 장슈인을
황후ᄃᆡ기 엇뗫한오 만조[1723]신이 치호구메
ᄃᆡᄉᆞ간ᄋᆡ 조직하ᄉᆞ 질일을 기리오니
슈륙ᄋᆡ 진슈명찬 진선진마[1724] 다모와서
월ᄉᆞᆼᄋᆡ 힝조이메 서역의ᄋᆡ 공쥭슌이라
ᄐᆡ평을 자랑ᄒᆞᆫ다
천안ᄋᆡ 근시할지 옥촉[1725]을 황〃 ᄒᆞ고
문의ᄀᆡ 슈직ᄒᆞ고 맹문이 동침한이
천ᄉᆞᆼᄋᆡ 직여성은 건우을 장몽ᄒᆞ고
조〃ᄋᆡ 이러나서 지신ᄋᆡ 조저할ᄉᆞ
당ᄋᆡᄉᆡ ᄎᆡᄒᆞ고 친족을 상ᄉᆞᄒᆞ고
천자가 거후부틈 어진경ᄉᆞ 힘을시자
생명연삼 월샹사일 ᄀᆡ빅화난 만발ᄒᆞ고
천완동 도가하ᄉᆞ 오정ᄋᆡ 모옥ᄒᆞ고
광풍이 흐런무러 용포가 훌터지ᄆᆡ
징헌히 소리울여 허리가 썩써진이
낙심천만 하시다가 밤더리 환군ᄒᆞᄆᆡ

1720 치ᄉᆞᆼ: 치상(治喪), 초상을 치름
1721 더러시고: 들으시고
1722 헌헐하니: 헌헌(軒軒)하니, 풍채가 당당하고 빼어나니
1723 만조: 滿潮, 만조백관
1724 진마: 進馬, 임금에게 바치던 말
1725 옥촉: 玉燭, 시철의 기후가 고르고 날씨가 화창하여 해와 달이 훤히 비치는 모양
1726 주치돌ᄋᆡ: 주춧돌에

공침을 ᄉᆡᆼ각하야 경〃불ᄆᆡ[1727] 하시든이　　호런이 ᄉᆡᆼ각ᄒᆞᄃᆡ 어엿쁜 너ᄋᆡ일신
혼ᄇᆡᆨ이나 위로할가 궁방을 정히실고　　영ᄉᆞᆼ을 설위할지 용상어로 지ᄉᆞᆼ할지
ᄇᆡᆨ설화지 혼ᄇᆡᆨ접여 오ᄉᆡᆨ사 ᄎᆞ자ᄂᆡ여　　전정후시 ᄆᆡ짐의ᄆᆡ여 허리ᄋᆡ 잘근ᄆᆡ여
옥함ᄋᆡ 다마노코 첨금는 포니을 무처　　좌우의 둘너노코 각ᄉᆡᆨ지물 정히지여
차ᄅᆡ로 진실ᄒᆞ고 금노ᄋᆡ 불을다마　　울금한 ᄉᆡ빈ᄊᆞᆸ고 향긔로운 울창쥬을
옥ᄆᆡ 가득부여 언ᄃᆡᄋᆡ 바처놓코　　황촉ᄋᆡ 불을붓처 좌우ᄋᆡ 발커노코[1728]
양실노 ᄭᅮ려안자 옥슈ᄋᆡ ᄌᆡ문들고　　통곡하고 이런말이 오호ᄋᆡᄌᆡ 오호통ᄌᆡ
천지간 ᄉᆡᆼ긴물이 널거서 죽는그선　　애ᄉᆞᄋᆡ 잇는ᄇᆡ요 요슈[1729]함과 장슈함은
천명이 성한이라 이일을 ᄌᆡ천만고　　ᄉᆡᆼ사간ᄋᆡ ᄇᆡ히업슨 바는
이목ᄋᆡ 모든긋과 슈즁ᄋᆡ 노든긋을　　아모리 잇자한들 어이ᄉᆞ 이저리요
어엿뿐 침낭자야 천ᄉᆞᆼᄋᆡ ᄉᆡᆼ긴몸이　　월궁ᄋᆡ 변화ᄒᆞ야 팔연이 다가도록
천지무궁 하러다가 가련한 장슈인이　　인간ᄋᆡ ᄉᆡᆼ겨나서 어러서 부모일코
혈〃리 ᄋᆡ탁업서 동서로 포박다가　　입궁한 이십연ᄋᆡ 천안도 못ᄃᆡᄒᆞ고
흉즁ᄋᆡ 사인[1730]원한 우쥬ᄋᆡ 사모찬다　　월십오일 ᄋᆡ만장아니 망월ᄒᆞᆯ지
정막한장 신궁ᄋᆡ사 ᄉᆡ울 자탄타가　　후득하신 향아여가 널서 보ᄂᆡ서며
그ᄃᆡ을 별을사마 골육갓치 ᄋᆡ즁ᄒᆞ여　　평ᄉᆡᆼ을 지악[1731]튼이 너ᄋᆡᄌᆡ조 비ᄉᆞᆼᄒᆞ여
ᄋᆡ복을 ᄌᆡ조하니 만고ᄋᆡ 처엄이라　　현명이 낭ᄌᆞ하야 천자가 더러에고
밋천한 나ᄋᆡ몸을 쳔궁에 임시ᄒᆞ여　　황후을 봉ᄒᆞ시니 너ᄋᆡ언ᄒᆡ 망격하다[1732]
ᄇᆡᆨ골인들 이절손야[1733] 오호라 침낭ᄌᆞ야　　너몸이 부귀한이 너더욱 ᄋᆡ석ᄒᆞ다
사ᄉᆡᆼ을 도모타가 사랑도 못ᄃᆡ우고　　박절이 썬어지니[1734] 하날이 미워한가
귀신이 시긔한가 ᄊᆡᆺᄊᆡᆺ한 너ᄋᆡ얼골　　어ᄃᆡ가 다싯볼고 좃치라 불을달가

1727 경경불ᄆᆡ: 경경불매(耿耿不寐), 염려되고 잊히지 않아 잠을 이루지 못함
1728 발커노코: 밝혀 놓고
1729 요슈: 요수(殀壽), 요절
1730 사인: 쌓인
1731 지악: 至惡, 일을 하는 것이 악착스럽다
1732 망격하다: 망극하다
1733 이절손냐: 잊을쏘냐
1734 썬어지니: 끊어지니

승곳치라 샛털널가 딘지는 헐규업다
쳔빅연이 다가도록 이름이 쥭기전ᄋᆡ
너ᄋᆡ엄성 처랑ᄒᆞ고 오동ᄋᆡ 글인달은
몽즁ᄋᆡ나 자쥬보ᄌᆞ 오호통ᄌᆡ 오호ᄋᆡᄌᆡ
샹원[1735]ᄋᆡ 지난ᄭᅩᆺ흔 츈풍ᄋᆡ 다시지고
청천ᄋᆡ ᄯᅳᆫ구럼은 올날이 잇슨마는
만진즁 날넌장규 보금이 싹러진듯
공손ᄋᆡ 빠진구실 ᄎᆞ질날이 잇슨마는
모〃이 다시보고 구비〃〃 ᄉᆡᆼ각ᄒᆞᄃᆡ
헛쑤긔도 식어지며 찬〃한 너ᄋᆡ마엄
ᄆᆡᆨ업시 달여잇고 침ᄉᆞᆼᄋᆡ 골미집은
전도인들 무엇하리 물통실은 쟝척은
얼굴조챵 밉싱어다 널판갓헌 저궁덩이
요경이 긔푸도록 경〃이 안자선이
너쥬은 신ᄎᆡ라도 천ᄉᆞᆼᄋᆡ 다싯올나
인간ᄋᆡ 며무다가 나쥭은ᄃᆡᆨ 연후ᄋᆡ
천지가 면복커든 후시ᄉᆞᆼ[1737]ᄋᆡ 다시나서
양공을 일적맛나 조용하면 반락ᄒᆞ야
달토말고 면토말라 너ᄋᆡ후손 업설지나
한쟝결과 석쟌술노 홀영[1738]을 외로한이
신ᄎᆡ을 어루만저 헐이ᄋᆡ 통한이
여오일조 조ᄒᆡ석이 전자씨 쥬달한이

천명어로 그러한가 여명어로 ᄋᆡᄉᆞ한가
너을엇지 이절손양 심즁ᄋᆡ 저문ᄉᆡ난
너ᄋᆡ허봉 망물ᄒᆞ고 넉시라도 잇써들낭
인물은 다을지나 사싱은 일반이라
천문ᄋᆡ 연화버덜 봄여ᄋᆡ 푸러도다
샹강ᄋᆡ 허른물도 올되가 잇ᄉᆞᆫ마는
챵ᄒᆡᄋᆡ 잠린용이 이여볼날 잇슨마는
너아무리 무심한들 다시올쥴 모러난양
요슈ᄒᆞ긔 만무ᄒᆞ다 걸곡한 너ᄋᆡ몸이
경망키도 연복ᄒᆞ다 귀밋틔 홍ᄉᆞ실은
흥심엇시 남어잇다 인도인들 무엇ᄒᆞ며
키거면 소용잇다 열빠진 다리비[1736]난
뉘격ᄋᆡ 실근ᄃᆡ고 ᄉᆡᆼ각난이 너쁜이라
모진숨이 안이온ᄌᆞ
소원ᄃᆡ로 변화키나 거겻도 마라그든
한씌가 무처다가 산천이 화판ᄃᆡ고
산이거든 옥이ᄃᆡ고 물이그등 금이ᄃᆡ야
인간ᄋᆡ 보ᄇᆡᄃᆡ야 천만연이 지나도록
초종벼속 ᄃᆡ스ᄉᆞᆼ을 ᄊᆡ염업시 할터이라
ᄋᆡᄌᆡ산향 통ᄌᆡ산향 지문을 이던후ᄋᆡ
첨〃이 허런[1739]눈물 용포가 다젓난 듯
ᄋᆡ석히 넉이시고[1740] 방공을 직시불러

1735 샹원: 상원(上元), 대보름날
1736 다리비: 다리미
1737 후시ᄉᆞᆼ: 다음 세상
1738 홀영: 혼령
1739 허런: 흐른
1740 넉이시고: 여기시고

상품금 갑ᄂᆡ여 공침을 ᄉᆡ조할지
천하ᄋᆡ 만도후ᄋᆡ 턱일하야 정ᄉᆞ할지
단향어로 닥을ᄊᆞ고 금언어로 항여ᄊᆞ며
향안성 쏘날ᄊᆡ이 뉘안이 실히ᄒᆞ러
삼천궁여 호ᄉᆞᆼᄒᆞ여 방〃쏠〃집갈지
침낭자가 인간ᄋᆡ 오시쏘다 황천궁
〃여슈싸ᄋᆡ 무더 모ᄉᆡ이다 ᄎᆞ이라
샹우졸곡 십미다 그날밤 황후긔서
편지한장 입ᄋᆡ물고 침ᄉᆞᆼᄋᆡ 올이르날
황후ᄋᆡ 지넌일을 전ᄉᆡᆼᄋᆡᆨ운 거러하다
ᄉᆡᆼ쟝이 다른고로 존안을 못ᄃᆡᄒᆞ고
ᄊᆡᆨ거진 그공침은 거역시지 명이라
과도이 실허마오 편지을 보신후ᄋᆡ
호정이 ᄊᆡ다걸이 담과 일못이라
여슈로 보ᄂᆡ던이 군관기거ᄅᆡ 보ᄂᆡ오티
황후가 거말듯고 봉ᄉᆞ을 넝험ᄒᆞ여
마암이 ᄐᆡ평이라

치슈모양 가지하야 만조ᄋᆡ ᄒᆡ이그〃고
명ᄉᆞ을 구ᄒᆡ노코 녕화로 엄섭ᄒᆞ고
판일ᄋᆡ ᄉᆞᆷ사ᄒᆞ고 익조[1741]ᄋᆡ 발인ᄒᆞ여
어엿쁜 상여ᄆᆡ힝 [1742]황후가 다러시고
상여노ᄅᆡ 처량ᄒᆞ다 어와넘좃 천ᄉᆞᆼᄋᆡ
잔치ᄭᅳᆺᄒᆡ 광동ᄋᆡ 몰ᄂᆡ쏘다 무어소ᄉᆡ
홍ᄎᆞ하관ᄒᆞ고 향ᄉᆞ을 맛친후ᄋᆡ
사몽비몽 무엇선이 천ᄉᆞᆼ일학 한 마리
겁지바다 불지프니 지면ᄋᆡ 하여시ᄃᆡ
이지와 부귀함은 하날이 도운ᄇᆡ다
서신만 왕속하니 샤브가 간절ᄒᆞ오
천ᄉᆞᆼᄋᆡ 가저다가 ᄌᆡ조하여 실더인어
답장을 얼선서〃학ᄋᆡ편ᄋᆡ 붓저쁜어
ᄉᆞ〃이 ᄉᆡᆼ각ᄒᆞ고 군관얼 조분[1743]하여
무듀이 히에전 듯 침낭이 업든이다
천ᄉᆞᆼᄋᆡ 올라가ᄌᆡ 조한 쥴알고

1741 익조: 翌朝, 다음 날 아침
1742 항여: 상여
1743 조분: 躁忿, 성급하여 화를 잘 냄

71. 탄소가

이상규 소장

[해제] '탄소가'는 '리씨회심곡', '게정화슈가', '홍도기힝문', '육십년회고록(전편)', '육십년회고록(이편)', '일여가'와 함께 한 권의 전적에 전편이 수록된 국문 가사이다. 자료 형태는 33×28㎝ 규격의 전적이며, 단 · 행 · 음보 구분 없는 줄글 형태의 필사본이다. 작품 말미의 '경신 즁츈 슌이일 양동이씨 작'이라는 기록으로 보아 창작 연대는 경신년인 1920년대이며 원작자는 '양동이씨'로 추정된다.
십오 세에 혼인하여 사남매를 낳고 기르다 이십삼 년 만에 부인을 사별한 뒤의 슬픈 소회를 읊은 가사이다. 남자가 지은 가사이지만 죽은 아내에 대한 그리움과 자신의 서글픈 처지를 중국 고사를 인용하고 자연물에 의탁하여 구구절절 표현한 부분은 아녀자들의 표현 못지않게 섬세하고 애잔하다.

상처ᄒᆞ고 답〃ᄒᆞ여

일월동풍 구즌비는 쥬〃야〃쳐량ᄒᆞ다　　고침을 도듯비고[1744] 벗업시 홀노누어
천사만염 ᄒᆞ려다가 홀지의 이러나서　　두득한 거동으로 남ᄎᆞᆼ을 두릉열고
쳔일을 바라보니 몽농한 저운무난　　풍전의 흣터지고 은〃ᄒᆞᆫ 져물식은
ᄋᆡ구희 버러서라 성남의 츈초싱은　　연〃녹 분명ᄒᆞ고 청산의 두견화난
년〃이 피여잇고 맥두의 양유지는　　황금식을 쒸여셔라 무정세월 여류ᄒᆞ야
츈식만물 되단말가 명승자 승평세테　　환과고독[1745] 친ᄒᆡ시라 무심즁 한소ᄅᆡ로
허〃ᄃᆡ소ᄒᆞ고 안자스니 고이ᄒᆞ다　　이우음이 무슨마음 먹엇든고

1744 도듯비고: 돋아 베고
1745 환과고독: 鰥寡孤獨, 늙은 홀아비와 홀어미, 고아(孤兒) 및 늙어서 의지(依支)할 데 없는 사람(자식(子息) 없는 이)을 이르는 말

철석갓탄 나의심장 여광녀취[1746] ᄒᆞ단말가 ᄃᆡ명천지 발근날이 침〃칠야[1747] 되난말가
사십객[1748]의 환거함이 인간죄악 드럿더니 금일의 내당할쥴 몽상에나 아앗슬가[1749]
슬푸다 정분니야 구천니[1750] 몃말니며[1751] 유명이 무어신고 이십삼년 우리연분
헛부고도[1752] 덧업서라 졍유오월 길일영신 여필취지 만날적의
나의나은[1753] 십오시의 모워미성 ᄒᆞ거마는 그ᄃᆡ나은 십팔세라 요조정〃숙취ᄒᆞ여[1754]
무비[1755]무ᄋᆡ[1756] 여ᄒᆡᆼ[1757]이요 효우[1758]유순 천성이라
침선방직 다달나서[1759] 소ᄆᆡ한[1760]것 바이업고
직임즁ᄋᆡ 다달나서 규묘조리 본식이라 나의소처 남달나서 그ᄃᆡ소임 ᄐᆡ즁튼가
생양[1761]전 갈닌몸이 즁시ᄒᆞ 봉양할ᄊᆡ 남의번빅 미거하며 압흘막고 뒤를막아
잇는험[1762]을 무더쥬고 업는힘을 잇개ᄒᆞ야 당상의 효봉함과 가간의 돈목함이
부인지덕 아니런가 세월이 만을사록[1763] ᄂᆡ가어이 이즐손가
살림살고 자식낫키 엉만시워 ᄲᅡ진후의 십오년 즁간세월 주사광음 지넛든가
기역할말 바이업다 처년한 우리임실 슉녀거동 아닐는가
십오세 ᄌᆞ라나서 반세찻고 임품차자 남산임씨 츌가ᄒᆞ니 빙옥갓튼 우리서군
봉황에 짝을지워 첫자황 자미롭다 을묘년 십이월은 나와무슨 원슈든가

1746 여광녀취: 여광여취(如狂如醉), 너무 기쁘거나 감격하여 미친 듯도 하고 취한 듯도 하다는 뜻으로, 이성을 잃은 상태를 비유적으로 이르는 말
1747 침〃칠야: 침침칠야(沈沈漆夜), 아주 가까운 거리도 분간할 수 없을 정도로 아주 어두운 밤
1748 사십객: 四十客, 나이가 사십 전후인 사람
1749 아앗슬가: 알았을까
1750 구천니: 구천(九泉)이
1751 몃말니며: 몇만(萬) 리(里)며
1752 헛부고도: 허뿌고도, 허(虛)하고도
1753 나은: 나이는
1754 슉취ᄒᆞ여: 숙취(夙就)하여, 일찍 성취하여
1755 무비: 無比, 아주 뛰어나서 비길 데가 없음
1756 무ᄋᆡ: 무애(無㝵/無礙), 막히거나 거치는 것이 없음
1757 여ᄒᆡᆼ: 여행(女行), 여자로서의 행실
1758 효우: 孝友, 부모에 대한 효도와 형제에 대한 우애를 통틀어 이르는 말
1759 다달나서: 다 달라서
1760 소매ᄒᆞᆫ: 소매(素昧)한, 견문이 좁고 사리에 어둡다
1761 생양: 生養, 생육(生育), 낳아서 기름
1762 험: 흠(欠), 사람의 성격이나 언행에 나타나는 부족한 점
1763 만을사록: 많을수록

불견불우 ᄎᆞ악 천고의 한니로다[1764] 전싱의 나에몸이 무슨죄악 아엿든고
이른앙화 깃천나뇨 명천도 야속하고 신물도 악착하다 세월이 여류ᄒᆞ여
장아를 성취하니 현부임문 아엿구나 지산선싱[1765] 후예로서 조병사 현손녀라
문무구비 명문가의 틱임틱ᄉᆞ 법을바다 십칠세 현숙함이 요조여힝 구비ᄒᆞ다
조상에 은덕인가 가즁의 여운인가 이른[1766]복기[1767] 어렷구나
사남미 내자식이 쌀아들이 상반니라 여금여옥 하거니와 기〃승〃할지어다
부귀알낙[1768] 못될망졍 슈분안빈[1769] 할작시면
남의흠선[1770] 할것업시 다힝으로 여겻더니 호사가 다마ᄒᆞ여 뜻밧개 그딕병이
육삭[1771]을 창황함의 동서로 이원[1772]들여 짐믹하고 화지내며 당귀초지 첩약이며
인솜녹욕 보약이며 좃타하며 다써보고 약탄관니[1773] 두셋시라[1774] 일쥬야 싸린번슈
칠팔차는 미일이요 십여ᄎᆞ도 되엿스나 푼효도 효음[1775]업고 못먹는 그쥭밥과
고음미음 겸ᄒᆞ여서 솟발[1776]이 씩지안케 쥬야로 싸렷스나 일즉슈 일시반을
먹것슬[1777] 못보앗니 유월염천 삼복더위 칠월딕슈 즁마비가 어느날이 더웟스며
어느날이 비왓던고 밤이런가 나지런가 일시반각 허루업시 혼권니[1778] 미어달여
지성으로 구로한들 회싱할길 젼혀업다 비인비지 아닐는가 안보여 걱정이요
보고나며 화기로다 울화가 츙즁하니[1779] 광심인가 취심인가

1764 한니로다: 한(恨)이로다
1765 지산선싱: 지산(芝山) 선생, 조호익(曺好益, 1545~1609)으로 추정됨. 조선 중기의 문신. 임진왜란 때 전공을 세워 녹피(鹿皮)를 하사받았으며, 정유재란 때 재차 의병을 일으켜 활약하였다.
1766 이른: 이런, 이러한
1767 복기: 복(福)이
1768 알낙: 안락(安樂)
1769 슈분안빈: 수분안빈(守分安貧), 분수나 본분을 지키어 가난한 가운데서도 편안한 마음으로 지냄
1770 흠선: 欽羨, 우러러 공경하고 부러워함
1771 육삭: 六朔, 육 개월
1772 이원: 의원(醫院)
1773 약탄관니: 약탕관(藥湯罐)이
1774 두셋시라: 두셋이라
1775 효음: 효험(效驗)
1776 솟발: 솥발
1777 먹것슬: 먹는 것을
1778 혼권니: 혼곤(昏困)히, 정신이 흐릿하고 고달프게
1779 츙즁하니: 충장(充壯)하니, 기세가 충만하고 씩씩하니

만사를 타파하고 하루는 석양천의
ᄎᆞ문쥬가 호처제요
쥬점의 친한사람 나의힝식 살펴보고
츌가유슉 부당ᄒᆞ오 만면의 슈심이요
지성으로 권고하니 그말을 듯고보니
등촉을 발켜들고 십리강교 나려올제
황조는 씨러지고[1780] ᄇᆡᆨ노는 횡강이라
병든사람 싱각기로 보〃이 짓촉ᄒᆞ여
삼경말이 되엿구나 별실을 드러가니
날을보고 일어나면 뉴슈로 반기드라
잇권식 마쥬안자 위로하고 먹고나니
시집사리 쳣여름은 편타ᄒᆡ도 어러운ᄃᆡ
어린간ᄌᆞᆼ 약한몸이 알시롭고[1781] 즁난ᄒᆞ다
전보로 급피보ᄂᆡ 임실을 불너모코
강구연월 벌세게로 무고이 ᄂᆡ달나서
일비〃〃 부일비로 낙이만반 ᄒᆞ자더니
이심ᄒᆞ여 권고ᄒᆞᄃᆡ 가즁의 극우두고
언어가 명담이라 어서밧비 도라가기
후ᄒᆡ도 나거니와 새정신니 더욱난다
월식은 히미하고 인적은 적〃ᄒᆞᆫᄃᆡ
강게한 이심회를 만번니나 덧처서라
어퍼지며 잡바지며 집으로 돗착하니
척골한 우리안ᄂᆡ 잠안ᄌᆞ고 누엇다가
아ᄒᆡᄂᆡ외 마쥬나와 석반을 드러다가
게명성이 요란하다 어엿불사 우리부아
이런걱정 ᄐᆡ산소임 만길시위 아닐는가
츄일이 생양하니 병세점〃 위즁ᄒᆞ야
복가의 문슈하여 마인들여 치방하고

1780 씨러지고: 쓰러지고
1781 알시롭고: 안쓰럽고, 경상도 방언형 표기 형태이다.

72. 허사가

대수댁 소장

[해제] 허사가는 사진 컷수는 3장이며 인생의 허무함을 노래한 가사이다. 3단 7.5조의 필사본이다. 표기법이 현대 국어와 거의 비슷해서 주를 달아야 할 어휘가 거의 없을 정도이다.

세상만사 살피니 참 허무하니 부귀공명도, 고대광실도 일장춘몽이라는 내용이다. 서산의 지는 해 막을 사람 없고 홍안은 날이 가면 늙어지니 소년들과 영웅호걸도 뽐내지 말라 한다. 우리 인생은 한 번 가면 못 오니 많은 토지, 의복, 재물, 모두 헛수고니 적신으로 온몸 적신으로 갈 것이 명백하다며 인생무상을 노래하고 있다.

세상만사 살피니 참헛되구나 부귀공명
문전옥답도 우리한번 죽어면 일장에춘몽
가련코 가이업셔라 솔로은에 큰영광
석양천에 지닌객 회포눈물 반월산
뉘가아랏스리 인생백년 산데도 슬푼탄식분
그림자치 나갓슨니 고생남사 헛되고
서산낭일 지는회 막을자잇나 하루가고
뉘면할손가 홍안소년 미인들아 자랑치마라
세월은 널제촉하고 저적막한 공동묘지
무정하다 이인셍은 가면못오네 셔시라도
물거품이라 연〃 춘색 오건만 어이타인생
노든객 내일아침에 청산메꼴 맑은배
삼척광중 일장지 넉〃 하오며 이복만나
족지안으랴 땀흘리고 에들써 모아온제물
왓슨니 또한 그갓치 적신으로 갈것이

장슈은 무엇하리요 고되광실 높은집
인생일기 북망산 불지객되니 일메향로
옛날이된니 춘초동에 만월되 영웅의자취
경문어귀 영호집되고 자브세가 올줄을
우리희망 무엇인가 운무로구나 그헛된
또헛되고나 요당강물 거슬릴 용사잇스며
잇틀가 홍안이늘거 슬푸도다 늘넌길
영웅호걸 열사들아 뽐네지마라 뉴수같은
널기다린다 한강수은 늘흘너 쉬지안컨만
고소데 한번간후에 소식조차 막연회
한번가면 못오니 한이로구나 금일향원
한심하구나 토지마나 무엇회 나죽은후에
무엇히 나떠나갈떼 수일한벌 관한괴로
안꼬가나 지고가나 헛수고로다 적신으로
명백지안나 모든육체 흘같이 써거버리고

그예영광 꽃갓치 쇠잔하리라 모든학문　　지식도 그러하오니 인간일생 경영이 그러하도다

73. 형ᄌᆡ원별가

조춘호 소장

[해제] '증여ᄉᆞ', '아ᄌᆞ마님젼상서', '그리운 오형이여', '쥬실답셔', '답상장', '장끼전 일절', '조선건국가'와 함께 한 권의 전적에 수록된 국문 가사이다. 자료 형태는 27.5×30cm 규격의 전적이며, 단 · 행 · 음보 구분 없는 줄글 형태의 필사본이다. 원작자는 '창'이라는 이름을 가진 남자로 짐작되며, 창작 연대는 1907년 이후로 추정된다.
대구 지방을 중심으로 한 가족에게 일어난 일과 거기에 대한 감정을 연대기 식으로 서술한 작품이다. 홀어머니 밑에서 성장한 형제들이 혼인을 계기로 뿔뿔이 흩어지고, 의지하던 어머님이 병환 끝에 돌아가신 데 대한 비통함을 토로한 작품이다. 특히 하나 남은 누이와 혼인으로 인해 이별하는 슬픔과, 누이가 시댁에서 잘 생활하기를 바라는 오라비의 따뜻한 마음을 진솔하게 표현하였다. 원작자는 '창'이라는 이름을 가진 남성이지만, 가족에 대해 느끼는 애틋한 정을 섬세하게 표현하여 내방가사의 특징을 잘 살렸다. 장례 및 혼례에 대한 자세한 묘사는 당시 생활사를 이해할 수 있는 자료로서도 가치가 있다.

어화 원별[1782]이야 우리형ᄌᆡ 원별이야 청연이 ᄌᆡ원ᄒᆞᆫ이 형ᄌᆡ가 국낙이라
만둑자[1783] 우리형ᄌᆡ 철이[1784]원별 ᄒᆞᆫ단말가 철이ᄋᆡ[1785] 원별ᄒᆞᆫ이 원별가 지쥬어자[1786]
청낭ᄋᆡ 붓슬ᄆᆡ고 초연ᄋᆡ 먹을가라 지필을 임ᄒᆞ온이 무궁ᄒᆞᆫ 회포로다
부모ᄋᆡ 골식한이 동기연지 형ᄌᆡ로다 형ᄌᆡ난 우익[1787]이라 우익업시 엇지살며
형ᄌᆡ난 슈족이라 슈족업시 엇지사리 쥬유팔자 팔형ᄌᆡ난 무산복이 그러턴고
인간ᄋᆡ 조헌[1788]형ᄌᆡ 나난엇지 독신인고 남ᄋᆡ사람 다형ᄌᆡ난 평ᄉᆡᆼᄋᆡ 험신일ᄉᆡ

1782 원별: 遠別, 서로 멀리 헤어짐
1783 만둑자: 만득자(晩得子), 늙어서 낳은 자식
1784 철이: 천(千) 리(里), 과분철 표기 형태이다.
1785 철이ᄋᆡ: 천리(千里)에
1786 지쥬어자: 지어 주자, 내용상 '지어쥬자'를 잘못 표기한 것으로 보인다.
1787 우익: 우의(友誼)
1788 조헌: 좋은

ᄉᆞᆷ여일남 ᄂᆡ한몸이 남듕의 득신이라 ᄌᆞ시들 위로형ᄌᆡ ᄎᆞ리[1789]로 츌가ᄒᆞᆫ이
낙〃 ᄒᆞᆫ 먼〃가ᄅᆡ 츄풍ᄋᆡ 낙엽이라 긋트로[1790] 나문거시 우리남ᄆᆡ ᄲᅮᆫ이로다
경진삼월 초구일ᄋᆡ 엄부ᄉᆡᆼ변 당세온이[1791] 쳔지가 문어지고 일월이 무광니라
호쳔만극[1792] 각골통을 필단으로 다할손야 우리남ᄆᆡ 십ᄉᆡ젼ᄋᆡ 무부ᄒᆞ고 어이ᄉᆞᆯ고
ᄌᆞ모ᄋᆡ 슐ᄒᆞ젼ᄋᆡ 유아남ᄆᆡ 길너일ᄌᆡ 편천[1793]ᄋᆡ 고생ᄒᆞ문 지필을 다못ᄒᆞᆯᄉᆡ
ᄃᆡ강영 긔록ᄒᆞ어 듕치가 막히며셔 호읍을 못통ᄒᆞ고 저근타 진정타가
누슈랄 다시ᄯᅡᆨ고 붓ᄃᆡ랄 강작ᄒᆞᆫ이 구산갓탄 나의소ᄒᆡ ᄯᅩ다시 기록ᄒᆞᄂᆡ
부혜ᄉᆡᆼ아 ᄒᆞ오시며 부혜육아 ᄒᆞ오시니[1794]
호쳔만극 이언ᄒᆡ[1795]를 갑흘길리[1796] 젼혀업다
병슐납월[1797] 염오일[1798]ᄋᆡ 조부 문부ᄒᆞᆫ이[1799] 편친ᄋᆡ ᄃᆡ효시로 불승ᄋᆡ통[1800] ᄒᆞ시든이
그리든 졍ᄒᆡ연[1801]ᄋᆡ 분곡을 가시럇고 슬푸다 우리모ᄌᆞ 모여분 ᄯᅳ나실ᄃᆡ
편친ᄋᆡ ᄒᆞ신말삼 악슈로 유별ᄒᆞᆯᄌᆡ 창아창아 우지말라 너어미 ᄉᆡᆼ각말고
무양이 잘이그라 명츈을 당ᄒᆞ거던 우리모ᄌᆞ 만나리라 일변위로 ᄒᆞ신말삼
눈물ᄯᅡᆨ고 ᄉᆡᆼ각ᄒᆞ니 얼마머지 안이ᄒᆞ니 그후ᄋᆡ 무자연[1802]ᄋᆡ 오월달 단오일ᄋᆡ
문밧ᄀᆡ ᄎᆞᆺ난ᄒᆞ인 반가온 소식인가 밧비〃 불너서워 어ᄃᆡ서 왓난야
문난ᄃᆡ답 안이ᄒᆞ고 품안ᄋᆡ ᄂᆡ난거시 ᄒᆞᆫ돈밧 ᄇᆡᆨ지안ᄋᆡ 니엇든 기별인고

1789 ᄎᆞ리: 차례[序]
1790 긋트로: 끝[末]으로
1791 당세온이: 당했사오니, 당했으니
1792 호쳔만극: 호천망극(昊天罔極), 어버이의 은혜가 넓고 큰 하늘과 같이 다함이 없음을 이르는 말. 주로 부모의 제사에서 축문(祝文)에 쓰는 말이다.
1793 편친: 偏親, 배우자를 여의고 홀로되신 부모님
1794 부혜ᄉᆡᆼ아 ᄒᆞ오시며 부혜육아 ᄒᆞ오시니: 부혜생아(父兮生我)하시고 모혜국아(母兮鞠我)하시니, 아버지 나를 낳으시고 어머니 나를 기르시니
1795 언ᄒᆡ: 은혜(恩惠)
1796 길리: 길이
1797 납월: 臘月, 음력 섣달
1798 염오일: 이십오 일
1799 문부ᄒᆞᆫ이: 문부(聞訃)하니, 부고(訃告)를 들으니
1800 불승ᄋᆡ통: 불승애통(不勝哀痛), 애통함을 이기지 못함
1801 졍ᄒᆡ연: 정해년(丁亥年)
1802 무자연: 무자년(戊子年)

진야몽야 몽야천호 귀호ᄋᆡ고 이원일고　　좌우ᄋᆡ ᄌᆡ종반이 ᄎᆞ〃로 모여셔〃
ᄂᆡ외머리 발상ᄒᆞ고 일시ᄋᆡ 통곡ᄒᆞ니　　단풍입히 써러진닷
급〃히 힝장차려 분곡을 갈난ᄒᆞᆯᄌᆡ　　미거ᄒᆞᆫ ᄂᆡ이마암 헛말삼을 미드던과
종숙쥬난 말을타고 이네몸은 힌등타고　　밤도가고 낫도가고 듀야불분 드러가서
우리외가 ᄃᆡ문안ᄋᆡ 가마ᄎᆡ을 드려논이　　젼후좌우 모인사람 고문을 여러노코
이ᄂᆡ몸 ᄊᆡ어ᄂᆡ서 ᄉᆞᆼ방을 드려간니
어난다시 소염ᄒᆞ고[1803] 어난다시 ᄃᆡ렴ᄒᆞ야[1804]
닙관[1805]ᄊᆡ졍 ᄒᆞᆫ온후ᄋᆡ 날오기만 기다리ᄂᆡ　　몽즁인가 ᄉᆡ상인가 ᄉᆞᆷ혼실ᄉᆡᆨ[1806] 졍신업시
업흐지며 자물쉬니　　우지〃든 우리ᄆᆡ야 미음들고 ᄊᆡ우면서
오라ᄇᆡ야〃〃 졍신차려 졍신차려　　ᄉᆞ라인난 우리남ᄆᆡ 죽은어마 엇지ᄒᆞ고
ᄉᆡ상ᄋᆡ 마은사람 우리소처 인난이라　　슈식경[1807] ᄃᆡ온후ᄋᆡ 졍신을 다시차려
구비〃ᄉᆡᆼ각ᄒᆞᆫ이 속절업고 ᄒᆞᆯ길업다　　ᄋᆡ고〃어마〃이원일고 이원일고
거연[1808]이별 ᄒᆞᆫ올적ᄋᆡ 금춘을 당ᄒᆞ오며　　우리모ᄌᆞ 만나기랄 ᄐᆡ산갓치 바라쓴니
오날〃당ᄒᆡ시ᄆᆡ ᄉᆡᆼ이사별 되단말가　　ᄋᆡ홉다 우리부모 만득자 불초식[1809]을
쟝ᄂᆡ자황 보시렷고 구산갓치 길너닐ᄌᆡ　　오ᄆᆡ불망 ᄒᆞ시든이 ᄉᆞᆼ별ᄒᆞᆫ지 연이라
ᄋᆡ고답〃어마〃창아여이 왓난이다　　그리든 우리모ᄌᆞ 면목이나 보사이다
병환드려 위즁할ᄌᆡ 미음들고 약기들고　　쥬야물분 시탕ᄒᆞ여 염결임죵 못ᄒᆞ오니
불효한 식ᄋᆡ죄난 평ᄉᆡᆼ여ᄒᆞᆫ 되야도다　　남미서로 관을안고 업드 잡바지며
악슈톤곡 만번ᄒᆞᆫ들 ᄒᆞᆫ말삼 읍사신이　　ᄌᆞ이ᄒᆞ신 우리션비 젹영이 업ᄉᆞ신가
유명이 무어시며 구원이 면말이야　　슈진ᄒᆞ실 임종시ᄋᆡ 것친병영 업습든고

1803 소염ᄒᆞ고: 소렴(小殮/小斂)하고, 운명한 다음 날 시신에 수의를 갈아입히고 이불로 싸고
1804 ᄃᆡ렴ᄒᆞ야: 대렴(大殮)하여, 소렴(小殮/小斂)을 한 다음 날 입관을 위해 소렴한 시신을 베로 감싸서 매듭을 지어
1805 닙관: 입관(入棺)
1806 삼혼칠백: 三魂七魄, 사람의 넋을 통틀어 이르는 말
1807 슈식경: 수식경, 한참 후에
1808 거연: 거년(去年), 지난해
1809 만득자 불초식: 晩得子 不肖息, 늙어 얻은 불초한 자식

그리든 ᄂᆡ의소회 일셕달완 ᄒᆞᄌᆞ든니 조물니 시기ᄒᆞ고 쳥앙[1810]니 미진ᄒᆞ야
굼갓치[1811] 아흘간ᄋᆡ 일만일리 헛ᄉᆞ로다 초종[1812]을 맛친후ᄋᆡ 반구힝ᄎᆞ 차릴적ᄋᆡ
듀만드려 마고ᄒᆞᆫ니 ᄉᆞᆼ두군도 건장ᄒᆞ다 우리남ᄆᆡ ᄇᆡᆨ등타고 뒤달리고
우리외가 원근친쳑 ᄉᆞ오십이 슈상[1813]ᄒᆞ야 튜령〃 것난말니 ᄎᆡ길ᄒᆞ여 쌀니가ᄂᆡ
영회엄ᄋᆡ 슖참ᄒᆞ고 ᄉᆞᆷ거리치 너물젹ᄋᆡ[1814] 좌우ᄋᆡ 부교군들 어화넘차 ᄒᆞ난소ᄅᆡ
더가실적[1815] 인고련니 나오실젹 마고로다 드가실적 ᄉᆡᆼ시련니 나오실적 사후로다
막〃ᄒᆞᆫ 심곡듕ᄋᆡ 슬피우난 져비조야 너도또한 어미없이 저리공즁 슬피우나
노상힝인 문견ᄒᆞᆯᄌᆡ 뉘안니 유ᄎᆡᄒᆞ리 듀동역의 낫참ᄒᆞ고 영덕읍의 슖참ᄒᆞ고
ᄃᆡᆫ불장ᄐᆡ 슉소ᄒᆞ고 그잇튼날 미경조ᄋᆡ 우리집 ᄌᆡ종반니 반졍을 만나구나
ᄒᆞ인불너 짐ᄎᆞ려셔 조식ᄒᆞ고 ᄯᅳ나올ᄌᆡ 쳐량ᄒᆞᆫ 우리남ᄆᆡ 통곡ᄒᆞ며 ᄯᅥ나신니
불ᄆᆡ영ᄆᆡ 우리션비 엇지이리 망ᄆᆡᄒᆞᆫ고 디경드려 슖츰ᄒᆞ고 청ᄒᆞ업ᄋᆡ 낫참ᄒᆞ고
ᄉᆞᆫ도만코 물도만타 길머러 드듸도다[1816] 선들드려 슖참ᄒᆞ고 ᄀᆡ남골 설너머셔〃
선고ᄋᆡ 부모전ᄋᆡ 디감ᄒᆞ고 도라셜ᄌᆡ 혼ᄇᆡᆨ고의 부모전ᄋᆡ 디감ᄒᆞ고 압서우고
집이라 차ᄌᆞ온니 적막ᄒᆞᆫ 반[1817]방안의 헛부고 가이업다
무부무모 우리남ᄆᆡ 어듸가 어지ᄒᆞᆯ고[1818] ᄉᆡ월리[1819] 여슈ᄒᆞ와 오륙삭 듸온후ᄋᆡ
어다다시 산지잡아 앙뎨턱일 ᄒᆞ여노코 ᄌᆡ물을 갓촤져 ᄌᆞᆼ사ᄒᆞ려 드려가서
원근ᄒᆡᄀᆡᆨ 모인쥬ᄋᆡ ᄒᆞ관시가 닷처고나 ᄒᆞ관을 ᄒᆞ려ᄒᆞ니 관구영결 속절업다
슬푸다 어마〃 날왓난쥴 어이알며 불상ᄒᆞᆫ 우리남ᄆᆡ 어이잇고 도라가며
황낙ᄒᆞᆫ 저가ᄉᆞ을 뉘ᄀᆡ다 전ᄌᆞᆼᄒᆞ고 녹슈청ᄉᆞᆫ 일부토ᄋᆡ 아람업시 누어신니
두견도 실피우려 천빙연 지ᄂᆡ신들 어난뉘가 ᄎᆞᄌᆞ오리

1810 쳥앙: 천앙(天殃)
1811 굼갓이: 꿈같이
1812 초종: 初終, 초상이 난 날로부터 졸곡(卒哭)까지의 장례 절차를 일컬음
1813 슈상: 순상(順喪), 장사에 참례함
1814 너물젹ᄋᆡ: 넘[越]을 적에, 넘을 때에
1815 더가실적: 들어가실 때
1816 드듸도다: 더디[遲]도다
1817 반: '빈[虛]'을 잘못 표기한 것으로 보인다.
1818 어지ᄒᆞᆯ고: 의지(依支)할까
1819 ᄉᆡ월리: 세월이

분고딕고 피력딕야 평토손신 지넌후의 가긍훈 우리남미 눈물노 싀월니라
상가싀월 죰관니라[1820] 소상딕싱 지넌후의 션왕지 예법으로 쳘영미혼 다호오이
의미진 각골통은 님종서와 다랄손야 슬푸다 우리부모 속절업시 고싀로다
미의리 리의미로 숨수연 지는후이 니무안 웰니가의 중가라고 추려간니
우리부모 날기를지 주황보려 밋습든니 고싀역〃싱각호니 부현누 쳔힝닐다
고〃히 미친여훈 엇지다 형언호리 을미수월 십칠일의 듀주시 작호호니
원통코 절통호문 닉의일각 써려진닷 더고나 우리남미 외로와 엇지술고
졍미연[1821]을 당히시미 우리미야 구혼호니 흥의읍 송학촌의 문손김시 고턱니라
빌도 됴컨니와 닌품도 소문나니 낭주도 조컨니와 길가죽히[1822] 더욱조타
신낭은 싀양가라 가시도 됴타드라 혀락호고 선〃바다 혼닐을 턱일호야
호닌[1823]달이 닷치온니 현닐후일 납치밧고 반일이 못다가서 실낭힝추 드난고나
히초의 쥬닌호고 경반상 치운후의 평풍치고 주리피고[1824] 듀인츄령 홀기소릐
서동부서 호난고나 모딕호고 드난실낭 듄슈호고[1825] 비범호다
혼〃훈 중부모양 치긱[1826]듦의 지일일시라 요조숙여 우리미야 군주효귀[1827] 부명호다
부선사비 호온후의 서답지비 호얏도다 고비히 훈잔슐릐 빅연가약 도야도다
근비릐 힝호온니 월노숭이 연분이라 예필철숭 호온후의 신방을 드려가서
수모빗기[1828] 관딕빗기 길방〃려 안차도다 친척이 혼미호고 번긱이 친충호니
질거온[1829] 닉이마암 비홀딕 업사오나 비흥이 숭반일시 숭반일시
닉니마암 이려커든 지니마암 오죽호랴 니숨힝[1830] 맛친후의 신힝길을 추일적의

1820 죰관니라: 잠깐[暫間]이라
1821 졍미연: 정미년(丁未年)
1822 가죽히: 가까워
1823 호닌: 혼인(婚姻)
1824 피고: 펴고
1825 듄슈호고: 준수(俊秀)하고, 구개음화 이전 표기 형태이다.
1826 최긱: 췌객(贅客), 처가의 관점에서 사위를 이르는 말
1827 군주호귀: 군자호구(君子好逑), 군자의 좋은 짝, 『시경(詩經)』「국풍장(國風章)」'주남편(周南篇)'의 "요조숙녀(窈窕淑女)는 군자의 좋은 짝"이라는 구절에서 유래한 말
1828 빗기: 벗기고
1829 질거온: 즐거운
1830 니숨힝: 이삼행, 재삼행, 혼인한 뒤에 처음으로 신랑이 처가에 가는 재행(再行)과 신랑이 세 번째

우리님ᄆᆡ 갈거시나 ᄂᆡᄋᆡ몸이 병이더려 ᄌᆡ종형이 ᄃᆡ힝ᄒᆞ니 정이ᄋᆡ 박절ᄒᆞ아
ᄉᆞᄉᆡ가 무가ᄂᆡ라 ᄒᆞ님ᄐᆡ와 온ᄉᆡ우고 가마들고 쓰날적ᄋᆡ
슬푸다 우리님ᄆᆡ 악슈로 이별일ᄉᆡ 우지마라 ᄋᆞ〃님아 길가ᄌᆞᆨᄒᆡ[1831] ᄌᆞ조보자
너간지 불기일ᄋᆡ 슈이ᄉᆞᆼ봉 ᄒᆞ올지라 효우랄 셔힝ᄒᆞ여[1832] 시집ᄉᆞ리 잘ᄒᆞ여라
이려그려 쓰난후ᄋᆡ 집이와서 ᄉᆡᆼ각ᄒᆞ니 외로온 ᄂᆡᄋᆡ몸이 ᄌᆞ연이 실허ᄒᆞ나
시일이 가작ᄒᆞ니 ᄌᆞ조보기 쉬울ᄂᆡ라 신힝ᄒᆡ마 도라온후 불기리 ᄌᆞ자가서
그리든 우리님ᄆᆡ 만단소회 다ᄒᆞ엿다 다달상봉 ᄌᆞ조ᄒᆞ니 남ᄆᆡ어지 ᄒᆞᆯ양업다.
관ᄃᆡ장〃 우리ᄆᆡ부 철녹으로 벼살ᄒᆞᆯᄌᆡ 이십ᄉᆞᆷ에 듀ᄉᆞᆫᄒᆞ여 이십ᄉᆞᄋᆡ 츌푸ᄒᆞ고
이십육ᄋᆡ 교관ᄒᆞ여 이십구에 ᄌᆞᆨᄌᆡ하이 자인군슈 측시맛타 가병부 빳촤[1833]타고
사연ᄒᆞ인 나려와서 도임힝ᄎᆞ 차릴적ᄋᆡ 일산전ᄇᆡ 옵서우고 ᄉᆞ인교 ᄎᆞ피타고
금아성 ᄒᆞ난소ᄅᆡ 뉘안니 청ᄎᆞᆫᄒᆞ리 청도군슈 겸관[1834]ᄒᆞ고 연일군슈 겸관ᄒᆞ야
통정ᄃᆡ부 당ᄉᆞᆼᄒᆞ고 현옥[1835]쌔정 ᄒᆞ엿도다
이려그려 호강ᄒᆞ고 그려〃 십오여연 도야도다
우리님ᄆᆡ 조흔경ᄉᆞ 츌싱후ᄋᆡ 처엄이라 슈부다남 겸돈ᄒᆞ야 지관보군 되오리라
경성잇난 이시아가 너랄다려 가려ᄒᆞ니 ᄉᆡ양가두 시집이 양가가기 당연ᄒᆞ다
철니상별 우리님ᄆᆡ 써나기 어려우나 ᄌᆞ유힝 원부형은 ᄉᆞᆷ종지원 옛법이라
여필종부 즁골무ᄒᆞᆫ 보ᄂᆡ기랄 작정ᄒᆞ니 우리님ᄆᆡ ᄒᆞ적이라[1836]
구쌔정[1837] 가려ᄒᆞ고 남ᄆᆡ홈ᄊᆡ 쓰날적ᄋᆡ 슬푸다 우리ᄌᆡᄆᆡ 고향ᄉᆞᆫ천 이별ᄒᆞ고
통곡ᄒᆞ고 가난모양 인비목석 어이보리 청산이 용열ᄒᆞ고 유슈도 오열ᄒᆞ다
이려그려 올나가서 ᄃᆡ구드려 슉소ᄒᆞ고 그잇튼날 조식ᄒᆞ고 깃ᄎᆞᄋᆡ 짐을실고

로 처가에 인사하러 가는 삼행(三行)을 아울러 이르는 말

1831 길가ᄌᆞᆨᄒᆡ: 길 가까우니, '가ᄌᆞᆨᄒᆞ'는 경상도 방언형 표기

1832 셔힝ᄒᆞ여: 시행하여

1833 빳촤: '맞촤'를 잘못 표기한 것으로 보인다. 맞추어.

1834 겸관: 兼官, 겸직(兼職), 자기의 본디 직무 외에 다른 직무를 겸함

1835 현옥: 懸玉, 통정대부의 품계를 나타내는 옥관자를 망건에 붙이던 일

1836 ᄒᆞ적이라: 하직(下直)이라

1837 구써정: 대구(大邱)까지, 내용상 '대구써정'을 잘못 표기한 것으로 보인다. '써정'은 '까지'의 경상도 방언이다.

아안님아〃 줄가거라〃 무심ᄒᆞᆫ 너오라비 ᄉᆡᆼ각말고 줄가거라
분초ᄒᆞᆫ 이ᄉᆡ상ᄋᆡ 다시보기 쉽ᄉᆞ오리
국ᄐᆡ밋난[1838] ᄃᆡ거들아[1839] 우리형ᄌᆡ 다시보자
슬푸다 우리형ᄌᆡ ᄉᆡᆼ이사별 ᄃᆡ단말가 오날〃 니별ᄒᆞ여 ᄒᆞᆫ일ᄒᆞ시 다시볼가
창쳔ᄋᆡ 일월도야[1840] 빗ᄎᆡ서나 다시볼가 소상강[1841] 안족니라 편지로나 붓처볼가
원별이야〃〃 철니영결 원별이야 유〃창천 ᄒᆞᆫ날님아 우리정지 조심ᄒᆞ소
깃차는 가ᄌᆞ고 고동을트이 형ᄌᆡ원별 속절업다
우리형ᄌᆡ 함ᄊᆡ와서 ᄂᆡ혼ᄌᆞ 엇지갈고 무형무ᄌᆡ 이인심이 이탁ᄒᆞᆯ곳 전혀업다
이정별도 가난입흔 솔ᄒᆞ션풍 놋피뜻다 일낙서산 저문날ᄋᆡ 울고가난 져슈ᄌᆞ야
너도ᄯᅩ한 형ᄌᆡ로서 원별ᄒᆞ여 저리우나 뜰우ᄒᆡ 상ᄎᆡ화난 모〃ᄌᆞᆨ〃 만발ᄒᆞ니
ᄂᆡ집ᄋᆡ 형ᄌᆡ화가 무산경ᄉᆞ 저려ᄒᆞᆫ고 슬푸다 ᄌᆡᄆᆡ〃야 ᄒᆞᆫ말삼 시탁ᄒᆞᆫ다
너ᄋᆡ시덕 조이가서 ᄉᆞᆷ가ᄒᆞ고 조심ᄒᆞ라 시부모ᄀᆡ 효양ᄒᆞ고 동기집안 우ᄋᆡᄒᆞ라
봉ᄌᆡ사 적빈ᄀᆡᆨ은 천가유문 풍속ᄃᆡ로 졍셩드르 잘밧들며 형편인을 보나리라
남편은 소전[1842]니라 두려ᄒᆞ고 공경ᄒᆞ라 노복은 슈족이라 몹시말고 훈ᄀᆡᄒᆞ라
남ᄋᆡ말은 쉽ᄀᆡ말라 남ᄋᆡ말을 경치말라 부지빈천은 ᄉᆡᄉᆞᆼ사람 슌ᄒᆞᆫ인ᄉᆡ 잇난니라
우리션ᄉᆡᆼ 회ᄌᆡ션ᄉᆡᆼ 문원공 후예로서 슈신ᄌᆡ갈 잘못ᄒᆞ여 조상부모 팔니리라
너오라비 팔니리라 부ᄃᆡ〃 비면니 덧지말아[1843]
아안임아〃 니ᄂᆡ소ᄒᆡ 드려바라 이ᄌᆡ너을[1844] 원별ᄒᆞ니 ᄂᆡᄋᆡ소회 ᄒᆞ직이라
부모일즉 그리그든 형ᄌᆡ가 남갓거나 형ᄌᆡ가 업거들나 이식니[1845] 유여커나[1846]

1838 국ᄐᆡ밋난: 국태민안(國泰民安)
1839 ᄃᆡ거들아: 되거들랑, 되거든
1840 일월도야: 일월(日月)이 되어
1841 소상강: 瀟湘江, 중국의 강 이름. 소수(瀟水)와 상수(湘水). 소수는 중국 호남성의 동정호(洞庭湖)로 빠지고, 상수는 그 지류(支流)이다. 소상팔경(瀟湘八景)이 있고 순(舜)의 두 왕비인 아황(娥皇)과 여영(女英)의 고사가 전해지고 있다.
1842 소전: 소천(所天)
1843 덧지말아: 듣[聽]지 말아
1844 너을: 너[汝]를
1845 이식니: 의식(衣食)이
1846 유여커나: 유여(有餘)하거나, 여유가 있거나

이식이 업거들나 고향ᄋᆡ나 ᄉᆞ라그나 　무부모 무형ᄌᆡ와 무이식 니고향은
ᄉᆡ상ᄋᆡ 니련ᄉᆞ람 ᄂᆡ위ᄋᆡ 뉘잇난요 　천만사 ᄉᆡᆼ각ᄒᆞ니 쥭어며 면ᄒᆞ리라
인명니 ᄌᆡ천니라 첩〃ᄒᆞᆫ ᄂᆡᄋᆡ소ᄒᆡ 　뉘랄ᄃᆡᄒᆡ 안무ᄒᆞ고 너오라비 모라그든
이가사을 드려보고 쳘니ᄋᆡ 갈여시나[1847] 　날본다시 ᄉᆡᆼ각ᄒᆞ라
창쳔이 일장전들 ᄂᆡᄋᆡ소ᄒᆡ 아실손야 　ᄃᆡ강을 기록ᄒᆞ여 이만 긋친노라

1847 갈여시나: 갈렸으나, 따로따로 있으나

74. 흥사가

금요고서방 소장

[해제] 흥사가는 사진 컷수가 14장이며 표지 서명이 없는 한 권의 전적에 흥사가, 아여니실아 옥단춘전, 제문, 기슈별한가, 딜여긔가 함께 실렸으며 단 · 행 · 음보의 구분이 없는 줄글 형태의 필사본이다.

표기상의 특징으로는 '훌융ᄒᆞ다/훌흥하다', '엄덕(음덕), 그록하신(거룩하신)과 같이 일관된 규칙 없이 한 권의 전적에서도 혼란한 표기가 많다.

붕우들에게 여자로서의 일생에 대한 아픔과 서러움을 이야기하는 형식으로 내용이 이어진다. 부모님 덕택으로 부족함 없이 성장하여 시댁에 가서 일장춘몽 같은 친정에서의 시절을 생각하며 부모를 그리워하여 기러기에게 자신의 소회를 전해달라고 이야기하고 있으며, 친정인 교동촌으로 다시 가서 반가운 친척들을 만나서 즐기다가 또 다시 원별할 생각에 삼강오륜을 비판해 보지만 여자의 유별을 면할 수 없으니 태평안락 잘 있다가 기러기에게 좋은 소식 전하라며 끝맺는다.

어와붕우 사지드라 이ᄂᆡ회포 드러션나　　부모님ᄂᆡ 덕ᄐᆡᆨ으로 강구연의 ᄉᆡᆼ장ᄒᆞ시
구존ᄒᆞ고 듀시ᄒᆞ의 유명ᄒᆞ신 엄둑ᄌᆞ의
철윤[1848]밧긔 ᄌᆞ별ᄒᆞᄉᆞ ᄋᆡ지듀지 지랄젹의[1849]
인간고락 아득ᄒᆞ고 한세월이 잇씨로다　　그록ᄒᆞ신 왕ᄃᆡ인은 엄덕도[1850] 장훌시고
ᄌᆞ의도 유명ᄒᆞ다 슬씨엇ᄉᆞᆫ 이손여랄　　장듀의보 두이운가 듀의셔나 ᄋᆡ휼이
김푼말ᄉᆞᆷ 평ᄉᆡᆼ의 불망이나 구ᄐᆡᆨ의　　입문ᄒᆞ니 일월희ᄐᆡᆨ 우리구고 ᄌᆞ의도
유명할ᄉᆞ ᄉᆡᆼ휵부모 다락이별 동기우ᄋᆡ　　지극ᄒᆞ니 숙소동기 훌일년이 이만히도
무훈이나 조크조흔 ᄉᆡᆼ장고가 평ᄉᆡᆼ인듈　　아랏쓰니 일장츈모 허ᄉᆡ롤다 쥬〃야〃

1848 쳘윤: 천륜(天倫)
1849 지랄젹의: 기를 적에
1850 엄덕도: 음덕(蔭德)도

ᄉᆡᆼ각나니 ᄉᆡᆼ아부모 그려워나 듕쳔의
가거들낭 나의소회 젼ᄒᆞ여라 ᄒᆞ로도
셩ᄒᆞ단말가 굴지기일 ᄉᆡᆼ각나니 지령부모
향할젹의 갈젹의 잇든교현 울젹의
ᄌᆡ촉ᄒᆞ여 교동촌이 여긔로다 물식도
득ᄯᆞᆯᄒᆞ니 반가울사 우니ᄐᆡ〃 지고슈로
종조당슉 한업시도 반가와라 원근친쳑
낙국이운 렬친졍화 즐거워나 일연이연[1853]
니제남어 나닷ᄌᆞᆼ씨 ᄒᆞ여옥ᄉᆞᆫ ᄌᆞᆼᄉᆡᆨ여흔
훌융ᄒᆞ다 ᄇᆡᆨ에장제 예랄조ᄎᆞ ᄇᆡᆨ빈여반
본을바다 요조숙여 이안인가 ᄋᆡ둘ᄒᆞ다
왕ᄃᆡ인은 기ᄋᆡᄒᆞ던[1855] 져을길너[1856] 현아ᄒᆞᆯ손
부티를 아조막ᄆᆡ ᄒᆞ오시니 창쳔도 무정ᄒᆞ다
유둑ᄒᆞᆯ우니 ᄎᆞ제가ᄐᆡ 양문복둑 가의혈슈을
가릉ᄒᆞ니 유명ᄒᆞᆯ 교도근ᄎᆡ 세졍ᄒᆞᆯ도
지당ᄒᆞ니 두묵영풍 우니제무 필경필시
갓ᄒᆞᆯ손야 영경이 무궁무진 계〃 셩〃
마른ᄒᆞ니 뉘라셔 면할손고 평ᄉᆡᆼ듀인[1858]
죽쁜이나 ᄉᆡ월이 여류ᄒᆞ여 육남ᄆᆡ
현인군ᄌᆞ 봉황의 성을제워 술잔의

져긔력아[1851] ᄂᆡ어ᄃᆡ 향ᄒᆞ난고 미랑짱
못쓰나든 우리부모 이다지 이로ᄒᆞᄉᆞ
쁘니로다 슈숨ᄉᆡᆨ 계운보ᄂᆡ ᄉᆡᆼ어고로
날ᄃᆡᄒᆞ고 살소다시 가난ᄒᆞ인 엄영으로
구ᄉᆡᆨ이운 산쳔도 구면이나 오문의
어라만져 몃삼츄나 지닛난고[1852] 좌우로
다모흐씨 낙젹지로 쳣세필은 본긋갓치
이슬동안[1854] 현화셔긔 안일넌가 관듕할우
션ᄉᆡᆼ후ᄋᆡ로셔 명망도 혁〃 ᄒᆞ고 사환육경
가ᄌᆞ우니 강듕이유 흥ᄒᆞ고 ᄐᆡ님ᄐᆡᄉᆞ

반〃 ᄒᆞ고 ᄉᆡ력도[1857] 혁〃하다 팔도ᄋᆡ
ᄒᆞ오리나 요조슉여 군ᄌᆞ호기 져마다
ᄒᆞ오리나 여ᄌᆞ의 삼듕유별 셩현이
차ᄌᆞ가셔 유자유손 치산등절 여ᄌᆞ의
ᄌᆞ여로서 계은남ᄆᆡ 셩취시겨 요조슉여
넘노오니 ᄐᆡ과ᄒᆞ던 ᄂᆡ소망의 허조라

1851 져긔력아: 저 기러기야
1852 지닛난고: 지냈는고
1853 일연이연: 일 년 이 년
1854 이슬동안: 있을 동안
1855 기ᄋᆡᄒᆞ던: 귀여워하던
1856 져을길너: 저를 길러
1857 ᄉᆡ력도: 세력(勢力)도
1858 평ᄉᆡᆼ듀인: 평생 주인

흣뭇ᄒᆞ고[1859] 과망ᄒᆞ다 평싱의 먹은마ᄋᆞᆷ
조안이 우히로다 히음어ᄂᆡ ᄉᆞᆫ무정ᄉᆡ
우리모쥬 슈연이라 옥인인양 나의아ᄌᆞ
집을ᄒᆡ여 두니ᄇᆡᆨ슈 생친우리 부모타별
형제남ᄆᆡ 옥슈로 셔로납고 이련ᄉᆡ월
못뵈온고 이리좃키[1862] 만나쑤나 한업ᄉᆞ신
그린회포 오날씨로 터훠로다 연모ᄒᆞ신
ᄒᆞ오시고 겻〃치 종슉ᄌᆡ종 반갑고
경갈이라 경ᄉᆞ로다 경사로다 ᄊᆡ음업ᄉᆞᆫ
젹견지라 음둑인들 버변ᄒᆞᆯ가 광경도
화ᄆᆡᆼ셕의 삼듕셕을 지여노코 안즁ᄃᆡ각
박사ᄂᆡ의 금의황생을 지워은ᄌᆞᆫ의 불ᄉᆞ쥬을
발원도츅 ᄒᆞ는소ᄅᆡ 정듕ᄒᆞᆫ 나의더남
션명ᄎᆡ복 갓삽이고 ᄂᆡ의ᄒᆞᆯ기 현ᄌᆞᆨ무영
ᄒᆞᆫ잔슈를[1865] 츅슈ᄒᆞ오[1866] 쳔연쥬 가득부어
우리ᄃᆡ인 기여ᄒᆞᄆᆡ 나무에츙실 잘크거라
좌우로 버려씨〃 녹의홍생 슬긴모엥
장손이 비여니화 기가손생 ᄃᆡ나현제
싱ᄌᆞᆨ씨 만ᄃᆡ쳔손 할거시나 훤역ᄒᆞ고
즉품올나 판셔지위 놉흐시니 일국명반

이만ᄒᆞ면 ᄉᆞ업이ᄅᆞ 임〃ᄒᆞ신 나의북당
절월ᄇᆡᆨ구 지ᄒᆡᆼ이라 어언간 긔츅삼월
션단갓치 ᄇᆡ힝ᄒᆞ고 팔구연이 촉ᄒᆞ든잇[1860]
ᄒᆞ신별윤 ᄌᆞ의팔연후 처으미라 모여슉딜
쏘잇든가 삼모ᄒᆞ든[1861] 나의슉쥬 몃심연
마ᄋᆞᆷ으로 면〃이 어라만져[1863] 젹연이
우리종조를 좌셕의 안즈시와 층의〃
반가와라 ᄉᆞ뭘이라 초삼일은 우리모듀
우리부모 복역도 거록ᄒᆞ다 ᄃᆡ〃로
조흘시고 ᄐᆡ연을 ᄇᆡ씰ᄒᆞ여 화초평풍
졍부인은 좌세의 안져시고 관듕ᄒᆞ고
가득히 부으들고 만싀〃 울소씨
졍셩이 지극ᄒᆞ다 ᄉᆡᆨ〃ᄒᆞᆫ 교ᄎᆞᆫ집은
원낭녹슈[1864] 난나쑤나 불초ᄒᆞᆫ 이ᄌᆞ식도
강능ᄒᆞ슈 ᄒᆞ올소씨 어엿불ᄉᆞ 후남형뎨
작견모엥 기졀ᄒᆞ라 친의손제 슉딜이
옥경션아 강임ᄒᆞᆫ듯[1867] 우리부모 가젼복역
군의초월 씨기ᄃᆡ인의 음득으로 영ᄌᆞ팔탄
장족ᄒᆞ다 우리야〃장ᄒᆞ도다 일품벼살
진동ᄒᆞ고 뉘안니 우려히며 ᄆᆡ악츄에ᄒᆞ리

1859 흣뭇ᄒᆞ고: 흐뭇하고
1860 촉ᄒᆞ든잇: 촉하더니
1861 삼모ᄒᆞ든: 사모하던
1862 이리좃키: 이렇게 좋게
1863 어라만져: 어루만져
1864 원낭녹슈: 원앙녹수
1865 ᄒᆞᆫ잔슈를: 한 잔 술을
1866 츅슈ᄒᆞ오: 축수(祝壽)하오
1867 강임ᄒᆞᆫ듯: 강림(降臨)한 듯

성군이 ᄎᆡ쳔ᄒᆞ여 요순셩기 닷치오며[1868]　삼ᄐᆡ육정 뜻츨거살 망국쳔지 국문ᄒᆞ라
혓부다 우리슉쥬 ᄒᆡ갈이 지극ᄒᆞ여　남ᄆᆡ분 동연동월[1869] 손일보려 가시라고
ᄒᆡ오만 슉일상조 오육일또 되듯마듯　악슈봉별 창연ᄒᆞ다 어와붕우 현제더라[1870]
동서로 갈여안ᄌᆞ 사싱존망 아득쓰니　쳔신이 감동ᄒᆞ여 이러타시 모흐시아
세졀은 모츈이고 물ᄉᆡᆨ은 은화우로다　현제〃 군제더라 지싀기ᄉᆞᆫ 양슈그리
이ᄂᆡ말ᄉᆞᆷ 드러셔나 혓부다 우리일신　츄풍ᄋᆡ 낙엽가치 동서남북 갈여안ᄌᆞ[1871]
쳔원긔슈 그리다가 요힝으로 만나시니　쳔오신조[1872] 아일넌가 ᄂᆡ오며 네못오고
너ᄒᆡ오며 ᄂᆡ못오고 이ᄎᆞ의 못와셔며　너ᄒᆡ엇지 만날는고 조크조흔 우리교동
집〃이 ᄒᆞᆯ영니라 ᄒᆞᆫ변노님 업술소야　일촌의 통문ᄒᆞ여 슈삼일 발졍ᄒᆞᆯᄉᆡ
누긔〃 모혀슬고 당〃 ᄒᆞᆯ송 조장은쌀ᄂᆡ　즁츄로다 연싀도 증슈가고 향실도
증여ᄉᆡ니 암ᄌᆞᆨ지셩으로 씨슬주다　우리슉쥬 니노임 불참ᄒᆞ니 ᄋᆡ들크[1873]
졀통ᄒᆞ다 그남은쌀 ᄂᆡ역〃히 희어보니　얌전ᄒᆞᆫ 교남ᄃᆡᆨ과 사찰한 ᄆᆡ운ᄃᆡᆨ과
활달ᄒᆞᆫ 교동ᄃᆡᆨ과 슉여힝술 상쥬ᄃᆡᆨ과　훤츄ᄒᆞᆫ 산운ᄃᆡᆨ과 효중ᄃᆡᆨ 남긔ᄃᆡᆨ과
일ᄌᆞ로너니 션후그남은 부여들은　연졔ᄃᆡ로 너리셔니 느른길니 옹ᄉᆡᆨᄒᆞ다
가ᄌᆞ셔라 가ᄌᆞ씨라 오은졍 가ᄌᆞ셔라　녹ᄋᆡ홍상 금의ᄎᆡ복 오ᄉᆡᆨ이 영농ᄒᆞ고
구람갓탄 머리단ᄌᆞᆼ 용ᄌᆞᆷ봉ᄌᆞᆷ 삼오ᄅᆞᆯ　비쳬구나 위ᄌᆞᆷ을 셍〃이 마조쏙고
흑씬흑후 긋난양은 무산씬여 이안이야　허〃ᄒᆞᆫ 우리교향 왕운도 장ᄒᆞ도다
제나고리 늠어가니[1874] 오은정이 져긔로다　허위〃 올나가니 송풍은 소슬ᄒᆞ고
세묵은 쳡〃 ᄒᆞᆫᄃᆡ 오은졍 벗듯ᄒᆞ다　쟝ᄒᆞ도다 쟝ᄒᆞ도다 션조이륵 쟝ᄒᆞ도다
졍각의 올나셔〃 좌우경ᄀᆡ 구어보니　쳥산은 평풍되고 녹슈ᄂᆞᆫ 안ᄃᆡ로다
두눈의 통ᄒᆞ는 츈풍ᄉᆞᆷ월 호시졀ᄋᆡ　노금방초[1875] 성화ᄒᆞ고 온갖화초 만발ᄒᆞᄃᆡ

1868 닷치오며: 닥치오며
1869 동연동월: 同年同月
1870 현제더라: 형제들아
1871 갈여안ᄌᆞ: 갈라져 앉아
1872 쳔오신조: 천우신조(天佑神助)
1873 ᄋᆡ들크: 애달프고
1874 늠어가니: 넘어가니
1875 노금방초: 녹음방초(綠陰芳草)

도원드리 봄바람은 ᄭᅩᆺ향ᄂᆡ로 인도ᄒᆞ고
나을보고 반긔난닷 목단화 정미화ᄂᆞᆫ
ᄭᅩᆺ을보고 나라든다 요지비랄 낙화젼의
후면을 살피보니 무졍ᄒᆞᆫ 뒷ᄂᆡ물은
긔잠ᄂᆞᆫ 오옹들은 낙슈들고 오락가락
안여심간 혼졀ᄒᆞ다 봉황ᄃᆡ 아양누가[1877]
우리도 이를망젹 남ᄌᆞ로 ᄉᆞᆷ여시며
운으을불느 즐길그술 젼싱의 젹득어셔
ᄐᆡ님ᄃᆡᄉᆞ ᄯᅳᆫ을바다 반소어난 비지로다
셕간청 화잔구리 감향쥬 홍분육은
잔승ᄎᆞᆫ이 분명ᄒᆞ다 ᄎᆡ오키 먹은후의
어와친구 번님ᄋᆡ야[1879] 층슈졍 가자셔라
두견화 만발ᄒᆞ고 송쥭은 울밀ᄒᆞᆫᄃᆡ
ᄉᆞ고의 풍경소ᄅᆡ 용ᄉᆞᆫ을 ᄶᅵ쳐난ᄃᆞᆺ
좌우로 살피보니 현판의 일필휘지
젼후좌우 화초슙긔 삼월초 ᄶᅵ랄쏫ᄎᆞ
후면ᄋᆡ 연못파셔 그가온ᄃᆡ 토ᄉᆞᆫ모와
능양음ᄋᆡ 쐬ᄉᆞ리난 층셍운을 소ᄅᆡᄒᆞ고
씨왕모 요지연ᄋᆡ 월궁항아 노림인들[1883]
듕천ᄌᆞ 이ᄐᆡ빅니 ᄎᆡ셕강ᄋᆡ 션를좃고
작벽강ᄋᆡ 노라이고 ᄉᆞᆷ신산봉 ᄂᆡ산ᄋᆡ

니화도화 ᄒᆡᆼ화촌의 아춤이슬 ᄒᆡ당화ᄂᆞᆫ
츈식을 히롱ᄒᆞ고 화원의 상〃봉졈
션여갓을 우리등이 무ᄉᆞᆫ그님 잇다말고
동천슈와 합슈되여 남강쓰ᄅᆡ[1876] 지고리긔
단장밋ᄐᆡ 긧ᄎᆞ소ᄅᆡ 철이말고 동트니
아무리 좃타ᄒᆞᆫ들 이경체 당할소야
양국ᄃᆡ장 은언ᄒᆞ고 화초츈중 ᄶᅵ랄좃ᄎᆞ[1878]
여ᄌᆞ몸이 도여시니 득ᄒᆡᆼ이나 ᄶᅡᆨ가보ᄉᆡ
진슈며 찬ᄇᆡ셔를 어ᄃᆡ좌우 잠흐그크
오젼의 듕참이은 ᄇᆡ옥반 리장탕은
ᄇᆡ반이 낭ᄌᆞᄒᆞ니 음쥬낙시 즐ᄒᆞ도라
ᄒᆞᆫ모롱이 도라가니 층슈졍이 여긔로다
그가온ᄃᆡ 고ᄃᆡ광슬[1880] 놉흔졍각 웅장ᄒᆞ다
숭혼니 황홀ᄒᆞ다 졍ᄌᆞ의 올나셔〃
왕히시 명필인들 이필젹의 당할소야
바리〃승발ᄒᆞ여 방슬〃[1881] 윈난갓고[1882]
연화난 봉을밋고 괴기난 우로능츌
양유랄 히롱ᄒᆞ니 별우건곤 이아인야
오날이 노림이 여ᄌᆞ노림 악로라셔
아미월을 발원츄니 문장신션 소동파난
학가난쳠 옥져소ᄅᆡ 열슴ᄌᆞ의 즐국이은

1876 남강쓰ᄅᆡ: 남강 들에
1877 아양누가: 악양누가
1878 ᄶᅵ랄좃ᄎᆞ: 때를 좇차
1879 번님ᄋᆡ야: 벗님네야
1880 고ᄃᆡ광슬: 고대광실
1881 방슬〃: 방실방실
1882 윈난갓고: 웃는 것 같고
1883 노림인들: 놀음인들

ᄌᆞ고로 문장둘은 완월풍우 지ᄌᆞ긴말ᄉᆞᆷ
장ᄒᆞ시다 ᄌᆞᆼᄒᆞ시다 우리ᄃᆡ인 장ᄒᆞ시다
츙호을 쎤을사마 도둑으로 졍조ᄒᆞᆫ사
문호을 반기시니 부지를 직젼ᄒᆞᄉᆞ
명츌기도 ᄊᆞ오ᄉᆞᆸ니 후싱들도 시승ᄉᆞᆷ아
츈츄로 놀이시니 ᄃᆡ인음득 감격ᄒᆞ다
식ᄌᆞᆫ링작 ᄒᆞ올젹의 말셕을 빌여들낭
오날일낙 듯앗도다 월츌동영 이운일모
가ᄌᆞ씨라 슬푸다 우리인싱 전상의
마다ᄒᆞ고 츄풍의 낙입갓치 동셔로
탄식일다 원방의 모은쌀ᄂᆡ 무사소님
어이ᄒᆞ다 다시보ᄌᆞ 다시보ᄌᆞ 츰슈졍아
잘잇그라 ᄉᆡ화시 풍ᄒᆞ그들 낭창편빅
슬허마라 ᄂᆡ쏘다시 도라오마 두견화
느러셔〃쌀지ᄌᆞ 그람으로 허위〃
바ᄅᆡ보니 가〃이 고ᄃᆡ광실 찰난ᄒᆞ고
비할소야 각〃집을 휘어더러 ᄒᆞ묵〃
야단이다 슬푸다 현비더라[1886] 나이러타시
망연ᄒᆞ다 유련취령ᄒᆞ여 ᄉᆞ람을 바현ᄒᆞ고
부창부슈 ᄒᆞ여지니 여ᄌᆞᄋᆡ 바인유별
금실이 화락ᄒᆞ고 젼ᄌᆞ자손 ᄀᆡ〃셔〃
각〃으로 ᄉᆡ조로여 ᄐᆡ평알낙 잘잇다가
조흔소식 전ᄒᆞ시라

쳔츄의 엄젼ᄒᆞᄃᆡ 이름만 못할지나
입신양명 ᄉᆞ심연의 동셔벽 ᄐᆡ워시고
조생을 빗ᄂᆡ시고 져찬을 무족ᄒᆞ시
사음련도 장ᄒᆞ시다 가산졍지 슈션지도
예절을 발기도다 니텬졍ᄌᆞ 지어시고
이러타시 조흔경치 악놀고[1884] 무엇ᄒᆞ리
ᄐᆡ생여즉 ᄒᆞ시보ᄉᆡ 져러도다 져러도다
황혼이나 가ᄌᆞ씨나 가ᄌᆞ셔라 집으로
무신죄로 시ᄌᆞ신이 도여나셔 이런낙지
헛터져씨 쳔원기슈 그리난고 가소강남
ᄒᆞ물ᄒᆞ고 이노림 불참ᄒᆞ니 성염이
다시보ᄌᆞ 잘잇그라 잘잇그라 오은졍아
발헛날이 고이졍각의 다시오마 강사나
머리쏩고 송구막ᄃᆡ 손의들고 한일ᄌᆞ로
넘어스니 교동촌이 여긔로다 촌구을
훌흥ᄒᆞ다[1885] 셕슌ᄋᆡ 금국인들 이예셔
허터지며 ᄂᆡ일보ᄌᆞ 그리보자 잔일도
즐기다가 쏘엇지 원별할고 일심의
ᄉᆞᆷ강오륜 비판ᄒᆞ니 여자랄 분별ᄒᆞᄉᆞ
면할슈 업살지나 작인종부 ᄒᆞ시가셔
여경이 무진ᄒᆞ야 슈부지다 남ᄌᆞ로
선〃이 밋지말고 긔력이[1887] 왕ᄂᆡ커든

1884 악놀고: 아니 놀고
1885 훌흥ᄒᆞ다: 훌륭하다
1886 현비더라: 현비(賢妃)들아
1887 긔력이: 기러기

후기

이 책은 〈경북지역 내방가사 조사 · 정리 및 DB 구축〉 사업의 성과 중 일부이다. 3년간의 힘든 사업 수행에 이어 2년 가까이 지나서야 자료집을 출판하게 되었다. 책으로 엮기까지 꽤나 긴 시간 동안 정리했지만 그리 만족스럽지 않은 듯하다. 욕심이 커서 아쉬운 마음일 수도 있지만, 애써 이룬 성과를 책으로 내는 일을 충실하게 하지 못해서 스스로 불만스럽기 때문일 것이다. 사업수행 기간 동안 함께 수고로움을 아끼지 않았던 여러 분들께 죄송스럽다. 사실은 전공분야가 아닌 입장에서 2년간 수행한 사업을 이어받아 마무리했다. 내방가사에 관심이 많아 논문을 쓰고, 여러 차례 내방가사 경창대회 심사위원을 맡은 경험이 사업 참여 권유를 수용하도록 했다.

안귀남 교수가 2년간 식단을 짜고 재료를 준비하고 조리해 마련한 진수성찬에 숟가락만 얹은 후 설거지를 한 셈이다. 그런데 그릇을 깨뜨리지 않고 부시는 일은 꽤나 손이 많이 가고 힘들었다. 이번 자료집에 결점이 있다면 오로지 마무리를 잘하지 못한 탓일 게다. 사업수행 기간이 만료되었는데도 끝까지 자료집을 내는 데 수고한 김인규 선생에게 고마움을 표한다. 또한 무리한 부탁을 잘 받아주신 북코리아 이찬규 사장님께 감사드린다.

2016년 8월 31일

권영호